Eduardo Battaner López

Un cosmógrafo en la corte de Felipe II

ALMUZARA

© Eduardo Battaner López 2020
© Editorial Almuzara, s.l., 2020

Primera edición: febrero de 2020

Reservados todos los derechos. «No está permitida la reproducción total o parcial de este libro, ni su tratamiento informático, ni la transmisión de ninguna forma o por cualquier medio, ya sea mecánico, electrónico, por fotocopia, por registro u otros métodos, sin el permiso previo y por escrito de los titulares del *copyright*.»

COLECCIÓN NOVELA HISTÓRICA
EDITORIAL ALMUZARA
Director editorial: Antonio E. Cuesta López
Edición al cuidado de Rosa García Perea
www.editorialalmuzara.com
pedidos@almuzaralibros.com — info@almuzaralibros.com

Imprime: Black Print
ISBN: 978-84-18089-89-3
Depósito Legal: CO-119-2020
Hecho e impreso en España — *Made and printed in Spain*

A mi familia que, no entiendo por qué, me entiende.
El futuro existe.

Habemos visto en nuestro tiempo que por la navegación de los españoles ha sido dada la vuelta a todo el universo... Cosa es esta tan grande que después que Dios creó el mundo nunca tal se hizo, ni se pensó, ni aún creyó ser posible. Y para esto, no solo han tenido y tienen esfuerzo y ánimo, pero la industria de saber hacer caminos por el agua donde naturaleza los creó... guiándose por una cosa tan movible como es el cielo y las estrellas.

Pedro de Medina, matemático y cartógrafo, 1548

Índice

Prólogo de Mariano Esteban Piñeiro 9
Nota del autor 13

Parte Primera 15
    Fiesta de máscaras 15
    El amor y la muerte 21
    El carro del rey 35
    El joven Felipe II 45
    La misión científica de Diego 55
    Obis cuenta su vida 66
    Los propósitos del rey 78
    Las aventuras de Obis 86
    Fray Domingo Soto y Fray Luis de León 116
    Himilce Solferino 127
    La sabiduría de un paje 131
    El príncipe Don Carlos 134
    Una misiva intrigante 136
    Obis y Uchur 138
    La ingenua Susana 143
    Un encuentro misterioso 146
    El viaje al Sur 150
    Juanelo Turriano 155
    Diego de Siloé 165
    Zujenia 174
    La Casa de Contratación 186
    Nicolás Monardes y Francisco Hernández 192
    La caprichosa Susana 201
    Arias Montano 203
    Uchur moribunda 222
    Más Órdenes Del Rey 225
    Una brújula para la mar 228
    Los ramajes de Monardes 230
    La determinación de Longitudes 234
    Uchur y el rey 239
    Una mujer horrible 242
    Pasos sigilosos 245
    Obis, matemático 248
    El Príncipe de Éboli 252
    Tres mujeres 259
    El Duque de Alba 269
    Complicaciones amorosas 274

- La Princesa De Éboli 278
- Misteriosa Desaparición De Zujenia 282
- La Traición 288
- El Magnetismo De Uchur 295

Parte Segunda 305
- Veintisiete años después 305
- El reencuentro 312
- La vuelta al mundo 316
- Fray Martín de Rada 328
- Galileo Galilei 337
- Reencuentro con Himilce 342
- Giordano Bruno 346
- Johannes Kepler 354
- Juan de Herrera 360
- El viejo Felipe II 371
- Juan Bautista Labaña 374
- La cárcel de la Princesa de Éboli 378
- Jerónimo Muñoz 384
- Diego de Zúñiga 394
- Jerónimo de Ayanz 402
- Mister Wiserealm 408
- La «Counter Armada» 413
- Gilbert y el magnetismo 417
- Diego y el rey 422
- Desenlace y enlace 429

Ultílogo 433

Agradecimientos 451

PRÓLOGO DE
MARIANO ESTEBAN PIÑEIRO

El autor, uno de nuestros más prestigiosos astrofísicos, ha utilizado sin duda sus conocimientos sobre la mecánica de fluidos en el cosmos para moverse con soltura en el fluido del tiempo y aparecer con jubón de raso y calzas de terciopelo en el fascinante mundo de la segunda mitad del siglo XVI, particularmente en la España e Indias de Felipe II y en la Europa de los Austrias. Se encarna en Julián, un casi invisible narrador nacido como él en tierras burgalesas, y aunque quizás de manera no muy consciente en Obis, un extraño aventurero y matemático también de Burgos, y aún en un joven cosmógrafo llamado Diego de Granada. Este intrépido y apasionado personaje no es en realidad, aunque lo parezca, el protagonista de esta extensa y amenísima novela. Diego es únicamente un instrumento, casi un autómata, que funciona y que se mueve impelido por la pasión, la verdadera protagonista de estas páginas llenas de lugares, de personajes y de historias. La pasión en su más amplio sentido, pasión por el conocimiento de todo y sobre todo y también pasión amorosa, que es otra fuente no menos despreciable de conocimiento, llevará al joven Diego a salir de su Granada natal, primero a Salamanca para estudiar en su universidad y posteriormente, en un dilatado viaje de veintisiete años iniciado en torno a 1562, con Madrid —o mejor, con el rey Felipe II— como inicio y final, a recorrer España y Europa, visitar América Meridional y llegar hasta Filipinas y China. Una vuelta al mundo que el monarca le encargó para que confeccionara un mapamundi en el que todos los lugares aparecieran con sus dos coordenadas geográficas exactamente determinadas, aplicando para el difícil cálculo de la longitud un método ideado por el granadino con ayuda de Uchur, una amante del rey, y basado en la idea de que la Tierra es un enorme imán. De esta forma, Diego es un perfecto ejemplo de esos nuevos científicos nacidos en el siglo XVI que intentaron explicar racionalmente el mundo liberándose de dogmas religiosos y ataduras filosóficas y apoyándose, fundamentalmente, en la observación y en la experimentación. Y es muy probable que los ecos de su aventura inspiraran a Cervantes, con quien Diego combatió en Lepanto frente a los turcos, el personaje del matemático que, después de dedicar más de veinte años a resolver el problema «del punto fijo» sin conseguirlo, lamentaba sus desdichas durante su estancia en el vallisoletano hospital–asilo de la Resurrección en la novela ejemplar *Los perros de Maudes*, más conocida como el *Coloquio de los perros*. Aunque en la ficción de la novela de Eduardo Battaner puede parecer que el cosmógrafo real consiguió su objetivo, Felipe II, quizás desconfiando del éxito de la misión, instituyó en 1571 un premio muy elevado y una renta perpetua para quien consiguiera diseñar un procedimiento práctico capaz de medir la longitud geográfica con precisión. Lamentablemente Diego de Granada no debió conseguir la recompensa, aunque ni él ni Julián el narrador nos cuentan nada sobre ello, puesto que durante los setenta años siguientes numerosos matemáticos, entre ellos el mismo Galileo Galilei, presentaron al Real Consejo de Indias métodos propios y novedosos instrumentos solicitando el premio, pero nadie lo obtuvo.

Un cosmógrafo en la corte de Felipe II es una ventana abierta a la España y al mundo de la segunda mitad del siglo XVI, singular periodo en que se construye el Nuevo Mundo y el Viejo sufre violentas y profundas transformaciones en todos los ámbitos (políticos, religiosos, sociales, filosóficos, artísticos, científicos, técnicos…) y en el que la España de Felipe II juega un papel esencial. En la novela el autor refleja muy correctamente cómo los distintos protagonistas de esos hechos son conscientes de esa realidad cambiante y de su papel en ella, como así lo siente y expresa el mismo Diego de Granada. Pero el cosmógrafo no se limita a su propia aportación, conseguir determinar con precisión la coordenada longitud, aun sabiendo que tendría una enorme importancia para la economía del imperio y en el reforzamiento del poder naval de España. Todo lo contrario, esta importante tarea queda relegada frecuentemente ante la presión de otras pasiones que le impelen a realizar largos, penosos y peligrosos viajes para visitar desde monasterios y conventos hasta cuevas de ermitaños; desde palacios reales hasta humildes cabañas; desde reconocidas universidades hasta populares figones. Irá allí a donde pueda encontrar a matemáticos, astrónomos, cosmógrafos, ingenieros, arquitectos y médicos que satisfagan su interés sobre cuestiones como la caída de los graves, la trayectoria de los proyectiles, la teoría heliocéntrica, la infinitud del cosmos, las nuevas tendencias arquitectónicas, el trazado de las cartas y mapas, los últimos ingenios para subir aguas o medir el tiempo, o el empleo de exóticos simples de las Indias Orientales y Occidentales para la curación de enfermedades. También buscará a filósofos, teólogos y juristas para oír de ellos sus planteamientos sobre la Reforma y la Contrarreforma, sobre las ideas erasmistas y las de otras corrientes espirituales o las distintas tesis sobre la legitimidad de imponer el cristianismo a los pueblos conquistados. Y con no menor interés escuchará el cosmógrafo granadino a los que detentan el poder y también a los que lo pretenden, y se verá inmerso sin quererlo en sus luchas e intrigas. El monarca, un apasionado e ilusionado joven al inicio de estas páginas y un envejecido enfermo al final, pero siempre prudente y pragmático, aparece reflejado con gran rigor y profundo conocimiento y muy lejos de la tenebrosa figura creada por la leyenda negra. Su amplia cultura y su profunda formación científica, iniciada desde su más temprana infancia bajo la tutela del cardenal y catedrático de Salamanca, el matemático Martínez Silíceo, autor de *Ars Arithmetica*, uno de los tratados europeos más importantes del siglo XVI en la materia, y con lecturas en su primera juventud siendo príncipe tan complejas como la del *Revolutionibus* copernicano, le llevó a valorar —como muy bien se refleja en la novela— la gran importancia de la ciencia aplicada, la «ciencia útil», y de la técnica en el mantenimiento del imperio. En realidad, gran parte del contenido de esta espléndida historia novelada gira en torno a la figura de Felipe II, con sus dramas familiares y sus proyectos imperiales, sometido a las presiones frecuentemente interesadas de sus más próximos colaboradores, y también a las ambiciones de alguna de sus amantes. Las pasiones carnales y los amores, unos presumiblemente incestuosos, otros interesados y los más de ellos escasamente satisfechos, mueven también, como no podía ser de otra forma, a los principales actores —Diego, Obis o Uchur— pero también a otros no tan importantes, pero de no menor interés, como la pintora Himilce, la gitana Zujenia o la pérfida y bella espía Susana, y contribuyen a humanizar aún más la novela con un toque sutil de sexualidad y erotismo. Se suele vincular a este último tema al número sesenta y nueve, aunque posiblemente sea solo fruto de la casualidad el que sean exactamente esa cantidad los *matemáticos, físicos, cosmógrafos, ingenieros y cartógrafos* cuyas referencias biográficas aparecen en un anexo de la novela y que configuran una relación que Felipe II encargó a su cosmógrafo Diego de Granada, y cuyo contenido será de inapreciable ayuda a los lectores.

Mariano Esteban Piñeiro
Profesor Honorífico de la Universidad de Valladolid

NOTA DEL AUTOR

Esta novela tiene fundamentalmente propósitos literarios. Narra sucesos ficticios con protagonistas ficticios, aunque en un marco histórico real con varios personajes secundarios reales.

Pero una novela no tiene propósitos literarios puros. Siempre, o casi siempre, hay una intención subyacente que inspira y justifica su escritura. En este caso, esta intención es clara: la historia de la ciencia española en uno de sus momentos culminantes.

Analizamos la estructura de la España Imperial desde un punto de vista muy particular, desde el modesto ángulo reducido de la historia de la ciencia. Desde este enfoque singular se puede mostrar que Felipe II fue un gran impulsor de la ciencia. Los historiadores de la ciencia que estudian este interesante siglo XVI tienen esto muy claro, pero, aunque publican y además divulgan bien sus resultados, su voz no logra penetrar en la sociedad, ni consigue, de momento, reemplazar esa imagen de una España oscura e ignorante, herencia de la leyenda negra.

Desde este punto de vista restringido de la historia de la ciencia, Felipe II es una figura luminosa, tanto como lo es la ciencia que promovió. Hay en esta época grandes científicos. Varios de ellos deambularán pronto por este libro, de página en página. Muchos de estos personajes fueron pensadores que se dedicaron a cuestiones transitoriamente inútiles pero que sirvieron para establecer las bases sobre las que se asienta la ciencia actual.

Felipe II promovió más bien la ciencia aplicada. Es natural que fuera así: Quería gobernar, y gobernar bien, España y América y Filipinas. Tenía un gran imperio, pero no sabía bien dónde estaba ni cómo era de grande ni qué pasaba en él. Tenía que administrar racionalmente aquellos territorios.

Era natural que favoreciese la ciencia aplicada porque estaba necesitado de ella con urgencia.

Las situaciones también pretenden esbozar las costumbres y comportamientos de aquí y entonces. La acción transcurre en dos períodos de tiempo intencionadamente no muy bien definidos. El primero en torno a 1562 y el segundo en derredor a 1589. Estos dos períodos del imperio de Felipe II nos permitirán acercarnos a lo que iba a ser, el primero, y a lo que fue, el segundo. Este último periodo fue elegido de forma que, aunque muy jóvenes, puedan ya aparecer en esta novela las figuras de Johannes Kepler, Galileo Galilei y Giordano Bruno hablando directamente con el protagonista. Aparecen también otros personajes reales importantes de la época, ya sean del mundo literario, militares o cortesanos.

Pero insistimos en que la historia de la ciencia es propósito subyacente. La trama es básicamente ficticia. Aquí se pretende escribir una novela, buena o mala, que quiere hacer disfrutar al lector con el arte literario, con unos personajes ficticios envueltos en sus pasiones, enredos y vicisitudes. Con ello, no solo se quiere ofrecer al lector el placer de la literatura y de la estética artística, sino además la apreciación de la contribución de la ciencia española sin esfuerzo alguno.

La ciencia española en el siglo XVI es una gesta inefable de la que, paradójicamente, hay que hablar. Pero, por supuesto, no se necesita ninguna preparación científica para leer esta novela.

PARTE PRIMERA

FIESTA DE MÁSCARAS

El Liebretón era una sala de fiestas licenciosas en la que, de vez en cuando, se celebraba un baile de máscaras. No pertenecía al Alcázar madrileño, claro está, pero casi todos los danzantes eran cortesanos. Los hombres con vestimenta variopinta y disimulados tras la máscara no eran fácilmente reconocibles. Entre las mujeres se distinguían dos clases: las cortesanas, más elegantes y con el rostro oculto por el antifaz, y las animadoras del local, más desenvueltas, desvelando el rostro y el escote. Aquella noche, El Liebretón estallaba en alegría.

   Al principio, la música había sido sosegada y melodiosa y los danzantes enmascarados se movían concertadamente con pasos y ademanes aprendidos y galantes. El laúd, las flautas, los nuevos violines y violas de gamba y las chirimías se habían conjuntado en composiciones hermosas y sutiles armonizadas por una diestra espineta. Pero a medida que el tiempo fue pasando, los danzantes algo inebriados y consentidos por sus máscaras, fueron cambiando los susurros galantes por los requiebros pícaros y las sonoras carcajadas. Los músicos, acostumbrados a esta animación progresiva, cambiaron sus suaves instrumentos por sacabuches, orlos, trompetas y atabales que pretendían inútilmente, a modo de fanfarria, sobreponerse al creciente vocerío de los invitados.

   Más adelante, aquellos requiebros pícaros dieron paso a insinuaciones lascivas, siendo en esto las damas más audaces que los caballeros. Algunas parejas, burlando el ultrajado decoro, desaparecían por el jardín donde les esperaba la acogedora y cómplice oscuridad de la neomenia.

En la sala, la danza se hizo baile y el baile saltos. La fiesta era un volcán de alegría en la que todos eran seductores y todos eran seducidos. El vino abría los corazones, al principio vertido en los vasos individualmente asignados; después, todos los vasos eran ya de todos, cuando la excitación general disolvía los consabidos iniciales remilgos. Todos bailaban, todos saltaban, todos bebían, todos reían, todos cantaban. El infeliz Cupido, que ya hacía tiempo se había instalado en El Liebretón, trabajaba afanosamente y a destajo. Todos se vertían en la alegre algarabía.

¿Todos bailaban? ¿Todos reían? Todos, no. En un rincón, junto a una mesa, asiendo un vaso del que nunca bebía, algo taciturno, algo latebroso, se sentaba un joven completamente ajeno a la bulliciosa fiesta. Ausente y sombrío, contemplaba el baile de máscaras, creyendo que estudiaba a todos sin que a él le observaran, aunque era al revés, su singular compostura le hacía objeto del estudio de todos. Observaba creyéndose fuera de la escena, pero él era la escena. En su mirada no había ni desprecio ni censura del espectáculo de El Liebretón. Simplemente escudriñaba perplejo y complacido. Su atención iba de unos bailarines a otros.

Pero había cuatro danzantes que observaba con especial interés.

Una de estas cuatro personas era su propia prima, Uchur, una de las animadoras de la fiesta. No llevaba antifaz, aunque si lo hubiera llevado habría sido claramente reconocible. Su pelo era largo y negrísimo. Su piel era más oscura que la de los mestizos, lo que daba a la belleza de su rostro un exotismo irresistible. Su cuerpo era ágil y lábil y sus movimientos sinuosos, hábilmente retardados, resaltaban sus divinas proporciones. Porque sus proporciones eran, en el sentido literal de la palabra, divinas, las concedidas directamente por un dios.

Parecía contenta, feliz y bailaba sin tregua. Acompañaba los movimientos prescritos con otros más sutiles que su propia naturaleza le sugerían. Uchur, desde muy pequeña, había tenido el innato don de la danza. Uchur, desde muy pequeña, había sido completamente hermosa.

De vez en cuando, ella se consentía una mirada a su escondido primo, animándole a que se incorporara al baile, aunque siempre respetuosa con su pretendido aislamiento en el rincón, atenta también al vaso del que nunca bebía. ¡Ay! ¡Si sus ojos curadores pudieran cerrar las grietas del imbele corazón de su primo...! Unas grietas que ella misma había roturado...

Bailaba Uchur con unos y con otros, aunque el más asiduo de sus acompañantes era la segunda persona que acaparaba la atención de Diego, que así se llamaba el taciturno arrinconado joven, el primo retraído de la bellísima Uchur. Este segundo personaje no se desprendía de su máscara, comprobando con frecuencia su posición y corrigiéndola si era preciso como consecuencia del ímpetu de los movimientos rítmicos. Protegía con cautela su anonimato, pero disfrutaba animadamente de la fiesta. No era magnífico danzante, pero suplía su discreta torpeza con gracia y simpatía. Se movía con extremada cortesía y demostraba en sus ademanes una exquisita educación. Era algo bajo, ligeramente más bajo que Uchur, pero sus medidas eran armoniosas. También, como Uchur, miraba de vez en cuando a Diego, sin duda porque algo debía ella de haberle hablado de su primo. Diego, para sus adentros, llamaba a esta segunda persona el «galán educado».

La tercera persona que llamaba la atención de Diego era la que él había dado en designar como el «viejo fatuo». Era, aparentemente, uno de los más viejos de la fiesta en El Liebretón. Entre cincuenta y sesenta años, con el pelo cano, era tosco en la danza y en las reverencias exigidas. Y, sin embargo, a pesar de su torpeza mecánica, debía tener en su verbosidad una simpatía natural que arremolinaba a las damas en su entorno. Su pelo blanco atraía a las damas como el negro de Uchur a los hombres. Viéndose rodeado de mujeres se le veía como un hombre fatuo, vanidoso, ridículo e insustancial. No oía Diego sus comentarios chistosos, pero no dudaba de que serían los de un modrego inoportuno. Sentía una clara, aunque prematura, repulsión por el viejo fatuo, procurando que sus miradas no se tropezasen en su caprichoso bigardeo. Por lo demás, el viejo fatuo era fuerte, no muy alto, de anchas espaldas y cuello leonino que emergía desde unas descuidadas lechuguillas. Mocear es necear. ¿Qué hacía aquel mostrenco malcarado en tan mirífica y preparada fiesta?

El viejo fatuo se acercaba con desenvoltura atrevida a una mujer a quien el joven recluido daba en llamar la «dama de los ojos». Esta dama no ocultaba su rostro, aunque se veía que era una cortesana. Aceptaba, o más bien consentía, los atrevimientos del viejo fatuo, con cortesía, pero sin entusiasmo. No siendo tan hermosa, su rostro lactescente contrastaba con el negro oriental de Uchur. Diego la llamaba en sus adentros la dama de los ojos porque con cierta asiduidad le miraba a él, penetrante y perturbadoramente. Sus ojos no eran bellos pero su mirada sí lo era. ¿Qué tenía Diego para que ella le concediera el don de aquella mirada arrebatadora?

En cierto momento, el galán educado dejó la danza, se acercó a la mesa de Diego y con una inclinación leve pidió disculpas y permiso para sentarse junto a él. Se mantuvo callado un buen rato, observando el esplendor de la danza, mientras los otros tres, Uchur, el viejo fatuo y la dama de los ojos aminoraron sus movimientos para poder observar el inesperado encuentro de los dos jóvenes en la arrinconada mesa. Finalmente, sin retirar su máscara, el galán educado abrió el diálogo:

—Señor don Diego, ¿no danzáis?
—¿Conoce vuestra merced mi nombre?
—Doña Catalina me lo ha dicho.
—¿Doña Catalina? ¡Ah! sí; así se llama.
—¿Dudáis del nombre de vuestra prima?
—Perdón. Es que yo la sigo llamando Uchur, como cuando éramos niños.
—¿Uchur? Nunca oí tal nombre.
—Ciertamente es raro... Nuestra aya la llamaba a veces Uchurgañí. Uchur es su abreviatura.
—Pero no es extranjera...

Tras un nuevo silencio —breve, de tregua—, que parecía querer indicar que Diego no estaba dispuesto a proseguir la conversación, dijo el galán educado:

—Entonces, ¿no danzáis don Diego?
—No sé danzar. Y tampoco he puesto nunca mayor empeño en ello.
—Si es así, ¿qué hacéis aquí?
—Observo disimuladamente y medito sin rumbo fijo.
—No disimuláis nada. Sois el blanco de todas las miradas.

Rio el galán educado. En un principio, Diego se sentía incómodo con aquella imprevista conversación, pero el galán era ciertamente muy cortés y supo abrir, con su amabilidad natural y franca, un poco de la locuacidad encerrada de Diego. Ambos parecían de edad semejante; eso facilitaba el entendimiento.

—Decidme Diego, ¿qué buscáis en Madrid?
—Pues he venido... he venido a hablar con el rey.

—No es fácil ver al rey. Hay muchos caballeros en adra y muchos guardianes que lo impiden.

—No creo que sea ese mi caso. El rey me ha mandado llamar.

—¿Sois jardinero, soldado, venís de las Indias?

—Nada de eso soy.

—¿Médico? ¿minero, arquitecto, científico...?

—Si conocéis mi nombre, sabréis a qué me dedico...

—Sí, don Diego, lo sé. Sois un científico.

—Más bien, eso es lo que quisiera ser.

—Si el rey quiere veros, algo más que un aspirante a científico debéis de ser...

Nuevo silencio. Las cejas de Diego bajaron y se juntaron ensombreciendo el rostro. Sus dedos querían perderse en la barba, pero no había mucho espacio para ello.

—A decir verdad, estoy sumamente preocupado porque el rey espera de mí lo que no tengo. En realidad, lo único que tengo es miedo. El rey, don Felipe II, tiene fama de persona seria, fría, distante, autoritaria... Y espera de mí un invento que no existe. Solo es un esbozo de invento... En cuanto me haga la primera pregunta me vendré abajo y tendré que confesarle que yo hubiera debido pensarlo mejor antes de venir a importunarle. Presiento y temo que me echará de su cámara con su famosa voz helada, queda y firme. Pero los que nos dedicamos a pensar no tenemos tantas oportunidades para que nos oigan.

—Es posible que al rey le interesen los inventos en su estado embrionario. Quizá es el momento más interesante del proceso creativo. Y ¿qué es ese invento? si puede saberse...

—No creo que lo podáis entender...

Iba a empezar la explicación sin mucho convencimiento, con una voz que debía enfrentarse a la algarabía y al sacabuche. No era el sitio más adecuado para hablar de ciencia y, además, para ser discreto, antes debería hablar con el rey que hablarlo con un desconocido.

—¿No sería mejor que os incorporarais al baile? Me parece que mi prima os espera... Mi invento es un método nuevo para determinar la longitud de un lugar, especialmente útil para navegantes y exploradores. Pero, creo que no sería prudente explicarlo ahora. Quizá deba explicarlo primero al rey cuando me llame.

—Es verdad, vuestra prima nos mira invitándonos a la diversión. ¿No venís? A vuestra salud— chocó su vaso con el vaso siempre lleno de Diego—. Por el éxito de vuestro invento.

—A vuestra salud... quien quiera que seáis.

El galán educado sonrió franco. De pronto, antes de levantarse, se quitó la careta. Se desenmascaró con cierta dignidad y complacencia, como si hubiese sido un acto de generosidad por su parte, echando solemne su cuerpo hacia atrás y su barbilla hacia adelante, los ojos fijos en Diego esperando su sorpresa.

Pero Diego no se sorprendió porque no le había visto en su vida.

El galán educado se caló el antifaz y se perdió entonces entre el bosque de máscaras grotescas. Diego siguió estudiando el baile desde su oscuro observatorio. Su vista se centraba más en Uchur y no pudo reprimir un insensato pensamiento.

La risa radiante de su prima no era fingida, pero era fruto de la tristeza; él bien lo sabía. Era la risa de las calaveras. Era la propia muerte la que reía. Y al observar sus movimientos gráciles y acompasados se imaginaba un esqueleto bailando; un esqueleto sonriente con una hermosa cabellera negra y lacia. Era la propia muerte la que bailaba.

EL AMOR Y LA MUERTE

Retrocedamos en la narración como un mes en el tiempo.

Hacía como un mes que Diego de Granada había llegado a la nueva Corte de Madrid. Había venido desde Salamanca con el principal objeto de entrevistarse con el rey. Y había venido con tiempo más que suficiente. Esa era su costumbre: llegar a las citas con mucha antelación. No era un tiempo perdido, sino ganado, porque era un tiempo en el que, libremente y sin acucias, su pensamiento podía vagar sin ataduras ni rumbo fijo. Ese tiempo libre que precedía a la espera, la espera de la espera, era un tesoro, un ancho campo en el que la imaginación hallaba su mejor asiento.

Con tiempo suficiente podía ir acostumbrándose a la vida en Madrid y husmear en el Alcázar, palpando incluso cuál pudiera ser el estado anímico del rey y los acontecimientos que pudieran ocupar su concentración.

En cuanto llegó buscó una fonda, limpia y fresca, donde asearse y cambiar su aspecto de viajero por el de cortesano. El viaje en mula desde Salamanca a Madrid duraba varios días de polvo y sudor y necesitaba una fonda donde corriera el agua todo lo cristalina que aquel Madrid pudiera ofrecer. Era la fonda de doña María.

Quería estar limpio pronto, no para ver al rey, ya que faltaba mucho todavía para el deseado encuentro, sino para presentarse ante su prima Uchur, a quien no veía desde la infancia, allí en Granada. Era su prima precisamente quien le había propuesto que viniera a la Corte para mostrar sus conocimientos; era su prima quien le había anunciado, precisamente, que el rey estaba dispuesto a escucharle. Él ya había visitado y hablado con el insigne cosmógrafo don Alonso de Santa Cruz y, al parecer, este había a su vez hablado con el rey para que atendiera sus aspiraciones. Lo que Diego no entendía era por qué era su prima y no el rey mismo o alguno de sus secretarios, quien le había comunicado que sería oído por el gran monarca. ¿Ocupaba Uchur un alto cargo en la Corte?

Tras su instalación en la fonda de doña María, tenía que encontrar a su prima. No le sería difícil porque ella le había escrito diciendo que trabajaba en la corte, aunque había escrito corte con minúscula. Así que se dirigió al Alcázar Real y preguntó por ella. Sin embargo, allí no pudieron darle ninguna razón de una tal Uchur de Granada. Desconcertado, vagó algo por las calles, preguntando por ella a personas que le parecían distinguidas. Afortunadamente, Madrid no era muy grande y localizarla no tenía por qué ser difícil. Por otra parte ¿qué señas podía dar? Era granadina, pero desde la infancia podía haber perdido su acento. Era muy guapa, pero podía haberse afeado después de tanto tiempo. Era muy morena, pero había muchas morenas en Madrid. Su nombre no era Uchur; Uchur era solo un apodo, pero como siempre la había llamado así, parecía desechar su verdadero nombre. De todas formas, preguntaba también por Catalina, sin que tampoco le ayudara mucho para localizarla.

Mientras la buscaba dando palos de ciego, Diego iba recordando su niñez junto a la de Uchur, en la casa de su común aya, doña Angustias. La madre de Diego había sido una judía muy culta, acogida inicialmente como criada en la casa del mismísimo escultor y arquitecto Diego de Siloé, donde se le había permitido convertir su inteligencia en sabiduría y había acabado siendo catedrática en la universidad de Granada.

La universidad de Granada había sido fundada muy recientemente por el emperador Carlos, quinto de su nombre en Alemania, primero en España. Y aunque sus declarados propósitos incluían la persecución del islam, esta universidad había iniciado su andadura con gran vigor y bien abierta a grandes y nuevas ideas. No es de extrañar que una judía pudiera haber llegado a ser catedrática. Después de todo, ¿no había sido la docta Lucía de Medrano, una mujer, catedrática en Salamanca? ¿Y no había sido Juan Latino, un esclavo negro, catedrático en Granada? Pero la valía de la catedrática no fructificó ni pasó a los anales de la cultura europea porque murió al medio año de haber sido designada como tal.

Hablaba hebreo y arameo con soltura, dominaba el griego y el latín y hablaba correctamente el árabe. Escribía con elegancia y primor en todos los alfabetos y tipos de letra. Era una eminencia, según había oído a doña Angustias, en literatura e historia de los pueblos clásicos. Había sorprendido a los doctores con su dicción limpia, precisa, elegante y adornada con figuras imaginativas y oportunas.

En cambio, el padre de Diego había sido un mal hombre, listo como él solo, eso sí, pero un tarambana sin sentido de la moral. Había abandonado a su madre, así como a su mentor y maestro Diego de Siloé, donde vivía como su ayudante o secretario. Se iba detrás de las faldas de cualquier mujer que cruzara su camino y a la que abandonaba en cuanto quedaba preñada. En opinión de doña Angustias, había sido un lambrucio de la miel de su madre hasta dejarla exhausta y marchita. La abandonó a ella y le abandonó a él, a su hijo Diego, sin que del malvado nada más se supiera ni se quisiera saber.

Ni una palabra habría de salir de la boca del aya para identificar a tan infausto personaje, ni sobre si había muerto o no, ni por dónde podría rastrearse su vil trayectoria hollada de afrentas y dolores. Cuando era preguntada, no solo no daba información, sino que la poca que daba era como tinta de calamar, enturbiando lo turbio.

Y no más se podía saber tampoco de los padres de Uchur. En este caso, el aya no decía nada ni de su padre ni de su madre. Alguna relación debía haber entre ellos, Uchur y Diego, puesto que vivían al cuidado de la misma mujer y en la misma casa. Ellos se admitían como primos, por dar algún nombre a su posible emparejado nacimiento, pero no sabían cuál era su verdadera relación familiar si es que la había. Vivían en la misma casa bajo el cuidado y la protección de doña Angustias, gracias a la caridad de la esposa de don Diego de Siloé, una verdadera santa, al decir del aya.

Después de esa infancia común, Diego y Uchur habían seguido diferentes caminos. Diego había acabado estudiando y doctorándose en Salamanca y Uchur, no sabía Diego cómo, había acabado en la Corte. Ahora se iban a volver a encontrar, al cabo de unos... quizá diez o quince años. Diego estaba anhelante e inquieto por el reencuentro..., tanto se habían querido cuando eran niños.

Pero ¿dónde encontrar a Uchur?, ¿dónde encontrar a Catalina? Las personas distinguidas no sabían darle razón. A sus imprecisas preguntas no había más contestación que hombros levantados y cejas circunflejas. Pero un par de mozalbetes, preguntados por una mujer muy joven, muy guapa y morena, le indicaron sin dudarlo, con sonrisa picarona, la dirección de El Liebretón. Con esas señas solo había una persona en Madrid. Madrid era aún ciudad pequeña, a pesar de su crecimiento desordenado y rápido tras haber decidido Felipe II, hacía unos pocos años, que allí tendría la Corte su residencia estable.

Allí llegó Diego, allí llamó a la puerta. ¿Cuántas veces en su vida se había alejado de las puertas a las que había llamado, antes de que se abrieran? Pero esta vez aguantó. Sabía que la apertura de esa puerta hasta podría cambiar su vida. La nostalgia de su prima tuvo más arrastre que su miedo y aguantó firme, preparando su pregunta.

—¿Vive aquí Uchur?

—No, señor.

—Es muy hermosa y morena y es granadina.

—¡Ah! Sí. Espere un momento... — y dio una voz al interior—. ¡Catalina!

Y salió Catalina. Salió Uchur. Y abrazó caliente y estrechamente a su rígido primo; abrazó a su Diego y este abrazo derribó todas las conveniencias sociales y todas las composturas defensivas de su familiar. Frente a los resortes de frases convenidas, aquel abrazo era «demasiado poco demasiado largo» y no cesó hasta que los amorosos primos recuperaran aquel mismo momento en el que, siendo niños, dejaron de verse. El reencuentro con un afecto intenso solo se puede expresar con abrazos y besos. Y como hubiera hecho entonces, Uchur le cogió de la mano y le arrastró impetuosamente para dar un paseo por la alameda.

—Me costó encontrarte. Nadie sabía en el Alcázar quién era Uchur.

—Pero todos hubieran conocido a Catalina.

—Tampoco conocían a Catalina. No trabajas en la Corte.

—No; en realidad, trabajo junto a la Corte.

La pregunta era incómoda y prematura pero natural:

—¿Qué tipo de trabajo? ¿Qué es exactamente El Liebretón?

—Ahí organizamos bailes de disfraces... para cortesanos distinguidos...

—¿Cómo de distinguidos?

— Ellos, y también ellas, llevan su máscara. Y puesto que ellos quieren esconder su identidad... nosotras no los conocemos... En realidad, sí los conocemos. Una máscara no tapa mucho... Pero si ellos no quieren ser reconocidos... nosotras no hacemos nada para reconocerles...

—¿Vosotras? ¿Quiénes sois vosotras?

—Nosotras animamos la fiesta. No es difícil. Basta con danzar con un poco de alegría. El vino, la música y sus ganas de divertirse hacen que nuestra tarea sea sencilla...

—¿Y esto se hace en una Corte que pasa por austera y seria? Yo creía que un rey tan religioso llevaría a sus servidores a la iglesia y no al baile.

—Cuanto más religiosos, más se desmadran los cortesanos. Una olla bien cerrada explota.

—Pero el rey, según me han dicho, lleva siempre el rosario en la mano. Y su principal preocupación es acabar con la herejía.

—La alegría no es herejía. Pero, en fin, ya que hablas del rey. El rey solo lleva el rosario entre las manos cuando le retratan. Como sabrás, antes de ser rey hizo un largo viaje por Europa: Italia, Alemania, Flandes... Sobre todo, en Flandes, hay una gran afición a este tipo de bailes. Y de este viaje se trajo don Felipe la alegría de vivir y de amar. Ha sido él quien ha traído esta moda y todos los cortesanos, él el primero, se liberan de la carga de unas formalidades muy rígidas. En realidad, es el propio rey quien ha querido que El Liebretón exista.

—Entonces, ¿no solo lo tolera, sino que lo promueve? ¿Acaso él también acude a estas fiestas?

—El rey también se divierte, danza, canta, se queda hasta altas horas de la noche. Vive la fiesta, aunque, no te creas, es sumamente respetuoso con las damas. Yo no veo nada malo en que el rey se divierta... Pero ¡ay! ¡Cuitada de mí! Estoy siendo una lenguaraz. No tenía que revelar los nombres de los distinguidos danzantes y acabo de revelar el del más distinguido de todos, el del propio don Felipe.

—¿Y la reina? ¿Lo tolera? ¿O ella misma participa?

— La reina es una niña.

Uchur empezó a verse acorralada. Tarde o temprano tenía que decirle toda la verdad, pero ni muy tarde ni muy temprano. Intentó escabullirse:

—Pero ¿es que te estoy escandalizando?

—Nada de eso. Tú sabes cómo soy sin que tenga que decírtelo. Soy un amante de la libertad. En cuestión de amoríos, todo lo perdono, todo lo tolero, todo lo disculpo. Soy un tanto descreído y si voy a las iglesias es para gozar de su arte, de sus imágenes y de su música. No soy muy creyente, de lo cual ni me arrepiento ni me vanaglorio. Todo lo entiendo, a menos que a ello se llegue con violencia.

—Sé que eres así porque recuerdo que esa forma de pensar ya bullía en ti cuando éramos unos mocosos. En ti y en mí. Éramos tal para cual, y cuando infantilmente comentábamos nuestra forma de entender el mundo a doña Angustias, ella se horrorizaba cómicamente y hacía miles de señales de la cruz seguidas. «¡Laus Deus!», decía mientras se persignaba, «¡Laus Deus!», se arañaba la cara. «Callaos, niños... o al menos, que nadie os oiga tan blasfemas palabras».

Los dos rieron al recordar sus blasfemitas, que a más no llegaban sus ansias infantiles de libertad, de la suya propia y de la de los demás.

—Entonces, ¿por qué no te parece bien que el rey se divierta?

—Me parece muy bien. Lo que digo es que me sorprende. Dicen de él que es prudente, taciturno, distante, frío, serio... casi un cura...

—Quizá por eso. No lo sé. El rey no parece el mismo en el Alcázar y en El Liebretón. No sé si se ahoga en seriedad durante el día, por lo que se desahoga en alegría por la noche, o si la alegría de la noche le agota, lo que le obliga a estar serio de cansancio por el día. No me hagas caso. No sé lo que me digo. No vuelvo a hablar del rey. Estoy siendo una lenguaraz y revelando lo que no debiera revelar, ni del rey, ni de nadie. Solo añadiré que el rey no tiene nada de serio ni de distante.

Así seguían hablando; el primer día sobre ella. Tiempo tendrían de hablar sobre él. Iban cogidos de la mano, como si quisieran dejar de ser dos. Ambos tenían necesidad, el uno del otro, como en aquel entonces en Granada, y se asían, ora con fuerza, ora con ternura.

—Mira Diego. El sábado que viene hay fiesta en el Liebretón. Es un baile de máscaras. Yo te invito y así verás cómo son. Nosotras lo amenizaremos como podamos. Tocarán la música artistas muy renombrados y el vino que se bebe es de Calahorra...

—Pero si yo no sé bailar.

—Pues no bailes.

Diego contó a Uchur su vida a grandes rasgos. Después de muchas peripecias, había estudiado en Salamanca. Había tenido como profesores a ilustres sabios y a notables zafios. Pero de los segundos no guardaba memoria, ni buena ni mala, mientras que los primeros habían moldeado su cerebro y transformado su vida, especialmente, su forma de entender el mundo. No quería cansar a Uchur con una descripción de los grandes catedráticos que le habían enseñado; otro día lo haría, porque la admiración que guardaba para algunos era parte de su propia persona. El caso es que alguno de aquellos ilustrados maestros le habían metido el gusanillo de la física, de la historia natural, de la cosmografía, y el gusanillo aquel no tenía pereza ni descanso. Salamanca insigne; que ni siquiera París, ni Bolonia, ni Oxford. Ninguna de estas ciudades tenía una universidad que compitiera con la suya. Intervino Uchur:

—Entonces supe yo, como lo supo el señor Santa Cruz, como lo supo Felipe II, que habías ideado un nuevo método para abordar el problema de las longitudes... estos señores saben bien cuál es este problema, pero yo ni siquiera recuerdo qué eran las longitudes. Explícamelo. Quiero saber qué es eso tan importante como para que el rey demuestre tanto interés.

—Pues bien, Uchur, te lo explicaré. El problema de las longitudes es el mayor problema que tiene hoy la navegación y la cartografía y hay cientos de científicos en todo el mundo tratando de resolverlo, proponiendo ingeniosos métodos. Mi invento, lo que me trae a Madrid, es otro método, pero está tan en mantillas, pendiente de tanto trabajo por hacer, que más bien se puede decir que es el feto de un invento, o casi me atrevería a decir que es un aborto de invento.

—Pero ¿qué son las longitudes?

—Te lo diré en román paladino, como quería el poeta que se hablase. Imagínate un navegante que solo ve el mar y el cielo. ¿Cómo puede saber dónde está? Para decirnos dónde está haría falta que nos diera dos coordenadas, es decir, dos números. Cada punto de la superficie terrestre está caracterizado por un par de números. Este par de números pueden ser la latitud y la longitud. Hay otras parejas posibles, pero estas son las parejas más empleadas.

Diego cogió una manzana y con una navaja empezó a trazar meridianos y paralelos.

—Imagínate que esta manzana es la Tierra.

—Pero la Tierra ¿no es esférica?

—Imagínate que esta manzana es esférica.

»La latitud viene a indicar lo que nos alejamos del ecuador. Pero en lugar de expresarlo en leguas lo expresamos como un ángulo, en grados. Más exactamente sería el ángulo que desde el centro de la Tierra va desde el ecuador hacia el punto donde se encuentra el navegante. Si él está en el ecuador, la latitud es cero; si está en el polo norte su latitud es 90 grados; si está en el polo sur es de −90 grados.

»¿Cómo puede este navegante saber la latitud a la que se encuentra?

—Muy sencillo: hace un agujero que vaya hasta el centro de la Tierra y allí saca su compás.

—No te rías de mí. Lo sabe sin más que mirar la estrella Polar. Todo el cielo gira en torno a la Tierra con un eje que pasa por la estrella Polar. Hay un sabio polaco que dice que no es el cielo sino la Tierra la que da vueltas, pero ahora no nos preocuparemos de eso.

Diego hacía girar la manzana para mayor claridad en su explicación.

—La estrella Polar es la única que no se mueve mientras el firmamento gira. Así que la identificamos pronto.

—Diego, sabes perfectamente que sé lo que es la estrella Polar. De pequeños sabíamos reconocer todas las constelaciones y sabíamos el nombre de muchas de ellas y de sus estrellas.

—Si el navegante está en el polo norte verá la Polar en el zenit, arriba del todo. Si el navegante está en el ecuador, verá la Polar en el horizonte. Por tanto, según la altura de la Polar sobre el horizonte, el navegante podrá conocer cuál es su latitud.

—Lo recuerdo. A ver... ¿cuál es la latitud de Madrid...?
— Uchur extendió su brazo con el puño... su puño cerrado entonces equivalía más o menos a 10°— Yo diría que la latitud de Madrid es de unos 40°.

—Pero determinar la longitud es mucho más difícil. Fíjate en los meridianos de la manzana. Este meridiano pasa por donde está nuestro navegante y corta al ecuador. La longitud nos dice en qué meridiano se encuentra el navegante a partir de un meridiano que se toma arbitrariamente como origen. Normalmente, el meridiano que se toma como origen es el de Toledo. Otros prefieren utilizar el meridiano que pasa por la isla canaria del Hierro. Más precisamente la longitud es el ángulo que forman los meridianos del navegante y el de Toledo, en su paso por el ecuador.

—Entonces, la longitud de Madrid será cero más o menos.

—Pero si eres un navegante y solo ves las estrellas —la

manzana de Diego se puso a girar— no lo puedes saber. Si sabes bien qué hora es, las estrellas te pueden decir cuál es tu longitud. Y si sabes bien cuál es tu longitud, las estrellas te pueden decir la hora que es. Pero no puedes saber simultáneamente cuál es tu longitud y qué hora es.

»Si el navegante parte de Toledo y tiene un magnífico reloj, no hay problema, pero los relojes se zarandean en los viajes y pierden el compás. Algunos navegantes llevan un reloj de arena y un grumete se encarga de dar la vuelta al reloj para que vuelva a empezar. Si el grumete nos dice cuántas veces ha invertido el reloj, sabremos bien la hora que es. Pero los grumetes se despistan o se duermen y nunca lo confiesan y te dan el dato que primero se les ocurre. Yo, en su lugar, haría lo mismo. Estos relojes de arena —ampolletas los llaman— no se pueden fabricar tales que la arena tarde en caer más de una hora, por lo que el pobre grumete, que además no sabe para qué tiene que hacer tanta inversión de la ampolleta, nos mentirá con todo el desparpajo de su pícara edad.

»Como no tenemos buenos relojes y no podemos recurrir al reloj del firmamento, hemos de buscar otros métodos.

—Los relojes que construyó Juanelo Turriano para el emperador Carlos I son de una precisión inaudita.

—Pero son muy grandes para llevarlos de un sitio para otro en un barco. El más pequeño ocupa una tonelada, es decir, equivalente a unos $2\times2\times2=8$ codos cúbicos. Y además son muy frágiles. No soportarían el vaivén de las olas o el traqueteo de los carros.

»¿Qué otros métodos hay? Hay muchos otros. El gran cosmógrafo Santa Cruz escribió un libro, el llamado «Libro de las longitudes», donde describió unos cien métodos diferentes propuestos por muchos inventores, además de los suyos propios. He leído este libro varias veces y conozco la opinión del mismo Santa Cruz. Hay pocos métodos muy malos, pero hay también pocos métodos muy buenos.

»El que más gustaba a don Alonso de Santa Cruz era el de la calamita, la llamada brújula.

Sacó Diego la calamita que siempre llevaba consigo.

»La calamita señala una dirección cercana al norte, pero no exactamente al norte. Digamos que señala otro norte, al que se llama «norte magnético». Como conocemos la dirección del norte por la altura de la Polar, podemos conocer el ángulo que forman el norte geográfico y el norte magnético, ángulo al que llamamos «declinación magnética».

»La declinación magnética de Madrid, como la de toda España, es de unos cero grados. Ya tenemos dos valores sobre la posición del navegante en la Tierra: la latitud y la declinación magnética. Con dos valores independientes se fija la posición del navegante. O bien latitud y declinación magnética, o bien latitud y longitud. Eso quiere decir que debe haber una ecuación que nos dé la longitud en función de la latitud y la declinación magnética. Esta relación puede obtenerse a base de viajes y más viajes, midiendo la latitud con una ballestilla y la declinación con la calamita. O también puede encontrarse esa relación por procedimientos matemáticos. Pues bien: yo trato de hacerlo así. He obtenido esa fórmula matemática, pero no te quiero cansar. Podemos dejarlo para otro día.

—¿Es de esa fórmula de la que quieres hablar al rey?

—Sí, pero eso no es parte del invento que le quiero presentar. Es otro invento para hacer otra medida de tipo magnético...

—¿Quién fue quien se dio cuenta que en cada punto de la Tierra la declinación magnética es diferente?

—Se observa cuando se hacen largos viajes, así que no es de extrañar que fuera el mismísimo Cristóbal Colón quien se diera cuenta. Solamente por este hecho deberíamos tener a Colón como uno de los grandes científicos de la historia. Desde entonces los marineros distinguen si la aguja de marear, es decir, la brújula, es decir, la calamita, nordestea o noroestea. Pero la declinación es muy pequeña en casi todos los lugares habitables de la Tierra, porque los polos geográfico y magnético están muy juntos. Entonces, es difícil de medir. Este es el mayor inconveniente de este método.

Pero la explicación quedó bruscamente detenida en este punto. ¿Qué pasó? Que de la misma forma que Eva mordió la manzana en el Paraíso, Uchur mordió la manzana de Diego, quebrando sus meridianos y paralelos, en todo un cataclismo provocado por sus blancos dientes. Y después, tal como Eva dio su manzana para que la mordiera Adán, también Uchur dio a morder a Diego la manzana de los meridianos. Y después, como probablemente hizo Eva con Adán, Uchur mordió suavemente los labios de Diego.

Al día siguiente, la lección tenía que continuar. Tenía que decir a Uchur en qué consistía su invento. Pero le iba a ser difícil porque el mordisco a la manzana de los meridianos truncados había puesto su alma en carne viva. Había recorrido la largura de media Castilla por los pliegues de la sábana y llegaba al encuentro con Uchur —valgan los caprichos paradójicos del lenguaje— con falta de sueño y exceso de sueños.

No mucho más había dormido Uchur, aunque en su caso un sentimiento confuso mezcla de cobardía, arrepentimiento y fatalidad habían sido los fantasmas que la llevaron a una vigilia sin final.

En la matemática de la vida, donde los sucesos obedecen a las ciencias inexactas, hay una ecuación que se cumple inexorablemente: amistad más sexo igual a amor. La amistad fraternal que les había unido cuando niños, se enfrentaba violentamente con el deseo carnal por lo que Uchur y Diego estaban abocados a una gran pasión.

Cierto era que ya cuando niños habían vivido sus lances de inocente lujuria. Pero eran abrazos sin malicia ni trascendencia, mientras que ahora la fuerza de la naturaleza estaba dispuesta a devastarlo todo.

Hay que decir que Diego, como muchos otros jóvenes, era un inexperto enamoradizo que iba por el mundo con el corazón desnudo en la mano. En esta ocasión, su prima querida de la infancia, convertida por la acción benéfica del tiempo, en mujer adorable, le dislocó perdidamente. Pero no eran las «proporciones desproporcionadas» de Uchur las causas principales de su súbito y febril enamoramiento. Eran sus evocaciones, su fácil entendimiento, su femineidad escondida y hallada, su mirada profunda y triste y su voz imposiblemente cristalina, lo que le llevaban al deliquio más audaz e inconsciente.

Uchur, en cambio, recelaba de los amores devastadores que podían sumergirse tan fugazmente como habían emergido. Sentía una atracción intensa y apasionada por Diego, pero había dos negros nubarrones que le hacían retener sus impulsos. Ella tenía que confesárselos pronto a su primo antes que se despeñara por el abismo del amor imposible. Temía el ardor de Diego; el suyo estaba a duras penas controlado.

Para Uchur y para Diego, Diego y Uchur eran las personas más hermosas del mundo. Eso es lo que piensan todos los enamorados, aunque en esta ocasión la verdad y la exageración no estaban a la gresca, contrariamente a su costumbre. En el caso de Uchur se podía comprender, pues las animadoras de las fiestas de la Corte habrían sido elegidas entre las más bellas; pero en el caso de Diego, la masculina hermosura no tenía razón que la explicara. Se cogían las manos, se daban besos cada vez menos inocentes... hasta que la progresión de afectos fue delicadamente frenada por ella:

—Diego, antes de que sigas adelante tengo algunas cosas que confesarte.

—Dime...

Y con los ojos húmedos, ella se arrancó dos palabras de sus mismas entrañas.

—Soy lea.

—¿Eres lea? No sé qué palabra es esa.

—Soy lea. Soy una especie de prostituta.

—¿Prostituta...?

La temible palabra resonó en el cráneo hemisférico del cosmógrafo. Su alma quedó a merced de las ortigas.

—Una especie de... Nos llaman mesalinas... —dijo Uchur para hacer menos daño a su primo que callaba mirando al suelo— . Solo con hombres nobles... Muy pocos y muy nobles.

Después de un nervioso y largo silencio, dijo Diego:

—¿Eres lea? Pues si eres lea con gusto, seremos amigos. Si lo eres sin gusto, déjalo y seremos amantes.

—En realidad, ya no lo soy. Lo he sido, pero ya no lo soy.

Siguieron su paseo nemoroso, ahora sin unir sus manos. El silencio era absoluto. Hasta las moscas y las chicharras evitaban perturbarlo. Era un paseo sin vuelta, siempre alejándose. Y era un silencio eterno.

De pronto, Diego detuvo a Uchur, sujetándola por los hombros:

—Pues si todavía lo eres, deja de serlo. Y si ya no lo eres, no hay más impedimentos. Vivamos juntos. Amémonos.

—Somos primos— rio Uchur.

—No lo somos. ¿Quién ha dicho que somos primos?

—El caso es que ya le he dicho al rey que somos primos.

—Pero ¿es que hablas tan fácilmente con el rey?

—Muy pocas veces.

—Pues aprovecha una de esas escasas veces para decirle que no somos primos.

—Le parecerá raro...

—Ni se acordará.

Y al día siguiente, los dos primos, o amigos, o amantes, volvieron a encontrase y a pasear Manzanares arriba sin importunarles el calor del verano. Diego iba ya contento y animoso. Uchur, más ensimismada, sentía gravemente que la confesión no había terminado y que tenía que demoler las ilusiones de su querido primo.

—¡Qué necio fui ayer! No tuve fuerzas para comprenderte— decía él.

—Yo bien las tuve para comprenderte a ti...

Uchur se detuvo y le miró fija y apenadamente:

—Diego, no sigamos por este camino...

Las sonrisas de Diego eran las lágrimas de Uchur.

—Si lo quieres dejar, yo te «deslearé», si tal palabra existe. Si no lo quieres dejar, seré tu amigo o tu amante, ya te lo he dicho. Pero, ya me dijiste que lo habías dejado, que ya no eras lea —dijo Diego mientras se aproximaba a los labios de ella en busca de otra manzana pecaminosa—En todo caso, se hará según tu gusto; de una forma u otra siempre me tendrás a tu lado. No he venido para apartarte de tu vida si te parece placentera. Sí, si no te lo parece.

—Es que, Diego, mi confesión no ha terminado. Ahora te tengo que decir lo más terrible.

—Dime lo que sea. Te comprenderé...

En lugar de confesar con palabras lo hizo con actos. Empezó a desnudarse. Se desprendió del jubón y parte de la camisa y le mostró sus pechos divinos, oscuros y de pezones oscuros. Pero no se desprendió de la crinolina y su desnudez era solo de cintura para arriba, ante la mirada de Diego derretido de amor y deseo.

—Uchur, eres más hermosa que lo que me imaginé, pero hablemos primero y si nos entendemos, nos desnudaremos— pero su acercamiento febril desdecía su prudencia, sin voluntad para refrenar su ardor enamorado.

Pero entonces ella levantó un brazo y aparecieron unas pestilentes bubas de espantoso aspecto legamoso, ante lo cual, Diego retrocedió un paso, un paso dirigido por el temor y el asco. Se miraron callados como a una vara de distancia. Ella seguía con el brazo levantado mostrando su repugnante llaga. Y a continuación le mostró otras bubas en otras partes de su cuerpo.

—Esta es la belleza que tanto ensalzas.

—¡El mal francés!

—Así es, Diego, no tardaré en morir... —y volviéndose a cubrir, añadió sentenciosa: — ...Y morirá quien me ame.

Diego estaba paralizado por el horror de esta mortal enfermedad, el llamado mal francés, que estaba invadiendo Europa desde que Colón trajo a unos indios a Nápoles.

—He pasado de ser lea a ser letificante. Algo bueno había de tener antes de la muerte, pues dolor insoportable no tengo, como otros aquejados de esta enfermedad. Ahora, en El Liebretón cuentan conmigo para la leticia y la animación de las fiestas. Formo parte del grupo de mujeres que así nos llaman, mujeres leticias. Y vivo con alegría. Espero la muerte con alegría. He salido de un pozo para caer en el pozo definitivo, en el pozo poco profundo, pero del que nadie sale. Este pozo nos espera a todos, así que no hay que sentir pena.

Diego iba separándose poco a poco con una mano en el cuello como quien se traga una espina. Huir, vergonzoso; acercarse, letal. Otra vez las ortigas hiriendo sus entrañas.

—Por ti sería capaz de violar mi silencio y delatar a mis linajudos moscardones. He sido la flor que acoge a esos moscardones y así me lo han pagado.

—Habrá que inventarse otra forma de amarte...

—Ya la has inventado.

Y la joven, haciendo de tripas corazón como ya se había acostumbrado, animosa y alegre, invitó a su primo al camino de vuelta.

—¿Cómo llamaremos a tu invento?

—Nos amaremos a contracorriente de la muerte.

—Eso sería irreal; mejor corriente abajo.

—Como nosotros, el amor y la muerte son primos hermanos.

EL CARRO DEL REY

Llegó el día señalado. Llegó el día en el que el rey había de recibir a Diego que se había comprado un elegante traje para la ocasión. Las lechuguillas le irritaban con un escozor molesto, reacción de un cuello que nunca se había visto asediado por unos repliegues rígidos, caprichos insidiosos de la moda cruel. Uchur componía el traje haciendo que tan desmañado cuerpo se acoplara a él, apretando por aquí y estirando por allá. Pero parecía que, en lugar de tener un traje aderezado para él, era él quien tenía que aderezarse para el traje. La torpeza mayor venía de los pies. ¿Cómo podría haber pensado alguien que con aquel disparatado calzado se podía andar? Pero al fin, la lesa prima, con mañosas manos y frases animosas, consiguió que Diego se desplazara con una brizna de elegancia, guardándose la risa para sus adentros, al ver a su hermoso primo moverse torpemente convertido en remilgado cortesano.

Habiendo hecho las paces con su vestimenta, Diego empezó a luchar con su interior. ¿Cómo podía él, con su azoramiento habitual, entablar una conversación con tan grande emperador, dueño del mundo, tan serio, frío, calculador, exigente, cortante, perfecto como la fama le pintaba? ¿Cómo hablar con una estatua hierática inexpresiva? En esto, Uchur le repetía que su fama no le hacía justicia, que no era un rey frío sino un hombre cálido, que era sumamente amable y modesto, que callaba porque le gustaba escuchar y que, si bien era cierto que era exigente, ¿cómo podría ser de otra forma con todo un mundo a sus espaldas?

Pero Diego no podía tener en cuenta las alentadoras palabras de Uchur porque preveía que su timidez le haría comportarse como un bobo. Se postraría ante Felipe II hasta arrastrase por el suelo sin intención ni valor para volver a levantarse. Le hablaría desde el suelo mirando al suelo y entonces le confesaría que él, el rey, sabía más de cosmografía que él mismo —pobre diablo— y que su invento no resolvería el problema de las longitudes porque era una birria de invento. El rey era un cosmógrafo más aventajado que él, que había recibido lecciones nada menos que de boca del ilustre Alonso de Santa Cruz. El rey entonces le habría de decir con frías y medidas palabras «¿Con invento tan paupérrimo osas que malgaste mi regio tiempo?».

Embuchado en su traje, se dirigió finalmente al Alcázar Real. ¡Ay! Si al menos tuviera de noble algo más que sus lechuguillas, se presentaría ante el gran emperador con algo más de confianza. Nunca había deseado ni envidiado la nobleza, pero ahora le vendría al pelo solo como fugaz remedio a su azoramiento.

En cierto modo, él era noble, no por sus títulos sino por los méritos de la cultura. Al fin y al cabo, aunque su padre hubiera sido un bribón, su madre había sido una ilustre catedrática de la universidad de Granada. Y por otra parte ¿cómo podía decir que su padre había sido un bribón si no sabía quién era su padre? ¿Y si habían echado las culpas al supuesto bribón para ocultar la falta de algún personaje encumbrado? Encumbrado, no por sus títulos sino por su arte. A veces se había imaginado que él, llamándose Diego, podría ser el hijo de otro Diego, de Diego de Siloé, ya que después de todo, allí en su casa había vivido mucho tiempo su sabia madre. Diego de Siloé aún vivía. ¿Estaría mal que viajara a Granada y se lo preguntara directamente?

¿Debería saber esto el rey? ¿Qué le habría dicho Uchur que tan cercana a él parecía? Pronto abandonó estos quiméricos pensamientos pues se aproximaba a las puertas del Alcázar. Un guarda, un montero de Espinosa de los Monteros, le condujo hacia la estancia donde el rey despachaba. Entró Diego sin tocar el suelo de forma que don Felipe, ignorando su presencia, siguió absorto escribiendo, con su pluma revoloteando, que así remedaba su origen avícola. Diego tosió de forma inaudible, pero el rey seguía escribiendo, de vez en cuando deteniéndose, mirando al techo buscando la expresión precisa o la decisión discreta. Parecía ignorar a quien se creía ignorable. Diego volvió a toser de forma inaudible.

—Os ruego que me perdonéis, don Diego de Granada— dijo por fin el rey, con voz queda—. Tenía que acabar una carta.

Al fin, levantó la cara, congelando exageradamente una traviesa expresión, y miró atentamente a Diego esperando su reacción. ¡Cielos! El simple gesto de levantar el rostro provocó en Diego toda una multitud de encontradas reflexiones que cruzaron como relámpagos por su cabeza. ¡Era él! El «galán educado» de El Liebretón. El galán educado del baile de disfraces era el gran Felipe II.

Diego quedó mudo y aturdido y el rey conservó un gesto lo más cercano a divertido que se podía esperar de tan sesudo monarca.

—Majestad... yo...aaag...

—Sentaos, don Diego de Granada.

Más que sentarse apoyó este una parte ínfima de su trasero en un rincón delantero de la silla, aquel que quedaba más alejado de todo un Felipe II. Más hubiera preferido que le hubiera dicho «arrodillaos». Más hubiera preferido ser ingrávido.

—Seré prudente... No seré yo quien desvele lo que el antifaz velaba...

—No os preocupéis —sonrió el rey—. He traído de Flandes el gusto por las fiestas de disfraces. Todos saben que a ellas asisto y en ellas me divierto. Todos lo callan, pero todos lo saben. No me arrepiento nada, aunque sería bueno ir adaptando las licenciosas costumbres flamencas al rigor castellano —volvió la sonrisa al joven rey—. Mientras llega el cambio, disfrutemos. Espero que nos encontremos más veces en El Liebretón, don Diego.

»Las fiestas de máscaras son alegres, pero no perversas. Claro que los antifaces miran a los escotes y los escotes muestran sus lindezas a los antifaces. Y tanto los cortesanos como las cortesanas necesitan el aire fresco que no se respira en el Alcázar, o en los otros sitios reales.

Diego sospechaba que el mismo rey había practicado algún orificio en la olla sellada por donde salía silbando el liberado vapor, según la metáfora de la olla de Uchur. No parecía que don Felipe tuviera una gran preocupación por ocultarlo, aunque tampoco ansia en publicarlo. Pero sintió el césar que se estaban desperdiciando unos segundos de su ordenadísima planificación diaria y entró de lleno en la esperada conversación.

—Recibí una carta de mi criado real, don Alonso de Santa Cruz, en la que me habló someramente de vuestro método innovador de determinar las longitudes y elogió vuestra forma de abordar los problemas de la cosmografía. Me dijo que erais un hábil matemático.

—En realidad... —balbució Diego— me aturde tal elogio... Fue una suerte que pudiera hablar con el sabio don Alonso. Y gracias a él, es una enorme suerte que ahora esté frente a frente con vuestra majestad.

—Para ser exactos, antes le había escrito yo a él. Supe de vos antes y Santa Cruz después.

Se levantó decididamente y dio unos pasos sin rumbo definido. Con voz ligerísimamente más audible que la de su tono habitual, agitó la silla donde Diego apenas reposaba.

—Podemos hacer dos cosas. Tengo que ir a Aranjuez para un asunto que requiere mi presencia. Podemos hablar ahora brevemente y luego yo me voy a Aranjuez, o bien, venís conmigo a Aranjuez y hablamos por el camino. Así se me hará el viaje más ameno y podremos discutir sin límite de tiempo.

—Veréis majestad: lo que os tengo que decir es breve, sin que haya lugar a abreviarlo. Y, por otra parte, no sería yo un buen amenizador pues no poseo ese don...

—Decidido. Os venís conmigo a Aranjuez. Partimos dentro de media hora. Id a vuestra casa y liberaos de las lechuguillas.

El carro del rey era una verdadera oficina de trabajo, en la cual podía recibir a embajadores, resolver pleitos o, como era el caso, dialogar con personas que pudieran contribuir al gobierno de la república y de su vasta extensión. Pero en el carro, más bien, leía el rey memoriales, informaciones, correo, etc. Para lo cual, el movimiento de traqueteo quedaba reducido increíblemente gracias a un invento colocado cerca de las ruedas que amortiguaban los saltos de los muchos baches, y gracias a que el camino había sido suavizado mediante no pocas obras para facilitar la real lectura. Aquel carro no rodaba; se deslizaba. Parecía más un barco en un mar tranquilo. Claro, la suavidad no llegaba a tanto que se pudiera escribir, lo cual era un mal que el monarca debía tolerar si quería mantener tantos sitios reales en las cercanías de Madrid, pero la lectura se podía seguir con toda comodidad, como si el carro estuviera parado. Para conversar, una mesa con asientos a ambos lados permitía el diálogo cara a cara. Era realmente una oficina rodante. La comodidad era tal que hasta Diego llegaba a ignorar el despiadado calor de aquel día. Se preguntaba qué habría sido de él si no hubiera podido desprenderse de las lechuguillas.

—Es excelente este carromato para poder conversar—dijo Diego para liberar al silencio de su peso.

El rey dijo con inapropiada seriedad:

—Para pensar, andando; para hablar, sentados; y para amar... tumbados.

Y entró en materia, como quien no había perdido un segundo de su vida.

—Así pues, mi cosmógrafo, el achacoso don Alonso de Santa Cruz, me recomendó que os escuchara. ¿Sabéis que este señor fue uno de mis maestros y que también lo fue de mi padre?

—Sí, Majestad; él me lo dijo.

—No me gusta que me llamen Majestad; dirigíos a mí llamándome simplemente Señor.

—Sí, Majestad; digo, sí, Señor —la timidez de Diego le empezaba a aturullar.

—No fui mal alumno. Luego le encargué, aun siendo yo Regente, que escribiera un libro que reuniera todos los métodos, buenos o malos, que se habían propuesto para la determinación de la longitud. Y escribió un libro, el «Libro de las longitudes», uno de los libros más perfectos que se han escrito de todos cuantos conozco. Y a pesar de lo cual, seguimos sin saber cómo se puede determinar bien la longitud de un lugar. Hay métodos malos, hay métodos buenos, pero no hay ninguno definitivo. Exceptuando el método de los eclipses, claro, pero no se producen eclipses cuando uno quiere.

—He leído mil veces este libro.

—Así que sé lo que son las longitudes, sé cuál es el problema de su determinación y conozco la utilización de la calamita para resolverlo, por ahora limitada. Necesito la longitud de cada rincón de mi reino. Tengo un reino que no sé dónde está ni sé cómo es de grande. Me faltan las longitudes para saber el mapa de mi reino. Sin un mapa no se puede gobernar. Y, ahora, os escucho.

Diego carraspeó prolongadamente.

—Hasta ahora se ha colocado la calamita en posición horizontal para conocer la declinación magnética. Pero si se coloca la calamita en posición vertical se obtiene, o se puede obtener otra información independiente y, por tanto, complementaria. Así que coloco la calamita en la posición vertical, en un plano que contenga al norte magnético y determino el ángulo que forma con la horizontal. A ese ángulo le podemos llamar «inclinación magnética».

Sacó su calamita y trató de ponerla en la posición vertical, pero, a pesar de la suavidad de deslizamiento del carro, alambres, cuerdecitas, y demás artilugios caseros, bailoteaban al son de los baches haciendo inútiles las explicaciones del pobre Diego de Granada. El rey sonrió. Con una sonrisa tan estática que solo el traqueteo del carro permitía reconocer que aquello era una sonrisa.
—No os esforcéis. Ya me lo enseñaréis en Aranjuez. Aunque, en cierto modo, un buen método debería ser bueno incluso en alta mar, con el vaivén de las olas, pues son los navegantes los más interesados en saber dónde están.
—Como veis, Señor, mi método no es más que una extensión trivial del ideado por el señor Santa Cruz. Y en realidad, el invento de Santa Cruz no es sino una extensión del descubrimiento de Colón. Quizá, este que os expongo, tiene una ventaja: la declinación magnética, para los lugares donde nosotros y los colonizadores están, es siempre un ángulo muy pequeño. Básicamente, todo se reduce a ver si la aguja nordestea o noroestea, es decir, si la declinación es positiva o negativa. En cambio, la inclinación magnética es un ángulo mayor. Aquí en Madrid es de unos cuarenta y cinco grados. Y se determina mucho mejor, con más exactitud.
—Interesante... —parece que musitó el rey— Ahora me tenéis que decir cómo a partir de la latitud y la inclinación magnética podéis obtener la longitud.
—Para ello, señor, se puede recurrir a métodos teóricos y a métodos de observación. Los primeros consisten en unas fórmulas que traigo en este cuaderno y que os voy a mostrar. Los segundos, ya solo se podrán establecer de forma cuidadosa y navegando por todos los lugares de la Tierra. Pero tanto los métodos teóricos como los basados en la observación son complementarios y necesarios.
Diego abrió su cuaderno y la cara inexpresiva del Monarca se volvió aún más inexpresiva. Diego empezó a calentarse en su explicación.
—La Tierra es un imán.
—¿La Tierra es un imán? Se me hace difícil imaginar tal cosa.
—La Tierra entera es un inmenso imán. Primero, pensemos por qué. Su interior, que nos está vedado observar, debe de contener cantidades ingentes de piedra imán, de magnetita, como la piedra imán que sirve para cebar las brújulas. He estudiado cómo se comportan dos imanes ejerciéndose

mutuamente una fuerza con la que alcanzan una orientación común. En la Tierra los trozos de piedra imán se orientan los unos a los otros y juntos llegan a producir un gigantesco imán. Gigantesco, pero no de gran fuerza...

—Esperad, amigo don Diego. No tengo capacidad matemática ni me gustan las elucubraciones.

—Perdón, señor. Sea como sea, el caso es que la Tierra entera es un imán; un imán de colosales dimensiones. Y como tal tiene su polo norte magnético y su polo sur magnético... Bien, voy al grano... perdón, Maj... señor... Iba diciendo que el polo norte y el polo sur están diametralmente opuestos en la superficie de la Tierra y entonces podremos trazar un ecuador magnético, unos paralelos magnéticos, unos meridianos magnéticos... Esto lo hizo el insigne Martín Cortés... y habrá que resolver un triángulo esférico para pasar de coordenadas geográficas a coordenadas magnéticas. Eso es fácil porque los sabios árabes nos enseñaron cómo hacerlo. No he tenido más que aplicar las fórmulas del alcadí Ibn Muad... Para ello he supuesto que el ecuador geográfico y el magnético se cortan en las islas de San Pedro y San Pablo...

—Bien, don Diego, me complace que hayáis tenido que recurrir a la ciencia árabe. Conozco bien el libro de Ibn Muad; en mi biblioteca está. Pero, de todas formas, os tengo que advertir que desde niño he demostrado nula capacidad para las matemáticas, habiendo sido la desesperación de mis maestros. No sé matemáticas; no comprendo ni su lenguaje ni sus demostraciones, si bien es cierto que sé que en las matemáticas está el futuro del gobierno del mundo. Así que dejad de hablar de matemáticas que no os entiendo, que ni puedo entenderos ni tengo tiempo para intentarlo. Id al final de vuestro enigmático cuaderno y no me mareéis más.

—Está bien, señor.

Diego sobrevoló un montón de páginas repletas de ecuaciones, figuras misteriosas, operaciones aparentemente cabalísticas y llegó a la última escrita con dos fórmulas finales. La primera daba la longitud conociendo la latitud y la declinación magnética. La segunda daba la longitud conociendo la latitud y la inclinación magnética. Para su sorpresa, el rey le pidió el cuaderno y se quedó mirando con estática fijación las dos fórmulas finales del cuaderno.

—Señor ¿qué miráis con tanta atención si confesáis que no sabéis matemáticas?

—En efecto, no sé matemáticas, pero sé para qué sirve una fórmula matemática. Es un completo arcano para mí cómo habéis llegado hasta este resultado final, pero sé qué significa, sé cómo se puede valer uno de todo esto para la gobernación del imperio. Sé cómo se puede usar una fórmula matemática para cristianizar el imperio. Pero también me hago cargo de las dificultades que pueden tener los pilotos para manejar toda esta álgebra contenida en esta fórmula... Estas ecuaciones son demasiado intrincadas para ser resueltas en cubierta con mala mar.

—Señor, los pilotos del futuro tendrán que ser matemáticos, más matemáticos que ahora. En la Casa de Contratación ya se les enseña algo. Pero tienen que saber más. Los portugueses ya lo han entendido así.

—Os doy la razón. La Casa de Contratación enseña algo, pero los pilotos del futuro han de ser aún más matemáticos. Son aventureros, pero la aventura y la geometría no son conceptos irreconciliables...

Diego iba emocionándose y empezaba a olvidar que estaba hablando con el gran Felipe II, quien sin embargo le advirtió de los posibles problemas de su método.

—En primer lugar, don Diego, podéis hacer vuestras mediciones en tierra firme. Pero los navegantes necesitan saber dónde se hallan, también en plena galerna. En segundo lugar, estas fórmulas no son de fiar hasta que no se navegue cada palmo del océano y se pise cada pie cuadrado de la tierra. Al final, todo tiene que abocar en un mapa. Si todo esto tiene sentido, tiene que producir un mapa. Busco el mejor mapa del mundo, el mejor mapamundi. Y perdonadme, don Diego, si desconfío prudentemente de vuestro cuaderno.

Se entristeció algo don Diego con este comentario. Podría convencerle si él mismo estuviera más convencido y si volviera a tener la singular ocasión de hablar con el rey cosmógrafo sin límite de tiempo. Ciertamente, aunque el rey no fuera un buen matemático, ni un buen cartógrafo, ni un buen navegante, sí que era un gran cosmógrafo.

—Decidme don Diego de Granada. Si en Sevilla la declinación magnética es cero, y si unimos todos los puntos en los que la declinación magnética es cero, obtendremos una curva sobre la superficie del globo terrestre que podremos llamar la «línea de agonía». ¿Podéis trazar para mí, en este mapa que ahora os extiendo, por dónde transcurre la línea de agonía?

—Algún día podré responderos. Todavía me temo que no. Hay, al menos, una línea de agonía que divide América. Y trazó una mala recta que separaba el nordesteo del noroesteo.

Pero no se desilusionó ante esta confesión de ignorancia y pensó que podría trazar la línea de agonía con la aplicación de sus propias formulejas. Quizá podría resolverlo aquella misma noche.

Hay que decir también que un viaje de Madrid a Aranjuez requiere todo un día y en todo un día, entusiasmado con el notable éxito que entendió que había tenido al hablar de longitudes con el rey, tuvo tiempo de crearse un comino de regia enemistad, desbaratando en gran parte el logro inicial. En palabras villanas, en el largo trayecto de Madrid a Aranjuez, tuvo Diego la ocasión de «meter la pata», lo que le hizo después «tirarse de los pelos».

El veloz carromato estaba llegando a Aranjuez en menos de siete horas.

El caso es que Diego venció excesivamente su timidez en demasiado poco tiempo. Siguieron hablando de astronomía, tema en el cual el rey demostraba gran conocimiento. Y no se sabe cómo la conversación fue a recaer en la figura del sabio hebreo español Abraham Zacuto, nacido en Salamanca en 1452, coetáneo más bien de los bisabuelos del rey. Sus padres habían sido expulsados de Francia. Este gran astrónomo era conocido y admirado tanto por Diego como por el rey. Pero recordó Diego las dificultades que había tenido por ser judío. No pudo ser profesor en Salamanca y había sido expulsado, como todos los de su credo, en el señalado año de 1492, año en el que habían acaecido tantas cosas sublimes y tantas otras necias en España. Fue Zacuto a Portugal donde fue astrónomo real, pero posteriormente fue también expulsado de Portugal, acabando sus días en Damasco en 1515, aunque cualquiera sabe dónde realmente encontraron sus nobles y errantes huesos la tierra que a todos nos acoge.

—¡Pobre Zacuto! Tan sabio y perseguido solo por sus creencias religiosas... —dijo Diego, e, inmediatamente, vio que aquella frase había sido un desliz. Había herido la suspicacia del Monarca. Había ido demasiado lejos y apreció cómo el rey cambió un augusto ceño por un adusto ceño.

—Señor don Diego: ¡Alto ahí! De astronomía hablemos cuanto queráis. Pero si el discurso es de teología, contened vuestra lengua. Solo hay una religión verdadera y en España solamente cabe esa religión: el cristianismo tal como lo entiende el catolicismo de la contrarreforma tridentina. En este mi imperio solo se profesará esta creencia. Aún no lo he conseguido, pero lo conseguiré. En este mi imperio caben muchos pueblos, muchas razas y muchas hablas, pero religión solo puede haber una, la única verdadera, y quien no sienta esta fe como suya que se vaya a otro reino.

Está claro que Diego no estaba de acuerdo con esta intransigencia, convencido de que diferentes creencias religiosas pueden convivir, pero la provocación del disgusto real le dolió más a él que al propio rey. Y no solo sintió dolor; también miedo, dada la fama que tenía de frialdad ejecutora y que él imprudentemente podría haber despertado. Pero ¿qué debía hacer? Acatarlo o rebatirlo. Pensó en su propio palíndromo «Acata, alaba o a bala ataca». Ni lo uno ni lo otro: guardó silencio, un silencio que acabó rompiendo el rey:

—Zacuto fue un gran astrónomo. En mi juventud tenía yo siempre a mano su «Almanaque Perpetuo». Admiro a Zacuto como astrónomo, incluso admiro su humanidad, pero fue terco en su credo herético. A él debemos, entre otras muchas cosas, que el pretendido movimiento de «trepidación» en el que se creyó durante tanto tiempo, incluso por el distinguido astrónomo hispano-árabe Azarquiel, se sustituyera por el de «precesión» que había descubierto el gran astrónomo griego Hiparco, y que había sido defendido más recientemente por Aurelio de Covarrubias. Pero siguió arremetiendo contra las torcidas tradiciones religiosas del pueblo deicida.

Bullían las entrañas de Diego con estas opiniones del rey, entendiendo que con él no se podía hablar de religión. ¿Cómo puede un hombre estar tan convencido de que un dios existe y es precisamente el suyo? ¿No se le llama a esto fanatismo? Pero supo callarse a tiempo. Quién sabe si más adelante se establecería una relación más íntima entre los dos para poder hablar de estas cuestiones sin irritación.

EL JOVEN FELIPE II

Llegaron a Aranjuez. Atravesó el carruaje real los diferentes edificios que componían el palacio y se dirigió directamente a unos jardines que se estaban construyendo. Con la traza en la mano, el rey, sin prisas ni gritos, ordenó a los jardineros y albañiles lo que tenían que hacer, cómo realizar la ampliación y cómo ir distribuyendo las plantas en cada una de las parcelas, definidas tras un bello esquema geométrico. Si bien él no lo había trazado con su mano, la concepción del jardín era perfecta y directamente obra suya, por mucho que oyera y atendiera los consejos del jardinero real. A pesar de la actividad que le esperaba en Aranjuez, su paso era moderado, sus gestos comedidos y sus órdenes se dictaban con susurros. Diríase que el rey tuviera todo el tiempo del mundo. ¿Cómo nacía tanta energía de tanta calma? Felipe II tenía todo el espacio del mundo, pero no todo el tiempo del mundo, precisamente por eso. Esa era su forma de mandar, lento y sin voces, escuchando a todos, especialmente a los criados reales. Sabía lo que cada uno sabía y sabía qué se podía mandar a quién, y eso le bastaba para emitir sus órdenes de modo operativo.

Diego seguía la improvisada comitiva de don Felipe con los jardineros. En un arco florido anunciaba un letrero que tenía escrito «Plantas del Nuevo Mundo». Y es que, aunque don Felipe gustaba de la belleza de árboles y arbustos y apreciaba su aroma y sufría cuando algún árbol se cortaba, o aún si se podaba, un jardín para él era más científico que estético, y las nuevas plantas del mundo nuevo tenían propiedades curativas que los expertos médicos indios habían transmitido. La colección de plantas exóticas era aún reducida, pero en sus planes estaba el encargar un estudio sistemático a algún botánico de su confianza que no temiera los avatares propios de un continente desconocido. Faltaba aún por decidir ese hombre clave para la feliz gloria del imperio. No eran aún muchas las plantas americanas y filipinas, pero se había reservado para ellas un amplísimo terreno. Los vegetales no eran simplemente hermosos; además, curaban.

—Veo, señor, que dudáis de vuestra capacidad con las matemáticas, pero sois un experto en botánica. Estáis creando un jardín distinto donde la belleza y lo singular será el recreo vuestro y de los vuestros.

—Mis jardines, don Diego, no buscan el recreo. Son una especie de botica o, al menos, una antesala de botica. Casi todas nuestras medicinas salen de las plantas. Pongo especial atención en las que vienen de allende los mares, del Perú, de Nueva España, de las Molucas..., porque tienen propiedades curativas que aquí aún se desconocen. Este jardín no está hecho para el descanso, sino para el estudio. Aquí los jardineros son botánicos y los botánicos, médicos. El imperio no solo ha de ser grande; ha de ser bueno, con gente sana y fuerte.

Dejó a los jardineros trabajando y con algunos criados se dirigió al palacio.

—Venid, don Diego, conmigo, que os voy a presentar a la reina.

—Señor, será un honor, pero no estoy avisado de los usos galantes cortesanos.

—También yo sufro en Madrid esos comportamientos establecidos y obligados, pero en Aranjuez su rigor es más condescendiente. Aquí no hay más lechuguillas que las de las huertas.

En el gran salón del palacio de Aranjuez, esperaba la reina acompañada de varios cortesanos, a la espera de una fiesta musical que pronto iba a tener lugar. Felipe II ya estaba junto a ella, la gentil francesita, la reina doña Isabel de Valois. Diego llegaba a tiempo de asistir a la velada musical.

El rey le presentó como «un joven prometedor cosmógrafo». Diego saludó con torpe acierto, si esta especie de *oxímoron* fuera permisible, ayudado por la naturalidad y amabilidad natural de la reina niña que le dio a besar su mano pequeña y blanca, dejando sus ojos expresivos saludando a los de Diego. Decían de la niña que no era una gran belleza, pero era muy gentil. A Diego, sin embargo, además de gentil, sí le pareció bella. Era una niña despierta y que despertaba. Le dirigió a él unas agudísimas palabras con acento francés, con una infantil y casi pícara sonrisa:

—Si sois cosmógrafo, mi esposo no os dejará en paz.

Uno de los cortesanos, cuyo nombre Diego no pudo retener, le fue presentando a otros cortesanos cuyos nombres tampoco pudo retener. Cada nombre iba precedido de uno o varios títulos nobiliarios o una descripción de sus habilidades artísticas para solaz de los palaciegos. Pero hubo dos personas a las que conocía bien a pesar de ni siquiera conocer su nombre.

Una era «la dama de los ojos», de la que tanto había estado pendiente en El Liebretón. Dijeron su nombre al presentarla, pero entre su aturdimiento habitual, mayor aquel día, y su rareza y longitud, seguramente extranjero, no acertó tampoco a retener. Los ojos de la dama volvieron a estudiar al joven prometedor cosmógrafo, con la mirada bella que él ya conocía. Ahora se fijó más en su rostro asaz homogéneo y pensó que sus labios delicados parecían diseñados para el beso y su cuello para ser besado.

Perturbado, pasó a saludar a la siguiente persona que le era conocida. Era aquel a quien él había nominado como «el viejo fatuo». Y seguía siendo un viejo fatuo como pudo apreciar a pesar de la brevedad del saludo. Su sonrisa era aparentemente franca pero presuntuosa. No parecía sino que le había perdonado la vida dignándose a saludar a tan insignificante zangolotino. Su mano era grande y áspera como la de una estatua de granito.

Hubo un delicado recital de una cantante acompañada al clave por un virtuoso, y después hubo para beber una refrescante aloja, compuesta de agua miel y especias; y para comer, sabrosas fuentes de lavanco y pernil. Los cortesanos comían y bebían de pie con animada conversación. Muchos se arremolinaban en torno al rey; otros cortejaban a la reina niña doña Isabel. También Diego, novedad en aquel ambiente, era centro de atención y algunos se acercaban a él como queriendo entender qué era exactamente un cosmógrafo.

Para Diego, la escena remedaba la noche de El Liebretón. La dama de los ojos le miraba de vez en cuando y el viejo fatuo la cortejaba a ella insistentemente, con una simpatía excesiva que ella recibía cordial pero ausentemente. Llegó Diego incluso a pensar que ella estaba más pendiente de él que de las lindezas del viejo fatuo.

Quien sí festejaba con alegría las ocurrencias y el desparpajo del viejo fatuo era la propia reina. Parecía que la francesita le admiraba. ¡Pobre infeliz!

El rey dio las buenas noches pues estaba cansado del viaje y a Diego le dijo que tendrían que seguir hablando. Esto le preocupó pues pensaba que ya le había dicho todo lo esencial que había querido comunicarle, pero estaba también cansado y no tardó en retirarse a una amplia y confortable habitación que le habían preparado, tan espaciosa como Diego no había visto jamás en su vida. Tuvo un sueño largo, pero poco profundo, como si la fatiga y la duración del sueño hubieran de mantener una pendencia irresoluble.

Al día siguiente, un lacayo informó a Diego que el rey quería verle y le esperaba en el jardín. Se vistió atropelladamente, buscó con poco tino la dirección del jardín por crujías inacabables y corriendo y jadeando llegó hasta don Felipe que estaba observando una planta con deleite y concentración.
—Amigo Diego, sigamos nuestra conversación.
—Señor, ¿me habéis llamado amigo?
—Cuando hablo con cosmógrafos, no gasto corona.
—Señor, ¿me habéis llamado cosmógrafo?
—Vamos al grano, don Diego. Determináis la declinación magnética y la latitud geográfica. A partir de estos dos datos determináis la longitud geográfica con una fórmula de vuestra invención. Eso está muy bien. Además, determináis la inclinación magnética con vuestro invento y, con la latitud geográfica, tenéis otro método alternativo para encontrar la longitud geográfica con una fórmula también de vuestra invención. Eso está muy bien. Sin embargo, dejadme que desconfíe de vuestras fórmulas. Se han deducido sobre el papel, dentro de la esfera de vuestra cabeza. Ahora tenéis que demostrar que se cumple en la esfera del mundo. En otras palabras, vuestras fórmulas necesitan una verificación para que tengamos confianza en ellas. Y, por otra parte, aunque no hubierais deducido ninguna fórmula, se podría deducir la longitud a base de viajes para llegar a obtener unas tablas. Unas tablas que solo se pueden obtener recorriendo el mundo de cabo a rabo. Sería también perentorio que se cotejaran estos datos de longitud con los obtenidos por el método de los eclipses.
—Todo esto es bien cierto, señor...
—¿Decís que la Tierra es un gigantesco imán? Es esa una aseveración de la ciencia pura, imaginativa, pero sin certeza. Pero esa ciencia pura ni me sirve ni sirvo yo para ella. Si de la idea febril resulta el beneficio para el arte de navegar,

bienvenida sea, pero al final lo que interesa solo es el triunfo del imperio y el conocimiento de sus dimensiones. Vuestras fórmulas necesitan la embestida de las olas y el polvo de los caminos.

El rey estaba en parte equivocado, según el parecer de Diego. Las artes aplicadas perecen si no se alimentan con ideas. La ciencia pura necesita nuevos nutrientes. Y las ideas nuevas no se generan en el fragor de las batallas sino observando el movimiento de los astros. Pero se calló prudentemente.

—La conclusión es que necesitamos a una persona que sea a la vez un buen cosmógrafo y un buen viajero, tanto por tierra como por mar. Que sepa matemáticas, astronomía y cartografía. Necesitamos a un cosmógrafo navegante. Necesitamos a un hombre duro y sabio.

—Podéis encargar a un navegante que se dirija a donde el cosmógrafo y otros científicos le indiquen. Una expedición científica... Un barco, además de servir para el transporte de haberías y de gente, o de servir para la guerra, puede servir para la ciencia.

—Eso es imposible —rio el Monarca— los pilotos y los barcos están muy atareados cruzando el Atlántico y el Pacífico, o en su defensa de piratas y de turcos. El cosmógrafo idóneo tendría que enrolarse en los barcos que encontrare, aprovechando las oportunidades que la casualidad le brindare. Podría aprovechar viajes de índole diplomático o de espionaje. Y debería aprovechar acémilas que se buscare para los viajes por tierra. Al final, debería haber recorrido todo el mundo, y habría de haberlo hecho con presteza, pues el tiempo pasa como una exhalación (como dice vuestra prima).

—Ese cosmógrafo ¿podríais ser vos mismo? Viajáis mucho...

—No, don Diego, no —sonrió el rey sorprendido por la ingenuidad de Diego—. Yo no puedo faltar de aquí ya. Ahora necesita el imperio un hombre en su silla y no en la silla del caballo precisamente. A caballo reinó mi padre Carlos I. Su imperio era grande pero el mío es ilimitado. El tiempo de la conquista ha dado paso al tiempo del gobierno y de la organización. En mi pequeño despacho se gobierna un mundo inmenso. Entran en él informaciones y salen decisiones. No puedo ir a la Indias y he de gobernar desde aquí rodeado de legajos que forman una monumental ligarza.

»Además yo no sé matemáticas y no tengo ni tiempo ni ingenio. No puedo entrar en las sutilezas de un Euclides de los tiempos clásicos ni de Tartaglia o Cardano o Esquivel en los actuales.

—Me temo que va a ser difícil encontrar a un viajero duro, sabio y rápido, con una calamita como equipaje.

—Existía un hombre así: don Alonso de Santa Cruz... pero, ¡ay! como sabéis, está muy viejo. Hace falta un joven Santa Cruz.

—Vos mismo viajáis mucho —insistió torpemente Diego, reconociendo su absurda repetición antes de terminar la frase.

—He viajado mucho, es cierto. Así quiso educarme mi padre para que fuera un rey europeo. Con veintiún años partí de Valladolid, recorrí una buena parte de Cataluña. De allí salté a Francia visitando Colliure y Perpignan. Luego me embarqué atracando en Génova. Visité Pavía, famosa por la victoria que allí consiguió mi padre. Luego, Milán, Cremona, Mantua, Trento, Bolzano. Allí por donde iba era aclamado como futuro emperador del Mundo. De allí pasé a Innsbruck y varias ciudades más. Luego, Múnich, Augsburg, Ulm, donde dicen que todos sus habitantes son matemáticos, Heidelberg, Kaiserslautern, Saarbrücken, Luxemburgo y finalmente Bruselas. Bruselas era el destino final de mi viaje y allí estuve más de un año. Yo hacía lo que mi padre me ordenaba: aprender, conocer Europa, conocer a sus príncipes más linajudos que pronto habrían de ser mis siervos y, que al final... empiezan a ser mis enemigos... Aprendí a gobernar y... a divertirme.

—¿Queréis decirme, Señor, que ya no estáis dispuesto a viajar más?

—Así es. Más bien, no puedo alejarme de Madrid. Mi padre se pasó la vida viajando, recorriendo sus dominios para alcanzar la paz o la guerra, según fuera necesario. Yo no puedo ni debo hacerlo, además de que nadie podría soportar una vida así. Las cosas han cambiado. El destino de mi padre era Europa. El mío es América. Lo que está pendiente y merece toda mi atención es un continente mucho más lejano y mucho más vasto, tal que ningún príncipe puede recorrerlo. No puedo ir a sofocar las llamas de todos los problemas. Las llamas de todos los problemas vienen a sofocarme a mí. Mi destino es las Indias, un lugar que nunca veré.

»Europa es un pañuelo y América una sábana. Allí está todo por hacer. Aquí está ya hecho todo. Con mi casamiento actual he logrado al fin la paz con Francia. Con mi anterior casamiento logré la paz con Inglaterra. Flandes y Alemania y Nápoles y gran parte de Italia son mis dominios y parecen en paz. Solo Portugal es mi rival.

»¡Ay, Portugal! Con tan buenos navegantes y cosmógrafos como los nuestros, o incluso mejores. Hasta ahora nuestras diferencias se han resuelto más con astrolabios que con espadas, pero estamos condenados a enfrentarnos o a fundirnos. ¿Qué hacemos dos reinos hermanos compitiendo por el mismo mundo si lo que queremos es lo mismo, ganar almas para el cielo? Lo mejor sería que ambos reinos se hicieran uno solo. Hermosa ecuación de las repúblicas: España más Portugal igual a Iberia. El gran imperio ibérico sería en realidad el imperio del mundo. Su lengua y la nuestra son tan parecidas que para entendernos no tenemos que recurrir al latín; su historia y la nuestra es la misma historia.

»Mi destino es salvar las almas de los indígenas, que nadie sabe cuántas son. En tiempos de mis abuelos el fin fue el descubrimiento; en el de mi padre fue la conquista. Ahora es el momento de la evangelización. Esos indios son tan humanos como nosotros y deben ser tratados como si fueran de los nuestros. No cabe hacer distinción entre indios y españoles. Ahora no necesito soldados; necesito un ejército de cosmógrafos y frailes.

Pensaba Diego que el emperador no era ni triste, ni frío, ni hierático; no era distante, ni reservado, no se merecía ninguno de los agrios epítetos que la historia empezaba a asignarle. Era agradable, risueño y vehemente y tenía el don no solo de saber escuchar sino el de hacer hablar. Pero quizá era muy optimista creyendo en la paz de Europa, según se había de ver un poco más adelante.

—El viejo Santa Cruz necesita un relevo. El viejo Santa Cruz es insustituible. Y, por tanto, hay que sustituirle.

Diego rebuscaba en su todavía escasamente usada memoria y no tenía un nombre a la altura de Santa Cruz; y menos con veinte o treinta años.

—Señor Diego de Granada: ese relevo sois vos.

—No puede ser. Solo conocéis el principio de mi método y me temo que no hay más que eso: un principio.

Pero según su modestia iba arrinconándose por la oferta (o era decisión) tentadora del rey, un orgullo ambicioso iba invadiendo su humano corazón. Y siguió su protesta humilde, pero la modestia era ya más fingida y obligada. Su mirada aviesa revelaba que unas gotitas del veneno de la egolatría se inmiscuían en su corazón.

—Señor: No soy digno de relevar a tan ilustre sabio, pero haré cuanto esté en mi mano... Seré capaz de tener como destino de mi vida la lealtad y la admiración que siento por vos...

—Os nombro criado real. Seréis uno de mis cosmógrafos. Para ello tendréis un salario de trescientos ducados anuales.

Diego sabía que otros catedráticos y criados reales ganaban más, pero como era una cantidad que nunca había tenido en sus manos, aceptó contento la oferta, mientras se frotaba las manos con unas migajas de avaricia.

—Más adelante ganaréis más y podréis disponer de algún título oficial, en la Casa de la Contratación, en el Consejo de Indias o en las universidades. De momento este será vuestro sueldo. Ahora hablemos de vuestras obligaciones.

»Es la primera que perfeccionéis vuestro invento y lo comprobéis con miles de medidas por toda la Tierra: el resultado final sería un mapamundi. Para ello tenéis que viajar y recorrer la Tierra codo a codo, pulgada a pulgada. Os daré un certificado para que todos los virreyes, gobernadores, adelantados, obispos, catedráticos, y demás autoridades de todos los lugares que recorráis os den amparo, hospitalidad y facilidades para vuestro cometido. Y me escribiréis una vez al mes dando cuenta de vuestros pasos. He de saber dónde os halláis en todo momento.

»Siendo ese el principal objeto, tendréis otros trabajos. Deberéis elaborar un censo de los científicos cuyos talentos pueden ser aprovechados para la corona. Incluid a los que tienen pájaros en la cabeza, siempre que esos pájaros sepan y puedan posarse. Prefiero las gallinas ponedoras a las águilas. Para águilas ya tenemos bastante con la bicéfala de nuestro escudo imperial. Sed práctico: no me interesan los teoremas ni los corolarios. Decidme: la calamita dice esto y esto nos dice dónde está la calamita.

—Realizaré este trabajo con gusto, señor.

—Tendréis además otras funciones según donde os encontréis y en función de mis necesidades. Tendréis misiones de espionaje tan necesarias para el imperio y misiones diplomáticas que os iré comunicando según las circunstancias, que ahora son difíciles de prever. Yo os diré cuándo partís y cuál será vuestra primera misión. De momento, abandonad Salamanca. Habréis de vivir aquí, en Madrid y próximo a donde yo me halle, en Aranjuez, en Valsaín, en La Granja..., mis pequeños sitios reales donde más que el descanso del trabajo busco el trabajo del descanso. Hasta que os vayáis a recorrer el globo terráqueo, que ha de ser pronto.

Se quedó solo Diego, pensando cómo se lo diría a Uchur. ¡Por orden del rey iba a sustituir al mismísimo Alonso de Santa Cruz! No se lo creería, como él mismo no acababa de creérselo. Pero la euforia del primer momento al recibir tal distinción regia dio paso a la realidad del segundo momento. ¿Cómo iba Diego a pasar toda su vida de viaje, si el camino desde Salamanca a Madrid había sido un suplicio? Sí, había sido un verdadero suplicio, con calor insoportable, pensiones inhóspitas, peligro de bandoleros y otras mil calamidades. Durante el día podía soportar los tormentos del viaje, pero por la noche necesitaba una cama limpia, blanca y, especialmente, libre de chinches y cucarachas. Los barcos que atravesaban el océano eran inmundicias flotantes, o así se las imaginaba. No; él no podría soportar la suciedad. Además, se marearía y su fortaleza física era más aparente que real. Aunque no se lo decía para sí abiertamente, tenía miedo. Miedo de europeos envidiosos, miedo de españoles bravíos, miedo de indios rebeldes, miedo de naufragios, miedo al vómito por mareo en alta mar, miedo... Él no estaba hecho para viajar y le esperaba toda una vida de viaje. Y ¿qué sería de Uchur? En cuanto volviera a Madrid le pediría consejo.

Y tampoco le gustaba el plan general del rey. Él había distinguido tres fases: descubrimiento, conquista y gobierno. Le sobraba la segunda. Y quizá la tercera. Y tampoco le gustaba lo que rezumaba a secretismo. ¿Qué era eso del espionaje? Parecía que el césar contaba con su lealtad, pero él no había sido nunca leal a nada ni a nadie. ¡Qué cantidad de murciélagos chillaban en el interior de su cráneo!

Y si este buen señor quiere gobernar las Indias ¿por qué demonios se ha traído la corte a Madrid? ¿No hubiera sido mejor Sevilla, más poblada, más cerca de la equidistancia de todos los territorios españoles? Nadie sabía dónde estaba el centro de gravedad del imperio, pero a buen seguro que caía en el mar. Ahora, con la Corte tan escondida, los problemas llegaban a Sevilla, de allí a Madrid viajaban los problemas con mil penalidades y necesitando casi tanto tiempo como en atravesar el océano. Y luego la solución a los problemas debía recorrer el camino inverso. Madrid ni estaba en el centro de Europa ni en el centro de América. De Sevilla a Madrid el viaje era insufrible. Ni siquiera estaba Madrid cerca de Salamanca.

Más cosas que le habían disgustado. No quería el rey una relación de físicos y cosmógrafos sino solo de aquellos que podían servir inmediatamente a los intereses del imperio. No quería, según recordaba sus palabras, nombres de hombres que se rompen la cabeza y destripan las palabras para encontrar hallazgos de Perogrullo. «Sed práctico» le había dicho. Pero Diego amaba la ciencia pura. Sin Euclides no hay Arquímedes. Las artes son hijas de las ideas. La cosmografía es hija de la geometría.

También barruntaba que su viaje a Aranjuez acompañando al rey no había sido casual. El rey le había estado probando. Era hombre meticuloso que quería ocuparse de todos los asuntos por nimios que fueran. Al menos, esto le satisfacía. Había superado el examen. Pero ¿no hubiera sido más justo y saludable haber suspendido?

¿En qué especie de atolladero se había metido? ¿Había sido víctima de su propia ambición? Y, por otra parte, entre sus protestas se inmiscuía una admiración:

—¡Que hombre! Tendrá sus defectos, pero ¡qué hombre!

LA MISIÓN CIENTÍFICA DE DIEGO

Las ansias que tenía Diego de encontrarse con Uchur se vieron satisfechas, no porque él fuera a Madrid, sino porque ella vino a Aranjuez. La razón es que se estaba preparando otra fiesta, esta vez en Aranjuez, como despedida del estío y las leas y animadoras de El Liebretón eran las mejores para agilizar los pies y agitar los corazones de los danzantes.

Así que inesperadamente Uchur y Diego se encontraron de pronto paseando por la ribera del Tajo. El estío iba a dar pronto el testigo al otoño, pero todavía el Sol se encaramaba en lo alto como queriendo llegar al cénit. El camino era amenísimo y los chopos convertían la humedad del Tajo en lanzas verdes de mística estatura. Solo Uchur y Diego, y las chicharras, parecían disfrutar de *las calores* de la tarde.

Diego contó su bien aprovechado viaje con un gran cosmógrafo como era el propio rey y cómo le había elevado su condición de pensador de caminos a criado real. Destacó a Uchur el invento de *los ballestones* que hacían que la carroza del rey se deslizara como si se tratara de una balsa en los estanques de los jardines del palacio.

—El rey no es ni serio ni cenizo. Es sumamente cortés, «palaciano en palabra», como decía su predecesor Alfonso X, muy culto en todo lo que tiene que ver con las artes, y quiere comerse el mundo, más bien convertirlo en un inmenso paraíso. Y lo que no te puedes imaginar. Me ha ofrecido un sueldo de trescientos ducados.

Esta noticia no sorprendió a Uchur, aunque la alegró.

—Trescientos ducados anuales, durante toda mi vida o, al menos durante la suya, ya que es, aunque aún mozo, algo más viejo que yo. ¡Tuve suerte! El rey me pidió que le acompañara para que le hablara de mi invento y le amenizara el viaje. Así que yo fui una ballesta más —rio ampliamente Diego—. Y lo aproveché y puedo decir sin jactancia que también el rey lo aprovechó. ¡Viva el aburrimiento de Felipe II! Desde ahora soy quien ha de sustituir a un gran científico.

—Primito, baja de las nubes.

—¿Cómo voy a bajar de las nubes si ahora podré dedicar mi vida a la ciencia sin tener que arañar el fondo de mis tristes bolsillos? No quiero dinero, tú lo sabes prima, quiero pensar, pero pensar en la ciencia, no pensar en lo que he de comer mañana, o en si comeré. Y podré conocer a muchos sabios, entre los que incluyo al propio rey. Y tendré vía libre para recorrer los rincones de todos los palacios, con sus cuadros y esculturas y podré oír músicas compuestas por ángeles y cantadas por arcángeles y...

—Te conozco, Diego, cuando te pones tan contento es que escondes una tristeza. Ahora, dime lo malo, que yo sé que lo malo también quiere salir de tu pecho.

—Pues sí... Algo malo tiene que haber, ¡cómo me conoces!

—Déjame que lo adivine. Tendrás que viajar mucho. Tendrás que pasarte por lo menos unos pocos años de viaje. Tendrás que ir en barco y en carromatos o mulas y hospedarte donde caiga. Con lo relimpio que tú eres, eso no te va a gustar.

—Tendré que aguantar ratas, cucarachas, chinches... Me tendré que acostumbrar.

—El rey no se aburre y tu conversación con él no ha sido dispuesta por el azar. Santa Cruz le había informado bien de ti, pero él quería probarte personalmente. Alégrate que has salido airoso de la prueba.

—Todo eso es cierto, pero... ¿Cómo y cuándo has sabido tú que Santa Cruz había hablado de mí al rey? ¿Tú sabes quién es Alonso de Santa Cruz?

—No he dicho nada de Santa Cruz. Habrá sido una exclamación mía inintencionada, como quien dice «¡Oh, Dios mío!... ¡Oh, santa cruz!»

Y alegres se cogieron de la mano y corrieron Tajo abajo. Pero como correr cogidos de la mano es incómodo e inestable los primos, amantes, o lo que fueran, cayeron al suelo en amorosa confusión.

Diego dio un beso a Uchur que fue el mismo beso que Uchur dio a Diego. Y cuando el niño amor iba a hacer su tarea, infinitas veces repetidas, infinitas veces sublime, Uchur le rompió las alas de una pedrada.

—Llevo la muerte en mis labios. Y no te amo porque te amo —detuvo ella. Diego se volvió de espaldas para serenar sus instintos—. Mi pasado de lea y mis bubas del mal francés se interponen entre nosotros. Acuérdate de mis llagas repugnantes. Antes éramos amigos. Sigamos siendo amigos.

—Lo que me pasa se puede explicar con una ecuación. Como soy tan aficionado al álgebra déjame que te lo resuma recordando aquella ecuación: amistad más sexo es igual a amor.

—Yo también tengo una ecuación: amor más Uchur es igual a muerte.

Así que emprendieron el camino de vuelta cogidos de la mano y en silencio. Este silencio triste se fue acrecentando con la tristeza del silencio. Tanto que hubo de ser acallado con comentarios más mundanos. Más calmados volvieron a pensar en la calamita y en las extravagancias del rey.

—¿No te parece que es un error que el rey haya puesto la Corte en Madrid? No está ni en el centro de Europa ni en el centro de América, ni en el centro de nada. A él le importa más el gobierno de América que la paz de Europa que cree haber conseguido. ¿No estaría mejor la Corte en Sevilla?

—Si hablas de centros no te puedes olvidar de los turcos. Son una gran amenaza para España y toda la cristiandad. Su osadía va en aumento —dijo ella—. El rey está lógicamente muy preocupado. Antes tiene que conseguir la paz en el Mediterráneo que gobernar allende el océano.

—Tienes razón…

—Y, hablando de tu invento: hay algunos navegantes que dicen que la aguja de marear no se comporta igual ahora que cuando los viajes de Colón. ¿Eso te debe preocupar?

—Si así fuera, debería preocuparme, ciertamente. Las fórmulas de transformación para obtener la longitud deberían ir cambiando con el tiempo. Esto sería un engorro si los polos geográfico y magnético se desplazaran mucho uno con respecto al otro, pero creo que, si varía de posición alguno de los dos, no ha de ser mucho.

—¿Cuál de los dos variaría? — pensaba en alta voz Uchur—. No creo que fuera el polo norte geográfico, porque Hiparco ya encontró el movimiento del eje de rotación, lo que se llama el movimiento de precesión, que es periódico con un tiempo de 25 800 años. Así que, si no hablamos de tanto tiempo, la altura de la Polar no debe cambiar. De Colón hasta hoy no ha pasado tanto tiempo.

Diego se sorprendió del comentario de Uchur, porque demostraba que había cultivado sus conocimientos de astronomía. No le sorprendió la sagacidad del comentario, porque desde pequeño conocía la inteligencia y discreción de su prima. Pensó que si su prima hubiera estudiado en Salamanca habría sido entonces una lumbrera. Pero la vida no había sido generosa con ella. Ella siguió razonando:

—Así que, si un polo ha variado con respecto al otro, ese habrá sido el magnético.

—No lo creo porque si el magnetismo terrestre está creado por la piedra imán, que es sólida, las grandes masas sólidas de piedra imán en el interior de la Tierra habrían ido acompañadas de grandes terremotos.

—Pero quizá tu idea de que la Tierra es un imán creado por masas de magnetita pudiera ser discutible.

—Pudiera ser. Bien dices, Uchur. Pero mientras no se compruebe esa variación del polo magnético desde Colón hasta hoy, yo no desistiría de mi idea. Bueno es estar preparado para todo, pero hoy yo creo que el polo magnético ni se ha movido ni puede moverse sin grandes cataclismos.

Al llegar a la fonda de doña María, se enredaba Diego en razonamientos malsanamente objetivos. ¿Quiénes habían sido los altos nobles que habían comprado su hermosura? Tuvieran la alcurnia que tuvieran, aquello había sido una venta que solo había cesado por deterioro de la mercancía. Hermosa Uchur, lo era a desmayar y angelical tenía la voz a extasiar, pero estaba infecta y si había abandonado su inverecundo oficio habíalo transformado en la infintosa alegría de las mojigangas. Incluso pensó Diego que, como mujer, era demasiado hermosa.

Pero a la mañana siguiente se levantaba menos nocente y sus pensamientos se alzaban a mayor altura.

—¡Ay, si esta mujer hubiera tenido las mismas oportunidades que yo! Éramos igual de chavales, aprendíamos lo mismo, éramos igual de listos y ahora yo soy un criado real y ella una lea. Si ya no lo es, es por culpa o por gracia de las bubas del mal francés. No sé cómo podría llamar a su nuevo empleo; al menos podría decir que sirve en una casa «non sancta». Pero la amo, de una forma u otra, siempre la he amado. No es imposible que su enfermedad cese. Y yo haré lo que sea para conseguirlo. Cuando llegue a América, que tengo que llegar, buscaré remedios indios. Haré todo por ella. Incluso le perdonaré su desmesurada hermosura. Si amor más Uchur es muerte, yo elegiré la muerte. Viviré con ella, aunque me acusen de meretricio. Casarla, no la casaré, pues me espera un viaje de años y a ella... un viaje de meses.

Pensamientos tan desordenados y contradictorios revoloteaban frecuentemente en la discurrimenta de Diego cuando llegó a palacio donde pronto empezó a entrar sin permisos ni trabas y recorría la mayoría de las salas y crujías como si hubiera sido su propio hogar, en el caso de que hubiera alguna vez tenido hogar. Su lugar preferido era la biblioteca. Allí consultaba los libros de cosmografía, matemática, navegación... Pero también se vio consultando los de botánica con la esperanza de hallar un remedio contra el mal francés. Mal francés, que otros llamaban español, otros alemán, otros napolitano... aunque mejor hubiera sido llamarle mal indio, pues de las Indias había venido con aquellos habitantes que se trajo Colón de América para exhibirles en Nápoles frente al rey Católico. Se propagaba con el ayuntamiento de hombres y mujeres. Desde entonces, el mal se había extendido tan rápidamente como la europea viruela se había propagado entre los indios. Las mujeres lo transmitían y aunque ellas lo padecían, no sufrían el dolor; o sufrían mejor el dolor y se quejaban menos. Casi todos los indios padecían el mal, pero no le daban tanta importancia, señal de que sus estragos no eran tan graves como en Europa. Todo esto aprendía Diego en los libros de botánica e historia natural en la biblioteca, pero nada se decía de cómo sanar o aliviar la enfermedad, tan dalladora o más, que la propia peste.

Al salir un día de la biblioteca se topó de bruces con el viejo fatuo. Trató de echarse a un lado para evitar un saludo, pero en ese mismo lado le atajó el manjaferro:

—¡Alto ahí, pollo! —agravó su voz—. ¡Alto ahí, señor Diego de Granada! En hermosa ciudad naciste, ¿no, pollo?

—Llevo un poco de prisa.

—No tienes ninguna prisa. Te veo continuamente de patio en patio, siempre al paso de la tortuga. No tienes prisa. Anda, pollo, hablemos un ratito. Por si has olvidado mi nombre, todos me conocen por Obis. Dime, pollo, ¿qué haces en palacio?

—Os agradecería que no me llamarais pollo.

—Está bien... Está bien...

Su sonrisa era fatua, aunque algo de cautivadora debía de

tener con los demás, para ser personaje tan celebrado, pero a Diego no le cautivaba nada, más bien le repelía.

—Dicen que eres cosmógrafo.

—Así es, don Obis.

—¡Don Obis! Nadie me puso el don. No hay don sin din. Llámame Obis, a secas.

» Tú y yo tenemos algo en común: no pintamos nada aquí. Bien se ve que no somos animales de la corte. Pero dime ¿qué es un cosmógrafo?

—Un cosmógrafo entiende de astronomía, matemáticas y navegación —Diego se preguntaba si era completamente inútil dar más explicaciones—. No sois científico por lo que veo.

—Te equivocas. Soy matemático. Soy matemático y tengo una pléyade de habilidades más.

—¿Un matemático que no sabe lo que es cosmografía?

—Pues claro que sé qué es la cosmografía. Quería saber si lo sabías tú. ¿Navegar? He navegado más que los huevos de Colón. Los marineros nos guiamos por instinto más que por ballestillas y otros aparejos. En alta mar solo hay tres instrumentos que nos guían: el Sol, las estrellas y el miedo a naufragar. Y solo hay una escuela donde se aprende: el propio mar. Los libros que aprender son las galernas.

—Entonces ¿sois navegante o sois matemático...?

—Soy las dos cosas, pero cuando navego no calculo y cuando calculo no navego.

—Os lo ruego, don Obis, dejadme pasar.

—Así lo hago, pollo. Solo respóndeme a una pregunta. Tu interés por la cosmografía ¿es una táctica para aproximarte al rey? ¿O tienes otras tácticas? —rio Obis buscando la complicidad de truhan. El color inundó las mejillas de Diego, más por indignación que por azoramiento.

—¿Y vos?

—Trátame de tú, ¡pardiez!

—Y tú ¿quién eres? ¿Qué haces aquí?

—A lo segundo no puedo responderte, pues es un secreto. A lo primero te contestaría con gusto, pero me llevaría demasiado tiempo. Pero puedo contestarte mañana.

—Mañana, ¿sí? Hoy, ¿no?

—La reina doña Isabel, organiza todas las veladas una función. Normalmente hay música, música palaciega, un poco aburrida. Otras veces hay teatro, entremeses; otras veces poesía; otras veces magos, saltimbanquis, bufones... De todo. Y a veces hay relatos. Y mañana, la reina me ha pedido que cuente mi vida. Así que mañana podré responder a tu pregunta y responder a todos los cortesanos que parecen ávidos de oírme. Le dije a la reina que necesitaría mil veladas para poder decir quién soy yo, tanto he vivido. Pues en estas circunstancias me veo. La reina se ha encaprichado conmigo y he de divertir los atardeceres de los cortesanos.

Obis guiñó un ojo a Diego y se fue. Este se quedó asombrado de la desfachatez del viejo fatuo viendo que su primera impresión había sido tan acertada. ¡La reina encaprichada con él...! «Si yo soy el pollo, el tal Obis es el gallito. Se creerá este menguado que voy a oír sus mendacios. No tengo otra cosa que hacer...», decía para sí.

Al atravesar uno de los patios se encontró con la dama de los ojos. Ambos hicieron un ligero ademán de pararse, pero todo quedó en un saludo tácito y amable. El de Diego algo torpe. El de ella con su mirada penetrante y misteriosa acompañada de una escueta sonrisa. ¡Esa mirada penetrante de sus ojos saltones que eran el único rasgo resaltable en su cara redonda de color uniformemente rosáceo! Tras el breve saludo, él se volvió para dirigirle unas corteses palabras, pero no supo elegirlas a tiempo y vio cómo ella se alejaba con paso lento y firme. ¿Quién era esa mujer? ¿Qué misión tenía en la Corte? ¿Por qué siempre la veía a ella tan próxima al viejo fatuo, Obis?

—¡Qué ojos! —se movieron sus labios sin voz—. ¿Cómo pueden ser tan turbadores unos ojos de mujer por muy saltones que sean? ¡Ay! ¡Si fuera ella en lugar del maldito Obis quién contara su vida en las veladas palaciegas!

Y a continuación se le presentó una azafata notificándole que la reina lo invitaba a las veladas del Alcázar, siendo la del día de mañana una narración de su vida por un aventurero de vida legendaria. Ese era Obis, claro está. En ese caso no podría contrariar a doña Isabel y tendría que soportar las fanfarronadas del viejo fatuo que parecía que, en efecto, había encandilado a la reina, impresionable dada su corta edad. En fin, quizá también acudiría la dama de los ojos, pues siempre que aparecía uno aparecía el otro. Quizá también fuera el rey, aunque no se lo imaginaba oyendo a un aventurero, cuando a él le visitaban auténticos héroes tan frecuentemente.

Pasó por El Liebretón para ver a Uchur a quien contaba todas sus andanzas palaciegas. Ella tampoco sabía quién era el tal Obis, el «aventurero de vida legendaria», aunque sí identificaba a quien Diego llamaba la dama de los ojos, a quien describía como mujer de rostro informe, de ojos tan saltones que apresaban las voluntades. Se llamaba Himilce Solferino y era pintora de la corte, junto a un artista más renombrado que se llamaba Sánchez Coello. Ella era italiana y creía haber oído que de Cremona. Y también enseñaba a pintar a doña Isabel. Esta información, preciso es decirlo, salió sin mucho brío de los labios de la infausta Uchur.

Preguntó entonces Diego qué nexo había entre la tal Himilce Solferino y don Obis, cosa que su prima no sabía, pero ya se enteraría.

Esa misma tarde, Diego fue llamado por don Felipe. Entró en su despacho con más resolución, aunque era la resolución de los hombres algo apocados que deben fingirla y forzarla para no parecerlo.

—Enderezaos, Diego, que no me gusta hacer torcer el espinazo de la gente y oídme lo que tengo dispuesto para vos.

—Con ardientes deseos de serviros, señor.

—Tenéis que hacer un largo viaje que recorra diversas partes del mundo y no podemos decir mucho ni del itinerario ni de la misión, además de estudiar la calamita, vuestra compañera indispensable. Pero ya sabemos cuándo empieza. Vuestro viaje va a comenzar pronto. El objeto principal es siempre la declinación y la inclinación magnética, por supuesto, pero habrá otras misiones de difícil previsión. Ya tenéis un primer destino: Roma. Se trata de un viaje no exactamente diplomático, sino más bien de espionaje, aunque vos no tendréis que espiar sino acompañar al espía. Además de científico, serviréis de escolta y protección del espía. Asimismo, tendréis que averiguar qué mapas hay en Italia y comprarlos si es preciso.

—¿Quién es ese espía a quien tengo que acompañar y proteger y con qué armas he de contar? ¿Cómo haré para ponerme a su disposición?

—No está en Madrid. Vuestra primera misión es encontrarle, informarle, persuadirle y traerle. Él desconoce todavía que tiene encomendada esta misión.

—¿Dónde vive?

—En una cueva...

—¿¡Es un ermitaño!?

—En cierto modo. La cueva está en el pueblo de Alájar,

cerca de la villa de Aracena. La misión de convencerle no será trivial.

—Un ermitaño espía... Me imagino que si es un espía no podré preguntar su nombre. Pero tengo que preguntarlo.

—Se llama Benito Arias Montano.

—Me suena este nombre...

—Es uno de los teólogos del Concilio de Trento, porque el Concilio no ha concluido. Es un hombre cultísimo y muy aprovechable para misiones diplomáticas, pero no soporta la Corte y, en cuanto me descuido, se esconde en la cueva de Alájar.

—¿Un diplomático que no soporta la Corte? ¿Un ermitaño muy culto? ¿Un espía que busca la vida retirada?

—Es habilísimo diplomático y conoce todas las lenguas antiguas y gran parte de las modernas. Le encomiendo misiones en el extranjero que cumple con mirífica eficacia. Pero lo difícil es dar con él. Lo difícil es sacarle de la cueva.

— ¿Cuándo he de partir?

—Hay que aguardar unos días pues estoy esperando cartas que son menester para la misión. Pero debéis estar preparado. Ya os avisaré.

—Con vuestro permiso, si no ordenáis alguna cosa más...

—Tengo una cosa más... Alájar está cerca de Aracena y Aracena está cerca de Sevilla. Antes de Aracena pasaréis por Sevilla, donde os encontraréis con dos médicos, don Nicolás Monardes y don Francisco Hernández. El asunto está relacionado con el mal francés, el mal español, el mal napolitano o como quiera que se llame. Ellos dicen que saben remedios para curarlo, aunque mi médico real, el gran Vesalio, es muy escéptico y cree que no hay medicina que pueda curar esa terrible y mortal enfermedad que nos vino de América y que se está propagando por toda Europa. Monardes y Hernández dicen que sí, con algunas hierbas que alguien ha traído de Nueva España. Quiero esas hierbas para plantarlas en mis jardines de palacio, aquí y en Aranjuez.

»Lo que quiero es erradicar esta enfermedad en mi imperio. Pero habrá que empezar con paso quedo. Me imagino que estáis pensando en probar la medicina con vuestra prima Catalina. Yo también. Primero probaría con vuestra prima Catalina. Quisiera verdaderamente que sanara. Y como a ella no le espera sino la muerte, bien podríamos probar este remedio indio con ella. Deseo tanto como vos que no muera tan moza.

—¡Oh! —fue todo lo que pudo articular el apocado Diego, tan anegado en agradecimiento estaba. ¿Cómo tan poderoso y atareado rey podía preocuparse de una pobre muchacha que ya ni siquiera lea podía ser? Pero más había de sorprenderse con las siguientes palabras del monarca:

—Por cierto, don Diego, ¿no os parece que vuestra prima Catalina debiera ejercer algún oficio en la Corte?

—¡Oh!

—Mañana, en las veladas que organiza mi dueña doña Isabel, podríamos invitarla, ¿no os parece?

—¡Oh!

—Tras Sevilla y Alájar, pasaréis por aquí a recibir mis instrucciones —cambió de asunto el césar— y luego os embarcaréis en Barcelona.

—Majestad... digo, señor...

—Aún hay más. Necesito la lista que os encomendé de filósofos naturales y cosmógrafos españoles. No sería una serie de nombres pues quiero conocer qué han hecho y qué pueden hacer; dónde nacieron, dónde viven, qué edad tienen y su disponibilidad. Quiero hombres prácticos o, si son simplemente filósofos, que puedan dejar de serlo para ser prácticos. Quiero hombres más que sutiles, útiles.

—Los filósofos puros pueden enseñar...

—Enseñar a filósofos puros.

—Mi maestro Domingo Soto es un filósofo puro.

—¿Domingo Soto? Ese es uno de mis teólogos en Trento. Pero teólogos tengo muchos y muy buenos; lo que no tengo son matemáticos.

—Domingo Soto también es un físico.

—Ah, ¿sí? ¿Y qué ha descubierto?

—La ley de la caída de los graves.

—Ah, ¿sí? ¿Y qué dice, que los graves caen hacia abajo?

—Señor...

—Quiero hombres del imperio que resuelvan los problemas del imperio.

—Que Dios guíe vuestra pluma —dijo Diego retirándose, viendo que su sangre estaba inquieta, ante la aversión del rey a la ciencia pura.

—La ciencia pura —pensó— está desligada de la realidad, pero es la que acaba rigiendo la realidad del mañana. La ingeniería es la hija de la ciencia, por larga que sea la gestación. Sin ciencia, pan para hoy y hambre para mañana.

Pero la gratitud por los favores a Uchur superaron ampliamente la controversia y el resultado neto fue la lealtad eviterna y la superación de todos los duelos y esfuerzos que le habían de acarrear el inacabable viaje que le aguardaba.

En opinión de Uchur, la concesión de la condición de criado real a Diego formaba parte de un plan más amplio para el engrandecimiento cultural, arquitectónico y científico del imperio que el rey había heredado, confiando a personas jóvenes que, demostrando talento, tenían una vida larga por delante; porque la tarea que les encomendaba no se terminaba en unos pocos años. No creía que los jóvenes fueran mejores que los viejos, pero duraban más. La búsqueda de ese talento era algo que él quería hacer por sí mismo. Don Felipe llegaba a conocer algunos nombres de posibles candidatos y él examinaba personalmente su capacidad y brío para llevar a cabo la tarea que quería encomendarles. Oía todos los consejos, pero era él quien hacía la elección. Más adelante oiría a los entonces elegidos para captar otros talentos. No delegaba en nadie para esta búsqueda, examen y distribución de misiones. Solo tenía fe en su propia juventud para elegir a los jóvenes que podrían ser los futuros cerebros del imperio. Y aunque esta determinación no era completamente realista, al menos no era completamente ilusoria. No daría todos los frutos deseados, pero sí más que un árbol seco.

Con más deseo de ser escrutado por la dama de los ojos, la enigmática Himilce Solferino, que ánimo para escuchar las aventuras del fatuo Obis, Diego tomó un asiento discreto entre los escuchantes. A pocas varas delante de él estaba Himilce. No muy lejos se sentaba Uchur que debía haber sido invitada por el rey. Cuando la mayoría de los asientos estaban ya ocupados, entró la reina acompañando a Obis, seguidos de las damas de su séquito, todas ellas dueñas de altísima alcurnia. ¡Qué distinción para Obis! La misma reina con su afrancesado castellano presentó al aventurero:

—Oíd a este hombre de vida inaudita. Dice que le llaman Obis y que prefiere que le llamemos así. Es como un segundo Ulises. Señor Obis, sentaos y contadnos vuestra vida.

Obis no se sentó y empezó su relato yendo y viniendo, pavoneándose, ante el regocijo de los asistentes y ante el malhumorado semblante de Diego. Empezó así:

OBIS CUENTA SU VIDA

Año de 1528 en la Cartuja de Miraflores, a una legua de Burgos. Yo voy andando solo por la oscurecida iglesia. Ando de puntillas para que nadie me oiga ni perciba mi escueta silueta. Soy un niño ladrón.
　Ni un leve sonido sale de mis pasos. Mis pies casi sobrevuelan el enlosado. Sé andar como un felino. Mi profesión de ladrón me ha enseñado a andar así. Pero no voy a robar porque yo nunca robo en las iglesias. Voy moviéndome en la sombra hasta el sepulcro de Juan II. No es la primera vez que lo hago. Ante el sepulcro me quedo absorto, incrédulo, admirado. Paso ligeramente por las cresterías de la sepultura, por los animalejos y criaturas imposibles a los pies del panteón. Retiro mis manos de los detalles del mausoleo para no desgastar tanta pétrea belleza. El escultor debió emplear toda su vida para labrar aquel bello sepulcro. No sé entonces quién es Juan II, pero pienso que nadie en este mundo merece una escultura tan perfecta. Salvo el propio escultor. Es un rey y le acompaña una reina. Yo, chaval, ni entiendo la historia ni la quiero entender. Solo quiero entender el arte. ¿Quién de una piedra informe logró tal delicadas imágenes? Doy la vuelta al sepulcro...
　Ciertamente, Obis estaba captando la atención de sus oyentes, cortesanos que guardaban un silencio profundo, íntimo, como si ellos mismos estuvieran merodeando a oscuras la sepultura de Juan II, el tatarabuelo de don Felipe II. Cuando Obis dice que da la vuelta al sepulcro simula hacerlo con pasos inaudibles. Diego reconoce que Obis es un buen actor, aunque también un buen embaucador.
　De pronto... Me detengo. Algo más allá, junto a una tumba lateral hay un bulto en el suelo. Es un hombre tendido. El suelo está demasiado frío como para poder soportarlo un hombre vivo. No se mueve. Está muerto. Quiero escapar. Yo no puedo aparecer como que he matado a un monje cartujo.

Pero me acerco sigiloso al bulto inane. Rozo suavemente la capa que le viste. Súbitamente, el bulto se revuelve. El muerto se levanta.

La teatralidad de Obis era digna de Lope de Rueda. En poco tiempo, la audiencia está espantada. Él mismo alivia la tensión con una sonrisa estudiada.

No es un muerto. Es un hombre joven que me mira tan asombrado y trémulo como yo a él. Ambos nos contemplamos mutuamente sin decir una palabra. ¿Quién es el más sorprendido de los dos? El resucitado tiene unos treinta años y tiene su hermoso rostro cubierto de lágrimas. Él me tutea pues ha visto mis andrajosos harapos. «¿Quién eres?», me pregunta. «¿Por qué lloráis?», le pregunto yo. Nadie responde a nadie.

«No lloro por dolor ni lloro por pena. Vengo de vez en cuando aquí, me tumbo en el suelo y hablo con mi padre». No es el hijo de Juan II, sino el hijo del escultor. Él llora en el sepulcro contiguo donde el escultor se esculpió a sí mismo. Aquel divino escultor llevaba anteojos. Nunca había visto una figura escultórica con anteojos, lo que hoy se llaman gafas. El escultor se llama Gil de Siloé. Y su hijo, el bulto resucitado lacrimoso, se llama Diego de Siloé. Llora el hijo porque habla al padre y el padre le contesta con palabra de piedra. El sepulcro contiguo es el del infante don Alonso.

Eso me dice. Yo no sé quién es Gil de Siloé, aunque ame su obra. Le digo: «Soy ignorante. Ni he ido a la escuela ni sé leer ni escribir, ni entiendo de arte ni entiendo de nada y a orgullo lo tengo». También le confieso que nunca oí su nombre. Me pago de mi propia ignorancia. Él me lo cuenta. Sí sé quién es el biznieto del sepulcro, el emperador Carlos I. En efecto, Carlos I vino a Burgos donde debió tragar muchas moscas burgalesas, pues no sabía cerrar la boca.

—Quien se jacta de ser bruto es el más bruto de todos. ¿Dices que no sabes leer ni escribir?

—No lo permita Dios.

—¿Qué haces aquí con estos andrajos? ¿Has venido a lavarte con el agua bendita?

Él me hablaba con aquel acento brusco con el que hablamos los burgaleses.

Obis imitaba dos voces, además de la suya rústica, remedaba la del escultor Diego de Siloé. La audiencia callaba por la irreverencia al emperador Carlos y reía con la brusquedad del habla de los burgaleses.

—Yo, Señor, soy un ladrón.

—¿Y qué robas? ¿Huesos de santo para el cocido? ¿Sotanas para hacer harapos nuevos?

—Aquí no robo. En las iglesias no robo.

—Al menos respetas la casa de Dios.

—No, Señor, yo no la respeto. Eso de Dios es cosa de curas. Curas, cucarachas.

Indignación en la audiencia que Obis tiene bien calculada.

—No robo en las iglesias porque están llenas de muertos. Hay muertos por el suelo y hay muertos por las paredes. Las sepulturas tienen letras que no sé leer y que pondrán lo buenos que fueron antes de ingresar en el infierno. Es como si los muertos salieran de las paredes y del suelo con su olor a descomposición, su olor a huesos viejos. No soporto el olor de los muertos.

—Pues ¿qué haces entonces en un monasterio?

—Aquí no hay tantos muertos. Vuestro padre y los bisabuelos del emperador tragamoscas. Vengo aquí de vez en cuando para ver las esculturas de vuestro padre. Me maravillan.

—Pero no parece que te interese lo que hay debajo.

—Apuesto que lo de arriba es mejor que lo de abajo.

—¿Qué te parece lo de arriba, señor ladrón? Deja de limpiarte los mocos con la manga.

Y yo le dije como Dios me dio a entender:

—Buenas manos y buen corazón debía tener vuestro padre para hacer algo tan bueno y tan hermoso. A mí también como a vos, estas figuras me hacen llorar. También la piedra parece que llora. Y cuando veo las caras de los enterrados me pongo a pensar quiénes eran...

—Mientes, rapaz, que las esculturas yacentes están muy altas y no alcanzas a ver su cara.

Le dije que eso no era problema para mí y entonces trepé por donde pude y supe y me encaramé en un nicho del altar mayor acompañando a un santo.

—Desde aquí veo los rostros de Juan II y de su mujer, que parece que era bien guapa.

—¿Qué aprecias en los rostros?

—El rey me parecía un pelanas y la reina un poco loca. El príncipe debía estar enfermo— díjele yo.

—¿Cómo te llamas, señor ladrón?

Le dije que me llamaba Obis. Os digo a vuestras mercedes cómo me gané aquel apodo. En Burgos, el día de Inocentes se nombra un obispillo de entre los monaguillos. Me nombraron a mí que tenía cara de bueno. Pero no lo era y se arrepintieron. Empecé a hacer burlas y escarnio al ridículo del obispo y me arrebataron mi reciente dignidad a patadas. Mis amigos empezaron a llamarme por guasa «obispillo» y en Obis me quedé.

Siloé me dijo que no había conocido a su padre, así que no había podido enseñarle mucho. Se había ido él a Italia, con los grandes artistas que hay allí y hacía poco que había vuelto a Burgos. Me dijo que no seguía el arte de su padre. Su padre había hecho el arte de los godos y él hacía el de los griegos. Su padre había sido el último escultor gótico, pero ese arte ya había pasado de moda. Y él venía con ideas nuevas que no eran sino las aún más antiguas. Le dije que no le entendía, que no me hablara ni de griegos, ni de romanos, ni de húngaros, ni de aztecas y que me dijera por qué lloraba en el suelo.

Obis calló un momento teatralmente y se paseó por la improvisada escena como si fuera el mismo Siloé arrebatado por la angoja. Los presentes también callaban sin respirar atentos a las palabras profundas del escultor.

—Soy muy llorón. No me mueve ni el dolor ni la pena, sino el amor a mi padre a quien venero fuera del tiempo y del mundo. Lloro porque volví a Burgos con un arte nuevo con el que traiciono su memoria. Él me da lecciones de piedra y consejos de madera policromada, que se escapan de su origen hacia las regiones siderales donde habita el arte puro. Oigo su piedra, pero no soy capaz de escucharla. Soy su discípulo, pero su discípulo díscolo porque los tiempos me arrastran y arraso a mi buen padre, con los vientos bóreas y euro de Italia. Él está aquí, con su autorretrato con anteojos. ¡Qué delicadeza, esculpir sus levísimos y traslúcidos anteojos que me dicen todo de sus cansados ojos! Se entretuvo en ello para mí. Me dice que vuelva al arte gótico que es más nuestro, que se eleva a Dios y que se libera de los números áureos y fórmulas inviolables del romano. El renacimiento prohíbe el vuelo místico de los godos. El arte clásico es noble pero achaparrado. ¡Soy gótico! Soy un griego que hace muy bien un arte que no comprende. Realmente, ¿ambos estilos son tan contrarios? Pregunto a mi padre si puedo hacer una catedral noble como el Partenón y extática como la catedral de Burgos. ¿Me entiendes, Obis?

—Y vaya si os entiendo...— pero entonces me pareció que se le había ido la cabeza.

—Me tiendo para notar el frío. El frío de Burgos debió

entorpecer sus dedos y dibujar su aliento. Con el frío de las losas hablo mejor y le comprendo.

—Señor de Siloé. No lloréis.

Y fui a darle mi pañuelo, pero estaba lleno de mocos de varios inviernos. Pero parece que ese gesto mío le conmovió porque, ya fuera, andando por la alameda de Fuentes Blancas me sorprendió:

—Necesito un aprendiz. ¿Te interesa?

—Yo solo sé robar detrás de los guardias y correr delante de ellos.

Pero me apretó en sus brazos, lo que me hizo temblar y llorar. No recordaba que nadie me hubiera abrazado nunca. Y me llevó en su coche hasta Burgos. Y así empezó mi vida en el taller del famoso escultor Diego de Siloé. A mí, a un pilluelo desvergonzado, ladrón, sin casa y sin familia. Quizá, si hubiera tenido el pañuelo más limpio no me habría hecho caso.

Alguna dama de la concurrencia lloraba con hipidos mal reprimidos. La reina se dirigió a Obis directamente.

—Señor don Obis, ¿por qué no habéis empezado por el principio? ¿Cómo es que erais tan pobre, tan analfabeto, tan abandonado, tan desarraigado, tan ladrón? ¿No podíais haber empezado contándonos vuestra niñez?

Diego se horrorizó. Si ahora empezaba con la niñez, con el dramatismo fingido y arrastrado de aquel actor mediocre, no terminaría nunca. Pero en aquel momento se dio cuenta de que la dama de los ojos, la misteriosa Himilce Solferino, le estaba escrutando con sus ojos de fuego.

—Yo, majestad y dignos concurrentes, nací en Burgos en el arrabal de La Vega, junto a la esgueva de San Lucas, aunque bien pronto mis padres se mudaron a otra casa situada allí donde confluyen los ríos Arlanzón y Vena. Aquella casa era hermosa y soleada y habría sido el surco de mi futura virtud. Pero mis padres murieron del mal de costado, a lo que también se le llama peste catarral. Yo sobreviví, no sé cómo, a la enfermedad y al hambre al encontrarme sin más medios de alimentarme que el instinto.

No sé quién se quedaría con la casa del Arlanzón. Por allí iba yo de vez en cuando y veía con resentimiento el nuevo humo de la chimenea y soñaba que dentro de ella estaba yo mismo con mis padres. Pero una avenida se llevó la casa, y tan irritado estaba el niño Obis con los nuevos moradores que pensó que la riada había sido provocada por su resentimiento. Allí hoy no quedan ni adobes ni ladrillos ni emplenta alguna.

—¡Pobre niño! ¡Qué infancia tan triste! —lloriqueó una dama.

—Señora, mi vida no ha sido nunca triste. He vivido sin necesidades porque mi única necesidad verdadera fue vagar por las calles y las calles me ofrecían la comida como el Paraíso a Adán y Eva. Yo necesito poco y ese poco lo necesito muy poco. ¿No decía eso San Francisco? ¿O era San Saturio? La comida y la ropa la cogía, simplemente, aunque a mi enjuto cuerpecillo con un par de garbanzos le bastaban y, en cuanto a la ropa, no aspiraba a una indumentaria elegante precisamente.

—Decid, señor Obis, cómo la calle cubría vuestras necesidades. ¿Fuisteis un niño mendigo?

—Jamás. Preferí ser un pillo. Muchos burgaleses, muchos de ellos nobles, quisieron ejercer sobre mí su caridad. ¡Ja! Prefería quitarles lo que iba destinado a dádiva. ¿Casa? Nunca he necesitado casa. Tenía la habilidad en mis manos y en mis pies para adentrarme en la casa que me pareciere. Dormí en muchas casas. En la casa del duque de Frías, la mejor de la ciudad, he dormido en cama con dosel rojo con franjón de oro y ropaje con su becado con terciopelo morado que debía valer setenta mil maravedíes. Entraba y salía, bajaba, trepaba, abría puertas, cancelas, ventanas... ¡Ja! Ninguna casa burgalesa tenía secretos para mí. Dormía con un ojo abierto por si venía el señor y procuraba no repetir lecho, aunque el duque de Frías no aparecía mucho por allí. He dormido también en el palacio de Castilfalé, en cámaras con esteras finas de diez mil maravedíes, en cama con cuja de madera y tres colchones, y con tapices de Bruselas. Y me he bañado en la fuente del patio de Castilfalé sin que sus dueños, los Gauna, tuvieran la menor noticia. Pero también he dormido en muladares, también con un ojo abierto, en este caso por si venían las ratas.

—Seguid con el relato de vuestra vida —interrumpió la reina—. Espero que en algún momento el ladronzuelo se convirtiera en hombre cabal.

En la casa de la Mancebía era siempre bien recibido por las señoras que llamaban «enamoradas» que eran como mis madres. No por caridad sino porque les divertía mi desparpajo y mi compañía. Claro que yo, entonces, con mi poca edad, no buscaba ningún comercio carnal con ellas. Ellas eran mujeres hermosas, alegres y serviciales y yo, el hijo de todas. La mancebía fue mi escuela y allí aprendí lo único importante: a vivir sin necesitar vivir.

Tengo que decir que, al quedar huérfano, la cofradía de los sederos, pues sedero había sido mi padre, me cuidó, como era su obligación de cuidar a los huérfanos de sus freires. Tanto el Prior, como los dos mayordomos y, especialmente, los veedores del gremio se preocuparon por mi educación y quisieron corregir mi tendencia a desaparecer. Fui un castigo para ellos. Me decían: «Juan —pues aún no me llamaban Obis— tienes que ir al maestrescuela a que te enseñe a leer, a escribir, a sumar, restar, multiplicar, medio partir, partir por entero castellano y guarismo, que te enseñe la letra bastarda y la redondilla. Para eso le hemos pagado doce ducados, dure lo que dure la enseñanza. Solo así dejarás de ser tan borrico como eres. ¿Por qué no habrás salido a tu padre y a tu madre?»

Me trataran con mano blanda o dura, yo me escapaba. Salía a la calle corriendo alegre con los brazos en alto y dando aullidos de libertad. A la gente le gustaba ver a un mocoso de seis años tan alegre e indomable. Decidieron los veedores ingresarme en la Casa de la Doctrina, donde se recogían niños abandonados al nacer. Allí me quisieron encerrar, pretensión perfectamente inútil, tan inútil como guardar el agua en un cesto de mimbre. Especialmente me encantaba hacer rabiar insolentemente a los curas: «Curas, curas, cucarachas, fuera de aquí», les cantaba al compás de dos tapas de abolladas cacerolas.

Los chavales arrabaleros formábamos pandillas salvajes en medio de la ciudad. Y luchábamos contra otras pandillas con natural ferocidad, no solo para satisfacer el ansia guerrera que todo hombre tiene desde la infancia, sino por defender nuestro estercolero. También teníamos que defendernos de las jaurías salvajes que luchaban, como nosotros, por los restos de comida en las basuras. ¡Buenas cicatrices de pedradas y mordiscos guardo en la memoria de mi piel! Convivíamos con la presencia de la muerte. A veces aparecía un niño muerto en el muladar, lo que sentíamos, pero no nos extrañaba.

Aquello era un escándalo y hasta tuvo que intervenir el mismo rey, creo, porque echábamos a perder la buena fama de Burgos. Pero yo siempre preferí la dureza de la libertad. Y bien sé que las cosas que he dicho y que voy a decir escandalizan a vuestras mercedes, pero es así como se fabrican los héroes.

Se hacía tarde y la reina que, a pesar de su corta edad tenía la rara habilidad de persuadir sin incomodar, dispuso que Obis siguiera al día siguiente. Diego no asistiría pues estaba convencido que el fatuo Obis no hacía más que exagerar para provocar, escandalizar y hacer brotar los sentimientos más sensibleros de las damas de la Corte. Creía que detrás de aquel tinglado no había más que la farsa de un hombre simplemente inconformista que, eso sí, tenía unas dotes de actor y cuentista apreciables, pero quizá no más que un cantor de romances señalando esquelas mal pintarrajeadas, de los que abundan en las ferias.

Al día siguiente, por la mañana, se paseó por los patios, jardines y crujías del Alcázar, como habitualmente hacía. Su azaroso deambular le llevó a toparse con la bella Himilce Solferino. Se saludaron cortésmente, aunque sin palabras, cada uno siguiendo su camino, hasta que él decidió deshacer su camino y seguirla.

Himilce descendió a los sótanos y, algo después, con una distancia ni demasiado corta ni demasiado larga, también él bajó a los sótanos. Ella abrió una puerta y al cabo de un breve tiempo, también Diego abrió esa puerta. Tras atravesarla se encontró en un breve recinto desde el cual se abrían tres puertas, no pudiendo saber cuál de ellas había sido utilizada por su enigmática pintora. Probó a abrir las tres, pero todas ellas estaban cerradas con llave.

Ese nombre, Himilce, era un extraño nombre. Pensó que su rareza provenía, como ella, de Italia, donde los nombres no son siempre similares a los nuestros. Pero tanto la palabra Himilce rebotó en las paredes internas de su cráneo que acabó recordando que aquel fue el nombre de una princesa íbera, concretamente de Cástulo. ¿Cómo es que una italiana tenía nombre de íbera? Tenía que preguntárselo a Uchur.

Fue a visitar a Uchur, a su nueva habitación en el Alcázar, ya que debido a una disposición directa del rey había abandonado El Liebretón, para convertirse en dama de dama de la reina. La dama de la reina, como todas las damas de la reina, era una mujer de elevada estirpe. Se llamaba Ana de Mendoza. Era realmente una Mendoza, nombre de una casa española de altísima alcurnia. Era además una auténtica princesa: la llamada Princesa de Éboli.

No le agradaba a Uchur el obsesivo interés por la pintora que se iba acrecentando en el ingenuo corazón de su primo pero, se decía para sí, que ella no podía ser el perro del hortelano, que ni come las uvas ni las deja comer. Y así contestó a Diego:

—Es verdad que Himilce fue una princesa de Cástulo, pero se casó con el general Aníbal. El padre de Himilce era un enamorado de la gesta de los cartagineses y, por tanto, había dado a cada hijo el nombre de un cartaginés. También era un enamorado de la pintura, pero solo Himilce había superado con creces la enseñanza y las expectativas del señor Solferino. Ella había sido admirada por el mismísimo Miguel Ángel y vino a España ya rodeada de cierta fama, dicen que bien merecida. La opinión de todos, incluso la del pintor real, Sánchez Coello, era que sus retratos eran sublimes.

El rey seguía demorando la partida de Diego hacia Sevilla y Alájar, por lo que, mejor que seguir oyendo las memeces del fatuo viejo, pensó en hacer un breve viaje a Salamanca. En la ciudad castellana residían muchos de los sabios que él tenía la misión de alistar en el memorial para Felipe II. Era un sitio próximo, era donde él se había formado y donde seguían catedráticos impartiendo lecciones magistrales. Ellos, así como otros sugeridos por ellos, podrían encabezar la lista de cartógrafos, matemáticos, filósofos, cosmógrafos, etc., al servicio de la corona.

Pero no se sabe por qué, aunque Uchur bien lo sabía, asistí a la segunda sesión en la que Obis contaría sus pícaras fechorías como si fueran miríficas heroicidades.

Al cumplir catorce años mi vida cambió porque yo ya tenía cuerpo para ser aprendiz de algo. El veedor de los sederos, don Juan Roa, que tanto empeño puso en conducir al bravío niño Obis por la senda de la honestidad, me adoptó como aprendiz. Tenía la obligación de estar con él tres años y no podía ausentarme más de quince días seguidos. Aunque le estaba muy agradecido al señor de Roa, no duré allí ni cuatro días. Eso me hubiera llevado a la cárcel, pero el buen sedero me perdonó y no me denunció, con lo cual también se arriesgaba a perder su condición en el gremio. El funcionamiento de los gremios de los distintos oficios es muy complicado.

Don Juan me llevó a trabajar en los lavaderos de la lana, en la confluencia del arroyo de Cardeñadijo. Allí duré un poco más. Yo me encargaba de catalogar la lana como «floreta» o como «basta» antes que desde Laredo se embarcase hacia Flandes. Pero tampoco casaba aquel trabajo con mi espíritu libre. Duré tres meses.

En la Mancebía ya no me querían ver, pues al haber cambiado mi voz, decían que espantaba a los parroquianos. Solo mantuve mi amistad con una enamorada que se llamaba Rosita, que pasó de las caricias maternales a las «otras», pero esos detalles no son para dejar constancia aquí, en tan noble Alcázar. Pero ¿cómo omitir el nombre de Rosita si esto que estoy contando es una historia real?

Desesperado, don Juan de Roa me llevó de oficio en oficio, cada vez con peor genio y mejor corazón. He sido de todo, aunque solo por unos días, y todo lo hice bien. Me llevó al fin a la imprenta de don Fadrique de Basilea...

—¿Cómo puede ser, señor Obis, que os admitieran en una imprenta sin saber leer ni escribir?— dijo algún cortesano anciano que decía conocer a don Fadrique.

—En realidad, sí que sabía ya leer y escribir. No lo aprendí en la casa de la Doctrina, sino por mi cuenta. Aprendí solo.

—Eso es imposible.

—Para mí fue cosa de coser y cantar. Pronto se hace uno con la lógica de la escritura. Sin embargo, yo preferí durante mucho tiempo fingir que no sabía.

—¿Por qué? Nadie finge no saber.

—Pues verán vuestras mercedes. Un oficio que no me ataba y que me permitía ganar algún dinero y al tiempo gozar de la libertad de la calle era el de recadero. No ataba mi futuro. Yo llevaba los mensajes que quería. Como pensaban que no sabía leer me encargaban llevar esquelas de un lado para otro. Así se transmitían secretos pensando que yo, pobre ignorante, no podría traicionar la intimidad de las misivas. ¡Ja!

—Pero ¿no te daban los escritos en sobre cerrado y lacrado?

—A veces sí. Pero entonces me pagaban solo una blanca y no eran interesantes. Los que transmitían los más picantes secretos iban sin sobre, sin firma y a más secreto, más paga, incluso un cuarto, y hasta un real llegaron a pagarme. Y otras veces no me pagaban nada, pero yo cumplía con mi deber igualmente. De la cantidad de dinero que me daban deducía el interés. Los secretos de amor eran los más caros. Yo, analfabeto, leía los mensajes. Era un correveidile, o mejor, correveilee. Pero como pillo honesto que era, no permitía que alguien que no fuera yo, los leyera. Hubiera arriesgado mi reputación.

—¡Erais un bribón!

—Sabía todos los trapos sucios de Burgos. Burgos estaba en mis manos pero, dada mi honradez, solo utilicé este poder para travesuras.

—¿Por ejemplo? Veamos a dónde llegaba tu osadía...

—Haciendo que los mensajes llegaran a manos equivocadas, sin que lo supieran ni remitente ni receptor. Destruía amoríos sin futuro e inventaba otros más prometedores y deshacía o facilitaba los negocios según mi olfato de oportunidad. Yo decidía quién era el destinatario. Os contaré algún error de transmisión en la oficina de correos que me había montado.

Una monja, cuyo nombre no hace al caso, del convento... digamos que, de un convento, con fama de guapa y fama merecida, escribió al duque de... digamos que, a un duque, para que ayudara en la mejora de no sé qué parte del monasterio. Respondió galantemente el duque que lo haría con agrado si ella estaba también dispuesta a «agradarle» a él. Por entonces, un joven requería los amores de una joven que respondía con remilgos. Y finalmente la duquesa, la esposa del duque pretendía los favores carnales de ese joven. El joven escribió a la joven citándola tal noche en su casa.

No sé qué confusión de papeles se produjo en mis bolsillos que hice llegar el del joven a la joven, pero también a la monja y a la duquesa; y el mensaje de la joven aceptando la cita del joven se desvió a la atención del duque. Al joven le hice creer que la duquesa le esperaba en su casa al entregarle por error un mensaje de esta; es decir, en este caso no hubo confusión en mi bolsillo, pues la casualidad quiso que este mensaje fuera a parar a su verdadero destinatario.

Pedí al joven que me dejara vigilar su casa mientras él iba a casa de la duquesa. Y lo que ocurrió finalmente es que yo pude recibir a la monja, a la joven y a la duquesa. Afortunadamente, no llegaron a la vez, aunque en esto puse yo algo de mi parte. Ellas se encontraron con un galán que no esperaban pero, sin duda mucho más hermoso. Fue esta además mi primera noche de amor donde perdí la virginidad.

El duque se encontró con el joven y se hicieron buenos amigos. Todo acabó muy bien. La monja junta las manos cuando me ve suplicando mi silencio, cosa que confirmo con un guiño de ojo. Los jóvenes hoy están completamente casados. La duquesa quedó preñada, por lo que, cuidando de su buen nombre, requirió de amores a su hasta entonces insatisfecho esposo y desde entonces, los duques son admirados y envidiados por las ternezas que se prodigan.

Hubo un silencio sepulcral en la concurrencia, tan horrorizados quedaron con las aventuras de Obis. «Embustero», pensó Diego. «No se lo cree ni él», pensó Uchur. Himilce buscó la reacción de Diego; y Uchur advirtió no sin disgusto el cruce de miradas. Finalmente, la reina hizo ademán de retirarse abochornada y la reunión se disolvió. Obis se quedó solo, aparentemente complacido con su seguramente fingida aventura.

Pero, por absurdo que parezca, las picardías felonas de Obis excitaban la curiosidad de muchos cortesanos y despertaban su más oculta morbosidad, de tal forma que se organizó una tercera velada, en la que se pedía a Obis que contara su estancia en la imprenta de don Fadrique y su relación con el arquitecto Diego de Siloé.

LOS PROPÓSITOS DEL REY

A la mañana siguiente, tras preparar su brújula, su ballestilla, su astrolabio y demás cachivaches, esperando que el Rey le llamara para iniciar su viaje a Alájar, deambulando despreocupadamente por el palacio, Diego vio a Himilce. La quiso alcanzar queriendo iniciar una conversación, pero ella iba deprisa y Diego indeciso. Vio que, nuevamente, Himilce bajaba al sótano, abría la puerta y desaparecía. Diego se avergonzó de su persecución y se dio media vuelta. Pero el misterio era como un desfile de hormigas, una mirmestesia, en su estómago y, al cabo de una hora volvió a bajar al sótano, penetró y allí se encontró con las tres puertas. La tercera estaba cerrada con llave. La segunda estaba cerrada con llave... La primera estaba abierta. Alguien se había descuidado. O quizá alguien estaba dentro. Quizá Himilce... Entró sigilosamente. Los pulmones amenorgaban su ritmo y el corazón muchiguaba el suyo, aporreando sonoramente las costillas.

Entró. Vaciló, pero entró. Al principio parecía oscuro pero el amplio recinto se iba esclareciendo según avanzaba recuperando el aplomo en cada paso. Le parecía que estaba transgrediendo un santuario prohibido, pero no había infringido ninguna regla por la que se le pudiera castigar. Después de todo, él era un criado del rey.

Cada vez había más luz porque el Alcázar estaba construido al borde de un desnivel, excavado algún día por el río, de modo que su pared oeste estaba a mayor altura sobre el suelo que su fachada.

Lo que se abrió a los ojos de Diego era belleza y misterio. Había pinturas extraordinarias, colocadas sin orden ni concierto sobre el suelo, algunas tapaban a otras y otras estaban castigadas de cara a la pared. Las había, en cambio, que se ofrecían abiertamente a su mirada. Ya conocía Diego la soberbia pinacoteca esparcida por el Alcázar, pero los cuadros de este sótano no eran para colgar en la pared sino para ser ocultadas, porque estaban cargados de erotismo. No eran pinturas obscenas, ni escabrosas ni procaces, sino que su lascivia artística producía una excitación que aun empezando por lo más escondido del cuerpo acababa encendiendo lo más ascético del alma. Diego recordó su ecuación: «lujuria más arte igual a erotismo». Aun así, si aquellos cuadros de excelente factura artística se hubieran mostrado en las salas abiertas de arriba, hubieran abochornado tanto a los poco sensibles al arte como a los puritanos. El exquisito pincel de su autor evitaba la burda perturbación. Era una perturbación mística. La lascivia era la fuente del arte que hacía hervir la sangre obnubilada con tanta perfección.

—¡Ticiano!— exclamó silenciosamente Diego mientras examinaba unos y otros cuadros, en general representando escenas mitológicas. En uno se ofrecía una bacanal; en otra se recreaba el desnudo femenino, a veces completo, a veces envuelto en descuidadas túnicas. Las modelos femeninas se parecían unas a otras. Quizá era la misma mujer, al menos en buena parte de los cuadros. En un lienzo aparecía ella sola con un encanto y una belleza cautivadora. Sí, era Ticiano.

Uno de los lienzos era especialmente perturbador. La mujer sentada desnuda de espaldas se volvía tratando de sujetar dramáticamente a un joven que, seguramente, preferiría ir a cazar con sus perros, o tal vez, tenía la obligación de ir de caza. La mujer era hermosísima. Pero lo más inquietante era que el galán rubio que se desprendía de sus brazos era... era... era el vivo retrato de Felipe II. ¿Quién era la dama? ¿Quién había encargado tal cuadro?

En otro cuadro, la mujer desconocida prestaba su cuerpo a Danae en actitud de abandonado paroxismo recibiendo en sus entrañas una lluvia de oro.

Siguió viendo hermosas pinturas que se mostraban a un observador inexistente porque allí nunca parecía haber nadie. Era la sensualidad lo que llenaba una sala oculta a todo admirador.

Volvió un cuadro y lo enderezó. ¡Era la dama de los ojos! ¡Himilce! Era una escena ciertamente original: El pintor del cuadro representaba a otro pintor que la pintaba a ella. El pintor pintado y ella miraban al pintor del cuadro. Pero ella estaba correctamente vestida y no había en el lienzo erotismo latente. Su rostro era redondo, rosáceo, con sus ojos saltones destacando en su uniforme rostro. Apenas se dibujaba su boca, recordándole que hasta entonces Himilce le había mirado, pero no le había hablado.

Más adelante apareció otro desnudo masculino. El trazo no era de Ticiano, pero era de otro consumado maestro. El hombre desnudo era el odioso Obis. El anónimo pintor había sido tan preciso que la fatuidad de Obis saltaba a la vista, emergía del óleo. Llamaba la atención su fornido cuerpo impropio de un senescente. Estaba tumbado, herido o muerto por una flecha. Afortunadamente, su postración ocultaba sus atributos viriles, aun así Diego pasó a otro cuadro repelido por la fatua desnudez de Obis.

Y allí estaba ella: Himilce, pintada de medio cuerpo para arriba con un pecho medio tapado por un velo y el otro atrevidamente desnudo. Tenía un arco en la mano y el carcaj a la espalda. Diego sintió un calambre por todo el cuerpo. Quedó mudo y estático. Su pecho era delicadamente hermoso, del mismo color rosáceo que llenaba su cara. Sus ojos le contemplaban y le recriminaban que hubiera puesto tanta atención en su hermoso pecho y una boca pequeña ligeramente sonriente se mofaba de su perturbación. Estuvo largamente contemplando a Himilce como queriendo retener para siempre aquella imagen inefable en su retina y en su memoria.

Quizá no tuviera otra ocasión de entrar en aquel arcano recinto del erotismo refinado. Sintió un inquieto calambre ante aquella Himilce que desde el cuadro le contemplaba a él.

—Os amo —alguien hubiera podido leer en sus labios.

Pero se marchó y, al poco rato, se enfrió su calentura y se avergonzó de su propio desatinado embeleso. Después de todo, apenas la conocía. ¡Qué amor tan necio!

El rey tenía para Uchur y para Diego una consideración muy especial. Uchur ya estaba plenamente incorporada a la Corte y Diego se había convertido en confidente del rey. Aunque Felipe II no tenía muchos confidentes, le gustaba deambular con alguien por el jardín y hablar en voz alta sabiendo que quien le escuchara no le contradiría. Diego, poco hablador, era buen oidor, de tal forma que las cuitas, más bien los monólogos del rey, eran satisfactorios para los dos. Con muy pocos gustaba el rey abrir sus preocupaciones o sus deseos y Diego, con su silencio, se había ganado esta confianza.

—He nacido con un gran imperio en las manos —empezó a hablar el rey—. Ahora, tengo que gobernarlo. Ahora tengo que ponérmelo en las espaldas. Para ello, tengo cinco preocupaciones.

—¿Solo cinco?

—La primera es la comunicación. ¿Dónde está mi imperio? Realmente no lo sé. Sé que la mayor parte está por el oeste pero, con el problema de las longitudes sin resolver, no sé exactamente dónde está. ¿Cómo es de grande? Realmente no lo sé. Sé que es muy grande. Pero cómo de grande, no lo sé. Ni sé dónde empieza ni sé dónde acaba. No solo lo digo por América. Además, está Filipinas. Pero, además, tampoco sé bien lo que tengo en Europa y, si me apuras, tampoco sé lo que tengo en España. ¿Qué pertenece a Castilla y qué a Portugal? Tampoco lo sé. No sé dónde queda el meridiano de separación que se acordó en Tordesillas. Ni sé por dónde pasa el «contrameridiano», el meridiano que difiere del anterior en 180º, váyase por el este o váyase por el oeste, aunque nosotros preferimos el viaje hacia el oeste. Ni siquiera sé si las islas Filipinas son realmente mías.

»Es muy difícil gobernar un imperio así. Nunca ha existido tan ancho imperio. Partimos de que es muy grande y está muy lejos. Necesito un mapamundi más preciso. Pero, aunque lo tuviera, aun así, sería muy difícil de gobernar. Este problema de comunicación nadie ha tenido que planteárselo. Se produce un problema al que tengo que dar respuesta. El conocimiento de un asunto, un agravio, un suceso... ha de llegar a un puerto de mar en las Indias, atravesar el Océano, llegar a Sevilla, llegar a Madrid. Aquí movilizo los Consejos. Tras bien pensarlo y oyendo a los Consejos, tomo una decisión. La decisión tiene que ir a Sevilla, atravesar el Océano, llegar a un puerto de mar de las Indias... La posibilidad de que el barco se hunda es grande. Necesito buenos barcos y mejores pilotos. Pero aun así, cuando llega la solución del conflicto, es posible que el conflicto haya dejado de existir y es posible que hasta los litigantes hayan muerto. Entre el conflicto y su solución puede mediar todo un año. Y además he de tomar la decisión sin conocer el terreno y las circunstancias. Tengo, claro, virreyes, gobernadores, encomendados... Pero no siempre son fieles. Y cuando son fieles, a veces son torpes. Y cuando son cuerdos, a veces son deshonestos.

»En realidad, este problema de la comunicación ya es también importante en Europa. Europa es mucho más pequeña, pero aun así, la que está en mis manos, Castilla, los Virreinatos españoles, Cerdeña, Sicilia, Nápoles, Milán, el Sacro Imperio Romano Germánico, Flandes, Inglaterra. Mi padre se ocupó de Europa. Yo ahora me tengo que ocupar de América. ¿Cómo solucionaba mi padre este problema de la comunicación? Viajaba. Iba él a los conflictos. Pero ahora me tienen que llegar a mí los conflictos. Primero porque nadie tiene la dureza de mi padre para tanto viaje como hizo. Y segundo porque Europa es una mosca comparada con el elefante de las nuevas tierras.

»Para resolver este problema necesito mapas, barcos, pilotos, fieles y honrados virreyes y un sistema de correo muy bien organizado. El correo será una de mis más perseguidas metas. Necesito velocidad de las nuevas.

Diego pensó otra vez que mejor hubiera sido situar la capitalidad en Sevilla y no en Madrid, tan lejos de todo, pero se calló. En su lugar dijo:

—Señor, al preocuparos de América no podéis olvidar los problemas en Europa: Flandes, los territorios alemanes... son un polvorín.

—Más me preocupa el turco. Portugal no me inquieta, porque, aunque es el otro gran imperio nuestro vecino, tiene los mismos objetos que nosotros, tenemos el mismo Dios, por lo que entenderse con ellos no es difícil.

—Decidme, señor, la segunda de vuestras preocupaciones.

—Mi segundo problema es la religión. La verdadera religión es la católica de la Contrarreforma tal como se está definiendo en Trento. Hay que ganar las almas de los indios para el cielo. En Europa y en España hay también ateos y herejes, pero allí hay muchos más porque hay muchas más almas vírgenes e inocentes. Para ganar sus almas hemos de hacer dos cosas: primero respetarles como personas, huelga decir que hay que evitar las muertes. Segundo, hay que convencerles de la santidad de nuestra empresa. Hace falta que ellos no nos vean como a sus amos. Nuestros frailes han de predicar el Evangelio en sus propias lenguas, aunque sean muchas, por lo menos en quechua y en náhuatl. Hace falta construir allí más conventos, más hospitales, más universidades. Hace falta que ellos sean súbditos del Imperio tanto como los españoles.

Para sí pensó Diego que en esto había mucho de sabio y mucho de necio, pero se abstuvo de expresarlo, sobre todo lo segundo. Sabio era el respeto a los indios. Si bien este respeto no siempre había sido ejemplar, bueno era ver que esa era la voluntad del rey. Necio era, según su parecer, imponer a los indios una religión. ¿Cómo podía ser el rey tan obcecado para estar tan seguro de que su Dios era el verdadero? En su lugar, se atrevió a decir:

—No será fácil que abandonen sus dioses. Los hombres, sean de la raza que sean, llevan muy hondo en sus corazones el amor a los dioses que ellos tienen como verdaderos.

—Sus corazones son limpios y captan pronto la verdad. Es admirable lo que tan pocos frailes están consiguiendo: conversiones a millones sin fuerza alguna.

Diego se encontró con una pared imposible de atravesar sin derribarla y no estaba él para derribos:

—¿Cuál es vuestra tercera preocupación?

—Necesito una casa. Necesito hacer la casa del imperio, la casa del emperador. Una gran casa que sirva de solaz para mí, para mi familia y para mis allegados. También para los descendientes que me sigan. Una casa, no para gobernar desde ella, sino para vivir grandes momentos de recogimiento y espiritualidad. Esta casa de retiro ha de ser un monasterio. Y ha de ser una biblioteca. Una biblioteca donde no solo haya muchos libros, sino que estén todos los libros, antiguos y nuevos, buenos y malos, santos y heréticos: todos los libros. Y que esta biblioteca esté abierta a todos los estudiosos. Esta casa ha de ser además monumental pinacoteca donde estén muchos cuadros de los mejores pintores. No os podéis imaginar, don Diego, la de cuadros que ya he podido coleccionar. Pero habrá muchos más. Esta será la casa de las colecciones. Colecciones de instrumentos astronómicos, de reliquias sagradas... Tengo ya una buena colección de reliquias. Esta casa tendrá un gran jardín botánico, el mayor del orbe, con todo tipo de plantas medicinales, las de ambos mundos. Y será esta casa una gran botica, con los mejores alambiques y laboratorios.

»Esta será la casa donde yo muera y donde me entierren. Esta casa será una gran tumba. Quiero reposar eternamente en un monasterio y en la casa de la sapiencia. Tendrá que ser una casa grande, monumental, una vasta casa para un vasto imperio.

»¿Sabéis, Diego? Ya he elegido el sitio. Está cerca de Madrid, en un pueblo que tiene el feo nombre de El Escorial. Haré de este feo nombre un ilustre nombre. Allí ya hay un convento que será la semilla de mi monasterio.

—¿Habéis pensado quién será el arquitecto de tan magnífico edificio?

—Decidido lo tengo. La obra será encomendada a Juan Bautista de Toledo.

—Nunca oí tal nombre. Aunque mi ignorancia en este terreno es infinita. ¿No habéis pensado en mi mentor, don Diego de Siloé?

—Está muy viejo.

—¿Vandelvira?

—Lo tengo bien pensado. No quiero un arquitecto famoso. Un arquitecto famoso querría hacer su edificio, su arte, según sus ideas. Yo quiero que sean mis ideas. Tengo ya en mi cabeza la concepción del gran monasterio. Yo seré el verdadero arquitecto para hacer las cosas a mi manera. Claro que yo no soy arquitecto y la casa se caería. El ejecutor de mis ideas ha de ser un arquitecto sin nombre para que me haga la casa de mi voluntad, que me obedezca. Yo pienso y él convierte en piedra mi pensamiento. Aunque no tenga nombre ha de conocer muy bien su oficio. Te parecerá que ese hombre no existe. Te equivocas. Este hombre es Juan Bautista de Toledo. Viene de Italia y aprendió con Miguel Ángel. Yo deseo, él traza y los artesanos ejecutan.

—Al estilo del romano, supongo.

—Ni del romano ni del godo. No se parecerá a nada de lo existente. Ha de ser como el imperio: un monumento sin ornamento. Sobrio y magnífico. Sin zalamerías, con espiritualidad y con firmeza. Su estilo será el estilo de la verdadera fe. Será el edificio más admirable desde el templo de Salomón.

Diego pensó que cómo el señor de tan vasto imperio pensaba en recogerse y retirarse. Pero se abstuvo y preguntó:

—¿Cuál es vuestra cuarta preocupación, señor?

—El libro. El único libro, el verdadero libro: la Biblia. El libro escrito por Dios. Mandaremos escribir una Biblia que supere la Biblia del Cardenal Cisneros. Escrita en todos los lenguajes antiguos y modernos. Iremos a las raíces rebuscando en todos los tratados arcaicos, rebuscando la primera palabra de Dios, tan corrupta por intereses mundanos antaño y hogaño. No hablemos de la malsana Biblia de Lutero. Mi imperio se basa en la religión católica y esta religión católica se basa en la Sagrada Biblia: la Biblia Real.

—¿A quién encomendaríais este libro? ¿El Libro?

—Ha de ser una persona santa, docta y hábil para conseguir viejas biblias, apartadas en monasterios medievales de muchos países, o también guardadas por recientes coleccionistas. Ha de tener mucho de espía. Un hombre de estas características solo hay uno: Benito Arias Montano.

—¡El ermitaño que tengo que traer! Y, finalmente, ¿cuál es vuestra quinta preocupación?

—Las longitudes. Y también tengo al hombre que puede encargarse. Se llama Diego de Granada.

LAS AVENTURAS DE OBIS

Continuaba Obis su luminoso discurso. Pensó Uchur que era en verdad un discurso luminoso porque era todo él un farol.

Cuando entré en la imprenta, don Fadrique de Basilea, el más afamado de los impresores de España, era ya muy anciano y estaba muy enfermo. Él decía de sí mismo que era «escribano de molde» pero ya había confiado su trabajo a su hija doña Isabel. Muy pronto me convertí en gran conocedor del oficio y me encargaban los libros sacros, que eran la mayoría, los de picaresca y los de andantes caballeros, que en número no les iban a la zaga. En cuanto a los libros de picaresca he de decir a vuestras mercedes que narraban unas picardías tan bobaliconas comparadas con las mías, que me parecían devocionarios de viejas.

Al contrario que con mis anteriores oficios, como fueron los de sedero, lavador de lanas, recadero, etc., el trabajo de la imprenta me cautivó. Y estuve allí año y medio, y más hubiera estado si mi natural desenvoltura no me hubiera metido en un nuevo berenjenal, aunque en este caso mi torpeza se debió a un apasionamiento que ya quisieran para sí los caballeros andantes más tontainas.

Tres amores tuve en cuanto entré en la imprenta: los libros, el viejo don Fadrique y su hija Isabel. Empezaré con el viejo estafermo, hombre cultísimo y adorable. Don Fadrique era un alemán de Burgos. Había nacido en Basilea y vino a Burgos en 1470, imprimiendo e imprimiendo e imprimiendo hasta 1517, aunque él duró diez años más, a trancas y barrancas. Mucho disfruté de su conversación en la que había mucha repetición, pero muchos cautivadores pensamientos. El vejete exhalaba amor e inocencia. Y a pesar de la lentitud de sus piernas y de sus palabras íbamos de paseo frecuentemente hasta su antiguo taller en la cuesta del Azogue, junto a las joyas arquitectónicas de la Catedral y de San Nicolás. Él me enseñó a amar la arquitectura, tan sublime en nuestra

España. Su cháchara cobraba nuevos bríos al comprobar que alguien por fin le escuchaba. Era grandón, como todos los de su tierra, y repetía machaconamente que él era alemán. Pero imprimió varias veces la «Crónica del cavallero Ruidíaz» y la «Crónica del noble cavallero et conde Fernán González, con la muerte de los siete infantes de Lara», héroes burgaleses cuya historia él conocía mejor que nadie.

Encima de la nueva imprenta, en la luminosa y amplia calle de La Calera, tenía doña Isabel su casa. Ella estaba casada con un anterior oficial muy diestro llamado Alonso de Melgar. Murió Alonso y enfermó don Fadrique, así que doña Isabel se hizo cargo de la imprenta. Conocía el oficio, tenía autoridad, decisión y redaños y el taller empezó a funcionar con ella aún mejor que con Melgar y don Fadrique. Era además condenadamente guapa.

Nos hacía trabajar de lo lindo a los diez empleados que allí vivíamos y trabajábamos casi sin descanso. Unos con los tipos, otros con las ristras, otros con las tintas con la hierba pastel, otros con la prensa. Doña Isabel iba y venía aconsejando a unos, amonestando a otros, vigilando a los de más allá, sin voces ni enfados. Dirigía la imprenta con mano férrea y voz nívea. Ella se ocupaba de las transacciones con los más ilustres libreros, incluso con los de Flandes, Alemania o Italia.

No salía de la calle de La Calera. Vivía solo para la imprenta y eran los libreros de toda Europa los que se acercaban a ella. Me fascinaba aquella actividad y me parecía, creo que con toda razón, que la calle de La Calera era el centro del mundo. Yo me ocupaba de diferentes tareas y en todas ellas destacaba por la perfección de mi labor.

Tenía yo gran devoción por el trabajo de cuadrado, hecho con piel de animal, de oveja en especial, al que desprendiendo el vellón, adobado y estirado y formando «quaterniones» o cuadernos, doblados en cuatro o más partes, cosido y protegido por duras cubiertas, formaban ese objeto venerable que hacían de la palabra algo perfectamente eterno. El libro (junto con el alfabeto) había sido el gran invento de la humanidad. Ocupa muy poco espacio, dos palmos de largo, un pie de ancho y dos dedos de profundo, y dentro bullen cantidad ingente de palabras, frases, ideas, silogismos, con los que un hombre de hace dos mil años habla con uno de hoy, y nosotros podemos hablar con un hombre de dentro de dos mil años. Todos los estudiosos, sean del siglo que sean, entran en comunicación y entre todos construimos ese maravilloso edificio que es el conocimiento. Realmente fascinante. Me encantaba mi oficio.

El pergamino me gustaba más que el papel, aunque era más caro. En ambos el péndulo se deslizaba silenciosamente, pero el pergamino no ardía y si alguien quería quemarlo olía mal ahuyentando a los enemigos del libro, que son muchos. También era más resistente a la tijera que también tiene muchos amigos, los ineptos censores. Las ovejas nos dan leche, carne, abrigo y... y también nos dan libros. Pasan del rebaño a las bibliotecas con gran sumisión, como si fueran conscientes de su contribución a la sabiduría. La única palabra de la oveja, ¡beeee!, origina muchas más. ¡Benditas ovejas!

Me apasionaban los libros antiguos anteriores a la imprenta. Los monasterios burgaleses de Oña, Cardeña, Arlanza, Silos, Valeriánica, Fredesval... habían producido hermosísimos libros de los que don Fadrique poseía una buena colección. Así, pude deleitarme con la «Moralía» de San Gregorio, varias biblias en varios idiomas antiguos, las «Etimologías» de San Isidoro, un becerro admirable de Cardeña, el poema de Fernán González, leccionarios, martirologios, antifonarios, cantorales.... Unos escritos con letras visigóticas, otros con latinas, otros con caracteres que no conocía.

El códice que más me encantaba, el que más me llevaba al encantamiento, era el «Smaragdo» o «Libro de las homilías», escrito por un monje llamado Florencio, el más artista de todos. El más exquisito, el más meticuloso, el que más amor había dejado en cada letra de sus admirables copias. Decía estas bellas palabras Smaragdo que nunca podré olvidar:

«Quienquiera que seas el que venga a leer, acuérdate del copista y pecador Florencio... La labor de copia es el alimento del que lee... Quien no sabe escribir estima esta una cuestión baladí. Pero, si quieres saber en particular, te diré cuan pesado es el trabajo de copiar: los ojos se nublan, la espalda se encorva, se oprime el vientre, los riñones duelen y todo el cuerpo se fastidia. Por lo mismo, te ruego que pases las hojas con lentitud y que no pongas los dedos sobre las letras porque, así como el granito arrebata a la tierra su fecundidad, así un lector torpe destruye la escritura y el libro. Tan suave como un puerto para el navegante es para el copista la última línea del códice. Siempre se concluye dando gracias a Dios».

Se tardaba mucho en copiar un libro. A veces un hijo tenía que continuar la obra de su padre. Y en los monasterios, un monje amanuense moría antes de terminar y otro más joven había de sustituirle. Cuando un libro se terminaba se celebraba como una gran fiesta. Los libros eran obra del monasterio, rara vez la obra de uno solo de sus monjes. Aquellos monjes de los monasterios pusieron su alma y su vida para que nosotros realicemos ese acto glorioso de leer.

Este panegírico en loor del libro no gustó a los oyentes que estaban ávidos de oír las aventuras imposibles del héroe que, al mismo tiempo, les hacía sentir escándalo, horror y embeleso. Y le rogaron que no se apartara más de lo que fuera contar su propia vida. En cambio, Diego y Uchur apreciaron mucho más este discurso sobre el libro que demostraba que el bribón fatuo tenía rasgos de sensibilidad. Pero mientras que a Uchur le movieron hacia la indulgencia y hasta la admiración, a Diego le parecieron bellas palabras, pero dichas con tan solemne y falsa entonación que, aunque eliminó el calificativo de fatuo, no pudo desprenderse del de presuntuoso mendaz.

Doña Isabel quería a don Fadrique, pero le consideraba un trasto inútil. Veía con buenos ojos que yo empleara parte de mi tiempo paseando con él y haciéndole compañía. Daba por bueno el tiempo que yo no dedicaba a la imprenta si lo empleaba en cuidar a su padre. Pero, en realidad, era su padre el que me cuidaba a mí. Yo sabía leer, como dije a vuestras mercedes, pero él me enseñó a leer bien. Él era un códice humano, con el pellejo no estirado, sino arrugado. Amó los libros escritos a mano, aunque dedicó su vida a suplantarlos por los impresos. Y esto lo hizo tan bien que para sí lo quisiera el mismísimo monje Florencio de Valeriánica. Pero en el tiempo que un monje hacía un libro don Fadrique hacía mil. Era el imparable progreso.

Yo leía, leía y leía. No leía los libros religiosos, ni siquiera el «Catecismo» del Padre Astete, que era, con mucho, el más vendido. Intenté leerlo, la verdad, pero el dogma cristiano me pareció siempre un enigma, sin duda, debido a mi falta de preparación religiosa. Cuando le expresaba a don Fadrique mi escepticismo religioso, él, simplemente, me mostraba la banda que ondeaba su escudo que rezaba «Nihil sine causa», y se acababa la discusión.

En cambio, el libro que sí leí y una y mil veces fue «Elogio de la locura» de Erasmo de Rotterdam. El tórculo imprimió en mi propia frente los atrevidos pensamientos de este medio filósofo medio bufón. ¿Cómo un libro tan pequeño, con un objeto tan ilógico y escrito como con prisa, diciendo el mismo autor que quiere terminar el libro cuando va por la mitad, haya tenido tanta influencia en Europa entera y haya torcido el rumbo de la humanidad en tal manera? Hay muchos que se dicen erasmistas. El propio Carlos I lo era. Y yo también, aunque confieso que me desequilibró asaz. Yo me defino como un pícaro erasmista. En Burgos se leía mucho este extraño libro.

Obis otra vez se salía del relato de su vida, pero, en esta ocasión, se lo consentían porque don Fadrique era conocido por los más latinos de la corte y querían conocer detalles de su vida, contados por alguien que le había conocido personalmente. Igualmente, estaban todos deseosos de que Obis contara sus vivencias junto al gran arquitecto y escultor Diego de Siloé. Uchur pasó del resquemor a la admiración por Obis, mientras que Diego seguía dudando de que una sola coma de su enfático y altisonante discurso tuviera una pizca de verdad.

Murió don Fadrique como al año de entrar yo en la imprenta. Se casó doña Isabel por segunda vez con otro impresor, don Juan de la Junta, hijo de Felipe de la Junta, famoso impresor de Florencia. Pero antes algo pasó que debo confesar. Con la muerte de don Fadrique, mi vida se deshizo en hastío. Yo estaba realmente comido por la rutina y el trabajo extenuante. Ahíto estaba de la imprenta. Algo extraño pasó entonces. En el almacén, al que debía ir con frecuencia, solo miraba un libro y solo una página de ese libro. El libro era «Las sergas del Esplandián» y la página contenía un dibujo de la bella Calafia. La bella Calafia era, no sé si por casualidad, exactamente igual a mi dueña doña Isabel. La contemplación de Calafia era mi único deleite en el taller. Y tanto me fascinaba Calafia que... acabé enamorándome de doña Isabel. Calafia, la reina de las amazonas en la imaginada península de California, se me metió por el corazón como si fuera el nido de una culebra. Nunca me vi tan atontado por un amor.

Y Obis hacía como si estuviera mordido por la culebra, con espasmos teatrales que más parecían de burla y cuchufleta que realmente sentidos, pero que tenían su efecto en una ingenua audiencia. La reina parecía complacida, pero a pesar de su infantil atención, se dibuja en su níveo rostro una leve sonrisa de incredulidad. Preguntó con voz tierna y segura: «¿Cómo era Calafia?» Obis respondió con su resquebrajada voz, llevando una mano a su cuello como para estrangularlo y su otro brazo alzado en enajenada interpretación.

Calafia era hermosísima y tenía el pecho izquierdo desnudo. Como todas las amazonas era andróctona, es decir, asesina de hombres. Y como todas las amazonas era andrómeda, es decir, dominadora de hombres. Si yo confundía a Calafia con Isabel podía acabar siendo dominado y asesinado por ella. Era un aviso. Si yo intentaba cualquier acercamiento a esa hembra poderosa sería destruido. El refranero recomienda ruda y horrísonamente no mezclar el trabajo y el sexo. «Donde tengas la olla, no metas la...»

Obis se detuvo cortando la frase a tiempo y dejó pasar un rato de silencio mientras la complicidad de los hombres se escondía tras una sonrisa y el escándalo de las mujeres tras un abanico.

Pero el caso es que la aplastante rutina, la belleza de mi ama, la inoportuna miniatura de la amazona, empezaron a confundir y emponzoñar mi mente y a llevarla a un estado de desasosiego que me invitaba a la profanación de las costumbres y a la rebelión ofuscada.

¿Cómo yo, que nunca, desde mi más tierna infancia, me había atado ni a nadie ni a nada, yo, que me mofaba de todo, yo, desvergonzado erasmista, me encontraba servilmente postrado ante una Calafia que me rendía? O tenía que volver a la calle o descubrir cómo era el pecho izquierdo de doña Isabel, o las dos cosas a la vez, porque besarla y ser expulsado del taller habían de ser la misma cosa. ¿Dónde estaba mi osadía, mi principal virtud? ¿Dónde mi desprecio a las normas sagradas y seculares? ¿Dónde mi desdeñoso atrevimiento con las dueñas?

¡Ay! Isabel, Isabel... Tan guapa y eficiente, la primera mujer de la historia que había gobernado con dulzura. Quizá también aquella otra Isabel, la Reina Católica... ¿Cómo se podía regentar una imprenta con tantos operarios másculos sin perder un ápice de su condición femenina? Todos los que trabajaban con ella estaban contentos. Pero yo no. Mi vena perversa empezaba a dilatarse y amenazaba con estallar.

Yo, que había ridiculizado a un obispo, yo, que siendo aún barbilampiño había conocido los íntimos ardores de algunas mujeres, encumbradas por el dinero, la nobleza o los votos religiosos, yo, me veía empequeñecido ante doña Isabel, tan por encima de mi animalesca condición, sabiendo que ella era capaz de decidir mi destino, mi vida o mi muerte con el más silencioso soplido de sus labios carnosos.

El miedo y la cobardía me impulsaban a la insolencia. A la insolencia que era mi arma favorita. Pero la insolencia se me disolvía y se me desvanecía. Mis pretendidos aullidos de lobo se quedaban en balidos de oveja pastueña. Mi mirada traidora iba de los tipos de la imprenta al pecho izquierdo vestido de ella, ella, ella... Ella trajinaba, ignorante de mi desasosiego. En ocasiones me miraba con dulzura, como si no se percatara de mi volcánica indecisión.

Yo necesitaba demostrar que era un bravucón incorregible, que podía escandalizar a medio Burgos con una de mis risotadas insolentes.

Por fin llegó el desenlace de aquella situación ignominiosa e inestable. Estaba yo en el almacén. ¿Qué creen vuestras mercedes que hacía yo allí? Observaba la imagen de Calafia en su caballo, con el pecho izquierdo desnudo, con su lanza lista y su corona sobre su suelto cabello. Apareció doña Isabel. Tras dar dos vueltas inútiles entre los libros, acabó diciéndome: «Obis, creo que voy a casarme con don Juan de la Junta». «Y, ¿a mí qué?», creo que respondí. O debí responder juiciosamente. No me acuerdo. Me perdió el deseo. Tenía que besarla y descubrir su pecho izquierdo. Sentí llegar el momento sagrado de la lujuria. Acerqué mis labios a los suyos. Pero entonces... entonces... ella retrocedió espantada, me miró con los ojos desencajados, y se marchó violentamente del almacén.

¿Qué me había hecho portarme con tal descuido? ¡Celos! ¡Maldito don Juan de la Junta! Quedé ausente y suspenso... Lo que vendría a continuación estaba perfectamente claro. Subí al dormitorio y preparé el hatillo. Mal dormí; el alba fue un alivio. Me dispuse a marchar avergonzado y, al salir, me encontré con mi señora doña Isabel de Basilea. Sin decir palabra me entregó unas calzas nuevas, un sayo y un capote de paño de mezcla. Me dio también dos ducados. Lo cogí todo con los ojos en el suelo, temeroso de que estallaran en lágrimas. Le besé la mano. Alcé mis ojos para ver los suyos llenos de comprensión y lástima. Me besó en los labios y me dijo: «Adiós, Obis». Y me fui con el hatillo y los presentes de mi ama. El frío de la mañana heló y curó mi herida. Volví a encontrarme con mi querida calle. ¡A la porra la imprenta, a la porra su dueña, a la porra los libros! ¡Malditos principios!

Esa mujer (pienso ahora) estaba perdidamente enamorada de mí. ¡Ja! Como todas.

Diego, que había empezado a creer que en el corazón de Obis anidaba un poquito de sensibilidad, con la última frase fatua de la narración fatua del viejo fatuo, le desdeñó con toda la mal nacencia de su corazón.

A la mañana siguiente, nuevamente, conversaron el rey y Diego. Estas cháchara empezaban a levantar recelos entre los cortesanos que veían un posible nuevo rival entre los preferidos del monarca. En esta ocasión, Diego le estaba diciendo al rey que, mientras esperaba sus órdenes para ponerse en camino, él podría ir elaborando la lista de científicos y cosmógrafos que le había encomendado y que, en lugar de empezar por el mismo Madrid, en donde el rey bien conocía a todos y bien podía medir con su mismo pulgar su eventual servicio a la navegación, podría hacer un viaje a Salamanca, cuna o morada de los sabios castellanos. Pero a Felipe II no le gustó la idea:

—En Salamanca piensan y repiensan y lo que piensan es bello pero inútil. Allí hay filósofos que repiten lo que dijo Aristóteles, aunque de mil formas diferentes. Pero la filosofía de Aristóteles no mueve barcos, no traza mapas, no muele el trigo, no extrae plata. Ahora estamos en el Renacimiento y los nuevos pensadores están probando que Aristóteles erró en muchas de sus creencias sobre la naturaleza.

—Señor, hoy todos reniegan de Aristóteles, pero todos han leído a Aristóteles.

—Pero en Salamanca no reniegan de él. Se aferran a él.

—No lo creáis. Allí se está produciendo desde hace algunos años una nueva filosofía, la filosofía de la naturaleza. Yo incluiría en la lista que me habéis encargado algunos sabios distinguidos de la universidad salmantina.

—¿Tenéis ya algún nombre en la cabeza?

—Empezaría por hablar con Domingo Soto. Domingo Soto se distancia de Aristóteles, eso sí, después de conocerle muy bien.

—¿Domingo Soto? Otra vez Domingo Soto ¿El dominico? ¿Mi teólogo? Sé muy bien quien es Domingo Soto. Sabe de Sagradas Escrituras y es un gran orador, pero, que yo sepa, no entiende de ciencia. Siempre insistís con Domingo Soto. Soto, Soto y Soto...

—Soto es un científico. Soto sabe.

—¿Cómo lo habéis sabido?

—Fue mi profesor en Salamanca.

—Y ¿qué ha hecho? ¿Ha resuelto el problema de las longitudes? ¿Traza canales o molinos? ¿Ha creado clepsidras o relojes de sol?

—Ha sabido cómo caen los graves.

—¡Otra vez con los graves! Graves... graves... pueden ser los pecados.

—Entendiendo por grave un cuerpo que cae o que puede caer.

—¿Ha descubierto que caen los cuerpos que pueden caer? — dijo don Felipe a modo de mofa de los filósofos que se enredan en palabrería.

—Señor, me habéis confiado una misión. Permitidme hacerla a mi modo y juzgad mi labor cuando os presente la lista de científicos de vuestro reinado con lo que han hecho y lo que pueden hacer. No os defraudaré. Os interesan las aplicaciones, pero las aplicaciones son hijas de las ideas. En las universidades hay hombres con ideas. Las ideas son el germen de los ingenios del mañana. Sin nuevas ideas no hay nuevos ingenios. Solo hay que dejar que la semilla se convierta en árbol.

—Largo me lo fiais. El mañana puede estar lejos y el imperio puede haberse desmoronado.

—Se desmoronará si no favorecéis el mundo de las ideas.

—Está bien. Confío en vos. Mientras llegan las cartas que espero, id a Salamanca y a donde os plazca. Pero no os olvidéis en vuestra lista de la gente práctica, que los necesito y no cabe esperar.

Quedó contento con la confianza que el rey depositaba en él y tenía vivos deseos de retornar a Salamanca y volver con un propósito definido. Además de ser el comienzo para elaborar su censo, anhelaba encontrarse con su antiguo profesor, fray Domingo Soto. Ahora pondría más atención a sus palabras que la que había puesto cuando era, como estudiante, revoltoso y amigo de los amigotes. También le interesaba encontrarse con fray Francisco de Vitoria que, aunque no era un científico, era un hombre profundo, sabio, bueno, de estimulante palabra, el que defendía e inspiraba una igualdad entre indios y españoles. Aunque también era posible que sus queridos profesores hubieran muerto pues, o ya les había tocado la Parca con su mano huesuda o pronto habría de tocarles. Eran ya viejos cuando los dejó. Y también tenía sanos deseos de encontrarse con los amigotes. Iría a Salamanca.

Pero, por otra parte, sentía pereza. No le gustaba viajar. ¡Horror! Se había comprometido con el rey para recorrer todo el mundo y le daba pereza un viaje de poco más de veinte leguas. Y había otra cuestión que le ataba al Alcázar de Madrid. No quería reconocerlo, pero estaba anidando una obsesión inoportuna: Himilce. Cada vez le miraba con menos disimulo con sus ojos grandes; cada vez le sonreía con su boca pequeña. Él frecuentaba itinerarios que había diseñado siguiendo sus pasos. O quizá ella era la que frecuentaba los itinerarios que él había diseñado. Palabras, no se habían cruzado ni una sola. Si hubiera sido muda, habría ocurrido lo mismo. Eso hacía que la relación entre el cosmógrafo y la pintora, o mejor la falta de relación, fuera más inquietante. A veces, cuando ella apercibía que Diego la seguía, aunque de lejos, ella descendía las escaleras hacia la planta baja donde se encontraban las tres malditas puertas, las malditas puertas que estaban siempre cerradas. Y por una vez que vio una abierta, su desasosiego había aumentado corrosivamente. Tenía que reconocerlo: Himilce ataba sus pies y entorpecía su pensamiento.

Proseguía Obis su grandilocuente discurso:

Poseo una capacidad innata para el arte, especialmente para la arquitectura. Y también nací con el don de las matemáticas. Y como habrán podido observar vuestras mercedes sé lo que es un libro, tanto el antiguo como el moderno. El libro antiguo nos permite hablar con gentes de otros tiempos. El moderno, con la imprenta, nos permite hablar con gente de nuestro siglo, pero alejados por la distancia. Como veis, tengo un tesoro en mi cabeza que no podía tardar en emerger, a pesar de mi orfandad y pobreza de la que partí a poco de estar presente en este mundo. No ha de extrañaros, pues, que el gran Diego de Siloé, tenido por uno de los grandes arquitectos de todos los tiempos, quisiera acogerme en su taller y aprovechar mi natural talento. Me lo pidió y accedí, aun cuando entonces yo no había oído nunca el hoy reverenciado nombre de Siloé. Pero para mí era el hijo del que había labrado los celestiales sepulcros de La Cartuja de

Burgos. Además, Siloé no se enfadaba ni con mis desplantes corrosivos ni con mis nocentes desprecios a todo el mundo.

Ya conocéis mi infancia: He sido aprendiz de chapinero, tornero, latonero, espadero, sedero, impresor, sin olvidar mi profesión de ladronzuelo, en la que pudiera haber llegado a oficial e incluso a maestro, si no hubiera truncado mi oficio mi nueva actividad como matemático y arquitecto, trabajando con el maestro Siloé.

La casa y taller del maestro se encontraba en la calle de Tenebregosa. No eran espaciosos o lujosos. Él acababa de volver de Italia y aún tenía que ganarse un nombre, ya que el apellido ya lo tenía. En aquel entonces, don Diego no ganaba ni cien reales al mes. Esparcidos por el suelo del taller había bocetos de escultura, cabezas de piedra deterioradas, columnas estriadas quebradas y mil trozos de imágenes o deshechas o por hacer.

Tenía don Diego además un oficial y otro aprendiz, aunque tenían su propia vivienda. Yo ocupé un cubículo en el que yacían unas pétreas figuras salidas de las manos de este gran artista. Mi cubículo era pobre, pero gozaba de los más singulares adornos que nunca tuvo la cámara de un rey.

—Serás mi aprendiz por tres años, lo que durará nuestro trato. Te daré casa, ropa y comida además de diez ducados por los tres años y te enseñaré el arte de la escultura y de la arquitectura. Me obedecerás y no podrás nunca alejarte más de cinco leguas de Burgos. Si yo me mudara de ciudad, tú vendrías conmigo. Si cuando se acaben los tres años has demostrado ser un artista y quieres seguir, ya veremos.

Así me habló don Diego de Siloé. Diez ducados me parecían una fortuna. Él quería conocerme porque quería rodearse de gente valiosa y no le importaba qué había sido de su vida anterior sino cómo lo contaba. Quería saber con quién se estaba jugando los cuartos.

Pero, ¡ay! Mis primeros pasos en la escultura anunciaron que, entre mis muchas destrezas, no era la del cincel la que más me caracterizaba, eso a pesar de mi burdo y obstinado esfuerzo. Hice un San Pedro que se destinó a gárgola. Los esbozos que hacía con el papel que habían de transformarse en imágenes no merecían mejores elogios. Me encargó una Penélope, con licencia de semidesnudos. La desnudez en la escultura era atrevimiento por su parte, pero él era un renacentista y las imágenes de la Grecia clásica no estaban obligadas a vestir tan tapaditas como los santos góticos. Pensó don

Diego que si yo hacía mal los pliegues de las túnicas podría hacer mejor los de la piel humana. En Italia privaba el desnudo, pero en España eran las esculturas más decorosas. «Menos mantos y más músculos», me animaba Siloé, «menos tela y más piel»

No me agradaban mis bocetos dibujados de Penélope y por la noche los borraba, tal como había hecho ella, la heroína, siempre tejiendo y destejiendo el sudario inacabable. Me salía tan fea que no hubiera sido creíble que hubiera tenido tantos pretendientes. Pero tengo que decir que mi imagen de Penélope está realmente colocada en la iglesia de San Jerónimo de Granada, eso sí, a tal altura que nadie puede apreciar si es guapa o fea, o incluso si se trata de Penélope o de un súcubo.

Don Diego por la mañana inspeccionaba con indulgencia mis bocetos que abandonaba yo por la noche rendido por el sueño. Un buen día se sorprendió al ver lo que le parecieron un montón de líneas quebradas cerradas y no superpuestas. El dibujo estaba hecho con cuidado, pensó, luego no era un caprichoso dibujo al azar resultado de la idiocia. No tenía ni enmiendas ni raspaduras. Caviló y caviló y consultó con el oficial: ¿Qué podía ser aquello? No era una maquinaria; no era un laberinto. «¿Qué diablos es esto?» —me preguntó— «Es el plano de Burgos» —respondí. «Es como si un águila desde lo alto hubiera comunicado a alguien cómo se veía Burgos desde arriba».

Don Diego inspeccionó el plano y fue comprobando que efectivamente allí estaban representadas las casa, las iglesias, las calles, con toda minuciosidad, lo que, al parecer, le sumió en una aguda perplejidad. En efecto, aquello era Burgos, perfectamente a escala. «Obis: ¿de dónde has sacado las medidas? ¿eres tú quién ha medido? Esto te habrá llevado años y años ¿dónde has guardado tantas medidas?» Allí se veía el Arlanzón, con sus isletas y meandros. Allí se juntaba el río Vena, sus tres puentes, todas las iglesias, la catedral, las cinco esguevas, Trascorrales, Panadería, Moneda, Algebina y San Lucas, los arroyos de San Ginés y de Cardeñadijo... las murallas con sus cubos y puertas. Allí había un asterisco en la calle de Tenebregosa. «¡Claro! —exclamó— Aquí vivo yo; aquí vive él».

—¿De dónde has sacado esto?
—Yo lo dibujé anoche, maese Diego. Os pido perdón.

—Esto solo se puede hacer con muchos años y muchos ayudantes. ¿Cuándo has medido?
—Nada medí. Todo salió de mi cabeza.
—¡Imposible!
—Siempre he estado bigardeando por las calles... Conozco bien las calles...
—Y ¿para qué has hecho esto?
—Simplemente para pasar el rato, con permiso de doña Penélope.
—¿Cuánto tiempo te ha llevado?
—Un par de horas, no más, os lo juro.

Creí que iba a reñirme y castigarme por emplear mi tiempo tontamente, pero no. Me dio un fuerte abrazo, llenó dos vasos de vino y ambos bebimos, los dos desconcertados, aunque por muy diferentes motivos. Se llevó el plano como obra digna de toda admiración y aquel día se dio cuenta de que yo era un genio. Y eso que yo había hecho aquello sin darle la menor importancia. Es que yo era un «polígrafo inculto». ¡Ja!

—Decid, don Obis, ¿cómo era Diego de Siloé, cuando le conocisteis?— interrumpió la núbil majestad.

Obis miró dramáticamente al infinito.

Fornido, membrudo, con semblante hostil, o triste, o serio, de modales bruscos, de movimientos lentos, fruto al parecer de la ignavia o de la abulia, rudo, hosco. Eso sería lo que pensara quien no le conociera, pero se equivocaría de medio a medio. Yo le había visto llorar y buscar remedios en el suelo frío de un monasterio. Era un alma sensible y llena de hormigas mordientes, que le hacían aspirar a obras sublimes. Quería hacer entonces obras megalómanas y faraónicas para ser admiradas desde lejos y delicadas estatuas para conmover la mirada íntima y cercana. Y lo ha conseguido. ¡Vaya que si lo ha conseguido! Ved la catedral de Granada y ved la escalera dorada de la Catedral de Burgos, ved Santa María del Campo y ved las delicadas vírgenes con el niño Jesús. Sus ojos estaban siempre llorosos. Trabajaba mucho. Era tanto trabajo de hormiguita como vuelo de águila real.

Pero ¡ay! No había espacio para dos genios y al final... acabamos enemistados, aunque siempre respetándonos el uno al otro. Pero eso, vendrá más tarde.

Se había formado en Italia de la forma que lo había hecho Alonso Berruguete. En Nápoles trabajó con Bartolomé Ordóñez. ¡Irse tan lejos para acabar trabajando con otro burgalés! Pero de allí se trajeron el arte del romano.

El éxito tiene una hija bastarda que es la envidia. Y una nieta bastarda que es la traición. Y el pobre genio tuvo que soportar las embestidas viles de Felipe Bigarny, el borgoñón. Desde el principio empezó a tratarle como si fuera su ayudante. Bigarny le malograba con burdos golpes de cincel sus obras maestras esculpidas con amor y sabiduría, chillaba más que él y tenía sapos en la boca. Decía que quería enseñarle, pero lo que hacía era ensañarse. Bigarny era un buen escultor, no lo dudo, pero sus figuras estaban muertas y las de Siloé animadas. Se batían, pero no con espadas, sino con cinceles. Bigarny le acusaba al Cabildo de impudicia y le metió en pleitos por la iglesia de Santa María del Campo. Con los ataques del borgoñón y de otros muchos no se sentía don Diego a gusto en Burgos.

Más adelante se mudó de casa y en el dintel de la entrada se leía «Aperi michi Domine portas iusticie», «Ábreme Señor las puertas de la justicia», tan dolido estaba el buen hombre con sus paisanos.

Nuevamente el juego de miradas y silencios eran el único testigo de una extraña relación entre Diego e Himilce, que no merecía el nombre de amorosa, porque ni el nombre de relación merecía. Himilce se cruzó y pasó de largo y al cabo de unos pasos Diego se volvió hacia ella viendo que ella se volvía hacia él. A Diego le pareció que Himilce le invitaba a que la siguiera. Bajó ella por las escaleras al sótano. Bajó él. Abrió la puerta inicial ella. Abrió la puerta inicial él. Y allí, se volvió a encontrar con las tres misteriosas puertas siempre cerradas. La tercera conducía a la pinacoteca desordenada donde se encontraban los infernales cuadros eróticos, o más bien, los celestiales cuadros eróticos. Diego pulsó el picaporte de esta tercera puerta, esperando ver el conmovedor cuadro de Himilce en arrebatadora semidesnudez. Pero no. La tercera puerta que él había otro día traspasado, estaba nuevamente cerrada. Sin embargo, el picaporte de la segunda puerta cedió a su lenta y silenciosa intención. Diego se introdujo osadamente en este recinto. Estaba bastante oscuro. Pero tenía que avanzar, pues sospechaba que Himilce había abierto esta puerta intencionadamente. Le había llamado, pensaba él. Más adelante vería algo más de luz… Su corazón parecía escapar de la prisión de sus costillas. Más que latir, bramaba allí encerrado.

Sus pasos quedos tropezaban y entre tropiezos se adentró allí donde una luz mortecina alumbraba un poco más. Y tanto que luz mortecina porque vio que lo que le hacían tropezar eran esqueletos. Ahora veía uno completo, de pie, que le sonreía con su tétrica carcajada y le miraba horrible con sus ojos vacíos. Y había otros esqueletos, no tan completos, algunas calaveras sueltas, huesos libres, manos largas huesudas... todos parecían adquirir movimiento y vida, provocado por su propio temblor. Un susurro grave y tenue se escapó de su garganta arrinconada y un efluvio sanguíneo y caliente inundó las entrañas del intrépido, de abajo arriba; de arriba abajo. Sus ojos más desencajados que los ojos de los muertos parecían contemplar el infierno de Dante. Lo repentino del encuentro con la muerte le esculpió a él mismo en una atormentada estatua temblona.

Con el corazón al galope siguió avanzando. Cada vez más luz, cada vez más cadáveres, algunos parecían partidos como si fueran los restos de infortunados occisos; algunos estaban más limpios y otros iban recogiendo el polvo de los siglos. Atados con un fino cordel, un papel escrito parecía identificar al presunto propietario del macilento despojo.

Era un sepulcro inmenso. En una estantería, una fila ordenada de calaveras reprochaba al intruso, desde su sueño eterno, su osada visita al infierno. Diego empezó a tranquilizarse y hasta se sintió complacido con sus mansos anfitriones. «¡Algún día estuvisteis vivos, pensó, no me tengáis envidia, que pronto estaré despellejado y desalmado como vosotros!» Tanto miedo había sufrido que hasta llegó a reírse estúpidamente. Él tendría menos suerte que aquellos muertos, porque acabaría bajo tierra y las arañas no tejerían la mortaja para él.

Se sintió en paz con los muertos. De una silla vieja, apartó de un manotazo una calavera que aún guardaba vestigios de rubia cabellera y se sentó en ella a meditar tan inmóvil como sus amontonados óseos compañeros. Su quietud era locura silenciosa y yerta. Y diría luego a Uchur que nunca había aprendido tanto de lo que es la vida pasajera y su flujo vano y que aquel día se hizo filósofo y que aquello, más que una aventura, había sido... una calaverada. Se rio Diego de Diego.

Don Diego de Siloé se casó con doña Ana de Santotis y había adquirido nueva casa en La Calera, calle que conocía bien

Obis porque allí había estado y seguía estando la imprenta más afamada de la cristiandad. Mi maestro me invitó a cenar a su nueva casa, seguramente para impresionar a su esposa con la calidad de su nuevo aprendiz.

Saludé a doña Ana, soportando la burla de don Diego:

—No curves tanto la espalda en el saludo que no son esos tus modales y, además, no lo haces bien.

Doña Ana procedía de una familia acomodada. Era sencilla, amable, de sonrisa sincera y de muy buen corazón. Era también muy pía y de creencias graníticas, por lo que una vez muerta, habría de traspasar las puertas del cielo con tanta naturalidad como las de su propia casa de La Calera. Propuso que cenáramos para que luego me enseñara su marido su cuarto de leer.

No supe, quizá, apreciar el excelente vino de La Horra, de a cincuenta maravedíes el azumbre, pero sí el pan salido de las cuezas del monasterio de Las Huelgas. No hubo pescado ni cecial ni curadillo pues, al decir de mi maestro con palabro de su cuño, su esposa era «ictiófoba», como lo es nuestro rey don Felipe II, pero hubo ternera, de a veinte maravedíes la libra, adornada con mastuerzos, como si yo fuera un visitante ilustre. Y lo era, pero él no había medido aún la hondura de mi discurrimenta. Yo no había comido nunca carne de ternera, pero, al llegar al hueso, este me resultó muy familiar. ¿Quién sería el pobre rapaz que tuviera como festín los despojos de aquella fastuosa cena? Como postre, queso fresco con leche del mes de mayo de Quintanilla del Monte. Y todo ello servido por una esclava joven y limpia, tratada con respeto por los dueños de la casa.

—Por Dios, don Obis, dejaos de hablar de la comida. Lo que estamos deseosos de saber es cómo era Siloé. ¿Se veía que estaba destinado a ser uno de los grandes genios de la arquitectura? ¿Cómo eran sus pensamientos y anhelos artísticos? —interrumpió la reina doña Isabel, con su gracioso acento galo.

—Claro, Majestad, todos estarán esperando que les cuente qué le pasaba entonces por las venas, ¿Cómo es la savia de los sabios?

Siloé vivía atormentado.

Lo habéis oído bien: atormentado. Me llevó ese día, tras la cena, a su gran biblioteca, quizá con unos cuarenta libros. Yo estaba acostumbrado a la de don Fadrique mucho mayor, pero cuarenta libros son muchos libros, en cualquier caso.

Allí estaban los diez libros de «De Archictectura» de Marco Vitruvio Polión. Según este libro las obras clásicas estaban sometidas a rígidas proporciones, que tras muchos siglos habían acabado siendo conceptuadas como las mejores, las que mejor definían los cánones de la estética clásica.

—Una de estas relaciones es la conocida como la razón áurea, o divina proporción, que fija la proporción entre la altura y longitud de un templo.

—¿Cuál es la razón áurea? —pregunté.

—Es un número que tiene tantos decimales que no lo puedo recordar y, por otra parte, no sé cómo calcular, y eso que debería saberlo.

—¿Podría yo calcular esa razón divina? ¿Cómo se define para que pueda hacer los cálculos?

—No creo que esté a tu alcance —sonrió despectivamente Siloé—. Coge una cuerda. Divídela en dos trozos, uno largo y otro corto. La razón de las longitudes entre la cuerda inicial y el trozo largo debe ser la misma razón que entre el trozo largo y el corto.

Don Diego me enseñó otros libros, entre ellos los de Euclides y la «Sphera» de Sacrobosco, impresos en la imprenta de don Fadrique, donde se leía «Juan de Junta me fecit». Ponía el nombre del padre y del esposo, pero no el de doña Isabel, que yo sabía que era quien lo había hecho. Me enseñó sus libros mientras yo atendía a la vez que escribía cuatro números en un papel:

—1,618034... —le dije.

—¿Cómo?

—Es la razón áurea: 1,618034...

Me miró incrédulo y miró mis breves guarismos.

—Con la definición que me disteis pronto vi que a la raíz de cinco había que sumarle la unidad y dividir todo ello por dos.

Me quitó el papel de las manos y leyó mis fórmulas como si hubiera perdido el don del movimiento. Desde entonces, don Diego empezó a darse cuenta del diamante en bruto que yo era. Me he detenido en este episodio porque había de cambiar mi vida. ¿Qué creéis? ¿Que el maestro iba a admirar al aprendiz? Eso nunca ha ocurrido. Desde entonces, él vio que había otro gallo en su corral. Esto os habla sobre cómo era él y sobre cómo era yo. Siempre le admiré como un genio, pero él dejó de admirarme precisamente porque yo era otro genio.

Diego se echó las manos a la cara como gesto de incredulidad. ¿Cabía imaginarse persona tan pagada de sí mismo que se creía a la altura o por encima de Diego de Siloé, el hijo de Gil de Siloé? Bravucón, embustero y parlanchín, narcisista y presumido, inaguantable y engreído. ¿Cómo alguien puede creerse esas patrañas con que adorna sus verbosas andanzas?

Para mí encontrar la razón áurea fue cosa de coser y cantar, a pesar de la importancia que le dio Siloé. Y tampoco entendí por qué le daba tanta importancia. Razón áurea, razón áurea... razón de oro de la que caga el moro. Perdón, Majestad, por haber usado palabra de germanías, pero la cultura popular me ha autorizado a ello.

Luego Siloé me llevó al huerto. ¿De qué os reís? Tenía un huerto al que me llevó y nos sentamos en un banco tapados hasta los ojos con unas mantas palentinas, porque hacía aquel día un frío álgido. El vaho del aliento acompañaba a las palabras como si fueran su espíritu. Cada palabra, con el calor que poníamos en ella, tenía una materialización vaporosa que se destacaba en la oscuridad, que era el silencio. El vaho era testigo también de nuestra respiración, es decir, del mantenernos vivos, nosotros, amantes del hielo. El vapor que salía de nuestros pulmones tomaba cuerpo en el aire y parecía el aliento de un dragón embravecido. En realidad, era verano, pero el clima de Burgos desoye los consejos de la eclíptica. El rigor del frío se ensañaba con nuestros pómulos, los quemaba. Brotaban lágrimas que se refugiaban en los párpados aún calientes, para no convertirse en cristal puro. Aproximamos nuestros cuerpos. Diríase una sola capa con dos caras exhalando vaho polar. Solamente al calor del frío intenso salen las conversaciones felices y sinceras... El frío hace las conversaciones calientes. Nada nuevo se ha dicho en este mundo bajo un sol achicharrador. Solo entona un canto cansino la chicharra.

(—¡Poeta nos ha salido!¡Malos ripios sin consonante!)

—Estas proporciones áureas, y otras tan rígidas o más que exige el arte del romano, son cosas para saber, desde luego... decía maese Diego.

—¿Para qué quiere un arquitecto aritmética y geometría?

—No seas bruto, Obis, ¿crees que esas hermosas y altísimas catedrales góticas se han hecho poniendo una piedra encima de otra?

Maese Diego me cogió del brazo.

—Escucha, Obis, la proporción áurea del romano, así como otras razones menos conocidas, son mi tormento. El Panteón de Roma, obra sublime bajo el emperador Adriano, tiene una fachada que se ajusta a ella. Todos los templos grecorromanos se ajustan a ella. Y yo, que he vuelto a España con lo que se supone que es el arte renacentista, he de remedar a los helenos y a sus estrictas canónicas manías. Y las conozco bien. Y las comprendo. Y son ya mis manías las de los griegos.

Pero con todo respeto a aquel arte supremo de otros tiempos, hoy, aquí, darían como resultado templos achaparrados, mezquinamente achaparrados. Porque aquí y ahora el arte de los godos se eleva hasta el infinito como una plegaria a Dios. Y aquí es donde el fantasma de mi padre quiebra mi sueño y despierta mis ensueños.

Yo le sentía temblar, no de frío, sino de agitación del corazón.

—El arte nuevo ha de suplantar al arte gótico. Pero el arte gótico ha llegado en los últimos tiempos a un grado sublime imposible de superar. El arte gótico no es achaparrado. Sus puntas buscan la altura infinita. Es pura oración pétrea en busca de Dios. Yo puedo, y debo, renunciar a los modos góticos, pero no a su exaltación de lo vertical. Las catedrales que tengo en la cabeza siguen siendo rezos místicos con elevaciones ambiciosas. Flechas hacia el cielo.

»Y puedo, y debo, respetar los ideales helenos, pero he de renunciar a la razón áurea, a sus cánones severos que conducen a la horizontalidad. El arte heleno es arte rastrero; arte con los pies en el suelo. La fachada del Partenón es hermosa, pero si a su lado se colocara la catedral de Burgos, nadie repararía en ella.

—Vitruvio os mandaría a picar piedra, si os oyera.

—Y la picaría, pero no piedras cuadradas, sino piedras de crestería, como flechas que levitan en arrebatados vuelos. ¿Has visto algún santo levitar horizontalmente?

—Señor, ni horizontal ni verticalmente. Santos, solo los he visto de madera o de piedra, bien asentaditos en sus peanas. Y no he visto esculturas flotando en el aire.

—¿Y qué me dices de las bóvedas? Las bóvedas clásicas son grandes, pero son tristes, son matemáticamente simples. Las góticas, en cambio, nacen desde el suelo como nervios que se elevan y allá arriba se alzan formando figuras estrelladas de muchas formas diferentes, imaginativas. Y allí arriba la bóveda se divide en varias boveditas, separadas por los nervios que de la tierra salieron. Cómo se combina la estética y la estática es cosa mágica, algo que solo puede lograr el arte. Nunca las matemáticas hubieran sugerido un hermoso cerramiento gótico. En cambio, la cúpula del Panteón es grande, pero es una simple semiesfera.

»¿Qué tengo que hacer en esta vida? ¿El arte de Fidias o Praxíteles, o el arte de Gil de Siloé? ¿El arte de Ictinio y Calícrates o el arte de los Colonia? ¿Son realmente incompatibles? Sufro pensándolo. Y aquí es dónde mi padre, mi buen padre, me despierta y me oprime y me dice: reza como un godo. Y los renacentistas italianos me dicen: sé geómetra como un heleno. Y vivo atormentado. Y me pregunto: ¿Puede haber un renacimiento gótico? Algo en mis sueños truncados me dice que sí. Necesito hacer una catedral.

—En el mercado mayor venden catedrales, los martes. Allí, unos venden pan, otros vinos y otros catedrales.

—Déjate de chanzas, Obis. Quiero hacer una catedral. Con los cánones helenos y la esbeltez gótica, las dos cosas unidas en armonía. Y tengo mis planes para llevarlo a cabo. Mi padre me lo pide desde la tumba. ¿Comprendes ahora por qué lloraba tumbado sobre el suelo de La Cartuja de Miraflores?

Cuando Uchur rio con el tétrico relato de su primo, supuso cuál era la explicación. Felipe II hacía colección de reliquias de santos y así compraba, o le regalaban, diferentes huesos de mártires procedentes de diferentes iglesias de todo el mundo, especialmente de Roma. Y llegaban tantos envíos que tenía que ir almacenando las reliquias en algún sitio, antes de situarlos en un lugar sagrado, probablemente cuando se construyera el Monasterio de El Escorial, donde fueran venerados como sus celestiales dueños merecían. Uchur sospechaba que, si pagaba bien las reliquias, más de alguno de aquellos esqueletos podría haber pertenecido a un vulgar ratero, quién sabe si a un hereje.

La velada con las relaciones del inmortal Obis continuaban escandalizando a los palaciegos.

Pasamos adentro donde nos esperaban doña Ana de Santotis y la esclava Sara. La esclava era tratada como si fuera parte de la servidumbre, casi como de la familia. Nos preparó unas copitas de aguardiente que, al amor de la lumbre, nos volvieron al mundo real.

¿Qué planes tenía Siloé? Su esposa fue menos prudente y así me habló:

—Estamos pensando en mudarnos a Granada. Es posible que el emperador quiera fijar allí su Corte. Se están levantando muchas iglesias y es la ciudad de moda, la ciudad que ha de cristianizarse, donde hay cabida para todos los artistas. No le faltaría trabajo a Diego por ser el estilo renacimiento lo que allí se pide y lo que conoce mi esposo. Carlos I en persona quiso que Diego hiciera unas esculturas orantes de sus abuelos, los Reyes Católicos. Fueron encargadas a Bigarny, pero resultaron toscas y la de la abuela demasiado tetuda. Eso sería el principio. Sería para ponerlas en la Capilla Real donde descansan los abuelos y también su madre, doña Juana, la reina de la locura de amor o del amor de loca. Eso sería el principio.

—Se está construyendo una catedral en Granada— siguió Siloé— La está haciendo mi admirado Enrique Egas, buen arquitecto, pero está viejo y pasado de moda. Tengo el pálpito de que me lo pudieran encargar a mí. Además del pálpito, sé cómo dar un empujoncito al destino. Obis, esta ciudad de Burgos me oprime. Quiero hacer una catedral grande, alta, majestuosa, la gran casa para Dios. Hasta tengo la traza en mi cabeza.

—Hemos pensado en ir a vivir a Granada —retomó la palabra doña Ana—. Los ayudantes de Diego, Juan de Maeda y Juan de Salas, se lo están pensando, pero creo que se decidirán por venir. Y ¿tú, Obis? ¿Te vendrías? Piénsalo; no hay prisa.

—Señores —contesté— nada me ata aquí porque nada me ata a ningún sitio. No me hace falta. A Granada me voy. Aunque ya conocéis mi torpe don de la escultura. Si me encargaran a mí las estatuas orantes de la reina Católica me saldría algo parecido a la Tarasca. Nada he hecho en arquitectura, pero mi catedral parecería un dolmen. Sería el suplicio de los canteros. Allí me voy con vuestras mercedes si así lo queréis. Y si veis más adelante que no sirvo y queréis prescindir de mí, no tenéis más que abrir la puerta. Mis calzas son todo mi equipaje.

Hablamos aquel día de los escultores y arquitectos que admiraba mi maestro. Dijo que estaban casi todos en Italia. En España solo mencionó a Bartolomé Ordóñez, aunque seguramente habría muerto ya, y a Alonso Berruguete. Añadió a Juan de Vallejo, uno de los mejores de todos los tiempos, pero que debido a su carácter humilde no llamaba la atención. Ciertamente, yo nunca le había oído nombrar.

En realidad, fingía yo humildad, porque yo sabía que Siloé necesitaba un matemático. Yo sabía que era necesario. Y, efectivamente, usé mis conocimientos matemáticos para convertir una girola planificada como gótica en una renacentista, problema geométrico no trivial, aunque sí para mí. Además, doña

Ana, que había previsto mi respuesta rápida y afirmativa, me tenía preparada otra misión. Yo debería ir a Granada primero. Debería buscar casa a mis señores. Doña Ana me precisó que su precio no podría exceder de cien cuentos. Yo no sabía lo que era esta moneda o esta unidad, el cuento. Debería ser una moneda como una rueda de carro. Con un cuento bien se puede comprar un cuartillo de vino de pitarra. Ahora ya sé que un cuento es igual a mil veces mil maravedíes. Pero había más.

—Según me dice mi esposo, eres como un gato que por todas partes se mete y se entera de todo. Eso os pedimos, que nos digáis qué hace cada artista allí y qué no pueden hacer. Quienes son los imagineros, policromadores, rejeros, canteros, etc. Queremos saber de qué pie cojea cada uno. Eso es algo que puedes hacer tú y solo tú. Y queremos que seas nuestro nuncio.

—Malas dotes de embajador tengo yo —repuse con humildad graciosa—. Lo primero que haré será decirle a Don Enrique Egas que lo deje ya, que mi señor tiene ganas de hacer catedrales.

No sentó muy bien a Siloé este mal chiste que enhoramala dije. Pero era ya el momento de terminar mi visita y nos despedimos contentos por los nuevos aires que se avecinaban.

Sara me acompañó a la puerta. Atravesé el dintel. Ella esperó con la puerta entreabierta a que yo me fuera. Y yo esperé a que cerrara la puerta para irme. Y se escapó el gato.

Las últimas palabras de Obis llenaron de zozobra e inquietud a Uchur. Se habían pronunciado con aquel tonillo fanfarrón y pícaro del que se ufanaba. Era muy probable que la tal esclava Sara fuera la madre de Diego. Entre las bubas y las dudas sintió una inoportuna quemazón que transmitió a su primo tras la velada. Él había tenido el mismo presentimiento, aunque de forma mucho más angustiosa.

Uchur sospechaba que, si aquellas puertas estaban cerradas con guardiana llave, era una casualidad muy rara que, tras haber seguido a Himilce por los corredores del sótano, se hubiera encontrado con una de las puertas abiertas un día y otra en otro día. Para ella, Himilce Solferino era quien estaba moviendo los hilos, estaba zarandeando la voluntad inocente de Diego, atrayéndole a un pozo en el fondo del cual estaba ella. ¿Por qué lo hacía? Eso era fácil de responder. Primero le había llevado a la sala de exposición de pintura erótica en la cual había expuesto su propio cuadro en la zona más luminosa del soterrado templo de la lascivia. ¿Por qué lo hacía? Lo que ya no se entendía bien era por qué le había desvelado el sótano de la muerte. Sin embargo, sabía de sobra que tras la tercera puerta estaría ella. Era una telaraña perfecta y geométricamente urdida y en el centro esperaba ella con su veneno preparado.

Se sorprendió a sí misma recelando de la pintora, acusándola de sutiles manejos para adueñarse de su Diego. Tenía que reconocer que en su corazón se escondía ese sentimiento natural, el más poderoso, el más corrosivo, el más destructor de los sentimientos humanos: los celos. Eran los absurdos celos.

Eran absurdos estos celos. Se repetía y se repetía y se repetía que Diego no podía ser para ella. Que ella estaba enferma. Parecía hermosa al estar vestida pero su desnudez mostraba los estragos de aquella enfermedad asquerosa. Ella era la muerte, su propia muerte y la muerte de quien la amara. Pero los celos no entienden de razones y la razón no entiende de celos. Absurdos celos: otra vez el perro del hortelano no dejaba comer las uvas que él no comía. Pero su amor de hermana tenía que aplastar a sus celos de novia. Al menos, no debía dejar aflorar tan perversos instintos para no perder la confianza que hacía que Diego la informara de sus más íntimas experiencias.

Y hablando de muerte, esa tan grande preocupación de la que se habla tan poco, ¿no se habría Himilce referido a ella misma, a Uchur, con la segunda puerta, la puerta de la sala de la muerte?

El ingenuo joven cartógrafo siguió a la misteriosa joven pintora y como ella, una vez más, bajó los escalones que a los sótanos del palacio conducían. Y, por tener que llegar algo más tarde que ella, se encontró, como siempre, las tres mágicas puertas. La primera seguía con la llave echada. La segunda seguía con la llave echada. La tercera concedió a la cauta mano de Diego el don de la franquicia. Diego entró...

Nuevamente fue de la oscuridad al resplandor. Llegó un momento en el que se llegaba a una balaustrada que asomaba a un recinto más bajo muy bien iluminado. No parecía haber nadie. Por aquí y por allá había cuadros, unos eran bocetos, otros, los menos, no terminados. El olor al óleo reciente parecía indicar que aquello era un taller de trabajo, probablemente, el estudio de la fantasmal Himilce.

En un cuadro aparecía ella, quizá se tratara de un autorretrato. En él, Himilce aparecía honestamente vestida pero muy hermosa, con su rostro y sus manos de ese blanco rosáceo que iluminaba tanto su lienzo como su mismidad. Para crear este retrato, su autor, o quizá su autora, había tenido que temblar y templar. La observó sin tiempo, inebriado con una belleza que, aunque fuera de los cánones, se emancipaba del lienzo. ¿Cómo un rostro tan homogéneo llegaba a ser cautivador?

De pronto, alguien entró, cerrando la puerta tras de sí. Diego notó sus pasos parsimoniosos y ligeros. Era inútil esconderse entre los muchos cachivaches y declarar a quien fuera que había encontrado franca la puerta y estaba allí disfrutando fríamente de aquel dechado de arte.

Quien se acercaba era la dama de los ojos.

Sin mediar palabra se acercó a él y le besó en los labios. Fue un beso largo, carnoso y húmedo. Y Diego respondió ahondando en aquel ósculo.

Pero la latebrosa pintora le cogió de la mano hasta la puerta y candorosamente le invitó a salir, quedando ella dentro. Diego se encontró fuera inmóvil y mudo. No tenía respuestas; ni siquiera tenía preguntas. Al fin se dio media vuelta y consiguió andar.

Aquel era un amor sin palabras y así le pareció más intenso. Ni él la conocía ni ella le conocía a él; y no quería conocerla, solo quería besar y ser besado. Las palabras mancillarían aquel amor mudo, más amor cuanto más mudo. Las palabras siempre aparecerían vanas, serían una escapatoria de la intensidad de aquellos labios. Las sensaciones así eran más de otro mundo; del mundo del erotismo, de la muerte y de Himilce.

Himilce, la princesa íbera de Cástulo, esposa mítica de Aníbal, rediviva.

—Aníbal, perdóname que profane tu historia —musitó Diego, encontrándose como una marioneta histriónica.

La velada de Obis continuaba. Sentados en lugares dispersos estaban Uchur, Himilce y Diego. Era de esperar el trasiego de miradas entre los tres, si cabe más intenso que en otras ocasiones, cada una de ellas de tan diferente significado, pero todas cargadas de encontrados sentimientos. Los tres observaban la representación ostentosa de Obis sin que ninguno de ellos quisiera participar en aquel juego de contemplaciones furtivas. Obis siguió con sus aventuras que solo a él parecían hazañas.

Por aquellos días se murió Rosita, «la enamorada» con la que yo más había intimado. El entierro fue en Santa Gadea, enterramiento de los que dicen allí «aventureros», para los que no tienen ventura ni dinero, en la parte más alejada del presbiterio. En la fosa de los aventureros la dejaron caer ante su amiga íntima que me reprochó que no la visité cuando yacía moribunda. «Solos el cura y yo». Ni el cura ni los sepultureros demostraron ninguna compasión y, a decir verdad, yo solo la tuve por un día, pero la tuve. No estaba yo por los sentimentalismos en aquella etapa de mi vida, con el pie en el estribo para viajar. No merece mucho la pena que me extienda sobre este asunto.

Maese Siloé me dio diez reales y veinte maravedíes, una carta para la Capilla Real y otra para su rival en Granada, Pedro Machuca. Yo debía escribirle con bastante asiduidad. Con esta exigua bolsa, me fui a Granada y allí llegué en poco más de un mes. Tras aposentarme me puse los gregüescos nuevos, las calzas coloradas, el sayo y el jubón que me dio doña Ana de Santotis para ir a ver a maese Machuca y entregarle la carta. Estaba haciendo allí un colosal palacio dentro del recinto de La Alhambra, al estilo del romano, pero, como decía mi señor, de muy poca altura. No me recibió con grandes parabienes este buen señor. También fui a la Capilla Real a entregar la otra carta y allí pude admirar el magnífico sepulcro de Bartolomé Ordóñez. Y visité a don Enrique Egas, que estaba, efectivamente, viejo, cansado y enfermo. Este conocía bien la obra de Siloé y la tenía en mucha estima.

También, pronto encontré una casa para morada de don Diego y doña Ana y donde también habría de vivir la esclava. Estaba muy cerca de la catedral en construcción según el estilo de los godos, cerca de lo que habría de ser la cabecera, muy cerca también de las calles del Ángel, de las Infantas, de San Agustín y de la Cárcel. Pero acucié a maese Siloé para que viniera pronto pues la casa era espaciosa, bien situada, hermosa y la vendían a buen precio, cinco mil escudos de oro. Si se demoraba podría pasar a otras manos.

Y cumplí con mi misión de conocer a todos los artistas de Granada, hasta sus más íntimas ambiciones, sus más reconocidas destrezas y torpezas. En efecto, Granada era la gran urbe del mundo donde los artistas acudían por la cantidad de iglesias y palacios que se estaban construyendo, a veces usando los miríficos edificios de los moros. Había artistas venidos de todos los puntos del mundo. Cosa curiosa que noté: los italianos nos llamaban godos despectivamente por considerarnos gente inculta, pero los españoles recibían este calificativo con orgullo como herederos de la verdadera nobleza. En cambio, los flamencos no nos llamaban godos, más lo eran ellos, pero nos despreciaban por tener sangre agarena y judía.

Acucié a mi señor y colega para que manejara los hilos a su alcance pues el emperador quería construir una gran iglesia y monasterio —teniendo a San Jerónimo como titular— como sepulcro para el Gran Capitán y su esposa. Hablé con una dama que resultó ser la viuda del Gran Capitán, que era quien mandaba en la obra. A ella le pareció bien que fuera Siloé el arquitecto pues su fama como autor de la Escalera Dorada de la catedral de Burgos estaba ya muy extendida; y también, claro, por la veneración que todos guardaban a su padre, Gil de Siloé, el de la Cartuja. Era muy posible que se adjudicara tal monasterio a mi maestro, y allí corría el oro como un río. Y había un río con oro, perdone vuestra majestad mi burda asociación de ideas.

Empecé a vivir en la casa de los Siloé, antes de que ellos fueran a Granada y firmaran el contrato.

—Me alegro al saber que por fin asesasteis, cumpliendo fielmente los deseos del matrimonio de Siloé— rio la reina francesita.

No creáis tal; mi buen comportamiento empañaría mi buen nombre y eso mancharía mi honor. Os diré alguna de mis aventuras. Los sepulcros de la Capilla Real, obra de mi paisano Bartolomé Ordóñez, y de otro italiano, Doménico Fancelli, son increíbles. Su belleza y acabado son tan perfectos que, de no ser porque conocí los del don Gil de Siloé, diría que nada se ha hecho que se les pueda comparar. ¿Cómo era de guapa la reina Juana? No podía saberlo porque su escultura estaba sobre los sepulcros, demasiado alta para poder admirarse desde el suelo. Pero como ya saben vuestras mercedes tengo el don de trepar por los sitios más inverosímiles, así que me encaramé y pude ver el rostro pétreo de doña Juana. ¡Qué hermosura! Tan guapa me pareció que sentí un amor extraño por ella, yo de carne y ella de piedra. Y tanto sentí este extraño enamoramiento que trepé por el sepulcro y me acosté entre ella, quiero decir entre su estatua, y la de su marido. Y lo repetí varias noches en la que dormí con ella, con la hermosa loca. Y la besé, pero ella no mostró ningún interés por mis labios fogosos, respondiendo con frialdad a mi ardorosa solicitud. Tampoco Felipe el Hermoso dio muestras de estar celoso por mi atrevimiento de hombre vivo. Siloé se enfadó mucho conmigo por haberme montado sobre la inmortal obra de nuestro común paisano Ordóñez, pudiendo haber quebrado con mi extravagancia algún detalle del sagrado túmulo. Me dijo que tenía veneno en la sangre, o mejor, sangre en el veneno. Pero en el fondo yo sabía que le había gustado mi arrebato porque siempre apreció mi pasión por la piedra bien labrada.

«¡Ay, viejo fatuo! Si es verdad que tienes el don natural para las matemáticas, al menos deberías cultivarlo. Claro que lo que dices pueden ser perfectos embustes. ¿Quién me dice que no conocías ya el número áureo antes de hablar de él con tu maestro? Y ahora debo estar tan atento como Uchur para ver si entre tanta inútil hojarasca hay alguna seta de interés, alguna noticia sobre mi nacimiento». Así discurría inquieto Diego ante la continuación de las andanzas del Capitano Spavento, personaje grotesco representante de un español visto por un italiano, temerario, torpe, valentón y castigo de las mujeres.

Vinieron don Diego y doña Ana a Granada y en la casa que había yo acordado morábamos yo, ellos y la esclava Sara. Algo más adelante, debido a la mejor situación económica de maese Siloé, cogimos a dos criados más. Juan de Maeda se buscó su propia casa. Todo salió según nuestros planes. Mi maestro construyó el más hermoso de los monasterios con la más singular de las iglesias: San Jerónimo. Singular no solo por la obra maestra de su fábrica y su imaginería; singular porque allí en lo alto se colocó mi Penélope, y singular porque allí reposan los nobles huesos de nuestro egregio héroe, don Gonzalo Fernández de Córdoba. Siloé ganó el dinero y la fama que bien se merecía y pronto se le encomendó la continuación del templo más grandioso y solemne de toda la cristiandad, que hoy pueden contemplar, aun sin acabar, todos los viajeros que aquí vienen expresamente para ver la octava maravilla de la Tierra. De esto no voy a hablar a vuestra majestad y al resto de concurrentes que gozan de la narración de estas mis aventuras, porque la grandiosidad de la Catedral y de San Jerónimo es sobradamente conocida.

Sara era joven, bastante hermosa y, especialmente, muy culta. Sabía hablar en latín, en árabe, en hebreo, en arameo, en iranio y no sé cuántos idiomas más. No hacía más que leer y escribir y don Diego y doña Ana la trataban más como una hija que como una esclava, ya que el vientre de la Santotis no había sido bendecido ni por la Providencia ni por Siloé. Tanto la querían y tanto admiraban la sabiduría de aquella mujer que sus buenas relaciones con el arzobispo los llevó a proponerla como catedrática de la Universidad. Pero no se crea que ella no entró por sus propios méritos. La examinaron y ella habló en latín con tanta dulzura, corrección y uso de imaginativas figuras que la incluyeron en el claustro como la eminencia que era.

Pero si el vientre de doña Ana de Santotis no había sido bendecido, sí lo fue el de su hija adoptiva, pues yo fui quien lo bendije. La acosé con mis virtudes y ella perdió la suya. Mis prendas son irresistibles, así que ella no supo resistirlas. La infeliz, tan docta en latines, era ingenua en el arte amatorio. Se enamoró ciegamente de mí y no fui yo quien le abriera los ojos. Siempre me atrajeron todas las mujeres y a todas siempre atraje. En fin, por no alargar la carrera de estos amoríos, me pasaré al final que fue ciertamente desgraciado. Ella quedó preñada, la echaron de la Universidad, parió un hijo y Siloé me echó de casa. Me hubieran dejado morar en ella si me casaba con la catedrática, pero yo ni he necesitado casa ni casarme y me fui. Nunca forcé a la esclava, que fue ayuntamiento consentido y si la sabia Sara murió, que murió en efecto, no fue por culpa mía. Privé a los estudiantes de una buena profesora, tan excelente como la catedrática Lucía de Medrano lo había sido en Salamanca. Me quedé sin casa y sin trabajo. Me importó un bledo. Volví a mi amada libertad callejera.

Volví a la vida aventurera desarraigada y me hube de juntar con una tribu de gitanos que se acababa de asentar en Valparaíso, cerca de Granada, lugar amenísimo con huertas feraces junto al río Darro. Los gitanos se fabricaron cuevas donde vivían, formando un poblado troglodita variopinto, algo alejados del Darro montaña arriba. Al principio me acogió don Juan Latino, viejo esclavo negro que había llegado a catedrático y que por allí tenía su carmen. He de decir que, en Granada, a las casas con jardín o huerto, por humilde que sea, las llaman carmen porque en árabe esta palabra, no sé si quiere decir parra o higuera. Pero en cuanto se enteró de que yo había seducido y abandonado a su colega en la universidad me retiró el hospedaje y aun el saludo y me fui a vivir a una cueva con los gitanos.

Con ellos me fue, en un principio, muy bien. Habían sido nómadas como todos los de su raza, pero empezaron a buscar asentamientos fijos. Eran gente amable, solidarios unos con otros, serviciales, muy limpios. Pero tenían su propia ética y sus propias leyes y no querían mezclarse con nosotros. Tenían un arte para bailar y cantar muy diferente del de nuestros palacios y nuestros pueblos. Aunque su lengua no tenía parecido alguno con las lenguas hijas del latín, y tampoco parecía vascuence, pude convivir con ellos y como ellos llegué a hablar.

Pero de nuevo mi debilidad con las mujeres me perdió. Había allí una joven gitana bellísima, con una larga cabellera negra, Zujenia se llamaba, por lo que no tardé en tentarla y, dada mi gentil y celebrada virilidad, cayó en mis brazos y quedó preñada. ¡Ja! Las leyes para las mujeres gitanas preñadas, sin haber pasado por su rito particular de casamiento, son aún más rigurosas que las nuestras. A ella la echaron del poblado, ¡pobre! Sin recursos y con un niño en el vientre, la muerte les esperaba a los dos. A mí no es que me echaran del poblado, sino que me persiguieron con relucientes navajas que me hubieran quitado la vida si mis pies no lo hubieran impedido.

¿Qué fue de Zujenia? No podía volver al poblado de Valparaíso. ¿Quién sabe lo que hubiera sido de ella, habiendo transgredido las estrictas leyes gitanas? Creo que parió en el atrio de una casa noble y no he sabido nada más ni de ella ni del niño que nació. Es posible que ese atrio fuera el de la casa de doña Ana de Santotis, que era una santa. Si así hubiera sido ¡cuánto mejor para ese niño nacido en la pobreza y la ignominia!

Después de este nuevo capítulo, se buscaron y se encontraron y se abrazaron Uchur y Diego. ¡Qué espanto! Podía desprenderse que no eran primos sino hermanastros, ambos hijos de un padre desalmado. Él, hijo de la esclava catedrática. Ella hija de una gitana. Ella, al estar en el zaguán de la muerte, no se entristeció excesivamente; tenía otras tristezas que solventar. Él quedó profundamente dolido y hasta le vinieron deseos de vengarse. El viejo fatuo era su padre y el padre de su querida hermanastra.

Claro que esto no era más que una sospecha. Nunca se podía saber la verdad que ocultaba la vanidad del tal Obis.

La reina estaba también defraudada con las confesiones de Obis y así lo estaban casi todos los cortesanos que seguían asistiendo a sus relatos, en los que empezaba a verse que él tenía poco de sincero y mucho de malo. Pero le dejaron que siguiera atormentando las conciencias de unos ávidos escandalizados morbosos oyentes. Sus gestos magníficos, su voz grave arrolladora, su estudiada teatralidad conseguían magnetizarles.

Pero ni Uchur ni Diego quisieron oír más aquellas patrañas y aquellas maldades que el viejo fatuo presentaba como hazañas.

Más adelante pudieron saber que, en las sucesivas veladas, Obis salió huyendo de Granada perseguido tanto por la justicia castellana como por la gitana. En el primer caso por los alguaciles; en el segundo por los nómadas eternos. Los alguaciles fueron más rápidos y como pena, Obis tuvo que embarcarse como galeote. Parece que contó «magistralmente» la dureza de aquel oficio, y cómo murieron reventados a su lado muchos de sus compañeros de faena con los que nunca habló. Allí, remando y remando y remando, adquirió la fuerza «hercúlea» y el «ciclópeo» torso que le permitieron escapar de la muerte de forma inaudita. Quedó libre, aunque fuera de la ley, pero en poco tiempo se convirtió en hombre respetable y respetado y, «gracias a su natural simpatía» y al dominio de su lengua lisonjera, llegó a palacio donde estaba siendo tratado con «admiración» y deferencia.

¿Cómo había llegado al Alcázar? Parece ser que fue solicitado temporalmente por la pintora Himilce Solferino, que quería pintar a un coloso gigante, a Polifemo, por más señas, y Obis había sido elegido como su modelo. Ciertamente, sus esfuerzos en galera le habían dotado de un cuerpo formidable y era el modelo ideal para la obra maestra que habría de ser el próximo cuadro de Himilce. Solo le sobraba un ojo. El cuerpo de Obis era el adecuado, aunque Himilce tenía que soportar los burdos requiebros y el asedio continuo y presuntamente galante de Polifemo. No sabía Himilce si su pintura acabaría con el último brochazo o con el primer tortazo.

Diego, confuso, prefirió poner tierra de por medio, y hacer un breve viaje a Salamanca. Necesitaba aire y ciencia.

FRAY DOMINGO SOTO Y FRAY LUIS DE LEÓN

—Existen varios tipos de movimiento...

Así empezó hablando el viejo dominico fray Domingo Soto, disertando con sabia lentitud, aquel catedrático de Salamanca que tanto había iluminado los ojos del apasionado estudiante Diego de Granada, no hacía más de un lustro.

—...usando el lenguaje de los llamados «calculadores» de Oxford.

—¿Los calculadores?

—Son un grupo de pensadores en torno al «calculador» que no es otro que Swineshead, el autor del «Liber Calculationum», por aquí lo tengo.... —fray Domingo se ajustó los anteojos.

—Viejo es este libro.

—Viejo, sí, pero sobre todo, usado. Salió a la luz en 1350 y esta es una de las pocas copias que existen. Es una reliquia. Pero, como te decía, querido Diego, existen movimientos «uniformis» y «disformis». Los primeros tienen velocidad constante. De entre los «disformis», centrémonos en los «uniformiter disformis», en los que la velocidad va aumentando de forma regular, proporcionalmente al tiempo.

»Pues bien, el calculador demostró un interesante teorema para este movimiento «uniformiter disformis». Si se hace la media entre las velocidades al principio y al final del recorrido del móvil, otro móvil con movimiento «uniformis» con esa velocidad media recorrerá el mismo camino en ese tiempo.

Fray Domingo había abierto la página donde se leía el teorema.

—¡Vaya galimatías!

—No importa. Déjame que te haga un dibujo empleando unas coordenadas inventadas por Nicolás Oresme hacia 1372. Aquí tengo su libro —le sacó de una estantería fray Domingo ajustándose los anteojos—. En este eje que se denomina el «sujeto» pongo el tiempo, y en este otro que se llama la «calidad» pongo el espacio.

Dibujó unos ejes perpendiculares en un papel mil veces usado y entre los ejes dibujó una parábola. Diego nunca había visto un dibujo con coordenadas, pero pronto captó la idea. El fraile hablaba mientras dibujaba, ¡cosa extraña! Hablaba tanto con la pluma como con la lengua, como si de una lección de Euclides se tratara. Diego pidió que le dejara conservar el papel para pensarlo más despacio.

—Por supuesto, Diego, perdona, te lo digo de una forma más clara. Vuelvo a dibujar el diagrama de Oresme... ¿Sabes? Este buen señor trabajó en la escuela de Navarra existente en París. Vuelvo a pintar la curva del movimiento «uniformiter disformis» ... —seguía el dominico ajustándose los antojos.

De pronto, se volvió hacia Diego como si hubiera visto un buey volando.

—Y ahora te pregunto: el movimiento de caída de un grave, ¿es «uniformiter disformis»?

Diego se vio sorprendido como lo hubiera hecho hacía un lustro sentado en los bancos de madera de un aula de Salamanca.

—Sí, lo sé. Lo sé solo porque recuerdo vuestras lecciones cuando yo era vuestro estudiante.

—Lo sabes, pero ¿podrías demostrarlo?

»Pues inténtalo con el teorema del calculador. Disfrutarás lo indecible. Te lo diré de otro modo. Está claro que la velocidad de un grave al caer va aumentando. Eso lo sabían bien los griegos. Pero los estudiosos de entonces, como los de ahora, se preguntaban si la velocidad es proporcional al espacio o proporcional al tiempo. Tú ¿qué opinas?

—Al tiempo. Lo recuerdo de vuestras clases.

—Te has comprometido a demostrarlo —dio un salto hacia Diego—. Pero te lo diré con un razonamiento que no puede ser más simple, para que ganemos tiempo. Imagina que la velocidad fuera proporcional al espacio. Al principio, en el momento inicial de este experimento existente en nuestra cabeza, el grave está inmóvil por lo que el camino recorrido es cero. Y si la velocidad fuera proporcional al espacio, también sería cero. Allí se quedaría. Es decir, el móvil no caería nunca. Quedaría suspenso indefinidamente.

—Claro está. Es una deducción simplísima.

—Con el teorema del Calculador y el diagrama de Oresme,

puedes demostrar que, en un instante de tiempo, la velocidad aumenta en una cantidad en el instante siguiente que era menor en el instante anterior —seguía hablando y dibujando vehementemente en el diagrama de Oresme aunque ahora había puesto la velocidad en el eje de la calidad—. Y, además, así calculo que el espacio recorrido es proporcional al tiempo al cuadrado —decía mientras escribía fórmulas en el papel usadísimo.

—¡Qué interesantísimo resultado! ¿Cómo habéis llegado a esta conclusión? Me tendré que llevar este papel. Tengo que entender estas fórmulas.

—Estas ideas me vinieron a la cabeza estando en el Monasterio de San Pablo de Burgos. Las discutí cuando viví en París. Más adelante, las escribí en una larga obra —sacó un montón de tomos mientras se sujetaba los anteojos—. He aquí mi larga obra, que contiene cuanto de bueno creo haber pensado en mi vida. He aquí mi «Quaestionen Super Octo Libros Physicorum Aristotelis» al que la gente llama abreviadamente «Cuestiones» —puso todos los tomos sobre los muslos del atribulado neófito—. Lo escribí aprovechando mis lecciones en la Universidad de Alcalá de Henares.

—Bien — dijo Diego poniendo los tomos de fray Domingo sobre la mesa, con ademán de despedirse para no molestar más.

—¿Ahora te vas? Pero si ahora viene lo más interesante. Primero comamos. Nos darán el almuerzo en el convento. Hay un fraile cocinero que hace tan buenos guisos que no necesita rezar para ir al cielo.

Se levantaron y se fueron al refectorio. Domingo Soto había envejecido mucho pero su dinamismo y poder mental seguían lo mismo a los 66 años.

La comida era excelente pero escasa como para una persona devota, como era fray Domingo. Y el vino escaso para una persona de bota, como era Diego. Mientras éste sacaba brillo al plato con pan, le preguntó:

—Vuestras enseñanzas ¿quién las propagará? ¿Tenéis algún discípulo que continúe vuestra labor?

—Quizá tú— sonrió el anciano—. Mis discípulos más queridos son Francisco de Toledo y Francisco Suárez. Se fueron al Colegio Romano que fundó en Roma Ignacio de Loyola. Quizá mis enseñanzas den su fruto en Italia más que aquí. O también en París pues allí me conocían bien.

Y de la misma forma que la comida fue parca y sabrosa, así fue la conversación que siguió de vuelta a la celda del dominico: parca y sabrosa. A Diego le pareció que aquella celda era el sagrario de donde emanaría la ciencia del futuro.

—En los cuerpos hay una resistencia al movimiento —seguía el sabio dominico—. Pero los cuerpos tienen dos tipos de resistencia, una interna y otra externa. La resistencia externa se debe a objetos externos que entorpecen el movimiento, como puede ser la propia mesa sobre la cual desliza el móvil siendo impedido el deslizamiento completo. O también puede ser el propio aire, pues el móvil en su desplazamiento choca con las partículas del aire y estas frenan y entorpecen el movimiento. Una pluma de ave cae más lentamente que una bola de hierro. Este rozamiento depende mucho de la forma del móvil. Las plumas de ave se crearon con tanto arte como para que las aves pudieran volar. El aire se opone a la caída del ave...

—Me parece claro. Si no hubiera aire, las aves se caerían.

—Pero además de esta resistencia externa, que imaginemos que se pudiera suprimir, hay otra resistencia más interesante que es lo que llamo «resistentia interna».

—Que podríamos traducir por «resistencia interna» —rieron ambos.

—La resistencia interna existiría, aunque no hubiera aire...

—Difícil suposición. Imposible de comprobar, pero fácil de admitir.

—Si te empujo, no es fácil sacarte del reposo. Si fueras un elefante me sería mucho más difícil. La resistencia interna debe depender de propiedades del propio móvil. ¿De qué puede depender? ¿De la forma?

—No lo creo.

—¿Del color?

—No lo creo.

—¿De la masa?

—Eso sí: un elefante tiene más masa que yo. Convencido: la resistencia interna depende de la masa del móvil.

—Sigamos. ¿Qué es lo que hace que una piedra caiga? Debe ser que la Tierra entera lo atrae. Porque en las antípodas también caen las piedras, digamos que hacia el centro de la Tierra. La Tierra tiene el poder de atraer la piedra sin tocarla. ¿De qué dependerá ese poder? Nuevamente pensamos que la propiedad que caracteriza a la Tierra como un todo es su masa.

—Pero ¿cómo puede calcularse la masa de la Tierra? ¿Dónde está la descomunal balanza?

—He calculado la masa de la Tierra, aproximadamente, pero eso ¿qué nos importa ahora? El caso es que la Tierra tiene el poder, es el agente que mueve el móvil hacia su centro y que esa fuerza depende de su masa. La masa de la Tierra es el motor que mueve al móvil.

—Todo me parece aceptable.

—Si esto es así, la Tierra no tendría que ser una excepción, sino que todos los cuerpos, por el simple hecho de poseer una masa, ejercerán como motor de otros móviles.

—Pero entonces, cómo es que la piedra cae sobre la Tierra y no es la Tierra la que cae sobre la piedra.

—Quizá lo haga, pero es posible que el movimiento de la Tierra sea tan lento que no lo percibamos. Si mover a un elefante ya nos parecía difícil, no digamos mover a la Tierra entera. Pero sí: yo diría que también la piedra atrae a la Tierra. Si el poder de la piedra para atraer a la Tierra depende de la masa de la piedra...

—Si la atracción es mutua y depende de la masa tanto de la piedra como de la Tierra, quizá el poder de atracción pudiera depender del producto de las dos masas —se animaba cada vez más Diego.

—Así lo creo, pero es más difícil de demostrar. Pero veamos: el poder de atracción depende de la masa de la piedra. La resistencia interna depende también de la masa de la piedra. Lo comido por lo servido. Una piedra más grande es más atraída pero también es más difícil moverla. He aquí entonces una curiosa conclusión: todos los móviles caen con el mismo movimiento. La caída es independiente de la masa del móvil.

—¡Apasionante! Completamente de acuerdo. Me habéis convencido. De esto no nos hablasteis en vuestras lecciones cuando yo era vuestro alumno. Claro que esa brillante conclusión no la podemos demostrar pues no podemos quitar el aire.

—No, en efecto. Pero te sorprenderás. Subamos a la torre de la iglesia y desde allí lanzaremos una miga de pan de forma esférica y esta bolita de hierro con la misma forma y tamaño.

Subieron a la torre, aunque Diego desconfiaba del resultado del experimento. Y sin embargo, lanzaron ambas bolas a la vez y las dos bolas, la de miga de pan y la de hierro, llegaron a la vez.

—Yo ya lo había comprobado —decía fray Domingo— aunque no me hacía falta, tan seguro estaba de la cadena de razonamientos sencillos. El movimiento «uniformiter disformis» de caída es independiente de la masa del móvil. Si en este movimiento la velocidad es proporcional al tiempo como vimos, la velocidad será una constante por el tiempo. A esa constante podemos llamarla «aceleración». La conclusión es entonces que todos los graves caen con la misma aceleración. Todos caen igual.

»Esa aceleración dependerá de la masa de la Tierra, como dijimos, pero no de ninguna propiedad del móvil que cae.

—Interesantísimo, cautivadores razonamientos. Resultados que salen de vuestra propia cabeza sin necesitar medir nada, sin balanzas, sin relojes...

—Esperemos que los jesuitas de Roma puedan transmitir estas manías de un pobre viejo pues a mis años no puedo ir ni a París, ni a Oxford, ni a Cambridge, ni a Bolonia, ni a Roma... Italia es buena tierra para que fructifique la simiente del pensamiento. Todo esto a pesar de la amistad agria, inútil e inacabable entre jesuitas y dominicos. En este caso esa enemistad no se saldrá con la suya. Mi mejor discípulo, Francisco de Toledo, es jesuita y yo soy dominico y no solo nos entendemos, sino que nos amamos. Como tiene que ser entre cristianos. Como tiene que ser entre los hombres.

Antes de volver a Madrid mostró Diego interés por visitar a su admirado fray Francisco de Vitoria.

—Yo le llamaba «Paco de Gasteiz» —rio fray Domingo—. En realidad, había que llamarle Francisco de Burgos pues era allí donde había nacido.

—Habláis en pasado... ¿No está aquí ya? ¿Ha muerto?

—Murió hace ya tiempo. Hace por lo menos diez años. Cuando decías de visitarle creía que te referías a rezar en su tumba.

—Vayamos entonces a saludarle en su tumba.

Allá que fueron el joven Diego y el viejo Domingo a la Sala Capitular donde yacían los ilustres despojos del insigne dominico Francisco de Vitoria. En voz baja recordaba el dominico:

—Amado profesor, Francisco de Vitoria, fray Francisco, otra vez estoy aquí arrodillado a los pies de tu tumba. Esta vez te traigo a un buen amigo mío. A través de mí recibió tus enseñanzas.

Y dirigiéndose a Diego:

—Todos le apreciaban. Muchos le amábamos. Sus enseñanzas se propagaron por todo el mundo. Su discurso ha guiado la política de la conquista, especialmente desde que nos gobierna Felipe II. Declaraba ilícita la esclavitud, especialmente negaba que algunos niños nacieran ya esclavos. Defendía que los indios tenían el derecho de gobernarse según sus propios principios... Aunque admitía que algunas guerras podrían ser justas...

—Algo así como Las Casas...

—Las Casas, pensando quizá en el bien de los indios, exageraba. Exageraba la crueldad de los españoles, lo que ha servido para que los enemigos del imperio nos vituperen. Exageraba lo que veía... o se lo inventaba. fray Francisco establecía unos principios generales de humanidad para cualquier país y cualquier época. Felipe II admiraba a fray Francisco y, gracias a ello, la evangelización del Nuevo Mundo se está llevando humanamente. Yo le seguí en su rectitud y honradez y creo haber transmitido su espíritu, su claridad de ideas y su valor en defenderlas, contrariando incluso al mismo Papa.

»La enseñanza de Vitoria no ha caído en saco roto. Entre sus discípulos está el mismo rey. Y yo he procurado transmitir sus principios generales del derecho, a quienes han querido oír mi palabra heredada de la suya. Uno de ellos, brillante y convencido, es un joven agustino: Fray Luis de León.

—¡Fray Luis de León! Claro que le conozco. Fuimos condiscípulos en esta Universidad. No recuerdo que hablara él de sus convicciones sobre la justicia en la conquista de las Indias. Lo que sí que recuerdo es la gran facilidad suya para expresarse con elegantes endecasílabos, con los que defendía sus ideas y sus pasiones. Recuerdo haber analizado con él los versos de Garcilaso de la Vega y los nuestros propios. Yo también hacía versos, pero comparados con los suyos los míos eran espantosos ripios. En la lira, era todo un maestro. Seguramente seguirá haciendo versos...

—Así es. Es un mago de la lira, de la octava real y del soneto. Pero, si quieres hablar con él, en su convento está. Vete a verle.

Así lo pensó Diego. Iría a visitar a su antiguo condiscípulo. Las expresiones de despedida entre Soto y Granada no encontraban su final:

—Así que en el derecho sois discípulo de un Francisco y en la física tenéis como discípulo a otro Francisco, Francisco de Toledo.

—Así es. Y, en realidad, yo también me llamaba Francisco, antes de adoptar el de Domingo, en recuerdo del fundador de mi orden, el gran Santo Domingo de Guzmán. Y a

Caleruega, su pueblo natal, voy con frecuencia, a ver si se me pega algo de su santidad.

—Es una pena que en España no hayamos tenido a ninguno de los «calculadores».

—¿¡Qué dices!? Claro que sí. Mi maestro y amigo Juan de Celaya era uno de los calculadores; uno de los mejores, si no el mejor.

—¿Juan de Celaya? No me suena.

—¿Cómo no va a sonarte si es uno de los grandes científicos de nuestro país y de toda Europa?

Entonces Diego obligó a sentarse a fray Domingo y él mismo se sentó frente a él. La despedida quedó truncada, con gran interés por ambas partes.

Fray Domingo Soto contó entonces que Juan de Celaya había sido un ilustre científico valenciano. Había muerto hacía poco, hacía quizá no más de dos años. Había sido profesor suyo en París.

—Nos atraían las ideas del «ímpetus» de Juan de Buridan. Este sabio francés demostró que el motor imprime un «ímpetus» en el móvil que persiste aun cuando el motor ha dejado de actuar. Aristóteles decía, en contraposición, que las partículas desplazadas en la cabeza del móvil iban a empujarlo por la cola. Pero Buridan planteaban diversas cuestiones que contradecían la enseñanza de Aristóteles. Una de ellas era que en un disco en rotación no había partículas desplazadas y sin embargo no se detenía.

—Pues bien. Juan de Celaya llevó al extremo estas ideas y llegó a una conclusión fascinadora. Aguza tu oído: «Cuando sobre un móvil no se ejerce fuerza alguna, este seguirá moviéndose en línea recta con movimiento «uniformis», es decir, con movimiento uniforme, con velocidad constante. Ni qué decir tiene que, si el móvil estaba inicialmente en reposo, seguirá en reposo».

—Parece que tiene cierto parecido con vuestra deducción sobre la caída de los móviles. Parece como si al «ímpetus» del momento anterior se añadiera otro «ímpetus» debido a la gran masa de la Tierra.

—Puedes verlo así. En todo caso, Juan de Celaya bien merece un digno puesto en la lista de sabios que su majestad Felipe II te ha encargado.

—¡Oh! Él se interesa sobre todo por las aplicaciones...

—Es natural...

—Imagino que le traslado lo que aquí he aprendido:

»Que los cuerpos caen con velocidad creciente proporcional al tiempo.

»Que todos los cuerpos, independientemente de su masa y de su forma, caen con el mismo movimiento.

»Que, si sobre un cuerpo no se ejerce ninguna fuerza, éste seguirá con movimiento rectilíneo y con velocidad constante.

»Me imagino a Felipe II con gesto adusto: «Y todo esto, ¿para qué diablos me sirve para el gobierno de mi imperio?»

Fray Luis de León y Diego de Granada se fundieron en un fraternal abrazo que más parecía lucha grecorromana que saludo, como propio de la amistad que germina en la juventud. Se contaron sus vidas desde que fue una sola, allá en los bancos de madera de la universidad salmantina. Fray Domingo se retiró para que los jóvenes estuvieran más a sus anchas, no fuera que surgiera algún recuerdo pícaro común.

—Tus versos eran siempre macabros —decía Fray Luis—. Siempre hablando de la muerte. Recuerdo tu ecuación matemática: tristeza más arte igual a melancolía.

»Aunque yo te decía que lo tuyo no era melancolía sino lipemanía.

—Tú siempre rebuscando palabras desusadas o palabras nuevas que querías verter al torrente de la lengua; siempre queriendo hurgar en el fondo y en las raíces de cada palabra —respondía Diego.

—Claro que tú eras el maestro de tristeza, pero no te perdías ninguna juerga.

—Mis versos eran tristes pero los tuyos eran serios; siempre con el tema religioso. Siempre fuiste un creyente convencido.

—Y tú, un descreído impenitente. Mis versos eran religiosos, pero también les había más mundanos. Y ahora que soy agustino sigo haciendo versos inspirados en más venéreas musas. Pero estos no los muestro más que a los amigos.

Sacó de un cajón unos papeles y le leyó a Diego unos versos de los que Diego, después, fue capaz de recordar solo el estrambote:

> *Quien tiene solo en vos atesorado*
> *su gozo y vida alegre y su consuelo,*
> *su bienaventurada y rica suerte,*
> *cuando de vos se viere desterrado*

> *¡Ay! ¿qué le quedará sino recelo*
> *y noche y amargor y llanto y muerte?*

O este otro, refiriéndose a su propia atribulada alma:

> *Gime, suspira y llora dividida,*
> *y en medio del llorar solo esto suena:*
> *¿Cuándo volveré Nise a ver tus ojos?*

—Si te pillan estos versos te echan de la orden —bromeó Diego.
—¡Bah! No lo creo. Siempre podré decir que son imitaciones de Petrarca. O que simulan sentimientos de los dioses griegos. Pero confío en tu discreción. Y no me pidas que te revele el nombre de la joven. Te diré que ella no sabe nada y que mis ardientes extravíos nunca salieron de mi corazón. Nada hay impuro en mis ensoñaciones amatorias. Son solo de piel para adentro.

Estuvieron los amigos no rememorando, que es volver a traer a la memoria, sino recordando, que es volver a traer al corazón, sus días que, por lejanos, les parecían felices.

Al despedirse dijo Diego:
—Inés...

Diego arreó su mula, emprendiendo el camino de vuelta, pensando que era más peligroso el viaje de Salamanca a Madrid que de Sevilla a México, con tanto bandolerismo como había proliferado. Y a pesar de ofrecer la justicia a los bandoleros un cómodo asiento en las galeras había más bandoleros que galeotes. Pero más temía a los piojos de las posadas que a los bandoleros y prefería dormir al raso bajo la cúpula de sus viejas amigas las estrellas.

Emprendió el regreso llenando sus pulmones de aire limpio y sus ojos del verde de los chopos. Se sentía latiente y hambriento de sabiduría, tras la visita al gran Domingo Soto, los recuerdos en la tumba de Francisco de Vitoria, los versos profanos de Luis de León, las profundas reflexiones de Juan de Celaya. Y cosa natural le pareció que su acendrada pasión por la física debilitó la quimérica por la dama de los ojos.

Era cierto. En el viaje de ida sus pensamientos rondaban a Himilce. En el de vuelta, siendo el trote de la mula más ligero, rondaban sobre la atracción de la Tierra a los graves, buscando más consecuencias y extensiones en la línea de argumentación que conectaba a Juan de Buridán, Juan de Celaya y Domingo Soto. Los españoles en París habían continuado la estela francesa con envidiable éxito y se imaginaba a sí mismo como continuador de esa cadena que se le antojaba la ciencia del futuro.

Himilce ya no era Himilce, sino que era Himilce Solferino, con su apellido y todo. Se veía a sí mismo, hacía pocos días, como cegado por una mirada misteriosa y por un beso que, aunque carnoso y largo, había sido de los labios de una mujer cuyo acento desconocía, porque ni siquiera la había oído hablar. Los labios antes han de escucharse que besados. Si no, todo puede quedar en maleficio de amor endeble. Sus etéreos amoríos estaban cimentados en suelo de paja y agua. Creía Diego que la platónica efusión había sido un humo pasajero y que ahora debía centrarse en las longitudes y en su servicio al rey de España.

HIMILCE SOLFERINO

Hecho polvo llegó a Madrid el mal viajero procedente de Salamanca, pensando que, con tan poca fortaleza física para aguantar las asperezas de un viaje tan corto, mal podría dar la vuelta al mundo atravesando meridianos y paralelos como si fueran las rayas de separación entre baldosas.

Allí le estuvo aliviando Uchur, a pesar de que era ella la que necesitaba los cuidados de Diego, con sus llagas dolorosas y feas, cada vez más insufribles. Diego le contó sus diálogos con el dominico, el gran fray Domingo Soto, y el agustino, el gran Fray Luis de León, el primero consumado científico, el segundo futuro destacado literato. Después de contarle a Uchur detalladamente las opiniones de sus admirables maestro y amigo, y después de contagiar a Uchur para que se incorporara a la labor de formar parte del siguiente eslabón en la cadena de Buridan, Oresme, Celaya y Soto, ésta se encaprichó con lo que llamaba *corrazonar* con Diego las leyes íntimas de la física, es decir, de razonar al unísono con Diego, lo que le hacía recordar tiempos antiguos que se remontaban a la niñez. Cuando eran niños, *corrazonaban*. Pero el aliento de la muerte en la nuca le volvía a encajonar las ilusiones.

Tras el entusiasmado relato de Diego de su visita a Salamanca, se sorprendió Uchur de que ni mencionara a Himilce, tan arrebatado por esa mujer estaba antes del viaje. Y tantas ganas tenía de que él se olvidara de la pintora que se lo acabó recordando.

Le contó lo que sabía de ella porque ella misma se lo había contado. Y es que los celos, en lugar de apartarla de sí, la habían aproximado. Himilce y Uchur habían hablado, aprovechando esta su incorporación como azafata de azafata. Era posible que ambas se repelieran y, por eso mismo, paradójicamente, ambas se atrajeran. Menos quería Uchur avivar las llamas del *amorcillo* de Diego e Himilce, pero las avivó.

Le contó que Himilce Solferino era una pintora italiana con gran renombre a pesar de su juventud. Tuvo la oportunidad de que el simpar Miguel Ángel contemplara alguno de sus cuadros y, apreciando su talento recién estrenado, le pidió, para probarla, que le dibujara a un niño llorando. Así lo hizo la Solferino, pintando a un niño al que mordía un cangrejo, que era lo que provocaba su llanto. Miguel Ángel quedó impresionado, tras lo cual su fama agrandada llegó a oídos de la reina, que quería ser pintora. Y Felipe II, siempre atento a los deseos de su jovencísima esposa la trajo a la corte.

Aparte de enseñar a la reina, que era además muy buena pintora, ella seguía retratando, junto al pintor real Sánchez Coello, sin que este se viera celoso por la calidad de su colega, con quien compartía su trabajo en el palacio.

—He visto su retrato de la reina —decía Uchur, llevada por una admiración que pugnaba con sus celos—. Parece viva, tan viva que parece más real en el lienzo que en persona. Y he visto el retrato que ha hecho del príncipe don Carlos. Parece que se va a salir del lienzo con sus gritos, rabietas y despropósitos. Dice que le costó mucho porque el príncipe, con su humor variable, era muy diferente de un día para otro. Y ahora está pintando a nuestro rey, con sus hermosas lechuguillas en el cuello y su rosario en una mano, pero está desesperada porque el rey está siempre ocupado y no tiene tiempo para posar. El rey que no posa y el Príncipe que mariposea.

—¡Vaya, Uchur! Sí que te has enterado de cosas.

—Pues hay más. Aguza la oreja. El retrato de Himilce de medio cuerpo semidesnudo que tanto te impresionó es un autorretrato.

—¡Oh!

—Y el cuadro de nuestro padre casi en cueros representa a Saturno. Himilce buscaba un viejo fuerte y guapo y ese era nuestro padre, tanto envejecido como hermoseado por las galeras. Los galeotes sufren, pero sus músculos se agrandan y tensan de tal forma que para sí los quisiera Saturno. Himilce le acercó a la Corte como modelo para sus cuadros mitológicos. Y ahora le está volviendo a pintar como parte de una escena mitológica que no me ha dicho en qué consiste, porque no está segura, pero en el que habrá más personajes dando su efigie al lienzo. Himilce se lo quiere ya quitar de encima pero no solo la reina, sino también el rey, quieren que siga en la Corte. Lo del favor de la reina, no me lo explico; pero lo del rey, aún menos.

»La reina entra sin remilgos a lo que llamaste el santuario del erotismo y sabe todo lo que hay allí.

—Dime, Uchur, ¿por qué Saturno está encerrado en el Santuario y no sale a la admiración pública? ¿Acaso nuestro padre se avergonzaría?

—Nuestro padre no se avergonzaría; al contrario. Este viejo se jactaría viendo cómo la gente pudiera ver en él a un digno modelo del dios Saturno. No tendría ningún pudor. No es el pudor virtud que ennoblezca a nuestro padre Obis. Lo que ocurre es que aquí como en Italia, nadie se opone a que una mujer sea pintora, pero sí se oponen a que se valga de modelos desnudos. Pero ella prefiere pintar mejor carne y músculos que no pliegues y más pliegues de mantos, collares de inacabables perlas y trajes suntuosos que se llevan todo el lienzo y todo el tiempo.

—Lo entiendo. El traje es trágico para un pintor. Lo que tapa es tan natural que hay que taparlo. Y hasta es bueno que lo tape, al menos parcialmente porque... el desnudo natural ahoga el erotismo.

—No te entiendo bien...

» Pero te cuento más. Otro cuadro que te llamó la atención es aquel en el que se ve a un pintor que pinta a Himilce. Pues bien, quien pintó al pintor pintando a Himilce era Himilce.

—Bien se ve que no solo pinta excelentemente, sino que juega imaginativamente con las imágenes. El pintor se vuelve a mirar a la pintora y la pintora se pinta mirando al pintor. ¿Sabes quién es el pintor?

—Se llama Bernardino Campi, un italiano. ¿Sientes celos?

—No...

—Más cosas: Otro cuadro que te impresionó es aquel en el que una mujer hermosa desnuda casi de espaldas quiere retener a un hombre, muy parecido a Felipe II, quien tiene que, pero no quiere, irse de caza...

—¿También lo pintó Himilce?

—No; este lo pintó Tiziano. No son Adonis y Venus. Él es, en efecto, Felipe II y la mujer es doña Isabel de Osorio, la amante enamorada de Felipe enamorado. El gran amor de juventud de nuestro rey. Ella ahora vive cerca de Burgos en el Palacio de la Saldañuela. Es un amor oculto que todo el mundo sabe. El pueblo, como es tan cruel, llama a la casa señorial Palacio de la Putañuela. ¡Pobre Isabel de Osorio! Vive allí encerrada en jaula de oro, olvidada mientras su retrato será inmortal admirado por todos.

—No parece la caza un buen motivo para abandonar a su amor.

—Los perros de caza son María Tudor, la segunda mujer de Felipe II. Este tuvo que abandonar a Isabel para casarse con la inglesa, boda impuesta por Carlos I por motivos de estado. Felipe II le encargó el cuadro a Tiziano para llevárselo escondido a Inglaterra.

—Ahora se entiende.

—Espera que hay aún más.

—¿Aún más?

—Himilce quiere pintar una escena. En ella Obis será Orión muerto por una flecha disparada por su enamorada Artemisa. El flechazo es un error provocado por un celoso Apolo. Ella misma será Artemisa. Y Apolo... ¡quiere que seas tú!

—¡Yo!

—Ya te lo propondrá.

—¿Pero por qué yo?

—Porque dice que solo tú eres hermoso como Apolo.

—¡Querrá pintarme desnudo!

—Me imagino.

—¡Ni hablar! Todos me reconocerían. ¡Qué vergüenza! Pero ¿cómo sabes eso?

—Ella me lo contó. Más bien era como si me pidiera permiso, porque sospechaba que tú y yo somos amantes. Le dije que éramos hermanos de padre, pero no le dije quién era nuestro padre. Eso solo lo sabemos tú y yo.

—Pero ¿somos realmente hermanastros? Bien, Uchur, me voy.

—Aún hay más. Me dijo que también me quiere pintar a mí.

—Esta mujer nos quiere pintar a todos.

—Se ve que somos una familia de guapos —bromeó Uchur.

—¿A qué diosa pagana recrearías?

—A ninguna diosa; a una gitana. Evidentemente, no acepté. Con mis llagas... Por cierto, tengo más y más dolorosas —decía risueña, pues combatía su dolor con alegría y sus celos con renuncia generosa, pero cada vez necesitaba más voluntad.

LA SABIDURÍA DE UN PAJE

La velada de la reina de aquella tarde no parecía de mucho interés. Se trataba de un recital de canto de un niño que debía entonar canciones populares de su tierra, al norte de Navarra. Pero doña Isabel había puesto mucho interés en su difusión y Diego, por un lado, y Uchur, por otro, decidieron acudir.

En el fondo, Diego había apartado de su imaginación a la pintora Himilce, pero debió ser muy poco en el fondo porque su corazón dio un buen salto cuando la vio sentada en su lugar habitual. En este día, la pintora real no hizo más que un cortés saludo inicial, pero a lo largo de la velada pareció ignorar al cosmógrafo. No volvió su regordete rostro en todo el tiempo. «Mejor así», pensó Diego. Aunque ¿no se habían dado un beso de fuego no hacía mucho? ¿No había manifestado ella a Uchur que quería pintarle? ¿A qué venía tanta indiferencia? Desde otro asiento próximo Uchur, observando a ambos, se dio cuenta que su hermanastro había caído otra vez en las redes de la artista.

La reina presentó al muchacho. Se llamaba Jerónimo de Ayanz. Era hijo de unos nobles de Navarra y había entrado como Paje de su Majestad el rey. Algunas veces, los hijos no primogénitos de los nobles tenían este privilegio y obtenían en palacio una esmeradísima educación. Doña Isabel encomió con palabras vehementes el don musical del niño y, efectivamente, en cuanto empezó a cantar, se vio que los elogios no eran inmerecidos. La voz era excelente y cantaba con exquisito gusto. Las letras populares eran casi todas en vascuence y no se entendían, pero esta hermosa lengua acentuaba el sentimiento de los cantos que se adivinaban sencillos y sinceros.

Cuando acabó, el muchacho hizo una exagerada inclinación y agradeció verbalmente la atención de los asistentes, especialmente la de la emperatriz, quien, por entonces, a sus dieciséis años, empezaba a bosquejar contornos de mujer.

El chico Jerónimo se zafó de los palaciegos que le abrumaban con besos y elogios y se dirigió resueltamente a Diego:

—Señor cosmógrafo: de mayor quiero ser yo también cosmógrafo como vos. Quiero ser inventor. Señor don Diego de Granada, decidme qué queréis que invente. Quiero que me enseñéis para que sepa yo tanto como me ha dicho el rey que sabéis. ¿Podríais enseñarme, señor don Diego?

—Pero, vos, don Jerónimo, tenéis vuestros ayos y maestros, como corresponde a un paje de su Majestad.

—Sí, pero solo me enseñan latín, griego, filosofía y cosas así. Yo quiero saber qué son las estrellas y cómo las podemos usar para navegar. Y quiero conocer los planetas y sus movimientos. Y quiero conocer los secretos de la geometría.

A Diego le fascinó el niño y le propuso que pudieran pasear juntos al ponerse el Sol para charlar sobre el cielo. Por el día le podría enseñar los últimos inventos y sobre un papel le introduciría en el mundo de las matemáticas. Pero no podría ser por mucho tiempo, porque el rey le había encomendado un largo viaje, primero a Sevilla y luego a Roma, a Flandes, a América y a muchos otros sitios más, algunos de los cuáles quizá no se conocían aún. Y cuando uno emprende un viaje así, no sabe cuándo volverá, ni siquiera sabe si volverá. El niño le urgió para que empezaran esa misma noche y tanto interés demostraba que Diego accedió y se fueron al jardín a disfrutar de la bóveda celeste. Diego le explicó el motivo de su viaje.

—Tengo un método nuevo para determinar las longitudes... ¿sabes Jerónimo lo que son las longitudes geográficas?

—¡Pues claro!

El niño había aprendido bastante por su cuenta por lo que no fue difícil explicarle en qué consistía su método al poner la brújula vertical.

—Lo malo es que el método no solo ha de servir en tierra sino también en alta mar, con las olas y el traqueteo del barco, con la dificultad que estos movimientos introducen para hacer las medidas. Sé que el método va bien en tierra, aunque habrá que probarlo en muchos lugares del mundo. En el mar será imposible salvo los días en que esté completamente manso.

Luego hablaron de las estrellas, aunque pronto Diego vio que conocía las constelaciones y hasta el nombre de las estrellas más brillantes. Al despedirse, Jerónimo le dijo que su ayo le pagaría bien. Pero no quería Diego ni un numisma, pues ya el rey le pagaba con largueza. Al final, Jerónimo se marchó dando brincos de contento, dando dos pasos con la pierna derecha por cada uno que daba con la izquierda.

—¡Qué chaval! —pensó Diego sonriendo—. ¿Qué cara pondría Felipe II si incluyera a un niño en la lista de cosmógrafos ilustres?

EL PRÍNCIPE DON CARLOS

A la mañana siguiente, cuando se dirigía al pequeño cuarto donde guardaba sus cálculos, sus mapas y sus cachivaches, al cuarto donde se metía a ordenar sus pensamientos, unos gritos en una sala próxima llamaron la atención de Diego y allá fue a ver qué ocurría.

Apareció otro niño, aunque muy diferente de su discípulo Jerónimo de Ayanz. Eran los gritos de un niño a quien querían amablemente apartar de la reina y apaciguarle. Iba elegantemente vestido, con un traje de muy alta y rica confección. Pero el niño era sumamente feo, deforme e iba sucio y ensuciándose aún más con una grasa de un muslo de pollo que se iba comiendo con el mayor descuido, empañando con sebáceas manchas las mangas de su regio traje.

El lambrucio arrojó el muslo mientras gritaba con voz fuerte, aguda y destemplada:

—¡Quiero irme con la emperatriz, doña Isabelita!

Al verse sujetado en su movimiento se desprendió airadamente de sus ayos y servidores, les increpó con horrísonos insultos y empezó a arañarse su propia cara que así iba empapándose de sangre y grasa del pollo. Entonces, se tiró al suelo pataleando desordenadamente mientras seguía chillando que quería irse con doña Isabel. Los gritos eran aullidos y espantaban a quienes no estuvieran acostumbrados a ellos, como era el caso de Diego. La fierecilla se levantó de pronto y con los ojos sanguinolentos muy extraviados de su lugar natural, se dirigió a Diego:

—¿Qui... qui...quién sois vos? ¿Por qué me... me... me... mir... mir... miráis?

El niño empuñó un cuchillo. Su cuerpo era deforme, con una pierna más larga que la otra, lunanco, con un hombro más alto que el otro, estrecho de un hundido pecho y hasta tenía una pequeña joroba. Diego calculó que debía tener poco menos de diez años.

—¡Aaagh!

—Sosegaos —dijo Diego aparentando serenidad—. Dadme el cuchillo.

El monstruito le miró con ira, pero, poco a poco, la ira fue cesando. Sus ojos de fuego fueron enfriándose y ya, más abatido que calmado, entregó mansamente el cuchillo a Diego. Los servidores con delicadeza, pero con firmeza, le sujetaron mientras sus gritos se convirtieron en sollozos con un lloriqueo que movía a lástima. La gente que había vivido la escena elogió la valentía de Diego y le agradecieron su oportuna intervención. La crisis del niño había acabado y le condujeron fuera de la sala.

Notó Diego la mano de Uchur que buscó su brazo, asustada por la escena, admirada por el valor de su Diego quien, sin embargo, ya pasado el peligro, sintió tambalear sus piernas, temiendo que se negaran a sujetarle y la admiración general pasara al ridículo.

—¡Vaya crío! Con menos de diez años y el susto que me ha dado.

—No es tan crío. Tiene diez y seis años. Es el príncipe don Carlos, el hijo de Felipe II y de su primera esposa portuguesa.

—Pues si este mozo malencarado ha de ser su sucesor, el imperio se vendrá abajo en un par de semanas.

—Mal encarado, sí, pero es tan inteligente como peligroso. Hay gente que le quiere bien y lo cierto es que con la reina es sumamente cariñoso. Y ella lo es con él.

—La reina es cariñosa con todo el mundo.

—Él piensa que ella fue la novia que le quitó su padre. En algún momento se pensó en esta boda de don Carlos y doña Isabel, pero fue don Felipe, ya dos veces viudo, quien se casó con ella. Parece que don Felipe y doña Isabel, a pesar de la diferencia de edad, se quieren mucho. Los matrimonios por conveniencias políticas a veces salen bien. A veces salen muy bien. Pero don Carlos no lo ha digerido aún, se dice. Además de que ha heredado la locura de doña Juana, su dos veces abuela, es decir, que trepando por su árbol genealógico se llega a Juana la Loca por dos ramajes distintos. Y don Carlos no solo reclama la novia sino además exige mayor peso político.

UNA MISIVA INTRIGANTE

Estaba el joven cosmógrafo en su cuartucho de estudio preparando su viaje a la peña de Alájar, a la Peña de Arias Montano, que así podía llamarse el cenobio del diplomático, donde el hombre que conocía tantas lenguas buscaba el silencio. ¡Conocer tantos idiomas para que permanecieran de lengua para adentro! Tenía curiosidad por conocer a quien le parecía tan contradictorio intelectual.

 Él mismo había propuesto al rey que, puesto que las deseadas cartas no llegaban, mientras tanto, él podía ir a Alájar y traer a fray Benito Arias Montano. Después de todo, hasta su vuelta, podría haber transcurrido un mes. Si para entonces, no habían llegado las famosas misivas, él, al menos, debería comenzar su científica andadura.

 Habiendo disminuido la calentura efervescente por la pintora real, y empezando a estar ahíto de los vaivenes de su amor por ella, solo le ataba a Madrid la enfermedad de su hermanastra. Le horrorizaba el viaje y nunca había montado en un barco, pero se despertaba en él con fuerza su pasión científica, la determinación de las longitudes, los misterios de la calamita... Claro que el viaje de la calamita podría convertirse en una calamidad. Pero estaba animado. El mundo se le hacía pequeño y se le hacía grande. La enfermedad de Uchur también le animaba al viaje. Mejor que cuidarla, sería visitar a los médicos sevillanos que podrían haber descubierto una cura para su enfermedad. El médico de su Majestad era escéptico, pero merecía la pena intentar conocer todas las medicinas, por improbable que fuera su eficacia.

 Pero en estos preparativos estaba cuando se presentó en su cuartucho una mujer silenciosa y con pasos apenas perceptibles. No podía ser otra que Himilce. Diego se levantó sorprendido y la miró al tiempo que ella le miraba sorprendente. Los dos quietos, los dos silenciosos se miraban a los ojos sin pronunciar palabra. A punto estuvo Diego de romper el inmenso mutismo, musitando alguna voz nimia, pero la voz, afortunadamente, se heló en la garganta de la que no salió ni el más tímido carraspeo. Era inútil embarrar el hechizo de la dama de los ojos abiertos y de la boca cerrada con una torpe frase insustancial.

Ella tampoco habló y, por toda comunicación le entregó un billete y se marchó sin ruido.

De tantas ganas que tenía de conocer su contenido, no se atrevía a leer aquel papel escrito limpiamente y con una elegante caligrafía. El escrito produjo un agitado temblor en sus manos.

«Esta noche, una hora exactamente tras la puesta de Sol, estaré en mi taller. Llamad. Yo abriré la llave, pero no la puerta. Esperad a que yo me desnude y me llegue a la cama al fondo del taller. Entrad. Cerrad con llave. Desnudaos y acudid a la cama. Allí estaremos los dos desnudos, pero no nos diremos nada. Habrá silencio y oscuridad. Lo que pase entonces, no lo sabemos, nada nos proponemos ni nada nos prohibimos. Solo al alba nos daremos licencia para hablarnos y vernos. Pero esta licencia no es un compromiso. Id».

Diego se preguntaba en cuánto tiempo iban su corazón y sus pulmones a recobrar su parsimonia normal. Cuánto tiempo iba a transcurrir hasta que su mano recobrara el pulso. ¿Iría? ¿No iría? «Tonta pregunta», le habría dicho Uchur. Rompió el papel en mil pedazos, por discreción, fuera cual fuera su decisión. A punto estuvo de querer recomponer los mil pedazos otra vez, pero aquel destrozo había sido sensato.

OBIS Y UCHUR

En alguna sala, a alguna hora, se encontraron Obis y Uchur. Obis se acercó a ella, quizá excesivamente, y con voz meliflua la parecía acosar con requiebros:

—Hola Catalina, hola negrura hecha luz. Algo me dice que, si en este feliz encuentro, soy un poco atrevido, si confío en mi suerte, si me dejas rozar tu pelo lacio, solo rozarlo, hoy se acabarán mis males; y quizá los tuyos.

—Tente Obis; no seas zalamero que conmigo no te va a servir de nada. Mis penas no se curan con lisonjas hueras. Deja de decir disparates que me parece que pronto te arrepentirás de ellas.

—Si no fueras tan hermosa tu desdén sería ludibrio.

—Te lo ruego, Obis —se apartaba cuanto podía Uchur—. No me atormentes con tus requiebros ni con tu acercamiento, que no van por la senda que deben.

¡Qué situación tan espantosa! Tenía que apartarse de un pretendiente y acercarse a un padre... ¡las dos cosas a la vez!

—Dime, Obis. ¿Te ha pintado ya doña Himilce Solferino? Si es así, ya no tendrás nada que hacer en Palacio.

—*Pa lacio*, tu pelo negro. Negro como una cueva sin fondo —rio su propia chanza el viejo fatuo.

—¡Anda! Deja ya ese tono de galán caduco y dime ¿qué vas a hacer ahora? ¿A dónde irás?

—Si te vienes conmigo, al fin del mundo.

—¿Quieres hablarme en serio y dejar las manos quietas? ¡Obis! ¿No puedes hablar con sinceridad alguna vez en tu vida?

Pareció el viejo recapacitar, algo sorprendido:

—Pero, tú ¿no eras lea?

—Lo era. Ahora ya no lo soy. Ahora soy una de las damas de una de las damas de la emperatriz doña Isabel de Valois.

Ante el tono tajante e imperioso de Uchur, Obis se amansó algo desconcertado. ¿Sus dotes de galán estaban languideciendo? Aunque Uchur no fuera ya lea ¿por qué no se dejaba seducir por sus requiebros? Al menos, podría simular que el juego de piropos le halagaba. Su cacareada osadía quedaba a la intemperie. Sin duda, ella tendría sus conflictos amorosos, como toda mujer y todo hombre, pero las bellas palabritas siempre le abrían alguna brecha en el corazón de las mujeres. «Galán caduco», le había llamado. Ese juicio le había minado y le impedía seguir diciendo lindezas que no le parecieran a la bella Uchur sandeces. «Galán caduco». Lo que le hacía daño es que tenía esta expresión algo de verdad. ¿Qué hacer? ¿Huir hacia adelante sobrepasando su atrevimiento? El caso es que, cosa poco usual en él, se entristeció. Miró al suelo, pero el suelo no parecía entenderle. La lengua de la bella Catalina le estaba deteniendo y poniendo su fingimiento al descubierto.

—¿A dónde vas a ir? Ya eres viejo. No puedes llevar ya la vida de aventurero que nos contaste. Aunque para mí que te inventaste la mitad.

Aquella mujer le estaba desarmando y lo peor ¡es que lo hacía con ternura! A él siempre le habían reaccionado las mujeres, o con miedo al demonio, o con la intriga de la aventura, o con... con mil formas perversas, pero la ternura de Uchur le avisaba de que su edad estaba aproximándose a su tope natural. «A un demonio como yo no se le puede tratar con ternura», se decía con pensamiento lastimero, «voy a perder mi honor de hombre malvado. Mal viviré mi occidua etapa».

Y para colmo, Uchur puso un brazo en su hombro, en un ademán que nada tenía de tentación, sino de comprensión. ¡Qué horror! Había llegado la hora en que le comprendieran y le trataran con cariño maternal. Aquellas lustrosas tertulias palatinas habrían sido sus últimas bravatas. Aquella mujer se estaba dando cuenta del comienzo de su ruina y que ahora tenía que emprender un camino hacia ninguna parte.

Pero reaccionó bruscamente y recobró su parsimonia:

—Nunca me ha preocupado el camino, aun cuando no sé a dónde me lleva. No tengo miedo a la vida.

—Déjate de fanfarronadas. Estás viejo. Estás cansado. Y cuanto más cansado más fanfarrón. Necesitas un nido donde reposar y dejarte de aventuras y desventuras.

El viejo fatuo agachaba la cabeza. Nadie así le había tratado con tan odiosa amabilidad, con tan cruel sinceridad:

—No sé dónde iré. No tengo dónde caerme muerto...

Con dulzura filial, Uchur acercó su compasivo rostro al demacrado aventurero:

—Te voy a proponer un trato.

Obis levantó sus ojos vidriosos y enarcó sus cejas.

—Te voy a proponer un trato —repitió ella—. Tengo un dinero ahorrado. Alquilaremos una casa sencilla y allí viviremos tú y yo.

Obis alzó bruscamente su cuerpo; especialmente su cuello. ¿Qué había oído? Algunas mujeres se habían enamorado de él, pero nunca habían llegado a proponerle, así, sin más preámbulos, que se fuera a vivir con ellas. No podía creer lo que pasaba. Y precisamente ahora se lo proponía la más guapa de todas.

—Pero yo... sinceramente... he dejado ya de ser buen amante. La edad de la virilidad... no ha cesado... pero le falta poco. Te lo tengo que decir con sinceridad en carne viva. Tus palabras tiernas me están confundiendo, me están debilitando. ¡Vive Dios! ¡Máteme la guardia mora! ¿Para qué demonios quieres que vivamos juntos? ¿No dices que soy un «viejo caduco»?

—Verás Obis... Estoy en un trance... Que necesito... que necesito un padre.

—¿Me ves como un padre y no como un amante?

—Y me da... me da la impresión... de que tú necesitas... de que tú necesitas una hija.

—Mi virilidad está sufriendo un duro golpe...

—Déjate de virilidades que ya no estás para esos trotes.

—Bien. Imagínate que vivamos como padre e hija. No esperarás que acepte que me mantengas. No será por compasión...

—No. Es que yo lo necesito más que tú. Me veo débil. Me veo enferma. Necesito un padre. Me veo cerca de la muerte y no quiero morir sola —unas lagrimitas adornaron su bello rostro—. Y necesito ser útil a una persona como tú. Quiero amor, necesito amor, amor sin lujuria. Yo te seré útil, te cuidaré. Nos cuidaremos mutuamente —se secó los ojos con la manga—. No te arrepentirás...

—Creo que te entiendo, digo, no te entiendo nada. ¿Por qué yo? Me buscas como padre y yo siempre he sido un mal padre. ¿Por qué, Catalina?

—Pues porque yo no me llamo Catalina. Mi verdadero nombre es Uchurgañí.

Hay momentos inefables en la vida. Momentos que solo se pueden expresar con lágrimas y babas. La vida de ambos estaba dando sus últimos coletazos y no había mucho más tiempo para llorar.

—¡Uchurgañí! ¡La hija de Zujenia!

Antes de ir a su fonda, Diego pasó a ver a Uchur. Esta le contó su extraña conversación con Obis y la propuesta que le había hecho. Diego se echó las manos a la cabeza:

—¿Cómo puedes irte a vivir con un hombre así, con un hombre que dejó abandonadas a tu madre y a la mía? ¿No te das cuenta de que es un macarelo, un bravucón, un hombre sin moral, que solo vive para la apariencia y que esa apariencia no puede ser más triste? Ve y dile que lo has pensado mejor y que no quieres cuentas con él.

—Querido Diego: me veo demacrada y cerca del fin. La muerte no va a tener mucha paciencia conmigo. La siento cerca y lo peor es que es lo único que siento cerca. Tú has de irte y quien coge un barco nunca sabe cuándo volverá. El mundo es demasiado grande. Además, no quiero ser un lastre para ti. El dolor es cada vez más continuo y las llagas de las lúes son cada vez más insufribles y repugnantes a la vista. Mi forzada alegría ya no puede disimular mi dolor. Mis antiguas compañeras de El Liebretón me esquivan y en la Corte siento a veces un distanciamiento de mis compañeras. Aunque aún no tengo bubas a la vista notan mi ruina, mi debilidad, mi gesto torcido. Noto que recelan de mi presencia.

—¿Y tú crees que Obis precisamente te va a cuidar?

—Quiero morir con una mano en la mía. Y creo que también la suya necesita la mía. Él también me necesita. Lo sé, ¿A qué me lo dices? Sé que es un macarelo y un bravucón, pero está vencido por la edad. Tengo lástima de él. Sus bravuconadas no son sino una forma de disimular su desolación. Le he visto rendirse. Le he visto con los ojos húmedos y si no le he visto llorar es porque él me ocultó el rostro. Sé que se va a volver un viejo sincero, cariñoso, y hasta ojienjuto, con las lágrimas asomando caigan o no caigan. Y yo, solo yo, puedo ayudarle. Ya tiene cincuenta y dos años. Hasta puede morir antes que yo.

Uchur estaba dando una lección de humanidad a Diego.

Como hacía con frecuencia pidió a Uchur que le mostrara las bubas. Accedía Uchur como si Diego fuera su médico. Disimuló Diego como pudo su horror hasta encontrarse en la calle. Uchur estaba, efectivamente, muy mal, muy mal, muy mal... ¿Qué podría hacer él? Lo único que podía hacer era ir pronto a Sevilla y hablar con Hernández y Monardes. Si Vesalio era escéptico, siempre había la posibilidad de que se engañase, aunque fuera el mejor médico de la cristiandad. Afortunadamente, era al día siguiente cuando tenía que partir para Sevilla.

—Iré allí, traeré a Arias Montano y traeré hierbas americanas cuyas propiedades curativas están aún en estudio. ¡Curaré a Uchur! Y luego me iré con mi brújula por esos mares de Dios.

Andaba a trompicones, obnubilado, inquieto, desesperanzado, lloroso. Y gritó con inútil empeño:

—¡Uchuuuuur!

LA INGENUA SUSANA

Al día siguiente partía y la tarde estaba avanzada pero aún le esperaban a Diego muchas sorpresas. Llegó a su fonda, donde tenía que terminar su ligero equipaje. La fonda era pequeña pero agradable. No tenía más de doce habitaciones. Unos huéspedes venían y otros se iban. Aquel día vino a ocupar una de las alcobas una bella rubia que se cruzó con Diego en el pasillo y con extremada simpatía se dirigió a él:

—Perdonadme caballero, soy la nueva vecina y estoy aún un poco desorientada en esta villa y en esta casa. ¿Podríais leerme una carta? No sé leer. Es una carta de mi padre que me he encontrado aquí al llegar. Llegó la carta antes que yo.

La buena moza tenía un escote generoso que mostraba unos bien formados, candorosos y ampulosos senos. Ella advirtió la mirada indiscreta y disculpable de Diego y con cierta ingenuidad, que podría ser pícara, le invitó a entrar en su habitación donde estaba la carta de aquel hombre que había engendrado tan acabada obra de la naturaleza. Diego leyó la carta:

«Querida hija Susana: No sabes cuánto siento dejarte sola en Madrid, cuna de todos los pecados, pero he tenido que atender mis asuntos comerciales en Valencia. Luego, he de ir a Sevilla para otros asuntos. Te pido que vayas tú también a Sevilla para encontrarte conmigo. Allí te hospedarás en la fonda de doña Virtudes. Esta fonda es allí muy conocida y no te será difícil dar con ella. Allí podremos estar por fin juntos. Yo llegaré en unos diez días. Ten mucho cuidado en Madrid y también en el viaje, pues eres muy inocente para ser tan hermosa».

—¡Oh! —dijo ella dejándose caer melindrosamente en una silla.

—Parecéis contrariada.

—¡Oh, sí! ¿Dónde está Sevilla?

—¿No sabéis dónde está Sevilla?

—¡Oh, no! No lo sé... ¿Es que es muy grande?... ¿Debería saberlo? —dijo con voz afectadamente mimosa.

—Sevilla está por el sur, a unas cien leguas...

—¡Oh! ¡Cien leguas! Eso... ¿es mucho?

Él empezó a pensar que la tal Susana era hermosa pero un poco bobalicona.

—Hay coches de correo frecuentemente que salen de Madrid —y se sintió obligado a confesar—. Yo he de ir mañana a Sevilla.

—¡Oh! ¿Me llevaréis con vos? ¿Seréis mi protector?

Y empezó a dar saltitos de alborozo moviendo acompasadamente sus poco recatados senos que amenazaban con escapar de su escasa morada. Diego no estaba para enredos amorosos que podían alterar su primordial misión. Sus pasiones, aunque de muy diferente signo, estaban ya acaparadas por Uchur e Himilce, por lo que eludió el compromiso que le podía venir encima.

—Lo siento, doña Susana. Voy a Sevilla, pero no directamente. Quiero hacer parada en Toledo y en Granada. No tenemos el mismo camino —se disculpó.

No había pensado parar ni en Toledo ni en Granada. Simplemente, no quería llevar tal compañía. La dama lela le importunaba. Era buena para ver, pero no para tratar.

—Además, voy en mi mula.

—¡Oh! —dijo Susana dejándose caer nuevamente en la silla.

—No tendréis problema —la tranquilizó Diego, omitiendo que los caminos estaban acechados por bandidos.

—¿Cómo os llamáis, amigo mío?

—Me llamo Diego, Diego de Granada.

—¿Sois mercader como mi padre?

—No tal. Soy cosmógrafo.

Esta palabra pareció asustarla y redondeó su boquita en señal de infantil asombro.

—¡Oh! Eso... ¿Qué es?

—Estudio las estrellas.

—¡Oh! Las estrellas, pero... ¿todas ellas? —decía dando palmaditas con sus manos, por cierto, también muy bellas.

—Todas.

—Y lo que estudiáis ¿lo apuntáis en este cuaderno negro?

—La verdad es que sí. Aquí anoto todo.

—¿Puedo verlo? ¿Están dibujadas las estrellas y sus constelaciones? Yo soy Leo. Y vos ¿de qué signo sois?

—Yo soy Virgo, y como buen Virgo, soy escéptico y no creo en esas cosas —bromeó Diego, aunque su broma no fue captada por la adorable criatura.

—¿Puedo verlo? —repitió.

—No os servirá para nada. No sabéis leer. Y aunque supierais no lo entenderíais. Son fórmulas que no se entienden —y retiró el cuaderno negro de las lindas manos de la afable doña Susana.

—Decidme, don Diego —cambió de conversación—. ¿Qué opináis de mi escote? Es que me han dicho que el rey no quiere que se lleven trajes impúdicos, pero este traje no es impúdico, ¿verdad? ¿Creéis, don Diego, que voy bien así?

—Podéis ir como queráis. No creo que los alguaciles os llamen la atención. Y ahora, disculpadme, doña Susana. Hay asuntos que requieren mi atención.

—Adiós, don Diego ¡qué placer conoceros!

—Adiós, doña Susana. Beso las manos a vuestra merced.

Ella le ofreció su mano y él la besó apreciando su piel blanca y suave. Luego ella la retiró agitándola atolondrada y mohínamente, exclamando:

—¡Oh! ¡Oh!

Sintió alivio fresco, resoplando al salir de la alcoba de la dama.

UN ENCUENTRO MISTERIOSO

El Sol cumplió con su cita en el ocaso. Diego se preguntaba si él acudiría a la suya. No había contado a Uchur esta extraña propuesta de Himilce porque había presentido que iba a hacerle daño. Si lo hubiera hecho, Uchur no hubiera dudado. Él sí acudiría al misterioso encuentro. Hubiera pensado que Himilce no podía dejar pasar la ocasión, si al alba Diego había de partir para Sevilla. Hubiera pensado que Himilce tenía que devorar a su presa antes de que se le escapase.

Pero él decidió ir y no pensaba dejarse engullir. ¿Qué pasaría en el taller de Himilce? O todo o nada.

El azul del cielo se fue volviendo violeta con manchurrones de un rojo intensísimo. Las personas se fueron convirtiendo en sombras. Una de ellas traspasó sin problemas la guardia de los monteros de Espinosa, sin duda porque era un personaje conocido en el Alcázar. La sombra de don Diego saludó a las sombras de los monteros y se adentró con paso lento pero terco. Avanzó por las crujías silencioso, descendió las escaleras que conducían al sótano. Abrió la puerta general y se plantó ante la tercera puerta, la de la pintora enigmática de voz huidiza.

Tras una vacilación llamó con tres golpes suaves. Esperó con cierto tremor y con respiración aplazada. Al fin, se oyó el ruido de la llave al descorrerse. Según lo convenido, Diego esperó unos segundos: uno, dos, tres... diez. Pulsó el picaporte y traspasó la puerta, volviendo a cerrarla con llave. La oscuridad era casi absoluta. El silencio era tal que los latidos del corazón de Diego parecían aldabonazos. Se desnudó. Sus ojos se acomodaron a la oscuridad y guiado por una imperceptible luz y por sus brazos extendidos tentando los obstáculos, adivinó la cama donde ella parecía yacer inmóvil, desnuda, completamente desnuda, tan desnuda como él. Se tendió en la cama.

Cada uno oía la respiración del otro, pero ninguno pronunció ni el más débil suspiro, según lo acordado. Respiración oscura. Así pasó un tiempo. El tiempo era lo único que pasaba y hasta el mismo tiempo parecía detenerse. Solo se sentía una vida intensa; intensa pero inmóvil.

Los dos estaban boca arriba. La mano de Himilce se desplazó y encontró la de Diego. Unieron sus manos en un gesto mutuo de ternura. Volvió la quietud de la mujer y del hombre como exhalación de la oscuridad. Allí estaban la mujer y el hombre, Eva y Adán, sintiéndose vivos con las manos enlazadas para siempre.

Una pierna de Himilce buscó la de Diego y el contacto llegó a convertirse en supremo éxtasis. Ahora sus cuerpos se contactaban como nunca dos almas se habían contactado. Al notar la piel de Himilce firme bajo la tenue modelable blandura femenina, Diego sintió un placer que era casi dolor. Pero no quería romper el hechizo amoroso de aquella noche sin final y aguardó a que la mujer siguiera propiciando la tentación y que la serpiente y la manzana del árbol prohibido hicieran su labor.

Pero pasó un tiempo y los movimientos de acercamiento cesaron. La respiración leve de Himilce se hizo profunda y acompasada como testigo del sueño. Himilce se había dormido con su mano aferrada a la de Diego que no podía dormir. Era todo demasiado intenso. La fuerza del tacto, del silencio, de la oscuridad, del ritmo del aliento de su amada eran todo cuanto podía apetecer y reprimió el mordisco de la manzana mordida para vivir apasionadamente aquella noche trágica y sin explicación humana.

Así pasaron las horas hasta que el sueño dulcificó la intensa intriga y apaciguó el místico corazón de Diego. Se durmió poco antes de que el alba, con su luz triunfante, revelara la desnudez de los amantes incompletos. Cuando la luz creciente abrió los párpados del somnoliento Diego, ella no estaba ya en la cama. Se había vestido con el ropón que usaba para pintar y le contemplaba con un pincel en la mano.

Diego se despertó con un cierto desengaño, algo insatisfecho en el fondo. Buscó su ropa, pero estaba lejos, junto a la puerta. Se vio a sí mismo contrariado y cansado, no perdonando al ropón de la pintora que había cubierto su deseado cuerpo.

—¿Qué hacéis con el pincel? ¿No me estaríais pintando? Ya podemos hablar. Nos dimos licencia al alba.

—No estaba pintando. Siempre que puedo tengo un pincel en la mano. Admiraba tu cuerpo perfecto. Y, es verdad, me gustaría pintarlo. Te ruego que poses para mí.

Su voz era música delicada y pura. Hasta entonces, Diego no la había oído hablar.

Diego olvidó su malestar y lo cambió por inquietud.

—Pero... ¿Desnudo? ¿Cómo ahora?

—Sí.

—No lo hagáis. Cualquiera luego me reconocería. Para mí sería bochornoso.

—El cuadro no saldría de aquí.

—Quizá en el futuro podría salir. Los buenos cuadros cobran vida y andan.

—Te lo regalaré. Puedes quemarlo y destruirlo.

—¿Sois capaz de pintar algo para destruirse?

—Me gusta pintar más que mostrar mis cuadros. Si la pintura gusta o no es secundario.

—Y ¿no podéis pintar mi cuerpo y añadirle otra cara que no sea la mía?

—Eso es imposible. Tu apuesto cuerpo y bello rostro son inseparables. Pintarte con la cara de otro sería una traición al arte. Ningún artista verdadero sería capaz de semejante falsedad.

—¿Sería una escena mitológica o bíblica?

—Lo que me gustaría sería una escena mitológica con tres personajes: Apolo, Artemisa y Orión.

—Me dijo Uchur que yo sería Apolo.

—No. Tú serías Orión. Aparecerías muerto con una flecha clavada.

—¿Quién me habría matado?

—Afrodita estaba enamorada de Orión, pero Apolo estaba celoso. Afrodita era cazadora y su destreza con el arco no tenía igual. Apolo la retó. «Observa aquel animal que se mueve allá lejos, entre la espesura. Dispara y mátalo» Así lo hizo Artemisa y cuando se acercó vio que a quien había matado era a su amado Orión. Tanto lloró sobre su cuerpo amado que Orión subió a los cielos convirtiéndose en constelación. Allí está con su cinturón que son las estrellas que se llaman las tres Marías y con su espada, como bien sabéis pues sois astrónomo.

»En el cuadro Orión estaría muerto por una flecha, procurando que su leve indumentaria, consistente en un cinturón y una espada, cubriera su hermoso falo. Artemisa se inclinaría sobre él llorando, desconsolada, la muerte de su amado. Y al fondo aparecería Apolo, satisfecho con el desenlace provocado por su estratagema perversa. Apolo, el gran patrón de las artes, habría conseguido aplacar sus celos de forma sanguinaria.

—Yo sería Orión... ¿Quién sería Artemisa?
—Yo.
—Y ¿quién sería Apolo?
—Obis.
—¡Obis!
—Ahora te vas y no podré pintarte. Lo podría hacer a tu vuelta. Pero ¿puedes tenderte en el suelo como si estuvieras muerto? Es para hacerme una idea... Así... con el cuerpo más mirando hacia mí... solo un poco... extiende el brazo izquierdo... así... Pero escucha: quiero pintar a Orión; no a Príapo.
—No mando en toda mi persona.
—Yo tampoco en mis pinceles.

El muerto se levantó. Artemisa se dirigió hacia él e inesperadamente le besó en los labios con pasión, interminablemente. Las manos de Diego buscaron el cuerpo de su amada dándose cuenta de que estaba desnuda bajo el ropón. Sus instintos se hubieran desatado, pero tan inesperadamente como se inició aquel beso, así se truncó. Himilce, con un ademán de su mano en su hombro, le insinuó que aquella noche mágica había llegado a su fin y que iniciara su viaje a Sevilla y a Alájar.

Diego, nuevamente algo desconcertado, contrariado e insatisfecho, emprendió el camino hacia la puerta, pero Himilce le detuvo y le entregó un regalo: ¡una llave del taller! Diego la guardó en su pecho como una prueba inequívoca de amor.

Llegó Diego a la fonda, cogió su escaso equipaje, sus instrumentos de medición y su cuaderno negro, montó en su mula y se fue hacia el sur. A pesar de haber dormido poco, iba bien despierto. Pero iba como con la mirada perdida, profundamente enajenado. Iba sin querer irse y sin querer quedarse.

EL VIAJE AL SUR

Hace falta mucha imaginación para viajar solo durante un viaje tan largo como de Madrid a Sevilla. Las leguas son cada vez más largas, como si el camino fuera estirándose al pisarse, burlando al caminante. Hay lugar para muchos pensamientos y los de Diego recreaban el último día lleno de acontecimientos como si todos ellos hubieran querido acomodarse a la vez en la misma varilla del abanico del tiempo.

Recordaba las palabras de Felipe II al encomendarle el viaje como su propio nuncio para animar a fray Benito Arias Montano. Llevaba una carta de su propia mano que pretendía sacar de su cueva al diplomático ermitaño, al embajador retirado. También le había encomendado que consultase la opinión de los prestigiosos médicos Francisco Hernández y Nicolás Monardes, si por allí estuvieran. En ese caso, no le sería difícil dar con ellos a pesar de que Sevilla era la ciudad más grande de España. Y no solo tenía que hablar con ellos sino traer remedios indios, traídos de las Indias, donde podrían haber sido recomendados por los sabios médicos indios. Ponía el rey tanto empeño en sanar a Catalina como él mismo, aunque los remedios para Catalina servirían además para detener la propagación de tan siniestro mal en toda Europa. «Partid y tened cuidado, que hay más peligros en los bordes de los caminos de Castilla que en los caminos sin bordes del mar océano. Id armado y no olvidéis el Evangelio», le había dicho con voz paternal.

¡Himilce! Tenía para ella un sentimiento de amor y de odio a un tiempo. ¡Qué raro! Sentía amor por lo que había pasado y odio por lo que no había pasado. Nada había dicho a Uchur sobre la noche pasada que ni nombre de noche merecía. A ella se lo contaba todo pero, en esta ocasión, el instinto caritativo con la pobre enferma le había adormecido la lengua. Si se lo hubiera contado ¿qué le habría dicho ella? Se hubiera irritado y tratado a su Diego como una imperdonable inocentona víctima. Se imaginaba a su hermana recriminándole: «Pero ¿cómo te has dejado seducir como un bobalicón? Estás cayendo y enredándote en la telaraña que ella te está tendiendo para devorarte».

Pero él contestaría «¿Eso me dices tú, bobalicona, que has propuesto a ese ominoso Obis que viva contigo?» No, no, no. No se lo diría. ¡Pobre Uchur que solo tenía como hermano a un viajero sin meta! Pedía perdón a Uchur por haber pensado decirle lo que no le había dicho.

Y ¿qué pensaría Uchur de la propuesta que Himilce le había hecho de pintarle con la funda de la espada como único vestido? En realidad, no tendría tiempo para pintarle pues era de suponer que cuando volviera de Sevilla, con Arias Montano, pronto tendrían que emprender el viaje. A lo cual se imaginaba Diego que Uchur comentaría con sorna: «Los retratos de personas vestidas llevan mucho tiempo, porque hay que pintar pliegues, joyas y adornos. Los retratos de gente desnuda llevan mucho menos tiempo». «Uchur, no te rías de mí», hubiera dicho él. Es que Uchur no comprendía que él estaba enamorado. Pero ¿estaba enamorado? No, no, no. De quien estaba Diego enamorado era de Uchur. Ella era el amor de la muerte, no la muerte del amor. ¡Uchur! ¡Bendita Uchur! De ella estaba enamorado desde que nació. No creía en el fondo de su alma que los remedios que trajera de Sevilla la iban a curar, aunque estaba dispuesto a todo por intentarlo.

Pero, ¿qué pensaría Uchur de la composición mitológica que especulaba representar Himilce en el proyectado lienzo? Apolo, celoso, engaña a Artemisa para que mate sin querer a su amado Orión. Apolo, Obis; Artemisa, Himilce; Orión, él. Diría Uchur: «Quiere jugar contigo y con tu padre. Pero a tu padre, no le podrá hacer daño. A ti, sí».

«Te equivocas, Uchur. Te diré lo que el cuadro significa y lo que Himilce quiere decirme: Apolo es el patrón de las artes. Luego aquí representa la pintura. Himilce está enamorada de mí. Pero me mata, porque quiere que yo no trunque su carrera como pintora. Tiene que elegir: o yo o el arte. Y ha decidido: el arte». «Pero ¿por qué tú y la pintura sois incompatibles?» preguntaría Uchur. «Conmigo tendría hijos que le arrasarían el tiempo y las fuerzas. Con siete hijos no se puede pintar.»

Apolo lo había matado y se había valido de Artemisa. ¡Quedó encantado Diego con su interpretación de la escena mitológica y su significado en la situación de sus amoríos! Himilce le amaba y se inclinaba sobre su adorado cuerpo inerte. El Arte se alegraría, en el fondo del cuadro, satisfecho con su triunfo. Ante tan brillante interpretación, Uchur callaría primero y asentiría después. Eso quería expresar Himilce incluso si no se lo hubiera planteado realmente y hubiera sido su instinto de pintora lo que hubiera querido plasmar. Su numen más que ella misma había soplado sobre el futuro lienzo. Futuro lienzo que solo esperaba los diestros pinceles de una pintora que nada tenía que envidiar a los de Sánchez Coello; ni siquiera a los de Tiziano.

¡Himilce! Le tendría que haber dicho al despedirse: «No quiero irme. Prefiero enredarme y enmarañarme entre tus brazos y tu vientre. Abandonarte será como abandonar mi piel» Pero ella le hubiera dicho: «Prefiero que te vayas. Para mí, por ahora, mi vida es la pintura. No quiero otra pasión. ¿Qué podría esperar si te quedaras? Quedaría encinta. Me casaría contigo. Tendría muchos más hijos y tendría que dejar de pintar. Si no me casara, me echarían de la corte y mi hijo sería tratado como execrable fruto del pecado. En ambos casos tendría que abandonar mi verdadera pasión que es la pintura. A ti te amo, pero no tanto. Te amo, pero te temo. Me arrastrarías a un camino muy hollado por muchas mujeres. Yo no quiero ese camino. En realidad, no quiero ningún camino, salvo el desconocido que me espera detrás de cada lienzo. Vete.»

Y entonces él le diría: «¿Cómo puedes ser así, cruel Himilce? No, no, no. Confiesa. Tú no me amas. Solo has pensado en mí como un modelo, como un bello cuerpo. No te importa más que mi belleza, pero no para gozarla sino para pintarla. Para ti, soy solo un modelo: algo que refleja la luz. Cuando me mirabas tanto en El Liebretón ya estabas imaginándome desnudo para satisfacer no tu corazón sino tus pinceles». Pero entonces ella se arrojaría a él para amarle, para lograr ese ardoroso ayuntamiento que hubiera tenido que acontecer la pasada noche. Le diría: «No, Diego, te amo. Pero este amor duraría dos días; el amor a la pintura durará treinta años», «¿Dos días?» «El tiempo en que me habrías de olvidar». «Tú me olvidarías a mí en dos días; el tiempo en el que el óleo tardara en secarse». «Te amo», decía ella. «Me voy: la cristiandad necesita más tus cuadros que tus hijos», decía él. «Vete. También la cristiandad necesita más tus cálculos que tus hijos», decía ella.

No. Este absurdo diálogo no se produciría nunca. Se estaba dejando llevar por la imaginación. Pero en aquel viaje tan largo, era muy posible que imaginación y realidad se confundieran. Temía que, cuando se encontrara, de nuevo y realmente, con Himilce y con Uchur, se comportaría como si estos absurdos diálogos y sucesos hubieran tenido cabalmente lugar. Uchur se lo había dicho muchas veces: «No distingues bien entre lo que te pasa y lo que pudiera haberte pasado. Vives en una realidad de tu invención». Pero, no, no, no. Uchur no tenía razón.

Y sentía a Uchur como si realmente fuera viajando con él, sentada en el lomo de la mula, hablando con él, ciñendo su tronco con sus hermosas y cariñosas manos. Eso le llevaba a un deleite carnal cargado de sentimiento. A la gente le gusta que le acaricien por el talle. A ella, las hierbas de Hernández y Monardes ya la habían curado. Vivían casados y estaban siempre juntos; no podían vivir el uno sin el otro; ni un solo momento. Esa era la verdadera realidad.

El polvo del camino con el sudor formaba barro, feliz identificación del camino y el caminante. Era un barro limpio. El calor de un sol pertinaz reblandecía sus sesos y su líquido grisáceo buscaba también el polvo del camino para formar otro barro. El barro que usó Dios.

Necesitaba dormir.

También había tiempo para la ciencia. Aprovechaba el día y la noche pensando en sus fórmulas con la inspiración onírica por la noche, con el onirismo por el día. Entonces venía a su memoria la visita del niño Jerónimo de Ayanz, con quien solo había conversado un par de noches y él ya le consideraba su maestro. Recordaba Diego cómo le había explicado el método prometedor de determinación de longitudes poniendo la calamita en posición vertical y que el chico lo había comprendido con su despierta y recién estrenada inteligencia.

«El problema —había repetido Jerónimo, recordando las enseñanzas de su mentor— vendrá cuando quieran los marineros manejar la brújula en alta mar cuando haya grandes olas, tan grandes que no ya la brújula podrá tenerse en pie, sino tampoco los mismos marineros». Y tenía razón, pero ese problema era ineludible. En tierra firme no habría problema, pero en el mar solo se podría recurrir a la observación con mar muy tranquila. Ni Jerónimo había visto el mar ni él tampoco. Su joven discípulo no se podía imaginar el mar lejos de tierra, donde solo había cielo y agua; ni siquiera aves. «Y cuando hay olas grandes —según le habían dicho— solo se puede vomitar, ¡como para estar pendiente de la brújula! Y cuando las olas son como castillos el barco se va a pique. Ni vomitar se puede». Ese era precisamente el panorama que le esperaba a él, quizá, en menos de un mes. «Si se pudiera observar la calamita cuando las olas están enfurecidas... En fin, ¡cuánto he aprendido de vos!». Fue lo último que le había dicho aquel niño listo, limpio y educado.

Con estos pensamientos, apareció el caserío y las torres de una magnífica ciudad abrazada por un gran río. Estaba llegando a Toledo.

Era Toledo un alto obligado en el camino. Pensaba, más que en descansar, visitar al célebre relojero real, Juanelo Turriano, en su tiempo a las órdenes de Carlos I y ahora a las de Felipe II. Este le había hablado del relojero con grandes alabanzas, aunque no hacía falta, pues el tal Juanelo era mundialmente conocido, no solo por los científicos e ingenieros sino por la gente del pueblo.

JUANELO TURRIANO

No fue difícil encontrar a Juanelo Turriano en su propio taller, digno santuario de tan ilustre relojero. Estaba atestado de relojes de todo tipo, engranajes de todos los tamaños, herramientas y cachivaches inservibles. Muchos de los relojes estaban en construcción; otros, ya muertos y descompuestos, ofreciendo sus viejas piezas a los nuevos. La mayoría estaban en marcha, con lo cual, entre todos ellos al unísono, formaban un bisbiseo que sugería la musicalidad de las horas. Diego tuvo la placentera sensación de que en aquel espacio habitaba el tiempo. Allí se generaba y allí transcurría y allí podía terminar. El conjunto de todos los relojes no medía el tiempo; eran el tiempo.

Esperaba Diego encontrar al relojero italiano como un hombre pequeño, con unas manos pequeñas capaces de componer tan precisos y preciosos instrumentos; esperaba conocer a un hombre silencioso, con voz medida, con movimientos justos, probablemente con anteojos.

Salió a recibirle un hombre grande, casi gigantesco, de manos enormes y voz atronadora.

—¿Qué desiderate?

—Quisiera hablar con Don Giovanni Turriano.

—Llamadme Juanelo come tutti.

A pesar de que se expresaba con frases corteses, las pronunciaba con tal violencia que parecía enfadado y dispuesto a expulsar a patadas a Diego del taller.

—Eccomi al vostro servicio —vociferó el gigante que hablaba con una mezcla de italiano y castellano difícil de entender tanto para italianos como para castellanos. Miraba a Diego siempre de soslayo y este le miraba a él con su cabeza como una vara por encima de la suya. La alta estatura y el vozarrón de Juanelo llegaron a intimidarle al principio.

—Simplemente, quería conoceros.

—Pues gia me habeis conosciuto, signore…

—Diego de Granada. Como vos, yo también soy criado real, aunque no hace ni un mes que he sido honrado con tal distinción. Mi misión es la cosmografía.

—Signor cosmógrafo, non inventate ninguna macchina porque la tendréis que pagare con la vostra borsa.

—¿No os paga bien el rey vuestro trabajo?

—Ni bene ni male. Non paga. ¡Ay! Con l'imperatore Carlos tutto era di fácil intendimento. Él era innamorato delle mappe y de los orologi, de los relojes, se dice. Santa Cruz le dava le mappe; yo, orologi. Donde andava, andavano sus orologi, le mappe y yo. Santa Cruz no, porque stava sempre in mare. Ma con Felipe non mi intendo bene, aunque haya ereditato la passione per le mappe e los orologi de su padre, y ha accresciuto mucho la sua collezione. Pero non nos intendiamo tanto bene. Mi paga poco. Per un criado de mi qualita, doscientos ducados son una ridicolaggine. Y esto es lo que mi debe, que lo que mi paga es menor. A dire la veritá, credo que este re es serio e formale, pero mis lamenti no llegan a lui. Aunque Felipe II non es un tonto, sus segretari si los sono. ¿Avete la misma impressione?

—Sinceramente, hasta ahora no he tenido problema. Pero es cierto que doscientos ducados no es un dinero para un trabajador de vuestra calidad y fama. Decidme, Juanelo, ¿cómo os encontró el emperador Carlos I.

—Vedete Don Diego. Yo sono nato en Cremona. Sono italiano, pero nato francese e cresciuto español.

—¿Qué lío de países es ese?

—Pues que mi cittá italiana passó de mani francesi a españole en la battaglia de Pavia que vinse César Carlos. Questa cittá fu culla di scientifici e artisti famosi. De lá sono los matematici Tartaglia e Cardona, e lí nacque la pintora Himilce Solferino, ahora en Madrid, a servizio di sua maestá, Isabel de Valois.

Diego se estremeció al oír el nombre de su amada misteriosa, la dama de los ojos, la dama de los besos obesos, la dama de la noche imposible, la dama que había de pintarle como a Orión muerto por una flecha de Afrodita. El relojero gigante siguió contando su vida.

—En la universitá di Pavia appresi algo di astronomía —parecía esparcir su mal humor con su tono furioso rebotando en el atiborrado recinto— Ma tutto ha salido di quí, di quí e di quí —dijo señalando su frente y sus ojos y mostrando sus manos— Las università del Milanesado, come las di aquí, iseñano solo belle ideé sin senso pratico.

—En ese aspecto, el rey Felipe y vos pensáis de forma semejante. Él busca gente práctica que le sea útil para gobernar este inmenso imperio.

—Tenete ragione. El desidera maquine que, si muovano e midan, y no idee eteree e inservibili. La bellezza sta nelle maquine; no en le idee. Solo le cose utili sono belle.

Diego no estaba de acuerdo, creía en el pensamiento puro. No hay inventos sin ideas y no hay ideas puras que surjan de la necesidad. El pensamiento de antaño es el invento de hogaño. Algo así ya se lo había dicho al rey, pero temía más los altísonos bramidos y gestos bataneros de Juanelo que a la sonrisa seria de Felipe II y prefirió no intentar rebatirle, no fuera a ser él el abatido.

—A Felipe le gustan gli orologi, los relojes, yo costruisco orologi. A Felipe le gusta la idraulica, yo faccio operas idraulicas —decía Juanelo entrecortadamente entre las desdentadas risas feroces. Dio un puñetazo en la mesa que hizo perder la exactitud de algunos relojes indefensos que en ella había.

Como se ve en su mezcla de italiano y castellano, había más italiano que castellano. Se le entendía bien, aunque viendo que Diego tenía dificultades con el italiano, procuró castellanizar aún más su verborrea.

—En realtá, empecé joven con artificios hidráulicos. Y ¿sabéis perché estoy aquí, en Toledo, y no en Madrid? Porque estoy aquí estudiando cómo traer el agua a questa ciudad. Questa ciudad es bella, pero está secca. Yo le daré de beber. Los romanos hicieron un acquedotto di dimensioni colosales que cogía el acqua del Tajo molto más arriba y la llevaba a un depósito, la llamada Cueva de Hércules. Pero esta obra no podía resistir el paso distruttore del tempo. Yo tengo otras ideas. No hay que traer el acqua; hay que subirla.

—Pero Toledo está muy alto desde el Tajo como para superar ese desnivel.

—Ciento veinte varas castellanas.

—Tarea difícil se me antoja. Muchos bueyes harían falta.

—¿Acaso dudáis de mi magín? —vociferó acercando su cara enorme a la enjuta de Diego.

—Os preguntaba cómo Carlos I se interesó por vos.

—Él fue a Bolonia para ser coronado imperatore del Sacro Imperio Romano Germánico. Allí fue donde el Papa le reconoció como rey de Roma. ¡Oh! Un día fastuoso. El piú grande de la estoria después del Diluvio. El día más glorioso que los siglos vieron. Abriéndose paso a través de una muchedumbre enfervorizada entró la deslumbrante cavalcata y en ella, il gran césar triunfante en un brioso corcel nero. Nunca podré describir aquel episodio inolvidable. Bolonia comenzó a ser Bolonia aquel día.

»Pues, ¿sabéis qué? Tras la coronación, Carlos I se apartó de la comitiva y se dirigió a mí, riconoscendomi fra la gente, no me explico cómo, y me llamo por mi nome, ¡Juanelo! Lloro al recordarlo —pero no lloraba, sino que bramaba y bufaba.

»Es que yo ya tenía cierta fama como relojero. El Gobernador de Milán quería regalar al Imperatore un reloj astronómico llamado el Astrarium, que había compuesto, mucho tiempo atrás, un artista de nombre Dondi. El Astrarium no funcionaba ya y el Gobernador mi mandó que lo recompusiera. Tarea imposible. Todas las piezas estaban oxidadas y algunas se deshacían en herrumbre en mis manos. «No se puede recomponer» le dije al emperador. «Pues haz otro igual», respondió él. «Haré uno mucho mejor».

»Desde entonces, aunque como signore él y yo como siervo, nos hicimos inseparables —nuevo puñetazo en la mesa—. Le he acompañado numerosas veces y le acompañé a su último retiro en el Monastero de Yuste. Y todos los relojes se vinieron con nosotros a Yuste. Él no podía vivere sin sus relojes y, por tanto, no podía vivere sin mí. Yo tenía la obligación de que ningún reloj se parase. Y, mientras él estuvo vivo, ninguno se paró. Cuando murió, los relojes empezaron a pararse, una vez cumplida su misión. Como perros que acaban muriendo junto a su amo muerto.

Siguió un silencio discretamente ininterrumpido.

—¿Qué hacía vuestro reloj, el que sustituyó al Astrarium?

—¡¿Cómo?! Felipe lo tiene que tener. ¿No os lo ha enseñado? ¡Condenado Felipe! Preguntadle por el «Reloj Grande». Es el mejor reloj que ha existido desde los tiempos de Adán y Eva.

—Pues, no. El rey nunca me enseñó el «Reloj Grande».

—¡Mil hienas le devoren! ¡Ay Felipe! ¡Ay Felipe! Lo tendrá bien guardado. Él sabe apreciar las obras maravillosas. El Reloj Grande reproducía el movimiento de la ochava esfera, incluyendo el movimiento de trepidación. Y reproducía el movimiento de todos los planetas con sus ecuantes, deferentes y epiciclos y el movimiento del Sol. Y también, claro está, reproducía el movimento de la Luna. Luego he sabido que no hay tal movimiento de trepidación sino otro llamado de precesión. Y luego he sabido que un tal Copérnico ha dicho que el Tierra es la que se mueve y no el Sol. Pero yo hice lo que se pensaba in quel tempo. De todos modos, sea lo que sea lo que si mueve y sea lo que sea lo que se queda quieto, el reloj funcionaba perfettamente.

—Pero, para componer tan complejo motor debéis conocer a fondo las bases de la astronomía...

—¡Claro que sé astronomía! —gritó— Los astros no tienen secretos per me. ¿Qué os habéis creído, jovenzuelo? ¿Que el cielo pertenece a los cosmógrafos? No, no, signor cosmógrafo. El cielo también pertenece a los relojeros. El Sol es el primer reloj. Y la ochava esfera, el secondo. Son relojes que no necesitan pesas, ni aceite... ni relojero.

»Pero el Gran Reloj da muchos otros datos y, además, puede ajustarse a cualquier latitudine, sempre que la elevación no sobrepase sesenta y tres grados y un tercio. Indica las festas móviles y la longura del día y de la noche.

Siguieron hablando de muchos otros inventos extraordinarios de Juanelo. Pronto se dio cuenta Diego de que, a pesar de su vozarrón con apariencia de ogro, su gran talla de gigante y sus expresiones iracundas, Juanelo era un hombre listo, honesto y amable. Una miga de pan lleno de humanidad y bonhomía. Pronto acabaron probando el vino de su tonel.

—¿Cómo es posible que con esas manazas creéis tan delicados instrumentos? ¿Qué tienen de especial vuestras manos?

—Mis manos no tienen nada speciale. Todos tenemos manos con cinque dedos. Es la cabeza, lo que hace que un hombre tenga buenas manos.

Diego le comentó que, por encargo del rey, estaba componiendo una lista de científicos e ingenieros que, con sus artificios e inventos, pudieran contribuir al mejor gobierno del imperio.

—Poned en esa lista a mis aiutanti, Juan Balín y Jorge de Diana. Y os sugiero el nome de Pedro Juan de Lastanosa. Precisamente, ahora está aquí, en Toledo. Yo os diré dónde vive.

El gigante y el joven salieron a la calle en busca del tal Pedro Juan de Lastanosa. Por el camino iba comentando Juanelo:

—Me preguntabais si sé astronomía. He de deciros que, sabiendo que ya entonces el papa Pío V quería riformare el calendario juliano, escribí un libro: «Breve discurso en torno a la reducción del año y reforma del calendario». Los astrónomos de la Universidad de Salamanca se lo sugirieron al Papa, le avisaron de que era necesaria la riforma. Yo hice los cálculos precisos. No sé si el nuevo Papa querrá llevar a cabo la riforma y, si es así, si tendrá en cuenta mis cálculos. Habrá que nombrar Papa a algún astrónomo, ¿no?

—Hablando de otra cosa, ¿por qué no es Felipe II persona de vuestro agrado y, en cambio, guardáis tan buen recuerdo de su padre Carlos I?

—Se pasa el día escribiendo y quiere que tutti escribamos. Me pide que escriba el meccanismo de todos los relojes que he fabricado, tanto de los que tiene él como de los que tengo yo. Tardo más en escribir un parágrafo que en hacer otro Reloj Grande. Yo no soy hombre de pluma. Necesito hacer altro que hablar y más hablar que escribir. ¿No es eso lo que él dice que quiere? ¿No quiere gente práctica? Pues no me da la gana escribir. Y entonces, él me toma por malcarado. Y, por tanto, mi paga poco e mi debe molto. Se aprovecha de que yo no sé parar hasta terminar una ópera. Se aprovecha de que se no me pagara nada yo seguiría trabajando lo mismo.

»A Felipe II no le gusta que se le desobedezca; a Carlos I le hacía gracia. Y a Carlos le podía hablar con voz normale pero Felipe no habla; susurra. Y quiere que todos susurren. Yo no sé susurrar. No sé hablar en voce baja, que se me atragantan las palabras y no salen.

Acompañó Juanelo a Diego a la casa donde vivía provisionalmente Don Pedro Juan de Lastanosa, que vivía normalmente en Roma, pero había venido a Toledo a estudiar la obra hidráulica de los romanos. Sus ideas eran opuestas a las de Juanelo, ya que era partidario de reconstruir el acueducto romano, pero como su acción se refería a ciudades distintas, Toledo uno, Nápoles el otro, y como tenían ambos un carácter propicio a la amistad, los dos ingenieros eran buenos colegas.

Se imaginaba Diego que se iba a encontrar con una persona de la edad y la talla de Juanelo, pero Lastanosa era un joven ligeramente mayor que él, bien educado en sus ademanes y en su expresión. Sumamente amable y de fino espíritu saludó a sus visitantes y les hizo pasar al zaguán. Juanelo presentó a Lastanosa como hombre de libros, pues le llamaba mucho la atención que un ingeniero tuviera tantos libros, que los comprara, los guardara y aún que los leyera. Y no solamente los leía, sino que en su cabeza quedaban.

—Los libros son mi debilidad, bien decís, maestro Juanelo. Sobre todo, los que tratan de matemáticas, hidráulica e ingenios en general. Y ahora mismo estoy escribiendo uno, aún sin título, pero que hace una descripción de todos los ingenios y máquinas que conozco, incluyendo los propios del maestro Juanelo, los que han de llevarse casi un tercio del libro; otro tercio habrá para Leonardo da Vinci. En el otro tercio irán los demás, incluyendo los modestos míos. Pero según voy escribiendo, más y más ingenios se van inventando, por lo que me temo que este libro no se terminará nunca. Por cada ingenio que describo, dos se presentan al Aposentador. También traduzco libros del latín al castellano, pues lo cierto es que nuestros ingenieros leen fatal la lengua madre.

Enseñó Lastanosa a Diego las primeras páginas del libro inacabable. El texto iba acompañado de dibujos minuciosos y esmeradísimos que por sí solos bastaban para la comprensión de los mecanismos. Preguntó Diego:

—Esto le gustaría mucho al rey, tan aficionado como es a las colecciones y a los tratados completos de todo tipo. ¿Conoce el rey lo que estáis haciendo?

—No lo conoce, ni conoce mis obras hidráulicas ni me conoce a mí. He pasado la vida en Flandes y en Roma. A España no había vuelto desde que me fui muy joven. Soy de Monzón y, tras estudiar en Alcalá, Salamanca y París, me asenté en Lovaina. ¡Ya tenía ganas de regresar! Pero pronto he de volver a la fascinante Roma.

Juanelo informó a Diego que el maestro Lastanosa fue discípulo del gran Jerónimo Girava, el cosmógrafo e ingeniero del césar Carlos. ¿Estaba Girava en la lista que estaba confeccionando para Felipe?

—Estará, sin duda; conozco la obra de Girava y he leído un libro suyo «Declaración del uso y fábrica de los instrumentos de agua, molinos y...» no recuerdo más.

Quedó Pedro Juan encantado al ver que Diego conocía a su idolatrado maestro y aún más cuando supo que iba en busca del doctor Arias Montano, su admirado colega erasmista, pues Lastanosa se preciaba de seguir la ruta de pensamiento señalada por Erasmo.

—Soy erasmista y no lo oculto. Es curioso que una doctrina que contaba con la admiración de Carlos I se halla hoy cuestionada como sospechosa de herejía por la Iglesia. Además, también está cuestionada por luteranos y calvinistas. Decía Erasmo que en lo único que estarían de acuerdo católicos y protestantes sería en quemarle a él vivo. En Alcalá se metió en mí la semilla del erasmismo y en Bruselas y Lovaina cultivé la flor.

—Habéis vivido en muchos sitios para ser tan joven.

—Mi maestro Girava fue llamado por el virrey de Nápoles para unas obras de hidráulica. Las ciudades crecen y el agua necesita nuevos conductos que sacien su sed. Pero Girava se me murió por el camino, concretamente en Milán, y tuve yo que hacer solo el estudio. Los acueductos romanos habían quedado dañados y era menester su reparación. Eran acueductos magníficos ¡de más de quince leguas de largo!

Los tres se fueron a una tasca donde Juanelo pidió imperiosamente una jarra de lo bueno.

—Llevo en Toledo poco más de un mes, estudiando los acueductos romanos. En este tiempo nos hemos hecho muy amigos, Juanelo y yo, y, aunque tenemos ideas diferentes, cada uno se aprovecha de las ideas de los otros.

—Habláis como si fuerais más de dos.

—Somos más de dos. Somos tres. No está aquí el que más sabe —dijeron casi a la vez Juanelo y Lastanosa.

—Entonces, si fuera posible, querría también conocerle. ¿Podríamos ir a visitarle?

—Ya es tarde, señor Don Diego, hay mucha oscuridad para andar por esos andurriales —Juanelo y Lastanosa rieron de forma extrañamente cómplice.

—Ambos sonreís como si hubiera algo especial semioculto. ¿Habita en una casa en un barrio con poca luz?

Juanelo se ofreció a llevar al día siguiente a Diego a visitar al tercer hidráulico de Toledo y Lastanosa se sumó a la visita. Se llamaba Ambrosio Mariano Azaro y era, como Juanelo, italiano, nacido en un pueblo cerca de Nápoles y, como él, había venido a España, porque España era buena tierra para ingenieros y arquitectos, con tanta construcción de edificios imponentes como se estaban haciendo. Buena tierra también para escultores y pintores.

Juanelo propinó un soberbio batanazo en la espalda del desprevenido Diego mientras bramaba:

—Questa notte vieni a dormire a casa mia.

Ciertamente, tras la corteza áspera había miga de pan. Juanelo era amable, es decir, digno de ser amado. También se comprende que italianizara tanto su verbo pues Lastanosa hablaba italiano correctamente y Azaro era italiano. De todas formas, nunca habló bien el castellano, seguramente porque no le hacía falta para entender y ser entendido y porque se enorgullecía de su Cremona natal.

Al día siguiente Juanelo, Lastanosa y Diego se dirigían al lugar donde Azaro tenía su «residencia» sin que los dos primeros quisieran revelar de antemano las características de tan «lujosa» vivienda. Se alejaron de la ciudad y, a eso de media legua, andando entre barro y aulagas, llegaron a una cueva. Allí vivía el gran ingeniero hidráulico, a quien Juanelo llamaba el «ingeniero ermitaño». La puerta estaba abierta, tan abierta como que no se podía decir que allí había algo que se pareciera a una puerta. Pero el ermitaño no estaba allí. Diego se preguntaba cómo era posible no solo que un ingeniero fuera además un ermitaño, sino que además él hacía un viaje para encontrar a un diplomático ermitaño, o un espía cenobita, o un teólogo apartado del mundo. ¿Qué pasaba en España que las grandes discurrimentas habían de ser encontradas en el fondo de las cuevas?

—Azaro es un santo —explicó Lastanosa—. Pronto habrá un San Mariano. No hay mejor constructor de azudes y canales. Pero el ser tan devoto lleva su tiempo y ocupación de mente. Conoce personalmente a esa famosa monja Teresa de Jesús, no sé si habéis oído hablar de ella, una monja que está más loca que una cabra. A esa, seguro que no la hacen santa. San Mariano, que ya le podemos llamar así, quiere hacerse carmelita descalzo y seguir a la Madre Teresa, como Fray Juan de la Cruz. ¿Habéis oído hablar de este otro místico chiflado? Azaro hace la traza de muchos conventos de carmelitas descalzos. Esto no le lleva mucho tiempo porque la Madre Teresa quiere una arquitectura sobria y sencilla. Prácticamente, quiere piedra sobre piedra con un pequeño agujero por donde entrar. Y un huerto. La madre siempre quiere un huerto, pero diseñar un huerto no le lleva a Azaro tampoco mucho tiempo.

—No salgo de mi asombro. ¡Un ingeniero ermitaño! Que lo mismo construye un azud que se flagela la espalda.

—Ha tenido una vida muy azarosa —rio de su mal chiste el bravo Juanelo—. Luchó como soldado en la batalla de San Quintín contra los franceses, hace ya un lustro, y fue al Concilio de Trento como teólogo.

—No lo puedo creer. Un soldado, ermitaño, teólogo, ingeniero, arquitecto... Necesito conocerle.

—Es un santo, pero si le consultamos nuestras dudas en nuestras obras, él siempre nos da la respuesta más precisa. Como ingeniero, no hay otro. Nosotros ya no emprendemos nada sin consultarle antes.

Pero el santo sabio no parecía y ya se volvieron. Diego dijo que intentaría conocer a tan docto ermitaño a su vuelta de Alájar.

—Pues id practicando la señal de la cruz porque este hombre acaba cada frase alabando a Dios y persignándose —dijo el gigante.

—Creo que exageráis.

—Bien; hablar en serio no es mi arte predilecto.

Aquel día, volvió a dormir en la casa de Juanelo, y al siguiente, al alba, partió Diego hacia el sur.

DIEGO DE SILOÉ

Alájar, Sevilla… Aprovechando que se dirigía hacia el sur de España y vaticinando que nunca más en su vida se daría tal circunstancia, pensó Diego que podría incluir en su itinerario a Granada. En Granada podría preguntar a don Diego de Siloé por los padres de Uchur e, incluso, por los suyos, pues no era desdeñable que Obis se lo hubiera inventado todo. En ese caso ¿en qué orden debía poner los lugares a visitar? Y, de pronto, de forma no muy reflexiva, Granada se convirtió en el primer objetivo de su viaje.

Puestos a buscar razones objetivas para este cambio, no tardó en encontrar una de poderosa evidencia. Si pudiera convencer a Arias Montano de abandonar su guarida, tendría que acompañarle hasta Madrid y no le iba a obligar a trasladarle antes a Granada. Además, en el supuesto de que Hernández y Monardes le dieran alguna medicina, hasta pudiera ser efímera y su carga con el desvío de Granada pudiera quedar malograda. «¡A Granada!» le ordenó a su mula. Siempre al sur, siempre al sur, acabaría llegando, pasando por Bailén y Jaén. En Bailén, ya sabía la mula lo que tenía que hacer.

Largo viaje para tener que llenarlo con pensamientos diferentes por lo que estos se sucedían repitiéndose. Era Pedro Juan de Lastanosa el ingeniero ideal como para recomendar a Felipe II su pronta incorporación como criado real al servicio del gobierno del imperio. Era el tipo de servidor que el rey buscaba: joven ingeniero, experto en hidráulica, culto, entregado a su labor, amante de los libros y, recopilador de todo ingenio concebido en el siglo fluyente.

Había observado, y le había llamado la atención, que en la casa de Lastanosa no había visto ni una sola cruz, ni una sola imagen religiosa. No era de extrañar pues él se había confesado como erasmista y Erasmo no era partidario de ninguna imagen religiosa que sugiriera una imagen antropomórfica de Dios. Ni en su persona ni en su casa había una representación idólatra de la divinidad. Otra posible explicación era que Lastanosa fuera ateo, o al menos incrédulo, o al menos descreído, o al menos irreverente. O también pudiera tratarse de un insuficientemente converso judío. Pero no le había preguntado por su fe ni tampoco le hacía ninguna falta.

La mayoría de sus pensamientos evocaban a su querida Uchur, cada vez más querida, cada vez más amada, cada vez más venerada. ¿Qué tipo de amor era aquel? Imposible saberlo. ¿Era un amor a la hermana, o a la hermanastra, o a la prima? Algo así, sí que había. Él no tenía más familia que ella y ella no tenía más familia que él. Su amor era desinteresado. Aun así, no era solo un amor familiar. Para Diego ella había sido la niña amada, la compañera segura, pero también había carnalidad en aquel amor, también había concupiscencia tensa, por mucho que las bubas se hubieran interpuesto. En su beso había búsqueda de su frente, pero también búsqueda de sus labios. Uchur era también la novia, la mujer completamente hermosa... de cuello para arriba... de momento... aún... En muy poco tiempo había pasado de la belleza más mitológica a la más macilenta decrepitud. Pero estando lejos, el pasado se aviva. El amante Diego se confundía y hasta se prohibía a sí mismo la evocación de algunos recuerdos cargados de lascivia.

Y también volvía una y otra vez a su recuerdo el contacto del cuerpo desnudo de Himilce junto al suyo inútilmente desvestido. Veía este amor a Himilce, paradójicamente, más volcánico, pero más superficial. Era un amor evanescente, que iba siendo borrado con la distancia. Aunque bien sabía él que ese amor iba a clavarle las uñas tenazmente de nuevo con facilidad, con una sola de sus misteriosas miradas, o con la imprevisible propuesta de un encuentro fantasma en el silencio. No; no podría desprenderse de este amor loco. Él moriría como Orión, por una flecha de ella, de Artemisa. Ella iría a llorar sobre su cuerpo inerte, inclinándose sobre él, dándole el ya más inútil de los besos. El arte había triunfado y se la había llevado. ¿El arte o él? El arte. Por lo menos, algo antes de morir esta pasión sin lógica, él estaría un rato en su lienzo, sobre su caballete, acariciado por sus pinceles que iban a convertir las manchas de su paleta en carne pintada, pero carne viva. Así estaba su alma: en carne viva. ¡Ay! Si Uchur oyera estos sentimientos, le diría: «deja de sentir disparates. Esa mujer está jugando contigo». Pero él llevaba colgada al cuello la llave del taller de Himilce.

Y pensaba Diego en su interminable viaje a Granada en el problema cosmográfico de las longitudes. Como le había insistido Jerónimo (¡vaya con el mozalbete!) lo difícil sería medir con la brújula, ya tumbada, ya de pie, cuando las olas del barco zarandeasen el navío. Tampoco había que empeñarse en medir en medio de la tempestad... Con un oleaje moderado sería difícil, aunque siempre habría una isla o una costa donde bajar a tomar la lectura. Y también pensaba en el persistente problema de determinar la posición del contrameridiano, el que separaba los dominios de España y Portugal acordado en Tordesillas al otro lado del mundo. Su aguja de marear en el bolsillo tenía esa misión y ese compromiso, entre otros. Las Filipinas ¿eran de España o eran de Portugal?

Estaba también Diego intrigado por las personas a las que tendría que visitar, los médicos sevillanos y, sobre todo, fray Benito Arias Montano. ¿Estaría su cueva llena de libros? ¿Daría lecciones de teología a los zorros y a los conejos del bosque? ¿Convencería con maestra dialéctica a los lobos para que amansaran su hambre? ¿Cómo podría ser la extraña ermita de tan extraño ermitaño? ¿Se entendería con un personaje tan latino y tan retirado?

La decisión de ir a Granada no podía ser más disparatada. Retrasaría la misión encomendada por el rey, retrasaría la curación de Uchur, retrasaría un nuevo encuentro con Himilce, retrasaría las lecciones del niño cantor Jerónimo... Todo lo retrasaría, pero la mula se había empeñado en ir a Granada y, si la mula tenía esa querencia, no había nada que hacer. ¿Quién era él? ¿Quién era Uchur? ¿Cómo era el gran genio de la arquitectura y de la escultura, Diego de Siloé, el gran hijo del ilustre Gil de Siloé? ¿Quién era Zujenia, la supuesta madre gitana de Uchur? ¿Y si él tenía la suerte de morir en el mismo lugar en que nació? Morir donde se nace: la aspiración de todo mortal. Las ensoñaciones estivales en un viaje hacia el sur no tienen ni límites, ni propósitos, ni reglas, ni misericordia. ¡Arre, mula!

Unos días después, cuando el Sol se acostaba, a una luenga legua de Granada, él también se acostó, no en una fonda, sino al raso, con un montón de estrellas cubriendo su cansancio y sobre un suelo acogedoramente frío. Allí arriba estaba Orión, con sus anchas espaldas, su cinturón —las tres Marías— y su espada. En la espada le pareció ver una manchita de sangre.

Las pensiones de Granada eran limpias y alegradas con cuidadas plantas. Se asentó por la mañana en la más acogedora de las que inspeccionó y durmió otro poco porque dormir al raso es hermoso, pero no es dormir. Después salió y antes de intentar ver a Diego de Siloé prefirió contemplar apresuradamente su obra. En su memoria quedó impresa para siempre la belleza, la armonía, el esplendor y la firmeza de la Catedral, la octava maravilla del mundo. Al penetrar en su interior quedó sobrecogido por la altura y la luz. Pero no pudo quedarse mucho rato para admirar —otro día sería— los más pequeños detalles que tienen las grandes obras. Quería gozar de la catedral sin prisas ni cuidados. Tantos artistas, Siloé el primero, habían puesto en ella sus vidas y él no tenía derecho a profanar su belleza con un apresuramiento insensato.

Intranquilo por cumplir pronto la misión que le había llevado a Granada, desviándose de la ruta inicialmente planeada, se dirigió a la casa de Siloé. Según la narración de Obis, esta debía estar muy próxima a la catedral, cerca de la puerta del Perdón y cerca de la girola. La descripción de Obis había sido precisa y había en el lugar indicado una casa señorial que, en efecto, era la casa del famoso arquitecto. Un mancebo acudió a la llamada de los aldabonazos. ¿Qué quería aquel señor? ¿Quién era? Preguntaba el mozo evitando con su cuerpo la entrada y la ojeada del visitante.

—Quisiera ver a don Diego de Siloé.

El mozo fue a anunciar la visita dudando de si, simplemente, debiera haber cerrado la puerta al desconocido. Al poco rato, apareció doña Ana de Santotis, la esposa de Siloé. Apareció adusta y molesta sin razón alguna.

Pronto su respiración se desordenó entrecortada, visiblemente aturdida, con los ojos completamente abiertos. Se acercó a Diego con una mezcla de emoción y duda:

—¡Tú eres Diego!

—Sí señora; ese es mi nombre.

—¡Diego! Sin duda eres el hijo de Sara. Eres igualito. Afortunadamente, has salido a tu madre y no al bribón de tu padre. No hace falta que me digas quién eres. Lo llevas escrito en tus ojos.

Quería abrazarle como a un hijo, o a un nieto, o a algo así, pero no se atrevía porque era, después de todo, un desconocido.

—Pasa, Diego, hijo mío, que tendrás mucho que contarnos. En el patio está mi esposo que, cuando se entere de quién eres, se alegrará mucho de verte y de abrazarte.

Tras el zaguán, por un pasillo que se ajustaba a la descripción de Obis, siguió Diego a la emocionada dama y llegó al patio donde estaba sentado un venerable anciano que le miraba con sorpresa y curiosidad. Según los cálculos que se había hecho Diego debía tener unos sesenta y siete años. No se podía levantar de la silla; seguramente las piernas no le obedecían ya. Aunque debilitado su cuerpo y encanecida su cabeza, su rostro era hermoso. Llamaban la atención sus certeramente dibujados pómulos y bien se podía adivinar que aquella cabeza era la cabeza de unos de los hombres más geniales de la historia. Diego se arrodilló ante él:

—Maestro don Diego de Siloé, el más ilustre de los arquitectos españoles y aún de toda la cristiandad...

—¡Por Dios! ¡Qué exageración!

—Lo digo con toda sinceridad. Vengo de echar una ojeada rápida a vuestra catedral y vengo conmovido. No la he observado con más detenimiento porque mi inquietud me impedía dedicarle una mirada serena. Aun así, he quedado impresionado. Con razón llaman a esta catedral, la primera renacentista, la octava maravilla de las obras humanas.

Doña Ana debía haber presentado a Dieguito, el hijo de Sara, a su esposo, pero lo postergó, esperando que también su esposo le reconociera, pues pensaba que era la viva imagen de su madre Sara. Además, se regocijaba de la conversación entre ambos Diegos antes de reconocerse.

—¿Puedo serviros en algo, joven? Sentaos. Antes venía mucha gente a verme, pero ahora que soy viejo nadie se interesa por mí. Así que me alegro de vuestra visita, seáis quien seáis, aunque veo por vuestro porte y manera que sois hombre educado.

—Vengo con los ojos heridos por la grandiosidad de la Seo...

—Bien... En realidad, no está terminada. Le falta mucho aún y yo ya no podré terminarla —su voz era un susurro enfermizo—. Poco me falta a mí y mucho a la catedral. Pronto me presentaré al Supremo Arquitecto y no me preguntará por mis iglesias sino por cómo me he portado con la Suya. Me juzgará por mi amor al prójimo, que a Él le interesa bastante más que mi amor a los sillares.

—¿Sois muy creyente?

—¿Creéis que se puede hacer lo que hice sin fe? —sonrió benévolamente el anciano—. La geometría y el amor a Dios son buenos compañeros y en nuestra España han dado buenos hijos...

»Veréis, joven —desfallecía Siloé en cada frase—. Tenía que hacer una obra al estilo de los griegos, de la forma que los italianos han resucitado. Pero el arte gótico se había elevado a los cielos con tal misticismo que los números áureos de los griegos y romanos hubieran conducido a un edificio achaparrado. El Partenón es perfecto, pero no reza... no sube a los cielos. ¿Cómo conseguir la altura de las iglesias góticas y la majestuosidad de los templos clásicos?

»Subí las columnas corintias a grandes pilares y dispuse un segundo cuerpo de soporte sobre el entablamento...

Se interrumpió y se defendió con profusas tenues tosecillas.

—Ese fue el gran acierto mío. Las bóvedas clásicas son grandiosas. Nadie ha podido hacer algo tan colosal como la cúpula del Panteón. Pero una semiesfera es geométricamente simple y las cúpulas góticas del más insignificante templo gótico son más hermosas. Cerré la catedral con la hermosura de los segmentados cerramientos de los godos. El Partenón es magnífico, pero yo prefiero el cimborrio de Burgos. ¿Quién fue su autor? Nadie le conoce: el mejor de nosotros, el humilde Juan de Vallejo... La obra arquitectónica más hermosa de todos los tiempos por el artífice más ignorado... ¡Qué mundo tan ingrato!

Diego recordó cómo Obis había sintetizado los tormentos arquitectónicos de Siloé y, había que reconocerlo, lo había descrito admirablemente porque el autor de la catedral de Granada se lo decía ahora con palabras parecidas, salvo que para Siloé se trataba de un conflicto resuelto. Se ve que en los tiempos cuando Obis estuvo a las órdenes de Siloé, este todavía no había encontrado lo que podría llamarse el renacimiento de los godos.

—Pero estoy dejándome llevar por mis recuerdos y por mi verbosidad cansina y, casi con toda seguridad, no habéis venido a oírme decir cómo se hace una catedral —sonrió apaciblemente el buen artista—. Decidme quién sois y en qué puedo serviros ¿Por qué habéis venido a mi humilde casa?

A punto estuvo de intervenir doña Ana, pero dejó que fuera el mismo Dieguito quien le diera la sorpresa.

—Soy el hijo de Sara.

Siloé se levantó como si hubiera resucitado. Su esposa le ayudó a salir de su mutismo:

—Es Dieguito; el hijo de Sara.

Algo receloso y algo paternal, el anciano Siloé abrazó a Diego con la fuerza más grande de la que disponía. Diego notó con emoción en su espalda las nobles manos del escultor que había dado vida a tantos bloques inexpresivos de piedra y a tantos leños cilíndricos de madera.

—No hay duda —repetía la de Santotis—. Eres igualito que Sara. Con las manos tan cuidadas, tu gesto tan amable, tu mirada tan limpia. Ven, pasemos a la sala. ¿Podrás compartir con nosotros el almuerzo? Tienes mucho que contarnos. ¡Menos mal que has salido a tu madre y no al bribón de tu padre! —repetía una y otra vez.

—En mi historia, señora, hay dos partes. En la primera, más tenéis vos que contarme a mí que yo contaros a vos. Incluso me podéis contar lo que aconteció en mi vida antes incluso de que yo naciera. De la segunda parte, en cambio, poco sabéis vos y yo he sido testigo —bromeó Diego, que pasó en aquella casa a ser Dieguito.

Comenzó Siloé a hablar con su voz desfallecida pero alegre, contando la prehistoria del cosmógrafo:

—Tu madre fue una mujer extraordinaria dotada de una inteligencia fuera de lo común. Primero fue nuestra esclava, aunque aquí nunca hicimos mucha distinción entre esclavo y criado. Le dimos la libertad, poco antes de que tú nacieras. Así fue registrada como mujer libre, aunque desde el principio fue tratada aquí como una persona libre. Nadie nace sin libertad y nadie la puede perder, si no es por manifiestas fechorías. Estudiaba mucho: su vida eran los libros. Tenía en su mirada el gozo de la sabiduría. Fui yo quien la propuse a la Universidad de Granada, no hacía muchos años fundada, para que ocupase una cátedra de latín. Y fue catedrática de latín; la mejor que ha tenido Granada.

»En el examen deslumbró a los catedráticos que la interrogaban. No solo era su sintaxis perfecta, sino riquísima en figuras. Y su voz era la voz de un ángel: comedida, aguda, suave, arrebatadora y ponía tanta dulzura y pasión en cuanto decía que encandiló a los catedráticos, los que no dudaron en ofrecerle a ella la cátedra de latín. Hebreo, bien que lo sabía. No solo porque era su lengua madre, sino porque había profundizado en las expresiones primitivas. El arameo le hablaba como yo estoy ahora hablando castellano; es decir, mucho mejor, porque mi voz está entorpecida y ahogada por la edad. Griego, siríaco, todo lo hablaba con perfección. Sus versos eran profundos, guardando estrictamente las exigencias del metro y la rima.

—Pero, además —intervino doña Ana— era bellísima. También has heredado tú su belleza. Era bellísima, pero... demasiado bella. Porque el bribón de tu padre puso los ojos en ella. Primero los ojos, luego las manos. Y como ella era la inocencia en cuerpo de mujer, fue seducida por el puerco Obis, de infausta memoria. ¡El bribón Obis! Murió ella muy pronto, de forma que no ejerció más que unos meses, la pobre. Encomendamos tu crianza a un aya, una persona recta y maternal, de nombre...

—Conozco su nombre. Aquí empieza la historia de mi vida de la que sí me acuerdo y conozco mejor que vos. Además, tengo que deciros que, recientemente, he conocido a mi padre, he conocido a Obis, aunque, al saber que abandonó a mi madre no he querido tratos con él. De hecho, yo sé que él es mi padre, pero él no sabe que lo es.

—Tu padre fue un mal hombre —repetía doña Ana.

—No tan malo— protestó con su hilillo de voz el maestro Siloé.

—Siempre tienes que salir en su defensa. En la defensa de un bribón.

—Tu padre fue un hombre genial —se le oía al anciano—, aunque había tenido una infancia muy dura. No tuvo más maestros que la calle, pero tenía un don especial para las matemáticas. Con una mejor educación hubiera sido uno de los grandes matemáticos del imperio. Él y yo tuvimos una relación que, al menos al principio, fue muy buena para ambos. Él hizo para mí cálculos complejos para la catedral y para la iglesia de San Jerónimo, donde yace mi admirado Gonzalo Fernández de Córdoba, el justamente llamado Gran Capitán. Calculaba muy bien.

»Como escultor, era un verdadero desastre, por más que me empeñé en enseñarle —sonreía el anciano—. El caso es que, al principio me respetaba como maestro, pero luego se le subieron los humos a la cabeza. Al no respetarme como su mentor, se despertó su instinto tarambana que había yacido dormido mucho tiempo. En cuanto veía una mujer se olvidaba de sus obligaciones y de todo y no paraba hasta conseguir ora sus favores ora su desprecio. Se iba detrás de todas y, como era de natural atractivo, muchas de ellas se iban detrás de él. Sobre todo, las más inocentes.

—Y entonces las abandonaba —intervino la esposa—. ¿Cómo puedes hablar bien de semejante bribón? Era un desalmado. Abandonó a tu madre, pero no fue a la única.

—Tenía un talento natural para embaucar a las mujeres...— mediaba Siloé.

—Y un talento natural para desaparecer en cuanto sus víctimas quedaban encintas —concluía su esposa.

—Con mi aya doña Angustias, que en paz duerma eternamente, vivía también una niña que, según me decía, era mi prima. La llamábamos Uchur, aunque su verdadero nombre era Catalina. La he encontrado no hace mucho. Ahora es una dama en la corte de la reina doña Isabel de Valois. Sé que Obis fue su padre y sé que su madre fue una gitana a quien él también abandonó.

Entonces sobrevino un incómodo silencio que, al cabo de un rato, rompió doña Ana:

—Sobre esto, yo creo que es mejor que no traigamos recuerdos...

A continuación, contó Diego su corta vida y sus deseos de servir al emperador Felipe II, que tanto se merecía este título como su propio padre. Claro que evitó la narración de los aspectos más íntimos, aunque son, para todo hombre o mujer, los más importantes. Los dos esposos oyeron con atención y complacidos su historia. Fue invitado a quedarse en aquella casa cuando y cuanto quisiera, pero él no pudo acceder, pues sus obligaciones con el rey reclamaban su inquietud.

Cuando, en el dintel de la puerta, Diego se disponía a despedirse de sus benefactores, Diego de Siloé, apartándole confidencialmente, le susurró al oído:

—La madre de Catalina se llama Zujenia y vive en una cueva en Valparaíso, Darro arriba.

ZUJENIA

Allí se dirigió Diego al día siguiente. Darro arriba, extramuros, junto al feraz y amenísimo valle de Valparaíso, por la ladera derecha si se ve corriente abajo, los gitanos habían ubicado su poblado. No hacía mucho que Felipe II había ordenado que se aposentaran en las ciudades para que dejaran de vagar continuamente por los caminos de España. En Granada, el poblado gitano estable era singular por el gran número de personas de tal etnia que lo habitaban, unos mil o dos mil, y porque sus casas eran cuevas, siendo realmente pintoresco el poblado troglodita. Más que puertas, unas cortinas de vivos colores daban paso a las viviendas. Las escuetas fachadas estaban primorosamente encaladas y sus habitáculos, frescos en verano, cálidos en invierno, se adentraban en la ladera que encauzaba el Darro en Valparaíso.

Tuvo cierto reparo Diego al recorrer las múltiples sendas que conectaban las cuevas. Eran tantas que parecía que cada cueva estaba conectada con cada cueva, sin que allí hubiera ni centro, ni plaza principal, ni orden alguno. Los árabes que habían construido Granada con desordenado caserío, asombrando a los cristianos, se hubieran asombrado a su vez del desorden del poblado gitano granadino. Pero la blancura de las fachadas de las cuevas y la limpieza de los caminos entre pitas y flores ponían la armonía que le faltaba al orden.

Muchos niños gitanos iban detrás del extraño visitante, observando su extraña vestimenta. Luego, cuando este preguntó por Zujenia, se pusieron delante y le guiaron a una cueva bastante distanciada de las otras. Los gitanos mayores veían pasar el cortejo de la chiquillería que precedía a Diego, con ojos tanto temibles como temerosos.

Cuando Diego había preguntado a los niños por la cueva de Zujenia, este nombre es lo único que entendieron, atentos a los sonidos ininteligibles que salían de la boca de aquel «gachó», de aquel «buoné». Le pidieron que hablara en «calorró», en «chipicalé» que si no, no podían entenderle. Al llegar a un grupito de canasteras volvió a preguntarles por la cueva de Zujenia, especialmente para darles a entender que su paso por aquellos vericuetos no llevaba malas intenciones. Se miraron unas a otras dudando si debían contestar y una de ellas, la que más castellano entendía le confirmó que debía seguir a los chiquillos.

Allí llegó y, ante el regocijo de los gitanillos, Diego, sin descorrer la cortina, «gritó en voz baja»:

—¿Doña Zujenia?

Y mil ecos de voces infantiles repitieron el nombre de la gitana:

—Zujenia, Zujenia, Zujenia...

Con la tímida llamada de Diego y los gritos naturales de los «chaborós» y de algunas canasteras curiosas deseosas de analizar completamente la figura del «gachó», salió Zujenia. Ante su presencia, Diego por conocerla y los «choborós» y las «bajiriñanis» por cotillear el inusual encuentro, se hizo el silencio.

Zujenia era como si a Uchur le hubieran trazado arrugas, surcos del tiempo, de las penalidades y de su propia expresión, que promueve unos músculos faciales según la preferencia de los gestos. Como su hija, era morena y de pelo lacio, ligeramente más alta, de cuerpo enjuto y espigado. No tenía la expresión de bondad de Uchur, pero resultó ser afable y levemente risueña, con una sonrisa asimétrica que anunciaba inteligencia y comprensión. En su mirada había algo de solemne y arrogante. Su boca era la misma boca hermosísima de Uchur, aunque con los labios resecos por grietas verticales. También las manos eran las de su hija, aunque roturadas y venosas por el trabajo y la edad. Pero su descripción, según el parecer de Diego, se resumía en que era como Uchur con veinte años más. ¡Tan bella como Uchur!

Una de las canasteras rompió el silencio:

—Orí, Zujenia. Este busnó camela chamullar.

Casi todos los gitanos solo sabían hablar en «calorró» aunque a veces intercalaban voces castellanas. Afortunadamente, Zujenia era de las que mejor se defendían con la lengua del rey Alfonso. Diego, se dirigió a la sabia gitana:

—¿Doña Zujenia?

—¿Doña Zujenia? —repitió ella a la que nunca nadie la había llamado así— Soy la Zujenia. Doña, nanai.

—¿Puedo hablar con usted?

—Pase vostré.

Las bajiriñanis se marcharon cuchicheando y los chaborós no entraron en la cueva, pero se mantuvieron merodeando cerca de la entrada.

—Conozco a Uchurgañí —dijo sin más preámbulos Diego.

La gitana se mostró inexpresiva, con los ojos clavados en los ojos de Diego, durante un buen rato. Pero luego, de pronto, empezó a llorar con poco ruido, pero con agitadas convulsiones. Ocultó su rostro en sus ásperas manos.

—Me crié con ella. Soy su hermanastro. Nos criamos juntos y, después de mucho tiempo, he vuelto a estar con ella en Madrid.

Diego mantenía la distancia. De buena gana se hubiera acercado a ella para consolarla, pero no se atrevió. El llanto de la gitana parecía inacabable y detenía las palabras que en vano querían salir y eran transformadas en sílabas rotas sin sentido.

—Quisiera llevarle noticias de vos, decirle que la he conocido, que estáis con aspecto fuerte y sano —pero no pudo reprimir decirle la verdad—. Ella, en cambio, está enferma.

Descorrió las manos la Zujenia, descubrió su bello rostro entre cuyas arrugas discurrían las lágrimas. Luego miró a un rincón, sabedora de que ella poco podía hacer, impotente tras tanta distancia. Era como si una separación forzosa desde el nacimiento, había sido como un gusano que le había carcomido las entrañas sin piedad durante mucho tiempo, y de pronto mordía con más saña.

Él le preguntó por su vida y, aunque el entendimiento no era fácil por la diferencia de lenguas, supo Diego algo de la triste historia de la gitana; triste pero pobre en acontecimientos porque no se había movido de allí desde entonces.

Como todas las mujeres de su casta tenía «a lacha ye drupó», la defensa de la castidad, pero un «busnó» la engañó, no hace falta decir su nombre: Obis. Obis era «chorré». «Menda camelaba a ó» —decía con sinceridad la mujer—. Estaba completamente enamorada. Aceptó el matrimonio, «romandiñar a lo caló», pero después dijo que su ley no era la de los gitanos y que aquella ceremonia no era ni matrimonio ni nada. Los «zincalés» de la tribu fueron a la casa de Obis a traerle por las buenas o por las malas, pero ya no vivía allí. Se marchó de Meligrana, es decir, de Granada, sin que nadie supiera a dónde. Tenían sus navajas preparadas pero sus aceros tuvieron que guarecerse entre sus cachas, sin destino carnal a la vista.

Ella pasó mucha «lacha», mucha vergüenza, y el Conde del poblado le dijo que tendría que irse si tenía «chinorró», niño pequeño, sin «rom», sin esposo. Una «monrí» amiga le propuso «cha ye lachó benejú», la hierba de Satanás, pero ella quería tener a su bebé pasase lo que pasase. Dejó la tribu y vagabundeó por las calles de Meligrana, «jalando» tan poco que la «chaborí», Uchur, no podía «mamisarar». No podía mamar porque a sus pechos les faltaba la «cheripú». A las dos, a la madre y a la hija, les esperaba la «moribén». Una noche, la madre se llegó a las puertas de la iglesia de San Luis para dejar allí a la niña y se despidió de ella diciéndole:

«Uchurgañí Zujemó Beró»

Nació sin «batú», sin padre, y su «dai», Zujenia, la abandonaba a la «moribén». Pero entonces, una gran señora desconocida, la recogió del atrio donde ella la había dejado y, pidiendo su permiso, se la llevó. Y Zujenia se la «diñó».

—«Mangué: moribén, moribén, anglal a debel» —recordaba la pobre mujer entre los sollozos más inconsolables—. Pedía la muerte delante de su Dios.

Pero la muerte no fue caritativa con ella. Tras unos días la gitanería se apiadó de ella y la admitieron, si bien, para respetar sus leyes le excavaron una cueva, lo suficientemente lejos y lo suficientemente cerca, y allí había vivido veintinueve «dañés».

Zujenia hablaba rota, desgarrada, con el «garlochín» en un puño. Su voz se había hecho cada vez más grave, era como si con ella llorara la cueva entera. Diego, en silencio y despacio se despidió, prometiendo que volvería al día siguiente, pero pensando que quizá únicamente la soledad podía aliviarla de aquel tortazo del destino. Un tortazo cuyo golpe escocía toda la vida. Pudiera ser que no había sido buena idea visitar a la buena gitana, solo para despertar sus poco dormidos recuerdos.

¡Maldito Obis! ¡Maldito Obis! ¿Qué hubiera pensado Zujenia si hubiera sabido que él era otro de los hijos del vil Obis? Si no se lo dijo era porque para él, Obis no era nadie.

Y Diego se fue. Pero, al pasar por la iglesia de San Luis, le alcanzó un gitano que decía ser «el Conde».

Y así le habló el Conde:

—Zujenia me dijo quién eres tú y me dijo que te dijera que te quedes unos días con nosotros —El Conde no hablaba mal castellano, pero tenía poco vocabulario. En particular no sabía emplear el «vos» ni entendía para qué servía—. Queremos mucho a Zujenia y todos queremos que nos digas cómo está su hija Uchurgañí. Te hemos preparado una cueva. No es la mejor cueva, pero te será mucho mejor que todas esas grandes casotas de la ciudad. ¿A quién se le ocurre —decía irónicamente— hacer las casas sobre tierra pudiéndolas hacer debajo? No te vayas aún.

El Conde tenía simpatía natural, lo que le hizo a Diego superar el recelo a lo desconocido y aceptar el ofrecimiento, si bien, le previno que no podría estar más de una semana porque en aquel viaje tenía que cumplir las órdenes del rey y tendría que volver a Madrid sin mucha demora, después de haber pasado por Sevilla y por Alájar.

Así es que, al día siguiente, con su mula, sus escasos enseres, su brújula y su cuaderno negro se dirigió a Valparaíso donde estaría conviviendo con los gitanos unos pocos días. Llegó por la Vereda de Enmedio y allí salieron los chaborós a recibirle con griterío ante la novedad del invitado. ¡Algo de familiar tenía con Zujenia, no sabían bien qué!

—Lachó busnó— saludó la gitana.

—Hombre bueno— tradujo el Conde.

Se aposentó en su cueva que era en verdad fresca frente a las bocanadas llameantes de aquel verano. Allí estuvo unos días llevando la misma vida que los gitanos y adaptando sus mismos ritos. No había encontrado gente tan hospitalaria y humana. Sus ropas no eran extremadamente limpias, pero sí su corazón.

Los problemas del idioma fueron arduos al principio, pero se fueron disipando. Los calés hacían esfuerzos por utilizar palabras castellanas y Diego por utilizar «vardas» en caló. Ellos pensaban que estaban mejorando su castellano y él el «chipicalé», con tan buenos propósitos unos y otro, que acabaron creando un idioma común que no era ni lo uno ni lo otro y a lo que bien pudiera llamársele el «chipiscastelé». Los gitanillos estaban encantados con su nuevo idioma. Por entonces, el chipicalé había adoptado muy pocas palabras castellanas. En cambio, se sorprendió Diego, que los verbos tenían raíz caló pero desinencias castellanas y decían, por ejemplo «camelamos», o «menda sobo» por «yo duermo». Aquella era una lengua elegante y tenía expresivas formas de enfatizar las acciones.

Algunas veces fue con el Conde y otros «monrós» a la «tasca» y bebieron algunos vasos de «mol», un vino que no tenía más virtud que el ser compartido con los «monrós». Con el Duque congenió pronto y bien. Lo que más llamaba de su físico era su falta de orejas. Se las habían cortado los alguaciles. Las leyes contra los gitanos habían sido muy duras en toda Europa. El Cardenal Cisneros había implantado la pragmática de Medina del Campo en 1544, y otras posteriores, según las cuales, si no abandonaban su vida errante serían azotados o encarcelados en el «pandibó», o se les cortarían las orejas. Además, los gitanos eran perversamente acusados de las más atroces costumbres, entre ellas la antropofagia. En una ocasión, por defender la ética de su pueblo errante, le habían cortado las orejas, lo que él tenía por una ostentosa condecoración.

Afortunadamente, todo había cambiado desde que Felipe II heredó la corona, incluso antes, en su época de regente. Desde entonces eran los gitanos tan súbditos como los demás. Eso sí, se les forzó a que adoptaran un emplazamiento fijo y allí estaban ellos, viviendo y trabajando honradamente en Granada; ellos, herreros; ellas, canasteras, aunque había de todo. Quitaron las ruedas a las caravanas, decía metafóricamente el Conde. Primero se asentaron ellos. Luego vinieron otros de diversas partes de Europa, pues España era el país más benevolente con los gitanos.

Precisamente, Zujenia era una de las que habían venido del extranjero. Zujenia no había nacido en España y no supo decir a nadie dónde. El viaje hasta Meligrana había sido muy largo cuando era ella una niña y sus padres murieron por el camino.

Tan respetuosa había sido España con ellos que, en alguna ocasión, se había pedido a los gitanos que bailaran y cantaran en la Corte, tan fascinante les parecía el arte gitano. Incluso se había procurado que fuese la misma Zujenia a cantar, pero Madrid estaba muy lejos y fueron los gitanos de Ciudad Real los elegidos. La reina Isabel, en particular, gustaba mucho de su arte.

En muy poco tiempo el Conde y Diego se hicieron buenos amigos. Al volver de la «tasca», si no venían «curdós», borrachos, al menos venían «paspilés», achispados. Cuando el Conde estaba «paspilé» hablaba solo en caló. Así, se quejaba en voz baja o a voces altas:

—«A liri ye Cralí nicobó a liri es calés».

Queriendo decir que la ley del rey, del «Crally», había suplantado la ley de los gitanos.

En otra ocasión el Conde «pispalé» lamentó que el barrio había obrado duramente con Zujenia cuando «chindó» a Uchurgañí pero que, a la postre, lo habían enmendado, ofreciéndole una cueva como a una «zingalí» más. Todos querían a Zujenia. Sabía «quelar», bailar y «guiyababa», cantaba, como nadie. Era más «guiyabarí» que «quelabarí» pero en todo brillaba como correspondía a su nombre. Cuando Zujenia «guiyababa» hasta las piedras se estremecían. Además, Zujenia «penaba a bají», decía la buenaventura, como ninguna otra; lo que vaticinaba se cumplía como si ella lo hubiera visto cabalmente con antelación. Y era una mujer amada que a todos ayudaba y a muchos curaba, pues era una buena conocedora de las hierbas que ofrece la gran botica del monte inculto.

Bien claro está que Diego visitaba a diario a Zujenia, con la que había intimado hasta tal punto que cuando entraba en su cueva, su saludo era:

—«Ori. Mango dui anrós ajerizaos pa fubetear» (Hola. Pido dos huevos fritos para almorzar).

¿Y si ella fuera a «Madrilate»? ¿Y si Uchur viniera a «Meligrana»? Pero Diego tenía que advertirla de las dificultades. Él no podía viajar ahora a «Madrilate». Tenía que ir antes a Sevilla. Además, Uchur estaba viviendo con su padre, Obis.

—«Nanai, unga, nanai, unga...» —deshojaba Zujenia la margarita, la insigne matrona, la «debla de la orchirí», la diosa de la belleza, como la llamaba en broma Diego.

Zujenia estaba entusiasmada con el hermanastro de su hija. A sus «monrís» les decía a qué se dedicaba; lo hacía, claro, en su lengua sabia y milenaria. Decía que Diego «chanelaba» (entendía) el «burdipén» (el Universo) y «libarraba» (escribía) sobre las «uchurgañís» (las estrellas), el «Orcan» (el Sol) y la «Chimitrí» (la Luna) y que «chanaraba» (sabía) todo gracias a la «bar lachí» (la piedra imán). ¡La «bar lachí»! ¡De qué forma tan graciosa y simple describía la brújula con la que él quería comprender el «gloriqué» (el Orbe)! Y así era. Diego nunca abandonaba su «bar lachí», ¡la brújula al servicio de la «chanerí»! (la ciencia).

Diego propuso a Zujenia que tenían que hacer entre los dos un diccionario castellano-caló y caló-castellano, aunque a ella no le agradaba la idea y su negación se deducía de una sonrisa asimétrica burlona. ¿Para qué escribir lo que podía hablarse? La escritura para los escribanos.

Diego estaba cada vez más fascinado con Zujenia. La veía cada vez más bella, más sabia, más como Uchur. Como ella, vencía con la sonrisa de sus dientes blancos la negrura de su tristeza interna. Le gustaban sus ojos vivos que le miraban siempre. Zujenia y Uchur eran la misma. Eran la misma si uno se olvidaba del tiempo, porque el tiempo no es nada. El tiempo ni se puede tocar, ni ver, ni oír, ni recordar. No es nada; simplemente, pasa.

Cuando contemplaba a Zujenia, sentía Diego un sentimiento difícil de encasillar, podríamos decir que era un placentero desasosiego, algo inexpresable pero que no podía ni quería apartar de sí. Era el parecido con Uchur lo que provocaba este extraño rumor de algún sentido interno desconocido. Era quizá el impulso sensual contenido por las bubas y el parentesco de Uchur lo que asomaba por un escondrijo indebido. Zujenia era una copia de Uchur, más vieja, pero más misteriosa, más libre de ataduras, enraizada en una etnia que le fascinaba, la misma etnia de Uchur pero que a la hija, de nacimiento le habían hurtado. Dejaba correr estas hormigas por su alma, con el bien claro propósito de que nunca saldrían del hormiguero.

Estas brisas se convirtieron en huracanes cuando oyó cantar a Zujenia, la mejor «guiyabarí», no solo de Meligrana sino de Andalucía. Fue en torno al fuego, cuando los gitanos empezaron a bailar música alegre y festiva al son de palmas rítmicas y vivaces, con precisión y juegos que no se podía esperar que con las simples manos se pudiera conseguir tan concertada música. En algún momento, entre los jadeos tras el baile, alguien invitó a Zujenia a cantar, y otros animaron esta invitación. «Gibela» por lo más jondo. Ella se levantó y se colocó junto a una fachada de cueva, donde había una silla en la que se sentó. Bajó la cabeza para concentrarse, luego la levantó por encima de los gitanos que callaron como muertos. Diego no respiraba, agarrándose a los bordes de su silla.

Ella lanzó un atroz gemido con el que preparaba su garganta para el cante. Su primer palo lo había concebido para él pues venía a ser todo un diccionario en una estrofa: al pan le llaman manró, al tocino balebale, a la iglesia la cangrí y el estiribé es la cárcel.

El siguiente palo era terrible. Aludía a lo que le había ocurrido a una gitana del poblado no hacía mucho.

Mi marío está en la cárcel.
Yo estoy en el hospital.
Él píe por mi salú y yo por su libertá.

La gitana lo habría expresado en caló, pero Zujenia la debía haber traducido para Diego. ¡Tragedia sin poesía! Ambas peticiones habían sido denegadas por el «debel». «Diñelaba alangerí» (daba pena). «Erobo chachipé» (llanto, ciertamente) se oía decir a los compungidos oyentes.

Y siguió con otros ecos de otro mundo, desgarradores, brutalmente sentimentales, con unas inesperadas revueltas mágicas entre los melos que eran como garfios fríos que rasgaban la desconcertada alma de un Diego roto en mil pedazos.

Luego volvió el baile. Era también ahora el baile más trágico que los primeros rápidos y alegres cantes. Y entonces, Zujenia, levantando los brazos se dirigió al centro y comenzó a bailar una música que estaba más allá de la música y aquello estaba mucho más allá del baile. También Zujenia estaba más allá. Sus manos se movían acentuando el movimiento de su talle. Tras lentos sinuosos movimientos se venían bruscos arranques. Su rostro hermosamente transfigurado hería los sentimientos de Diego que se hallaba al borde del deliquio. Entonces ella volvió la cara hacia él, le guiñó un ojo y le sonrió, teniendo que poner algo de picardía que aliviara tanto drama, no fuera a ser que su Diego se desmayara, tan trastornada le tenía el alma.

Cesó su baile y se sentó junto a Diego que estaba lloriqueando sin pudor. Ella se quitó el pañuelo que adornaba su cuello y se lo entregó, murmurándole al oído: «jeli», palabra que no había oído antes y cuyo significado desconocía. Luego lo supo, gracias a unos gitanos en Sevilla. Hasta entonces, no tuvo redaños para preguntarlo.

—Zujenia —le decía Diego—. Me ha dicho el Conde que no has nacido en España. ¿Dónde has nacido?

—No lo sé, yo era muy pequeña.

—Todas las personas nacen muy pequeñas. No; hablando en serio. Algo debes recordar. La caravana, ¿iba hacia el norte? ¿iba hacia el sur?

—Te digo que no lo sé. Y, por otra parte ¿qué más da?

Pero ante la insistencia de Diego, ella se concentró y de su infantil memoria salieron algunos datos:

—Nos habían expulsado de un país, creo que se llamaba

«Enlubachen». Allí había una ciudad muy grande que se llamaba «Ilundun». Tuvimos que coger un barco y atravesar un mar... ¿cómo se llamaba aquel mar?... Sí; se llamaba «O cañú ya Muciquí». Luego atravesamos un país muy grande... La «Gabia», se llamaba. Era un país muy peligroso; allí nadie nos quería. Llegamos a «Castumba», que es como decimos Castilla. Allí la caravana se separó. Unos fueron a «Bajarí», que es como llamamos a Barcelona. Otros le dicen «Barnojina». Otros fueron a «Larolé», que no sé qué tierra es esa, y otros a Meligrana, yo entre ellos, donde fuimos acogidos por estos buenos «zincalés».

—Entonces, no sé dónde has nacido. Quizá eres inglesa.

—Sea donde sea donde nací, era un sitio en el que no nos querían y nos obligaron a emigrar. Si nací en Inglaterra, que no sé bien ni dónde anda esa tierra, no soy inglesa. Soy gitana. Viajé por distintos países y en todos ellos había gitanos con los que nos entendíamos en nuestra lengua. Soy de un país que no está en ninguna parte y está en todas.

Contó que recordaba que en todos los países la gente era muy mala con los «calorrós». Y ahora, al fin, vivían en paz, se ganaban el pan, no les perseguían, y eran útiles, todo gracias al «Crally» Felipe. Aquí los alguaciles era buenas personas y habían perdido bastante el miedo a la cárcel. Pero ¿qué pasaría cuando Felipe II muriera? Todos decían, se decía, que su hijo era cruel. ¿Qué pasaría cuando el príncipe don Carlos heredara la corona?

Y al dejarla en su cueva, se dijo Diego para sí, sin saber lo que se decía: «Jeli». Y pensó que qué era aquello que se estaba deslizando por su corazón. «Soy mudable; pero nadie se enterará de mi mudanza. Pareceré el mismo que creen ver en mí Himilce y Uchur, aunque cada una ve un Diego tan diferente». Y Felipe II ¿qué pensaría de su servidor inservible? ¿Y si había heredado algo de la sangre de Obis? ¡Oh! ¡No! Eso, no.

Llegó la hora de partir. Al anochecer del día anterior Diego se fue despidiendo de todos, empezó por el Conde y dejó para el último momento el adiós a Zujenia. Al dirigirse a su cueva iba reflexionando las razones para no llevarla a Madrid. Desde Alájar a Madrid, habrían de ir los tres: Arias Montano, ella y él. No podía ni imaginarse tal trío a lo largo de las semanas que duraría el viaje. Un erudito, un joven nuncio de Su Majestad y una gitana ¿su barragana? ¿vivían amancebados ella y él? Ella le había dicho que podría ir sola a

Madrilate, que se había criado viajando, que el camino era su hogar, que el desarraigo lo llevaba en la sangre, pero Diego le había prevenido que aquello era más que imposible. Él le escribiría, que no faltaría quien pudiera leer y traducir su carta. Si la enfermedad de Uchurgañí remitía con las pócimas de los médicos de Sevilla, él la traería a Meligrana. Y la verdad es que Zujenia, pensando de igual forma que él sobre el viaje del extraño trío, ni se lo había pedido, ni siquiera se lo había insinuado.

Con estas dudas entró en la cueva de la hermosa vieja y penetró con algo de zozobra en el corazón. ¿Qué podía hacer él para que madre e hija se vieran no solo al nacer sino también a la hora de la muerte? ¿Era tajantemente cierto que nada podía hacer? Entró indeciso y ella, sin ninguna vacilación, y como maga por gitana, y porque como mujer lo sabía todo, no le dejó hablar y le «diñó» un largo y sentido «chupendí» en los labios.

A ese beso eterno sucedió un acto de amor en el que Diego supo el significado verdadero de «jeli». ¿Cómo fue? Físicamente, fue un acto como tantos otros que, aunque sean frecuentes, no dejan de ser milagrosos. Pero la pasión de sentimientos desatados, a la vez delicados y volcánicos, fue mucho más allá de lo frecuente y de lo milagroso. El narrador, que a su atención les está ofreciendo esta historia, renuncia a la descripción de la explosión de amor que sobrevino. Se declara incapaz. No teme la narración de hechos escabrosos, pero teme adentrarse en las almas de un hombre y una mujer que se amaron sin límites. Si lo intentara, la pluma se le echaría a volar primero, con un vuelo altísimo, quedaría suspensa en lo alto trazando ondulaciones sin destino. Y luego, la pluma caería en picado agujereando el papel, destrozándolo y destrozándose ella, perdiendo sus barbillas y resquebrajando el cálamo. Tanto fue el «jeli» de aquella noche que no ha de extrañar al lector que la página que ahora lee se rasgue en pedazos.

Cuando después de la frenética y, al mismo tiempo dulce, fusión natural de esos dos pobres seres que no supieron poner riendas a sus más limpios deseos, tuvieron un momento de paz, con la paz llegó la inoportuna cordura, y se atrevió a decir Diego que no sería de extrañar que el Conde y todo el poblado supieran lo que había pasado allí aquella noche y preguntó a Zujenia cuál sería su reacción en el marco de la peculiar ética gitana.

—No lo sé —respondió ella.
—Pero ¿qué ha pasado «otras veces»?
—Solo he hecho el amor dos veces en mi vida.

Diego se fue alejando del poblado acompañado por media población, aunque ni Zujenia ni el Conde estaban en ella. La comitiva de despedida se fue aligerando por edades, quedando al final ya solo los chicuelos. Diego se volvía desde su mula agradecido y con el corazón arrugado.

—¡Baribustris garapatis! (Muchas gracias).
—¡Adebel! ¡Adebel! (Adiós, adiós).

Se volvió para ver si venía el Conde y, sí, apareció, menos mal, y le dijo:

—Adebel, Diego, dile al rey que le estamos muy agradecidos y que cuando quiera que vayan nuestras bailaoras, allá vamos a poner algo de luz en su vida, que me han dicho que es muy sombrío.

—Sombrido, se dice —le corrigió una canastera.

Los «chaborós» decían «Voltana, voltana» (vuelve, vuelve) y el más pequeño le ofreció dos primorosas cestas, «una para ti», le dijo, «y otro para la Crallisa». Diego vio a Zujenia a lo lejos sin moverse, con la quietud de la resignación, y recordó el canto que ella le había susurrado al oído: *Estoy tan hecha a sufrir/ que ya los quiero a mis penas/ y ellas me quieren a mí.*

Fue la mula de Diego la que tuvo que llevar las riendas. Arre mulita, arre. Anda y no mires atrás. Arre, llévame a «Safocoro», llévame a Sevilla.

LA CASA DE CONTRATACIÓN

Y la mula obedeció y tomó la dirección correcta. Su dueño iba cargado de sueño y de recuerdos rebeldes que recorrían la delgada línea que separa el placer y el remordimiento. ¿Remordimiento? Y a su conciencia acudía la imagen de la hermosa vieja, de Zujenia gitana, del ofrecimiento carnal de una mujer que llevaba en sus entrañas la magia, la fascinación, el arte más allá del arte, el llanto más allá del llanto. ¿Qué sería de ella? ¿La perdonaría su pueblo por haber hecho ayuntamiento con varón sin estar casada con él, estándole, por otra parte, prohibido casarse porque era casada, aunque fuera casada con el humo del viejo fatuo? ¡El viejo fatuo, que era su propio padre! ¿No estaba haciendo lo mismo que hizo su padre? Abandonar a su suerte a una mujer que se había entregado a él en cuerpo y alma... ¡Y qué cuerpo! ¡Y qué alma!

Pues por mucho que este pensamiento se enredara en los entresijos de su sesera, había algo más fuerte, más imperdonable, más inquietante, algo que tan inconfesable era, que no podía sacar a la luz desde la cueva profunda de su cráneo. Había algo que no quería salir de allí, que le mordía y le remordía, sin que fuera capaz de encontrar las palabras de tan angustioso laberinto.

Y, pasadas algunas leguas, de pronto, el sentimiento inconfesable, salió de su escondrijo, con toda la brutalidad de la realidad. Lo inconfesable se confesaba. Era la respuesta al por qué se había enamorado de forma tan repentina e incontrolable, en poco más de una semana. De pronto lo vio claro, con una claridad que hería sus ojos legañosos: Él no había hecho el amor con Zujenia. Él había hecho el amor con Uchur. Uchur y Zujenia eran la misma. Su virilidad se había extraviado, se había saltado un renglón, el tiempo le había traicionado, como tantas veces. Y tan atroz le pareció su sentimiento salido a la luz del día, que volvió a encerrarlo en la oquedad de su mezquina calavera. El reptil salió mordiendo y remordiendo, luego se aletargó, algo dormido, a calentar con el Sol su sangre fría, pero volvió a esconderse en su agujero, reservando para otra ocasión inesperada su devoradora aparición.

Al llegar a Sevilla lo primero que hizo Diego fue buscar una fonda. En su búsqueda rechazó dos o tres y cuando ya había tomado la decisión de meterse en la primera que fuese, se topó con un letrero que con cuidada grafía decía «Fonda de Doña Virtudes». Su aspecto era agradable a primera vista y si el padre de Susana la conocía, como mercader obligado que era a muchos viajes y la proponía como lugar de encuentro con su hija, su opinión era una buena referencia obtenida indirectamente. Así que esta razón le decidió. Decidió alojarse en la fonda de doña Virtudes. Cierto es que por su cabeza pasaron razones menos objetivas.

¿Y si estaba allí alojada Susana? Sería muy difícil porque él había estado en Granada más de la cuenta, pero ¿y si se la encontraba allí acompañando a su padre? La belleza de la moza era tanta como para tentar al ermitaño más austero y a él mismo le produjo un cierto cosquilleo, recordando sus rebosantes senos y su piel delicada. Pero estaba claro que él no quería nuevos amoríos. Tenía ya una complicadísima vida sentimental, como para meterse en más berenjenales. Venía enamorado de Zujenia y de Uchur. A ésta se lo contaba todo.

¿Qué pensaría cuando le dijera que había yacido con su madre? No lo comprendería, no era comprensible, pero ¿y si luego le confesaba que además había tenido una aventura con la bella Susana, en tan breve intervalo de tiempo? Le clavaría las uñas en los ojos; y con toda la razón. Le diría que a él le daba igual ocho que ochenta, que le daba igual blanco que negro. En este caso no era una frase hecha, por lo negro de la piel oscura de Zujenia y la blancura de la fragante Susana... ¡No! Él no era casquivano, él era fiel a sus amores y no quería ningún desliz con mujer tan boba. Bien era cierto que su bobería era consecuencia de su inocencia y la inocencia es sabia, se decía Diego.

Con todos estos pensamientos de ida y vuelta, Diego entró y preguntó si había libre alcoba y cuadra para su mula, confiando en que la propia doña Virtudes, que fue quien le recibió, le dijera que no. Pero la ingrata mujer, ignorando sus tortuosas cavilaciones, le dijo que sí.

Sevilla era el centro neurálgico de las noticias, de la innovación, de la tecnología, de los ingenios, de la enseñanza en las artes de la navegación, donde vivían afamados cartógrafos, cosmógrafos, matemáticos, botánicos, médicos. La Casa de Contratación era el centro de la sabiduría en las artes aplicadas. Los Reyes Católicos habían creado allí el cargo de Piloto Mayor del Reino, habiendo sido su primer titular el gran Américo Vespucio y habiéndole sucedido en el cargo personajes tan distinguidos como Juan Díaz de Solís o Sebastián Caboto. Cuando Diego llegó a Sevilla ocupaba este cargo, junto al de Cosmógrafo Real, el afamado Alonso de Chaves, a quien, inexcusablemente, tendría que visitar, incluso antes que a los botánicos Monardes y Hernández. Por otra parte, en la Casa de Contratación le dirían el paradero de los botánicos.

Diego paseó antes por las calles atiborradas de gente alegre y heterogénea. Había además edificios magníficos, tanto antiguos como modernos, reflejo de las muchas civilizaciones que allí se habían asentado a lo largo de los siglos y de su vitalidad actual. Le sorprendió la belleza y la magnitud de su catedral donde yacía su admirado Alfonso X el Sabio, ante cuya sepultura se arrodilló, más postrado por la ciencia que por la fe.

Se dirigió a la Casa de Contratación. Y allí fue recibido por don Alonso de Chaves, Piloto Mayor, Cartógrafo Real, Catedrático de lo que podría llamarse la Universidad del Mar. Don Alonso ya había oído hablar de Diego de Granada, criado real, sucesor de hecho del gran Alonso de Santa Cruz. Diego se mostró muy satisfecho al conocer al autor del libro «Espejo de navegantes» que había leído varias veces y que había dado fama a Chaves en toda Europa. El Piloto Mayor le recibió con simpatía y locuacidad, alegrándose de conversar con un colega, con un criado real de su mismo oficio. Le fue explicando muchas cosas sobre Sevilla y el gran auge que estaba experimentando esta urbe, especialmente desde que pasó a manos cristianas y, sobre todo, desde el descubrimiento de América y de la redondez de la Tierra, sin menospreciar la importancia de Sevilla cuando estuvo en manos de otras civilizaciones precedentes.

Muy cerca se encontraba, según explicaba don Alonso asomado a la ventana, el Consulado de Mercaderes, creado a semejanza de los de Burgos y Valencia, también llamado La Lonja, donde se almacenaban las «haberías» y se negociaba una especie de seguro marítimo que protegía a los barcos de la piratería. Los barcos se agrupaban en una flota que navegaba escoltada con buques de guerra. En La Lonja solo participaban comerciantes españoles que así se defendían de la competencia de los extranjeros. Además, se velaba por el secreto de cartas e instrumentos para preservar la primacía de la navegación española.

El locuaz don Alonso se entusiasmaba al narrar las excelencias de Sevilla que era la ciudad más alegre, más bulliciosa, más vitalista y de mayores dimensiones del planeta. Era la ciudad de los banqueros, de los mercaderes, de los pilotos, de los marineros, de los mineros, de los botánicos, de los constructores de barcos, de los científicos y de los aventureros. También las mujeres, bellas y ocurrentes, participaban en estas actividades. Abundaban también muchos frailes, franciscanos, agustinos, jesuitas o dominicos.

Allí estaba su puerto fluvial en el Guadalquivir, sencillamente increíble, con numerosos barcos con las velas recogidas y sus numerosos palos señalando el zenit con movimientos levemente oscilantes y desordenados. Los innumerables barcos de todo tipo se aunaban al bullicio de las calles. Esta alegría, este movimiento, este dinamismo, esta gran agitación de la gran metrópoli se debía, sin duda, en opinión del Piloto Mayor, a que Sevilla era la puerta al Nuevo Mundo. Allí se decidía a cada instante el futuro de la humanidad entre bromas y chanzas.

En las tascas se podían ver grupos de marineros que se contaban mutuamente sus hazañas. También se podían ver otros grupos más heterogéneos, no siendo de extrañar un piloto conversando con un cartógrafo, con un mapa extendido sobre la mesa. En una tasca, un par de banqueros podían concertar con algunos pilotos la financiación de una próxima expedición y los científicos se transmitían de forma continua sus impresiones. Para estas transacciones, para la ciencia y para los planes de futuras navegaciones, existía esta Casa de Contratación, fundada por los Reyes Católicos con gran acierto. Pero la actividad era tan frenética que las misiones de la Casa de Contratación se esparcían y se desbordaban en la calle y en las tascas. Allí se contrataban lo mismo barcos que aventureros, y el científico más sesudo acudía al muelle para enterarse de las últimas novedades del otro lado del Atlántico.

Había allí mucho más movimiento, no ya que en Madrid, sino más que en Amberes o Roma. Entraban diariamente trescientas toneladas sobre todo de plata, también de oro, y aunque muchas de ellas iban a parar a los banqueros que habían financiado las travesías, Sevilla gozaba de un comercio floreciente. En torno a esta riqueza se agolpaban mercaderes y banqueros extranjeros de toda procedencia, especialmente de Flandes e Italia. Había allí grandes inversiones a las que sucedían o bien pingües ganancias o bien definitivas pérdidas.

Sevilla era una ciudad luminosa. Era, de hecho, la capital del imperio, no comprendiendo nadie por qué el rey había elegido un pueblecito perdido en lo más intrincado de Castilla para instaurar la Corte. Estaba más cerca del centro geográfico del imperio, ya que no hubiera sido cómodo poner la capital en medio del océano, decía jocosamente don Alonso. Por otra parte, al estar su puerto en un río navegable, estaba protegida frente a los piratas, especialmente ingleses y franceses. También estaba cerca de África donde afincaban no pocos negocios.

En Sevilla, en aquel siglo, en verdad, se estaba decidiendo el futuro del Mundo. Sevilla era el centro de un gran imperio y la Casa de Contratación era el centro de Sevilla. Esta era la opinión de un enardecido don Alonso de Chaves, quien era, al parecer de Diego, el centro de la Casa de Contratación.

—Mi misión —decía Chaves— es actualizar las cartas y encomendar exploraciones de las regiones más desconocidas, atender a todas las invenciones sobre todo de instrumentos de navegación, brújulas, ballestillas, astrolabios. Además, enseño y formo a los futuros pilotos, les examino y, si superan las pruebas, les doy la licencia para pilotar. Nuestro rey está harto de ver cómo muchos barcos se pierden por la impericia de muchos pilotos, con gran coste de vidas humanas, y quiere que nadie capitanee un barco, por pequeño que sea su tonelaje, si no cuenta con mi aprobación y licencia. Tengo que enseñar también a los futuros pilotos nociones básicas de astronomía y matemáticas. Ahora nuestros pilotos son grandes conocedores de su oficio. La empresa del nuevo mundo empieza a ser un ejemplo de organización y orden nunca conocidos. Los desvelos y las disposiciones de Felipe II son dignos de toda admiración.

Mientras hablaban, don Alonso le iba enseñando a Diego las dependencias de la Casa de Contratación, incluyendo la capilla donde se veneraba a la Virgen de los Navegantes, sin cuya ayuda, en su opinión, la españolización de América hubiera sido un fracaso.

Diego le habló también de su invento, más bien de su invento aún en fase fetal, para la determinación de longitudes. Don Alonso mostró interés, aunque confesó su falta de competencia para juzgar la física en la que se basaba y el enigmático cambio de coordenadas que se requería.

—A mí no me paga el rey para hacer filosofía —rezongaba don Alonso—. Seguid pensándolo vos, seguid probándolo, y cuando su valor quede comprobado, entonces yo me encargaré de que los pilotos lo conozcan y utilicen para mayor gloria de la gobernación de ultramar.

A la pregunta sobre la dirección de Monardes y Hernández, respondió:

—A Monardes le conozco bien; es un buen amigo mío y nos vemos a menudo. A Hernández no le conozco, aunque he oído hablar de él al propio Monardes, pero, que yo sepa, no reside en Sevilla, sino en el Monasterio de Guadalupe, otro centro de saber de los muy resaltables que hay en España.

NICOLÁS MONARDES Y FRANCISCO HERNÁNDEZ

Pensaba Diego que se iba a encontrar un joven botánico, pero don Nicolás Monardes era un anciano que, si no tenía setenta años, poco le faltaba.

—¿En qué puedo ayudaros, joven?

—Soy cosmógrafo real y el rey me ha aconsejado que os visite en mi corta estancia en Sevilla.

—¿Cosmografía?... Yo no sé nada de cosmografía... No sé por qué el rey cree que puedo ayudar a un cosmógrafo... Lo mío es la botánica... y la farmacia... de matemáticas lo olvidé todo... Y si os soy sincero... cada vez recuerdo peor el nombre de las plantas... Mi memoria está ciega... Lo más importante de las plantas es para qué sirven... pero hay que reconocerlas y para reconocerlas hay que saber su nombre... o dárselo...

Condujo Monardes a Diego a un extenso huerto que tenía en su propia casa y le fue enseñando todo tipo de plantas y asignando a cada una su propio nombre, desmintiendo su desconfianza en su deteriorada memoria, porque en su vida había oído Diego tanto nombre. Todas las plantas habían venido de América y habían sido cultivadas por él mismo. A los nombres de las plantas añadía el anciano su uso terapéutico, frecuentemente recomendado por los médicos indios y comprobado por él mismo. Tenía una excelente opinión de los médicos indios.

—Esto se llama cardo santo... esto cebadilla... jalapa... guacayo.... sasafrás... pimienta... canela... canela de Indias, quise decir tabaco... bálsamo de Tolú... piña... cacahuete... maíz... batata... coca... zarzaparrilla... Tengo muy avanzado un libro: «Historia medicinal de las cosas que se traen de nuestras Indias Occidentales». Es una memoria de todas las plantas indias que conozco... y quisiera terminarla antes de que la mía me abandone del todo...

—¿Conocéis a don Francisco Hernández?

—¿Buscáis a Francisco Hernández? Bien le conozco… Vais a tener suerte… Aunque vive en el Monasterio de Guadalupe… de vez en cuando viene… a preguntarme cosas… Me considera su maestro… ¡pobre de mí!… Ese joven sabe ya bastante más que yo… Pero digo que vais a tener suerte porque acabo de recibir carta suya… diciéndome que viene… ¿Cuánto tardará?… Cualquiera sabe… A veces llega él antes que la carta… y eso que ahora el correo funciona tan bien… El correo es ahora rápido… pero él es aún más rápido…

—Pero yo no podré estar mucho tiempo.

Seguía don Nicolás paseando por el huerto sin parar de dar nombres y datos y más nombres y más datos, del lugar de procedencia, de la difícil adaptación, de su uso en medicina. Daba nombres y datos mientras se quejaba de su mala memoria. El huerto era extenso, como de cincuenta varas de lado, y Diego no había visto en su vida ninguna de las plantas que le mostraba. Aunque el huerto era extenso, lo recorrían con ínfima velocidad pues Monardes se detenía en cada planta, embelesado con su color o su aroma. Era imposible que Diego pudiera retener y aprovechar tan copiosa lección, por lo que, al cabo de unas cien plantas tuvo que interrumpir aquel libro con forma humana que era aquel anciano.

—Veamos, don Diego, yo no sé nada de cosmografía y a vos no os interesa la botánica, por lo que parece…

—No, no. Sí que me interesa la botánica…

—Entonces, decidme: ¿Cómo se llama esta planta?

—Gua…

—No lo sabéis y no hace ni un cuarto de hora que os lo he dicho.

—Soy un pequeño jarro que no puede contener el agua del mar.

—La verdad es que yo también soy un pequeño jarro… Pero entonces, ¿qué hacemos aquí? Los dos hablando sin parar… o mejor, yo hablando… y vos con la atención perdida… sin escucharme… ¿A qué diantre habéis venido?

—He venido porque tengo una hermana con el mal francés. El médico real, el docto Vesalio, y el propio rey son escépticos en cuanto a que exista una cura para esta enfermedad. El rey parece estar particularmente interesado en que mi hermana sane y ha sido él quien me encargó que os visitara. Me dijo que, si bien creía que el mal francés no tiene cura, solo había dos personas que pudieran aportar el remedio:

Nicolás Monardes y Francisco Hernández. Decidme, don Nicolás, ¿tiene cura el mal francés?
—Sí...
—¿Qué decís? —a Diego le temblaron las piernas.
—Sí... El mal francés que decimos nosotros... o el mal español que dicen los franceses... vino de América y de América vino el remedio... En realidad, los indios lo padecen... pero ni sufren tanto ni mueren... pero creo que puedo deciros que para vuestra hermana hay... no solo alivio sino... cura total.... Bueno, seamos realistas... Más que hay cura, podríamos decir que puede haberla... Lo estamos estudiando Francisco y yo... pero ya hemos logrado algunas curaciones en Sevilla...
—Os escucho como si todo mi cuerpo fuera todo él una enorme oreja. Doctor Monardes, ¿he de traer a mi hermana a Sevilla?
—No hará falta, si seguís fielmente mis instrucciones... Os daré plantas y os diré cómo tendréis que utilizarlas... Venid conmigo... Si vuestra hermana mejora, sería bueno ir a Madrid y contárselo al propio rey... Yo no, que estoy hecho un estafermo... Pero quizá Francisco... debería ir... Venid, venid...

Recorrieron una diagonal del huerto de Monardes, cortó su dueño varias hojas de algunas ramas. Mientras volvían con ellas a la casa, Monardes seguía hablando

—También se le llama mal napolitano... Y aquí las enseñanzas de Discórides no sirven... pero sí las de los médicos indios que... en algunos casos... son mejores que los nuestros... Lo que daría yo por hablar con alguno de ellos... Estamos también probando una medicina para la malaria... Los jesuitas la han traído de América.... Es con la corteza de un árbol que hay en el Perú... que se llama quina... Lo he plantado en mi huerto... ¿queréis verlo?...

—No, no, no... no es necesario.

—Aunque los indios se quejan... hemos llevado allí enfermedades que sus médicos no saben curar... Es lo contrario de lo que ha ocurrido con el mal napolitano... que los médicos españoles no saben curar... todavía... Entonces... en casa... os daré la fórmula que ya he probado... y que puede llegar hasta el total restablecimiento del enfermo...

—¿Se han cerrado incluso las bubas?

—Sí... solo han quedado manchas y cicatrices... pero completamente secas... Ahora, prestad atención... Tomad este tarro... Contiene madera picada y corteza de esta planta de la que también os doy un ramo... para que hagáis más. Esta planta que ya os he enseñado en el huerto... se llama guayacán... a la que yo llamo «palo santo» por sus virtudes curativas. Hay que hacer un ayuno severo, según os escribiré en un papel... Vuestra hermana ha de estar purgada y ha de beber el agua de la cocción del guayacán picado... También es conveniente que alivie su ayuno... con pulpa de caña fístola... que se encuentra tanto en las Indias Orientales como en la Occidentales, aunque no son exactamente iguales... En todo el tiempo de aplicación del remedio, que puede ser de un par de meses, tiene que evitar el coito y el vino... Si se siente muy débil por el ayuno, se le puede dar un poco de pollo asado; pero seguramente vuestra hermana es fuerte y aguantará las purgas y el ayuno...

A continuación, preparó un paquete con el tarro y las ramas del guayacán y la caña fístola, junto con un papel con instrucciones precisas. Diego no tenía palabras para agradecer la atención y la sabiduría de Monardes. Sintió que no hubiera estado presente su discípulo y émulo Francisco Hernández, aunque si era tan joven no habría tenido tiempo de aprender las enseñanzas de su maestro.

—Sí; es joven, pero sabe mucho y tiene una memoria prodigiosa, como la que tenía yo hace no sé cuánto tiempo. Hasta eso he olvidado... Es bueno que trabajemos juntos... él y yo... porque mi escasa sapiencia se irá a la tumba conmigo dentro de poco... Los viejos y los jóvenes deben investigar juntos para que no se rompa la cadena. Los viejos y los jóvenes se complementan. Sería bueno que os esperaseis un par de días... No tardará en llegar...

—Pero no puedo esperar. Debo acudir a Alájar, pueblo cerca de Aracena, donde vive un fraile, Arias Montano, al que tengo que acompañar a Madrid porque el rey requiere su presencia. Solamente me despediré del Piloto Mayor de la Casa de Contratación y partiré en cuanto pueda para Alájar.

Con los ojos húmedos iba Diego a abrazar a Monardes, cuando apareció en la puerta el médico y botánico Francisco Hernández.

—¡A tiempo llegas, Francisco! Te presento a don Diego de Granada... cosmógrafo y criado de Felipe II... que tiene una hermana con el mal francés... aunque tú lo llamas «sarampión de Indias»... Le he dado mi receta de guayacán que bien conoces.... Es posible que de Guadalupe vengas con alguna fórmula nueva... Pero salgamos al banco de mi huerto... para que os conozcáis... y le des tu opinión.

El joven Francisco Hernández era joven solo desde el punto de referencia de Monardes, porque debía de tener entre cuarenta y cincuenta años. Era un joven para Monardes y un viejo para Diego. En las alforjas de su mula venían ramajes que causaron una gran delectación al anciano don Nicolás. Este acariciaba las hojas medicinales como si de auténticas plumas de ángel se tratara.

—El señor de Granada, antes de volver a Madrid... ha de pasar por un pueblo cerca de Aracena... para recoger a un señor... a quien ha de acompañar a Madrid...

—A fray Benito Arias Montano —precisó Diego.

—¡Arias Montano! —exclamó Hernández—. ¡Grandísimo amigo mío! Ambos estudiamos en la Universidad de Alcalá y allí nos empapamos del espíritu erasmista, el espíritu de Erasmo de Rotterdam, el gran teólogo.

—¿Cómo es posible que en una universidad creada por Cisneros imperase un ambiente tan propicio a la libertad predicada por Erasmo?

—Aquella universidad nació de las manos del Cardenal Cisneros que hoy no goza de buena fama. En la historia de este Cardenal hay luces y sombras. ¿Sabéis que la primera cátedra de la universidad que él creó fue ofrecida a Erasmo? Si bien es cierto que este la rechazó, al final de su vida acabó diciendo que se había equivocado. Pero la universidad de Alcalá nació erasmista y erasmista sigue. También el emperador Carlos I fue erasmista. Toda Sevilla está influenciada por la renovación de Erasmo. Y de ese espíritu, tanto Benito como yo nos contagiamos en Alcalá. Le llamo Benito porque somos grandes amigos.

Francisco Hernández era buen conversador y atendió a su maestro y a Diego con gran solicitud y simpatía.

—¿Qué novedades traes de Guadalupe... además de estas plantas cuyos beneficios tendrás que decirme...

—¡Ay! Don Nicolás, en Guadalupe se trabaja muy bien. En el Monasterio de los sabios jerónimos hay excelentes médicos que allí enseñan, se disecciona, se experimenta con cadáveres, se aprende y se cura. Nadie es el cabecilla del grupo de médicos y botánicos al que pertenezco. Todos aprendemos de todos y todos enseñamos a todos. Tiene el Monasterio un gran renombre a pesar de estar tan lejos de la capital y de Sevilla; eso desde que el emperador decidió retirarse allí. Vienen los enfermos de todos los rincones del mundo en busca de un milagro y se curan. Claro que no se curan por los milagros sino por la medicina, aunque ellos siguen atribuyéndolo a Dios, o a la Virgen, como ahora se llama a Santa María.

»Pero yo —proseguía don Francisco— pronto dejaré Guadalupe. Quiero conocer los centros importantes dedicados a la medicina. De Alcalá pasé a Sevilla, de Sevilla a Guadalupe, de allí me iré a Toledo y sospecho que, más tarde o más temprano, llegaré a Madrid. En Madrid está el rey que acabará enfermo algún día, ya viejo, como todo el mundo. Y en torno a la cama del rey más poderoso del mundo, se inclinarán los médicos de más nombradía, españoles, italianos, flamencos, indios, etc. El que ame la medicina acabará en Madrid. Madrid, pueblo insignificante que, de la noche a la mañana se ha convertido en gran urbe. Si el rey no enferma ni de viejo, siempre habrá allí una concentración de nobles viejos —reía de buena gana Hernández.

—Si yo tuviera tu edad... me iría a Nueva España o al Perú... para hablar con los médicos indios...

—No lo descarto. Allí se están creando y desarrollando universidades y hospitales como no los hay en Europa. A la medicina en las Indias le espera un gran futuro...

Diego aprovechó un pequeño silencio para sacar el tema que le había llevado a Sevilla:

—¿Estáis de acuerdo con don Nicolás en que el guayacán o palo santo es el mejor remedio para el mal francés?

Monardes y Hernández se miraron, comunicándose algo vedado a quien no los conociera tan bien como ellos se conocían, es decir, vedado a todo el mundo. Monardes cogió del brazo a Hernández y se apartaron dentro de la casa. Pronto salieron y pudieron dar a Diego una recomendación única.

—Mi querido amigo Francisco —dijo Monardes— piensa, como yo... que el palo santo es el mejor remedio para el mal francés... o, mejor dicho, es el único... sin que el éxito esté asegurado, especialmente la corteza y la madera picada.... Él ha obtenido también sorprendentes curaciones en Guadalupe... Sin embargo, él piensa... y creo que con razón... que la purga y los ayunos no ayudan mucho... y al debilitar al enfermo pueden restarle la necesaria fortaleza...

—Guayacán, sí. Caña fístola, también, pero fuera ayunos y purgas —resumió Hernández—. En realidad, fue don Nicolás el primer español que se dio cuenta de las virtudes del palo santo. Yo no he hecho más que seguir sus enseñanzas.

—No, no, no, por Dios, los indios mexicanos lo conocían

ya... Lo llamaban matlalquáhuiltl, que parece que quiere decir «palo azul», que nace en un lugar de nombre Ocopetlayuca...
—¿Y aún decís que no tenéis memoria?
—También he experimentado con otro arbusto que... en nahuatl se llama nanahuapatli, originaria de...
—Evitemos tantos nombres indígenas a nuestro buen amigo don Diego —interrumpió don Francisco.
—Os daría también alguna rama de esta planta... que también tengo en mi huerto... pero creo que es mejor que os ciñáis a la administración del guayacán... Espero que en menos de tres meses vuestra hermana haya mejorado. Tenéis que escribirme con mucha frecuencia, informándome de la evolución de vuestra hermana.

En la Casa de la Contratación, don Alonso de Chaves estuvo tan amable y locuaz como el día anterior. En esta ocasión, prestó mayor atención al invento de Diego para medir las longitudes, haciéndole preguntas acertadas sobre las posibilidades de éxito y sobre la base científica del ingenio. Para contestarle, sacó Diego su cuaderno negro donde iba apuntando sus medidas y sus reflexiones: por qué creía que la Tierra entera era un gran imán, cómo definir coordenadas geomagnéticas, su transformación... en fin, todo lo que había pensado y todo lo que había observado. Esta vez, el locuaz fue Diego, hasta que don Alonso interrumpió:
—Como os dije ayer, no me importa la base científica de vuestro invento; más bien, me costaría entenderla. Lo que me importa es si funcionará y si funciona me ocuparé de cómo enseñárselo a los futuros pilotos. Os he hecho tantas preguntas para saber hasta qué punto sois un peligroso ingenuo. ¿No os dais cuenta de que si explicáis vuestro método con todo detalle a cualquiera que os pregunte, vuestro invento puede acabar en manos extranjeras que sepan aprovecharla en nuestra contra? Si vuestra idea tuviera éxito, los extranjeros podrían acceder a este éxito sin más que preguntaros. El dominio de España en el mar pudiera perderse. ¿Cuántos ducados puede perder la corona si otros países se adueñan del océano que hoy es nuestro? No seáis ingenuo y no expliquéis vuestro invento a nadie, sobre todo con tanto detalle, especialmente a extranjeros que tanto abundan en Sevilla. Guardad con extremado celo vuestro cuaderno. Podéis desve-

lar vuestros pensamientos y vuestros números cuando estéis con Santa Cruz o con el rey, pero no con el primero que pase. Desconfiad incluso de un hombre como yo. ¿Y si yo fuera un espía? Desconfiad de todos, incluso de mí. Hay espías por todos los rincones de Sevilla. Y un simple espía puede desbaratar todo un imperio.

—¿Cómo voy a desconfiar de vos, que sois tan distinguido criado real?

—Desconfiad de todos. Desconfiad de mí. Desconfiad de los más sabios porque ellos sabrán descifrar vuestra libreta.

—Seguramente tenéis razón. Hasta ahora no había tenido ningún cuidado. Mi cuaderno se ha paseado por las mesas con total despreocupación. Además, no conviene hablar de inventos que aún no se han comprobado. No puedo ni debo lanzar las campanas al vuelo sin tener campanario. Y sin embargo... Creo que la ciencia no puede tener fronteras. Las fronteras limitan el alcance de la ciencia. La ciencia no admite patronímicos: ni hay ciencia inglesa ni ciencia española... Simplemente, hay ciencia. La ciencia nacionalista está destinada a triunfos muy efímeros y pronto languidece enmohecida y rancia. La ciencia es apátrida, es cosmopolita, es de la humanidad...

—Alto ahí, señor don Diego. Puede que tengáis razón en lo referente a las ciencias puras, pero yo me refiero a la aplicación de las ciencias. Hay espionaje por toda Europa, hay espionaje de los turcos, de los protestantes y de los católicos, de todos. Cuando los árabes revelaron el invento de la calamita perdieron la llave del comercio en el Mediterráneo.

—Pero la aplicación de la ciencia va detrás de la ciencia pura y fácilmente sigue su rastro. La ciencia es de todos y para todos.

—Sois un ingenuo peligroso... No os fieis de nadie, ¡ni siquiera de mí!

—Me fío de todos los científicos. No me importa que mis ideas caigan en otras manos.

—¿Ni siquiera en manos de piratas ingleses?

Esta pregunta encontró desguarnecida la dialéctica de Diego y don Alonso de Chaves aprovechó su silencio para darle una firme palmada en la espalda a la que siguió un franco y apretado abrazo de despedida.

Diego salió a la calle con dudas y desconfianza en sus propias convicciones que perdieron no su posición, pero sí su firmeza. Se dirigió a la posada para recoger su equipaje y su mula para continuar su viaje al día siguiente, proponiéndose contarle a ella, a su mula, sus cavilaciones y sus ideales inquietudes durante el trayecto. Le preguntaría concretamente a la mula qué debería haber respondido a su admirado Piloto Mayor.

Llegó a la fonda y subió a su alcoba cuando oyó a sus espaldas:

—¡Oh!

LA CAPRICHOSA SUSANA

Se volvió y, en efecto, se encontró con aquella inmiscible mezcolanza de perfecta belleza, de rosáceas carnes, de ingenuidad infantil y de estulticia. Allí estaba Susana con sus níveos senos a punto de saltar al exterior sin preocupación por su previsible devastador escándalo. Sus ojos infantiles estaban completamente abiertos al haber descubierto a su querido Dieguito.

—¡Oh, Diego! ¡Mi protector! ¡Cuánta ilusión!

Y continuó con grititos agudísimos llenos de alegría sincera hasta terminar en un estrecho y comprometido abrazo.

—Doña Susana... yo también me alegro de veros —el abrazo no cesaba—. Pero no esperaba encontraros en Sevilla. Tuve que demorarme en Granada más de la cuenta. ¿Cómo fue vuestro viaje de Madrid a Sevilla?

—Interminable, odioso... ¡Oh, Dieguito! Ya me dijiste que había cien leguas, pero yo no sabía lo que era una legua. Ahora ya lo sé.

—¿Os parece que hablemos mientras cenamos? ¿Bajamos al comedor?

—¡Oh, no! No quiero cenar. Ni tú ni yo tenemos hambre —el abrazo cesó—. Hablemos aquí. Veo que tu equipaje ya está listo —dijo Susana entrando en la alcoba—. ¿Es que te marchas ya?

—Mañana mismo he de partir.

—¡Oh, no! Dieguito, Dieguito, no puede ser. ¿Y si no volvemos a vernos nunca más? ¡Oh, no! ¿Nunca más en la vida?... Dieguito, abrázame otra vez.

—Señora, yo...

Sin esperar la escurridiza excusa ella volvió a abrazarle con todo el sentimiento y aplastando su divino pecho contra el del joven. Le prodigó muchos besos cortos y saltarines en cada rincón de su cara, sin exceptuar el final, el más lento y profundo, en los labios asustados del acosado matemático.

—Señora, yo... —escapaba del beso carnoso de la linda boca de ella— Es que... soy casado... Bueno, no... pero como si lo estuviera...

—¡Oh! ¿Estáis comprometido?

—Tampoco es eso... pero como si lo estuviera... Mirad Susana, recordad lo que os dijo vuestro padre, sois muy inocente para ser tan hermosa.

—¿Y a mí qué si soy inocente? Contigo no quiero ser inocente, solo quiero ser hermosa. Además, no soy tan inocente. A veces digo palabrotas, como pardiez. Y a un señor le insulté y le llamé tolili.

Diego pudo desprenderse a medias del abrazo de la infeliz Susana, que le seguía diciendo:

—No me importa que estés casado. No estamos haciendo nada malo ¿verdad?

Diego hacía esfuerzos épicos para desembarazarse de cuerpo tan bien formado, pero con un cerebro por formar aún. Su mentalidad era como la de una niña ¿Cómo iba a aprovecharse de la candidez de una niña?

—¿Y qué son todos estos ramajes? — dirigió ella su atención al guayacán.

—Son plantas medicinales para curar a mi hermana.

—¡Oh! ¿Tenéis una hermana?

—Bueno... No es exactamente una hermana...

—¡Oh! ¿Es que no hay estas plantas en las cercanías de Madrid?

—Susana, yo sí que tengo un poco de hambre...

—¡Ay! Aquí está vuestro famoso cuaderno negro —y desvergonzadamente se puso a hojearle—. ¡Qué hermosa letra tienes! Aunque aquí parece que hay más números que letras. Sé distinguir los números de las letras. Las letras siempre van juntas como si no quisieran separarse. ¡Lástima que no sepa leer para saber qué escribes! Bueno... pues... llévame a cenar...

Y bajaron a cenar, hablando el uno con inútil sensatez, la otra con puerilidad y desconcertantes manoteos al aire.

La cena terminó y, para alivio de él y desaliento de ella, no pasó aquella noche nada más que digno de contarse pareciera.

ARIAS MONTANO

La peña de Alájar era uno de los paisajes más sobrenaturales que Diego había visto en su vida, como aquellos que algunos pintores tremendistas ponen al fondo de sus retratos. En la parte superior había una ermita, la ermita de la Santa Reina de los Ángeles y, junto a ella, estaba la casa de Arias Montano. Lo singular estaba en la pared de la peña, en la que había hasta ocho cuevas excavadas o semiexcavadas en la roca, y entre ellas oscuros pasadizos. En una de las cuevas, un generoso manantial embellecía y dotaba de mayor irrealidad, refrescando la roca con viciosa frondosidad. Seguramente, las cuevas habían sido como cenobios en épocas remotas, desde los tiempos de las cavernas hasta el momento en que la peña había sido ocupada por fray Benito Arias Montano.

Diego esperaba encontrar a un auténtico ermitaño como aquel arquitecto cenobita de Toledo, pero se encontró con lo que podría llamarse un ermitaño acomodado. Fray Benito se le presentó como un hombre limpio, que vivía en una casa austera pero cómoda y hasta tenía un criado. Era un hombre de facciones duras y maneras suaves. Parecía un rústico labrador que hablaba como hombre culto y discreto. Físicamente, llamaban la atención unas cejas circunflejas que obligaban a unas arrugas profundas, como si estuviera filosofando continuamente. La barba feraz, tan espesa que no parecía peluda, impedía ver los movimientos de la boca. Sus manos grandes parecían las de un campesino o un militar y no las de un escritor o un embajador. Su voz era gruesa y, paradójicamente, melodiosa.

—Bienvenido a mi retiro, señor don Diego. Decidme, en qué puedo ayudaros o qué refugio puedo ofreceros.

Diego le mostró la carta que el rey le había escrito y cuyo contenido ignoraba. Eran unas pocas líneas, pero tardó mucho en leerlas. Las leyó varias veces, cada vez más despacio.

—Me reclama el rey. Debo ir a Inglaterra y a Italia, no sé en qué orden y vos me acompañaréis, aunque nuestras misiones sean distintas. La mía es secreta, por lo que no puedo deciros de qué se trata, aunque si no lo fuera tampoco podría deciros mucho porque aquí no se detalla. Dice que sois un cosmógrafo de su confianza y que me acompañaréis mientras tomáis unas medidas con una brújula, según un procedimiento de vuestra invención... y que no debemos revelar a cualquiera. Deberemos partir pronto. En cuanto hayáis descansado. Quizá mañana o pasado mañana... ¿No habéis tardado mucho?

Le condujo a la alcoba donde dormiría, más bien celda de convento, siendo la cuadra para la mula tan habitable o más que la celda. Eso sí, la limpieza era perfecta. Cuando se hubo aseado, fray Benito le cogió del brazo:

—Vayamos, si os parece, a la cueva de la Fuente donde estaremos más frescos y prestos a conversar. Estas cuevas se habitaron desde tiempos remotos. Yo mismo he excavado y encontrado monedas, huesos, hachas y otros objetos, testigos de muchos años de cavernícolas cuyas penalidades desconocemos, pero que también disfrutaron de lugar tan ameno y vicioso como el que hogaño disfruto yo. Y vos mismo disfrutaréis, por poco tiempo, me temo.

—Quizá son de los tiempos de Jesucristo.

—O más antiguos. No comparto la opinión de algunos filósofos que dicen que el mundo no tiene mucho más que cuatro mil años. Tengo una hermosa casa donde dormir y comer, un huerto feraz, unas pocas tierras que me alimentan y unas cuevas donde pensar y escribir. Aquí soy filósofo, jardinero y labrantín. Me aíslo del mundo, pero el mundo no se aísla de mí. Aquí vienen mis amigos y nuncios del rey y pasan temporadas más o menos largas, normalmente más largas que lo que habían planeado. Pasan más o menos tiempo, dependiendo de la magnitud de sus pesares, de sus dudas o de la quebradura de su alma. Ellos me traen noticias, así que estoy más o menos informado de los asuntos del imperio. Incluso, estoy mejor informado de lo que estuviera si viviera en la Corte, porque aquí, con la paz de la peña, mis amigos me informan de lo esencial, ahorrando palabrería inútil, evitando relatos de conspiraciones palaciegas complicadas que no hacen sino enmarañar una verdad que siempre es muy simple.

»De vez en cuando el rey me llama y confía en mí, usándome como su asesor, su embajador o su espía. No sé a qué se debe tanta confianza porque yo no soy hombre de mundo, sino de meditación. Y en cuanto se descuida el rey, y me tiene ocioso, me vuelvo a mi peña, a mis cuevas, a mi huerto y a mi soledad.

Llegaron por unas escaleras, labradas en la roca, a la cueva de la Fuente, pues cada cueva tenía un nombre.

—Esta es mi gruta preferida. En cuanto entro aquí mi pluma se desboca y escribo mis libros de teología o mis versos. Señor don Diego, esta es la cueva del vate porque es imposible que quien entre aquí no escriba una poesía. Escribid la vuestra, no os resistáis. Es imposible resistirse.

Y, en broma, le alargó una pluma y un papel blanco.

—Señor don Diego: tenemos un largo camino de varias jornadas donde tendremos ocasión de conocernos profundamente, hasta donde nuestra propia intimidad quiera poner sus límites. Así que os dejo en esta cueva y pasead por las otras si os apetece. Es lo que hago con mis visitantes. Les dejo que piensen solos y, si quieren hablar, aquí me tienen a su disposición. Respeto su soledad porque muchos es lo que buscan. Y si prefieren a fray Benito a la soledad, fray Benito los escucha. Siempre estoy disponible. Mi lema es: Siempre tengo mucho que hacer; siempre puedo dejar de hacerlo.

»Comed luego, bebed. Siempre tengo un vino excelente. Disfrutad de mi rincón de villano y, si os parece bien, mañana mismo partiremos.

—Sí. Me temo que en Granada y Sevilla me he entretenido en exceso y el rey puede estar ya impaciente.

Antes de salir el Sol, dos personas en sendas mulas partieron para Madrid. Intercambiaron ideas sobre el camino a seguir. Diego opinaba que era mejor volver a Sevilla y desde allí tomar la vía a Madrid bien conocida y concurrida con mesones y ventas varias, pero fray Benito, que había hecho varias veces el camino de Alájar a Madrid opinaba que aquello era mucha vuelta. Había dos caminos mucho más directos, ninguno de los dos bajaba de las noventa leguas. Ambos caminos estaban separados por las abruptas sierras de Hornachos; el uno pasaba por Zafra y Don Benito y el otro, tomando la vía más a la derecha pasaba por la comarca de La Serena y por la ciudad de Toledo. Eran caminos menos transitados y atravesaban pueblos, pocos y pequeños, pero los extremeños eran gente acogedora y los bandoleros no frecuentaban tan desiertos parajes. Entre estos dos, el fraile le ofreció al cosmógrafo la elección y este, no teniendo mucho conocimiento de aquella zona, eligió el primero, aludiendo en broma que quería ver a fray Benito en Don Benito. No había, claro, ninguna relación entre los dos nombres, según explicó el fraile. El tal don Benito —que había dado nombre a la población— fue un hijo del conde de Medellín. Si ambos tuvieran fuerza y ánimo podían desviarse ligeramente para visitar la ciudad de Mérida, la Roma ibérica.

La gran distancia que mediaba entre Aracena y Madrid era enorme. Si decidían hacer muchas leguas al día, dormían mal. Si dormían bien era a costa de recorrer pocas leguas. El viaje había de ser duro, aunque la resistencia a las incomodidades de fray Benito era mucho mejor. La incomodidad, el dormir poco y las inmisericordes ancas de la mula de Diego, le incitaban a la irritabilidad y la irritabilidad a la mala convivencia con el fraile. Hay que decir y adelantar que, aunque su encuentro había sido animoso y aunque forjaron entonces una amistad de por vida, la convivencia en aquel viaje no fue fácil. La convivencia es la semilla de las grandes amistades o de las grandes enemistades, sin que pueda darse un término medio.

Eran espíritus muy diferentes: Benito, sacerdote; Diego, más que descreído. Benito con su amor a la vida y Diego con su querencia a la muerte; Benito con su vivencia de la naturaleza y Diego queriendo entenderla. Diego no podía comprender la filosofía humanista de Arias Montano. Era un hombre docto que sabía una docena de lenguas, aunque la mitad de ellas eran lenguas muertas que nadie conocía. Componía incesantemente versos en latín, probablemente ricos en figuras y metáforas, probablemente con respeto riguroso a la métrica y la consonante, pero ¿para qué?, ¿para quién? Pocos, muy pocos podían entenderlo y aún menos apreciarlo. A veces sus versos no eran en latín, pero entonces eran en ¡arameo! ¿No era una pérdida de tiempo insufrible dedicar tan excelso talento a componer unos versos que nadie, ni siquiera él mismo, leería? Cuadraba metros en latín, preferentemente «dísticos elegíacos», versos «tetrásticos», epigramas y muchos otros. Parecía como si el fraile se irguiera en su mula, sintiéndose superior por su dominio de las lenguas muertas, lo que provocaba un menosprecio en el científico que no siempre conseguía disimular.

El clérigo presbítero de la Orden y hábito de Santiago y Comendador de Santiago de la Espada, poseía la cultura más vasta que un ser humano pueda tener, especialmente sobre teología, disciplina en la que poseía el grado de doctor. Había estudiado en Sevilla, Salamanca y Alcalá, siendo esta última universidad la que más había calado en la masa gris de su ilimitada discurrimenta. Tan grande era su sapiencia que hasta astronomía sabía y disputaba a Diego verdades sobre el Universo, si bien sus conocimientos astronómicos estaban basados más bien en la Biblia que en la observación y la geometría.

Se alegraron de tener amistades comunes pues Arias Montano conocía muy bien a Francisco Hernández, como este efectivamente ya se lo había dicho. También conocía Arias Montano muy íntimamente a fray Luis de León, con quien mantenía relación epistolar regular y hasta colaboraban en algunas tesis. Precisamente, hacía pocos días que Arias Montano había pedido libros y opiniones a fray Luis y curiosamente era la astronomía el motivo de la petición. Pero fray Benito le impedía profundizar en un tema común porque lo que le interesaba era la astronomía en el Antiguo Testamento. Y quería encontrar las versiones más antiguas en griego, en hebreo, en arameo, en siríaco, porque eran las más antiguas, las más prístinas, las menos violadas y ultrajadas por traducciones posteriores interesadas.

Pertenecía fray Benito a una corriente de pensamiento encabezada por el gran maestro Cipriano de la Huerta, personaje que Diego nunca había oído mencionar, pero tenido por el fraile como un filósofo de la talla de Aristóteles. Esta secta, o simplemente, esta escuela de pensamiento se autodenominaba los «Nostri». Los «Nostris» conocían bien a los padres escolásticos inspirados, los doctores de la Iglesia, pero no acudían a ellos para conocer la verdad. Para los «nostris» había una única fuente de verdad teológica y esa era la Biblia, pero no una Biblia adulterada y desgastada por los siglos, sino los tomos más antiguos, los más primitivos, aquellos en los que la palabra de Dios hacía poco tiempo que se había pronunciado. La Biblia era la palabra directa de Dios. De ahí venía su interés por los idiomas muertos pues eran las lenguas muertas las que conservaban las palabras vivas.

Arias Montano había convencido al rey para componer la Biblia más fidedigna, lo que el rey llamaba la Biblia Políglota, por poder leerse en seis o siete idiomas, al menos latín, griego, hebreo, siríaco, árabe y caldeo. Le había propuesto al rey que esa Biblia, mucho mejor que la elaborada por Cisneros, podría llamarse Biblia Filipina, pero el rey, con su modestia habitual, la había dejado en Biblia Real o Biblia Políglota.

—¿Y cómo vais a encontrar versiones tan primitivas de la Biblia escondido en las cavernas de Alájar? —preguntaba Diego con una pizca de sorna.

—Esta Biblia será La Biblia, la única, la expresión inmediata de lo que Dios nos quiso transmitir. Abandonaré mi peña por un tiempo y recorreré toda la vieja Europa en su busca, desde Turquía hasta Irlanda. En Irlanda hay vetustos e increíbles monasterios que atesoran versiones antiquísimas y he de recorrerlos todos. He de aprovechar la capacidad que Dios me ha dado de asimilar todo tipo de lenguas y todo tipo de grafías para hacer lo que será la gran obra de mi vida: la Biblia Políglota. Naturalmente, no podré hacerlo solo, yo empastaré las voces de un gran coro. Algunos serán nombrados por el rey para este fin. Otros, como seguramente a vos si os apetece, adquirirán, comprarán o pedirán en préstamo los viejos códices que en sus viajes encuentren. Este será uno de los grandes logros filipinos de este imperio —alzaba la voz enardecido el buen fraile.

—Me parece bien que indaguéis en los más antiguos códices, pero vuestra Biblia, al final, tendría que incorporar textos en castellano, en aragonés, en inglés, en italiano... para que vuestros esfuerzos lleguen al pueblo —opinaba Diego con la aviesa intención de incordiar a su compañero de viaje, que le parecía un poco arrogante y hasta algo pedante en sus pretensiones.

—Dios me dio el don de lenguas —decía el agustino—. Ya de joven escribí una gramática árabe y otra hebrea. Si os soy sincero, no es el castellano la lengua con la que más pienso. Rezo en hebreo. Y para los versos prefiero el latín.

Pensaba entonces su joven acompañante que cómo podían ser amigos fray Luis y fray Benito, el primero con sus versos castellanos sonoros y serenos, sin artificio alguno, con un lenguaje directo al corazón, y el segundo con sus versos en latín, o en otras lenguas muertas, como le recitaba a veces, sin que se pudiera entender nada de lo que decía y, si le apuraban, tampoco se apreciaba una cadencia que recordara alguna música latente tras las extrañas palabras.

—¿Por qué componéis versos en una lengua muerta?
—¿Muerto el latín? No, amigo mío, el latín es el idioma

común que tenemos los cristianos, lo que nos permite entendernos sin trabas en Francia, en Flandes, en Italia, en Alemania... El latín es el idioma del Imperio de Carlos I y el actual de Felipe II. Es el latín lo que nos mantiene unidos a los europeos.

—¿Unidos? Cada vez es mayor la enemistad entre calvinistas, luteranos, hugonotes, por un lado, y católicos y papistas por otro; la Reforma y la Contrarreforma son irreconciliables.

—No lo creo, el cisma protestante es pasajero. Pronto vendrá la reconciliación. Nuestras creencias son prácticamente iguales. Se ha originado más por cuestiones políticas que religiosas. Pronto veremos el encuentro de dos hermanos separados por cuestiones nimias.

—Erráis, fray Benito. Vuestro retiro en la Peña os hace ver la realidad idealizada.

—No estoy aislado en la Peña. Alájar es un lugar a donde llegan las noticias, como si se hubieran preparado para tener aquel destino. Y, por otra parte, no estoy en la Peña tanto como quisiera. Estoy más frecuentemente en la Corte que en mi cortijo.

El agustino era natural de Fregenal de la Sierra, pueblo noble situado en el camino que habían elegido. Allí fue recibido con alegría, prueba del orgullo y aprecio que el pueblo sentía por su ilustre hijo. Allí comieron, bebieron y durmieron en abundancia, agasajados por sus amigos y parientes. Pero solo estuvieron un día por la necesidad de llegar pronto a Madrid. Preferían fray Benito y don Diego hacer el viaje sin prisa, pero sin pausa, dispuestos a disfrutar del paisaje, pero sin ser atrapados por él. Pero si bien disfrutaban del paisaje, no disfrutaban tanto de su mutua compañía. No llegó nunca la sangre al Guadiana, pero más debido al carácter manso de ambos. Tampoco puede decirse que su falta de entendimiento fuera perpetua. En tantas leguas había tiempo tanto para conversar como para callar. Al final, habrían de hablar de todo, incluso sobre sus más íntimas experiencias. Las discrepancias en su forma de creer y pensar eran incluso a veces tan distanciadas que se hacían atractivas, como si procedieran de mundos diferentes y dignas de curiosidad de extranjeros.

Fray Benito Arias, con el sobrenombre de Montano por ser descendiente de gentes de la Montaña, había sido en su juventud Calificador de Libros trabajando para el Santo Oficio, ayudando al Inquisidor General, el arzobispo de Toledo, don

Juan de Tavera, en una caza de breviarios infectos de herejías. Lo contaba con orgullo, como prueba de madurez en sus años mozos, pero Diego tenía aversión a la Inquisición y se imaginaba a fray Benito como uno de esos clérigos nefandos que atormentaban a la gente con sus escrúpulos absurdos y sus aires de santurrón intolerante.

—¿No os parece, fray Benito, que la Inquisición es una traba para los pensadores?

—Más bien es la que nos defiende. Mirad, don Diego, yo fui apresado por la Inquisición... —confesaba el fraile mientras Diego pensaba en la fábula del cazador cazado—. Me apresó la Santa Inquisición de Sevilla. A sus cárceles me llevaron habiéndose incautado de mis libros y mis pertenencias. Había sido denunciado por uno de mis paisanos de Fregenal, nunca supe exactamente de qué, aunque me imagino que fue a causa de mi presunta ascendencia judaizante. Pronto me interrogaron y me vieron tan libre de culpa que fui liberado inmediatamente. Me juzgaron, tuve la ocasión de defenderme y probar mi inocencia.

—Pero fuiste preso.

—Por poco tiempo. Nadie está libre de que le acusen, pero si luego se puede comprobar si la acusación estaba o no justificada, la justicia encuentra su cauce. En muchos otros países, como en Inglaterra o Francia, te pueden acusar y condenar sin juicio alguno y no hay más miramientos ni defensa legal. La Inquisición no condena sin juicio.

—Quizá te salvó tu antigua tarea en pro de la Inquisición.

—Nada de eso. Me salvó la inocencia. En realidad, arrastro las características de un hereje. Domino el hebreo, tengo montones de libros en hebreo y, si te digo la verdad, mis creencias religiosas no son estrictamente ortodoxas, esas creencias bendecidas por el catolicismo. Mis ideas, sobre todo en lo concerniente a la gracia divina, son consideradas no heréticas, pero sí atrevidas. Siempre las he defendido abiertamente y no he tenido problemas. La Inquisición es justa y, sobre todo, no te condena sin juzgarte y no te juzga sin oírte. En esta tierra uno es libre de expresarse, mucho más que en cualquier otro país. Desde luego somos mucho más permisivos con los protestantes que ellos con nosotros. Tarde o temprano volverán al seno de la Iglesia que los acogerá a pesar de que ellos la insultan denostándola como la ramera de Babilonia.

Diego no podía creer tanta ingenuidad:

—Pero si hasta Juan de Ávila e Ignacio de Loyola han sido investigados por la Inquisición.
—Pero no condenados.
—Y que me decís de Carranza, el mismísimo arzobispo de Toledo, el hombre más distinguido de la Iglesia Española, el gran Primado de la Iglesia, uno de los grandes oradores en el Concilio de Trento, hombre honesto y cabal... ¡Arrestado y encarcelado por la Inquisición!
—No soy quién para juzgarle, aunque tengo intención de tratar este asunto con el rey. Te confesaré también que yo mismo tengo que acudir como teólogo al Concilio de Trento que nunca se acaba. Es una de las misiones en este viaje. Y te revelaré también, faltando a la necesaria discreción, que mis antecedentes son efectivamente judíos, que amo a la raza judía y que el rey y la Inquisición lo saben y, sin embargo, voy a Trento porque también saben que soy católico hasta los tuétanos. Y saben que soy honesto defendiendo la razón. Soy católico y biblista y te aseguro que la biblia mosaica es más fiel que la católica.
—¿Cómo sabéis que tenéis razón?
—Volveré a pecar de lenguaraz. Cuando me asenté por vez primera en la Peña fue para curarme de unos ataques de bilis que desaparecieron milagrosamente sin más medicinas que la oración y, desde entonces, tuve experiencias místicas de gran arrobamiento en las cuales entraba en confusión directa con la luz divina. Ya no las tengo, es cierto, pero sé que tengo detrás de mí al Espíritu Santo. Él me tira de las riendas.
«¡Un inquisidor místico!», pensó Diego horrorizado, «un pensador en éxtasis» se burlaba para sus adentros. Para suavizar la encarnizada discusión, Diego buscó un punto de encuentro.
—Yo también admiro a la raza judía. Y aún más admiro a los que no se fueron de España, fingiendo su conversión, porque eso es signo de inteligencia que bien hubiera bendecido el mismísimo Maimónides.
Medió una legua de silencio, roto por el fraile:
—Y vos ¿qué creencias tenéis?
—Puesto que me habéis abierto vuestro corazón exteriorizando vuestra intimidad, me veo obligado yo también a la sinceridad, aunque temo que me arrepentiré. Perdonadme si hiero vuestros oídos. No me siento identificado ni con protestantes, ni con católicos, ni con mahometanos, ni con ninguna

religión establecida. Creo en dios, pero en un dios escrito con minúscula, creador del mundo y creador de la matemática y creador de la perfección con que estamos hechas las criaturas, fabricadas así, con tanto arte. Pero ese dios no sirve para nada, no se interesa por nosotros, ni nos promete el cielo ni nos amenaza con el infierno.

Volvió el silencio. Algo bisbiseaba fray Benito, quizá la Salve. Debía haber quedado horrorizado con tan osadas confesiones. Él mismo rompió nuevamente el silencio:

—Quizá seas tú quien deba perdonarme a mí. Bendito seas.

A partir de aquel momento, el joven sabio y el viejo santo se tutearon y floreció la fraternidad en sus corazones, una fraternidad que había de perdurar todas sus vidas. No hace falta entenderse para amarse. Así lo comprendieron ellos y lo celebraron con risotadas y alzamientos de bota en la siguiente venta.

María Berasategui, el ama que le sirvió de madre a Juan Sebastián Elcano, decía que «el querer no quita conocimiento», y de esta frase se acordaba Diego al enjuiciar a Benito.

—Tienes en la cabeza pájaros —le decía.

—Solo uno —respondía Benito— y ese es una Paloma.

Y pensaba Diego que sí, que tenía pájaros en la cabeza, pero se le veía amor en los ojos y en las manos.

—Y tú —contraatacaba Benito—. Si algunos ven a Dios como un triángulo, tú ves a un triángulo como si fuera Dios. Escribes a Dios con minúscula y a la matemática con mayúscula.

Y en otra ocasión:

—¿Te crees original con tu credo cosmográfico? Pues Salomón, en el libro de La Sabiduría, decía que el mundo estaba «hecho con medida, número y peso». Y Salomón no era muy retorcido.

—Salvo cuando hacía columnas.

—»Coeli enarrant gloriam Dei», me decía un jesuita de Granada que quería instalar un observatorio de las estrellas en un monte cerca de la ciudad.

—»Deus enarrat gloriam coeli», diría yo. Aunque me temo que mi latín necesita perfeccionarse un poco. Pero sí... al revés lo veo mejor.

Con tanto tiempo como tenían, podían decirse bromas y podían hablar en serio.

—¿Qué espera el rey de mí? —se preguntaba fray Benito—: La Biblia Políglota. He de viajar por toda Europa buscando biblias antiguas, donde la impericia de los traductores, cuando no la ambición de los príncipes aún no había enmendado la palabra de Dios. Recorreré monasterios antiguos, universidades antiguas. Empezaré por los monasterios irlandeses y las universidades de Oxford y Cambridge. Este primer destino es el que ha decidido don Felipe. Te lo puedo revelar porque él me ha pedido discreción, pero no secreto. ¿Por qué me pide discreción? La Biblia Políglota será para todos, pero mientras se elabora, es mejor actuar con cautela, simplemente se trabaja mejor. Tengo otra misión encomendada por el rey. He de actuar, una vez más, como espía. Todos los reinos tienen espías y la red de espionaje de España es la más completa y eficaz.

—¿Qué espera el rey de mí? —se preguntaba Diego—: Contribuir a la creación de un mapa. En realidad, el rey no sabe bien ni dónde está su imperio, ni cómo es de grande, ni qué hay en él. Y quiere un mapa de su imperio, que es casi como decir que quiere un mapa de todo el mundo, pero no dibujos de marineros audaces, sino de cosmógrafos capaces. Mi misión es aportar mi entendimiento en dibujar el mapamundi. Tú, a tu Biblia; yo, a mi mapa.

Fray Benito rompió el silencio y el frío cuando estaba empezando a caer el Sol en una tarde en la que el tiempo había empeorado sin razón alguna:

—¿Me dices que tu hermana es muy guapa?
—Llamativamente guapa.
—¿Y que es muy morena?
—Como una noche de luna.
—¿Y era lea?
—Sí, por desgracia. Mal que me pese.
—¿Trabajaba en El Liebretón?
—Eso no te lo había dicho, pero así es. Trabajaba en El Liebretón.
—No será tu hermana la bella Catalina.
—Ese es su nombre.
—Entonces, creo conocerla. Como sabes estuve no hace mucho en Madrid. Y oí hablar de ella.
—No me extraña que oyeras hablar de ella. Es un prodigio de belleza, es inteligente y discreta. Y es culta. Nos criamos juntos y ella era superior a mí unas cuantas varas. Pero

la vida la llevó por más encharcados caminos y acabó siendo lea; eso sí, con pocos y distinguidos nobles.

—Como adquirió el mal francés tuvo que dejar la prostitución y entonces, ¿se colocó en palacio al servicio de la reina? ¿No te parece raro? ¿No es excesiva suerte?

—Más que al servicio de la reina está al servicio de una de sus servidoras. Concretamente, mi hermana está al servicio de una princesa que es una de las damas de la reina.

—¿Será la princesa de Éboli?

—Sí, tal. Pero la suerte de mi hermana vino de mi mano. El rey quiso tenerme a su servicio y, al saber que Catalina era mi hermana, la colocó en palacio. Desde entonces, no ha hecho más que favorecerla. Fue el rey quien me dijo que Monardes y Hernández podrían tener hierbas con que curarla o aliviar sus dolores. El mismo rey me sugirió ir a Sevilla. La protege y se preocupa por ella porque sabe que es mi hermana.

—Y ¿no será al revés?

La mula de Diego se paró en seco y la de Benito se detuvo también a esperarla.

—¿Qué dices?

—Mira Diego. Crees que en Alájar estoy aislado, pero hasta allí llegan las habladurías. Te tengo que decir algo que, aunque el rey ha querido ser discreto, todo el mundo lo sabe menos tú. Catalina era lea. Servía a pocos nobles encumbrados. Tan pocos que era solo uno. Y tan encumbrado era ese uno que era el mismísimo rey. Tu hermana más que lea era la amante del rey.

Las mulas seguían detenidas con sus grandes orejas atentas a la tensión de sus dueños.

—El rey la ha favorecido porque trata con gran consideración y favor a sus examantes. Por eso tiene ahora un lugar de honor en la Corte. Y a ti, te ha nombrado tan rápidamente cosmógrafo real por ser el hermanastro de su amante. Es ella la que ha traído tu suerte y no al revés. Eres el hermanastro de su antigua amante.

—¿Cómo no había caído en la cuenta? Es verdad... es verdad... es verdad... Por eso yo, un jovenzuelo sin experiencia he sido honrado como criado real. Y por eso, Catalina, mi hermana, ha pasado de El Liebretón al Alcázar. Mi hermana Catalina, cuyo verdadero nombre es Uchur, Uchurgañí, era la amante del rey. Sabes lo que te digo, fray Benito, que acojo esta tu revelación con cierto agrado. Prefiero que no haya sido amante de muchos sino de uno solo, especialmente si ese único amante fue el mismo Felipe II, el gran emperador del mundo. Me alegro por ella. Solo un emperador podía estar a la altura de mujer tan ideal. ¡Bravo, Uchur!

»Y por otra parte me entristezco soberanamente. Yo creía que el rey me había llamado a su servicio debido a mis conocimientos y a que mi invento podía resolver los problemas de la determinación de longitudes. Y ahora caigo que ni le importaba yo ni le importaban mis brújulas. Solo quería a alguien que cuidara a la mujer que una vez amó. Que amó pero que ahora está en el pescante de la muerte, si es que no ha montado ya en ese infernal carromato. Me veo ahora ridículo y me siento empequeñecido. Hace un instante me tenía por sabio y ahora me tengo por zafio.

Las mulas empezaron a moverse con una andar cansino y lento.

—Escucha Diego, que voy a hablarte siguiendo con la sinceridad con la que siempre hablo. Siempre soy sincero, pero cuando no quiero decir una verdad brutal la digo en latín. Pero ahora te la digo en el castellano de nuestros mayores: El rey no tiene un pelo de tonto. Es posible que se interesara por ti y te recibiera por ser el hermano de *Ucurri*, o como quiera que tu hermana se llame. Pero, como me has contado, se fue contigo de Madrid hasta Aranjuez. Lo hizo para examinarte. Y entonces se dio cuenta de tu valía y del interés de tu brújula vertical. Si no hubiera visto en ti a un joven sabio te habría dispensado un puesto de auriga o de palafrenero o de cocinero. El rey se cercioró por él mismo de que tú eras el sucesor natural de Santa Cruz. Conozco bien al rey. Te lo aseguro. En el largo viaje entre Madrid y Aranjuez se dio cuenta de que eres uno de los científicos necesarios para su mapamundi. El rey tiene muchas destrezas. Y una de ellas es que él mismo es un gran cosmógrafo. Eso sí; es un cazo para las matemáticas. Igual que yo. El rey te necesita porque necesita el mapa. Sin mapa no sabe dónde está.

Las mulas recobraron su paso regular. Con los pasos de una y otra volvieron a formar una música rítmica y animada como si ambas se conjuntaran para remedar el soniquete de unas castañuelas.

—Pero el rey está casado... —decía Diego casi para sí.

—Sí, pero con una niña. No sé si el matrimonio se habrá ya consumado, me imagino que aún no. En cualquier caso, cuando tu hermana frecuentaba los cuartos escusados del rey, o cuando este frecuentaba los apartados rincones de El

Liebretón, seguro que no. En materia carnal, el rey es extremadamente fogoso. Además de tu hermana hubo otras, supongo que guardando el adra. Tan bella como tu hermana es Eufrasia de Guzmán, una noble a la que también ha dotado el rey con un espléndido futuro. El rey es generoso con sus amantes. ¿Por qué ha dejado el rey de enamorar a doña Eufrasia? Yo diría que es por la reina que, aunque es niña y aún no ha llegado a la edad fértil, no lo es tanto para los celos. Es niña para el amor, pero moza para los celos. Y tiene genio para cantarle al rey las cuarenta.

—Pero... el rey ¿no estaba enamoradísimo de Isabel de Osorio? Esto te lo puedo asegurar. La he visto retratada por el pintor Tiziano...

—Eso ya pasó. Fue un amor apasionado de juventud, cuando su padre le quiso casar con aquella reina inglesa, la Tudor, por razones de estado, que no fueron ni razones ni de estado ni de nada y que de nada sirvieron. Él volvió otra vez con doña Isabel de Osorio, pero todo aquello ya pasó. Como a todas sus amantes la trató bien. La puso un palacete cerca de Burgos, el palacio de la Saldañuela, que el vulgo tan cruel y directo, ha dado en llamar palacio de la Putañuela.

—Está bien, fray Benito, veo que estás al tanto de todos los mentideros y habladurías de la Corte. No sé cómo es posible que un ermitaño en una ermita tan lejos puede estar tan bien informado.

—No me interesan estas noticias. A veces ellas van a Alájar; otras veces, ellas me esperan en Madrid. Por una oreja me entran y por otra me salen y, en el tránsito entre orejas, dejan en medio su huella malsana, pero de mi boca nunca salen. Esta vez sí, porque era necesario que mi boca se abriera para abrir tus ojos.

Y las mulas trotaron.

El entendimiento y la amistad entre fray Benito y Diego estaba ya cuajando a la mitad del viaje. Pero la amistad no puede pervivir sin desencuentros, que parece que la corrompen, pero no hacen sino afianzarla. En alguna de sus conversaciones su distanciamiento fue tan grande que, si hubiera guisa de medirla con algún instrumento que expresara cuantitativamente el enfado, este marcaría como índice una distancia de cuarenta varas en un cuarto de día. El motivo de la discusión fue uno que se repite a menudo y que también se repite entre gente tan discreta y comedida como eran aquellos dos viajeros. Mantenían una distinta visión sobre la humanidad con que se había llevado y se estaba llevando la conquista de las Indias.

—¿Por qué el Nuevo Mundo ha de pertenecer a España? El Nuevo Mundo para los indios es su Viejo Mundo y a ellos y solo a ellos debe pertenecer. Entiendo el descubrimiento; no la conquista. ¿Para qué les hemos conquistado? —esto era el reflejo de la opinión de don Diego.

—El Nuevo Mundo no pertenece a los españoles. Pertenece a todos los individuos del imperio, a los españoles de siempre y a los indios de siempre, en igualdad de condiciones. Unos y otros pertenecen al imperio español, son súbditos del imperio. Así lo entendieron los Reyes Católicos, así lo entendió Carlos I y así lo establece de forma contundente nuestro monarca actual Felipe II

—Pero, fray Benito, tú bien conoces lo que decía el padre Las Casas. Hemos sido crueles con los indios.

—Las Casas fue un mal obispo y sus escritos no son más que burdas exageraciones. Para defender a los indios hay otros nombres de más sabio juicio. El primero fue fray Ambrosio de Montesinos que decía que los indios son hombres a los que hay que amar, y vino a España a hablar con el rey en un viaje sufragado tanto por españoles como por indígenas, para defender los derechos de los nativos. Para discutir las nuevas leyes aplicables allí, que son las mismas que aquí rigen, hay un Consejo de Indias, leyes promulgadas en Burgos y en Valladolid. Y por si fuera poco tenemos a grandes filósofos que defienden estas ideas como son el burgalés Francisco de Vitoria y el segoviano Domingo Soto. Ningún pueblo en la historia en expansión conquistadora ha discutido tanto y tan bien sobre los derechos de los conquistados.

—Pero hemos matado a muchos. Aquello fue una masacre.

—Muertos hubo; masacre no hubo. Sí, es verdad, hubo muertos y algún malnacido y mal cristiano asesinó inútilmente, como ocurre en todas las conquistas. Pero casi todos los indios fallecidos murieron debido a las epidemias, sobre todo de viruela, pero también de sarampión, de gripe, de tifus... Los indios no tenían sus cuerpos con defensas para estas enfermedades y sus médicos no sabían cómo curarlas. Fueron muchos los muertos, pero no fue su muerte intencionada. En general, los españoles que empezaron fueron muy pocos y ni siquiera hubieran tenido tiempo de matar a tanta gente como se dice. Sobre todo, nadie entendió que había que matarlos.

—Pero ahora nos estamos beneficiando de su plata.

—Viene plata a España. Y plata allí se queda también. Viene plata, pero para allá también van bienes. Y hay plata para los banqueros y plata para los piratas.

—¿Qué bienes van para allá?

—Hay que mirar los beneficios que han ido de acá para allá. En primer lugar, les hemos dado la verdadera religión católica y la ventura de poder ir al cielo.

—No sigas por ese camino, fray Benito. Antes ya tenían sus dioses. Y ¿sabes lo que dicen? Que han tenido que sustituir sus dioses por los nuestros. Con ello, sus antiguos dioses están enfadados. Y, sin embargo, el nuevo dios, que les hemos impuesto en su lugar, es vengativo, amenazador y celoso, por lo que también está enfadado.

—No vas a comparar sus dioses con el Nuestro...

—Claro que puedo.

—Al menos, conviene conmigo que la evangelización ha sido el motor de la conquista.

—Si esa evangelización hubiera sido como la de Cristo, bien la entendiera yo. Pero se ha evangelizado con la espada.

—La evangelización ha sido y está siendo completada con frailes, dominicos, jesuitas, agustinos, frailes de diversas órdenes, que tienen como única arma la cruz. Van completamente desarmados. Predican preferentemente en quechua y en náhuatl, y no en más lenguas indígenas porque hay una gran diversidad y sería imposible. Algún fraile hubo que conocía más de diez lenguas nativas. Imaginaos la proeza: cuatro frailes, solo cuatro, empezaron la conquista de Yucatán, desde su istmo, sin tener ni idea ni de la extensión de aquel territorio ni de los peligros que debían arrostrar. Podría poner mil ejemplos de proezas de unos españoles que en menos de cincuenta años han evangelizado un territorio cien veces más grande que España, sin más fuerza que la palabra.

—Pero ellos, ¿qué beneficio han tenido, además de perder la plata y la vida a costa de ir a nuestro paraíso?

—Dime tú, Diego, ¿cuáles son los más grandes inventos de la humanidad?

—Siempre se dice que la rueda...

—Les hemos llevado la rueda; no la conocían. Pero, no. No es la rueda el gran invento de la humanidad. Los más grandes inventos han sido: el alfabeto y la numeración arábiga. Les hemos dado las letras y les hemos dado los números. Los aztecas no tenían escritura. Solo se podían leer sus tiras si de antemano sabía uno lo que ponía. Y con su sistema de numeración una simple suma era sencillamente imposible. El alfabeto sí es el gran invento, el invento de los griegos, porque ellos, los griegos, fueron los que inventaron las vocales. Y muchos niños indios saben hoy matemáticas. ¿Se enseñan las matemáticas con espada?

—¿Crees que sin un buen sistema de numeración se pueden construir tan grandes pirámides? Han debido tener magníficos ingenieros.

—De estas cuestiones entiendes más tú que yo, que eres matemático. Pero sin serlo te diré que hay que construir de forma que no se caiga lo construido. Están las leyes de la estática. ¿Qué te voy a decir a ti? En una pirámide el mayor peso está abajo y va disminuyendo hacia arriba. Es, por tanto, siempre una edificación estable. La sección va disminuyendo con la altura. Al contrario, un puente; un puente no tiene nada debajo. Lo difícil no es hacer una pirámide; lo difícil es hacer un puente de piedra. Créeme, ahora muchos niños indios saben leer y escribir y las reglas elementales de la aritmética. Y muchos saben geometría, trigonometría... usan logaritmos...

—Dudo que los pobres indios tengan acceso a esta educación...

—En cincuenta años se han creado tres universidades; Santo Domingo, Lima y México. En toda Europa hay solo dieciséis.

—Universidades vetadas a los nativos, supongo... universidades para los nuestros.

—Allí no hay nuestros ni suyos. No hay diferencia. En algunas universidades hay cátedras de quechua y náhuatl. Y para que los jesuitas tengan permiso para evangelizar han de dominar al menos una lengua nativa.

—¿Qué más beneficios han tenido los indios con nuestra llegada?

—La reja para arar. Ahora la agricultura es mucho más productiva. Les hemos llevado la vela para poder leer por la noche y la vela para navegar. Y muchos otros inventos que por sernos familiares no los apreciamos. Además, hemos creado una red de caminos, como el camino real de México a Santa Fe, el de México a Veracruz o el de México a Acapulco o a Guatemala; el camino real de Chiapas, el de Alto Perú, que une Buenos Aires con Lima, y muchos otros. Hemos construido hospitales para españoles e indios. En Lima hay una cama por cada cien habitantes. En las universidades de México, de Lima, de Bogotá, hay cátedra de medicina. Los médicos para ejercer tienen que ser examinados por el Tribunal Real Protomedicato. Cortés, nada más conquistar Tenochtitlán hizo construir tres hospitales. Puedo seguir con muchos más datos. Ahora, en América, se vive bien.

—Me parece, en cambio, que los españoles que fueron allá, al menos al principio, eran una buena colección de brutos.

—No lo creas. Por ejemplo, para conquistar Tenochtitlán construyeron un barco. Dime, Diego, ¿tú sabes construir un barco? ¿No hizo Juan de la Cosa el magnífico mapa que posee tu monarca en el que ya tan bien se delinean las costas de América? No hay hoy ningún piloto que no se haya formado, examinado y obtenido el permiso para navegar. Dices que eran brutos, sin basarte en nada que no sea que no te puedes imaginar que tan pocos conquistaron a tantos indios sin brutalidad extrema.

—Así lo creo.

—Pues estás equivocado. La conquista de México fue posible porque Cortés supo levantar a pueblos indios esclavizados por los aztecas. La conquista de México fue posible gracias a los tlascaltecas y también a los totonacas. Con Cortés iban unos ciento cincuenta mil indígenas que estaban sometidos al imperio azteca. En la expedición de Jiménez de Quesada iban cincuenta españoles y ciento cincuenta mil nativos. En la de Pizarro, a los ciento noventa españoles acompañaban treinta mil muíscas, cañaris y chachapoyas. La conquista de América la hicieron los indios.

—Pero ¿no se revelan tus carnes viendo que la cultura azteca se barrió del mapa?

—No se ha barrido. Está allí. Lo que ha desaparecido es el imperio azteca. ¿Lo siento? ¿Lo sienten los tlascaltecas que hoy son libres? ¿Lo sienten los familiares de los más de veinte mil tlascaltecas sacrificados al año en los actos religiosos a sus dioses? ¿Sabes que practicaban la sodomía, el incesto entre hermanos y hermanas, la antropofagia?

—No tengo nada contra la sodomía ni contra el incesto.

En ese momento, espoleó su mula y durante seis horas, y con una separación de cuarenta varas, no volvieron los dos viajeros a hablarse. Su discusión había sido caliente y estéril, pero una bota de vino en la siguiente venta refrescó y fertilizó la reciente amistad.

Fray Benito veía cierta semejanza en la colonización de España por los romanos. En este caso no cabía hablar de colonización. Es posible que fuera inicialmente dolorosa pero ahora nuestra cultura le debía mucho a la de Roma.

Afortunadamente, para los indios, la conquista de América había sido llevada por españoles y portugueses.

Y por indios.

UCHUR MORIBUNDA

En cuanto llegó a Madrid y recuperó la alcoba de su fonda, Diego se fue a la casa de Uchur, con unos pocos ramajes medicinales que Monardes y Hernández le dieron. Al golpear la aldaba se preguntaba qué le esperaría tras la puerta. ¿Estaría Uchur viva? ¿Estaría muerta? Su corazón contenía unos brincos inquietos. La puerta tardó en abrirse, pero al fin se abrió y Diego vio que las dos posibles respuestas eran viables. Abrió la misma Uchur, pero tan enferma, débil, escuálida y demacrada que no parecía ella. Lo que la muerte puede orinecer la más rara belleza, eso mostraba la mujer que le abrió. Su cara se iluminó con una gran sonrisa de alegría al ver a su querido hermanastro, pero era una sonrisa de cartón en un rostro cadavérico de ojos tristes y hundidos. Estaba flaca y fea y hablaba lenta y ronca.

—Diego querido, no me abraces, no te puedo abrazar. Las bubas me harían notar las penas del infierno. El mal ha perdonado mis manos y mi cara, pero todo mi cuerpo está en carne viva. ¡Qué alegría verte, mi Diego! ¡Has venido a verme morir! Estoy viendo próxima la muerte y la recibiré con alivio. La poca vida que me queda está siendo insufrible, pero voy a morir viéndote.

Se cogieron las manos con un ansia amorosa, se acariciaron las caras y se besaron llorosos de alegría.

Diego, haciendo las veces de médico, la tendió en la cama con frases amorosas llenas de aliento y fingida despreocupación. La desnudó y la examinó, mientras ella se dejaba hacer sin voluntad ni fuerza. Horribles llagas al borde de la putrefacción habían convertido aquella esplendorosa hermosura gitana en un lastimoso cuerpo que ni tal nombre merecía. Tenía que vencer la repugnancia para no apartar la mirada de aquellos despojos de horrendos colores para aplicar con acierto las hierbas que trajo de Sevilla. Ella quería esconder su mezquina desnudez, no por pudor, sino por evitar a su Diego su contemplación y estudio.

—Uchur, hermana mía, querida hermana —dijo Diego con voz extrañamente alta y segura, como queriendo dar a entender que todo se iba a arreglar y que podía confiar en él—. Yo te cuidaré. Traigo de Sevilla unas plantas procedentes de Nueva España y que unos buenos físicos creen que te sanarán. Pronto estarás como una rosa. Voy a empezar con el tratamiento ahora mismo.

Puso ante sí el papel con las instrucciones de Monardes, tomó el guayacán y lo coció y dio de beber a la infeliz.

—Esto es guayacán, que aquel buen médico llamaba palo santo, porque cura muchas enfermedades y esta, sobre todo. Ahora tienes que comer poco y si te sientes débil tomarás de esta caña de fístula. Yo vendré todos los días a darte el guayacán que es lo más importante. Ya verás que en dos o tres meses estarás como nueva.

Ella rio sin fuerzas y sabedora de que tal recuperación era imposible por muy lejano que fuera el origen de aquellas plantas. La rozó las bubas con el *matlalquáhuitl*, al que empezó a llamar palo azul para no tener que mirar el papel cada vez que mencionaba el nombre indio de aquel fármaco.

—En dos o tres meses... Tendré entonces que seguir con el tratamiento en el cielo... bromeó desde el dolor.

Sintió un pequeño alivio su cuerpecillo podrido, pero al rato, una mueca retorcida de dolor y una respiración contenida dio a entender que el alivio había sido pasajero.

—Los médicos dijeron que había que esperar dos o tres meses —rio Diego fingiendo jovialidad—. Ponte buena de una vez que quiero verte bailar otra vez. Que me tienes que contar muchas cosas y yo alguna también tengo que contarte. Ya verás lo milagroso que es el guayacán. Y el milagro del... —miró el papel— *tlalatlacucutatl*, o como se diga.

Pero ni él ni ella lo creían. Sin esperar la pregunta, ella le dijo desde lo más profundo de sus fatigados pulmones:

—Obis vive conmigo. Él sabe que soy su hija, pero no sabe que tú eres su hijo... Está siendo muy bueno conmigo. No tardará en llegar.

Diego le secó el sudor de la frente, la tapó, la besó y cuando ella parecía dormida, en silencio y procurando no herir las viejas maderas del suelo, salió poco a poco, aligerando cuando cerró la puerta tras de sí. Tenía que ver al rey. Era su obligación.

Se dirigía al palacio, completamente trastornado y su fingido optimismo se derrumbó. Apoyándose en un árbol lloró desconsoladamente. Como un hombre atormentado, angustiado, abatido, desanimado reacciona de la forma más inverosímil, se puso a cantar a la forma de los gitanos, usando sus viejos cantes melosos, con los que él expresaba sus más encarnizados sentimientos. No había otra forma en el mundo para dar rienda suelta a su pena. Y cantó algo parecido a lo que había oído:

No siento la muerte
por perder la «vía»
sino por perderte.

Pero no le fue suficiente. Tenía que expresarlo en caló, aunque él no sabía hablar esta lengua tan propicia para expresar y espantar el dolor. Y empleó su pobre conocimiento de esta lengua para traducirlo, esperando que ningún gitano oyera lo mal que lo hacía:

Man cangelo a moriben
pro pajabarte, romí
na pajabo a ochiben.

Normalmente él traducía al castellano los versos en caló. Pero en situación tan extraña, esta vez fue al revés. Mal o buen caló, era así la única forma inventada por raza alguna para expresar la opresión de su pecho. En castellano no se podía cantar aquello. Y dando unos pocos tumbos de borracho se dirigió al palacio, rehaciendo conscientemente su compostura según se iba acercando.

MÁS ÓRDENES DEL REY

—Levantaos, don Diego, ni quiero ver a nadie arrodillado ante mí ni me gusta que me llamen Majestad —repetía frecuentemente el rey.

El mismo rey ayudó a la incorporación de Diego. Cuatro personas había en la sala. Además del rey y Diego se encontraban fray Benito Arias Montano y don Ruy Gómez da Silva, príncipe de Éboli, el fiel consejero del rey, su mano derecha y su mano izquierda. Don Ruy había acaparado tanto poder a la sombra de Felipe II que el pueblo y los cortesanos le llamaban Ruy Gómez. En portugués su nombre se escribía Rui Gomes da Silva. Era un hombre bien proporcionado, elegante, de barba poblada y mirada discreta y persuasiva. No dijo nada en toda la conversación y, sin embargo, daba la impresión que él había dispuesto las órdenes del rey.

—Habéis tardado mucho —dijo don Felipe sin esperar justificación—. Hay cambios de planes.

El rey no miraba a Diego y don Ruy le miraba insistentemente. Diego acudió a los ojos de fray Benito inquiriendo si había informado al rey de sus extraviadas ideas religiosas, pero solamente tuvo una mirada amable que de nada informaba. Era la mirada del amigo o era la expresión de la venganza al compañero de viaje de lengua imprudente. Nada temía, en realidad. Venía de la casa de la muerte por lo que una patada del rey en lo más villano de sus carnes no le habría de acobardar.

—El Concilio de Trento no se acaba. Es interminable y hay asuntos importantes que precisan la intervención de nuestros más destacados teólogos. Hemos de afianzar la Contrarreforma. Enviaremos allá a monseñor Martín de Ayala, el obispo de Segovia. En el viaje y en el Concilio le asistirá fray Benito Arias Montano. Y vos asistiréis a fray Benito Arias Montano durante el viaje. Ellos irán al Concilio de Trento. Martín de Ayala como nuncio de la Iglesia castellana y fray Benito como gran orador y retórico. Vos no iréis al Concilio...

En ese momento el rey intercambió una sonrisa ligeramente irónica con Ruy Gomes que Diego interpretó como expresando: «¡A menudo hereje íbamos a meter allí!» Y pasó por su pensamiento la idea de que, con su mala maña oratoria y sus ideas descreídas, el Concilio acabaría tan pronto como la Iglesia Católica desaparecería del mapa y de la historia.

—Vos volveréis de Trento a Roma. En todo el viaje estudiaréis el método de determinación de longitudes. Para ello haréis un viaje alrededor del mundo o una gran parte de él. Empezaréis viajando hacia el Este para luego pasar a los Países Bajos y luego a América y luego, hacia donde vuestra propia intuición os conduzca según las posibilidades de barcos o expediciones apropiadas lo posibiliten. No habrá un barco para vos o una expedición científica, así que tendréis que embarcaros según vos mismo lo veáis. Llevaos vuestra brújula y todo un peje de pliegos en blanco porque habréis de escribirme con toda la frecuencia necesaria.

—¿Podría hacer mi viaje siempre hacia el oeste directamente, como Elcano?

—Sí, aunque algo más rápido. Pero quiero que vayáis antes a Roma. Primero defenderéis al Obispo y a fray Benito. En Roma, habéis de ser mi espía. Quiero saber qué mapas hay en Roma y en Nápoles y en Milán y, si se prestara la ocasión, adquirirlos y hacérmelos llegar. Y quiero que pulséis la opinión que los italianos tienen de la marcha del imperio, con quién podemos contar como fieles y quiénes son proclives a traicionarnos. Llevaréis una carta mía diciendo quienes sois para que podáis entrar en los círculos altos de los Virreinatos y por si vuestra seguridad corriera peligro.

—Señor, soy matemático, pero como espía no creo tener un buen futuro.

—El espionaje se refiere sobre todo a la cartografía y solo una persona de vuestra preparación y dinamismo puede llevarla a cabo. Sabéis matemáticas; tendréis que aprender astucia, pero no tenemos escuela en estas artes. Aquí en la Corte, encontraréis maestros consumados —Ruy Gomes y fray Benito rieron.

—¿Cuándo partiremos?

— Habéis de esperar. Antes tengo que recibir unas cartas que estoy esperando y el Concilio tiene que volver a organizarse y ser convocado de nuevo para su prosecución. Os iré dando más detalles estos días mientras llega la hora de vuestra partida. Ahora, don Diego, fray Benito, don Ruy Gómez y yo debemos retirarnos a resolver ciertos asuntos de la república.

Salieron el fraile y Diego y se abrazaron.

—Temí que hubieras comentado con el rey mis opiniones satánicas en materia de religión.

—No temas. El rey es muy tolerante y no se escandaliza de las herejías mientras no creen disturbios populares. Él sabe mejor que yo lo que piensas y de qué pie cojeas y, aun así, o quizá debido a ello, tiene una alta estima de ti. Él es muy piadoso, pero sabe congeniar con los impíos.

»En cuanto a nuestras acaloradas discusiones durante el camino, pasada la flama, no tengo más que buenos recuerdos. Dices lo que crees y haces lo que dices. Para mí vale más el ardor con que se defienden las ideas que las mismas ideas. Eres hombre de fiar. No tienes doblez.

—Prometo ser más prudente durante el viaje a Trento, viajando con el Señor Obispo.

—No, Diego; no seas prudente. Si acaso puedes ser astuto, pero no seas prudente.

Diego quedó pensando qué quería haber dicho fray Benito; más adelante lo pensaría. Y se despidieron con chanzas y palmotadas:

—Con Dios, el más hereje de los amigos.

—Con Dios, el más amigo de los herejes.

—Por cierto, el rey me encargó que te dijera que te dobla la paga.

Cada uno cogió su camino y, al poco rato, se topó Diego con una agradable compañía. Era el niño Jerónimo de Ayanz.

UNA BRÚJULA PARA LA MAR

—¡Jerónimo! ¡Qué alegría verte!
—¡Señor cosmógrafo! ¡Alegría la mía! Podremos reanudar vuestras lecciones. Tengo miles de preguntas que haceros.
—Ahora podremos vernos todos los días. Aunque es verdad que nuevamente el rey me encarga otro viaje. Este es más lejos. No sé incluso si tendrá un final antes que yo lo tenga. Primero voy a Roma, luego a los Países Bajos, luego a América, luego a Filipinas. Espero que el mundo sea redondo como dicen —rio Diego.
—Me gustaría ir con vos. ¿Qué haréis en viaje tan largo? Supongo que iréis perfeccionando vuestro método de las longitudes e iréis acopiando datos para aseguraros de que se puede aplicar a la navegación.
—Así es. Esa es mi misión.
—¿Recordáis, señor cosmógrafo, en qué punto se truncó nuestra conversación con vuestra partida?
Jerónimo hablaba con dicción perfecta impropia de su edad. Era la «ortofonía» materializada en niño. Parecía que estaba hablando con el mismísimo Alfonso X el Sabio.
—Me quedé con ella en la cabeza. Os fuisteis, pero la conversación se quedó aquí congelada. La conservación de la conversación, ja, ja —río como un pilluelo—. Me dijisteis entonces que era muy difícil montar la brújula sobre una superficie que no se mantuviera horizontal a causa del oleaje furioso del océano...
—Lo recuerdo, Jerónimo, lo recuerdo. Si eso se pudiera inventar, el progreso sería fantástico. Se podría medir tan bien en el mar como en tierra firme. Sería la solución a muchos problemas de la navegación. Sería un paso de gigante. Pero me temo que a las olas no hay quien las dome y que tal invento no podrá lograrse.
—Pues lo he inventado, señor cosmógrafo.

—No es posible... Tan grande problema para tan pequeño hombre...
—¿Queréis venir conmigo? ¡Os lo enseñaré!
Jerónimo cogió con su pequeña mano la de Diego y le arrastró volando por algunos corredores hacia la habitación de los pajes.
—No sé por qué les llaman corredores si no nos dejan correr —dijo tirando de Diego con fuerza impropia de un niño.
Y luego con una delicadeza impropia de esta fuerza, le mostró el invento. Consistía en una caja con unos topes que sustentaban una semiesfera con otros topes perpendiculares a los anteriores que sustentaban otra semiesfera y sobre la última plataforma plana se podía alojar la brújula o el instrumento que fuera. Diego, sorprendido y admirado, movió la caja en cualquier dirección remedando el oleaje y, en efecto, por muy violentos que fueran los movimientos, la superficie superior quedaba siempre perfectamente horizontal.
—He llamado a este invento el «sinolas».
Pero si el ingenioso mecanismo admiraba a Diego, también la realización llamaba la atención. No era un simple esbozo de cartón con clavitos. Era una construcción metálica sólida y estable. Pensó en que sin más perfeccionamiento podría llevarse el sinolas en su viaje a América y hacer las mediciones sobre él.
Nunca había visto Diego nada igual. Más adelante se enteraría que el famoso matemático italiano Cardano había construido un aparato similar, que había recibido el nombre de «suspensión de Cardano». Más adelante lo copiaron los ingleses con el nombre de «suspensión cardan». Pero el infraescripto —escritor que esto narra— da fe de que el primer inventor de esta suspensión fue el paje de Felipe II, el niño Jerónimo de Ayanz. Aquí lo afirma para futuras reclamaciones de la prioridad de tan singular invento.
El sinolas que Jerónimo regaló a Diego le acompañaría siempre en sus interminables viajes.

LOS RAMAJES DE MONARDES

Al día siguiente, Diego se presentó en casa de Uchur con todos sus ramajes ultramarinos. ¿Dónde podrían guardarse mejor que en la propia casa de la enferma donde podrían ser útiles?... O donde podrían ser inútiles. Un par de aldabonazos hicieron que alguien acudiera a abrir, pero no eran los pasos de una moribunda sino unos bien recios y sonoros. Eran los pasos de Obis, quien abrió la puerta. Al abrir se encontró con un arbusto entre cuyas ramas se acabó asomando una cara conocida que le miraba a él con gesto contrariado. Dijo Obis:

—Hola pollo, ¿tú otra vez? ¿En qué puedo ayudarte? ¿Qué es lo que ignoras para que vengas como todos a pedirme consejo? ¿Te fallan las matemáticas? ¿O te fallan las mujeres? ¿Qué diantres haces entre tanto follaje? Pasa pollo.

¿Cómo se las arreglaba aquel hombre, que casualmente era su padre, para hacerse tan antipático en tan poco tiempo?

—Vengo a ver a Uchur.

—¡Alto ahí, pollo! Uchur está enferma. Lárgate.

La puerta comenzó a cerrarse con intención de encontrar las narices del visitante de palos y hojas.

Diego puso una mano para impedir el cierre de la puerta.

—Si te cierran una puerta... no pongas los dedos —amenazó Obis.

—Vengo a curarla.

—¿También eres físico? —la puerta se entreabrió.

—No, pero he estado en Sevilla con unos botánicos...

—Pues vuélvete a Sevilla con ellos —nuevamente los osados dedos de Diego impidieron un portazo.

—Estos botánicos me dieron medicinas de ultramar que pudieran curar a Uchur.

La puerta se entreabrió.

—¿Fuiste amante de Uchur?

—No. Desconfiad de mí cuanto queráis, pero si hay alguna posibilidad de que se cure, la traigo conmigo. ¡Dejadme entrar!

—exigió enérgico, pero luego más suavemente— Dejadme entrar, os lo ruego.

—Pasa pollo —la puerta se abrió definitivamente tras tanta vacilación y chirriar de quicio y bisagras.

En la alcoba, al fondo, en el camastro, yacía ella. Era como unos ojos grandes rodeados de un pellejo hecho jirones. Ojerosa, pálida y débil esbozó la más amplia de sus posibles sonrisas.

—Gracias Diego. Gracias, padre.

—¿Dónde está la más alegre de las enfermas? —fingió optimismo el pobre Diego—. ¿Dónde está la más castiza y la más guapa de las morenazas de Granada? ¿Está ya mejor esta mujercita?

Empezó a preparar la cocción y pidió a Obis que se fijara en cómo se hacía aquella receta milagrosa por si él tuviera que relevarle. Obis lo observaba todo con silencio, intriga y desconfianza en sí mismo, desconfianza en que él pudiera sustituir al maldito Diego en la elaboración de la pócima. Observó cómo aplicaba el guayacán a la enferma que se veía desnuda incapaz de contener un inútil pudor ante las atenciones de hermanastro y padre. Siguió Obis atendiendo a la cura con el palo azul.

—Es posible que me ausente pronto y entonces vos tendréis que seguir curando a vuestra hija.

Se acercó a ella, la besó nuevamente fingiendo despreocupación y se dirigió a la puerta. Obis nunca había estado tan callado en su vida y en el umbral sujetó un brazo de Diego.

—¿Crees pollo que con estos ramajes se va a curar?

—No lo sé. Nadie me lo ha asegurado. Pero hay que intentarlo, ¿no?

Diego salió y se alejó sin oír que la puerta se cerrara tras él.

¡Himilce! ¡Qué liviano es el hombre! Diego venía de estar mortalmente herido de amor con la impresión de la belleza otoñiza de Zujenia. No hacía más que crear letras para palos y melos para los cantes gitanos, con los que quería aliviar sus angustias y sus desdichas, incluyendo la superación de las asquerosas bubas de la moribunda Uchur, a quien no había nunca dejado de amar. Y, sin ser completamente consciente, se encontraba pasando por los lugares de Palacio donde antes se hacía el encontradizo con ella. ¡Himilce!

No, él no era liviano. No era liviano ni en cuestión de mujeres ni en ninguna otra cuestión. Y entonces ¿por qué había sacado de su equipaje la escondida llave que aún conservaba del taller de la pintora? Aquella llave que ella le había dado como muestra de inclinación hacia él, aunque según hubiera dicho Uchur, aquello no era nada más que el juego que ella le tendía. Era parte de la telaraña pegajosa de la que parecía inútil querer desprenderse. La araña le esperaba en su centro hacia donde él caería como una mosca incauta. ¿La complacencia en su poder de atracción era simplemente su interés? La araña no quería comer a la mosca que agitaba las alas desesperadamente. Solo quería saber que la podía comer si quisiera. Y esta mosca no agitaba las alas ni zumbaba espantada, sino que mansamente se dejaba atraer sin resistencia ni voluntad.

Acariciaba la llave en su bolsillo, una llave pequeña, que no medía más de un peje, como eran las llaves modernas. Al notar su tacto, pareció decidirse. Estaba yendo al taller de Himilce. ¿Para qué? Precisaba una excusa. Para devolverle la llave. La llave le llevaba a Himilce, con dos caminos diferentes. Estaba ya al borde de las escaleras que descendían y que conducían a la belleza de las pinturas. Y de la pintora.

Estas cavilaciones, al borde del susurro, se vieron truncadas, afortunadamente, pensó Diego, porque le llamó su amigo fray Benito Arias Montano.

—¡Diego! ¡Diego! El rey quiere verte.
—Voy como el rayo. ¿Vienes tú?
—No. Conmigo ya ha despachado.

Y Diego se fue corriendo. La verdad es que tenía buenas ganas de encontrarse con el rey cosmógrafo y hablar de los próximos pasos a sus reales órdenes. Luego su andar se moderó mientras iba pensando qué debería decirle al rey para no defraudarle con un silencio torpe.

Iba hacia la cámara del rey. Se cruzó con algunas caras no conocidas que parecían mirarle con rencor. Una de estas caras pertenecía a un personaje de apariencia fea y desagradable a quien Diego para sus adentros apodó como el «ogro de luengas barbas». Era alto, delgado y feo, feísimo. Mientras se cruzaban, el ogro lo siguió con su mirada, al parecer vengativa, con un gesto de desdén y menosprecio y sonrisa tristemente forzada que quería parecer burlona. ¿Quién sería aquel tipo tan antipático?

Poco después se cruzó con otra cara desconocida. Esta pertenecía a una mujer de gesto adusto y sonrisa hipócrita, fea a rabiar para ser tan joven, y que parecía interponerse en su camino, hasta tal punto que Diego tuvo que esquivarla y decirle que el rey le esperaba. A esta mujer, Diego llamó para sí la «lamia rechoncha», porque para mayor fealdad, exhibía unas desmesuradas posaderas. No conocía ni al primero ni a la segunda, pero ellos sí parecían conocerle a él, aunque no tuvieran precisamente cara de buenos amigos.

LA DETERMINACIÓN DE LONGITUDES

—Alzaos, don Diego. Ya os he dicho que no me gusta que la gente se arrodille ante mí. Y no me llaméis majestad. Llamadme simplemente señor. Os lo he dicho mil veces. No os rebajéis ante mí ya que soy yo quien os ha alzado.

»Ahora decidme, habladme de vuestro viaje a Sevilla y a Aracena. No es una larga distancia, pero, aun así, ¿habéis notado alguna diferencia en la inclinación magnética con la brújula inhiesta?

—En efecto, señor, he encontrado una diferencia de unos diez grados, mientras que las variaciones de la declinación magnética han sido casi imperceptibles.

—¡Magnífico!

—Señor, tengo deseos inmensos de mostraros lo que he medido con el mayor de los escrúpulos y que diseñéis un plan para las nuevas mediciones que haya de hacer por todo el globo de la Tierra. Y también querría explicaros mis fórmulas y mis cálculos y discutir con vos el porqué creo que la Tierra es un gigantesco imán.

—Eso no, don Diego. Vuestra teoría ni la puedo entender ni quiero entenderla. Ya os lo he dicho mil veces. Solo me interesa que funcione y que finalmente se pruebe que puede determinar las longitudes. Ya sabéis que soy un mal matemático. Ni puedo ni deseo el don de las matemáticas. No deseo ese don.

Diego quedó admirado con esta última frase palindrómica, o como pudiera llamarse, que le mostraba la riqueza y la agilidad de expresión verbal de un monarca culto e ingenioso.

—Quiero convertir la ciencia en arte de navegación, sin ser diestro ni en lo uno ni en lo otro —seguía diciendo el rey—. Quiero el mejor mapamundi que se haya dibujado, el más preciso, el mapamundi que siendo el más grande tenga el mejor detalle. Quien tiene el mapa del mundo es el señor del mundo.

—El mapa mayor y de mejor detalle del mundo es el propio mundo —se atrevió a bromear Diego y la sonrisa de don Felipe le expresó que la broma se había entendido.

—No tanto, no tanto... Quizá hayáis visto en Sevilla el mapamundi del sobrino de Américo Vespucci, don Juan Vespucci.

—Sí, lo vi. Me lo enseñó el Piloto Mayor del Reino a quien visité en la Casa de Contratación. El mapa es maravilloso, además de hermoso por su colorido y los dibujos que lo adornan. La toponimia es copiosa. Los detalles de las costas son minuciosos en extremo, pero sospecho que está muy deformado en el continente americano. Ha pasado ya tiempo desde que Vespucci lo trazara. Como las longitudes son probablemente muy inexactas y las latitudes no, parece como que tuviéramos que desplazar o estirar o encoger los paralelos, en unos lugares sí y en otros no, para que cuadren con la forma real de la Tierra. A modo de ejemplo, algunos descubridores en Sevilla aseguraron al Piloto Mayor, señor de Chaves, que la distancia entre ambos océanos en la región del Río de La Plata es mucho mayor que la que indica el mapa. Creo que hoy podemos y debemos hacerlo mucho mejor.

—Así es. Por eso quiero que partáis pronto. Y que se os ocurran nuevas ideas. Hay que resolver de una maldita vez el problema de las longitudes. Pero habéis de ser cauto, amigo don Diego. Tened cuidado con los espías. Vos seréis también mi espía y, al mismo tiempo, os cuidaréis de los espías ajenos. Hay muchos países que como perros rabiosos envidian nuestra gloria y están prestos a saltar sobre nosotros con colmillos afilados. Hay además otros perros: los piratas.

—Hay una forma de librarse de los perros. Es lanzar una pelota lejos. Es su juego preferido, su mayor entendimiento con el dueño, el correr en pos de ella para traerla a nuestros pies. Habrá que ver, en cada caso, cuál es la mejor pelota para cada perro.

Complació a Felipe II esta comparación de la república internacional con el comportamiento de los perros que, por muy feroces que sean, siempre les fascina la rápida devolución al amo de la pelota lanzada.

—Así pues, don Diego, no quiero ver vuestras fórmulas. Solo una: la última.

Empezó el rey un recorrido circular con la cabeza enajenada y las manos unidas a la espalda. ¿Había llegado el momento para pedir permiso para retirarse?
—No os vayáis, don Diego. Hay todavía un par de asuntos. ¿Qué opináis del conflicto de Flandes?
—Algo me comentó fray Benito Arias Montano.
—Curioso fraile este fray Benito. Retirado en una cueva alejado de todo y sabe más de lo que ocurre en el mundo que yo mismo. No busca las nuevas; las nuevas le buscan a él. Es un gran diplomático y es un gran espía al que encargo las misiones más delicadas. ¿Cómo puede un ermitaño ser un diplomático? Tiene además el don de la oratoria. Nunca en su vida ha pronunciado una frase incorrecta. Su verbo es preciso y elegante. Supongo que ejercitará estas dotes mientras ordeña las cabras de Alájar.
—Él sabe. En cambio, mi capacidad para entender de los problemas de la república y del mundo es nula, así que mi humilde opinión sobre los disturbios de Flandes no os sería de mucha ayuda.
—Precisamente quiero conocer la opinión de una persona discreta, pero sin experiencia en asuntos del reino. Tengo mis consejeros habituales. Pero sus opiniones no pueden ser más encontradas. A uno de ellos ya le conocéis: don Ruy Gómez da Silva, mi buen amigo, el príncipe de Éboli. La gente me pregunta, y vos mismo os lo estáis preguntando, que dónde está Éboli y por qué lugar tan pequeño tiene príncipe. Yo le di tal título para que igualara su alcurnia con la de su esposa, doña Ana de Mendoza, biznieta del famoso Cardenal Mendoza, hija de don Diego Hurtado de Mendoza. Aunque doña Ana de Mendoza... No sé si Mendoza y mendaz son palabras del mismo tronco...
»No hablemos de doña Ana, aunque hay que reconocer que sus opiniones se enredan por los rincones del palacio. Pues bien: don Ruy, Sumiller de Corps y Contador Mayor de la Hacienda, persona de toda mi confianza, aporta siempre los consejos más moderados. En el otro fiel de la balanza está el que da los consejos más drásticos, don Fernando Álvarez de Toledo, el tercer Duque de Alba. Es el guerrero más destacado del reino. Ya lo era en tiempos de mi padre, como probablemente sabéis; su fama es grande. El Duque de Alba es ahora el Mayordomo Mayor de Palacio. Es un hombre de hierro. Lleva la coraza dentro. Es valiente y cumplidor, aunque es de trato difícil. Respeta mi autoridad, sí, me obedece, sí,

pero es intransigente y fiero. Cuando le contradigo apelando a su paciencia se irrita como un ogro y se va a sus posesiones en Huéscar y a una pequeña población que ya la llaman La Puebla de don Fadrique. Don Fadrique fue el segundo Duque de Alba. Cuando don Fernando se irrita se va a su Puebla para no volver. Pero siempre vuelve.

»Y bien, don Diego, ¿qué creéis que debo hacer en los Países Bajos? ¿Ignorar los disturbios mirando prudentemente para otro lado? ¿O castigar a tiempo la rebeldía creciente de aquellos pueblos?

—Mi miserable opinión es despreciable.

—Yo veré si la desprecio.

—Señor: me doy cuenta que me pedís la opinión no para sopesarla sino para sondear mi habilidad como diplomático y espía. Os lo antepongo: soy mal espía y no tengo mano izquierda. Yo solo tengo mano derecha. Pero, en fin. Si queréis que ponga mi granito de arena en la igualada balanza, esta descendería del lado de don Ruy. Dejaría a doña Margarita de Parma, representante suprema de vuestra familia; ella no es el problema. El problema es el Cardenal Granvela pues allí le odian, aunque le relevaría de forma que no lo pareciese, que se vuelva a su tierra, a Borgoña, o a donde sea. Dejad a vuestra hermanastra, doña Margarita, para funciones más protocolarias y dejad que gobierne el Consejo de Estado de allí. Supongo que no he dicho más que disparates. Si acaso, enviad allí a un gobernador más tolerante.

—Veo que Arias Montano os ha informado bien y que habéis dado una visión muy precisa de lo que se debe hacer. Yo pido la opinión a mucha gente, aunque la decisión final es mía. Ese es mi oficio. Dios puso en mis espaldas la vida de muchos hombres y yo, y solo yo, he de responder ante Dios. Estoy en duda y la duda invita a la prudencia. La prudencia me hace perder autoridad. Pero, ya veis, eso no me importa demasiado. Lo que no puedo tolerar de ninguna de las maneras es el desorden. En ningún reino del imperio he de soportar el desorden. Que no quieren ser católicos, lo lamento profundamente, pero sea. Que quieren seguir las doctrinas de Calvino, lo lamento profundamente, pero sea. El desorden, no. No se puede consentir el desorden. Perdón, don Diego, estoy pensando en alto. No soporto el desorden. Los problemas no se resuelven a gritos. El silencio es mejor gobernador. No se puede consentir el desorden.

A continuación, algo anotó el rey en un papel que guardó y mandó llamar al príncipe de Éboli. Todo lo escribía con trazo rápido e ilegible y todo lo guardaba.

—Ahora, don Diego, nos vamos a ver a vuestra hermana Catalina.

UCHUR Y EL REY

Quedó perplejo Diego. ¿Ir a ver a Catalina? ¿Con toda la guardia del rey? ¿Acompañados de los monteros de Espinosa? ¿Todo un rey a visitar a una pobre enferma a la que le faltaban cuatro amargos días?

—Iremos los tres: vos, Ruy y yo. Ruy y yo iremos vestidos de plebeyos. Vos no necesitáis un disfraz.

—Pero... os reconocerá... todo el mundo... hasta puede ser peligroso... vos sin vuestra guardia real...

—Un rey vestido de plebeyo no parece un rey.

—Lo hacemos con frecuencia —intervino Ruy, quien normalmente hablaba poco si no estaba a solas con don Felipe—. Nadie nos ha reconocido nunca. Eso sí; vamos embozados. Muchas veces lo hacemos para conocer directamente la opinión del pueblo. O bien para...

—Decid, Ruy, ¿para qué? —rio maliciosamente el rey.

—Para vivir la vida, confundirnos en el ambiente de las tabernas y...

—Decid, Ruy, decid.

—Me estaba acordando —desvió la insistencia de su rey— de cuando nos confundimos con el pueblo para conocer en el bullicio de la calle la apariencia de doña Isabel, la esposa de Vuestra Majestad, cuando llegó a Guadalajara...

—Así es que, guiadnos, don Diego.

—Lo sigo viendo peligroso.

—No lo será —repuso Ruy—. Su Majestad es el mejor espadachín del reino.

—Pero en esa lista de espadachines expertos yo debo tener el puesto medio millonésimo...

Y al poco tiempo salieron del palacio, por una puerta excusada, tres embozados de aspecto vulgar. Bajo las capas, los bultos de las espadas oscilaban al compás de sus decididos pasos. Diego temblaba como su tierra de Granada los días de terremoto. ¿En qué líos se estaba metiendo?

El atardecer amparaba su sigilosa marcha.
Salió a abrir Obis, con cara de pocos amigos.
—¡Por Dios, pollo! ¿Ahora te presentas con ayudantes? Es tarde y está dormida. ¿Son estos señores también médicos? ¿Venís a estudiarla como si fuera un cadáver del docto Vesalio? Id todos con Dios o con el Diablo. Poco le falta a la pobre Uchur para morir del todo y acabar con sus dolores y su podrido cuerpo. Entonces podréis estudiarla cuanto queráis. Los palos y hierbas que habéis traído de Nueva España no van a servir para nada, maldito pollo. Vete de aquí, maldito pollo, con tus puñeteros ayudantes embozados. ¡Fuera de aquí! Dejad a mi hija morir en paz.

Hizo ademán de dar un gran portazo, pero fue el propio rey quien detuvo su mano y quien cortó su bellaca reacción al tiempo que el embozo cayó, quedando su rostro al descubierto.

—¡Majestad!... ¿Sois realmente vos? ¿O estoy teniendo la más puñetera pesadilla?...

—Paso franco, don Obis. ¿Dónde está la enferma?

El presuntuoso viejo se había confundido y convertido en un desconcertado ratón arrinconado y no acertaba a pronunciar palabra:

—Ma... Ma... Majes... Pasad a mi pequeña casa.

Y se volvió echando chispas a Diego:

—Oye, pollo, esto se avisa, leñe...

—Dejad pasar al rey, don Obis —pidió Diego.

—Quiero ver a Catalina —exigió el rey.

Obis condujo al monarca a la pequeña habitación donde yacía la inerme enferma, esperando y deseando que fueran cortos sus últimos días.

—¡Felipe! ¡Oh, Felipe! —dijo ella incorporándose, al tiempo que unas vacilantes lágrimas salían de sus agrandados ojos, lo único que se conservaba hermoso de su arruinado cuerpo— ¡Felipe! ¡Felipe!...

—Sosiégate Catalina, que estás enferma.

—¡Oh, Felipe! ¡Cuánto te agradezco que hayas venido a verme...

Ni Obis ni Diego podían dar crédito a lo que veían y oían. El rey y Uchur se tuteaban y no escondían lo que a todas luces parecía amor. Diego conocía cómo Uchur había sido la barragana del rey, pues Arias Montano le había abierto los ojos, pero estas delicadas atenciones y sollozos también le parecían asombrosos. Ruy, Diego y Obis se retiraron al zaguán, dejando a don Felipe y a Uchur a solas.

Ruy, Obis y Diego permanecieron callados mirando al suelo. Por supuesto, Ruy había sido compañero de aventuras y amoríos del rey y nada de lo que acontecía en la contigua cerrada alcoba le era extraño, pero no le apetecía dar explicaciones a sus acompañantes. El más sorprendido era Obis. Todo un emperador amante a los pies de su hija que había sido tan hermosa y discreta que bien lo merecía todo, pero no podía imaginarse que hubiera llegado a tanto.

El olor de las bubas emanaba de la alcoba. No tardó mucho en salir el rey, con los ojos húmedos y una mano tapándose las narices.

—Os ruego me perdonéis, majestad —se recuperó Obis.
Y dirigiéndose a Diego:
—¿Tú sabías esto, pollo?
—Me lo figuraba.

Al cerrar la puerta, Obis, el bravucón desbravecido, el toro amansado, se sentó en el poyo del zaguán, desconcertado, pensativo, hasta que una voz le sacó de su enajenación:
—Papá...

UNA MUJER HORRIBLE

Himilce no aparecía y él no estaba dispuesto a aparecer, pensaba Diego mientras insensatamente acariciaba la llave del taller en su bolsillo.

Disponía de una sala de pensar. Era compartida con otros pensadores pero que nunca venían a pensar, de forma que él podía abandonarse a sus pensamientos con mayor aislamiento de la mente. Allí recibía también a quien le buscara, en la práctica a Jerónimo y a fray Benito. Allí se encontraba cuando apareció aquella mujer a quien había nominado como la lamia rechoncha y a fe que el apodo provisional había sido acertado.

—¿Qué se os ofrece, señora mía?

—No se me ofrece nada en esta casa. En esta casa solo se ofrecen cosas a quien no las merece. Vamos a llamar a las cosas por su nombre.

—Primero, señora, ¿podríais decirme el vuestro?

—Me llamo Sol Laredo.

Diego canturreó mentalmente este musical nombre, compartiendo su diversión con la de los padres de la tal Sol Laredo al haberla bautizado de esta guisa. Pero no exteriorizó su mofa y siguió con la refinada compostura palaciega.

—¿Puedo serviros de ayuda?

—Por supuesto que podéis. Marchándoos de aquí, marchándoos de Madrid, marchándoos de España, marchándoos al infierno.

—Señora...

—¡Cosmógrafo real! ¿Qué habéis hecho para merecer tal nombramiento? Yo os lo diré. En lugar de estudiar la esfera y el firmamento y en lugar de aprender matemáticas, os habéis acercado con intrigas y halagos a Arias Montano, a don Ruy Gómez da Silva, al rey mismo. No se consigue el puesto de cosmógrafo real doblando rastreramente el espinazo ni siendo un falaguero sin dignidad. ¿Habéis navegado alguna vez en vuestra vida? ¿Sabéis lo que es un barco? ¿Sabéis lo que es un gobernalle? ¿Sabéis lo que es un astrolabio? No, preferís navegar por las distintas salas de Palacio, profiriendo loas bobas a los cortesanos que solo saben poner el culo al rey. Al rey habéis engañado; no a mí.

—¿Acaso aspirabais vos al puesto de cosmógrafo real? —se contuvo Diego.

—Yo no, pervertido adulador, labioso traicionero, científico sin ciencia ni conciencia. Yo, no; mi hermano, Domingo Laredo. A mi hermano le había prometido el señor Santa Cruz el puesto que habéis conseguido a base de doblar el espinazo.

Su rostro adusto se hacía más adusto al deformarse con los pellizcos del rencor y la ira. Al hablar se aproximaba a Diego con copiosas emanaciones de saliva que rociaba generosamente. Parecía que iba a acometerle bufando como una dama búfalo.

—Esto es una ofensa imperdonable.

La paciencia de Diego había llegado a su límite.

—¡Qué gracioso!... El ofendido... La pobre víctima... ¡Sí! Lo seréis, seréis la pobre víctima, cuando yo cuente lo que sé. Ya sabía mucho y hoy os he seguido, para más inri. He visto cómo ibais con dos hombres embozados a casa de la licenciosa Catalina. ¿Quiénes eran? ¿Para qué iban? ¿Acaso ibais a ofrecer vuestra puta a estos señores? ¿A eso os dedicáis, señor cosmógrafo real?

—¡No sabéis nada!

—La cortesana Catalina fue una de las barraganas del rey, de las muchas que ha tenido y tiene. Normalmente las elige entre las damas nobles y cuando se harta de ellas porque aparece otra mejor, las casa con algún noble con ganas de medrar. Pero la Catalina no es noble. ¿Qué hacer con ella? Buscarla un marido plebeyo como vos y dándole un trabajito bien remunerado para que ella pueda vivir holgadamente. Y en este caso, el futuro marido no solo es plebeyo sino que además es ignorante. Le ha dado el título y el sueldo de cosmógrafo real para que atienda a su pasada barragana... Tras vuestra sonrisa bobalicona y dócil ocultáis vuestra ignorancia.

Cuando esto decía sus ojos se enrojecían y sus uñas de bruja parecían crecer.

—Señor don Diego de Granada. Sois un cornudo. Con cuernos de oro, pero cornudo a la postre. Aprended a navegar en lugar de vivir a costa de una mujer sustituida por el rey. La sustituida y la prostituida. No sabéis lo que es la honra.

Diego no podía soportar tanta injuria. A punto estuvo de abalanzarse sobre la tal Sol Laredo y expulsarla brutalmente de la sala. Ella se alejó volviendo la cara con los ojos saltones, con su aspecto de bruja, llena de odio y propósito de venganza. Pero se volvió en un arrebato de ira.

—Sé más. Se quiénes eran los embozados: el rey y el Ruy.

Cuando ella se fue, él fue recuperando lentamente su pulso y su respiración. Apoyado en la pared se recomendaba a sí mismo calma y razón. Salió de allí y decidió pasear por el jardín para sosegarse del todo. Había que recobrar la compostura. Había estado a punto de pegar a una mujer. ¿Quién era aquella loca? ¿Quién era el tal Domingo Laredo? Además... la lamia rechoncha... ¡había reconocido a los embozados! ¡El rey y el Ruy!

PASOS SIGILOSOS

El estado de agitación en que la tal Sol Laredo le había dejado minó lo poco que quedaba de su voluntad. Metió la mano al bolsillo con rabia y apretó la llave. La relación con Himilce estaba suspendida y había que acabar con aquella indeterminación. La balanza tenía que inclinarse. En uno de sus platillos estaba la ruptura del amor. ¿De qué amor se trataba? En el otro platillo ¿qué había? No había nada. El fiel de la balanza no se movía... porque tampoco había balanza. El caso es que se determinó a usar la llave, aunque fuese la última vez. Se la entregaría a Himilce y eso le ahorraría palabras. Le daría la llave y basta. Quizá también un beso... pero de despedida.

Hacia el taller se encaminó. Su análisis había sido histriónico pero certero. Entendía Diego que ella le había dejado bien claro que no quería continuar por la senda predecible del amor: una locura ardiente que, con el paso del tiempo, se convierte en rutina e hijos. Ella, seguramente, no temía ni a la rutina ni a los hijos, pero esa senda, ni siquiera empezada, la apartaría de la pintura. Y en este momento, tenía claro que no quería abandonar la pintura, estando en su momento mágico, en la corte más propicia al arte del mundo, habiendo gozado de la enseñanza y el elogio de Miguel Ángel y Sánchez Coello, maestra de la reina... Ella tenía que devolver a la humanidad con arte lo que la humanidad le había dado de destreza y sensibilidad para el arte. Si ella viera, en algún momento lejano, que su genio para la pintura se estancaba, entonces se abandonaría al amor a un hombre, a la chimenea de un hogar bendito y a unos hijos que alumbrar, educar y lanzarles a la vida como su buen y culto padre había hecho con ella y sus hermanos.

Iba a devolverle la llave. Iba a devolverle la llave. Iba a devolverle la llave. Una obsesiva ecolalia le conducía a los sótanos donde el arte se desparramaba y amontonaba en los rincones y donde trabajaba la bella artista que era, a su vez, tan bella obra de arte. «Puta me ha de hacer esta burra que me lleva a los pastores; y guiábala ella» era el refrán castellano que se ajustaba a su ilógico descenso de las escaleras que llevaban a los sótanos del arte, de la lujuria y de la muerte.

Sus nudillos tocaron en la puerta del taller, la tercera puerta, tan suavemente que era imposible que se oyera nada a la distancia donde ella trabajaba. Ni siquiera alguien con la oreja pegada al otro lado de la puerta lo hubiera oído. Pero él había llamado, que constara. Que constara que él había pedido permiso para entrar. Brinco en el corazón.

La manilla no abre. La puerta está cerrada. Que constara. En el fondo de la bolsa está la llave. La toma. La mete. La gira. La puerta cede. Diego entra.

Avanza por el taller atestado de cuadros inacabados. Al fondo, bajando unas escaleras, se ve la luz. Allí abajo, se encontraría ella, o no se encontraría. Antes de bajar, desde una barandilla se asomaría para comprobarlo. Recorre el zaguán del taller, sin que sus pies rocen el suelo. Su corazón late mandobles y batanazos. Se asoma a la barandilla donde puede ver sin ser visto. Allí está. Himilce.

Allí está Himilce con su blusón de pintora que todo lo cubre. Seguramente, bajo el blusón, Himilce está desnuda. En su caballete está un lienzo en estado bastante avanzado. Ella se inclina para dar una pincelada sabia. Del revoltijo de colores de su paleta, uno de ellos se lo lleva el pincel y lo deposita en el lienzo donde le espera la hermosura. ¿Qué está pintando?

Tendida entre cojines reposa su modelo. Es una mujer muy joven, blanquísima, bellísima, desnuda toda ella salvo su pubis semioculto por una gasa casi trasparente. Es toda blanca, blanquísima, salvo los centros de sus pechos que reclaman un color delicadamente rosáceo. Es toda blanca, blanquísima, salvo un parche negro que tapa su ojo derecho. La bella es tuerta.

¿Qué tendrá aquel ojo que ni ve ni puede ser visto? El parche lo llena todo de tanto misterio que Diego olvida lo inolvidable, olvida la inolvidable belleza de la modelo y centra su atención en aquello, en el parche negro que enamora más que el blanquísimo cuerpo. El parche negro embellece al ojo sano. El rostro es de singular hermosura, algo infantil, perfectamente tierno. Esta mujer debe ser la inocencia en estado puro. Todo el cuerpo es blanco. Himilce no ha de gastar mucha pintura. Basta colorear el entorno del cuerpo y depositar con su pincel un par de delicados puntos rosáceos. Y una mancha negra.

Diego se da cuenta de que está violando una escena íntima y secreta. Con pasos de ladrón, marcha atrás, retrocede procurando no propinar una patada inoportuna a uno de los cuadros que aún no han comenzado su camino hacia la gloria. Sale y, con sumo cuidado, cierra la puerta tras de sí. La llave vuelve a su nido como el reptil vuelve a su escondrijo. El corazón de Diego nunca jamás volverá a la tranquilidad.

OBIS, MATEMÁTICO

Estaba Diego curando a Uchur y Obis observando y aprendiendo cómo lo hacía. Mientras Diego cuidaba cada buba, el viejo a sus espaldas decía en tono lastimero:

—Pobre Uchur, Uchurgañí, Catalina. No la conocí ni recién nacida y ahora la conozco solo antes de morir. Me he perdido todo, la infancia, la juventud, la belleza, la limpieza de corazón... Esta la debió de heredar de su madre, porque lo que es de mí... Limpia de corazón como la Magdalena. ¿Verdad, pollo, que fue hermosa y limpia? Mira pollo, de ahora en adelante yo la lavaré y le daré las medicinas del Nuevo Mundo. Me he fijado y ya podría hacerlo tan bien como tú.

—Eso está bien. Porque el rey me ha encomendado que he de hacer un gran viaje.

—Pobre Uchur —seguía lloriqueando el viejo—. Cuando naciste tuve que salir por pies. Me perseguían los gitanos. Por culpa de los pies de su padre la arrebataron de los brazos de su madre. Sí, pollo, yo la lavaré y la daré las medicinas y aliviaré sus bubas. No lo digo por quitarte trabajo. Lo digo porque lo necesito para expiar mis culpas. No por expiar mis culpas ante Dios, sino ante ella. Pocos días podré hacerlo.

—Padre —sonrió Uchur sin fuerza— que todavía no me he muerto. Pareces un cuervo de mal agüero...

—Tienes razón, Uchur, todavía estás aquí. A ver si estos ramajes te devuelven la salud y la alegría.

La cura terminó y mientras Uchur recuperaba el sueño, Diego preguntó a Obis:

—Decidme, don Obis, ¿Qué hacéis en la Corte aún? Creí que estabais en Madrid solo mientras servíais de modelo a la pintora Himilce.

—Pues verás, pollo, aunque no soy tan cosmógrafo como tú, soy menestral del rey y sirvo en la Corte como matemático. Yo fui matemático a las órdenes de Diego de Siloé, según conté a la reina y a los palaciegos que quisieron escucharme. Yo era un gran matemático. Fui yo quien dije cómo habían de cortarse los sillares de la bóveda de la girola y resolví muchos otros problemas de la estática de la colosal catedral de Granada. Si no hubiera sido por mí, la catedral de Granada sería ahora un montón de piedras y amasijos amontonados. Pero algunos cortesanos dudaban de que lo que yo les decía fuera cierto.

»El rey me propuso un problema que por entonces se quería resolver. Habían enterrado en los jardines de Aranjuez un cilindro metálico de grandes dimensiones que hacía las veces de depósito de agua o aljibe. El gran cilindro estaba colocado horizontalmente. Desde arriba se metía una vara con objeto de ver la cantidad de agua que contenía, observando qué parte de la varilla estaba mojada. Y me preguntaron cuántas azumbres de agua había en el aljibe sabiendo la marca mojada de la vara.

»Los matemáticos del rey no sabían resolver el problema. Para mí fue coser y cantar. Aquellos matemáticos no me llegaban a la suela de los zapatos. Eran simples maestrillos de escuela que se perdían en la regla de tres. En seguida di al rey la fórmula que decía la cantidad de agua en función de la altura de la señal de la varilla mojada. Hacía tiempo que no me dedicaba a las matemáticas, desde los tiempos de Siloé. Pero «al músico viejo le queda el compás», que dice el refrán.

—¿Cómo lo resolvisteis, don Obis?

—¿Quieres, pollo, que te dé lecciones a ti también? ¡El viejo Obis dando lecciones al cosmógrafo real! En pocas palabras, dividí el volumen en infinitas capas rectangulares horizontales de espesor infinitamente pequeño. Calculé la superficie de cada capa que era variable según la profundidad. Multipliqué por el espesor infinitamente pequeño de cada capa y obtuve el volumen de cada capa. Luego sumé el volumen de todas las capitas y obtuve el volumen del cilindro, cosa que hubiera sido muy sencillo desde el principio. Pero yo podía de esta forma sumar solamente las capas de espesor infinitamente pequeño que estaban mojadas, sin contar las secas. ¿Me entiendes, pollo? Así que pude resolver el problema del rey. Le dije: «Dime el trozo de varilla mojada y darte he cuántas cántaras, azumbres y cuartillos sin gastar hay en el aljibe».

»El rey entonces me fue proponiendo otros problemas matemáticos pendientes y yo todos se los resolví. Y en un periquete. Entonces él decidió nombrarme matemático de palacio junto a otros inútiles ignorantes que quedaron avergonzados. Como se ve, el viejo fatuo había recobrado la fatuidad. Al principio, el cálculo le pareció a Diego un galimatías. ¡Una suma de infinitas capas infinitamente pequeñas! Pero según pensaba en los argumentos en contra del cálculo, más se fue dando cuenta de que aquel procedimiento matemático era muy interesante y se propuso reproducirlo cuando estuviera en la sala de pensar o en la pensión. Obis era un fanfarrón, no cabía duda, pero si resolvió el problema del aljibe cilíndrico, sus fanfarronadas tenían fundamento. La verdad se abre paso pronto entre el pampanaje de palabrería.

—De hoy en adelante haréis la cura diaria de vuestra hija. Ya sabéis cómo hacerlo. Solo os pido licencia para visitarla y ver cómo progresan los remedios.

—Ven cuando quieras, pollo, tantas veces como quieras... De todas formas, no podrán ser muchas...

—Padre, padre, que todavía no me he muerto —protestó otra vez Uchur en quien los estragos del mal francés no habían minado su sentido del humor.

—Uchur, eres una mártir de la resignación. ¿No dormías?

—Si tienes razón... asoma ya la guadaña con su sonrisa de hierro... —bromeaba Uchur—. Y deseo que venga; es la única forma de curar estos dolores. Y como soy una moribunda, mis deseos son sagrados. Os pido que vosotros dos os entendáis.

Obis y Diego se miraron con algo de recelo y algo de desconfianza. Tras esa mirada de ida y vuelta, que fue larga y silenciosa, dijo Obis:

—Pero ¿quién eres tú, pollo?

Diego no contestó, aunque pensó otra vez: «yo soy el pollo y tú el gallito».

Y más tarde, en la fonda, se replanteó el problema del cilindro y consiguió la fórmula final deseada, con las ideas claves que le había adelantado Obis. Eso le llenó de satisfacción, por varias razones: primero, por orgullo personal por haber sido capaz; segundo, porque ese tipo de planteamiento se podría aprovechar para muchos otros problemas; y tercero, porque la sucia idea de doña Sol Laredo, la lamia rechoncha, de que había sido nombrado cosmógrafo real como forma de pago de los amores pasados del rey y Uchur, no era aplicable a Obis. Obis no había sido nombrado matemático por ser el padre de su antigua novia, sino por sus propios méritos. Es posible que el rey hubiera pensado inicialmente dar a Uchur un marido y un padre, para que pudiera seguir viviendo con holganza, pero ambos habían demostrado su valía. Aunque un gusano mordedor le había introducido la Laredo en las tripas: ¿tendría razón la lamia rechoncha? No; ¿no?; no...

EL PRÍNCIPE DE ÉBOLI

La reina había sido una niña encantadora y se había convertido en una mujercita encantadora. Combinaba los juegos de vestir y desvestir a sus muñecas con la organización de representaciones teatrales, a veces siendo los actores sus damas más allegadas, convenientemente disfrazadas, a veces con cómicos de la farándula; organizaba bailes —claro, menos lúbricos que los de El Liebretón—, preparaba cacerías, veladas con música, con equilibristas, narraciones de personajes singulares, como fue la larga y ditirámbica de Obis, y muchas otras cosas. Tenía gran sensibilidad para la música y para la pintura y, como en parte sabía Diego, ella misma era más artista que admiradora.

En esta ocasión, la velada, con la puesta de Sol, ofrecía música: una música celestial que arrebataba el alma. Diego pensó en los versos de su amigo Fray Luis, notando cómo «se serenaba el aire al que vestía de hermosura y luz no usada», aunque su amigo había dedicado su lira al músico Salinas, mientras que ahora, la que vestía el aire de hermosura era música del gran Antonio de Cabezón. ¡Cómo aquellos sabios músicos conseguían el arrobamiento y el éxtasis de los que oían aquellos divinos acordes! La reina estaba en trance místico de la misma forma que casi todos los asistentes al recital.

Era admirable esta jovencita doña Isabel de Valois, apenas recién entrada en la pubertad. Tenía a su servicio a más de trescientas personas, distribuidas según alcurnia desde las damas de más alta nobleza hasta los más humildes servidores. Dirigía con acierto a tanta gente, siendo especialmente difícil mandar a las más encumbradas aristócratas. Las de mayor rango social tenían entre ellas rivalidades y envidias que daban lugar a cuentos y más cuentos que circulaban por Palacio y por Madrid. Era notable que esta jovencita pudiera conciliar a tanta dama ilustre resabiada, grupito de mujeres muy difícil de armonizar, pero lo conseguía con su sonrisa veraz, su ingenuidad infantil, su dinamismo contagioso y su no poca mano izquierda. Ella era el dinamismo de la Corte y eso que cuando más niña había sido reprendida por indolente. No era ni guapa ni fea, pero tenía un atractivo magnético.

Diego, que debido a la agitación de su alma desde que había vuelto a Madrid, era de los que oían, pero no escuchaban, pasó de observar a la reina, a fijarse en sus más cercanas nobles damas. Su más íntima amiga era su inseparable Juana, la princesa doña Juana, hermana de Felipe II, mayor que él, pero no mucho más, siempre leal al rey, siempre compañera y confidente fiel de la reina.

Seguía fijándose en las otras damas: la Duquesa de Alba, a continuación otras que no conocía pero vestidas con preciosos trajes, y... allí estaba: una mujer de belleza inefable... con un parche negro tapando su ojo derecho. Ahora, claro, estaba vestida, y ricamente vestida, pero Diego sabía de su desnudez mitológica y podía recordar sus delicadas formas naturales bajo el vestido.

—¿Quién es la mujer del parche negro? —preguntó a fray Benito que estaba a su lado.

—¿Cómo? ¿No la conocéis? Es la Princesa de Éboli, doña Ana de Mendoza.

—¿La esposa de don Ruy Gómez da Silva, príncipe de Éboli?

—Sí y biznieta del Cardenal Mendoza.

—¿Dónde está Éboli?

—Es la antigua «Eburum» de los romanos...

Pero la petición de silencio de los cercanos oyentes atentos a la música de Cabezón interrumpió la interrogación de Diego. En adelante, contempló la blanca cara del parche negro mientras el aire «se vestía de hermosura y luz no usada». Era el deleite del músico ciego, natural de Castrillo Mota de Judíos, cerca de Burgos.

Ya vería en los mapas de don Felipe dónde demonios estaba Éboli. La ciudad de la que era princesa la inocente y candorosa Ana de Mendoza.

—Venid, don Diego, vayamos fuera de palacio. ¿Os apetece que paseemos y charlemos un poco?

Era el señor don Ruy quien ofrecía a Diego un paseo por la ciudad ya bien pasada la puesta de sol, tras la velada. El fresco de la noche y la jovialidad de don Ruy anunciaban un paseo agradable.

Seguramente, no era un paseo sin sentido y Ruy quería evitar que las paredes de Palacio malinterpretaran sus sanas intenciones. Diego consintió y aceptó el paseo porque estaba convencido de que esas intenciones no eran aviesas. Tenía ya un buen concepto de don Ruy, hombre de confianza del rey, callado, fiel, discreto.

—¿Salimos embozados?

—No es menester. Gocemos del aire puro y fresco de la noche. Eso sí, no vayamos por las calles más céntricas, pues Madrid ha crecido tan rápido que olvidó organizar la higiene en su crecimiento.

Se fueron a El Liebretón. Además del gran salón que Diego había conocido, tenía este lujoso lupanar un jardín donde podían charlar sin más compañía femenina que una jarra de vino.

—No tengo nada especial que deciros —empezó Ruy—. Simplemente me apetecía salir de palacio donde siempre hay que andar con pies de plomo y siempre hay que hablar con gente que mide sus palabras.

—El que mide sus palabras, vuélvete y te descalabra.

—¿Eso dice el refranero?

—Eso acabará diciendo algún día.

Tras chocar los vasos y echar un trago:

—Por lo que veo y os veo y oigo, estamos en la misma senda —dijo alegre Ruy.

—¿Hay varias sendas?

—Creo que solo hay dos. Una es la nuestra, la vuestra y la mía, en la cual os incluyo porque me creo que somos del mismo parecer. Veamos si estoy en lo cierto. Somos gente que creemos más en las palabras que en las armas. Creemos en la ciencia y en la paciencia; nos gusta más el fuego de la chimenea que el de la hoguera de los condenados y más que el de los cañones. No tenemos nada contra los herejes.

—Los herejes son necesarios, creo que decía San Agustín.

—Los herejes son necesarios, sí; pero no suficientes —rio de buena gana Éboli—. Yo, como ya sabéis, soy completamente fiel a nuestro rey. Pero el rey escucha también a otros que, a su modo, también dicen ser fieles al rey. El rey sabe estar en medio de una contienda. Sabe estar en medio de dos enemigos sin que la posible lucha le afecte y sabe sacar provecho de la enemistad. Esquiva las lanzas que se cruzan frente a él en ambas direcciones. En otras palabras, me gustaría que el rey premiase mi fidelidad… sin que, a la vez, premiase la fidelidad del otro…

Eludía Diego la intención de Ruy preventivamente, para no «entrar al trapo» hasta ver lo redondo que era aquel ruedo taurino, pero se vio en la necesidad de «salir al quite».

—El otro es el Duque de Alba.

—El Duque de Alba. ¿Quién si no? El Duque de Alba es partidario de la espada hasta para pelar manzanas. Es guerrero por naturaleza. No inventa la guerra al guerrero; es el guerrero quien inventa la guerra. Si no hay guerra, hay que crearla; es la mentalidad de Alba. Más que fiel es cruel. En sus manos el imperio acabaría en astillas y solo subsistirían los miedosos. Y me consta que no se entienden bien don Felipe y él; pero don Felipe, en las cosas de la república prefiere no decantarse. Sabe navegar entre dos aguas, oyendo a ambas partes por igual. En las cuestiones personales, yo soy su mejor confidente, pero en el gobierno, nos oye a los dos por igual.

—Hay dos grupos encabezados por vos y por Alba. Y me pedís que sea uno de los vuestros.

—Gracias mil por simplificar el problema en sus justos términos. Veo que vos tenéis más acceso al rey que muchos otros cortesanos. Os habéis ganado su confianza en muy poco tiempo. Con vos habla a gusto, lo que significa que os escucha a gusto. Por eso me gustaría que vos y yo entráramos en sintonía, lo que, por lo que he visto hasta ahora, no ha de ser difícil.

—Si me habéis descrito bien el balance de fuerzas tal como es, mi inclinación es a vuestro lado. Soy de los que creen que los conflictos se resuelven mejor con cosquillas que con coscorrones. Eso sí; si esperáis de mí una especie de juramento de fidelidad a vuestro grupo, me gustaría disponer de un tiempo prudencial de reflexión.

—Por supuesto, no espero ningún juramento. Simplemente quiero disponer de la libertad para hablar con vos como con un amigo. Pero, tarde o temprano, me gustaría saber bien quiénes somos para actuar como una piña frente a las pretensiones pendencieras del Duque de Alba, quien puede malograr de una estocada la mansedumbre que este gran imperio necesita.

Siguió la conversación por estos caminos del entendimiento, pero los caminos se encharcan cuando llueve y, en esta ocasión, más que el agua, fue el vino el que los encharcó. Si inicialmente el diálogo había sido prudente y comedido, se volvió poco a poco apasionado. Las palabras empezaron a fluir rápidamente y sin rienda a la par que las sílabas brotaban imprecisas y deformes: sílabas lentas en frases rápidas.

—El rey es mi amigo, es muy mi amigo, claro que sí, he compartido con él aventuras, lances, equívocos, ora graciosos ora peligrosos. Esto cuando él no era el rey, especialmente en Flandes. Y he compartido con él el peso de la corona, buscando con él la solución fácil de los problemas difíciles. Pero ¡voto a bríos! Debería tener en cuenta mis consejos y no ponerlos a la par que los de ese bruto de Alba. Mirad, Diego, es horrible, creo que Alba se va a salir con la suya. El rey está pensando en mandarle a Flandes para solucionar los problemas que hay allí, en buena parte creados por Granvela. ¡Querer pacificar Flandes mandando allí un guerrero y llevar allí a los tercios! Va a correr sangre como el agua por el Tajo. Y no va a servir para nada. ¿Felipe no quiere herejes? Pues así va a conseguir todo un país hereje. Flandes quiere libertad, pues dadle libertad...

—En fin, don Felipe manda. Vos le sois fiel. Ponéis a su disposición vuestra lealtad y vuestros consejos. Que él no los oye, vos seguís siendo fiel y ya se dará cuenta. El rey no quiere herejes ni en sus dominios ni en los reinos que no son sus dominios. Pero vuestra actitud no os daña, sino que os fortalece. Admiro vuestra fidelidad...

—¿Fidelidad? No sabéis hasta qué punto le soy fiel —bebió groseramente Ruy un vaso de vino de un solo trago—. Soy fiel... soy fiel... ¡Soy estúpidamente fiel! Por él lo doy todo. Soy estúpidamente fiel.

Una lea aparecía de vez en cuando por el jardín y llenaba de vino las jarras que se vaciaban cada vez más deprisa. Diego tenía el don de hacer hablar con su silencio. Inspiraba confianza con su comprensión.

—Eso es admirable... ¿no?

—¡Soy estúpidamente fiel! —descargó Ruy un formidable puñetazo sobre la mesa, sin que pareciera que ya nunca más sería capaz de pronunciar otra frase—. Soy un estúpido, un miserable estúpido, sin agallas, sin honor, sin redaños. Hasta mi sombra se avergüenza de mí.

—¡Por Dios! don Ruy, no os entiendo... yo os admiro...

El infeliz bebió de golpe otro trago, unas lágrimas se confundieron en su camino con el vino que en las barbas se había estancado, mientras su rostro iba perdiendo cada vez más la pulcra apariencia del principio. Tras el reguerillo de lágrimas, mirando a la pared como si fuera la pared la culpable de todo, tomó a Diego por el brazo como si fuera el de su confesor, sin votos, sin tonsura, sin sotana, sin fe.

—Hace tiempo conseguí que el rey me casara con quien hoy es mi esposa, doña Ana de Mendoza... ¡Nada menos que una Mendoza! Y para que estuviera yo a su altura me nombró príncipe de Éboli...

—Lo sé...

—Ella era una niña. Entonces, Carlos I dispuso que su hijo viajara, recorriera Europa, la que pronto iba a ser suya. Y dispuso que viajara especialmente a Flandes...

—Lo sé...

Y yo, su amigo, fui con él... Cuando volvimos, cinco años después, mi esposa era ya una mujer. Se había convertido en la mujer más hermosa de España; creo que no exagero porque vos la habréis visto.

—No exageráis nada...

—La habéis visto, pues...

—Sí, sí, la he visto —aunque Diego calló que la había visto... desnuda.

—Solo tenía un defecto...

—El ojo derecho.

—Pues bien, amigo Diego, mi esposa era ya tan bella, tan bella...que el rey la quiso para sí.

—¡Oh!

—El rey la quiso para sí —la cabeza de Ruy cayó sobre la mesa y sus manos la ocultaron. Luego, aquella noble cabeza, lamida por lágrimas y vino, se irguió y sus brazos se elevaron al cielo—. ¡El rey la quiso para sí! —repetía desesperado.

—¿Con vuestro consentimiento?

—Ni falta hizo. Él mismo se daba a sí mismo mi consentimiento. Él solo. ¿No era yo su amigo? —ahora reía con espasmos feroces de borracho.

—Y ella ¿dio su consentimiento?

—Se lo dio sin pensarlo. El rey era diez años más joven que yo; era más guapo, más gallardo y, por supuesto, el rey era el rey. Y, sin embargo... sin embargo... No sé si estoy hablando más de la cuenta... ¡Al infierno la prudencia! ¿No sois mi amigo, don Diego?... Y, sin embargo, Ana no le quiso por apuesto. Ana es ambiciosa hasta extremos enfermizos....

—¿Doña Ana ambiciosa? A mí me pareció la inocencia personificada...

Ruy rio con grandes carcajadas...

—¿Pensáis que Ana es inocente? Me muero de risa. Es falsa... habla en secreto con todos, manipula voluntades, es intrigante, es la ambición personificada... Aprovecha su belleza para confundir, para maniobrar, para hacer lo que le gusta y lo que quiere. Pero no quiere algo porque eso sea su pensar. Le da igual que se haga lo que se haga con tal de que sea ella quien lo decida y quien lo imponga. Dentro de esa hermosura hay una lamia... y una limia... Ella quería estar informada de todo para meterse en todo, quería el poder. Y ¿qué forma mejor de conseguirlo, que la información se le abriera de par en par, si su amante era el mismísimo rey? Y no un rey cualquiera: el rey más poderoso del mundo. Su ambición era tan descabellada que quiso que el rey se rindiese a su voluntad. Claro que el rey no es tonto... Pero sabéis, Diego, ¿lo más absurdo de todo?

—¿Aún hay más?

—Lo más absurdo de todo es que... la amo.

Diego pagó y puso un brazo de Ruy sobre su hombro porque Ruy no se podía tener en pie y le arrastró hasta su casa. Diego iba algo más sobrio y Ruy algo más ebrio. Diego cogía la dirección correcta y Ruy la desbarataba.

TRES MUJERES

De esta forma tan impresentable llegó Diego a la fonda, a la hora en la que todos dormían, menos el criado Evaristo, que nadie sabía si dormía o no porque nadie le había visto en este trance. El tal Evaristo recibió a Diego con un guiño:

—Don Diego, sois el terror de las mujeres. Han venido ni más ni menos que tres mujeres preguntando por vos. Sois un tunante... Dos de ellas se han hospedado aquí. Una de ellas, mi señora doña Susana, ya se había hospedado aquí no hace mucho. ¡Quién no la recuerda! ¡Vaya hembra! La admití porque la conocía bien. En cambio, a la otra, a la que duerme en la otra punta, no la había visto en mi vida, y a fe que, si hubiera estado aquí antes sí que la habría reconocido, porque lleva una pinta estrafalaria. No la hubiera admitido, pero como dijo que os conocía, en cuanto pronunció vuestro nombre, le asigné la alcoba del extremo. No me dijo su nombre, y si me lo hubiera dicho no me habría enterado porque pronunciaba tres palabras en lengua extraña por cada dos en castellano. Y la tercera hembra era una dama de altos vuelos que, al no hallaros aquí, sin dar ni su nombre ni nada que os pueda decir yo ahora, se fue por donde había venido.

Diego le dio las gracias y se fue a acostar bisbiseando: «Susana, Zujenia e.... ¿Himilce?

Se avecinaba una gran tormenta. No tenía la cabeza para tanto embrollo.

Si había dos mujeres diferentes en el mundo esas eran Susana y Zujenia, las que, casualmente, compartían mesa en el desayuno.

Susana era melindrosa, infantil, pulcra, rubia, con sus preciosos ojos azules, con sus manitas siempre revoloteando, con las pestañas dotadas de una prodigiosa vivacidad, con su habla aguda y quebradiza, con su cuerpo digno de los más eximios escultores griegos, con sus senos rebosantes, que podían rivalizar con los de las heteras de aquella antigüedad.

Zujenia era mayestática, de cabello imposiblemente oscuro rematado en un bien compuesto moño, de piel cobriza como un caldero de cobre, perfectamente hermosa en su senescencia, ojos negros escrutadores, voz precisa y sentenciosa, grave y bien timbrada.

Era Susana quien hablaba:

—¿Os gusta el chocolate? Esta fonda me gusta porque es moderna, con este chocolate tan rico que trajeron de las Indias los conquistadores... Me fascina este sabor. No es fácil encontrar otra fonda que dé chocolate para desayunar. Y a vos ¿os gusta el chocolate?

Zujenia no entendió. Susana señaló la taza.

—¿Chocolate a la «dubela»?

—¡Ay! No sé cómo se dirá en tu país... ¿de dónde eres?

—De «Sofocoro».

—¡Ay! No sé dónde está ese país.

—»Serva, Ulilla»... Nací en «Enlubachen». No soy de «Castumba» ni de «Pinacendá», pero vivo en Meligrana.

—¡Uy! ¡Qué lío! ¿Habéis dicho Serva? Creo que es lo que nosotros llamamos Serbia, aunque no sé bien dónde está Serbia. ¿Y qué os ha traído a Madrid?

—¿Madrilate?

—Sí, sí, Madrilate —empezó Susana a aprender caló.

—Mi «chaborí» está «merdí», enferma; mi hija está enferma.

—¡Oh! ¿Es muy grave?

—Cerca de «moribén».

—¿De morir?

—Sí.

—Y ¿ya se ha curado?

—No, «nanai».

Tras un silencio breve que agradó a Zujenia y agobió a Susana, la gitana preguntó:

—¿Conoces a Diego?

—¡Oh! sí. Le conozco muy bien. Somos muy buenos... amigos. En otra ocasión ya coincidimos en esta posada. Nos entendemos muy bien. Al llegar a Madrilate vine a esta posada para encontrarme con él. Es un caballero hermoso, educado y sabio. ¡Ay! ¡Tengo tantas ganas de volver a verle...!

—y añadió con gesto pícaro e inocente— somos muy, muy, muy buenos amigos...
—¿«Monró»? ¿«Quiribó»?
No sabía qué responder Susana, pero tras activar aspavientos y soniditos guturales agudísimos, se decidió con plena seguridad:
—Quiribó, sí, quiribó.
La gitana no se arredró:
—Diego es «quiribó» mío. «Matejó».
—¿Muy amigos? ¿Muy quiribó? —receló Susana con un mohín. Aunque no entendía ni una palabra, entendió todo—. ¿Dormís en la misma habitación?
—No «chanelo».
Y era verdad que no había entendido, pero Susana pensó que la serbia se había hecho la tonta. Por un instante, el silenció participó en la tensa conversación. «A pesar de la traba de la lengua, la rubia y la morena se reconocieron como rivales» —dijo el silencio.
Tras la noche vinolenta habida con el Ruy de España, Diego no hizo muchos esfuerzos por levantarse lozanamente ni por madrugar, aunque perdiera la ayuda de Dios. Tenía en la cabeza un avispero y en el estómago un lodazal. A duras penas cayó de la cama y en la cuenta de que tres mujeres le habían buscado la noche anterior y de las cuales dos estaban en la fonda. En busca de un zumo que aliviara su resaca se dirigió a la cocina y allí se encontró con Susana y Zujenia que estaban intentando encontrar un idioma común.
Cuando las dos se dieron cuenta de la presencia de Diego, Susana fue ardorosamente a su encuentro, mientras Zujenia quedó inmóvil esperando como una piedra su turno en la atención de Diego. Susana se apretó a él y le dibujó sendos besos en las mejillas.
—¡Oh! ¡Ay! ¡Ay, ay, ay! ¡Oh! Diego, Dieguito, mi protector, mi pequeño sabio... ¿Te alegras de verme? ¿Vas a llevarme de paseo? —y añadió pícara—. Mi padre no está en Madrid...
Diego soportaba sin rechistar, pero sin entusiasmo el abrazo de la bella, mientras sus ojos se clavaban en Zujenia que le miraba a él con expresión inescrutable, inmóvil, como ídolo de su raza, como si el tiempo hubiera dejado de pasar un instante para ella. Diego consiguió liberarse del abrazo voluble de Susana y se dirigió despacio, incrédulo, en busca de la gitana.

Susana se vio despreciada y se dio cuenta desairada que había perdido la batalla con la serbia. Pero no la guerra. En la siguiente batalla, cambiaría la suerte y pondría los puntos sobre las íes y las jotas. Para el próximo encuentro, ella sería más contundente, empleando más sofisticadas armas, siendo una de ellas, no la menor, la bajada del escote, la reducción de la balaustrada de sus angelicales senos. ¡Verse así despreciada por una vieja serbia! Serbia, o lo que fuere, que con aquellas vestimentas y con esa lengua de mentirijillas, y tan exageradamente morena, cualquiera sabía la procedencia de aquella mujer. Se retiró y se fue de la cocina, mientras Diego, cogiendo la mano a Zujenia la condujo al patio de la fonda, donde se sentaron en el banco de piedra.

—«Orí», Zujenia.

—«Orí», Diego.

La expresión de la gitana se dulcificó.

—He venido a curar a mi «chaborí». Supe donde «sabocaba», donde vivía, donde estaba su «garito», su casa. Allí me encontré con Uchurgañí, cerca de la «moribén», la pobre. Pero también estaba Obis. Mi «rom», mi marido, no «camelaba dicarme». Me «dicaró», me miró, como si yo fuera un «mengue», un fantasma, y, sin «penelar verdá», sin decir palabra, «najareró del garito».

Zujenia le explicó que había sido un momento de gran tensión, con esa mezcla sin orden ni concierto de caló y castellano que solo Diego podía comprender. La comprensión se facilitaba por la viveza de los ojos de ella y la disposición de él. Pero luego vino otro momento, cuando ya se marchó Obis con el rabo entre las piernas, cuando madre e hija se volvieron a ver, después de toda una vida de esta y antes, poco antes, de su muerte. Se miraron largamente y se comprendieron del todo. Se miraron, se examinaron, se ensimismaron, hasta que la madre se sentó en la cama y cogió la mano calenturienta de la hija con la suya caliente. Con esa mano de madre que era igual que había sido la suya arrugada por el tiempo, soñó la hija que se curaba.

Zujenia intentó explicar a Uchur su viaje desde Meligrana a Madrilate, unos días andando, otros en algún carromato de gente hospitalaria y en algunos pueblos, otros gitanos la habían acogido y socorrido. Había sentido cansancio, sangre en los pies, hambre... pero todo sin sufrir, porque la llamada de su chaborí tenía mucha más fuerza que todas las adversidades. Además, ella era emigrante, se había educado en los caminos y al reencontrar su vida nómada de niña el corazón se remozaba en lo que, para ella, era su patria, su verdadera patria chica, el camino sin destino. Aunque esta vez, sí había habido un destino: Madrílate.

Había temido que Uchurgañí la rechazara. Para ella, su madre era una desconocida. Vivía en una casa de castellanos. Moría en una casa de castellanos, en lugar de vivir en una cueva o en un carro. Temía que Uchurgañí le dijera: «Madre, ¿por qué me abandonaste?» Si así hubiera sido, ella lo habría comprendido, habría cogido su hatillo y se hubiera vuelto. Se habría ido cantando aquella copla que ya Diego había oído:

Estoy tan hecha a sufrir
que ya les quiero a mis penas
y ellas me quieren a mí.

Si Uchurgañí la rechazaba como madre, ella se volvería a Meligrana. ¿A dónde? ¿A su cueva? No estaba segura. Zujenia había sido apartada por los suyos y luego acogida por piedad, hasta que su arte cantando y bailando, su acierto al leer la buenaventura y sus poderes de curación, cambiaron la piedad por el amor y vivió como una gitana más. Pero, al cabo de tanto tiempo, la historia se repetía. Es posible que el poblado gitano la repudiase de nuevo, por las mismas razones que lo hiciera entonces. No lo sabía porque ella había salido antes de que la echasen. Pero decía que no la importaba. Es posible que no pudiera volver a su cueva, donde ella y Diego habían vertido lo mejor de sus cuerpos.

Al llegar a este punto, Diego besó las dos manos de Zujenia y ella lo agradeció con dos indecisas lágrimas. El rostro moreno de Zujenia con aquellas dos lágrimas era de una belleza absoluta y perfecta.

Pero ella no había venido a por Diego. Aquello fue. Simplemente, aquello fue. Había venido por la llamada de Uchurgañí. Era la llamada de quien no sabía qué llamaba y no sabía a quién llamar. Pero ella sabía oír lo callado. Ella era una gitana buena. Estaría en el lecho de su hija mientras su hija no la rechazase. O no quisiera necesitarla. Era la llamada de la sangre. Ondebel no se lo hubiera perdonado.

Zujenia seguía contando a Diego su primer encuentro con Uchur, a quien ella llamaba sin acortar, Uchurgañí. El momento más angustioso había sido cuando Uchur le dijo que Diego, su compañero de la niñez, había venido de Sevilla con unos ramajes que le habían dicho que podían curarla. El momento tenso vino porque Zujenia le dio a entender que conocía a Diego. Pero Diego no le había dicho ni una palabra de que había conocido a Zujenia, ni mucho menos de que habían yacido juntos. Afortunadamente, Zujenia comprendió rápidamente por qué Diego se lo había ocultado y, aprovechando el trabalenguas del idioma, había sabido eludir una confesión embarazosa e innecesaria. Sobre todo, si Uchurgañí moría.

Las dos mujeres se abrazaron, al principio con tiento, luego sin contenerse. No era fácil aquel abrazo. No le había sido fácil a Uchurgañí mostrar las bubas a su madre, pero para su asombro su madre no puso la cara de repugnancia que todos, incluso ella misma, ponían al ver los estragos en su cuerpo lacerado de la más asquerosa de las enfermedades. Zujenia le había dicho simplemente, sin muecas de horror, que «eso» lo sabía curar ella.

Obis había sustituido a Diego en la cura de las llagas, lo que extrañó a Zujenia. ¿Cómo aquel hombre desalmado habría querido curar a alguien, aunque fuera su propia hija? Era un hombre sin compasión, sin lealtad, vanidoso, su corazón solo servía como garito de serpientes, presumido, sin entrañas... Pero la hija le hizo ver que todos somos buenos y que ese algo de bueno que todos tenemos aflora en la vejez. Los viejos se vuelven más cascarrabias, pero más buenos. Le había pedido Uchurgañí que fuera benevolente con su marido; después de todo, era su marido. Pero los ojos de la madre chispearon con rayos infernales. No quería volver a ver a su marido, al odioso Obis, causa de toda la penuria de su vida.

Y como aquella era la casa del malvado, ella no quería quedarse allí y no quería aparecer más que cuando él estuviera fuera. Prefería mil veces dormir bajo un puente. No podía convivir con aquel viejo aborrecido. Entonces Uchurgañí le indicó que se fuera a vivir a la fonda de Diego, que Diego le pagaría la estancia. Allí Diego la acogería. Con que pronunciara el nombre de Diego de Granada, si él no estaba allí, la acogerían. Le darían cama y comida y agua para lavarse que bien lo necesitaría después de tantas leguas sin descanso.

Ella tuvo que acceder porque ya era de noche y estaba cansada. Pero explicó a Diego que ella no tenía dinero para quedarse en una fonda y que de ninguna manera se quedaría allí, ni quería que Diego le pagara nada, quizá la primera noche solo, que ya buscaría el dinero para devolvérselo. Por otra parte, Diego le suplicó que se quedara en la fonda, que lo hiciera por su hija. Al menos mientras no se encontrara una solución. Zujenia, a regañadientes aceptó, como cosa provisional, pensando que así podría socorrer mejor a su hija. Ella no podía estar mantenida por nadie y menos por un hombre «al que amaba».

«Al que amaba», lo dijo tal cual, así, sin escrúpulo alguno, sin disimulo y sin recato, con sinceridad espontánea, porque no quería aprovecharse de ello, porque «le amaba», sí, pero no quería más tratos amorosos con él. Esta sinceridad conmovió a Diego y, en cierto modo, le intranquilizó sobremanera. Lo que en aquella cueva surgió de la forma más natural, ahora en Madrid, con Uchur, con Obis, con Himilce, con el Ruy, con el rey... le parecía un amorío complicadísimo. Ella insistía que había venido por su chaborí y no por su quiribó. Que él, Diego, podía estar con la rubia o con quien fuera que ella no sería ningún impedimento. En cierto modo, solo en cierto modo, Diego se vio a sí mismo envilecido por la grandeza de alma de la gitana buena.

Zujenia le dijo a Diego que Uchurgañí podría pagar aquella primera noche. Que ella se buscaría la vida después. ¿Cómo? Ella bailaría para Felipe II, que sabía que apreciaba el arte de los gitanos. Esto hizo sonreír a Diego que le dijo:

—Zujenia, quédate con esta alcoba en esta fonda, hazlo por tu hija, que yo pagaré con gusto los gastos hasta que Uchur... —no pudo terminar la frase. Dio a Zujenia un beso triste—. Eres una madre de cuerpo entero.

Antes de ir al Alcázar Diego subió a su alcoba para coger su libreta, la libreta donde guardaba todos sus pensamientos, sus fórmulas, sus inventos, sus medidas, sus errores también; la libreta donde anotaba todo con letra minuciosa y precisa; la libreta que siempre iba con él, que era tan suya como podía serlo la nariz o la boca. Abrió la puerta y dentro de su alcoba estaba Susana.

—¿Qué hacéis en mi alcoba, doña Susana? —preguntó con voz queda pero amenazante.

Ella se volvió y al hacerlo sorprendió a Diego porque uno de sus hermosos senos asomaba por encima del escote de una forma casi completa, habiendo ella expresamente liberado las cintas que lo guardaban.

—¡Oh! ¡Ay! Diego, Dieguito, no me regañes que me duele el corazón.

—¿Cómo habéis entrado? ¿De dónde habéis sacado la llave?
—¡Ay, Dieguito! Si estaba abierta... —se acercó—. Y como estaba rabiosamente celosa por culpa de esa serbia... he tenido una necesidad irresistible de que me abrazaras tan virilmente como te imagino...
—Perdón, señora, no tengo ninguna relación con vos que me obligue a daros explicaciones sobre mi amistad con la serbia. Así que, os lo suplico, salid inmediatamente de mi alcoba.
—No me eches, por Dios, no me eches —dijo ella al borde de las lágrimas—. Me desnudaré, si así lo quieres. O me taparé más si así lo quieres.
Salió el pecho de su cárcel de trapo y Diego se retraía mientras su dueña se acercaba sinuosamente a él. Hay que decir que Diego no podía ser insensible a la divina beldad de Susana que tan sensualmente se le ofrecía, pero el sentimiento de Zujenia y de Himilce se interponía y su voluntad dudaba entre la prudencia y la lujuria. Y mientras se debatía en esta duda Susana le arrebató los labios con un beso carnoso y húmedo.
—Tú eres mi Diego, mi caballero, mi protector, mi hombre... no me des más celos con la serbia... —sus lindos brazos ataban ahora el cuello del caviloso Diego—. Hazme tuya; ahora... cierra la puerta...
Y se aflojó completamente las cintas del escote
—No, doña Susana, no sigamos con este desvariado idilio —logró zafarse del segundo beso que se aproximaba lleno de carnalidad—. Al menos, dejadme pensar...
—¿Pensar? Siempre estás pensando. Estas cosas no se piensan, Diego.
Diego se esforzaba para no caer ni en los labios ni entre las piernas de la entregada Susana, pero a pesar de su duda y su deseo, acabó zafándose de ella y resueltamente le dijo:
—Hoy, al menos, no. Por favor. Os lo suplico. Dejadme pensar.
Ella tapó obedientemente sus senos, se dirigió a la puerta y, con una sonrisa zalamera y tierna se despidió:
—Tú sabes cuál es mi alcoba...
Diego se sentó aturdido una vez solo. ¿Por qué la rechazaba? Y entonces se repetía las razones que urdía el egoísmo en sus momentos de soledad.
Zujenia no quería más amores que el de su hija. Así se lo

había dicho. Y, además, en Madrid todo era diferente de la cueva de Granada. Sin aquel ambiente, aquella raza, aquella magia, aquellos cantes, con la cercanía de Uchur, en la Corte, todo le parecía complicado e irrealizable.

Himilce también se lo había dejado claro, que no quería amoríos, que prefería pintar desnudos a yacer con ellos, que prefería retratar hombres que casarse con ellos, que prefería un caballete a un caballero, que si se casaba tendría siete hijos y no podría pintar. Creía que Uchur no tenía razón al juzgar a Himilce como una devoradora de hombres. Himilce le amaba, pero amaba más al arte. Quería emular a Sánchez Coello y no acabar como una matrona arrinconada por las tareas del hogar y de los hijos.

Pero él tenía miedo de Susana. Se sentía asediado y perseguido aun cuando no había habido ninguna relación; ¿que qué pasaría después de haberla? Susana era el paradigma de la belleza y se sentía atraído no solo por sus encantos corporales sino además por sus superficiales melindres, tenía que reconocerlo. Pero le tenía miedo.

Si Uchur no hubiera enfermado, ella sería su amor único y eterno, pero estaba comida por el mal francés durmiendo junto a la muerte, que ya se había hecho un hueco en su cama, dispuesta a clavar sus uñas negras y largas en su corazón.

Y como el sentimiento tiene su propia lógica, que poco se parece a la lógica de la razón, Diego se dirigió al Alcázar. Y una vez allí, se encaminó al sótano. Y una vez allí, echó la mano al bolsillo donde le esperaba la llave. El roce de aquella llave en su mano se había convertido en objeto de deseo erótico.

La llave del taller de Himilce: ris, ras... la puerta se abrió, sin brusquedad ruidosa, atravesó el zaguán del taller y llegó de puntillas a la balaustrada, su punto de observación sin ser observado. Otra vez, Himilce, envuelta en su blusón multicolor garabateado por restos de óleo, seguía pintando a la princesa de Éboli cuya indumentaria se componía de dos únicas prendas: la tenue gasa que se enredaba en su pubis y el parche negro que resguardaba su misterioso ojo izquierdo. Ambas prendas no hacían sino resaltar la blanca belleza de la princesa. La gasa se había desplazado de su lugar de guardiana y dejaba entrever una frondosa selva de Afrodita.

Diego decidió esta vez permanecer un poco más observando el cuadro insólito que se ofrecía a sus ojos. Himilce estaba sumamente concentrada con sus pinceles y su paleta y Diego sentía una brisa interior por todo su cuerpo al saber que bajo el blusón ella estaba tan desnuda como su modelo. Le cautivaban los ojos. Himilce seguía siendo la dama de los ojos.

La princesa era bella, enigmática, perturbadora, pero Diego se veía inhibido en sus ardores sexuales al saber que doña Ana era, o al menos había sido, la barragana del rey y pensando que su altísima alcurnia castellana la separaba de su modesta cuna; la cuna de un atrio de una iglesia caritativa.

Diego se exponía a ser descubierto. Su aliento estaba oprimido y corría el riesgo de estallar ruidosamente. Lentamente, sin apenas rozar el suelo, se retiró. Abrió y cerró la puerta con lentitud meticulosa. Al salir y verse solo notó que la cara le ardía y el corazón podría escapar del cuerpo por cualquier parte de su superficie. Ya le había dicho fray Benito: «Cuando veas una mujer hermosa en Palacio, ten por seguro que ha sido amante del rey». Así era el caso de la princesa de Éboli, ¡pobre del ruin Ruy! Pero, Himilce, ¿lo habría sido?

Aunque también le habían dicho que la reina adolescente había mansamente exigido a su esposo que aquellas correrías de amante en amante tenían que cesar. Y era posible que una niña que era capaz de dirigir al coro errático de las damas nobles y encumbradas de su séquito, también pudiera hacerlo con la conducta «a la flamenca» de su esposo.

EL DUQUE DE ALBA

—Adelante, pasad. Adelante.
La voz era grave, sonora, solemne.
—Con vuestro permiso, mi señor don Fernando. Me dijeron que habíais preguntado por mí y aquí me tenéis.

Don Fernando Álvarez de Toledo, tercer Duque de Alba, Virrey de Nápoles, vencedor con Carlos I en Mühlberg, el gran soldado de España intimidaba a Diego con su historia, su aspecto y su voz. Sus ojos penetrantes podrían atravesar las paredes, cuanto más la frente casi traslúcida del humilde Diego. En efecto, aquel aspecto parecía corroborar la descripción que de él hiciera don Ruy, como hombre de guerra, despiadado, capaz de decidir la muerte de quien fuera sin el menor atisbo de misericordia. La justicia antes que la caridad. La frente era amplia y despejada, los labios comedidos se abrían lo preciso, aunque a su través salía aquella voz atronadora y profunda. Lucía una barba larga blanqueada por los años y las guerras y su rostro era en su conjunto el rostro de un personaje digno de la historia.

A la invitación de don Fernando, Diego se sentó algo acobardado. Pero pronto la imagen que esperaba del soldado tal como se lo había pintado Ruy quedó en entredicho porque con su entrada había interrumpido la lectura del famoso capitán. Alba, el famoso por su crueldad, ¿estaba leyendo a Ovidio? Y sobre la mesa había otros clásicos del mundo literario grecorromano. Aquella mesa no parecía la mesa del hombre crudelísimo que le habían dicho, sino la de un latino, culto y sensible.

—¿Leéis a los clásicos en latín? —preguntó incrédulo Diego mientras observaba estanterías llenas de libros de los grandes escritores de la antigüedad clásica.

—Así es. Soy un amante de la lectura. Devoro libros. En estos momentos estaba leyendo a Ovidio que me fascina. Y junto a mi lecho siempre tengo a mano los versos de Garcilaso de la Vega, buen amigo mío, el gran dominador del endecasílabo, que me llena de gozo y asombro. ¿Habéis leído a Garcilaso? ¿No? Pues os lo recomiendo. Seáis o no un lector asiduo, Garcilaso os arrebatará, como a mí. La musicalidad de sus versos, aún sin su letra, ya es fascinante.

Pero ¿qué diablos de hombre sin sensibilidad le habían dicho que era? Tenía en su habitación más libros que Arias Montano. Su voz que le había parecido la de un general ordenando el asedio de un castillo inexpugnable, ahora era cálida y amable, que invitaba a la reflexión y a la conversación.

—Sinceramente, don Diego, no he mandado llamaros, pero tenía deseos de conoceros. Sois hombre de ciencia, luego sois hombre de pensamiento, luego me honro de hablar con vos.

—Soy un humilde criado real que espera servir a los intereses de navegación de la Corona —Diego estaba sentado en una esquina de la silla.

—Algo menos humilde debéis ser. Gozáis de la confianza de Arias Montano, de Silva y del rey.

—Creo que don Ruy ve las cosas de la república de forma diferente a la vuestra...

Inmediatamente, se dio cuenta Diego que había sido muy imprudente, al expresar tan directamente una cuestión tan espinosa, pero el enfrentamiento entre ambos personajes ocupaba su mente y, en su azoramiento, se escurrió aquella frase que no era la de un intrigante sino la de un incauto. Alba se echó a reír.

—Veo que no os andáis por las ramas. Sois hombre sincero. Me alegro porque yo también lo soy. La sinceridad no abunda por estas crujías y respondo a la vuestra con la mía. Don Ruy no tiene buena opinión de mí, lo sé. Yo tampoco de él. En cierto modo, le admiro, porque es un hábil cortesano y, en cierto otro modo le desprecio, por esa misma razón, porque es un hábil cortesano. Pero, en modo alguno quisiera encizañar vuestra buena relación con Silva. Es el hombre de mayor confianza de don Felipe. Decidme, si os place, en cuál de los muchos asuntos políticos sus opiniones son diferentes a las mías.

Como Diego seguía azorado, Alba le ayudó.

—Seguramente, os habrá dicho que soy un guerrero que piensa que los problemas se resuelven a espadazos.

—Sí... Él es partidario de soluciones pacíficas... conversaciones, pactos...

—No os sofoquéis. Soy un guerrero; es cierto. Soy un guerrero a las órdenes de un rey. Soy monárquico por encima de todo y por encima de todo obedezco al rey. Claro que, como todos, tengo mis opiniones, pero actúo no según mis opiniones sino según las del rey a quien obedezco. Si el rey me pide mi opinión, se la doy. Si el rey me pide que haga la guerra, la hago. Y la hago bien. Y la hago incluso cuando creo que yo hubiera obrado de forma diferente. Soy un soldado. Mi ideología no cuenta. Obedecí a mi admirado césar don Carlos en las batallas que me encomendó. Su sucesor, el césar actual, me pidió que echara a los franceses de Italia y los eché. Hago la guerra bien; es mi oficio. Ese es mi orgullo y mi honra.

—Creo que vuestro sitio es más el campo de batalla que la Corte —empezó a coger confianza Diego.

—¿Mi sitio? ¿Hay que entender por sitio el lugar donde me encuentro más a gusto? Pues bien, don Diego, mi sitio no es la Corte, en efecto. Pero mi sitio tampoco es el campo de batalla. Mi sitio es el campo de Huéscar y la puebla de mi padre don Fadrique. Allí me retiro en cuanto puedo, a disfrutar del campo, del canto de las aves y del olor de las plantas. Allí me retiro a meditar y a vivir en paz con Dios y con los hombres. Allí me llevo libros y allí paseo y leo y rezo.

«Pero ¿qué país de ermitaños es este?», pensó Diego. «Azaro es un ingeniero ermitaño, Arias Montano un diplomático ermitaño y ahora resulta que me encuentro con que el gran soldado de España es un soldado ermitaño».

—Entonces, eso que se dice que sois cruel ¿es completamente falso?

—Yo soy cruel si el rey me ordena que sea cruel.

—No obráis según vuestras ideas, pero tengo entendido que sois consejero del rey. El rey necesita conocer vuestras ideas.

—Entonces se las doy. Mis ideas son claras y las digo claramente. En realidad, son tan claras que el rey sabe lo que le voy a decir. En general, no pensamos lo mismo. No nos entendemos mucho. Me entendía mucho mejor con su padre. Él duda mucho; yo soy más recio, más tajante. Hay veces que el rey necesita mi consejo y hay veces que necesita mi espada. Y otras hay en las que no necesita ni espada ni consejo y entonces me voy a Huéscar en busca de la paz. Yo no sé murmurar, solo tengo una forma de hablar. No sé intrigar, no sé conspirar, no sirvo como cortesano ocioso. Me asfixia este ambiente donde abundan los dimes y diretes, las trampas, las traiciones, las hipocresías y los halagos.

—Pero, tengo entendido que hay dos grupos enfrentados en Palacio, el de Éboli y el vuestro.

Alba volvió a reír:

—Es cierto. Hay dos grupos. Uno el de Éboli con todos los suyos y otro el mío que solo consta de una sola persona, que soy yo. El grupo de Éboli urde su tela de araña. Yo no caigo en ella. Tampoco el rey, pero alimenta la araña. Le echa las moscas. El rey tiene muchos consejeros, pero no hace caso a ninguno.

—¿Qué pensáis que se puede hacer con los Países Bajos? La situación parece cada vez más embrollada.

—En los Países Bajos hay gente que no quiere obedecer. Eso no se puede tolerar. Los nobles flamencos tienen que cumplir las leyes como todo el mundo. Es más, ellos tienen que cumplirlas más cabalmente, para dar ejemplo a los demás.

—Pero, ellos no quieren obedecer a un rey que está tan lejos como está España.

—El rey don Felipe II es su soberano, esté lejos o cerca, pero, además, ¿qué es eso de que está lejos? Hace muy poco estuvo allí todo un año.

—Pero es un país que tiene una gran tradición gobernándose a sí mismo...

—No lleva tanto tiempo. Los Países Bajos es una nación que se inventó Carlos I. Pero además ellos tienen su propio Consejo para gobernarse. Y su Gobernadora es de la sangre de Carlos I que nació allí.

—Pero ellos profesan una nueva religión... Siguen las ideas de Calvino.

—No creáis que aquella gente piensa lo que el Señor de Orange, el noble más revoltoso. Allí hay más católicos que protestantes, son casi todos los campesinos. Pero, además, estuve con el rey en su estancia allí. Don Guillermo de Orange era amigo mío y amigo de don Felipe. Le conocemos bien. Es una persona muy poco religiosa, no es ni protestante ni católico, ni siquiera cristiano... ni siquiera ateo. Le da igual la religión. La religión es un pretexto para justificar la defensa de la desobediencia.

—Y ¿no creéis que proceder allí con mano dura puede ser contraproducente?

—Bastaría tener mano dura con los que desobedecen. Son unos pocos cabecillas. Y ahora decidme vos, don Diego, ¿puede existir un reino donde algunos solo acatan las leyes que les gustan, las leyes que les apetecen? ¿Puede mantenerse un reino sin leyes? ¿Que no les gustan las leyes? Las leyes, primero se cumplen, luego se protestan. Las leyes son el orden y al rey no le gusta el desorden; en eso sí somos de igual parecer. Pero Orange no es que no acepte las leyes; lo que quiere es mandar él, aun a costa de la opinión de aquel pueblo que nunca en su historia fue más próspero. Me temo que cambiando las leyes no se arreglará el problema. El problema se arreglará cambiando a los desobedientes; exigiendo que las leyes, sean las que sean, se cumplan.

—Eso necesitará mano dura...

—No creo que sea tan dura la mano, basta que sea firme.

Y así siguieron intercambiando amigablemente sus ideas. No estaba Diego completamente de acuerdo en todo, pero comprobó que Alba era un hombre culto, sensible y nada cruel. Y, con su costumbre de asignar a las personas un mote, como hiciera con la dama de los ojos, o el viejo fatuo, o la lamia rechoncha, el capitán Alba pasó a ser nominado para sus adentros como el «soldado ermitaño».

COMPLICACIONES AMOROSAS

Al volver a la fonda, a punto de anochecer, entró en su cuarto y se encontró con una escena que ya se había temido.

Allí estaba la pegajosa Susana, con la diferencia de que ahora su escote había descendido hasta el infinito, porque estaba completamente desnuda. Y para mayor asombro estaba tendida en su propia cama.

Por la cabeza de Diego pasaron seres alados en todas las direcciones. ¿Cómo diablos había entrado? ¿De dónde diablos cogía ella la llave de su alcoba? ¿Por qué aquella obstinación en una relación amorosa que él no deseaba? Por otra parte, el cuerpo de Susana estaba tocado de la mano de los dioses que la habían formado poniendo en ello toda su sabiduría y su olímpico poder. También la inocencia locuela de Susana, una niña con cuerpo de mujer, le atraía tanto como sus canónicos encantos. Una escultura griega blanda, rosácea y viva. Se enojó como siempre. ¿Es que no había forma humana de quitarse a aquella hembra de encima? (o de debajo). Pero su enojo se debilitó por la tentación de la carne y decidió persuadirla por las buenas, controlando su ira y recobrando la paciencia y la persuasión. Sin embargo, el efecto fue el contrario al deseado, porque provocó su dignidad y dijo pasando del tono lastimero al bravío:

—Está bien, Diego, sé que no me amas como me dijiste.

—Señora, yo nunca os dije...

—...mendaz, vete con la serbia y no me busques más...

—Señora, yo nunca he buscado...

—Me desprecias por una vieja serbia. Me voy —gritaba, mientras iba vistiéndose desaliñadamente—. ¡Nunca más me volverás a ver! No eres tan guapo como te crees y no sabes apreciar lo que te ofrecí con todo mi corazón.

Las voces eran escandalosas y Diego procuraba acallarlas para no molestar a los huéspedes ni provocar un tumulto en el corredor, pero sus gestos para pedirle que bajara la voz, no hacían más que subirla.

—Perdonad, Susana, tranquilizaos —la cogió del brazo suavemente, pero el efecto volvía a ser el contrario al deseado. Susana estaba histérica.

—¡No me vuelvas a tocar! ¡No vuelvas a traerme a tu alcoba!

Susana ya medio vestida, aunque mal compuesta por la prisa desordenada con que se había arropado, con parte de la ropa en sus brazos, con el hermoso cabello rubio desordenado, salió precipitadamente al corredor. Diego la seguía procurando calmarla.

En el corredor estaba Zujenia, que había acudido al escándalo de las voces. La gitana contemplaba la escena atónita, petrificada y muda al ver a Diego correr en pos de una Susana descompuesta en su traje y en su rostro. Entonces Diego cayó en la cuenta de que la salida de la alcoba de una muchacha perseguida por él podía interpretarse como una violación, poco más o menos. Intentó decirle a Zujenia que aquello no era lo que parecía, pero ella había desaparecido horrorizada, a la carrera. Diego pensó: «Pardiez, ¡qué lío!» ¿A cuál de las dos seguir? Era mejor, pensó, detener a Susana primero, aplacar sus nervios y, si acaso, los dos, ella y él, podrían explicar a Zujenia lo que había pasado y lo que no había pasado.

Corrió hacia las escaleras en busca de la bella irascible. «¡Qué lío, qué lío!» Salió hasta la calle y corrió sin verla unas cuantas varas. ¿Por dónde había ido? Tras mirar por una u otra calle, se dio por vencido y se volvió ya apesadumbrado a la fonda.

Por muchas vueltas que se dio sobre la cama no dio con el justo azimut del sueño, a lo sumo de la pesadilla. Zujenia escandalizada, algo podría estar enamorada de él, pues ¿no lo estaba él de ella? Tanto si sí como si no ¿dónde había ido? ¿volvería a la fonda? Y Susana, huyendo de él como si hubiera sido un sátiro. Y en cierto modo ¿no lo había sido? ¿Y si iba con el cuento por Palacio? Podría ser su ruina. Hasta la propia Inquisición podría encausarle. Arias Montano aparecía en sus pesadillas convertido en Inquisidor General con un larguísimo dedo índice acusador. Susana se había puesto como una fiera y las fieras muerden. Hubiera sido mejor ceder a sus encantos. Y Uchur, ¡ay, Uchur! ¿Qué pensaría si le informasen de la escena con apariencia de intento de forzar a una joven inocente? Este tipo de inquietudes le rondaban en las muchas vueltas y revueltas que dio por la cama, unas con el polo en la cabecera, otras al pie. ¡Qué lío!

Le habían dicho una frase que el frailecillo con fama de santo, seguidor de la monja Teresa, también con fama de santa, repetía en la zozobra: «Cada día tiene su avío». Hay algunos problemas insolubles un día, que se solucionan ellos solos al día siguiente. Ellos mismos, los problemas, se desatan sus propios nudos; con una noche se bastan.

   Pero bajó a desayunar y allí Evaristo le informó, con cara de pillo, que las dos mujeres aquellas que se habían acogido a la fonda en busca del seductor, se habían escapado al principio de la noche. ¿Qué había hecho el buen tunante de don Diego para que las dos escaparan horrorizadas? Suponía él que el mal desenlace estaba cantado, porque el encuentro de dos rivales no podía acabar de otra forma. Y al ver que Diego estaba mustio y callado y no entendía su sabio humor, su gramática parda, se alejó silbando y pensando «¡hombre! un día una, otro día otra; tres a la vez, no», sin ser consciente de la tribulación angustiosa que vivía el joven matemático. Porque habían sido tres y una de ellas, se había marchado enseguida y no sabía quién era. ¿Himilce? ¿La lamia rechoncha?

   Tuvo Diego que salir a pasear, alejándose de todo por difícil que parezca, tratando de que llegara otro día con otro avío.

   Y como Diego era un pazguato para las relaciones humanas, y tenía el don de complicarlo todo, entre tanta aflicción como padecía, no se le ocurrió otra cosa al infeliz que pedir consejo a la llave que en el fondo de su bolsillo le aguardaba. Allí, en el fondo del bolsillo, llave y dedos jugaron a la gallinita ciega.

Otra vez la llave se metió en su agujero, dio una voltereta silenciosa y la puerta cedió. Avanzó otra vez con pisadas de felino mientras el corazón se blandía con descomunales batacazos. Llegó a su punto de observación y vio que estaba Himilce, pero no la princesa. Era entonces el momento para encontrarse cara a cara con su amada pintora. Diego bajó los escalones más despreocupado por el ruido de sus pasos. Himilce, de espaldas, preguntó:

   —¿Sois vos, doña Ana?

   No hubo respuesta y la artista se volvió. Permaneció estática y muda con sus hermosos ojos clavados interrogantes en los del osado Diego. Pero luego se fueron acercando, cada vez más rápido, hasta acabar en un violento beso. La represión que Himilce se había impuesto a sí misma para no caer en brazos de la rutina mortecina, se volvió ansiosamente contra ella y besó a Diego con salvaje impulso. Diego había esperado

tanto aquel momento que dio rienda suelta a su potencia juvenil y se deshizo en el beso.
Al poco, rindieron a la naturaleza su más lograda creación. Y repitieron aquel acto sublime hasta en cuatro copiosas ocasiones, durante todo aquel día y toda la noche, cada vez con menos furia y cada vez con más sentimiento y suavidad, alternando momentos de sueño con momentos de amor. El alba se encargó de poner fin a noche tan decisiva. En una noche, en un taller de pintura, cabe todo el amor del mundo.
Todo había ocurrido en el silencio acordado, con lo cual el tacto se había elevado al sentido más intenso. El acto del tacto. Piel contra piel. Latido contra latido. No hubo más palabras que los gemidos; gemidos elocuentes. El arte más eterno. El arte repetido tantas veces y siempre tan nuevo y diferente. La entrega a la madre naturaleza de un hombre y una mujer.
Luego llegó el reposo más absoluto.
Pero la noche acabó y mató aquel silencio sublime. Por fin, Himilce habló:
—Os amo; pero no quiero volver a veros.
—¿Cómo...?
—Os amo; pero quiero seguir siendo pintora real.
—Pero...
—Idos.
Diego empezó a vestirse, pero, al hacerlo, se topó con el lienzo donde la Éboli yacía desnuda en el mismo almohadón donde ellos habían dormido y amado. Clavó los ojos Diego en la imagen de la princesa, poco tiempo, pero lo suficiente como para que Himilce lo notara. La princesa hecha óleo había permanecido echada junto a ellos, testigo inerte de sus convulsiones. Himilce quiso eludir la intriga de Diego, pretextando que la mujer del cuadro no era ninguna mujer particular, simplemente una modelo recogida en la calle, pero era vana disculpa porque el parche negro identificaba cabalmente a la Éboli. Sin escapatoria posible, Himilce rogó:
—¡Por Dios! ¡Por el amor de Dios! Don Diego, sed discreto. Vuestra indiscreción me perdería.
—Contad con mi silencio. Nuestra unión fue silenciosa; nuestra ruptura será igualmente silenciosa.
Ella se tapaba los ojos con ambas manos, ofuscada, temerosa, mientras ofrecía a la vista de Diego su blanquecino y mórbido cuerpo.
—No os preocupéis, Himilce. Nada saldrá de mis labios.
—Gracias, Diego. Idos. Os lo ruego.

LA PRINCESA DE ÉBOLI

Pasaron unos días y el obispo no aparecía. Diego seguía esperando en palacio al igual que fray Benito. Las aguas estaban yendo a su cauce, aunque marronáceas de barro por efecto de la avenida destructora de aquel día tan repleto de acontecimientos. Himilce no daba señales de vida, nada se podía hacer. Susana no daba señales de vida, menos mal. Zujenia no daba señales de vida, menos bien. La única que daba señales de vida era la moribunda; era la pobre Uchur, que seguía postrada en la cama con los dolores que no la dejaban ni morir en paz. En cuanto a Obis, la verdad es que se estaba portando bien con su hija. Y le aplicaba tanto las medicinas de los botánicos sevillanos como las hierbajas y preces aconsejadas por su madre antes de desaparecer. Uchur preguntaba por ella, que dónde estaba, que por qué no venía, pero Diego le decía que no lo sabía. Y bien que era verdad: no lo sabía. Los días se fueron sucediendo cada uno con su avío. Reposaba cierta quietud en el alma del matemático, aunque era la quietud del volcán que podía entrar en erupción cuando menos se esperase. La paz esconde las uñas.

Aquel día, en la velada de la tarde, iba a sonar de nuevo la música de Antonio de Cabezón. Este músico burgalés, del pueblo de Castillo Mota de Judíos, había muerto no hacía mucho, pero su música seguía viva, cada vez más viva. Felipe II guardaba una admiración apasionada por este gran músico ciego, al que había llevado consigo en su conocido viaje por Europa. También la reina Isabel era muy sensible a la música de Cabezón y, en general a la música. Al igual que con la pintura, la reina quería ella misma tañer y componer. Tenía varios instrumentos en la alcoba real y le acababan de traer un magnífico clavicordio de Italia. Los reyes en sendos tronos ocuparon el centro y los cortesanos se sentaron en su entorno y detrás, guardando sin excesivo rigor el grado de su alcurnia.

En el juego de múltiples miradas en todas las direcciones que se prodigaban en estas veladas no estaban las de doña Himilce. En cambio, Diego notó la inspección de la princesa de Éboli, sentada junto a su marido unas pocas filas más adelante. La princesa se volvió en un par de veces con una leve sonrisa que, seguramente, iba dirigida a él. Cuchicheaba algo a su esposo quien también se volvió de soslayo una vez para observar a Diego. La primera reacción de Diego fue de inquietud. ¿El príncipe le había contado la borrachera que juntos padecieron? ¿O Himilce le había contado que conocía el óleo secreto de su taller? ¿Sabía la Éboli que Diego conocía los más íntimos rincones de su exultante anatomía? En ese momento los músicos empezaron a interpretar la música de Cabezón. Se hizo el gran silencio dejando paso solamente a esa armonía inspirada por el cielo.

Al terminar, los reyes salieron y los cortesanos se levantaron. Diego estaba intrigado, no preocupado, pues la sonrisa de doña Ana de Mendoza le parecía amable. La alta dama se dirigió a él y le propuso que dentro de un cuarto de hora se encontraran en el jardín, para aspirar los efluvios de la noche.

Diego se inquietó. Y hasta pensó, víctima de la arrogancia masculina, que la invitación tuviera amorosas intenciones. En todo caso, era halagador que toda una princesa, amante de todo un rey, buscara su compañía en el rumoroso jardín.

Pero no era amor lo que buscaba doña Ana. A esta dama solo se le conocían como amantes a don Felipe y a su propio marido. No era un idilio encubierto lo que buscaba. Necesitaba conocer todos los entresijos de la Corte y del imperio. Para ella, era imprescindible conocer a todos los actores de aquel entremés complejo e inacabable que tenía a Madrid como escenario. La capital bullía entonces y ella quería controlar a las personas del bullicio. Quería saber quién era cada uno, para traerles a los dominios de su voluntad y, más adelante, servirse de ellos para sus intrigantes fines. Pronto se había percatado de la rápida ascensión con la que el cosmógrafo había medrado en Palacio. Todo un viaje de Madrid a Aranjuez a solas con el rey en su carroza; era criado real, ocupando un puesto que parecía ser el relevo del ilustre cosmógrafo Santa Cruz; un largo viaje en compañía del respetado sabio Arias Montano que gozaba del favor y afecto del Monarca… y para mayor acopio en su curriculum vitae, borrachera con su marido. Y aún más le aguijoneaba su entrevista con el mastín del Duque de Alba, entrevista que no había pasado inadvertida en el reino del rumor.

No fue aquel paseo el único compartido por la princesa y Diego. Pasearon también frecuentemente, casi a diario, por los jardines de Aranjuez, a donde se había trasladado media corte aprovechando una escapada de los reyes. Estos frecuentes paseos despertaban la murmuración de algunos cortesanos atentos a los posibles devaneos de la princesa. Pero la Éboli solo había cambiado en su vida la *u* de Ruy por la *e* de rey y la murmuración no fue alimentada por ningún escándalo. Simplemente, ella quería que Diego fuera uno de los suyos. Sí que es cierto que se encontraba a gusto con la compañía de Diego, mejor escuchador que hablador y las conversaciones fueron paulatinamente perdiendo el interés político para convertirse en tranquilamente amenas.

Al principio, quería saber la opinión de Diego sobre los grandes problemas del momento. ¿Qué opinaba Diego de la herejía? ¿Había oído hablar de los autos de fe de Valladolid y Sevilla de 1559? ¿Qué opinaba de la detención del arzobispo de Toledo por el Inquisidor Valdés? ¿Creía que la existencia de brujas era real?

¿Creía que el príncipe don Carlos sería un digno sucesor en la dinastía de los Austrias? Hacía poco que el príncipe, en Alcalá, había rodado por las escaleras persiguiendo a una doncella de servicio. Se había roto la crisma y se había quedado paralizado, como muerto. El rey acudió pronto y lloró sinceramente por su hijo, pero Vesalio no le pudo curar. Tampoco le curó la compañía en su cama del cuerpo muerto embalsamado del franciscano fray Diego de Alcalá, con fama de santo —comentaba risueña doña Ana—. Luego se recurrió a un morisco médico de Valencia, hasta que, al fin, don Carlos se restableció. Aunque si era un personaje siniestro antes del accidente, mucho más siniestro era ahora. ¿Creía Diego que el príncipe don Carlos estaba en disposición de gobernar el imperio? ¿O de gobernar simplemente el pueblo más perdido de Castilla?

—Don Diego, ¿cuál es el mayor enemigo de España? ¿Por dónde puede venir el más peligroso acoso? ¿Los Países Bajos, Francia, Inglaterra, Portugal, Nueva España, Perú...?

—Yo diría que el más temible enemigo de España y de toda la cristiandad es el turco; Solimán el Magnífico y sus aliados africanos en Argel y Trípoli; el terrible corsario Dragut. Si no se ponía remedio, el cristianismo quedaría borrado del mapa. Y no veo nerviosismo en Madrid por una feroz invasión inminente.

No temía, en cambio, Diego, la insurrección de los pueblos americanos, porque estos nuevos territorios eran objeto de preocupación muy especial de Felipe II. Todo lo estaba llevando con sumo cuidado y acierto y los indios acabarían siendo de igual condición que los españoles.

El pensamiento de doña Ana discurría en la dirección contraria a la de Alba. Para saber qué debía opinar ella, antes se preguntaba qué opinaría Alba de cualquier asunto, para afirmarse en la opinión contraria. A pesar de ello, el entendimiento en personas tan dispares como Diego y la Éboli era completo.

El otoño empezaba frío y esto era objeto de preocupación no solo de doña Ana sino de todos los europeos.

—Todo el mundo lo dice —se angustiaba la dama—. Cada vez hace más frío en España. Nunca se había visto que los ríos Henares y Tajo se hubieran helado como en el invierno pasado, cuando se podía caminar sobre ellos sin ningún miedo a que la capa de hielo se resquebrajara. ¿Por qué hace cada vez más frío? Hace menos de una semana gozábamos de un verano agradable y ahora se ha metido ya ese maldito frío del año pasado. ¿Qué catástrofe nos espera? ¿Acabaremos muriendo todos de frío? Esto es mayor amenaza que la del turco. ¿Será castigo de Dios? ¿Se acerca el fin de la humanidad por congelación? ¿Qué decís los científicos?

—Al menos, yo, no lo sé. Si hace frío la superficie se hiela, se hace blanca. El blanco refleja la luz del Sol, la Tierra no se calienta, con lo cual viene más frío, más hielo, más reflejo de la luz solar y así sucesivamente.

Esto angustiaba sobremanera a la princesa porque parecía una concatenación de hechos sin final y hacía presagiar la muerte de todo ser viviente. En efecto, el invierno iba a ser el más duro que se recordaba. El Sol parecía haberse olvidado de Aranjuez. Se le veía redondo y claro en el cielo, pero parecía como debilitado, como si se estuvieran acabando los «troncos» que alimentaban su fuego. Algunos echaban la culpa a los cometas, otros a los herejes o a los judíos, otros a la falta de rigor de la Inquisición. El barro de los caminos se había convertido en duro cristal marronáceo. La princesa se cogía del brazo de Diego, arrebujándose en él para mitigar la despiadada tiritera.

MISTERIOSA DESAPARICIÓN DE ZUJENIA

Lo primero que hizo Diego al volver de Aranjuez, incluso antes de ir a la fonda, fue ir a la casa de Uchur. Temía este encuentro, pero era necesario. ¿Cómo estaría su querida hermanita? Cabía incluso la posibilidad de que estuviera muerta. Tenía cierto remordimiento de conciencia por haberse ido a Aranjuez, y aún más por haber disfrutado de aquel viaje, pero la había dejado con su padre y su madre. ¿Con su padre? Cualquiera sabía porque la perseverancia no figuraba en la corta lista de virtudes de Obis. ¿Con su madre? No lo sabía. Antes de que él se fuera, Zujenia había desaparecido y no sabía si había vuelto para seguir curando a su hija. Cuando dejó a Uchur tenía ya un pie en la tumba. Temía dar un aldabonazo en la puerta. ¿Quién abriría? Si es que alguien abría...

Era el comienzo del drama.

Salió a abrir... ¡Uchur en persona! Tan milagroso le pareció a Diego que, en lugar de adelantarse hacia ella para abrazarla, daba pasos hacia atrás incrédulo y alegre, pero Uchur fue más rápida a su encuentro y le dio tal abrazo que se le comía a besos entre gritos de verdadera felicidad.

—¿Cómo es posible, Uchur?
—Estoy casi curada. ¡Mis bubas han casi desaparecido!
—Déjame verlo.
—El caso es que... que como casi ya no tengo... ahora me da vergüenza.
—Entonces ¡me alegro más todavía!
—No sé si han sido las hierbas americanas de tus amigos sevillanos, como cree papá... quiero decir Obis, o los remedios gitanos, como dice mamá... quiero decir Zujenia. Me encuentro perfectamente. He vuelto a la vida. Me quedan cicatrices por todo el cuerpo, pero ya están casi secas y ya no siento ningún dolor. Menos mal que la enfermedad me respetó el rostro.

Aun así, la cara tenía palidez, ojeras y tristeza. Era curiosa la alegría en una cara triste. Ni mucho menos había recuperado aún toda aquella hermosura que había cautivado a un emperador. Pero lo importante es que estaba casi curada y curándose más. Diego vivía el momento más feliz de su vida.
—¿Está aquí Zujenia?
Entonces salieron de la alcoba Zujenia y Obis. Entre los cuatro se percibió un mundo muy complejo de sensaciones, combinados dos a dos. Diego fue a abrazar a Zujenia, pero ella le rechazó con los ojos centelleantes ante el asombro de Obis y Uchur. La palabra de Diego tenía que aflorar, fuera la que fuera, para esconder aquel ramillete de recelos y silencios.
—¡Me alegro tanto de veros...! Especialmente, me inunda de alegría ver a Uchur restablecida. ¡Cómo os agradezco a ambos que la hayáis cuidado y curado...!
—Tienes razón, pollo, pero ¿cómo no la íbamos a curar si somos sus padres?
—Habrá que informar al rey de esta milagrosa curación.
Pero los recelos y las miradas precavidas entre ellos se agudizaron. Quizá, pensó Diego, Uchur no quería molestar al rey; quizá, Obis, podría pensar que, curada su hija, perdiera el oficio de matemático; quizá Zujenia temería que, curada su hija, pudiera volver a ser la barragana del rey. O cualquiera sabía qué pasaba allí...
—Queridos padres —terció Uchur—. Hace mucho que no veo a Diego. ¿Os puedo pedir que me dejéis un rato con él?
—Claro que sí —bramó Obis—. Cuando entró el pollo ya nos apartamos y ahora nos volvemos a apartar.
Salió Obis a la calle. También Zujenia, pero no inmediatamente. Quizá no había entendido. No, no era así. Cogió un gran pañuelo que se echó sobre los hombros y salió con toda la dignidad de una matrona zíngara. Uchur y Diego se sentaron en la mesa frente a frente. Ella le cogió las manos y con los ojos húmedos le dijo:
—Gracias...
Nunca tal palabra, tan desgastada por el uso, había sido pronunciada con tanta sinceridad, sintiendo su intenso significado, como si se hubiera acabado de inventar y nunca hubiera estado usada por nadie. Las dos gotitas que asomaban en sus ojos tristes se despeñaron por aquel rostro ajado y cerúleo.
—Gracias...

—Creía que ibas a morir. Vesalio así lo creía... ahora te veo sana y... sanando.

—He visto el más allá un poco más acá —bromeó Uchur.

Uchur apretó las manos de su Diego, el que se resarcía de la tensión anterior.

—Cuando estábamos los cuatro juntos he notado un cuchillo cortando el aire...

—Pues verás... te diré lo que ha pasado en tu ausencia. Muchas cosas en poco tiempo y menos tiempo en el que te lo voy a resumir, aunque me será imposible adivinar lo que cada uno rumia para sus adentros, que no lo saben ni ellos; ni yo misma sé qué pienso. Mi madre, que venía diariamente a curarme, de pronto dejó de venir. Mi padre, a ruegos míos, fue a la fonda donde tú y ella os hospedabais. Allí no estaba ella; había desaparecido. Para mi sorpresa, mi padre..., Obis, quedó consternado, pero yo estaba en los peores momentos de mi sufrimiento y no pude ocuparme de aquello. Yo no temía que ella dejase de curarme pues, sinceramente, era un poco escéptica con sus métodos pues me daba a beber no sé qué brebaje que no sé de dónde lo sacaba, pero además de sus potingues, ella hacía preces en su extraña lengua y ponía amuletos bajo mi almohada. Pero nunca me negué a sus cuidados, en parte porque no tenía entonces ni fuerza para nada, y en parte porque ella lo hacía con amor y seguridad.

»Pues bien, ella había desaparecido. Pero al cabo de cinco días, vino a esta casa. Venía sucia en su cara, en sus manos y en su vestido. ¿Dónde había estado? No quiso decírnoslo. Nunca lo supimos. Volvió a curarme con sus preces y sus fórmulas y sollozando me repetía: «Estormén, alangarí» que supongo que quería decir perdón. ¿Dónde iba a vivir? No quería volver a la fonda ni en pintura. Ante mi asombro, Obis le ofreció que se quedara en casa. Al principio se negó, pero estaba tan cansada que, tras mirarme intensamente a mí, accedió como si le estuvieran clavando un cuchillo. Así que aquí estamos viviendo los tres, toda la familia reunida.

»Tengo que confesarte que la relación con mi madre es muy difícil. Somos de la misma raza, pero ni siquiera hablamos la misma lengua. Es muy limpia, pero conserva un olor extraño. Parece un olor natural, como si fuera el olor de su propia raza que más resalta cuanto más se lava. Aunque tengo que reconocer que más que olor es aroma. Me parece que sufre, pero ni de eso estoy segura, tan indescifrable me parece su rostro. La quiero porque es mi madre y me está cuidando y ha hecho un largo viaje desde Meligrana, que supongo que es Granada, hasta aquí, hasta Madrilate, como ella dice, solo por la llamada de su hija enferma. La quiero y la admiro, pero no la entiendo y ella no me entiende a mí. Para los gitanos, la madre es una especie de diosa y no estoy respondiendo a lo que ella espera de mí. Me parece que hay en ella una amargura que debe tener otro origen que desconozco y que no me quiere decir. Y no la puedo sonsacar para aliviarla, porque no nos entendemos, no hablamos la misma lengua. Y son dos lenguas intraducibles entre sí, porque la lengua es la cultura. Y las culturas tienen muchos años en las espaldas. ¡Ay! ¡Cómo me gustaría poner algo de miel en sus labios!

¡Cómo me gustaría hacerla feliz! Pero no sé hacerlo...

—Y Obis y Zujenia ¿se entienden?

—Obis ya no es lo que era, por lo menos conmigo. Conmigo es muy tierno...

—No lo puedo creer.

—Entre ellos tampoco se entienden, aunque a veces me parece atisbar una cierta tendencia a unirse... O eso es lo que me gustaría. Curiosamente más en Obis que en mi madre. Me temo que ella se tendrá que volver a Meligrana. Aquí no se adapta. Creo que necesita su cueva o su carromato. Esa buena mujer sufre. La quiero ayudar y no sé hacerlo. Algo le falta que yo no sé. O simplemente le falta su tribu. Tienes tú que procurar hablar con ella...

»Obis le cedió su cama, pero no sabe dormir en cama, así que duerme en el suelo en mi alcoba. Ella se ocupa de la casa y así Obis puede dedicarse a la matemática.

—Este curioso Obis... Tiene el don de las matemáticas, es cierto, pero nunca leyó a Euclides y ni le importa quién es. Ni conoce a Pitágoras ni a Tales, ni conoce a los modernos, Zaragoza o Cardano. Ni quiere leerles ni falta que le hace, dice. Si estudiara...

—Me temo que el rey le ha nombrado matemático para que gane dinero para mantenerme a mí, ya que fui su barragana.

—Pero ¿ya sabe el rey que Obis es tu padre?

—Sí...

—El caso es que sea lo que sea, no quiero tratos con él, con ese viejo fatuo que abandonó a nuestras madres.

—Perdónale, «estormén, alangarí» —bromeó Uchur.

Aunque Diego pensaba sincerarse con Uchur más adelante, de pronto sintió la necesidad de hacerlo de inmediato; no fue capaz de soportar un peso de conciencia que le inquietaba. Ahora Uchur estaba sana; no había excusa para demorar más la confesión. Con ella no podía haber secretos y menos aún aquel. Y tampoco fue capaz de buscar un camino sinuoso para hacerlo con tiento y cuidado.

—Hay cosas que tengo que confesarte —carraspeó—. Yo... yo... en Granada... yací con tu madre.

Las manos de Uchur abandonaron las de Diego. Se levantó con un manojo de sentimientos desatados que arrugaron su confusa frente. Dio algunos pasos, de vez en cuando miraba a Diego, después se ensimismaba. El silencio era total; hasta el silencio callaba. Era de esperar una reacción violenta, aunque no era la violencia algo propio de ella. No había en su expresión gesto de reproche sino de enajenación que no parecía acabar. Al fin se volvió a sentar frente a Diego y si antes el silencio había callado ahora hablaba la palabra.

—No sé por qué ha de parecerme mal. No encuentro ninguna razón. Tú eres un hombre libre y mi madre... no sé si lo es porque no conozco las costumbres de su raza. Sin embargo, estoy completamente desasosegada. No entiendo este desasosiego. Entonces, ella y tú, ¿os amáis? ¿Vale la palabra amor para este caso?

—Te tengo que ser brutalmente sincero. Contigo siempre he tenido el corazón abierto de par en par.

Uchur volvió a coger temerosa las manos de Diego. Pero ahora fue Diego quien se desasió y se levantó:

—Yací con ella porque era contigo con quien quería yacer. Ella es como tú. Sois iguales con veinte años de diferencia. Ella eras tú. Eras tú, con más años, sin el mal francés. Todo esto es difícil de entender pues ni yo mismo lo entiendo. Podría haberte dicho cualquier otra cosa, pero, en el momento del amor, allí en la cueva de Zujenia, fue eso lo que sentí intensamente; amor a ti.

Él ahora intentó coger una mano de ella, pero no tuvo éxito.

—¡Qué quemazón! —andaba Uchur sin tino, despacio por la habitación.

—Perdón...

—Si en realidad no tengo nada que perdonarte... Ha sido una forma extraña de decirme que me amas...

—Pero... además...

—¿Aún hay más?

—Verás, había en nuestra fonda una muchacha que pensaba que entre ella y yo había amores, pero por mi parte no los había en modo alguno. Se desnudó en mi alcoba y quiso abrazarme, pero me negué. Se puso furiosa y salió mal vestida al pasillo dando voces. Corrí tras ella para tranquilizarla. Por allí pasaba Zujenia y creo que debió pensar que yo había intentado forzarla, que yo era un sátiro sin moral. Era lo que cualquiera hubiera pensado al ver solo la mitad de la escena.

—¿No pudiste aclararlo con ella?

—No pude, porque desapareció.

—¡Ay! Entonces sería cuando desapareció también de aquí. ¡Pobre Zujenia! Aún me cuesta llamarle madre. Y si huye de ti, ¿dónde estará ahora? ¿Se habrá ido otra vez?

LA TRAICIÓN

El niño Jerónimo y Diego paseaban por las orillas del Manzanares. Pensó Diego que aquellas reservas para ocultar secretamente su método para medir las longitudes no eran necesarias tratándose de Jerónimo y le iba contando sus últimas ideas, el fundamento teórico, las ventajas de su aplicación, la conveniencia de viajar mucho por todo el globo terráqueo para poder conocer la inclinación magnética en cada punto, cómo evitar el riesgo de error o equivocación... Probablemente, lo mejor era combinar las medidas de declinación y de inclinación. Y había que aprovechar la idea del niño ingeniero, el invento del sinolas.

—Pronto haré un largo viaje. El rey me ha encomendado que empiece por acompañar al Obispo de Segovia y a un gran teólogo que ahora está en Madrid, fray Benito Arias Montano, que van a Trento, pues el Concilio de la Iglesia que allí se celebra no ha terminado y parece inacabable. Luego querría ir a Flandes, luego a Portugal, a América, a las islas Filipinas, al Japón, a la China, luego... No sé si tendré vida para tanto viaje. Algún día tendré que volver para decirle al rey lo que he aprendido. Me gustaría decirle: «Señor, he aquí el mapamundi», el único mapamundi, el más preciso, el más real.

»Sospecho que podrá relacionarse la inclinación con las coordenadas geográficas de forma sencilla. En realidad, ya tengo las fórmulas preparadas. No me cabe duda de que se cumplirán.

—¿Cómo es posible que no habéis emprendido el viaje y ya sabéis el resultado?

—Para ello tendré que decirte en qué se basa el método, cuál es el fundamento físico que me ha llevado a unas fórmulas que espero que sean correctas, pero si lo son o no, el viaje de mil leguas nos lo dirá.

—Eso; explicadme el fundamento. ¿Por qué funcionan los imanes?

—Pensé que si la aguja de marear se mueve es porque la mueve otro imán. Experimenté con dos imanes. Ellos se atraen y se juntan violentamente, pero se orientan, antes de chocar, el uno al otro. Luego dispuse los imanes de forma que pudieran girar, pero no desplazarse: entonces vi que uno orienta al otro y el otro al uno. Se orientan mutuamente. Pon dos brújulas próximas y lo comprobarás. Las agujas de las brújulas no podrán desplazarse, pero giran y se orientan.

»Ahora solo hay una brújula —la puso horizontal sobre su mano—. Vemos que se orienta ¿dónde está el otro imán que la orienta? El otro imán es la Tierra entera. La Tierra es un gigantesco imán. El gran imán de la Tierra mueve la brújula, pero la brújula no mueve la Tierra porque esta es muy grande, tiene una gran masa y un aparatito tan pequeño como mi brújula no es capaz de moverla. ¡La Tierra es un imán!

—¿Qué hace que la Tierra sea un imán? —preguntó embelesado Jerónimo.

—Las brújulas se hacen con un mineral que se llama magnetita. Sería posible que la Tierra en su inmenso interior contuviera grandes cantidades de magnetita. En principio, sus cristalitos estarían orientados al azar, pero a lo largo de la historia de la Tierra, unos a otros se hubieran orientado todos, y el conjunto de todos ellos orientados formarían el gigantesco imán terrestre. Claro que para alcanzar esa orientación común deberían poder girar libremente. Pienso, aunque esto es ya mucho suponer, que la Tierra es líquida en su interior. O bien que lo fue en un principio, se orientaron los cristalitos, se solidificó y los cristalitos quedaron orientados. ¡Magnetita ubicua! Será difícil de comprobar esta hipótesis. Pero estoy convencido de que la Tierra es un imán, con sus dos polos. Estos polos estarían cerca de los polos geográficos, pero no coinciden, si hemos de creer a los marineros.

»Por eso funciona el método de las declinaciones. Si los polos geográfico y magnético coincidieran, tal método no funcionaría; ni tampoco el de las inclinaciones. Pero ocurre que las declinaciones son siempre ángulos muy pequeños y, por tanto, difíciles de medir. En cambio, espero que las inclinaciones sean más grandes y el método será más práctico.

»Si es verdad que hay dos polos magnéticos, opuestos en la Tierra, habrá un ecuador magnético y habrá una latitud y una longitud magnética. Creo que habrá mayor variación de estos ángulos en los diferentes puntos de la geografía terrestre. El método será más sensible.

—Maestro don Diego, llevadme en vuestro viaje.
—Es imposible, Jerónimo, tus padres no lo consentirían. Un viaje así de largo puede ser muy peligroso. El mar es muy peligroso y la tierra aún más. Cuando uno emprende un viaje así no sabe cuándo volverá, ni siquiera sabe si volverá. Uno puede acabar en el fondo del mar o bajo tierra...

Tras dejar al niño en el Alcázar, Diego se dirigió a la fonda donde pensaba trabajar y apuntar sus nuevas ideas en su inseparable cuaderno negro, su fiel compañero, lleno de fórmulas, números, teorías, todo ello escrito con su diminuta letra de consumado pendolista.

Era ya tarde. En el pasillo se cruzó con un nuevo huésped. Era alto, flaco, con las piernas algo arqueadas, con cara fea, cara de muy pocos amigos. Diego le saludó cortésmente, pero recibió, en respuesta, un gruñido que igual podía querer decir «buenas noches» que «déjame en paz». En algún lugar había visto ya esa cara. No habría sido muy a menudo porque cara tan fea no era fácil de olvidar. Siguió su camino. Entró en su alcoba, encendió una vela, se preparó un vaso de ron que le habían traído de Salobreña, y empezó a pensar y a escribir lo que pensaba; y a pensar lo que escribía. Todo en su cuaderno negro con letra minuciosa.

Pero llamaron a la puerta.

Toc, toc. ¡Horror! Parecían los golpecitos suaves de los nudillos de Susana. No se equivocó: era Susana.

—Buenas noches, Diego. Ya sé que no quieres nada conmigo y lo entiendo. No... no protestes, déjame hablar... ¡Ay Dieguito! Eres muy bueno conmigo. Hoy no vengo a comprometerte. ¿Ves? Ni siquiera traigo el escote de otras veces. Quería solamente decirte adiós. Mi padre me llama y me reclama. Ahora, mañana mismo, tengo que partir para Venecia... Y para que veas que no quiero comprometerte, vamos al comedor, a la sala que ahora estará vacía... o a la calle, donde tú quieras... Anda, Dieguito, ven...

—Mi señora Susana, estoy ocupado... Nos podemos decir adiós aquí... Adiós, Susana.

—¡Oh! ¡Qué horror! ¿Así de frío? Tengo algo que decirte...

—Está bien vayamos a la sala.

Una vez allí, se sentaron. Susana tenía los ojos húmedos y Diego pensó que había sido demasiado duro con ella. Después de todo, no era más que una niña grande.

—Y bien, doña Susana, ¿qué me queríais decir?

—La última vez... la serbia nos vio... a mí descompuesta y nerviosa y a ti detrás de mí disculpándote... La serbia pensó... debió pensar...

—Y a vos os pareció bien que así pensase.

—¡Ay! ¡Verdad! Diego, no sabes lo arrepentida que estoy.

—Bien, bien, está bien, no os preocupéis más.

—Luego me encontré con la serbia que estaba muy digna y muy enfadada. Estaba enfadada sobre todo contigo. Y me dijo algo así, que no puedo olvidar, en su lenguaje: «Minrí... rom Diego...Najararé... me piro...». Lo repetía una y otra vez.

—Y vos ¿le explicasteis lo que en realidad había pasado?

—No me entendía... la verdad... es que yo estaba celosa... Entonces se fue con el lío de sus enseres en un pañuelo. Se fue. Ya no la he vuelto a ver.

—¿Dónde podré encontrarla? ¿No os dijo nada sobre a dónde iba? ¿Algún billete para mí?

—No, nada, ¡Ay, Dieguito! Estoy arrepentida. Fue por mi culpa. Adiós, Diego. Me tengo que ir a Venecia. ¿Me dejas que te abrace por última vez?

Diego cedió y se abrazaron, pero aquel abrazo era amistoso, sin pizca de intención de sugerir ardores carnales. Se notaban pulsos de los leves hipidos de los sollozos sinceros de la ingenua Susana.

—Diego, Diego, ¡cuánto siento lo que te he hecho!

—Bueno, mujer, no lloréis. No es para tanto...

—Adiós.

—Adiós.

No podía trabajar ni descansar y salió a la calle y, sin proponérselo expresamente se dirigió al palacio. Saludó a los monteros de Espinosa que hacían la guardia. Recordó entonces que a esa hora más o menos solían encontrarse Jerónimo y él. Le buscó y con gran contento del niño salieron de nuevo a la calle donde Diego le explicaba astronomía a Jerónimo, si bien hay que decir que el chaval lo sabía ya todo. Fueron charlando muy animadamente y se metieron por callejas y callejas, sin rumbo fijo, que buena falta le hacía a Diego. Caía la noche mientras una esplendorosa Luna llena les alumbraba tenuemente.

Pero no solamente les alumbraba a ellos. De pronto se dibujó una sombra que se interpuso en su camino.

—Buenas noches, señor don Diego de Granada.

—No os conozco. O no creo conoceros.

—Me presentaré entonces. Soy Domingo Laredo.

—Perdonad si no recuerdo...

—Humillasteis y pegasteis a mi hermana, a doña Sol Laredo.

—No es así.

—Sois un impostor, cosmógrafo falso, rufián de palacio, que no sabéis de navegación más que lo de navegar por las crujías y las salas del Alcázar. El puesto de cosmógrafo real que ocupáis me correspondía a mí. ¡A mí!

El tal Domingo Laredo iba acercando su cara a la de Diego para intimidarle, pero este no se amilanó y no retrocedió, soportando las gotas de saliva que aquel hombre feo prodigaba en sus feroces insultos y ofensas. Diego le reconoció: era el hombre antipático que había visto en su propia fonda. Rociaba su saliva como lo hacía su hermana. Era la suya palabra ensalivada.

—El rey tenía que pagaros para que os hicierais cargo de su barragana, de su puta, ¿verdad? No tenéis escrúpulos ni honor, sois un desperdicio de cosmógrafo.

Y echándose ligeramente para atrás desenvainó la espada. Jerónimo contemplaba estupefacto la escena.

—Defendeos.

Diego llevaba espada pero nunca la había usado y no tenía idea de cómo manejarla pero, valientemente, trató de desenvainarla. Desenvainar una espada no era tarea fácil. O la espada era demasiado larga o demasiado cortos sus brazos. Tenía que hacerlo en varios tramos y la espada no salía. El azoramiento entorpecía la operación y la impericia redoblaba el azoramiento.

—Ja, ja, ja... —reía insultantemente el tal Laredo.

Al fin salió la espada pero, de un golpe certero, el desconocido la golpeó y la mandó volando muy lejos. Diego, desarmado, cayó al suelo mirando cómo su verdugo apuntaba con su espada a su corazón inerme. Laredo le dijo entre grotescas risotadas:

—Yo soy el inventor del método de las longitudes con la brújula vertical. Yo y no vos. Ja, ja, ja. Habéis trabajado para mí. Ahora vais a morir. Y para que muráis divirtiéndoos mirad lo que os voy a enseñar. Ja, ja, ja...

Y con soeces carcajadas sacó de debajo de la capa... ¡el cuaderno negro de Diego!

—Preparaos para morir.

Y se lanzó para dar la estocada final al infeliz criado real.

En esto, el pequeño Jerónimo embistió a Laredo con tal furia que le hizo caer enredándose capa, espada, cuaderno y cuerpo. Laredo, furioso, se levantó para partir en dos de una estocada al mequetrefe atrevido. Paró el golpe Jerónimo, deteniéndolo con la mano. Forcejearon y Jerónimo, el niño forzudo, le propinó tal cantidad de golpes y empujones que Laredo quedó malherido. Diego acudió en su ayuda y, viéndose sorprendido el bravucón salió corriendo despavorido con el rabo entre las piernas, golpeándose patosamente con las paredes de la calle, como un espantajo ridículo que no sabía hacia dónde huir.

Le dejaron marchar. El cuaderno negro había quedado en el suelo. Jerónimo lo recogió y con gran educación se lo entregó a su dueño:

—Aquí tenéis vuestro tesoro.

Diego temblando y gozando abrazó al muchacho.

—Jerónimo, hijo mío, me has salvado la vida. ¿De dónde has sacado esa fuerza?

—De mi padre, señor.

Más calmados volvieron charlando a palacio. Diego apretaba contra su pecho su querido cuaderno negro y Jerónimo llevaba la espada de Laredo que blandía inocentemente como si fuera su juguete.

—Habrá que informar al secretario del rey. Si este bellaco aspiraba al cargo que yo ocupo, tiene que ser conocido por el rey, o por Santa Cruz, o por alguien... Yo nunca había oído hablar de él.

De pronto empezó a ver claro todo en aquel lance. Laredo, en efecto, no era otro que el hombre de malas pulgas que había encontrado en la fonda como nuevo huésped. Susana le había alejado a él de la alcoba para que Laredo robara tranquilamente el cuaderno. ¡Falsa Susana! ¡Espía maldita! Le había engañado una vez más.

Dejó a Jerónimo en palacio y se dirigió a la fonda donde buscó a Susana. Pero ella ya no vivía allí. Se había despedido. Esto corroboraba la sospecha.

Nunca más volvería a separarse de su cuaderno negro.

Susana había sido una embustera. Y, sin embargo, no comprendía bien aquel extremado arrepentimiento y aquellos ojos llorosos. Nadie puede fingir el llanto. Ni los artistas del teatro son capaces de simularlo. Aquellos hipidos, sus pequeñas convulsiones... No podían ser falsos. Ella tenía que estar realmente arrepentida. Quizá estaba arrepentida, pero no por lo de la serbia, como ella decía, sino por el robo del cuaderno que se estaba perpetrando en el mismo momento del abrazo, gracias a su traición. Entonces... ¿se arrepentía por anticipado? ¿Llegaba la contrición antes que el pecado? Al menos había contrición.

Al día siguiente, contó a Jerónimo sus más que fundamentadas sospechas, empezando por aquel desagradable encuentro con Sol Laredo. El chaval que, como sabemos, cantaba primorosamente, entonó estas notas musicales sol-la-re-do con tal gracia que Diego celebró con una risotada que se llevó con viento fresco su tensión y su visión tan cercana de la muerte.

Había visto la temida y, a la vez, tan ansiada muerte. La esquiva amante que a veces se retrasa, pero siempre acude a nuestra llamada. Esta vez, simplemente se asomó y no llegó a besarle con sus labios álgidos, pero exhaló su pestilente aroma. Sus brazos de hierro de guadaña afilada le rozaron, pero no llegaron a abrazarle. Habría que seguir esperando.

Los guardias de Espinosa buscaron a Domingo Laredo por todo Madrid, pero no lo encontraron. Pero solamente un caballo corre tanto como un caballo y se tuvo que abandonar su búsqueda. En efecto, el rey conocía a Domingo Laredo y sabía de sus aspiraciones, pero no le consideraba hombre de talento ni digno de su confianza.

—A enemigo que huye...

—... puente de plata —completó Uchur cuando Diego le contó la aventura en la que un mozalbete había vencido y puesto en ridículo al malvado Laredo.

Uchur parecía que recobraba su imperial hermosura.

EL MAGNETISMO DE UCHUR

—Sentémonos a la mesa, que tengo que hablarte.
La sonrisa de Uchur era la segunda gran obra de su divino hacedor y, al fin, volvía a iluminar su rostro, la habitación entera y el alma de Diego.
—Dime, Uchur, soy todo oídos. ¿De qué se trata?
—De la determinación de longitudes.
—Entonces, más que hablarme, querrás oírme.
—Hablarte; quiero hablarte.
»Desde que Colón se llevó la brújula a América, se vio que la aguja de marear podía servir para saber la longitud, es decir, para saber en qué lugar de la Tierra se encuentra uno. Desde entonces, se ha estudiado el método y, aunque se sabe cómo proceder, los resultados no son todavía buenos. La determinación de la «declinación» magnética es interesante, pero no resuelve bien el problema, al menos para latitudes bajas.
—Cierto.
—Entonces apareces tú y dices: con la brújula se puede obtener otra cantidad que se llama «inclinación», independiente de la declinación, que también puede servir para determinar la longitud de un explorador o un navegante, y así saber dónde se halla. Este método ¿será bueno? Para comprobarlo te vas a dar una vuelta por el mundo. Es una posibilidad muy interesante saber si poner la brújula vertical para determinar la inclinación resuelve el gran problema de los cartógrafos.
—Cierto.
—La prueba de que el método puede ser interesante es que ya hasta tienes espías y ladrones que te siguen.
—¡Andá! Es cierto que me siguen, pues ¿no se desplazó a Sevilla la pícara Susana?
—Eso no me lo habías dicho, pero confirma que te siguen. Hay espías detrás de tu cuaderno.

—Cierto.

—Pues ahora viene mi idea, a ver qué te parece. Me pregunto ¿hay algún dato más que pueda salir de una brújula?

—Declinación, inclinación... ¿aún más?

—Pues verás, cuando aún estaba en palacio, oí decir que unos navegantes referían que la brújula unas veces iba rauda a la dirección que debía finalmente señalar, y en cambio, otras iban más lentamente. Algo así como si hubiera veces en las que la brújula estaba perezosa y otras que estuviera más dispuesta a cumplir su cometido.

—Eso sería porque unas veces la brújula estaba bien cebada y otras no tanto.

—Pues dicen que aseguraban que no; que esto pasaba también cuando la brújula estaba bien cebada.

—Puede ser.

—Sería cuestión de medir el tiempo que tarda la brújula en encontrar la dirección del norte magnético. Es posible que también dependa de la longitud.

—Pero, Uchur, tanto cuando la brújula se mueve rápidamente como cuando lo hace lentamente, el tiempo empleado es tan breve que sería muy difícil medir ese intervalo de tiempo. Más que difícil, imposible.

—Pero entonces pensé que, si encontramos el medio para que la aguja ralentice su movimiento, ya podremos medir ese tiempo...

Y entonces se levantó y sacó de la alacena un artilugio que consistía en un recipiente transparente, que llenó de agua, y una aguja magnética que colgaba de un hilo. Había también un soporte con su pie y su brazo para sostener el hilo del que pendía la aguja que se metía dentro del recipiente lleno de agua. Lo colocó sobre la mesa, puso la aguja en dirección al sur y dejó que se orientara en la dirección del norte. Con el rozamiento del agua, la aguja tardó mucho más tiempo en su recorrido de sur a norte, pero llegó ciertamente a su destino.

Diego quedó asombrado, mirando atónito ora al artilugio, ora a Uchur.

—Síííí...

Uchur sonreía inmensamente, complacida por la aprobación de su hermanastro.

—Esto es «hermanastronomía»... —el fácil chiste era de Diego—. ¿Sabes, Uchur? Me llevaré tu invento para medir... ¿cómo podríamos llamar a este nuevo tercer dato que emana de la brújula? Dilo tú, que lo has inventado.

—Pues, había pensado que lo podíamos llamar intensidad de la Tierra-imán... ¿qué te parece?

—Intensidad. Intensidad magnética. Muy bien. La brújula da declinación, inclinación e intensidad. Tres datos. Tu invento es además fácil de transportar. En todos los sitios hay recipientes. No importa tanto si no son transparentes. En todos los sitios hay agua...

—Sobre todo en el mar.

—Fabricaré un pie para que tú puedas quedarte el artilugio completo de tu invención. O mejor, le pediré a Jerónimo que lo haga pues es muy hábil construyendo aparatos. ¿Recuerdas lo que él llamó el sinolas? Y ahora habrá que poner el vaso de agua tuyo sobre el sinolas de Jerónimo.

—Si te ha parecido una buena idea, este es mi regalo por haberte ocupado tanto de mí. A ti te debo mi curación. También a los doctores sevillanos y al rey y a mis padres. Pero a ti, mucho más.

Se abrazaron por la feliz idea de Uchur. Ya sabía Diego de su gran ingenio desde que eran niños y ahora le demostraba ella que seguía teniendo un cerebro superior.

Dejamos abrazados a Diego y a Uchur en el apartado anterior y así seguían en el apartado presente, porque fue muy largo abrazo. Empezaron celebrando el invento de Uchur, siguieron abrazados por sentir muy cerca la partida de Diego en su largo viaje alrededor del mundo y siguieron abrazados por la llamada ardiente de la carne enamorada.

Uchur le besó apasionadamente en los labios y él sintió que ya otra vez había recibido, y dado, aquel beso. Tal vez fueran los sueños en los que tantas veces ellos habían hecho el amor, y el beso soñado se había escapado de lo imaginado al espacio de lo real en el cerebro de Diego. Tal vez ellos se habían dado aquel beso tan apasionado y sensual cuando eran niños, aunque si bien sus juegos habían sido inconfesables no recordaba un beso así. A su corazón desbocado acudió una palabra cargada de recuerdos inquietantes: chupendí.

«Aquello» ya había pasado. Era todo igual, trágicamente igual, intranquilizadoramente igual. Fue el mismo acto de amor, el mismo acto de «jeli». Diego, que era tan analítico cuando trataba sus problemas matemáticos, entraba en confusión total a la hora de compaginar recuerdos amorosos, ensoñaciones y realidades. Y tras la consumación de su amantísima penetración no quiso pensar... pero pensó. Pensó que, si aquella vez había hecho el amor con Uchur en el cuerpo de Zujenia, ahora había hecho el amor con Zujenia en el cuerpo de Uchur.

No, no, no, no era posible. Apartó violentamente esos pensamientos de sí, pero los pensamientos volvían como una mosca molesta y perseverante. Estaba exhausto y se incorporó viendo a Uchur exhausta. Estaba desnuda, tranquila y amorosa. En su cuerpo se veían múltiples cicatrices de sus antiguas llagas, secas y curadas, como mero recuerdo de su terrible enfermedad gloriosamente superada. Su cuerpo era, iba a decir que hermoso, pero era mucho más que hermoso, era la misma hermosura. Porque la hermosura completa no puede encontrase en la perfección; se encuentra conviviendo con algún defecto. Y, en este caso, los defectos de las cicatrices, hermoseaban lo hermoso. La hermosura se nutría también de aquellos defectos. Diego estaba completamente enamorado y la sonrisa complaciente y tierna de Uchur, le decía que aquello tan grande e indescriptible era mutuo. ¿Qué palabra podía servir para aquella hirviente sensación mutua? Solo había una: «jely». ¡No, por Dios, borremos para siempre esta palabra de la mente de Diego!

Se vistieron, se volvieron a abrazar y se fueron alejando el uno del otro, con sus manos separándose en un tiempo inacabable...

Diego salió de la casa diciéndose:

—Y ahora ¿cómo diablos voy a dar yo la vuelta al mundo?

Diego escribió al rey informándole brevemente de la repentina curación de Catalina y este le dio audiencia de inmediato. Para él estuvieron francas las varias antesalas que llevaban a la estancia donde el gran monarca despachaba. El rey cerró los asuntos que tenía entre manos y se centró en la visita de Diego.

—Mañana partiréis, don Diego de Granada. Ya está aquí el obispo de Segovia, don Martín de Ayala, que viajará a Trento. A su servicio estará Arias Montano y vos al servicio de Arias Montano. Pero en Italia os dividiréis. Vos no vais a Trento, pues sabéis de teología lo que yo de matemáticas. Vos vais a Roma.

»En Roma y en otras ciudades italianas os encargo que os hagáis con el mapa de Cantino. Pagaréis por él lo que sea, aunque pareciendo que no tenéis gran interés en ello y sin que se sepa que es para mí. Fue hecho por un portugués, pero lo tiene, seguramente, el duque de Ferrara. Hay que localizar y comprar ese mapa. Es un mapa magnífico, según tengo entendido. África y la India están perfectamente trazados, así como las costas del Nuevo Mundo, incluida la península de Florida, cosa bastante misteriosa porque el mapa es de 1502, anterior a su descubrimiento.

»Además me tenéis que dar cumplida cuenta de todos los adelantos científicos y, especialmente, técnicos, en nuestras posesiones en Italia. Por supuesto, tenéis que ir cerciorándoos de que vuestro método de determinación de longitudes es útil.

—Señor, para verificar el método de las longitudes tendré que ir a América, atravesarla de norte a sur, ir a las Filipinas, China... en fin, dar la vuelta al mundo.

—Claro está, pero no debéis emplear mucho tiempo o vuestro invento llegaría demasiado tarde. Me informaréis por correo de los resultados parciales que vayáis obteniendo. El resultado final será el gran mapamundi. Pero necesito resultados pronto. No olvidéis que lo mejor es enemigo de lo bueno.

—Si Elcano dio la vuelta al mundo en tres años, con aquellas cáscaras de nuez, yo lo podría hacer en otro tanto al menos, aunque no dispondré de un barco propio como él y estaré pendiente de los medios de locomoción que me depare el destino.

—Os doy diez años. En diez años, estéis donde estéis y haya llegado la expedición científica hasta donde haya llegado, deberéis venir aquí a informarme.

»También tenéis una misión de espionaje, aunque no esté vuestro cometido bien definido. Actuad como espía real según os dicte vuestro criterio. Usad el correo que, para muchos sitios del imperio ya funciona muy bien.

»Tomad esta carta mía que os ayudará a recibir vuestro salario, vuestros gastos si compráis algún invento, o mapa, si fuera menester, y para que se os dé facilidades y protección. Se la mostraréis a los virreyes o gobernadores por donde fuereis.

»Y ahora hablemos de otra cuestión. ¿Decís que Catalina ha sanado?

Diego informó, como mejor pudo y supo, sobre la milagrosa curación de Uchur, sobre cuál había sido la evolución de su enfermedad, omitiendo muy pocos detalles. Todo ello alegró sobremanera al rey, en cuyo rostro se abrió una sonrisa que ya por entonces empezaba a escasear.

—Quiero verlo. Iremos de inmediato. El Médico Real, el doctor don Andrés Vesalio vendrá con nosotros. Es un médico flamenco; nació en Bruselas. Fue ya médico de mi padre y ahora está a mi servicio.

—Conozco la fama de Vesalio. He leído su gran libro «De humani corporis fabrica libri septem». Bueno... todo hombre culto lo ha leído.

—Sí; es conveniente que él estudie a vuestra prima. Estudiando el proceso de la evolución de su enfermedad se podrán salvar muchas vidas. Quizá Vesalio deduzca cuál es la curación definitiva del mal francés. Pronto saldremos de incógnito hacia su casa. Iremos embozados Ruy, vos, Vesalio y yo.

»Que llamen a don Andrés Vesalio y a don Ruy, que nos iremos pronto de incógnito —ordenó el rey.

»El tiempo vuela, pero vuela como las águilas, que parecen inmóviles, como si no volaran.

Allá fueron a casa de Uchur y Obis cuatro galanes con toscos sobrepellices y atuendos rústicos: el rey, «el» Ruy, Vesalio y Diego. Salió a abrir la misma Uchur cuya belleza se recobraba por días y sonrió feliz a Felipe II, quien la abrazó con dulzura y le dio un amoroso beso en la frente. Pidió el rey a Uchur que permitiese que Vesalio la reconociera y médico y enferma se retiraron a su alcoba. Salió Vesalio asombradísimo por la curación de la joven, anotando en su cuaderno cuantos datos juzgó pertinente tener en cuenta. Desechó las preces atávicas de la vieja gitana como causantes de la curación, aunque se llevó parte de las hierbas que ella había utilizado, y atribuyó el milagro al tratamiento aconsejado por los botánicos sevillanos, Hernández y Monardes.

—Sería conveniente —meditó el rey— acercarles a Madrid, como botánicos reales, ya que por lo que habéis contado, don Diego, son personas sabias dignas de confianza.

—Por lo menos a Hernández porque Monardes estaba ya muy viejo para aguantar el viaje —añadió Diego.

—Quizá podríamos encargar a Hernández la misión de coleccionar todas las plantas de América, con las propiedades curativas indicadas por los sabios médicos indios.

—Todas, todas...

—Todas, naturalmente.

El rey volvió a abrazar a Uchur:

—Ahora don Diego se va a hacer un viaje largo que yo le he ordenado. Volverá dentro de diez años. Si cuando vuelva os queréis casar yo seré vuestro paraninfo. Mientras tanto tu padre, matemático de la Corte, cuidará de ti y, cuando estés sana del todo, volverás a la Corte como dama de la princesa de Éboli. Ya os diré lo que espero de vos entonces —añadió enigmáticamente el rey.

Se marcharon todos menos Diego que ya se tenía que despedir de su querida Uchur. Obis salió discretamente a la calle para no entorpecer la ternura de la despedida.

—Tengo que confesarte algo antes de partir —balbució Diego.

—Ya lo sé —le interrumpió Uchur.

—¿Cómo que lo sabes si no sabes de lo que te voy a hablar?

—Vas a decirme que ayer, mientras hacíamos el amor, pensabas en Zujenia, mi madre.

Diego se vio indefenso y abochornado ante la adivinación de Uchur.

—¿Cómo puedes saberlo? ¿Tan transparente es mi frente y mi pecho que puedes observar tan nítidamente mi pensamiento y mi corazón? ¿Tienes poderes adivinatorios?

Uchur reía ante la bisoñez de Diego.

—Me fue fácil adivinarlo. ¿Que cómo lo supe? Muy sencillo.

—No puede ser sencillo. No lo puedo entender.

—Muy sencillo es: cuando estábamos en lo más encumbrado de nuestra efusión... me susurraste «Zujenia».

—¡Qué horror! ¡Oh, Uchur! Perdóname, perdóname.

—No tengo nada que perdonarte. Si ayer yo era Zujenia, es decir yo con veinte años más, esa Zujenia era yo con veinte años menos —sonrió amorosamente Uchur—. La confusión de la confusión se trocó en certeza. Hiciste el amor en mí y conmigo. No tengo nada que perdonarte. Una persona que ha salido de la muerte lo perdona todo. A una persona que se va a dar la vuelta al mundo se le perdona todo. Pero de todas formas... no me vuelvas a llamar Zujenia... ¿eh?

Todo lo decía Uchur entre bromas y caricias llenas de entendimiento y amor.

—No me esperes.

—Ni tú a mí.

Al salir a la calle se encontró con Obis, que le dio un emocionado abrazo que Diego admitió con frialdad. No podía olvidar la mala entraña del viejo fatuo, aunque le reconfortaba ver cómo el bálsamo de la edad había hecho perder los dientes a la hiena, y cómo había cuidado como un San Francisco a la lesa Uchur.

—¿Sabes, pollo? No sé ni quiero saber qué relación tienes o has tenido con mi hija, pero te has portado como un hermano cuando yo no supe comportarme como un padre. Ahora te vas, como Zujenia, que se ha ido para siempre.

—Yo volveré y Zujenia volverá.

—Zujenia no volverá. Como los de su raza, es orgullosa y sabe alimentarse con el aire. Su hija no la entendía y no pudo llegar a quererla por mucho que le estuviera agradecida. Yo la abandoné y ahora ella me abandona a mí. Me lo merezco. Se volverá a su Meligrana. Pero aquí no volverá.

Diego se alejó sin mirar para atrás, sin saber si podría volver en el plazo señalado por el rey. En todo caso, no se podría casar con Uchur. La sangre de Obis se interponía entre los novios... aunque si así lo disponía el rey, así lo admitiría el Papa...

No se sabe por qué una oleada de amor filial le invadió a Diego tan violenta y a destiempo que se volvió de nuevo hacia la casa. ¿Cómo podía despedir a su padre, con un abrazo tan frío? Volvió sobre sus pasos. Volvió a la casa que aún no estaba cerrada. Entró y contempló algo que, por raro que parezca, siendo un detalle nimio, cambió la vida a Diego.

Uchur se había metido en la cama y, simplemente, Obis la estaba tapando con paternal cuidado. Simplemente, eso. Ese detalle tan nimio.

Cuando salió Obis a la entrada, Diego se abalanzó a él y le dio un estrechísimo abrazo, y con lágrimas incontinentes, le dijo:

—Es una flor delicada. ¡Ha estado tan sola en la vida! Cuídala Obis; cuídala. Porque lo más seguro es que yo ya no vuelva. Cuídala te lo suplico.

Obis recibió el abrazo y la llantera con socarrona extrañeza:

—Anda, pollo, que esta mujer no es delicada, sino fuerte. Con esta mujer no puede ni el mal francés. Es fuerte ¿no ves que ha salido a su padre? Y ¿cómo no la voy a cuidar?, ¡pardiobre!, si es mi hija...

Salió Obis a la calle a despedir a Diego, con su brazo rodeando el hombro del viajero, consolándole a su modo.

—Sí, pollo, la cuidaré. Cuando vuelvas estará enterita.

—Prométeme que nadie le hará daño —seguía Diego como una magdalena.

—A quien quiera hacerle daño le parto la cabeza, aunque sea el mismo rey. Vete en paz, pollo.

A la mañana siguiente, salió Diego en su mula de la fonda, camino de palacio para unirse al Obispo y a Arias Montano. En sus alforjas llevaba pocos enseres, el sinolas de Jerónimo, algunos mapas, varias brújulas y varios cristales de magnetita, un soporte para colgar una brújula y un vaso que le dio Uchur, para usar su invento. En aquel vaso metería la brújula, pero también bebería para recordarla a ella en cada trago. Llevaba, ¿cómo no? su inseparable cuaderno negro.

Pero también llevaba, ¡ay! la llave del taller de Himilce.

Se iba para un viaje de diez años, pero habría de volver al cabo de veintisiete.

PARTE SEGUNDA

VEINTISIETE AÑOS DESPUÉS

Mi nombre es Julián y soy natural de Melgar de Fernamental. Creéis no conocerme, pero vos y yo hemos pasado ya grandes ratos juntos en la intimidad. En ocasiones me habéis zaherido con vuestra exigencia, pero en otras os habéis regocijado con mis relatos. La prueba es que volvemos a encontrarnos, vos y éste vuestro servidor, Julián de Melgar, de Melgar, la gran tierra de los mielgos.

Soy el relator de esta historia. Os la pude contar hasta ahora porque el mismo Diego me la contó y la completé gracias a testimonios de quien le conocían. Pero mi historia, la historia de don Diego de Granada, se truncó porque se fue a América, como un nuevo Heródoto, y no tuve ninguna intención de seguirle para atisbar las peripecias que pasó por allí. Así que mi relato ha de pegar un brinco y omitir su viaje a América. Él volvió, más canoso, más cansado, menos comunicativo. Aunque pronto le vi a su regreso y le he visto y conversado con él varias veces, no parece entusiasmado con la idea de contármelo todo con detalle. Aun así, puedo contar lo que acaeció después. Si vos me permitís y estáis dispuesto a escucharme, proseguiré mi relato y seguiré compartiendo con vos unos buenos ratos de intimidad. Si no queréis seguir leyendo, ya sabéis lo que podéis hacer: es muy fácil callarme.

Para que este salto en el tiempo sea salvado sin sufrir la interrupción, yo debería contar lo que fue de España en estos veintisiete años. Pero como no soy historiador, y no podría serlo, aunque quisiera, me limitaré a cuatro pinceladas muy superficiales y groseras, dadas, no con un pincel preciso de buen pintor, sino con la brocha gorda de pintar paredes.

La historia de este tiempo es la historia de Felipe II. Es la historia de cómo cambió al Mundo y de cómo el Mundo le cambió a él. El motivo del lienzo es magnífico pero el pintor, servidor de vuecencia, no lo es. Lo comido por lo servido. Felipe II vive aún, como sabéis, aunque algo ha cambiado. Era un hombre jovial y ahora es un hombre saturnino. El brillo de sus ojos soñadores se ha convertido en lágrimas secas que no llegan a rodar. Sus piernas ágiles para la danza están ahora agarrotadas por la gota. ¡Pobre Felipe! Dios no te ha entendido.

Medía el mundo para ordenarlo y proporcionarle la salvación eterna y ya casi lo tiene conseguido. En su reinado, España y América están viviendo el auge más grandioso de la ciencia y de la convivencia. Si en algunas cosas se dice que ha errado no ha sido en su soplo para las velas de la ciencia. Y si muchos dicen que ha errado es porque se puede decir; porque hay en España una gran libertad para poder decir lo que se piensa, lo que no hay en otros reinos, donde solo hay libertad para criticar al enemigo. Solo aquí, en este reino, se puede hacer burla al rey sin que nadie te amenace.

Guerras ha sufrido España, aunque de esto poco debo hablar pues son hechos sobradamente conocidos. La victoria de Lepanto salvó a la cristiandad del furor turco, pero ahora no me siento con fuerzas para alabar esta hazaña porque hace bien poco que hemos sufrido la derrota de la Armada Invencible, que nos ha dejado cabizbajos y llorosos y que quizá marque el principio del fin de tan vasto imperio; de este imperio que ha llevado la cultura y la ciencia por todo el mundo. La amplitud de miras de nuestro rey no contaba con la mezquindad de sus vecinos con sus pequeñas piedrecillas y sus escondidas zancadillas. Acaban de venir los restos de la armada que creíste invencible. Llora, Felipe, llora, aunque aquí no termina ni la historia ni la gloria.

Golpe durísimo fue para él la muerte de la reina Isabel de Valois, la que llegó antes a la monarquía que a la menarquía. El rey que gozaba de las mujeres más bellas de la historia, abandonó sus escarceos amorosos para enamorarse de su propia esposa, que no tuvo ni tiempo de tener celos. Cuando le llegó la edad de poder tenerlos ya no tenía por qué. Aranjuez, Valsaín, sobre todo Valsaín, fueron testigos del amor de estos dos reyes sensibles y fueron testigos también de la concepción de las princesas Isabel Clara Eugenia y

Catalina Micaela. No más de dos niñas, porque pronto murió la reina, Isabel de Valois.

Adiós, Eufrasia de Guzmán, la amante noble; adiós, Catalina, la bella hetera medio gitana; adiós Isabel de Solís, el gran amor de su juventud, que vivió sola en el palacio de la Saldañuela, aunque su hermosura pervivirá para siempre en los lienzos de Tiziano. Allí disfrutó de un paraíso... pero sola: Eva sin Adán. Acaba de morir, este mismo año, pero su noticia ha pasado desapercibida.

Adiós Ana de Mendoza, princesa de Éboli, la más hermosa de todas las mujeres de todos los tiempos, y eso que tenía solo un ojo. ¡Qué hubiera sido de España si hubiera tenido los dos! A esta, ya el rey la había abandonado antes por intrigante y ambiciosa. También, la madre Teresa de Ávila, aprendiz de santa, fundadora de mil conventos tristes, austeros, sin ni siquiera oropel, tuvo que pararle los pies cuando quiso meterse a monja, eso sí, monja de alta alcurnia, con todos los favores de su egregio escudo. La princesa está encarcelada en su casa de Pastrana. Y encarcelado y sometido a tormento estuvo su vil y traidor amante, el que fue el omnipotente Secretario Real. Este se escapó y se fue al extranjero, dejando a su paso horrísonas calumnias sobre España. Ella, la tuerta Éboli, siempre se rodeó de los hombres más poderosos del mundo, pero la ambición orgullosa se paga con la humildad del presidio, aunque sea en esta ocasión su propia casa la mazmorra. La princesa no daba un paso en falso... hasta que cayó por un precipicio.

Desde que Isabel, la «gentille» Isabel, se hizo mujer, ya solo había una mujer para Felipe. Isabel, casi una niña, dulce, inteligente, sensible, con acento francés y espíritu español, murió el año más triste de Felipe II, llevando su alma a un pozo sin fondo y convirtiéndole en un rey parquísimo en palabras habladas, en palabras heladas, indescifrable en sus incontables palabras escritas. ¡Pobre Felipe!

Poco antes había muerto el príncipe don Carlos, el desequilibrado, el rabioso, el rebelde, el iracundo, el histriónico, con estos defectos agrandados tras su desgraciada caída en Alcalá, cuando perseguía a una agraciada criada. Felipe le encarceló en sus propias habitaciones, despojándole de todos los efectos cortantes para prevenir el suicidio. El caso es que la reina Isabel le quería bien y sintió su muerte profundamente. Esta historia que perturbó al imperturbable Felipe, ha sido pérfidamente transformada por los enemigos de la verdad. Orange ha dejado correr la calumnia de que Carlos e Isabel se amaban y que Felipe encarceló y mató a su hijo por celos. ¡Qué falsedad! ¡Qué bellaquería! ¡Bonito tema para ser llevado al teatro! Pero no para presentarlo como real y con nombres reales. Es una infamia.

Se casó Felipe II con su sobrina, doña Ana de Austria. Había que buscar descendencia, muerto su único hijo varón, don Carlos, habido con su primera esposa. Pero el amor que tuvo por las dos Isabelas, ese ya no pudo volver. Ahora Felipe II es un viudo. Toda su vida fue un viudo, pues viudo quedó de sus cuatro mujeres, pero ahora es viudo del todo, sin más amor femenino que el de su querida hija Isabel Clara Eugenia.

Los conflictos políticos han sido constantes, conflictos de envidia y poder enmascarados como luchas de religión. Guerras civiles que se atribuyen, en pavorosa calumnia, al asedio español. El rey más poderoso está siendo atacado por un arma terrible no usada en la guerra hasta la fecha. Esta arma se llama imprenta. Los enemigos la usan muy bien para fomentar el odio y la mentira. Y los españoles no hemos aprendido a usar esta arma, mil veces más mortífera que cien cañones; no sabemos usar el panfleto. No hemos sabido que contra los panfletos solo se puede luchar con panfletos. En la guerra, la verdad es un arma completamente inútil.

¿Está acabado don Felipe? ¿Está acabado el imperio español? Hay quien dice que sí, pero cortesanos que le conocen bien dicen que no. Que tras su triste figura deformada por la gota está agazapada la misma voluntad de siempre. La derrota de la Invencible, dicen que ni le ha afectado. Este hombre sigue teniendo más energía que todos sus enemigos juntos.

Permítaseme que no me inmiscuya en cuestiones de la república porque sus hechos están muy recientes y todos las han vivido o con triunfo, o con esperanza, o con desilusión. ¡Han pasado tantas cosas en veinticinco años, veintisiete para ser exactos, que sería el cuento de nunca acabar! Así que es mejor no empezar. No soy historiador, sino advenedizo emborronador de pliegos.

Mejor que continúe este libro con su relato, contando con lo que don Diego de Granada se encontró a su regreso. Quemadle si os aburre. Desde que se inventó el papel, un libro arde mejor que un hereje.

El viajero don Diego de Granada subió al monte Abantos y al sobrepasar su cima, desde lo alto, sus ojos atónitos presenciaron una construcción fantástica, inimaginable, tal que nunca en su larga vida, en todo un viaje alrededor del mundo, había visto edificio tan singular. Nada tan grandioso, nada tan sublime, nada tan sobrio, sin ninguna concesión a lo artificioso y ornamental. No era ni gótico, ni renacentista, ni plateresco, ni pertenecía a estilo arquitectónico alguno. Era un estilo completamente nuevo e indefinible, con mil ventanas iguales e igualmente espaciadas, contrastando sus enormes dimensiones con su sencillez, su monumentalidad con su austeridad. Era un monasterio a semejanza de su príncipe, efectivo, alejado de la ostentación y del boato, sensible, religioso. Como su imperio era el monasterio enorme, bien organizado, glorioso, poderoso y … humilde. Sobrecogido quedó el viajero al contemplar tan magna obra a la que tanto rendidos españoles como asombrados extranjeros llamaban la octava maravilla de la Humanidad.

¡El monasterio de El Escorial!

¡La mansión presente y eterna de Felipe II!

Allí estaban su carne y sus huesos vivos y allí descansarían para siempre sus huesos muertos, los del hombre más poderoso y a la vez más humilde del orbe de todos los tiempos. Nunca en la historia de la Humanidad había habido imperio tan vasto, casi abarcando el planeta entero y era aquel recinto religioso su símbolo y su insignia, desde donde se regulaba la paz y el bienestar de todo un planeta. Era la casa del gran emperador, donde él escuchaba, decidía, meditaba, amaba, rezaba...

Después de tan largo viaje, Diego venía a rendir cuentas a su rey, temiendo su real reprimenda pues el viaje había sido mucho más largo de lo dispuesto. Él había enviado numerosas cartas antes de volver, explicando el buen avance del propósito científico de su misión: la determinación de la longitud terrestre empleando la brújula para medir declinación, inclinación e intensidad magnéticas. Igualmente le había hecho llegar su opinión sobre grandes científicos que podrían dar lo mejor de su imaginación y sabiduría al engrandecimiento de la Corona. Incluso sabía de algún caso en el que el rey había atendido ya sus consejos. Por ejemplo, Juan López de Velasco, había sido nombrado «Cosmógrafo y Cronista de las Indias» según sus recomendaciones, y así lo había sabido por unas y otras fuentes. Igualmente, Lastanosa había entrado al servicio de la Corona como él sugirió.

Pero, en general, de todas las cartas que escribió a su majestad no podía saber cuántas le habían llegado. Él no había recibido ninguna. Claro que habiendo viajado constantemente, era natural que las cartas hubieran recorrido grandes distancias tras él sin alcanzarle, buscando inútilmente su destino, dando tantos tumbos como él, alrededor del mundo.

Tenía que pedir audiencia al rey para decirle todo lo que había hecho, para dibujar su gran mapamundi a partir de todas sus anotaciones y mapas parciales. Era el momento de hacer saber a su majestad que el viaje había sido demasiado largo pero lleno de éxito. Tenía que comunicarle que se podía saber la longitud de un lugar, tanto en tierra como en la mar más embravecida, con la ayuda de una simple brújula y un vaso de agua. El gran problema estaba resuelto y la precisión era tan excelente que la longitud podía quedar determinada con menos de medio grado de error. Llegaba el gran momento de ofrecer al gran rey su gran resultado. Todo había de ser grande en su primer encuentro.

Pero tenía miedo de entrevistarse con el rey, con personaje tan singular, a pesar de que, en su juventud, Felipe II le había tratado con amabilidad y respeto y Diego había actuado con él con normalidad, olvidando incluso la diferencia infinita de linaje. Diego venía de recorrer sus dominios, tan grandes, con tantas y diferentes culturas, aunque había recorrido todo el globo hablando siempre el mismo idioma. Entonces, tras el gran viaje, Felipe II se le antojaba un ser sobrenatural, y temía su impenetrable sonrisa, su ausente mirada, su firme susurro... y temía comportarse, como al principio, como un modrego.

El rey tenía que haber cambiado mucho, con tanta muerte en su entorno, con la derrota reciente de la Armada Invencible, con la dolorosa gota... Y él, Diego, también había cambiado mucho, curiosamente la gran experiencia ganada le había hecho más tímido e inseguro, él que hacía tanto tiempo hasta se preciaba de su amistad con el rey y con los más distinguidos personajes de la Corte.

Tenía miedo a la pluma del rey. Pediría audiencia por escrito y él respondería por escrito. Todo se hacía por escrito. Este rey parecía que hasta pensaba y soñaba por escrito. ¡Cuántas aves habría que haber desplumado para que el rey escribiera la gran cantidad de papeles con reflexiones, órdenes, consejos, epístolas, temores, celebraciones…! Las plumas del águila del escudo de los Austrias corrían peligro. Todo por escrito. Los historiadores suelen tener el problema de enfrentarse en sus averiguaciones con la escasez de datos para recomponer el pasado. Los historiadores futuros de Felipe II también tendrán problemas, aunque, en este caso, por todo lo contrario, por tener que escudriñar montañas de papel. La pluma como cetro.

Seguramente, desde su petición de audiencia hasta su recibimiento pasarían varios días y él aprovecharía para ir a Madrid y ver, por fin, a Uchur. Su amada Uchur. ¡Ay Dios! ¿Estaría viva? ¿Se habría casado? ¿Tendría hijos? ¿Muchos? Le había escrito varias veces, pero nunca había obtenido respuesta. Sus cartas habían tenido un destino claro, pero las respuestas habrían rebuscado un destino corredor e impredecible. ¿Cuántas cartas llorosas se habrían perdido en el océano?

También se preguntaba por Obis. ¿Viviría? Por Zujenia, ni se preguntaba. Con su orgullo de raza sería tan difícil encontrarla tanto si había muerto como si seguía viva. ¡Qué ansias tan insoportables de llegar a Madrid! Recorrería las siete leguas en un día. Veintisiete años sin noticias… ¿qué se encontraría en Madrid? Se llevó la mano al pecho esperando que de este modo acompasaría su corazón.

EL REENCUENTRO

Dos suaves aldabonazos y el tercero más recio. ¿Viviría Uchur allí todavía? ¿Viviría? Abrió la puerta un anciano. No fue difícil reconocerle porque no había cambiado mucho. Era Obis. Estaba casi igual, salvo que el peso de los años había alabeado su espinazo y ensombrecido sus ojos. Su fatuidad también había envejecido, pero era, de todas formas, fatuidad. Su voz estaba más cascada pero aún repleta de energía.

—¿Qué se os ofrece?... Mmmm... Creo que os conozco.... ¡pardiez! ¡pardiobre! Si eres... ¡Tú! ¡el pollo! ¡Qué viejo estás! Casi no te reconozco... ¡Uchur! ¡Uchur! Ven... Ha vuelto el pollo... ¡Uchur!

Y, en lugar de Uchur... ante los ojos sorprendidos de Diego... apareció ¡Zujenia!

—¿Zu... Zu...Zujenia?

—No, no soy Zujenia; soy Uchur, veinticinco años más vieja.

—¡Uchur!

Ambos jóvenes envejecidos se quedaron incrédulos, inmóviles, mirándose mutuamente sin decir nada más. El abrazo esperado desde hacía tanto tiempo no se producía. Avanzaron el uno hacia el otro, se cogieron las manos, pero el abrazo no llegaba. Hasta que al fin estalló el abrazo, con todas las lágrimas, todos los mocos y todos los besos. Y de pronto, volvieron a separarse, a mirarse incrédulos, estáticos, extáticos, hasta un nuevo abrazo ya interminable.

Ahí estaba Uchur. Uchur otra vez, secándose los ojos, inmóvil como una estatua, arrebatada, inexpresiva, la viva imagen de su madre. Uchur...

Ahí estaba Diego, más viejo, tan hermoso como siempre, llorón, petrificado, encanecido... Diego.

—¿No vais a dirigiros la palabra? —se guaseó Obis—. Achuchaos otra vez, ¡pardiobre! ¡Anda Diego! Ella ha estado repitiendo tu nombre durante tantos años y ahora, más callada que una estatua. ¡Anda, pollo! Achúchala. Yo me voy al Alcázar, a ver si así recobráis la lengua.

Allí les dejó fundidos en un abrazo. Ni se dieron cuenta de que Obis se había marchado. Pero no les era fácil hablar, después de una eternidad sin noticias, por no quebrar los sentimientos desconocidos que podrían haber cambiado en unos y en otros. ¿Era Uchur? ¿Era Zujenia? Bien sabía Diego que era Uchur, pero tuvo que deshacerse de un sentimiento de culpabilidad. En la loba de los surcos del cerebro discurren ilógicos arroyos que se desecan cuando las sensaciones cuajan en pensamiento hablado. Pero a veces hay en estos surcos trombas, cascadas y avenidas y hace falta algo más que la palabra. Hace falta el beso, el beso mutuo, el beso agitado y trémulo, que debe conducir a la paz, pero que no conduce sino a la dirección contraria.

No condujo a la paz aquel beso sino a la entrega que la madre naturaleza exige en un caso como este, de enamoramiento condenado a la distancia tanto tiempo, a cinco lustros de amor imaginado. Era la única forma de expresar la tensión del reencuentro, de la misma forma con que se despidieron entonces, haciendo el amor. Tras salvajes espasmos que parecían astillar sus osamentas, ambos quedaron desnudos, agotados, sudorosos, asombrados de su propia incontinencia, estudiando las grietas y las manchas del techo de la alcoba.

No había podido ocurrir otra cosa. La naturaleza había impuesto sus leyes una vez más. Llegó la paz, sí, pero en la mente de ambos se escondía una cierta contrición.

Una vez recobrada la compostura, empezó Diego el necesario diálogo:

—Veo que estás completamente curada.

—Podrías haberte fijado antes —bromeó Uchur, con su asimétrica sonrisa que siempre la agraciaba.

Empezó ella a contar su vida a grandes rasgos, los pequeños ya vendrían poco a poco, por su paso:

—Cuando el rey y Vesalio notaron atónitos mi curación, que fue completa al poco de tu partida, Felipe me proporcionó nuevamente un oficio en Palacio. Primero fui dama de la princesa de Éboli, luego lo fui de la princesa Juana, la hermana de Felipe. Cuando doña Juana murió pasé a servir a la princesa Isabel Clara Eugenia. Tuve suerte con las tres princesas. Doña Juana era mujer discreta, fiel a su hermano, la mejor compañera de su esposa, la tercera que tuvo, la reina doña Isabel de Valois, y era con nosotras sus damas sumamente amable. Ahora sirvo a doña Isabel Clara Eugenia, excelente princesa y persona. Es bella e inteligente y todo Madrid y todo El Escorial están prendados de ella. No se separa de su padre, al que ama fervorosamente. Y es tan lista que hay quien dice que ella es realmente la gobernadora del imperio. Pero no es cierto; ella opina, pero no se entromete si no se le pide.

»El rey se preocupaba de que sus examantes gozaran de una buena pensión o un buen marido y, puesto que tú no podías serlo mío porque te ibas por esos mares de Dios, empleó a mi padre como criado real, para que cuidara de su hija Catalina. Temí que, tras mi milagrosa curación y mi vuelta como dama de la Corte, Obis ya no sería necesario y perdería su empleo y le privaría de su retribución. Inicialmente, Obis fue admitido para mantenerme y no confiaba Felipe en sus méritos. Pero pronto empezó Obis a dar pruebas de su talento natural como matemático, resolviendo problemas relacionados con la estructura de El Escorial. Ahora, las obras están en manos de un arquitecto llamado Juan de Herrera, que tiene en mucho la habilidad matemática de mi padre, hasta tal punto que su trabajo es prácticamente insustituible. Quizá mi padre exagera, como siempre, pero debe ser verdad porque Herrera y él se entienden muy bien y el hecho es que mi padre no ha perdido su empleo. Así que, con su dinero que se gana él y el que me gano yo, vivimos muy holgadamente.

»No me he casado, ni tengo novios, ni tengo amantes, ni tengo hijos —se adelantó Uchur a la pregunta inevitable de Diego—. Vivo con Obis en paz y feliz entendimiento.

—¡Ay! Siempre Obis por medio. ¿Sigue siendo el viejo fatuo?

—Sí, mi padre sigue siendo viejo y sigue siendo fatuo, pero su fatuidad es cada vez más pueril y presume de hazañas que ya nadie se cree realmente. Te aseguro que es un buen hombre.

—Si te ha cuidado, así debe serlo.

—En realidad cuido yo más de él que él de mí, aunque él presume de lo contrario.

Los dos mostraron su preocupación porque Obis pudiera haber sido testigo de su fogoso encuentro amoroso, de un encuentro amoroso que ya ambos consideraban desatinado, aunque no lo llegaran a expresar abiertamente. «Aquello» había sido maravilloso, pero era mejor que no se repitiera. No estaban arrepentidos, pero era un amor con un futuro lleno de complejidad. Pero si Obis lo había presenciado, la complejidad del futuro se hacía presente.

—Si nos ha visto, ¿será capaz de callar? ¿Será capaz de escupir sobre el nombre de su propia hija?

Uchur le tranquilizó:

—Obis no es un mirón, pero querría saber qué hay entre nosotros. Se preguntará si hay lo que no puede haber. Y, aunque es un parlaembalde y tiene la lengua más larga que un camaleón hambriento, no le creo capaz de contar lo que ha visto, si es que ha visto algo. Pero me preocupa que nos haya visto en tan alocado ayuntamiento.

»Por lo demás, no he tenido aventuras ni cosas que contar, salvo las de segunda importancia que irán saliendo. Ahora prefiero que seas tú quien me cuente a mí.

Hay que decir que Diego descargó la mayor parte de su equipaje, no en la fonda, sino en casa de Uchur. Su cuaderno negro, sus medidas, sus mapas, sus libros… estarían mejor guardados en esta casa. Así lo pensaron recordando el espionaje de la pícara y traicionera Susana en su alcoba de la fonda, donde algún poco escrupuloso herrero podría haber hecho más llaves de la cuenta.

El «joven viejo» Diego que ya contaba con cincuenta y tres años a sus espaldas, tenía que resumir veintisiete años en unas horas. Había dado la vuelta al mundo y viajado de polo a polo, salvo aquellas regiones extremas de hielo y frío que las hacen inhabitables e intransitables. Había conocido muchos países, unos parecidos a Castilla; otros exóticos y extraños con paisajes y gentes muy diferentes. Había vivido venturas y desventuras sin cuento, sucesos de inmensa alegría y había estado cerca de la muerte en otras, con el tufillo de la moira Átropos en sus narices, como quien dice.

LA VUELTA AL MUNDO

Ahora es el propio Diego quien cuenta su historia a Uchur. El narrador le cede la pluma.

Me fui de Madrid a Roma, como sabes, acompañando al obispo de Segovia y al hebraísta Benito Arias Montano. Ellos iban allí a defender los postulados contrarreformistas en el inacabable Concilio de Trento. Arias Montano fue un brillante defensor de interpretar la Biblia en los textos más antiguos, menos corruptos por las traducciones interesadas. Evidentemente, no era esa mi misión, que no soy teólogo y tengo opiniones que podrían ser tachadas de sacrílegas. Viví en Roma dos años. ¿Qué misión tenía allí? Hubo una misión permanente en todos mis viajes y era la determinación de las longitudes, gracias a las aportaciones tuya y de Jerónimo. Esa misión fue el gran objetivo de mi vida y del feliz resultado te hablaré otro día.

Pero, además, tenía una misión de espionaje, encomendada por el rey y asesorada por fray Benito. Debía conocer hombres de ciencia, ideas nuevas... debía palpar el sentimiento de complacencia de los italianos para con los españoles, que, dicho sea de paso, no era nada bueno. Tenía que indagar si existían y, si fuera necesario comprar, libros sagrados antiguos y mapas nuevos.

¡Mapas! Los mapas eran la gran obsesión de Felipe II. Quien tiene el mapa del terreno donde va a tener lugar una batalla, ese tendrá la victoria. Quien tiene el mapa del mundo, el mapamundi, ese gobernará el mundo. Un tal Alberto Cantino había sustraído de la Corte Portuguesa un mapamundi que pasó a llamarse mapa de Cantino. Este hombre no era el autor del mapa; era un simple espía del duque de Ferrara. El mapa databa de 1502, solo diez años después del descubrimiento de América por Colón. Combinaba los datos de las exploraciones de África, India, Ceilán e Indochina de los exploradores portugueses con los datos de las expediciones españolas. Era un mapamundi superior incluso al nuestro de Juan de la Cosa. Comprobé que, en efecto, el mapa estaba en poder del duque de Ferrara, pero este no me lo quiso vender por el precio que le ofrecía. No quise pujar más por no revelar mi interés y el del rey. Accedió a permitirme hacer una copia y la hice con tanto esmero que tardé en ello varios meses. En realidad, su interés era estético e histórico pues ya hoy hay mapamundis mejores. De todas formas, perdí la copia que con tanto ahínco y esmero reproduje.

También tenía que buscar libros sagrados antiguos. Esta labor la hacía en nombre de mi amigo Arias Montano quien pensaba, con toda razón, que cuanto más antiguo, más fiable era un libro sagrado; que las versiones actuales son traducciones de traducciones de traducciones o copias de copias de copias y que los traductores y los copistas se veían a sí mismos con el derecho de alterar la palabra de Dios, especialmente si eran pagados para ello.

Te recuerdo que una de las obras de este reinado había de ser la Biblia Políglota, encomendada a Arias Montano. A mí me tocaba colaborar para enriquecer la biblioteca de El Escorial. En esto seguía las pautas y consejos de mi fraile amigo, quien se fue de Roma y de Trento antes que yo.

Me le encontré otra vez en los Países Bajos, en Bruselas, a donde me dirigí después de mi estancia en Italia. Allí conocí a grandes sabios, lo que fue muy bueno para mi formación y para continuar con mi misión de espionaje. Tuve la inmensa suerte de ser acogido como discípulo del célebre cartógrafo, matemático y geógrafo Gerardo Mercator. ¡Qué gran hombre! ¡Qué gran sabio! Mis estudios anteriores sobre cartografía habían sido meros palos de ciego.

Fui parco en revelar los nuevos procedimientos del uso de la brújula que encaminaban mis pasos, pero no me pareció completamente lícito recibir sin dar. Por una parte, ahora me arrepiento, pues no correspondí con sinceridad total a sus enseñanzas y, por otra, estaba satisfecho, pues hubiera defraudado a los intereses españoles. Lo único que callé rotundamente fue el método de Uchur, la inmersión de la brújula en un vaso de agua para medir la intensidad. Si me había quedado corto o si largo, fue una obsesión durante algunos años después, hasta que la conciencia se hartó de acosarme sin consecuencia alguna.

Mercator me enseñó el método cartográfico de la proyección «conforme» que otro día te explicaré con más detalle —seguía con su descripción Diego— en la cual, las líneas de igual longitud geográfica son rectas y las trayectorias de igual rumbo también son rectas, lo que facilita la navegación asistida por la brújula y por el Sol.

Entonces había allí una tensión entre los protestantes seguidores de Calvino y los partidarios de la Contrarreforma del Papa. Sobre esto han llegado a España y a todo el mundo visiones muy deformadas de lo que allí estaba pasando. Y lo que algunos dicen que pasó y lo que yo vi con mis propios ojos no se parecen en nada. El caso es que, ciertamente, había mucha animadversión a los españoles, pero solo entre la nobleza. A mí no me fue mal. Es más, hice buenos amigos entre los científicos y filósofos. No me fue mal por mi amistad con Arias Montano que me introdujo en su círculo de pensadores. Aunque mi amigo fraile había defendido la tradición papista en el Concilio de Trento, era persona muy respetada. Él quería que la Biblia Políglota se imprimiera en los talleres del famoso impresor don Cristóbal Plantino.

Fray Benito seguía componiendo sus versos sáficos, asclepiádeos y alcaicos en todo tipo de lenguas bien muertas y bien enterradas, dicho sea sin sorna en demasía, pero su mayor preocupación era la Biblia Políglota, la gran obra de su vida, recurriendo a los más venerables ejemplares de la Biblia, buscando la palabra directa de Dios. También amontonaba carros y carros de libros para El Escorial, siempre, allí por donde iba. Pues bien, fray Benito y Plantino me introdujeron en una secta llamada «Hus der Lieften» que en latín se dice «Familia Charitatis» y en castellano sería algo así como «Familia del Amor». Es una sociedad semisecreta y mística. Aunque cerrada, esta secta es conocida y respetada por la aristocracia de Amberes. Defendemos que el amor es más importante que la fe, que el amor nos deifica y otras cosas que ya te contaré.

Cada vez me llama más la atención este Arias Montano, cada vez más mi amigo. Ermitaño, políglota, embajador, espía y allí me encontré que era «familista». Habiendo defendido la Contrarreforma en Trento, ahora era uno de los más notables miembros de la «Familia Charitatis» que era considerada allí algo así como más protestante que los protestantes.

En modo alguno se había cambiado de religión y bando. La coherencia entre sus ideas y sus ideales siempre fue ejemplar. En realidad, la Reforma no es una religión en sí misma, sino que lo es en cuanto se opone a otra religión que es la católica. Esta, ahora, se define como contrarreformista, es decir, definiéndose por oposición a lo que se opone. Y la Reforma es contra-contrarreformista. Me estoy confundiendo yo mismo. Sácame, Uchur, de este galimatías.

Sembré y labré muy buena amistad con otro familista, Abraham Ortelius. Este había nacido en Amberes, allá por 1527. Era un gran cartógrafo y había sido excelente matemático. En 1570 publicó una gran obra: «Theatrum Orbis Terrarum» que contenía nada menos que setenta mapas, casi todos de lugares europeos, pero también de Asia y África. De este libro se han hecho más de treinta ediciones, no solo en holandés, sino a todos los idiomas europeos. También hay una edición en español reciente, de 1588. Escribió también un «Catalogus auctorum», una lista de cartógrafos similar a la que yo estoy preparando para el rey y que me sirvió de mucha ayuda. Le dije a Arias Montano que escribiría a Felipe II recomendando que contratara a este sabio. Me respondió que ya lo había hecho él. Y, en efecto, Ortelius trabaja para Felipe II desde 1575.

Lo cierto es que fui —y, en realidad, sigo siendo— miembro de una secta exotérica y mística.

—¿Cómo es posible si tú siempre fuiste un descreído? —se sorprendió Uchur.

—No sé cómo explicártelo. Aunque es una familia cerrada en su comportamiento, es abierta en su planteamiento. Yo diría que es una secta religiosa tan abierta, tan abierta que... admite el ateísmo...

—Eso no es posible. ¿Una religión que admite el ateísmo?

—La palabra importante es amor.

—¿Amor a quién?

—De todas formas, te diré que, aunque nunca renuncié, mi fervor se fue apagando en cuanto me alejé de Bruselas. Permíteme que siga.

Allí profundicé también en mi amistad con el Duque de Alba. Alba estaba gobernando con mano dura, pero argumentaba que él era un simple mílite, que el rey le había llevado allí para obrar con mano dura frente a la insurrección. Él odiaba la guerra, pero cumplía órdenes. Sí que entendía las razones del rey, porque nadie, ni en sus dominios ni en ninguna parte del mundo, puede decir que cumple las leyes solo cuando se le antojan, y los nobles menos. Algún día hablaremos de esto, pero no hoy, porque, como entre en tanto detalle, ni veinticinco años me serían suficientes para acabar el cuento de mi vida. Déjame que siga.

Dirás que de allí me embarqué para América, empezando mi vuelta al mundo hacia occidente. Pues no; en mi recorrido por el mundo, los planes no se iban cumpliendo, sino que mi recorrido tenía mucho de azaroso y las resoluciones no las adoptaba yo con mucha antelación, sino que las circunstancias y el capricho decidían mi rumbo. Después de todo tenía que viajar y recorrer todo el globo terrestre pero no importaba por dónde empezaba. Me fui a Lepanto.

Fui uno de esos privilegiados que pudieron contemplar la batalla más grandiosa de la historia. Por mucho que lo intente no voy a conseguir narrarla. Nadie que no estuvicre allí podría imaginarse lo que fue. Los barcos cristianos eran más de trescientos y los turcos aún más. ¿Cómo se puede mandar un ejército así? ¿Cómo ordenar a unos barcos que ni siquiera ves entre tanto mástil y humareda? ¿Cómo girar o avanzar gobernados los barcos por vientos hostiles y galeotes exhaustos? Don Juan de Austria, nuestro almirante lo había bien previsto.

Al principio la lid era a cañonazos. Había que orientar el barco y luego disparar. Pero si disparabas demasiado pronto, errabas, y si demasiado tarde, eras su blanco. Luego, la lid era al abordaje. Los tercios españoles fueron más bravos que los bravos jenízaros.

Como luchábamos cristianos contra musulmanes, nuestro ejército tenía forma de cruz latina, mientras que el suyo era una luna creciente con los cuernos dirigidos hacia nosotros.

Yo iba en el brazo izquierdo de la cruz latina, a bordo de la nave Marquesa. Su cuerno derecho embistió a nuestro brazo izquierdo con gran empuje y ya nos veíamos derrotados cuando el pie de la cruz, al mando de don Álvaro de Bazán, cumplió su misión de retaguardia para acudir allí donde más falta hiciera y nos salvó.

El aire estaba lleno de fuego, humo, alaridos, explosiones, gritos... En el mar flotaban tantos cadáveres que habían enrojecido el agua. Aquí y allá vagaban despojos de barcos destrozados. Al final, o yo no supe verlo o no lo había: el orden de la cruz latina y el de la media luna se perdió y, en medio de una confusión horrible, el azar fue más generoso con nosotros. Otros decían que nuestro Dios había sido mejor estratega que el suyo.

La suerte fue nuestra. Nuestros almirantes, Juan de Austria, Álvaro de Bazán, Andrea Doria, llevaron la mejor parte, pero hubo gloria para todos. ¡Habíamos vencido! La cristiandad se libró del exterminio, tan amenazada como estaba por la osadía turca. Gracias a las armadas españolas, venecianas y papistas, que de otros reinos cristianos a nadie se vio.

Pero... había que volver y la gloria no rema. Juan de Austria había prometido la libertad bien merecida a nuestros galeotes y los suyos eran casi todos cristianos capturados que, con nuestra victoria se veían libres. Había que pedir galeotes voluntarios y yo también me ofrecí. Eso trastocaba mi decisión de dar la vuelta al mundo hacia oriente, pero había que hacerlo.

El trabajo de un galeote es el más sacrificado de los trabajos humanos. Aunque tengo, como sabes, constitución fuerte (algo de bueno heredé de nuestro padre) me vi desfallecer y los brazos y las piernas no me respondían.

Pero llegamos a Sevilla y no pude acercarme a Madrid porque salía pronto un barco rumbo a Nueva España y no podía perder una gran ocasión. No te quiero cansar con más detalles sobre aquella batalla y aquella victoria. Pero déjame que te cuente un poco lo de mi amigo Miguel que militaba también a bordo del Marquesa.

Iniciamos juntos la navegación y, camino a oriente en busca de la escuadra turca, hicimos amistad. Yo le contaba mis inventos, incluido el tuyo, y le hablaba de mi proyectado viaje científico y cómo quería dar la vuelta al mundo yendo hacia el este, aunque, como sabes, acabó siendo al revés. Él me contaba sus ideales en la vida. Quería ser soldado o escritor. De hecho, hacía muy buenos versos. Tenía unos veinticuatro años, más o menos mi edad entonces. Cuando la mar no estaba muy alterada escribía preciosos versos de los cuales, claro está, no me acuerdo porque no los apunté. Debí de haberlo hecho. El caso es que este hombre, buen amigo, buen decidor, buen escuchante, me sedujo con su talante y su talento.

Veía o sentía una identidad común en todos los pueblos del Mediterráneo, a pesar de las diferentes culturas y a pesar de que nos dirigíamos a combatir a uno de ellos. Estaba por entonces escribiendo una epístola a Horacio, fíjate que ocurrencia, toda ella en perfectos endecasílabos. Ambos, el que escribía y el que no podría recibir la epístola, eran hombres del Mediterráneo, lo que él tan profundamente sentía. Algunos versos sueltos anidaron caprichosamente en mi memoria.

«...*ajado y roto, polvoroso y sucio...*»

Así me he visto muchas veces en mi vida y estos versos venían en mi socorro.

«...*Yo también en sus páginas bebía*
el vino añejo que remoza el alma...»

Los no nacidos en los países del Mediterráneo eran la gente del norte:

«...*lejos de mí las nieblas hiperbóreas...*»

Y escucha, Uchur, esto:

«*En vano el septentrión hordas salvajes*
de nuevo lanzará; sobre las ruinas
triunfante se ha de alzar el viejo libro
de mal papel e innúmeras erratas
que con amor en mis estantes guardo»

Algún verso más recuerdo, pero, nuevamente, me estoy yendo por las ramas y así no acabaré nunca. Me diluyo, Uchur, y me aparto del camino. ¿Qué habrá sido de Miguel? Le cuidé cuando cayó enfermo de malaria, ya antes del combate. En la refriega, a pesar de la fiebre, peleó como un héroe, hasta que un cañonazo le hirió en pecho y brazo. Poco le pude ayudar pues yo también estaba malherido. Vimos cerca la muerte disfrazada de jenízaro, habiendo cambiado la guadaña por la cimitarra. Fue entonces cuando las galeras de Bazán nos libraron de un final, glorioso sí, pero final al cabo. Mejor la vida que la gloria. ¿Habrá muerto Miguel? Es de suponer que sí porque de otra forma sería hoy escritor de fama, con tanta inteligencia y pasión como se entregaba a la escritura.

Yo por entonces también quería ser escritor, pero mis amigos fray Luis y Miguel lo eran tan profunda y acertadamente, que me di cuenta de mi incapacidad y lo dejé. Yo nunca hubiera podido componer versos tan cumplidos.

Con grandes penurias llegó mi barco a América. Muchos son los barcos que zarpan para América y muchos los que llegan, aunque no tantos. Son barcos magníficos, más seguros que nunca, pero cuando los zarandea la mar arbolada y estás en uno de ellos, te das cuenta de su fragilidad y de cómo una gran ola puede convertir en astillas tan magnífica construcción. La furia de la naturaleza empequeñece las obras humanas.

Mi estancia en el Nuevo Mundo sería larga de contar pues allí permanecía nueve años. La mayor parte de este tiempo viví en la ciudad de México donde conté con la amistad del Virrey don Martín Enríquez de Almansa. Obtuve una cátedra de Astrología y Matemáticas en una excelente universidad que se había creado allí hacía unos veinte años y en la que dicté lecciones del quadrivium. Conseguí la cátedra ante un tribunal de siete miembros entre los que había dos catedráticos muy admirados por mí. Los estudiantes eran españoles, criollos e indígenas, sin que se apreciara ningún tipo de discriminación.

México era una ciudad ideal, con una convivencia pacífica y feraz de españoles e indios. Ciertamente no debió ser así en los tiempos de la conquista, pero cuando yo estuve, en buena parte gracias a don Martín, la prosperidad y la cultura eran tan encomiables que para sí las quisieran las grandes urbes europeas, incluidas las españolas. No había esclavitud alguna, salvo algunos pocos casos de negros capturados en África.

Había una catedral nueva, seis hospitales, unos quince monasterios. Esto te dará una idea de cómo el principio de igualdad para todos los súbditos de la Corona, que ya empezó con los Reyes Católicos, está llegando a cotas nunca alcanzadas con nuestro rey don Felipe II.

Se están construyendo magníficos edificios. Me llamó mucho la atención el túnel de Desagüe Real de Huejuetoca del lago de Toxcoco, con más tres leguas de largo y gran anchura. ¿Sabes quién me acompañó para contemplar esta gran obra de ingeniería? Ni más ni menos que el doctor Francisco Hernández, uno de los dos botánicos sevillanos que te curaron del mal francés. Dirigía él una expedición científica encomendada por el rey para catalogar todo tipo de árboles y plantas con propiedades curativas, con descripción y cuidados dibujos hechos por pintores que formaban parte de la expedición y con médicos indígenas. Cuando estuve con él ya había completado dieciséis volúmenes. Es una obra sin parangón en el mundo de la botánica. Nuestro rey es en verdad un monarca propulsor de la ciencia como nunca ha habido en la historia, quizá con la excepción de Alfonso X.

Pero me encontraba demasiado feliz, con un grato trabajo en un cívico ambiente cultural y artístico y había olvidado que tenía una misión que cumplir. Tarde o temprano tendría que rendir cuentas ante el rey. Decidí viajar hacia el sur y llegar, si fuera posible, al laberíntico estrecho por el que Magallanes pasó de uno a otro océano. Era el recorrido ideal para comprobar nuestro método, pues podría pasar por algunas ciudades en las que se conocía la longitud por el método de los eclipses, aunque más al sur, mucho más al sur que Lima, bien atravesado el ecuador, me esperaban penurias y peligros, pues aún no se había completado la conquista y la pacificación. Me esperaban montañas mucho más altas que las de aquí, desiertos inhóspitos, selvas impenetrables, indios aguerridos que defendían lo suyo con valentía. Desde Acapulco hasta Lima fui en barco. Más al sur, seguí mi camino, con paisajes de gran dureza, pero de belleza incomparable.

Allí iba yo, casi todo el tiempo solitario, con las brújulas, también con tu vaso y tu soporte para medir la intensidad magnética, y mi cuaderno negro donde llevaba mis cálculos con los que predecía los datos de longitud basados en la imagen de la Tierra como un gigantesco imán. Normalmente las predicciones eran muy buenas, aunque he encontrado grandes zonas con anomalías. La Tierra es como un gran imán, pero no perfecto. En el subsuelo de esas grandes zonas anómalas debe existir grandes cantidades de magnetita, o de algún otro material desconocido, cerca de la superficie del globo.

Tengo miles y miles de medidas y he comprobado miles y miles de veces mis fórmulas. Traigo cientos de mapas parciales que compuestos llevarán al gran mapamundi magnético. Claro que, para ello, tuve que abandonar América y viajar más hacia la China, navegando hacia el oeste, lo que tengo que contarte aunque sea someramente.

Posteriormente estuve en Lima y en Cuzco que tenían una universidad con cátedras de quechua y aimara. Para otorgar la licencia para ser misionero jesuita era necesario hablar correctamente alguna lengua indígena, habiendo algún misionero que conocía más de seis. Los jesuitas habían creado el convento de San Pablo que era como una segunda universidad, tan importante como la de Lima. También algunos aprendieron la lengua de Angola para entenderse con los negros africanos. El rector de San Pablo era de la opinión de que antes de convertir a los indios había que proporcionarles una república libre y humana.

En Cuzco estuve unos meses, apreciando una ciudad civilizada, pacífica e industriosa gracias a otro gran virrey, don Francisco de Toledo. Las órdenes religiosas, jesuitas, dominicos, carmelitas, franciscanos, llevaban a cabo una labor de enseñanza tan desprendida que nunca la Humanidad podrá agradecérselo.

¿Dónde creerás que me hospedé en Lima? No te lo vas a creer: en un convento de monjas de clausura, en las habitaciones de la abadesa. Los conventos de monjas eran como auténticas ciudades dentro de la ciudad. Vivían con gran lujo, con esclavas negras personales. Allí dentro había teatro, conciertos, fuegos artificiales y hasta presencié una corrida de toros. Algunas monjas sustituían su hábito por lujosos trajes, eso sí, siempre dentro del convento. Había jardines y fuentes entre casonas de muy notable y artística fábrica. Los laicos varones no podían entrar en los conventos, salvo excepciones. Yo tuve el privilegio de ser una de esas excepciones.

No estuve mucho tiempo en Lima. El deber me llamaba y yo tenía cierta pereza al escuchar su voz. Pero no podía desoírla por más tiempo y el tintineo de los artilugios magnéticos en mi escueto equipaje resonaron en mi cabeza y en mi corazón.

El soporte y el vaso que me diste me traían ecos de tu voz, aunque si te soy sincero, y tengo que hacerlo, tu rostro se me iba emborronando y diluyendo y tu imagen se iba perdiendo en la niebla del tiempo.

Aunque estas regiones estaban más descuidadas de la mano de nuestro Dios, se había abierto una vía que desde Lima y Cuzco llegaba a Asunción y de allí a Santa Fe, ciudad fundada por el medio burgalés medio vizcaíno Juan de Garay. En Paraguay trabé buena amistad con este gran hombre. Este viaje estuvo lleno de aventuras, pero las omito porque si no, no acabaré. Descendí por el río Paraná hasta el río de La Plata, tan extenso que desde una orilla no puede verse la otra. Allí eligió él un emplazamiento para una nueva ciudad que llamó Buenos Aires. Colaboré en el trazado de esa ciudad que según Garay habría de ser una importante urbe.

Varias poblaciones indígenas había por allí. Estaban los guaraníes que era pacíficos y el hermanamiento con los españoles pronto se consolidó. Pero había otros, los charrúas y, sobre todo, los querandíes, que acabaron matando a Juan de Garay, según supe luego.

Por allí había un gigantesco y forzudo indio de la tribu guairicurú. A pesar de su fuerza colosal, presencié una pelea digna de la historia entre él y un tal Hernando Arias de Saavedra, al que todos llamábamos Hernandarias. Venció y mató este al gigante en una lucha sin armas, a pesar de que el gigante casi le doblaba en estatura, con lo que ganó el español fama de héroe y era muy querido en la pequeña población de españoles. Aquella región pasó a llamarse Nueva Vizcaya, aunque este nombre no prosperó y todos la conocían con el nombre de Argentina.

Desde allí seguí hacia el sur, llegando a la Patagonia, la tierra de los indios patagones gigantes que tan bien describiera Pigafetta, el italiano que hizo de cronista en la expedición de Magallanes y Elcano, pero no llegué a ver ninguno. Era una tierra muy despoblada. Leguas, leguas y leguas sin ver alma viviente. Llegué muy al sur, hasta la llamada Tierra de Fuego, donde pasé hambre y frío. ¿Quién puso tal nombre a la tierra del hielo?

Y emprendí la vuelta hacia el norte. Buenos Aires era ya toda una ciudad. Pasé por Santa Fe de la Vera Cruz, Asunción... Desde San Juan de Vera de las Siete Corrientes remonté el legendario río Pilcomayo, camino de Lima...

Ahora sí; he conseguido limitarme a mi itinerario como forma de resumir una vida intensa llena de aventuras y desventuras con las que podría escribir todo un libro de viajes tan interesante como el de Marco Polo. Durante días y días mi única compañera de viaje era la muerte, aunque procuraba añadirme a alguna expedición, por aquellos parajes singulares tanto por la más lujuriosa vegetación como por los secarrales más tétricos.

Atravesé el desierto de Atacama, donde pasé un infierno de frío y de sed. Te diré, Uchur, algo que se sale de toda comprensión humana, y es que me vi tan agotado que no solo estuve al borde de la muerte, sino que de hecho... morí. Así como lo oyes, en una hermosa noche, me faltaron las fuerzas, me abandonó la voluntad y me tumbé en el suelo consciente de que había llegado mi hora. Me tumbé tranquilamente, esperando la paz final y... morí.

Pero, no entiendo por qué, al día siguiente, con los primeros rayos de sol... resucité. Me revivió un reguerillo de agua que llegaba a mi boca de las manos de unos indios caritativos que me encontraron muerto en el camino. Pensarás que, simplemente me había desvanecido. Y así me lo digo yo, pues sé que nadie puede resucitar, pero viví la muerte, si es que esta frase pueda pronunciarse, de manera tan real que estoy seguro de haber estado muerto.

¡Ay, Uchur! En medio del frío, del hambre y la sed y la soledad, se veían cuantísimas estrellas, muchas más que las que se ven en Madrid y en El Escorial. ¿Por qué puede ser esto así? Sean lo que sean las estrellas, quizá astros como nuestro Sol, no puede haber más estrellas en un sitio que en otro. Será que el aire no es completamente transparente e impide que la luz de las estrellas más débiles llegue hasta nosotros y que en Atacama hay menos aire que en Madrid. Es cierto que el resuello me faltaba allí. La respiración era jadeo. Y pienso que hay menos aire porque aquel desierto está muy alto, es una especie de inmenso páramo. Si es así, la altura de la atmósfera no debe ser enorme, sino que ya casi no existe cuando subimos a las grandes alturas de nuestro globo terrestre. Estuve a punto de sacar la cabeza por encima del aire, dicho sea de la guisa de los malos poetas.

¡Cuántas estrellas! Si hubiera que erigir un observatorio para estudiarlas, Atacama sería el sitio ideal. Los astrónomos descubrirían allí los secretos del Cosmos antes de perecer. Allí vi —con toda nitidez— esas dos nubecitas brillantes que Pigafetta describió para nuestra cultura en el viaje de Magallanes; claro que los indios del hemisferio sur las conocían desde siempre. Son como nuestra Vía Láctea, plateadas. Quizá estén formadas por estrellas tan lejanas y apretadas que nos den esa impresión de nube más que de un conjunto de estrellas.

¡Mágico desierto de Atacama! El lugar más inhóspito y estéril de la Tierra, donde las estrellas están al alcance de la mano, donde la naturaleza se mofó de mi osadía y dispuso para mí la más hermosa de las muertes.

FRAY MARTÍN DE RADA

Había en la Tierra dos grandes imperios: España y Portugal. Dos reinos recostados el uno en el otro, hablando casi la misma lengua, rezando casi al mismo Dios y teniendo casi los mismos reyes pues, claro está, Felipe II es hijo de una reina portuguesa y fue tío del rey don Sebastián. En algunos momentos de su historia ya han estado unidos: dos países casi hermanos nacidos codo con codo o, más bien, espalda contra espalda. España, en el este, mirando hacia el oeste; Portugal, al oeste, mirando hacia el este. En su día, en lugar de repartirse el planeta a cañonazos, lo habían hecho con regla, compás y buenas palabras. Dividieron el mundo en dos grandes glúteos, al este y al oeste de cierto meridiano. Así se hizo el tratado de Tordesillas, pero en aquel acuerdo se olvidaron de trazar el «contrameridiano», el meridiano que estaba 180º del acordado. Si difícil era dar con el meridiano, más difícil era dar con el contrameridiano. Pero en las disputas siempre se apeló a la ciencia y hablaron mapas y astrolabios.

Los españoles habían ocupado las islas Filipinas cristianizando a los indígenas, sin ningún derramamiento de sangre por orden expresa de Felipe II. Pero los portugueses, desde las Molucas, empezaron a reclamarlas como propias por considerar que estaban al oeste del contrameridiano de separación. Volvieron a ponerse las razones geográficas sobre la mesa. Y entonces apareció la voz docta de uno de nuestros mejores científicos del imperio: fray Martín de Rada.

Martín de Rada era fraile agustino y ya había participado en la expedición de López de Legazpi con el gran piloto y fraile también, Andrés de Urdaneta. Nacido en Pamplona fue predicador de indios y defensor a ultranza de sus derechos; no en vano había estudiado en Salamanca y recibido las lecciones directas de Francisco de Vitoria y Domingo Soto. Para él, la libertad de los indios era un derecho divino. Pero no hablemos de sus méritos como fraile sino como científico.

Sabía matemáticas, geografía y astronomía y de estas materias escribió muy buenos libros que tuve ocasión de consultar en Manila. Luego estos libros se perdieron. Viajaba, como yo, siempre con instrumentos científicos y con bastantes libros.

Pues bien: En la discusión de los portugueses de las Molucas y de los españoles de las Filipinas, fray Martín de Rada sacó el libro de Copérnico para demostrar que las Filipinas pertenecían a España. No eran aquellas islas las del lejano levante sino las del lejano poniente. Los portugueses, a la vista de la docta argumentación de Martín de Rada, apoyados también por Urdaneta, se volvieron a las Molucas dando el conflicto por zanjado. La historia real es algo más compleja, pero esto es en lo esencial.

Lo que me sorprende es que fray Martín de Rada hiciera un viaje de exploración y evangelización a tan lejano país con el libro de Copérnico. El sabio polaco había publicado su «De Revolutionibus Orbium Celestium» en 1543, mientras que esta sabia defensa de las Filipinas, según nos contó el gran Urdaneta, tuvo lugar en 1566, solo veintitrés años después. ¿Qué hacía un agustino aventurero con el libro de Copérnico por esos mares de Dios? Dicen nuestros enemigos que los marineros son gente de baja ralea. Pues aquí tienen una notable excepción.

Pero, para mi desgracia, no llegué a conocer a tan singular personaje, pues murió en 1578 cuando se dirigía a Borneo.

¿Filipinas español? ¿Filipinas portugués? El caso es que, al poco de llegar yo a Filipinas, se produjo un hecho histórico de trascendental importancia. El rey de Portugal murió sin descendencia y Felipe II, fue nombrado rey de Portugal. A las razones de estado y de familia hubo que empujarlas con una invasión de Portugal pacífica disuasoria capitaneada por el viejo Duque de Alba, pero el hecho singular fue que los dos imperios se fundieron en uno solo. Se creó así el imperio más vasto de la historia, se acabaron las reyertas de meridianos y contrameridianos y las pequeñas batallas. Las rayas imaginarias se disolvieron en el agua. Dos minúsculos países en una pequeña península se fusionaron en los confines del mundo. El hecho no pudo tener mejores consecuencias científicas: los cosmógrafos españoles y los portugueses, eternos rivales, se pusieron a trabajar codo con codo. ¡Que brillante unión: España y Portugal! ¡Ojalá sea definitiva!

Yo me había embarcado en Acapulco para viajar a Filipinas en el conocido «Galeón de Manila» que hacía la ruta Acapulco-Manila-Acapulco dos veces al año, desde que el celebrado fraile agustino y avezado piloto Urdaneta encontró la latitud de vientos favorables para el «tornaviaje». El galeón tenía propósitos comerciales, siendo sus haberías vino, aceite, telas y trajes europeos y plata en el viaje a Manila; y en el tornaviaje, seda, porcelana, licores, medicinas... El galeón también transportaba pasajeros, frailes evangelizadores, militares, aventureros...

Manila era una ciudad cosmopolita y cuna de todas las culturas como ninguna otra del orbe. Además de los indígenas, llamados tagalos, y de los españoles, convivían allí chinos, japoneses, portugueses, negros africanos, árabes... En las aldeas solo había tagalos, pero en Manila todas las razas se mezclaban y se entendían gracias al floreciente comercio propiciado por el Galeón de Manila. Esta profusión de pueblos y razas se hacía más llamativa en el puerto, donde se veían naos europeas entre juncos chinos y todo tipo de barcos. Jesuitas, agustinos y dominicos hacían una gran labor, no solo cristianizando sino defendiendo el respeto a los indios frente a los gobernadores y adelantados con menos escrúpulos.

Fui huésped del gobernador Gonzalo de Ronquillo, hombre muy amable conmigo pero que no podía entender el deseo de Felipe II de que los tagalos fueran considerados con los mismos derechos que los españoles. En ello, entraba en conflicto con el obispo Domingo de Salazar, gran protector de los tagalos y de sus costumbres. Baste decir que Salazar también se había educado en Salamanca y había sido discípulo directo de Francisco de Vitoria, de Paco de Gasteiz, como mi amigo fray Domingo le nombraba en broma.

En Manila, como en todo el Virreinato, como en el Consejo de Indias, como en las cámaras del distante rey, se discutía incesantemente sobre la conveniencia de la invasión de China. Los frailes ganarían así más almas para el cielo, muchas más, pues se sabía que había en China más chinos que indios en América. Los comerciantes estaban interesados, pues así los intercambios de productos se multiplicarían, más incluso que los que enriquecían a los portugueses en Macao. Los soldados y gobernantes buscaban la gloria y el nombre tal como se había hecho en las conquistas de México y Perú. El rey, como siempre, vacilaba. Si se conquistaba el imperio chino, el ibero, el formado por españoles y portugueses ya hermanados en un destino común, sería ya casi un imperio terráqueo, de prácticamente todos los habitantes de la Tierra. Los japoneses estaban también interesados y ofrecían cuatro mil soldados para la conquista de China.

A mí la conquista de China me parecía absurda y condenada al fracaso, pero sí que estaba interesado en participar en una expedición pacífica evangelizadora. Claro está que yo no tenía ninguna intención de evangelizar a nadie, dado mi escepticismo sobre el reino de los cielos, pero me podría acoplar a la expedición de frailes con propósitos científicos, astronómicos fundamentalmente. Los chinos tenían, en verdad, fama bien merecida de haber desarrollado una gran ciencia astronómica. Además, así podía tomar más medidas con mis artilugios, que eran tan tuyos como míos.

En Manila trabé buena amistad con el jesuita fray Alonso Sánchez, que estaba organizando un viaje al interior de aquel fabuloso imperio chino. No era fácil pues los chinos, celosos guardianes de su imperio, no se fiaban de los españoles, especialmente si llegaban armados. Se planeó un viaje al puerto de Zhelin. Allí nos dirigíamos custodiados por algunos soldados, pero, a la hora de querer entrar en el interior de aquel vasto país, a los soldados les negaron la entrada. Los misioneros y yo, desarmados, llegamos a Zhelin donde nos esperaban numerosos navíos que nos recibieron con magnífica pompa. Estaban ataviados los soldados chinos con sus trajes de guerra y portaban arcabuces y picas como los nuestros, probablemente por influencia portuguesa. Pero no había ningún deseo belicoso, sino gala y respeto para sus visitantes.

Nos separaron en tres grupos y nos llevaron por un río navegable, que pensábamos con destino a Cantón, pero no. Nos llevaron a una ciudad que se llamaba Guangzhou y luego a otra que se llamaba Huizhou. El barco en el que yo iba era limpio, hermoso y tan lujoso que para sí lo quisiera nuestro rey. Digo mal, porque nuestro rey es austero y no gusta de lujos innecesarios. Tenía mi barco un lecho amplio y confortable, con puertas con cerraduras, cortinajes primorosos, balaustres dorados, etc. Yo nunca en mi vida fui tratado con tanta opulencia y cortesía.

En Guangzhou, en cambio, fuimos detenidos con más cautela y animadversión. No se fiaban de nosotros. Había habido ya varias expediciones de españoles que querían ver cómo era aquel imperio, pero ellos recelaban de que quisiéramos algo más que «ver». «¿Qué pretendíamos?» «Tanto venir y volver a venir...» Hasta temimos por nuestras vidas. Pero había allí algunos portugueses e italianos, frailes y comerciantes que mantenían buenas relaciones con los chinos y acabaron aceptando que nuestra única intención era propagar la palabra de nuestro Dios, con sumo respeto a sus creencias y costumbres. Y así era pues fray Alonso Sánchez despreciaba la esclavitud y la invasión guerrera y aspiraba a la fraternidad de todos los hombres sobre la Tierra, no solo siguiendo a su maestro Francisco de Vitoria, como te dije, sino también el talante de los santos jesuitas Ignacio de Loyola y Francisco de Borja.

Nos quedamos en la vivienda del jesuita Miguel Ruggieri, de Salerno, en la que había sitio para los siete de nuestra expedición. Al día siguiente, cuando yo revelé que no tenía una misión apostólica sino astronómica, me trasladaron con gran misterio a una sala donde me recibió un astrónomo chino de nombre Chen Riu, que me hizo mil preguntas hasta cerciorarse que mi interés era puramente científico. Él recelaba de mí y yo, como puedes suponer, también recelaba de él. Pero la astronomía de aquella gente es mucho más antigua que la nuestra y a mi recelo se sobreponía mi curiosidad. No podía adentrarme en aquella gran ciencia sin desvelar la paupérrima mía. El señor don Chen Riu empezó la conversación con gesto hosco y adusto. Nuestro intérprete era Ruggieri, que hablaba fluidamente el idioma chino.

—¿Qué quieres saber de astronomía?

—Me interesa en especial el problema de determinación de la longitud de un lugar.

—¿Por qué?

—¿Acaso no te gustaría saber el lugar en la Tierra donde reside nuestro rey, don Felipe II?

—¿Quieres saber la longitud de Toledo?

—¡Conoces nuestra ciudad de Toledo!

—La longitud de Toledo, ¿desde dónde?

—Desde aquí... o desde Pekín, por ejemplo.

—¿Quieres saber la diferencia de longitud entre Toledo y Beijing?

—Sí; eso sería un gran hallazgo... yo podría tratar de medirla.

El chino se levantó, cogió un rollo, lo desenrolló y dijo lacónicamente:

—120°

—¿Conoces Toledo? ¿conoces el término «longitud»? ¿Medís también los ángulos en grados sexagesimales?... y ¡sabes la longitud de Pekín! —yo estaba anonado e incrédulo.

—No; no usamos grados sexagesimales, pero ahora sí, porque estoy hablando contigo.

—¿Cómo sabes la diferencia de longitud entre Toledo y Pekín?

—Hace más de trescientos años vuestro rey Alfonso X estableció contacto con nuestro emperador, gran sabio también, y con los astrónomos de Maraga en Persia para calcular las diferencias de longitud y así conocer las dimensiones de la Tierra.

—¡Oh! No lo sabía; no podía ni imaginármelo... y ¿cómo pudisteis calcularlo?

—Con los eclipses.

—¿Sabéis predecir eclipses?

—No solo lo sabemos, sino que además el emperador castiga severamente si un astrónomo yerra en la predicción. Hubo una relación epistolar intensa entre Toledo, Maraga y Pekín (como tú dices) antes de los eclipses. Vuestros astrónomos Alfonso X e Ishaq ben al Sin, los de Maraga, con Nasir al Din Tusi y los nuestros, con Cha-ma-lu-ting al frente se entendieron e intercambiaron ideas e instrumentos. Cada uno hizo sus tablas. Vosotros los castellanos aportasteis los relojes precisos nocturnos para los eclipses de Luna...

—¿Qué eclipses?

Consultó su rollo e hizo unas cuentas para acomodarse a nuestro calendario.

—24 de diciembre de 1265 y 13 de diciembre de 1266. Nosotros medíamos en Ping-yang en Shausi.

—¿Que rollo es ese?

—Es el manuscrito de Ho-chou que lo cuenta todo.

¿Era posible que tuviera que venir a China para enterarme de la historia de la astronomía española? ¿Qué hazaña científica de Alfonso X el Sabio era aquella que me estaba contando aquel lacónico astrónomo chino? Y me dio más datos recogidos en el manuscrito de Ho-chou, aunque se trataba de una copia.

Me habló de otras cosas, de estrellas nuevas, de manchas en el Sol... y más cosas incompatibles con la cosmovisión de Aristóteles, que tenemos en Europa como indiscutible. Todos sus datos eran muy precisos, pero no pude aprovechar más las enseñanzas de Chen Riu. Nuestro diálogo fue adquiriendo carácter amistoso y nos dábamos cuenta de que aquel intercambio de ideas de dos culturas tan distantes enriquecía ambas. Pero nuestros intérpretes Ruggieri y Matteo Ricci, que hablaban y escribían perfectamente en chino, tenían que atender a los otros misioneros. Matteo Ricci vivía permanentemente allí, como un chino más, y no tenía ninguna intención de volver a Italia. Luego, las autoridades interrumpieron nuestra charlas astronómicas y teológicas y nos devolvieron a Macao.

Pocas más de mis letras menudas cabían en mi cuaderno negro. Y todavía había un montón de meridianos que cruzar y declinaciones, inclinaciones e intensidades magnéticas que determinar. Aproveché un barco portugués para emprender la vuelta hacia el oeste. Desembarcamos en Goa, en el oeste de la India y, con algunas escalas más que no detallo, entrando por el Mar Rojo llegamos a Egipto. Allí cogí en Alejandría otro barco para Roma. He aquí como todo un año de vida se puede narrar en pocas palabras.

En Roma me sentí como en casa. Quería aprovechar mi estancia tan cerca de Madrid para conocer la trascendencia del libro de Copérnico en los lugares más próximos a donde este gran astrónomo había escrito y difundido la buena semilla desde su propio lecho de muerte. En Roma pregunté por discípulos de Copérnico y me encontré con que su teoría heliocéntrica era muy desconocida, y cuando conocida, vilipendiada. Esta obra era más conocida en España, incluso la Universidad de Salamanca la había recibido con los brazos abiertos, según he comprobado después. Me propuse, también por el mismo motivo, seguir hacia el norte y me planteé un itinerario desde Roma, aunque sabía que mis planeados itinerarios nunca se cumplían.

Tras buscar astrónomos heliocentristas en Roma, me dirigiría a Génova... ¿A Génova?, te preguntarás. Bien... lo confieso... si allí no encontraba disidentes del geocentrismo de Aristóteles y Ptolomeo... al menos... podría visitar a Himilce. Te diré cómo supe que ella estaba allí.

A Manila llegaron regalos de Madrid para el emperador de la China, con el oculto objetivo de facilitar nuestra penetración en tan vasto territorio. Entre los regalos había varios cuadros, tres de Sánchez Coello y uno de Himilce. Eran cuadros de la familia real para que el emperador chino conociera a sus próximos amigos… o a sus próximos suplantadores. El caso es que tuve ocasión de contemplar el cuadro en el que Himilce había retratado a Felipe II. En sus rasgos reconocí su pincel y en su pincel la mano y en la mano todo lo demás. Pocos recuerdos, pero muy intensos se apoderaron de mí y… perdóname, Uchur… ¿qué te estaba contando?

El nuncio que portaba los cuadros me informó de que Himilce era una pintora cuya fama había traspasado todas las fronteras y que sus retratos rebosaban vida. Los de Isabel de Valois, de Ana de Austria y del príncipe don Carlos habían sido elogiados por los más grandes artistas. Le pregunté por su paradero y si seguía en la Corte y él me esbozó, hasta donde sabía, qué había sido de ella desde que abandoné España.

Ella, que no quiso amores conmigo por preferir el arte al matrimonio, se había casado dos veces. Don Felipe, nuestro rey, se empeñó en casarla y así lo hizo, por todo lo alto, con un gran señor de Sicilia, además de dotarla de una pensión muy generosa de por vida, ignorando el portador de los cuadros qué se escondía detrás del calificativo de «muy generosa», aunque creí apreciar un tono pícaro en sus palabras. Este primer marido murió y ella se casó de nuevo con el capitán de un barco, con el cual, según tenía él entendido, vivía ahora en Génova. Le pregunté si sabía si había pintado también a la princesa de Éboli y se encogió de hombros. Muy extraño hubiera sido pues esta princesa ya no gozaba de buen nombre en la Corte hispanoportuguesa. Incluso, creía él que estaba presa. No. No era posible, un desnudo pintado por la pintora Himilce Solferino no hubiera pasado desapercibido en los mentideros madrileños. Un desnudo de Himilce hubiera sido más difícil de ocultar que el fuego.

Pues a pesar de sus dos matrimonios, ella seguía pintando y pintando y sus lienzos eran cada vez más perfectos. Aquel hombre desconocía si ella tenía hijos.

Con esta pequeña información envuelta en las dudas que me transmitió el confidente, decidí viajar al norte, pero dando «un pequeño rodeo». Era dudoso que ella estuviera allí pero, ¿había calado la hipótesis heliocentrista en Génova? ¿Cuáles eran las propiedades magnéticas genovesas?... Uchur, no te rías maliciosamente… ni pongas arrugas en esa cara morena …

De Génova iría luego al Sacro Imperio Romano Germánico, quizá a Praga, pues me habían dicho que Praga estaba convirtiéndose en la gran urbe de la ciencia. Por el camino iría preguntando en las universidades que me topara por científicos heliocentristas... o bien debía preguntar en las iglesias por supuestos traidores a las Sagradas Escrituras... Este asunto me atraía sobremanera porque desde que oí hablar de la hipótesis de Copérnico nunca dudé de ella. Las buenas verdades se comprenden enseguida. No hacen falta grandes tratados ni interminables discursos. Ellas solitas se meten rápidamente por los oídos y se asientan acurrucadas en las revueltas del cerebro. Las buenas verdades se meten en nosotros sin esfuerzo; solo hay que tener las puertas abiertas.

GALILEO GALILEI

Visité la magnífica ciudad de Florencia donde quedé asombrado de sus inimitables obras de arte. En cambio, no hallé heliocentristas, o si les había preferían ocultarlo por ser tal idea motivo de sospecha de herejía. Pero me dijeron que había un gran músico que tenía un hijo que se declaraba abiertamente defensor de las ideas de Copérnico. Este hijo era profesor de la universidad de Pisa y era un científico que «estaba en contra».

—¿En contra de qué? —pregunté.

—Está en contra, simplemente. Está «en contra», no es preciso decir de qué, porque está en contra de todo. Es tan polemista y tan ardiente defensor de sus ideas que todos sus colegas de la universidad de Pisa están molestos y confusos y no sería de extrañar que quisieran quitárselo de encima.

Esta carta de presentación me pareció atractiva y decidí desviarme para pasar por la universidad de Pisa, a visitar al hombre que «estaba en contra».

—Hoy no se admiten las hipótesis de Copérnico —añadió aquel sujeto que me informaba y, por tanto, este hombre que os digo es copernicano. Si llegara el día en que todo el mundo creyera que Copérnico tenía razón, entonces él dejaría de ser copernicano. Y lo digo solo con un poco de ironía.

—¿Cómo se llama este buen señor?

—Galileo Galilei, el hijo del conocido músico Vincenzo Galilei.

Y a Pisa fui picado por el mosquito de la curiosidad y no me fue difícil encontrarle.

—Yo soy Galileo. ¿Qué se os ofrece?

—Yo soy Diego de Granada, cosmógrafo español —le dije.

Me sorprendió enormemente. Galileo no parecía un sesudo catedrático, de espíritu digno y verbo preciosista. Era jovencísimo; no tenía más allá de veinticinco años. Poca edad para un catedrático. Era amable y de trato directo sin ninguna afectación. Me presenté.

—Me declaro copernicano y trato de ver cuál ha sido la trascendencia de su interpretación del Cosmos, no solo en Italia y en España, sino en todo el mundo. He sabido que también defendéis esa postura, opuesta al geocentrismo ptolomaico.

En efecto, el joven Galileo estaba completamente convencido de la verdad de la teoría de Copérnico. Lo quería difundir entre sus colegas, pero decía:

—Los que me escuchan no me entienden y los que me entienden no quieren escucharme. Aquí estáis vos que me entiende y viene de lejos a escucharme. Desde ahora sois mi amigo.

Nos fuimos andando y charlando por la preciosa ciudad de Pisa.

El problema que más acuciaba su mente era por entonces la pesantez.

—El sabio de Alejandría Philoponos había dicho que la caída de los cuerpos no es en modo alguno proporcional a la masa. Esta idea antigua me perseguía y tras ella voy desarrollando mi método. Me considero discípulo de Tartaglia a quien, sin embargo, nunca conocí pues nací después de que él muriera. Pero a su discípulo directo Giovanni Battista Benedetti le había transmitido los pensamientos del alejandrino y de Benedetti aprendí no solo a pensar que la caída de los cuerpos pudiera no depender de su masa; aprendí además a no aceptar las ideas asumidas por todos sin someterlas a juicio y experimentación.

Había sido el tal Battista Benedetti quien le había enseñado a «estar en contra».

—Mi maestro Benedetti escribió un precioso libro: «Demostración contra Aristóteles y todos los filósofos» (¡todos los filósofos!). Yo seguí sus huellas que se apartaban de todo camino transitado y se introducían en el monte inculto. Pronto plasmaré mis ideas en un libro, «De Motu».

»Estaba yo en esta catedral y me puse a observar el movimiento de vaivén de la lámpara que pendía del techo. Me di cuenta de que las oscilaciones eran cada vez menores pero todas ellas empleaban el mismo tiempo, tal como yo lo medía con mi propio pulso. Vi en ello una demostración de la verdad de Philoponos, según unas deducciones matemáticas que escribí. Además, pensé, que si es así un péndulo, un péndulo podría servir como un perfecto reloj.

»Y por entonces cayó en mis manos un magnífico libro escrito por un dominico español: Doménico Soto…

—¡Conocí personalmente a Domingo Soto! Fue antes de su muerte —no pude menos que interrumpir al joven.

—¡Oh! ¡Qué soberbio libro el suyo! «Questiones super octo libros physicorum Aristotelis». A este hombre solo le faltó espíritu más combativo, vos me diréis si no, vos que le conocisteis.

—En efecto, era un rebelde en cuerpo de humilde fraile.

—Demostró que los cuerpos al caer tienen una velocidad que aumenta con el tiempo de caída, pero que no depende de su peso; ni de su peso ni de nada. Para comprobarlo y probarlo a mis colegas me subí a esta famosa torre de Pisa, que parecía inclinada, para que yo hiciera más cómodamente el experimento más elemental de la ciencia: dejar caer un grave. Dejé caer bolas de miga de pan y bolas de acero y todo tipo de bolas y todas, tercamente, caían al mismo tiempo. Pero mis colegas aristotélicos, en lugar de creer lo que veían, no podían ver lo que no creían y los experimentos no sirvieron para convencerles. De hecho, no les cabía en la cabeza que los experimentos podían probar algo. Si Aristóteles decía algo y el experimento otra cosa, era Aristóteles quien tenía razón.

»Lo que me gustaba de Soto es que empleaba una forma cuantitativa en su expresión. Podíamos decir v = gt, donde v es la velocidad que adquiere el grave en el tiempo t. En esta fórmula g es una constante que nos viene a indicar una aceleración que señala la potencia de la Tierra para atraer a los cuerpos. Creo que hay que emplear fórmulas para hablar de física. La naturaleza está escrita en lengua matemática. Así podemos recurrir al álgebra y podemos deducir, en este caso, que si la velocidad es proporcional al tiempo, entonces el espacio recorrido en un tiempo t tiene que depender de ese tiempo al cuadrado, t^2. Se calcula que el espacio recorrido s se puede calcular con la fórmula $s = 1/2 \, g \, t^2$.

—Y ¿qué pasa si el cuerpo se mueve en horizontal, sin ningún tipo de rozamiento, o que se mueve muy lejos de la Tierra, donde no hubiera nada que obligara a la pesantez? —osé preguntarle exponiéndome a que me mandara con viento fresco.

—Entonces, el cuerpo, no sometido a fuerza alguna, seguirá una trayectoria rectilínea recorrida con velocidad uniforme.

—¿Cómo lo sabéis? —pregunté.
—En realidad, quien me lo enseñó fue otro compatriota vuestro: Giovanni de Celaya. ¿Habéis conocido también a Giovanni de Celaya?
—Pues no —respondí—. No le conocí personalmente, pero mi maestro Domingo Soto me habló de él.
—Me imagino que vos le llamaréis Juan, Juan de Celaya. Quizá en la Universidad de Valencia, donde él acabó, o en la de Salamanca, donde enseñó, podáis encontrar algún libro suyo. Yo no lo conservo. Si lo encontrarais, bien pagaría una copia.

Prometí hacerlo.

Entramos en un taller que tenía en su propia casa, lleno de cachivaches. Él me seguía hablando:
—Veamos el interés de aplicar fórmulas en física. Pensemos en el movimiento de proyectiles. Todo el mundo sabe, o debiera saber, que el proyectil describe una trayectoria curva. ¿Qué curva? Eso ya no lo sabe nadie. Pues bien: la bala tiene que atender a dos movimientos, uno horizontal proporcional al tiempo, y otro vertical, proporcional al tiempo al cuadrado. Por tanto, la curva de la bala ha de ser una parábola.

Aquí se ayudó de la pluma y de un papelajo.
—Matemáticas y experimentos. Los dos juntos; ni el uno sin el otro, ni el otro sin el uno. Experimentos y medidas; medidas que puedan llevarse a las fórmulas matemáticas. Ese es mi método.

Mientras esto decía iba preparando un experimento. Llenaba un cubo de agua con un agujero taponado en el fondo, para que no se saliera el agua cuando lo llenara. Luego cogió una tabla plana que dispuso inclinada mediante un cacho de madera bajo uno de sus extremos.
—Con este experimento podemos comprobar lo que decía Soto. Cuando dejo caer un cuerpo, su velocidad se hace pronto tan grande que no se pueden hacer medidas, pero con este plano inclinado puedo remedar una caída más lenta. Aquí mido bien las distancias. Necesito también medir el tiempo. Cuelgo este cubo en un gancho del techo, quito el tapón y de la cantidad de agua caída deduzco el tiempo. Así no solo sé, sino que «demuestro», que el espacio recorrido depende del cuadrado del tiempo. Eso no lo dijo Soto, que yo sepa, pero lo encuentro matemáticamente a partir de lo que él dijo.

Hablamos mucho más. Él se volvió más y más comunicativo al ver que yo no seguía ciegamente a Aristóteles, aunque sentenció:

—Muchos rechazamos a Aristóteles, pero todos hemos leído a Aristóteles.

Jugué con su plano inclinado mientras él componía unos versos, los que escribía con un gran sentido de la métrica y de la rima. Eran versos en italiano, pero eran fácilmente traducibles, dado el ancestro común que nuestros idiomas tienen. Los versos protestaban ridiculizando al rector, tras su disposición de que todos los profesores tenían que vestir el traje académico incluso por la calle.

Luego me invitó a comer y beber: capón y vino. Galileo era un consumado cocinero y sabía apreciar el arte de la comida. En realidad, se consideraba un vividor, en todos los sentidos.

Al alejarme pensé que este hombre, con solo veinticinco años era ya un sabio profundo y que sería un gran físico cuando alcanzara la madurez. Su filosofía era muy atrayente: matemáticas para hablar de física; experimentos para hablar de física, medidas para el álgebra de la física. Pensé que así sería la física del futuro, a base de fórmulas matemáticas. Los físicos del futuro no hablarían entre sí; solamente escribirían fórmulas matemáticas que se intercambiarían. Así se entenderán.

Interesante joven Galileo. ¡Tan inaguantable con sus colegas y tan amable conmigo!

REENCUENTRO CON HIMILCE

No me fue difícil encontrar la casa de Himilce en Génova pues era ya pintora famosísima. Levanté la aldaba. Pero no me decidía a descargarla. ¿Cómo estaría ella? ¿Cómo sería? ¿Qué estragos habría hecho con ella el tiempo? Tendría ella una edad parecida a la mía, unos cincuenta y seis años... Conmigo, el maestro tiempo no había hecho bien su trabajo, me encontraba sano y fuerte, pero ¿con ella? ¿qué habría hecho el tiempo con ella? Pero para saber el deterioro causado por el tiempo, tenía que recordar cómo había sido ella entonces. Mi relación con ella, aunque intensa había sido breve, y su imagen no había abierto surcos profundos en mi memoria. ¿Cómo era entonces? ¡Santo Dios! Ni me acordaba... ¿Cómo era su rostro? ¿Cómo sus manos? ¿Cómo su cuerpo? La imagen de Himilce se me iba y se me venía... Los recuerdos me llegaban más de cómo entonces la describí que de la imagen borrosa que mi memoria guardaba en mi cabeza. ¿Seguía casada? ¿Tenía hijos? Y la pregunta más horrible, ¿se acordaría de mí? ¿Qué disculpa urdiría para justificar aquella inesperada visita? No podía decirle que iba de Roma a Praga pasando por Génova, como si fuera un atajo y ya de paso...

Descargué la aldaba.

Ella misma salió a recibirme. Hubo un momento de extrañeza, de reconocimiento, de palabras bobas y gratas, pero desgastadas por el uso, de saludos convencionales. Himilce me invitó a entrar y me llevó a una gran sala que le servía de estudio, atestada de cuadros, algunos ya acabados, otros recién comenzados, incluso esbozos de futuros lienzos. Había cierto parecido a su taller en el Alcázar. Las pinturas en sus distintas fases ilustraban bien el proceso por el cuál una idea primera se convierte en arte supremo. Ella me dejó que contemplara sus obras antes de ofrecerme un asiento frente al suyo.

Su rostro, antaño blanco, transparente, infantil, con una tenue brizna de carmín en sus mejillas, aquel rostro que ahora sí que recordaba, un poco insulso, era ahora más morucho y agrietado. Pero sus arrugas la embellecían. Eran la huella de su guerra contra el tiempo, en la que ella había salido victoriosa. Parecía como que su Hacedor se hubiera tomado su tiempo y que a aquel rostro melifluo y finamente oval le hubieran faltado unas pinceladas a modo de hilos oscuros, y que fuera ahora cuando la pintura estaba ya acabada. La pintora fue pintada con mucha lentitud y habíase acabado al cabo de cincuenta años. En efecto, hacían falta muchos años para conseguir esos perfectos trazos lineales, testigos de los gestos más habituales, alegres o tristes, abatidos o triunfantes, relajados o creadores, y que declaraban que era finalmente una gran artista. ¡Ay! —pensé—. ¡Cómo me gustaría que mi paso por su vida hubiera contribuido a delinear al menos alguna arruguilla de aquellas que tanto la embellecían!

Sus manos eran un arcoiris desordenado, pues había estado trabajando y no había tenido tiempo de limpiarse. Sus ojos, me los imaginaba como pozos de lágrimas. Esos ojos no habían cambiado: hermosos, saltones, escrutadores, inquietantes; eran los mismos. Eran los ojos de la dama de los ojos. Eran los ojos de la fiesta de El Liebretón. Su cuerpo estaba, como entonces, cubierto por un amplio blusón con manchas de todos los colores y no pude reprimir mi duda de si, como entonces, no había nada debajo.

Mientras la examinaba, ella me examinaba a mí. ¿Cuáles habrían sido sus calificativos de los que el tiempo me había hecho merecedor? Temí que extendiera su brazo, con el pincel perpendicular, con un ojo guiñado, tomando mis nuevas medidas. Creo que vi en sus ojos que aceptaba complaciente mis nuevas avejentadas proporciones. Avejentadas, hogaño; aventajadas, antaño.

Nos abrazamos. Nos abrazamos como viejos amigos. O quizá no. Sería más justo decir que nos abrazamos sin poner adjetivos superfluos. Te confieso que sentí un hormigueo, sentí mirmestesia, por decirlo de un modo que no se me entienda demasiado. No te rías, Uchur. Aquel abrazo encerraba mil años de ausencia, mil de membranza, mil de olvido...

Nos contamos a grandes rasgos nuestras vidas. Como yo había sabido en Manila, ella me contó que Felipe II le había casado con un distinguido prócer hijo del virrey de Sicilia, que murió a los ocho años de matrimonio. Cuando volvía a su ciudad natal se enamoró del capitán del barco con quien estaba casada desde entonces. Debía ser un hombre sensible pues, dándose cuenta del arte sublime de su esposa, le proporcionó todos los medios a su alcance para que siguiera pintando. Y así lo hacía ella, lo seguía haciendo, con una perfección fuera del alcance de humano alguno que no tuviera de angelical alguna parte de su sangre. Pero su esposo no estaba aquel día en Génova, por lo que no tuve ocasión de conocerle.

Quise llegar un poco más allá de las salutaciones convencionales:

—Vos preferisteis la pintura antes que a mí. Pero ahora se ve que la pintura y el matrimonio no son incompatibles. Seguís pintando y os habéis casado y no una sino dos veces.

Ella me miró con dulzura.

—Bien que me costó apartaros de mi vida. Pero con mi primer esposo no me casé; me casaron. Ni siquiera le conocía. Con vos sí había una disyuntiva. El arte o la maternidad. Porque, aunque tuviera cierta fama entonces, gracias al complaciente trato que tuvo Miguel Ángel con mis primeros cuadros, yo entonces era una pintora por hacer. Con mi segundo marido yo ya era una pintora hecha. A una temprana edad, mi vida con vos me hubiera hecho cambiar los pinceles por los chupetes y los lienzos por los pañales. El destino de mi vida podría haber sido zurcir. Quizá no, pero entonces yo no sabía si podía tener hijos o no. Entonces maté el amor por la fama y... a la postre tengo tanto amor como fama. La víctima fuisteis vos... o no... cualquiera sabe... La vida es un laberinto temporal lleno de cruces de caminos.

No tenía problemas económicos. Al contrario, su esposo era rico, le habían concedido una generosa pensión de por vida y varios jóvenes aspirantes a pintor acudían a ella para recibir sus enseñanzas.

—En general, la mala vida cría buen arte, pero no es mi caso. Pinto mejor cuando mejor vivo.

Me invitó a comer y buena falta me hacía. Mi vida errática me había enseñado a comer cuando el azar quisiera; no había una hora de comer. Y para despedirnos nos abrazamos otra vez. Otra vez como amigos.

—¿Con mirmestesia incluida? —preguntó Uchur.

Tras un paseo sin rumbo fijo por las calles de Génova, dejé caer al agua aquella llave del taller de Himilce que me había acompañado durante veintisiete años. Sí, Uchur, yo no me había separado de esa llave todo ese tiempo. Ahora lo encuentro ridículo.

GIORDANO BRUNO

Praga era entonces la capital de la ciencia, el nido ideal para un científico. Rodolfo II, emperador del Sacro Imperio Romano Germánico, con solo treinta y seis años, estaba dispuesto a favorecer la ciencia en su más amplio sentido de la palabra. Había allí grandes botánicos, astrónomos, matemáticos... Todas las ciencias básicas y las aplicadas tenían allí cobijo y acicate. Cierto es, y así hay que decirlo, que también la astrología, la magia, la alquimia y todo tipo de falsas ciencias, disfrutaban del amparo en la gran Corte de Praga.

Rodolfo II era hijo de Maximiliano II, hijo a su vez del emperador Fernando, el hermano de Carlos I, y de María de Austria, hermana de Felipe II. Tenía una clara ascendencia española aquel sobrino de Felipe II. Pero la relación con España no era solo de tipo familiar pues su padre, Maximiliano II, le había enviado a educar a España con su tío Felipe; este le había considerado como miembro de la familia (también a su hermano) y allí residió durante ocho años, educándose para ser el gran emperador del Sacro Imperio. Rodolfo II se había formado bajo la tutela de Felipe II.

Hablaba un castellano no solo perfecto sino castizo. El castellano era su lengua preferida, con la que atendía incluso a los embajadores de distinta procedencia. Adoraba a su tío Felipe y quería imitarle en todo, incluso en la religión. Aunque su padre había sido protestante, su infancia y juventud en Madrid le habían hecho católico, y era ferviente cumplidor de la doctrina contrarreformista, simplemente porque esa era la creencia de su admirado tío. Si su tío había hecho grandes jardines botánicos, él no podía ser menos: él hacía grandes jardines botánicos. Su tío había fundado la Academia de Matemáticas, él estaba dispuesto a rodearse de los mejores matemáticos del mundo. Su tío acogía a cosmógrafos, a cartógrafos, a todo tipo de científicos, él hacía lo mismo. Si su tío defendía a los astrónomos, él con mucha más razón.

Además, coleccionaba, como su tío, relojes, autómatas, monedas, libros, mapas, cuadros... Su palacio era, ciertamente, el paraíso de los científicos. Ya me lo habían dicho, pero tuve ocasión de comprobarlo directamente porque mi primera visita en Praga fue precisamente la del emperador Rodolfo II. ¿Cómo conseguí tan rápido recibimiento por parte de tan importante jerarca? No tuve ningún problema. Yo era un cosmógrafo y español, la mejor credencial para Rodolfo II.

También había en él grandes diferencias con su tío. El lujo del palacio era indescriptible frente a la austeridad del Alcázar y frente a la grandiosidad sin oropeles de El Escorial. Perdona si no me detengo a darte detalles de aquel lujo egipcio. Efectivamente, el emperador me recibió con suma amabilidad y alegría, y se deleitaba con mi rancia expresión en castellano, la lengua que él veneraba. En seguida nos enfrascamos en una conversación científica, atento él a los propósitos de mi viaje encomendado por su idolatrado tío.

Le pregunté por la teoría de Copérnico y, ante mi sorpresa, la conocía perfectamente y la discutió conmigo con detalles técnicos bastante precisos. Pero él no creía que Copérnico tuviera razón. Tampoco la tenía Ptolomeo. La tenía un tal Tycho Brahe, un astrónomo danés que en realidad se llamaba Tyge Ottesen Brahe. El sistema de Tycho Brahe era intermedio entre el de Ptolomeo y el de Copérnico. La Tierra seguía estando en el centro del mundo; la Luna y el Sol giraban en torno a la Tierra, pero los demás planetas, Mercurio, Venus, Marte, Júpiter y Saturno giraban en torno al Sol.

Él había escrito a Tycho Brahe porque quería a toda costa que fuese su astrónomo imperial. Le había ofrecido una sustanciosa remuneración de dos mil coronas anuales y también uno de tres castillos a elegir, donde pudiera montar un observatorito astronómico como él quisiera, más grande y mejor que el que tenía instalado en una isla de Dinamarca. Pero Brahe no le había contestado. Él sería pertinaz y acabaría consiguiendo que Tycho Brahe terminara en Praga como astrónomo imperial.

Pero bruscamente, al decir esto, se esfumó su ardiente interés por la conversación y cayó en una profunda apatía, con los brazos caídos, la cabeza gacha y la voz que no le salía del cuerpo como si hubiera perdido cualquier atisbo de energía. Su mirada estaba como perdida y no me hacía ya ningún caso. Algo temeroso, solicité su permiso para retirarme.

Y entonces, se produjo un cambio tan repentino, inesperado e inoportuno como el anterior. Pasó de no tener energía a tenerla toda concentrada en sus ojos airados. Me chilló enfurecido con voz atiplada y destemplada:

—¡No os vayáis! ¡Os ordeno que no os vayáis! ¡Cojones!

Volví a sentarme no comprendiendo cuál de mis palabras le había ofendido; algo molesto con su tono bruscamente iracundo. Él, de forma tan inesperada como las otras, de igual forma que su amabilidad e interés se convirtió en apatía y esta en furor, ahora se precipitó a la más insondable melancolía. Me pidió perdón y me habló con tristeza:

—Madrid es la más hermosa ciudad y el rey de España, mi tío Felipe, el hombre más admirable. Favorece el arte y la ciencia. Solo tiene un defecto: es escéptico, no cree en la magia ni en los horóscopos. A pesar de que dispone de magníficos alambiques, reniega de la alquimia. No entiende el misterio, no quiere saber nada de lo inquietante de las ciencias ocultas. Solo confía en su razón. Y a mí la magia me fascina, me domina, me desmorona, me quita la alegría, me hace desfallecer...

Tras estas frases desprovistas de hilazón pasó a enseñarme todas las colecciones que él almacenaba, igual que su tío. Monedas, piedras preciosas, instrumentos científicos... Tenía miles de libros sobre ciencias exotéricas y en esto no seguía a su tío. Realmente, en El Escorial sí había libros sobre magia y adivinación, pero era porque Felipe II no era partidario de la censura en su biblioteca. Allí cabía la ciencia, tanto la ilusoria como la real, aunque el mismo Felipe II no se tomaba muy en serio ni la astrología, ni la alquimia ni otras ciencias ocultas. La colección de autómatas de Rodolfo II era lo más sorprendente. Algunos andaban como las personas y había uno que hablaba... en castellano, precisamente.

Necesitaba que viniera Brahe con su colección de autómatas que él compraría inmediatamente sin vacilación ni regateos. Le pediría que confeccionase las mejores tablas astronómicas, las «Tablas Rudolfinas». Le pagaría lo que fuese. Luego supe que Rodolfo II era muy generoso en sus ofertas, pero luego era mal pagador, no por mala voluntad sino por su desidia para controlar las cuentas públicas. En cuanto a sus cambios bruscos de humor que denotaban algún tipo de desequilibrio en su voluble cabeza, pensé que no en vano su abuela había sido Juana, la infausta reina de Castilla, a quien el vulgo había puesto el sobrenombre de «la Loca».

Antes de despedirme le pregunté por otros astrónomos que se hubieran rebelado contra el sistema de Ptolomeo. Me dijo que había un profesor en la universidad de Tübingen que era copernicano, aunque este alemán no lo decía muy abiertamente pues temía que las autoridades reformistas le privaran de su sueldo y su cátedra en la universidad. Se llamaba Mästlin.

Salí de aquel fabuloso palacio con la idea resuelta de visitar a aquel catedrático de Tübingen. Afortunadamente, Rodolfo II me proporcionó un caballo y dinero para el viaje, además de algunos regalos para su tío. Pero antes de abandonar Praga, en mi propia fonda, recibí una curiosa visita: un fraile dominico que decía llamarse Giordano Bruno.

El tal Giordano Bruno tendría unos cuarenta años, había vivido en muchos países y había escrito muchos libros en prosa y en verso; en latín y en italiano. Hablaba muy bien el español ya que había nacido en Nola, cerca de Nápoles, perteneciente entonces a la corona española. Fue él quien se presentó ante mí, al saber que yo andaba tras las huellas de Copérnico.

Tenía tantas ganas de hablar que ni se entretuvo en saludos corteses introductorios, ni se molestó en aludir a la mudanza de la atmósfera para empezar una conversación. Casi, ni me preguntó quién era yo ni me dijo quién era él. Sus ojos irradiaban chispas, su boca estaba presta a fulminar a su oponente, sus manos eran como aspas de molinos de viento que enfatizaban cuanto decía. Tenía el molesto don de plantear las cuestiones filosóficas de tal forma que despertaban una reacción defensiva. Parecía como si te empujase a pensar de antemano lo que luego iba a refutarte. Aún no sé, querida hermana, si estuve hablando con un loco o con un sabio. Así, empezó sin preámbulos:

—Vos creéis que el Sol está en el centro del Universo. Estáis equivocado.

—¿Creéis vos que es la Tierra la que está en el centro del Universo?

—¡No! Quien eso piensa está equivocado.

—Entonces, ¿no sois tampoco partidario del sistema de Tycho Brahe?

—¡No! Tycho Brahe está también equivocado.

—Pues a mi modesto entender, Nicolás Copérnico...

—Nicolás Copérnico fue un gran sabio, es cierto, pero no fue capaz de entender lo que él mismo decía. No fue capaz de extraer las grandes cantidades de plata de la mina que descubrió. Solo se limitó a dar algunos arañazos. Debió seguir adelante.

—Entonces, no sois partidario ni de Ptolomeo, ni de Copérnico, ni de Tycho. ¿Proponéis algún otro sistema nuevo?

—Mirad, señor don Diego, (¿es así como os llamabais?) Elcano nos enseñó que Europa no es el centro de la Tierra. Copérnico nos enseñó que la Tierra no es el centro del Universo. El siguiente paso que él no dio, porque no habló conmigo, es que tampoco el Sol es el centro del Universo. Pero Copérnico merece todos mis respetos. No era como esos que se dicen filósofos pero que, en realidad, no son sino cotorras metidas en sus jaulas.

—Entonces, según vos, ¿dónde está el centro del Universo?

—En ninguna parte. El Universo es infinito y, por tanto, no tiene ni centro ni borde.

—No suena mal... pero decidme, ¿sois matemático, cosmógrafo? ¿Tenéis instrumentos de medida? ¿Conocéis el álgebra, la trigonometría?

—No soy tan asno como para no saber que tengo una cabeza. No sé matemáticas, ni poseo astrolabios. Yo, señor mío, soy un teólogo.

—Con la teología ¿se puede saber cómo es el Mundo?

—Es la única forma. Pero me llevaría mucho tiempo convenceros y, para no cansaros, os voy a regalar dos de mis libros, «La cena de le ceneri» y «Del infinito Universo e Mondi». He escrito muchos más, pero estos dos son los que más se relacionan con vuestro viaje y vuestro interés.

Le agradecí los libros. Yo veía que él quería que yo le contradijese para que él pudiera desatar todo tipo de argumentos, incluso insultos, contra mí, pero me contuve armándome de juicio y templanza.

—Entonces, según vos, ni geocentrismo ni heliocentrismo, sino «acentrismo».

—¡Vaya! No había yo acuñado tal palabra: acentrismo. Pero sí; es una hermosa palabra que define y resume la esencia de mi Mundo.

Su teoría, si es que puede llamársele así, muy resumida y corriendo el riesgo de que no la haya entendido bien, era algo tal que así: Dios es infinito, luego sus obras son infinitas. Dios ha hecho el Mundo, luego el Mundo es infinito. El infinito no tiene ni bordes ni centro. Cualquiera de sus puntos es un punto cualquiera. Nosotros vivimos en un punto cualquiera del Universo, pero percibimos solo los detalles que nos rodean, dándonos la impresión de que estamos en el centro o cerca de él.

El Universo es un animal, es decir, con ánima, lleno de cuerpos celestes. El Universo es el conjunto de esos cuerpos y el espacio que habitan. El Universo, al ser infinito, no puede moverse. No tiene a dónde ir porque el espacio es suyo. El espacio pertenece al Universo. No hay espacio fuera del Universo. Y los cuerpos que componen el Universo «habitan» en él porque también son animales.

Hay dos tipos de cuerpos. Unos están hechos de fuego como el Sol, y otros de agua y tierra como la Tierra misma. Los primeros son luminosos por sí mismos y los acuoterrosos tienen luz secundaria reflejo de la luz de los astros luminosos.

De igual forma que en nuestro entorno hay un Sol que parece el centro, hay muchos otros soles, que son las estrellas. Según Bruno, las estrellas son soles que no están ni pinchadas ni son agujeritos de la ochava esfera, ni memeces por el estilo. Las estrellas no están todas a la misma distancia. No podemos saber a qué distancia están las estrellas porque no todas lucen igual. Unas están cerca y otras lejos, incluso las hay en el infinito, porque el Universo es infinito. Las estrellas sí que se mueven unas con respecto a otras y con respecto a nosotros, según su alma, pero están tan lejos que no podemos apreciar sus movimientos.

Y aquí, lo más asombroso de su filosofía. De igual manera que nuestro Sol tiene planetas y, al menos en uno de ellos, hay animales y hombres, en las estrellas que vemos hay también planetas y están habitados como la Tierra. Cree que el Universo está lleno de planetas habitados. Incluso el número de planetas habitados tiene que ser también infinito.

En este momento intervino Uchur:

—Pues la verdad es que, salvo que los astros sean animales y que todo el Universo sea un animal, no me parece nada mal lo que dice este fraile, el tal Giordano Bruno. Es un hermoso principio: el acentrismo. Vivimos en un punto cualquiera del Universo porque todos sus puntos son un punto cualquiera. Me parece muy interesante su idea de que las estrellas son soles. Y me parece también una consecuencia lógica el que exista una infinitud de estrellas con planetas habitados por hombres como nosotros; o diferentes, pero hombres, al cabo.

—Esta idea de la pluralidad de mundos habitados choca con las enseñanzas de las religiones cristianas, aunque él se considera católico —respondió Diego—. Los otros teólogos católicos se indignan con sus ideas. ¿Cómo iba Dios a hacerse hombre en tantísimos planetas? Muchos le tratan de hereje y él sabe que la Inquisición Romana está detrás de él, pero no tiene ningún miedo y hay que reconocerle la valentía. Defiende lo que cree que es la verdad y está dispuesto a morir por ello. Claro que tiene otras ideas que son mucho más heréticas, aunque no tengan tanto que ver con la naturaleza del Universo. No cree que la Virgen fuera virgen y afirma (eso me pareció muy gracioso) que el Demonio acabará salvándose.

»Entre otras cuestiones discutibles pero atractivas, mira lo que pone aquí (Diego cogió uno de sus libros) hablando de la diferencia entre mar y tierra: «La superficie no se altera sino a través de un larguísimo lapso de estadios y de siglos, en cuyo caso, los mares se cambian en continentes y los continentes en mares». Y dice que en la superficie de la Luna hay partes que reflejan la luz del Sol más que otras y eso se debe a que allí hay también mares y continentes.

—A mí no me parece esto ninguna extravagancia —comentó Uchur—. Yo he visto conchas incrustadas en piedras o conchas de piedra recogidas en montañas.

—Pues mira esta otra idea loca pero no completamente absurda. Leo textualmente: «De jóvenes no tenemos la misma carne que teníamos de niños y de viejos no tendremos la misma que cuando éramos jóvenes, porque estamos en continua transmutación, lo cual trae como consecuencia que entren en nosotros continuamente nuevos átomos y que de nosotros se desprenden los en otras ocasiones acogidos».

—Pues tampoco me parece una extravagancia esta opinión —interrumpió Uchur—. Cada vez me parece más y más que este señor Bruno es un grandísimo sabio. Es lo que pasa con los ríos, que son siempre el mismo río, aunque los átomos de agua se van continuamente renovando.

—Lo que te digo no te parece insensato porque al resumirlo lo he limpiado. Su verbo era confuso y retorcido. Mira a ver qué opinas de este párrafo que te leo textualmente:

«El poder hacer exige el poder hacerse, lo dimensionativo exige lo dimensionable, lo dimensionante exige lo dimensionado».

Y ¿qué te parece esto otro?

«Yo completo y ordeno un par de silogismos de la siguiente manera: El primer eficiente, si quisiera hacer, podría hacer algo distinto de lo que hace; pero no puede querer hacer algo distinto de lo que quiere hacer; por tanto, no puede hacer algo distinto de lo que hace. En consecuencia, quien considera que el objeto es finito, considera que es finita la operación y la potencia. Además, (lo que viene a ser igual)» … bueno, bueno, me lo salto… «En consecuencia, quien niega el efecto infinito, niega la potencia infinita».

»No te rías. Cuando me hablaba me decía continuamente cosas de este jaez. Pero también era ingenioso en su expresión. Así me decía:

«La ciencia nos libera de las cadenas de un imperio «angostísimo» y nos eleva a la libertad de uno «augustísimo». Jugaba mucho con las palabras. Y sus versos eran muy buenos, con sus once sílabas perfectamente encajadas.

»En definitiva, a pesar de su aspecto un tanto perturbado y de sus imaginarias luces, sus ideas eran extrañas, pero no disparatadas. No sé si lúcido o alucinado, no sé si sabio o zafio, no sé si sacrílego o santo, sus ideas eran discutibles pero ardientes, tan ardientes que le aconsejé que no volviera a Roma, no fuera a ser que fuera él el ardiente y no sus ideas.

JOHANNES KEPLER

De Praga a Tübingen no había más de cuarenta leguas y, aunque no en la dirección exacta, me iba encaminando hacia el oeste, ya deseoso de volver a España. En Tübingen visitaría a Michael Mästlin, que parecía ser un discípulo natural de Copérnico. Además, pasaría por la hermosa ciudad de Nuremberg, la patria del gran astrónomo Regiomontanus y del pintor y matemático Alberto Durero. Ambos ya habían muerto, pero Nuremberg era digno de ser visitado por ser reputada por la construcción de enseres científicos, tales como compases, astrolabios, cuadrantes, globos terráqueos, máquinas de sumar, fuentes de Herón, lentes, brújulas, y un largo etcétera. Poco cabía ya en mis alforjas, pero allí, con tan artificiosos y precisos instrumentos disfruté y compré lo que luego te enseño, gracias al dinero de viaje que Rodolfo II me proporcionó. Pero sigamos que estoy volviendo a la verbosidad y vas a acabar pensando que La Tierra no es tan redonda como la circundó Elcano.

En la universidad de Tübingen encontré a su catedrático Mästlin sumamente amable y receptivo. Me invitó a cenar, lo que agradecieron mis insaciables intestinos, y me alojó en una residencia que la universidad tenía para los colegas visitantes. Tras gratos intercambios de ideas, abordé lo que entonces tanto llamaba mi atención: le pregunté por el sistema de Copérnico.

Dio un par de vueltas como un león enjaulado, escondió la cabeza como una tortuga acosada y murmuró algo ininteligible como el graznido de una lechuza sorprendida. Pronto me di cuenta de que no quería hablar del tema, pero tanto le acucié que, al fin, farfullando, me quiso desengañar:

—No creo en el sistema de Copérnico...

—Sin embargo, he venido hasta aquí deseoso de hablar con vos porque tenéis fama de heliocentrista.

—Os han engañado... —se revolvió incómodo.

Al notar sus reacciones huidizas y temblonas, apreté un poco más la soga:

—La censura en una universidad protestante ¿es intransigente?

—Es muy intolerante. Calvino y Lutero tuvieron palabras muy duras contra Copérnico. Si un profesor de esta universidad se declarara copernicano, le echarían de ella, o mucho me temo que algo mucho peor... Pero no es mi caso...

—Conmigo podéis hablar claro. Yo sí soy copernicano.

—¡Ah! La libertad que hay en España es envidiable. Aquí hay algún profesor que casi a escondidas y con estudiantes muy fieles, fuera de la universidad, en casas o tabernas, explica el heliocentrismo... Pero no es mi caso, ¿eh?

Entendí que sí.

—Es una pena que otros profesores, no es vuestro caso, ya sean católicos o protestantes, no puedan hablar libremente de sus convicciones científicas... Además, vivís en territorio protestante pero muy cerca del territorio católico. La enemistad entre ambos credos ha de haceros la vida imposible.

—Así es, amigo mío, así es. Pero todo tiene su lado bueno si bien se mira. Tanto los unos como los otros se han convencido de que para afianzarse en el poder e impedir la invasión de los otros, lo mejor es pensar en el futuro. Y para ello los dos bandos han visto que lo mejor es una buena enseñanza. Nunca se ha visto tanto celo por la educación. Los mejores estudiantes son tratados con mimo y se paga su instrucción. Y esto ocurre aquí como en la católica Praga que está bien cerca. La educación en uno y otro lado de la frontera es mejor que nunca. Hay temas que no se pueden tratar, es verdad, pero no hay buenas cabezas infantiles que se desperdicien. Vuestros jesuitas también están tratando la educación de forma exquisita.

Juzgué oportuno cambiar de tema. Le dije que había estado en China y que allí, los astrónomos chinos habían descubierto una estrella nueva que acabó desapareciendo.

—Seguramente —me interrumpió— habréis oído hablar de que aquí también se descubrió una estrella nueva. Fue estudiada muy cuidadosamente por vuestro compatriota, el gran astrónomo español Jerónimo Muñoz.

—¿Jerónimo Muñoz? No le conozco. ¿Cuándo se vio tal estrella nueva?

—En 1572.

—¿En 1572? ¿No sería la estrella que descubrió y estudió Tycho Brahe?

—No, no, no. Ese honor hay que atribuírselo a Jerónimo Muñoz. El mismo Brahe así lo reconocía y citó con gran estima y admiración a vuestro paisano.

—El interés de esta estrella nueva es que demuestra que el mundo supralunar no es inmutable, en contra de las enseñanzas de Aristóteles.

Ante esa afirmación, el catedrático alemán volvió a refugiarse en el silencio, indicando con su mano que no quería entrar en temas controvertidos con sospecha de heréticos.

—Las paredes oyen. Las paredes son grandes oidores —susurró como si ciertamente le estuvieran escuchando—. Yo soy un catedrático. Los estudiantes son más osados y reciben... —bajó aún más el tono de voz— mis enseñanzas incorrectas en sitios incorrectos. Tengo un estudiante, de solo diecisiete años, agudísimo, con una capacidad matemática fuera de lo común. Él no tiene nada que perder ni sabe callar. Defiende sus ideas con tal convicción y honradez que en sus labios el veneno parece miel. Es muy polemista, pero respeta y deja hablar a quién con él conversa. Es un joven muy brillante a pesar de su corta edad. Creo que es mejor que habléis con él. Él sí está convencido de la verdad de Copérnico. Por aquí debe estar, no muy lejos. Y dio una voz:

—¡Johannes!

Y el tal Johannes no tardó en aparecer. Mästlin nos presentó:

—Johannes, te presento a este señor que es un cosmógrafo español. Su nombre es Diego de Granada. Señor don Diego, os presento a mi estudiante, Johannes Kepler.

Mästlin nos dejó solos. Yo le conté mi vuelta al mundo, ya completa antes incluso de llegar a Madrid, y el propósito científico que había perseguido. Él me contó la suya, bastante llena de sucesos para su corta edad. Estaba agradecido a Dios por haberle dado la oportunidad de recibir la enseñanza del más ilustre de los astrónomos que era, según él, Michael Mästlin. Él había nacido en la más miserable de las cunas. Su padre había sido un camorrista y su madre una pendenciera. Se tuvo que criar en la casa de sus abuelos donde todo eran privaciones y broncas y en las que vivían además otros aún menos agradables parientes. Una tía suya murió en la hoguera acusada de encarnar al Diablo. Su padre se había escapado de morir en la horca y su madre tenía fama de bruja. Ese fue su hogar.

Tras esta crianza tan negra sorprendía que este joven brillara por su educación, su palabra precisa en buen latín y su arrebato místico tan singular que parecía que de un momento a otro iba a revolotear ingrávido por la habitación. Era creyente convencido y apasionado. Su pueblo, a pocas millas de Tübingen, estaba en zona protestante, y él se consideraba también protestante, aunque su fe era tan libre que los mismos protestantes no le consideraban uno de los suyos.

Se notaba algo en su mirada, como extraviada y torpe y él se adelantó a explicarme su enfermedad ocular, apreciando mi intriga.

—Notáis algo en mis ojos, ¿verdad? Tengo poliopía, enfermedad adquirida en la niñez por lo que tengo una visión múltiple de los objetos y, en particular, de las estrellas y de los planetas.

—¿Cómo podéis ser astrónomo con esta enfermedad?

—Todo el mundo se sorprende y a vos os sorprenderá aún más si os digo que veo a Sirio y a la Luna con el mismo tamaño angular. Pero el caso es que, aunque no veo a un Sirio, sino varios, lo veo y sé dónde está. Y luego, mi cabeza suple esta malformación de mis ojos. Sé dónde están perfectamente en cada momento todos los planetas, sea de noche o de día. Dentro de mi cabeza, la poliopía no me entorpece. Allí, aunque no se le vea porque es de día, justamente allí, está Marte, y mañana, a esta hora, estará unos minutos más allá. Con respecto a las estrellas fijas se mueve muy despacio, y de ese desplazamiento minúsculo hay que deducir cómo son las reglas que describen su movimiento en torno al Sol.

—¿Sois entonces heliocentrista?

—Desde que el doctor Mästlin me habló de esta hipótesis, la he creído a pie juntillas, sin ningún tipo de vacilación.

—¿Creéis que se trata de un artificio matemático con el que Copérnico encontró una descripción más simple?

—No es un artificio. Es la verdad.

—Quizá la verdad no existe, sino descripciones más simples, o más útiles, o más precisas.

—No, señor mío: yo creo en la verdad. Yo creo que la verdad existe. Si no lo creyera así, no estaría aquí, rompiéndome la cabeza. Copérnico dijo la verdad. Leer su libro pensando que se trata de una argucia matemática es como quemarlo antes de leerlo. Copérnico se acercó a la verdad, pero todavía hay que aproximarse más, hay que llegar al fondo. Los planetas se mueven alrededor del Sol. Eso está claro. Pero cómo exactamente, qué trayectoria siguen, con qué velocidad. La de Copérnico es una verdad como un puño, pero aún hay mucho que descubrir. A mí me ha encargado Dios esa misión. He nacido en el momento preciso. La esfericidad de la Tierra ha sido demostrada por Elcano. Se ha inventado la imprenta. La ciencia ha abandonado los monasterios para cobijarse en las universidades. Copérnico ha abierto la puerta para comprender el mundo y yo la estoy atravesando de la mano de Mästlin. Para colmo Dios me ha dado una habilidad matemática singular...

No creas, Uchur, que en sus palabras había una migaja de jactancia. Yo dudaba que esa mezcla de religión y ciencia llevara buen camino y así se lo hice saber. Eso no le enfadó y se justificaba tal que así:

—Tengo mi método con el que pienso descubrir cómo es el Universo. A ver si soy capaz de abreviarlo. Dios es perfecto e hizo el Universo perfecto dotado con leyes perfectas. E hizo al hombre a su imagen y semejanza. Por tanto, el hombre está capacitado para comprender el Universo. No cualquier hombre, sino solo aquellos que tengan mayor capacidad matemática, entre los cuáles me incluyo. Estos pocos astrónomos matemáticos privilegiados tendrían después la obligación de contárselo a los demás.

—¿En las matemáticas está todo el secreto?

—¡Claro! Las matemáticas existen antes que el mundo. Antes de que existiera el Mundo era verdad el teorema de Pitágoras. Antes que existiera el Mundo la cuarta cifra decimal del número pi era un 5. Entonces las matemáticas son una manifestación de la Divinidad. Yo siempre escribo Matemáticas con mayúsculas porque son parte de Dios. Y lo mismo opino de la música. Siempre escribo Música con mayúsculas porque tiene origen Divino, aunque podemos los humanos captarla como podemos comprender la matemática. Hay que descubrir la música de los planetas. Y lo mismo podemos decir de la Astrología. El hombre puede conocer la influencia de los astros.

—¿Vos creéis realmente en la astrología? ¿Creéis realmente que el destino de los hombres y de los pueblos se puede conocer por las conjunciones de los planetas?

—Así lo creo. Ahora bien: creo en la astrología, pero no creo en los astrólogos, que son unos farsantes. La buena astrología está aún por hacer y esta será una de mis misiones en la vida. El que haya astrólogos farsantes no quiere decir que la astrología sea una farsa. Si el carricoche de un niño es malo hay que tirarlo... pero ¡sin el niño dentro!

—Decidme, joven, vos que tenéis tantos planes para vuestro futuro, ¿Por qué problema concreto habéis empezado? ¿Cuál es la pregunta que ahora mismo estáis tratando de responder?

—Veréis, don Diego. La pregunta que ahora mismo absorbe todas mis energías es: ¿Por qué hay seis planetas? ¿Por qué precisamente seis?

La pregunta me pareció completamente absurda, de igual modo que me pareció absurda su forma de afrontar la investigación. Él se preguntaba cómo habría hecho Dios el Universo para que él lo entendiera. No era ni siquiera conocer a Dios por su obra sino conocer su obra gracias a conocerle a Él. Este Kepler era un místico casi ciego con una bandada de pájaros en la cabeza y un maestro miedoso.

¡Pobre diablo! ¡Joven Kepler! Nunca llegará a nada.

JUAN DE HERRERA

Termina la narración de Diego y el autor recobra la suya.

—Eso es todo. Aquí estoy, hermana mía, querida mía, con la alegría de volver a encontrarte, curada del todo, mucho más guapa que entonces. Porque con tu nigérrima piel y las manchas curadas blanquecinas, el aspecto de tu cuerpo es exótico, aún más exótico que el que te dio tu raza gitana. Me recuerdas así, negra con manchas blancas, a un leopardo, a una leoparda, mejor.

»He vuelto al fin y al fin te hallo. No has muerto. Estás viva, vivísima, vivísima y coleando, escuchando mis aventuras científicas en las que tanto te debo a ti, que supiste meter la brújula en el agua. Aquí estoy después de dar la vuelta al mundo. Elcano lo hizo en tres años. Yo, en nueve veces más. De entonces, solo hay algunas personas cuyo recuerdo está unido al tuyo. Tú, la primera, por supuesto.

»También me acuerdo de Zujenia. ¿Qué habrá sido de ella? La imagino repudiada por los suyos... y repudiada por mí... Seguramente habrá muerto al borde de un camino... También he recordado mucho a aquel niño navarro, Jerónimo de Ayanz. Y me acuerdo de Arias Montano... A veces me viene a la memoria la tuerta, la Princesa de Éboli. En cambio, de Obis no tengo más que ásperos recuerdos. Ya sé que te ha tratado muy bien y que la vejez le ha humanizado algo, pero siempre será el viejo fatuo...

»Pues bien, mi viaje ha sido un éxito. Traigo la tarea acabada; el problema de las longitudes resuelto. A ver si el rey me recibe. Quizá no me reciba nunca. Tras el desastre de la Armada Invencible debe estar tan hundido como muchos de sus barcos. Este desastre ha debido de ser un golpe muy duro para él. Su carne vieja enmohecida y además mordida por la gota habrá sufrido su último golpe mortal. Se debe estar hundiendo Felipe II y se debe estar hundiendo con él el imperio más vasto y próspero que cantaron los libros de historia.

»No me podrá recibir nunca. Le tendré que contar lo que hice al señor don Juan de Herrera. ¡Ay, mi amado rey, ay Felipe, el segundo de su nombre, con lo malo que fue el primero! ¡Qué poco te mereces este final!

—Llaman. Es Obis. Vamos a cenar.

Obis, Uchur y Diego cenaron juntos. Al comienzo la tensión entre los tres era manifiesta y comían en silencio, cabizbajos, queriendo romper Uchur el aire congelado con palabras insípidas, aunque más adelante el mostagán encharcó los íntimos recelos. Decía Uchur:

—¿Crees, Obis, que el rey recibirá pronto a Diego?

—No será fácil. Está muy viejo y la guerra con los ingleses le ha debido doler más que la gota. Quizá, pollo, deberías pensar en hablar con Juan de Herrera. El rey delega en él todos los asuntos científicos.

—Dile a Diego cómo es Juan de Herrera. ¿Será fácil hablar con él?

—Juan de Herrera y yo somos uña y carne. Yo le diré que te reciba. Él y yo trabajamos codo con codo. Sabe que sin mi ayuda El Escorial se vendría abajo. El rey piensa, Herrera dibuja, yo calculo y Francisco de Montalbán ejecuta. Se dice que Herrera es el arquitecto de El Escorial, que es tanto como decir que es el arquitecto del imperio. Pero el Pisuerga lleva el agua y el Duero la fama. Y la fontanería que tanto se admira en El Escorial, necesita unos cálculos mínimos que yo tuve que hacer, sin los cuales todo este magnífico edificio sería una inmensa «necesaria», que así es como esta gente llama a las letrinas. Los atanores hubieran reventado. Mis cálculos fueron sencillos, al menos sencillos para mí, pero tenía que haber quien los hiciera.

¿Sería posible tamaña fanfarronada en un viejo que entonces ya tendría más de setenta años? (pensó Diego para sí). No parecía sino que él solito hubiera engendrado el arte del Renacimiento. Era cierto que Obis era un hombre genial pero su egolatría superaba con creces su genio.

—Me codeo con él —seguía Obis—. O él se codea conmigo... A mí me gusta más obrar que hablar y a él, podríamos decir, le gusta más obrar que callar. Nos necesitamos mutuamente.

Uchur y Diego compartieron una sonrisa maliciosa e indulgente. El viejo no mentía, pero exageraba. La exageración era su gramática. Había que multiplicar por cien lo que valía para obtener lo que decía valer. Solo le faltaba decir que el glorioso Juan de Herrera era poco menos que su aprendiz.

—¿Cómo es como persona? —Uchur hacía las preguntas que hubiera hecho Diego.

—Juan de Herrera es montañés, de un pueblo que se llama Mobellán. Es algo mayor que vosotros. Viajó con Felipe II en su famoso viaje como príncipe por Milán y Bruselas. Formaba parte de la Guardia Real y parece que su amistad con el rey le viene de entonces. Ya una vez aquí, le nombró criado real y le puso como ayudante de Juan Bautista de Toledo, primer arquitecto de El Escorial. Y luego, a mí me puso como el criado del criado del criado del rey, si metemos a Toledo en el extremo de la cadena. Y como último eslabón de la cadena yo era el que menos cobraba, pero no el que menos hacía.

—Por favor, padre, dinos cómo es Juan de Herrera...

—Ahora tiene el cargo de aposentador real.

—¿Qué es lo que tiene que hacer el aposentador real?

—Empezaré diciéndoos cuánto cobra. No os lo vais a creer. Yo nunca he visto un salario igual. ¿Queréis que os lo diga? Pues preparaos. Juan de Herrera cobra... ¡mil cien ducados anuales! Lo habéis oído bien, ¡mil cien ducados anuales! Y encima se queja.

—Pero, ¿qué tiene que hacer?

—El aposentador es un criado real que inventaron los Reyes Católicos. Cuando alguien inventa algo acude al aposentador, para que dé fe que él y no otro es el inventor. Además, lo estudia y si le parece bien, se lo presenta al rey. Si hay dinero, y si el aposentador lo aconseja, la Corona financia su construcción y disfruta de sus beneficios hasta que, pasados unos años convenidos, los beneficios son para el inventor. ¿Lo he dicho bien, pollo?

—Dinos de una vez cómo es Juan de Herrera que Diego se tendrá que marchar. El tiempo apremia.

—El tiempo ¿qué va a apremiar? ¿Cosas que ha hecho? La Lonja de Sevilla, la iglesia de Santo Domingo de la Calzada, que cantó la gallina después de asada...

—Por favor, padre...

—El archivo de Simancas, donde Felipe II guarda todos los documentos pasados y presentes para uso de historiadores presentes y futuros. ¡Gran ocurrencia! Sigo, sigo: el Alcázar de Toledo, la iglesia de Santa María de la Alhambra, la catedral de Valladolid… ¡Ah, Valladolid! Olía fatal. Acudimos yo y él a sanear los conductos y cloacas y bien que lo resolvimos. Hoy Valladolid huele como un vergel. La ciudad lo festejó con toques de campana…

»Ha hecho inventos: máquinas para cortar hierro, grúas para El Escorial, instaló la Fábrica de Moneda de Segovia… Lo que más se admira de él son los puentes, como la Puente Segoviana de Madrid y muchos otros. Suya es la construcción de una presa cerca de Aranjuez, la Mar de Ontígola, que se le llama.

»Acompañó a Felipe II cuando la coronación como rey de Portugal. Allí conocieron la Academia de Matemáticas de Lisboa y tanto les gustó que el rey decidió crear otra igual aquí: la Real Academia de Matemáticas de Madrid. Y se trajo como primer catedrático a un portugués: el famoso Joao Bautista de Lobo Labanha. ¡Magnífico cosmógrafo con quien tengo también el gusto de codearme!

»Pero el favor del rey crea muchos enemigos y muchos enemigos tiene Herrera. Así, por ejemplo, el famoso Pedro Juan de Lastanosa no le puede ni ver. Herrera le privó de sus funciones. Tampoco le puede ver Benito Arias Montano, el que ordenó la Biblioteca de El Escorial…

Esta enemistad entre Herrera y el fraile eremita de la Peña de Aracena, buen amigo suyo, incomodó a Diego que dio por supuesto que el causante de la enemistad era Herrera y no fray Benito.

—A mí, Juan —seguía el viejo fatuo más viejo y más fatuo— me quiere convencer de que me meta en sus historias místicas y herméticas que dice que vienen de las lecturas de un tal Ramón Llull y que a mí me parece que son pamplinas. Que si el cuadrado es estático, que si el círculo es dinámico… Y ha metido estas pamplinas en la cabeza del rey que también lee los libros de Llull.

—Me extraña, pues yo creía que el rey siempre tuvo un sano escepticismo con las ciencias herméticas —intervino, por fin, Diego.

Tras la cena, Obis, advirtiendo unas miradas bobaliconas que iban de Diego a Uchur y volvían de Uchur a Diego, dijo que se iba a dar una vuelta. Y Uchur y Diego, que habían decidido y jurado no volver a caer en la tentación, en ella misma cayeron otra vez. Y volvieron a entregarse en brazos de Afrodita. Diego volvió a conocer a la pantera que le arañó con sus garras y le mordisqueó con sus dientes.

Al día siguiente, Diego viajó a El Escorial, en busca de don Juan de Herrera, confiando en que ese fuera un paso para ser recibido por el rey.

A don Juan de Herrera, sus cincuenta y ocho otoños a la espalda no se la habían alabeado. Le habían, eso sí, despejado la frente extendiéndola hasta bien entrado el cráneo donde comenzaba un pelo ensortijado y blancuzco. Blancuzca también la barba, los ojos amables y la nariz seria. Herrera recibió a Diego con buena disposición, como pareciendo que no tuviera otra cosa que hacer.

—Sentaos, don Diego. El rey está muy interesado en el resultado de vuestro viaje, pero tiene poco tiempo y me ha confiado que os atienda.

—Probablemente tiene también el ánimo decaído... Supongo que la derrota de la Invencible le habrá abatido...

—No lo creáis. La derrota de la Invencible no ha derrotado su invencible voluntad. Pronto lo comprobaréis personalmente. Le veréis más viejo y más agotado, valga la doble interpretación de esta palabra, pero más terco, más firme, más clarividente, más seguro. Os diré qué es lo que más ocupa su mente ahora. Está reconstruyendo la Armada. A Felipe II no le doblega una derrota; al contrario, le dinamiza, le reaviva. Si no os recibe es cuestión de días, de pocos días. Si me pide que os escuche y estudie vuestros resultados es porque soy el aposentador y confía en mi criterio para apreciar la valía y el interés de todos los inventos. Pero él quiere veros, os aprecia y confía en los buenos resultados. Eso sí, preparaos para una buena reprimenda, habéis tardado demasiado.

—Sí, es completamente cierto. Pero por esos mundos de Dios se pierde la noción del tiempo y de la diligencia. Al volver he vuelto a sentir el paso del tiempo; del tiempo de los relojes del rey. También es cierto, y de ello no me quejo, que tampoco he recibido mi sueldo, salvo en algunas ocasiones. Y digo que no me quejo porque por esos mundos de Dios también se pierde la noción del dinero; el dinero de las arcas del Rey. Y también es cierto que he sufrido peligros de muerte, unos por la rabia de los indígenas, otros por la rabia de la naturaleza, otros por espías. Hasta europeos han atentado contra mi vida. De estos atentados poco me defendía mi misión científica, por muy firmada y sellada que estuviera la carta del rey, que me tenía que servir de salvoconducto.

Entonces entraron a discutir el propósito y los resultados del cosmógrafo aventurero. Empezó Diego por un planteamiento muy general:

—Mi trabajo se puede dividir en tres partes. Primero, ¿qué datos se pueden extraer de una simple brújula? Segundo, ¿se puede encontrar alguna fórmula para prever mediante la teoría los datos que salen de la brújula? Y tercero, ir comprobando la validez de las fórmulas en los distintos lugares de la Tierra, viajando a los lugares más extremos de ella. He recorrido todo el planeta midiendo la declinación magnética, por el método tradicional...

—Eso lo sabe hacer mucha gente.

—He medido la inclinación magnética, con la brújula vertical...

—No hace falta que me lo digáis. Ya sé que ese era vuestro objetivo.

—Y he medido la intensidad magnética, mediante un método que había inventado mi prima Uchur...

—¿Tenéis una prima con ese extraño nombre?

—Quise decir Catalina.

—¿Catalina, vuestra pariente, la azafata de doña Isabel Clara Eugenia?

—Así es.

—¿Doña Catalina es inventora?

—Así es.

Luego explicó que, con todas esas medidas, los datos de los exploradores, los mapas antiguos y las previsiones que él había previsto con su imagen de la Tierra como un enorme imán, había trazado nuevos mapas parciales que ahora habría que juntar, como se unen las teselas, para formar el gran mapamundi magnético, en muchas ocasiones enmendando los mapas antiguos en decenas de grados; en algunos casos encontrando anomalías que denotaban que el imán terrestre no era perfecto...

—El problema de las longitudes está resuelto. Con la altura de la polar y los tres valores aportados por la brújula se deduce la longitud geográfica mediante unas fórmulas que habrá que transmitir a los pilotos y que dan errores inferiores a un grado.

—Otra misión teníais, según me dijo el rey: Encontrar científicos, cosmógrafos, matemáticos y astrónomos que pudieran contribuir a la navegación, a la artillería y a la fábrica de edificios, una colección de científicos.

—Tengo que decir que esa lista está aún medio en mi cabeza medio en mi cuaderno, y que no solo contiene los nombres de científicos españoles cuya ciencia se pueda aplicar a los intereses de la Corona sino también de aquellos que se dedicaban simplemente a comprender el mundo y a encontrar las leyes que lo gobiernan. Algunos ya muertos incluí. La lista podría titularse algo así «Físicos, cosmógrafos, matemáticos e ingenieros ilustres en la España de Felipe II». Pero no está concluida. Aún me falta por hablar con algunos como Jerónimo Muñoz, Diego de Zúñiga y otros.

En ese «otros» estuvo a punto de mencionar a Pedro Juan de Lastanosa, pero se corrigió en el aire recordando que Herrera y Lastanosa eran enemigos declarados. Además ¡había olvidado incluir en la lista al propio Juan de Herrera!, por lo que sería esperable su malestar y su recomendación negativa a los inventos y resultados obtenidos después de tanto tiempo.

—Tanto habéis tardado y traéis la lista incompleta y os habéis apartado de lo que os pedía el rey...

—Estoy seguro que esta lista será de su agrado.

—No se os había pedido una lista agradable sino una lista útil. Bueno, a mí me parece bien, pero no sé lo que pensará don Felipe. Y sobre vuestra tardanza ¿qué se puede decir? La lentitud es la gran virtud de los sabios, pero una cosa es la lentitud y otra la pereza. Y más allá de la pereza está la ociosidad. Aunque la lista no esté completa tendré que examinarla. Además, según decís, vuestros resultados sobre la longitud... todo está en vuestro cuaderno. He de estudiar detenidamente todo esto. Entregadme el cuaderno. Debo presentar al rey un análisis profundo de vuestros hallazgos. Las arcas de la Corona no tienen más que telarañas, pero intercederé ante el rey para que se os pague una cantidad que recompense vuestra lealtad y trabajo.

Entre halagos escasos y reproches varios, el gran arquitecto exigió:

—¡Entregadme el cuaderno!

Ante esa exigencia, Diego permaneció inmóvil, no atreviéndose ni a negarse ni a dárselo. Al ver Herrera a Diego inmudable y mudo, suavizó su orden.

—Entregadme el cuaderno. Veré qué puedo hacer.

Diego siguió en su postura inmóvil por indecisa, hasta que se decidió.

—No.

—¿Cómo decís? Después de tan largo viaje ¿queréis guardaros los resultados para vos?

—Preferiría entregárselos yo al rey personalmente.

—En cuanto se los deis, él me los dará a mí. Dejaos de suspicacias. El rey está convaleciente.

—No.

—Soy el aposentador real. A mis manos acabará llegando vuestro invento, vuestras fórmulas, y vuestros mapas.

—Si el rey os lo da, no diré nada. Pero yo se lo daré al rey. El rey me lo pidió, al rey se lo entregaré.

Diego se fue con el cuaderno, algo nervioso y, a la vez, algo satisfecho y algo arrepentido. Es que no se fiaba de Herrera. Es que no le conocía de nada. Es que era un enemigo de su amigo. Es que le habían dicho que su intervención en El Escorial no había sido tanta como era reconocida por toda Europa. Es que le veía altanero y autoritario...

Pero luego le venían los pensamientos en la otra dirección. Es que tenía toda la confianza del rey. Es que era el Aposentador Real; por algo sería. Es que el rey triste y enfermo habría tenido que delegar en alguien cada tipo de asunto. Es que desconfiar de Herrera era como desconfiar del rey. Es que el enfado de Herrera podía provocar el del rey...

El caso es que aquel cuaderno le había acompañado durante veintisiete años y había sido parte de su piel, desde que tuvo aquel desagradable incidente con Susana y Laredo. Y entregárselo a un desconocido habría sido superior a sus fuerzas. Seguramente don Juan le tomaría ojeriza, quizá no volviera a ver un maravedí por su terquedad, pero... en fin... hecho estaba.

La princesa Isabel Clara Eugenia se trasladó a El Escorial a acompañar a su padre y con ella sus damas y entre ellas Uchur. Diego se trasladó también esperando la llamada del rey y Obis decía que tenía que atender a Herrera. En realidad, aquel verano ya estaba casi toda la Corte en El Escorial, lugar más fresco que el tórrido Madrid, sobre todo teniendo en cuenta que aquel verano estaba siendo especialmente caluroso, tan caluroso que ya habían muerto algunos enfermos y cuantiosas reses. El Escorial era más fresco, pero, aun así, ni los más viejos del lugar recordaban estío tan insufrible.

Obis y Catalina dormían en el Monasterio, pero Diego tuvo que buscar una posada. En el Palacio se volvieron a juntar porque Diego quería contarles su conversación con Herrera y la inquietud que le aguijoneaba desde entonces. Se había negado a entregar su cuaderno al gran don Juan de Herrera, el gran brazo derecho de Felipe II en asuntos de ciencia, el omnipotente aposentador.

—Mucha gente no tiene buena opinión de Herrera, incluso algunos le odian, pero no le creo capaz de felonía semejante. Yo hablaré con él, primero tratando de averiguar cuál es la opinión que se ha formado del pollo y luego, si es necesario, enderezarla.

—Si él es el aposentador, debería de testificar por escrito que el invento es tuyo y, si lo viera conveniente, como así ha de ser, debería solicitar al rey que se te pague por el invento durante un período de tiempo estipulado —opinaba Uchur—. Pero si no puede estudiar tu invento, mal puede hacer todo esto. Claro que veo que tienes el temor de que se apropie del cuaderno y de los mapas. Entonces... ¡hagamos una copia!

—Eso llevaría tiempo; demasiado tiempo.

—Yo podría hacer la copia de los datos, de la teoría de la Tierra-imán, de las previsiones que hace esta teoría, de las anomalías magnéticas... Solo hay una persona en España que escriba con letra tan menuda como tú; y esa soy yo.

—Pero ¿y los mapas?

Intervino Obis:

—Te aseguro, pollo, que puedo hacerlo yo tan bien que no podrás decir cuál es la copia mía y cuál el original tuyo. Y, además, podré encargarme de la teselación, de juntar todos estos mapas para fabricar uno solo y grande: el mapamundi.

—Eso ya no correría tanta prisa. Pero no es tan fácil. Habría que hacerlo con la proyección de Mercator.

—Yo lo sé hacer.

—Pero, ¿conoces el trabajo de Mercator?

—Pues claro, pollo.

Pero Diego y Uchur lo dudaron. Aunque Diego pensó que en cuanto cogiera la idea de esta proyección, lo haría sin problemas. Su inculto conocimiento de las matemáticas era portentoso.

—Así —se enardecía Uchur— se le haría firmar a Herrera que se le entregaba un trabajo y se le mostraba una copia que era absolutamente fiel. Se le obligaría a testificarlo con su firma. Por otra parte, el cuaderno negro y los mapas tienen feísimo aspecto, después de tantas leguas y tantos años. La copia quedará más limpia y legible. Más bien sería la copia la que le entregarías y te quedarías con el original sellado.

—Yo también me encargo de convencer a Herrera de que confirme la fidelidad… del original. ¡Ja, ja, ja! Ya me entendéis. Con que, ea, todos a trabajar…

—Voy a comprar unas velas —corrió Uchur hacia la puerta—. Por desgracia ahora las noches son muy cortas.

Volvió Uchur con unas palmatorias y Diego juzgó prudente presentarse en el Palacio de El Escorial. El rey se enteraría de que él andaba por allí, esperando ser recibido.

Al quedarse solos padre e hija, y al hojear el primero el cuaderno de Diego, no pudo menos de exclamar:

—¡Qué hermosas fórmulas! Son tan hermosas que ni un hijo mío las hubiera compuesto mejor…

Ante lo cual, Uchur guardó un silencio semejante al que debe haber en los espacios siderales.

Diego recorría todas las crujías y todas las salas de El Escorial, maravillado por aquella obra singular, representativa de todo el imperio. Su lugar favorito era la biblioteca, pero también se perdía por las valiosas colecciones de todo tipo que se exhibían en diversos lugares. También visitaba regularmente la pinacoteca con valiosos cuadros, donde se detenía a contemplar los cuadros de El Bosco, de Tiziano, de Sánchez Coello y… ¿cómo no? de Himilce Solferino. Lo que no había eran cuadros de El Greco por ser pintor que no contaba con el entendimiento del rey. Tampoco se colgaban cuadros eróticos, seguramente seguían arrumbados en alguna galería subterránea. También llamaba mucho su atención la colección de reliquias y esqueletos, que mostraba solo algunas de las más importantes piezas con letreros que informaban del santo que lo había llevado puesto. Como él conocía la cantidad de esqueletos, porque lo había visto en los sótanos de Madrid, sospechaba que había muchos otros sacrosantos huesos esperando su hueco en la galería donde se exhibían. ¿Dónde estaba el ejército de esqueletos de vírgenes, mártires, apóstoles, confesores y, en fin, todos aquellos héroes del cristianismo que el rey poseía?

Junto a la galería de las reliquias había una puerta que descendía a un sótano y le pareció verosímil que aquellas empinadas escaleras conducían al sótano donde los esqueletos de santos un poco menos virtuosos reposaban en el limbo real esperando ser sacados a la luz para recordarnos la fugacidad de la vida. Y, efectivamente, Diego, con una pequeña vela encendida descendió al oculto limbo y se encontró con los esqueletos y trozos de esqueletos por clasificar, amontonados como en Madrid, sin orden ni concierto.

Diego conocía la excentricidad de Felipe II de coleccionar huesos de santos y bien sabía que los muertos estaban bien muertos, pero los latidos de su corazón eran tan sonoros que temía despertar a aquellos huesos del sueño eterno. A la luz de una vela los muertos cobran vida y sus huesudas manos se acercan para asirnos y llevarnos con ellos. Allí, en aquel sepulcro inmenso, podría haber descrito Dante su infierno. Allí los santos elevados a los altares se vestían con telas de araña. Los muertos se reían unos de otros y se reían de Diego.

Apaciguado su pasible corazón se encontró en paz con la muerte. En una silla polvorienta y vieja se había aposentado una calavera. Como ya hiciera en otra ocasión, Diego la colocó mansamente en el suelo, no fuera a ser que perteneciera a algún santísimo obispo, y se sentó en la silla. La sensación de muerte era tan completa que, por vivir la muerte de forma aún más viva, sentado en la silla con la vela mortecina...

...apagó la vela.

EL VIEJO FELIPE II

Era inevitable que Herrera y Diego se encontraran, por grande que fuera el Monasterio. El supremo arquitecto le saludó con frases adustas que al modesto cosmógrafo le parecieron incluso despectivas. Este le iba a proponer la estrategia de la familia, de entregarle solo una copia y haciendo sellar y firmar el original, pero Herrera le comunicó algo que podía ser mucho más seguro. Le comunicó que el rey le recibiría al día siguiente después de la misa. Si el rey era testigo sobraban las desconfianzas. Eso sí, tenía que prepararse bien para que sus explicaciones, sus mapas, sus ideas, fueran convincentes. Corrió entusiasmado a ver a Uchur y a Obis, que ya tenían la copia hecha, tan fiel como la copia de la espada Tizona.

Al día siguiente, Diego fue recibido en real audiencia estando también presente don Juan de Herrera. El rey se ayudaba en su movimiento de una silla articulada, con varias palancas que llevaban a varias posiciones, una auténtica maravilla de la ingeniería. Hierros, varillas, engranajes, sucedían a unos picaportes que el rey accionaba con pericia. Físicamente, estaba postrado por la gota y aquel ingenio, medio silla medio autómata, le servían para todo menos para aliviarle el dolor. «Está viejo», pensó Diego. «Así debo parecerle yo; somos más o menos de la misma edad». Su cara cerúlea tenía el mismo color ceniciento de su cabello y barba. Había poca energía en sus brazos y manos y en su sonrisa. Pero no en los ojos. Los ojos tenían la resolución, la firmeza de siempre. Eran los ojos de su querido emperador. En la sonrisa flácida de don Felipe se manifestaba una alegría de volver a verle, una pizca de amistad, la pizca que puede concederse un soberano. A Diego le pareció ver en la sonrisa y en la mirada del rey algo de amor.

Y tan adentro le llegó a Diego la alegría del rey al verle, que se arrodilló a sus pies con un par de lagrimones remedando su postración llorosa a la pecadora María Magdalena.

—Alzaos, mi querido don Diego, alzaos. Ya sabéis que no me gusta que la gente se arrodille ante mí. Querido don Diego, no os quiero ver a mis pies sino en mis brazos.

Y se abrazaron. El abrazo no fue muy fuerte. Felipe II no apretó porque no tenía energía. Diego no apretó para no romper las costillas de su débil monarca. Pero fue un abrazo sincero, inolvidable, casi diría que digno de las crónicas.

—Señor, cómo me gustaría que parte de vuestra gota me fuera traspasada mí.

—Esta enfermedad es una osada. Cree que podrá conmigo. ¡Apañada está si se lo cree! Puede con mis miembros, pero de las lechuguillas para arriba no pasa.

—También siento tanto lo de la Armada Invencible que comprendería si os viera triste, pero la verdad es que no os veo triste.

—No estoy triste, no. Algún tonto se cree que el fin de la armada es mi fin. Y no es así. Lo único en común que tenemos la armada y yo es... la mala pata.

Diego rio de buena gana. Tenía ganas de reír y aprovechó el chiste. Hasta el sombrío don Juan aplaudió con luminosa sonrisa la ocurrencia del rey.

—Estoy preparando otra armada, más grande, con naves mejores construidas en nuestros astilleros de Cantabria y Vizcaya, con pilotos más instruidos y, si os dais prisa, con mejores instrumentos de navegar.

—Señor, ya sé que no me he dado mucha prisa en el viaje.

—Es verdad, es verdad, pero no os apuréis, que más vale llegar tarde y sabio que no pronto y zafio. El imperio es muy grande.

—Es muy grande y lleno de indígenas muy diferentes a nosotros, pero hay algo que me alegra comunicaros. He atravesado y he recorrido todos los meridianos y nuestro idioma castellano me ha bastado.

La conversación fue amena antes de que llegara el momento de hablar de ciencia. Diego lo había preparado todo. Venía con sus toscos, pero efectivos instrumentos que allí puso en acción como si de una lección de cátedra se tratara.

Luego Diego quiso explicar a don Felipe todo sobre los resultados. Pero don Felipe le contuvo y le impidió empezar:

—Don Diego, hay grandes problemas que me ocupan la mente por completo. No puedo oíros hoy. No os voy a oír hoy precisamente porque quiero oíros con calma, sin límite de tiempo. Lo dejaremos para otro día. Yo os avisaré.

Pidió a Diego que diera sus resultados y mapas a Herrera, lo que hizo entonces Diego sin ningún tipo de recelo y Herrera los recibió con una franca sonrisa.

—Faltan dos cosas —recordó Diego al salir—. Hay que superponer y juntar los mapas parciales para elaborar el gran mapamundi magnético.

—Lo cual no es fácil pues la Tierra no es plana... —comentó el rey.

—Lo sé, pero estamos en ello. Y también falta la lista de los científicos españoles en vuestro reinado.

—Bienvenida será. Ya me avisó don Juan que no os habíais ajustado a lo que os pedí, pero vuestra lista es muy interesante y también será útil.

—Todo no me llevará mucho tiempo.

—Os temo cuando decís que no llevará mucho tiempo —bromeó don Felipe—. El doctor Francisco Hernández y vos os habéis retrasado casi lo mismo. A él le pedí una descripción de todas las plantas medicinales del Nuevo Mundo. Volvió tarde, pero con un maravilloso libro en varios tomos que será la base de la farmacia del mundo. Y vos tardasteis otro tanto, pero con el gran mapamundi del imperio.

»Sin embargo, don Diego, la entrevista de hoy con vos me deja muchos puntos oscuros, debido a que hay en mi cabeza preocupaciones profundas que me absorben todo mi seso. Hoy quería veros, especialmente, para que me entregarais vuestro famoso cuaderno negro. De vuestras manos lo he recibido y se lo he dado a don Juan que tiene toda mi confianza. Pero hoy no puedo tener lista la cabeza para hablar de cosmografía. Creo que esta situación de alerta durará poco y volveremos a hablar con más calma, espero que dentro de poco. Para entonces, yo tendré más tiempo y más cuidado; don Juan la habrá evaluado cuidadosamente y vos podréis acabar el mapa y la lista. Os llamaré y pienso dedicaros un día completo o lo que sea menester.

Se volvieron a abrazar y Diego salió de la sala con grandes saltos como si los veintisiete años pateando el mundo no hubieran castigado sus piernas.

JUAN BAUTISTA LABAÑA

¡La Academia Real de Matemáticas! La gran casa de la ciencia creada por un monarca que no comprendía las matemáticas, pero comprendía su valor. La Casa de Contratación de Sevilla, las universidades, sobre todo las de Salamanca, Valladolid, Alcalá y Valencia y otras academias como las de Barcelona y Burgos para la formación de artilleros, ya cumplían con la misión de la enseñanza de las matemáticas, pero debía haber otro gran centro, otra institución real de mayor alcance, especializada en cosmografía, navegación, geometría, arquitectura, maquinaria, fortificación, artillería, etc. Diego tenía que visitar la Academia Real de Matemáticas obligatoriamente.

Además del interés obvio de esta visita, Diego tenía la escondida esperanza de convertirse en Cosmógrafo Mayor en la Academia, o bien ocupar su Cátedra de Cosmografía y Navegación.

Allá que se fue, a la casa de la Academia, situada entonces junto a la puerta de Balnadú. Y allí que fue recibido con gran atención por su máximo responsable: el insigne cosmógrafo portugués Juan Bautista de Labaña, si ha de castellanizarse su nombre. Tras una primera conversación en la que ambos, Labaña y Granada, expusieron sus logros, sus intereses y sus deseos, el portugués presentó al granadino a otros dos catedráticos: Pedro Antonio de Ondériz y Juan Arias de Loyola. Y le presentó a dos mancebos, jóvenes deseosos de dedicarse a la matemática, estando allí en trance de formación. Tenían un pequeño sueldo de cien ducados, para cubrir sus necesidades básicas, cantidad nada despreciable si se tiene en cuenta que su labor era simplemente aprender.

Luego, ambos cosmógrafos se retiraron a la sala de Labaña donde hablaron animadamente.

—Felipe II creó esta Academia en Madrid a semejanza de la Academia de Matemáticas de Lisboa, por consejo de Juan de Herrera, quien desde su creación es su máximo responsable, como sabéis. Herrera estableció sus propósitos, elaboró su reglamento y ahora vela y cela por su cumplimiento. Las enseñanzas son en castellano y no en latín, es libre y gratuita y aunque fue creada para los nobles españoles jóvenes, hoy acuden estudiosos sin rango nobiliario, así como otros venidos de todos los reinos de Europa. La idea era que la enseñanza fuera esencialmente práctica, pero ya veis, yo explico ahora los Elementos de Euclides, tratados con todo rigor matemático.

»Estoy muy feliz en Madrid, pero… me han ofrecido que vuelva a Portugal, con el cargo de Cosmógrafo Mayor de Portugal… La oferta es tentadora… Me lo estoy pensando.

Diego aguzó las orejas ante esta noticia y abiertamente le planteó su deseo de sustituirle en su labor al frente de la Academia Real de Madrid.

—Yo sería un aspirante a ocupar este puesto si vos lo dejáis libre. Aunque ¿sabéis quiénes podrían ser los otros aspirantes?

—De antemano os diré que yo tendría muy poca influencia en la designación de mi sucesor. Dejadme pensar en alta voz. Desde luego, vos seríais un buen candidato. Habéis hecho una gran labor y gozáis del favor del rey y de Herrera…

»Otro excelente candidato es quien os acabo de presentar: Pedro Ambrosio de Ondériz, que ya es matemático de la Academia y es también criado real. Ha traducido gran número de libros para uso de los estudiantes y ha escrito algunos propios de gran interés para los estudiantes, así como el «Uso de los Globos» o el «Perspectiva y espuculiaria». Es hombre que tiene toda mi confianza, gusto y justo es decirlo.

»Y excelente candidato sería Andrés García de Céspedes. Es el matemático de entre nosotros con mayor nombradía en el extranjero y bien merecido lo tiene. Tiene toda mi admiración, aunque no sé si tiene toda la de Herrera. Tampoco sé si está interesado en volver a España. Es curioso: yo soy portugués y enseño matemáticas en España; él es español y enseña matemáticas en Portugal. Él es burgalés, de un pueblo del valle de Tobalina.

»Claro que ya es lo mismo: un español en Portugal o un portugués en España… Ya da igual, porque, definitivamente, España y Portugal se han unido, quiera Dios que para siempre. Tenemos casi la misma historia, hablamos casi la misma lengua, tenemos casi el mismo Dios… somos casi iguales.

¡Bendita unidad! Hasta la gran hazaña de este siglo, la circunvalación del Mundo fue obra común de Magallanes y Elcano, un portugués y un español. Permanezcamos unidos y celebremos esta unión. ¿No sois de la misma opinión, don Diego?

—Desde luego que sí. España y Portugal, otra vez unidos, como ya estuvimos en tiempos de los romanos y de los godos. ¡Ojalá las caprichosas sendas del destino se mantengan siempre paralelas!

Diego tenía entre sus cejas la ambición de suceder a Labaña y, al notar que había puesto más énfasis en García de Céspedes que en Ondériz, queriendo conocer en qué aguas nadaba, preguntó con cierta astucia.

—No conozco a García de Céspedes pues acabo de llegar. ¿Podríais decirme cuáles de sus muchos logros son los que vos destacaríais?

—Muchos son sus méritos, en efecto; tantos que no sabría por dónde empezar. Felipe II se le llevó a Portugal cuando la invasión, invasión sin una gota de sangre, porque fue más bien un encuentro de acogida solemne... como sabéis. Y allí se quedó al servicio del Archiduque Alberto. Hay un mérito como matemático, de entre otros muchos que tiene, que a mí me causa hasta verdadero deleite. Como bien sabéis seguramente, Tartaglia dijo que el movimiento de un proyectil consistía en un tramo recto de subida, una porción de circunferencia en la parte superior de la trayectoria y un tramo final recto de caída.

»Pues bien: Céspedes lo niega y dice que la trayectoria de un proyectil es una parábola.

—¡Oh! Encontré a un jovenzuelo italiano, de nombre Galileo, que sostenía esto mismo.

—¿Lo tiene publicado este italiano?

—No aún. No tiene publicaciones; es muy joven.

—Pues Céspedes, sí. Lo tiene publicado y hace ya bastante tiempo. A él le corresponde la autoría del hallazgo y que su nombre sea el del primer inventor de este hallazgo.

—Pero Céspedes ¿lo ha intuido o lo ha demostrado?

—Lo ha demostrado. Os diré cómo llegó a la idea. Céspedes estudió en Salamanca y allí tuvo dos geniales maestros: Juan de Celaya y Domingo Soto. Juan de Celaya le enseñó que un cuerpo al que no se le aplica una fuerza seguirá siempre con el mismo movimiento, con velocidad constante. Y Domingo Soto le enseñó que los graves tienen una velocidad de caída proporcional al tiempo, que es como decir que proporcional al espacio al cuadrado. Céspedes no tenía más que unir estas dos enseñanzas. En la horizontal, el móvil tenía que atender a lo dicho por Juan de Celaya. En la vertical tenía que atender a lo dicho por Domingo Soto. Juntad ambos movimientos y os saldrá, con las más sencillas operaciones matemáticas, una parábola. Esta conclusión tenía forzosamente que salir de Salamanca. Dejad que os lo explique sobre un papel…

—No hace falta, no hace falta… No sigáis… Las buenas ideas se captan pronto, no necesitan empujón… A buen entendedor…

—Pocas palabras bastan —rio Labaña.

—El razonamiento de Galileo era muy parecido.

El portugués tenía un buen conocimiento de la matemática en España.

—¿Sabéis de alguno de nuestros matemáticos, español o portugués, ibero, en una palabra, que se haya interesado por las posibilidades de la brújula?

—Como vos y como Santa Cruz, quizá no tanto. Hay un joven matemático por aquí, que viene con frecuencia a la Academia e imparte algunas lecciones. Es una lumbrera, ciertamente. Se llama Juan Cedillo Díaz. Os interesará conocerle. O a él le interesará conoceros a vos. Está convencido de que Copérnico tiene razón y difunde por aquí las ideas del polaco.

—Yo también estoy convencido completamente de que la Tierra da vueltas alrededor del Sol. Pero quizá tampoco el Sol está quieto. Esta era la opinión de un filósofo místico que conocí en Roma. Giordano Bruno se llamaba.

—Está bien que podamos hablar de heliocentrismo o geocentrismo sin miedo a ser acusados y castigados. En este país, Iberia, hay libertad para ello. En Italia o Alemania tendríamos que cerrar bien puertas y ventanas para no ser escuchados por los supuestos defensores de la ortodoxia…

LA CÁRCEL DE LA PRINCESA DE ÉBOLI

Llevaba la lista de científicos muy atrasada y, desde que él había estado fuera, habrían surgido nuevos cosmógrafos y matemáticos. Podría haber nombres de los que ni hubiera oído hablar pero que, aun siendo jóvenes, podrían aportar sus conocimientos a los intereses del rey. Decidió viajar a Salamanca, cuna de sabios. Allí conocería además al célebre Jerónimo Muñoz y podría visitar a su viejo amigo fray Luis de León. Así que preparó su mula y sus albardas y se preparó para hacer una nueva visita a Salamanca. Pero la mula terca se empeñó en tomar la dirección justamente contraria. La mula no quería ir a Salamanca sino a Pastrana.

Y es que cuando Diego supo que la princesa de Éboli estaba encarcelada en su propia mansión en Pastrana, se sorprendió mucho y quiso indagar por qué. Las relaciones entre Ana de Mendoza y él mismo siempre fueron cordiales y libres de toda sospecha de amoríos. Siempre tenía presente, es cierto, el recuerdo de cuando, subrepticiamente y sin recato ni permiso, atisbó cómo la princesa posaba para el pincel de Himilce, sin más indumentaria que el parche de su ojo misterioso y un velo que más que velar ofrecía sus más íntimas hermosuras. Pero nunca aspiró a nada con doña Ana porque sus amantes debían ser, al menos, más poderosos que el emperador de la Tierra.

¿Cómo dama tan principal podría haber sido encarcelada? ¿Cuál podría haber sido pecado tan grande para derribar tan ilustre pecadora? Las noticias que le daban no podían ser más oscuras. Antonio Pérez, secretario de Felipe II, había matado a un tal Escobedo, secretario de don Juan de Austria. Nadie lograba explicarle por qué de una forma que pareciera la verdad. Don Juan, aunque tenía sus ambiciones, siempre fue fiel a su hermanastro. Todos los que le hablaron del asesinato de Escobedo, coincidían en que la princesa de Éboli y Antonio Pérez eran amantes, sin que nadie se rasgara las vestiduras porque su marido había muerto por entonces y el rey la detestaba. Pero no se entendía. Era un drama en el que todos coincidían en quiénes eran los autores, pero nadie sabía el argumento. Antonio Pérez, la princesa, Escobedo, don Juan, el rey… Una traición de quien nunca fue traidor, un asesinato sin motivo, la amante del asesino más encarcelada que el asesino… Decidió entonces ir a Pastrana y visitar a doña Ana de Mendoza, la princesa de Éboli, la hermosísima tuerta.

Llegó a Pastrana, pero no estaba permitido visitarla, como era de esperar. Dos guardianes permanentemente custodiaban la casa de la ilustre dama que había descendido de palacete a mazmorra. Estaba recluida en sus propias habitaciones cerradas a cal y canto, confinada de forma cruel, presidiaria en su propia alcoba, sin que nadie supiera a ciencia cierta qué culpas expiaba.

Los mismos guardianes le informaron que no solo nadie podía verla, sino que además ella no quería ver a nadie. Intentó sobornarles, pero sin éxito. Tras algunos variados intentos una mujeruca que la atendía se apiadó de él, o más bien se apiadó de ella, y le permitió acceder a la prisión hogareña, por unas puertas y pasadizos enterrados del antiguo palacio, sin uso a la sazón.

El palacio era una ruina, abandonado al tiempo y la desidia. Tras atravesar algunas habitaciones muertas, con cuevas de ratones que por allí deambulaban despreocupados, llegó Diego ante doña Ana.

En cuanto ella le vio se abalanzó hacia él hecha una ménade arrojándole varios objetos que a su alcance encontró, entre ellos platos con sobras de comidas con semanas de putrefacción. De haber tenido más tino hubiera sido la escena más propia de una fácil comedia que del drama que allí transcurría día tras día. Pero después del reinado de Momo, divinidad griega del escarnio y de la burla, el vendaval se molificó y la princesa, con voz inesperadamente grave, le recriminó:

—¿Por qué venís? ¿Os envía el mendocino de Felipe?

La princesa estaba irreconocible. Tenía un ojo rojo; el otro, ya se sabe que negro, los pelos desordenados y sucios como los de una orate. Su espléndida belleza de antaño se había convertido en triste caromomia. Miraba a Diego de soslayo con desconfiada misandria. Su vestido —roto, sucio— daba la impresión que era su único vestido, con el que dormía y vivía sin recambio. Era una mujer mugrienta y fea.

—No, don Felipe no sabe que estoy aquí. Quizá me lo hubiera prohibido. Seguramente.

—¿A qué venís? ¿A verme fea, loca y consumida por el rencor?

—He venido a veros. Ni sé por qué estáis aquí ni vengo a preguntároslo. He venido en nombre de una lejana amistad.

Ella hundió la cara en su regazo, confundiéndose brazos y piernas.

—¿Sabéis algo de Antonio Pérez?

—Sé que está preso, pero no tan incomunicado como vos.

Ella se tendió en el suelo boca arriba y con los brazos en cruz.

—Ya me veis, si a eso habéis venido. Me encerraron en Pinto. Me encerraron en Santorcaz. Me encerraron en mi casa, condenada yo y condenadas mis ventanas... Me acusaron de traición. ¿Oís las habladurías y las coplas sobre mí? Todas tienen algo de verdad.... Dicen que tuve hijos del mendocino... Ya os lo confieso yo, sin que me lo preguntéis: solo mi hijo Rodrigo es hijo del mendocino.

—¿Coplas?

—Con coplas me despiertan los vecinos. No son coplas piadosas, os lo aseguro... Hacen rimas con injuria y lujuria, puerca con tuerta, bulo con culo, astuta con... váyase a saber con qué... Son coplas soeces, pero... al fin y al cabo... Son la única prueba para mí de que el mundo sigue existiendo ahí fuera... Las escucho como mi única consolación... Yo nunca fui lasciva... aunque mi pecado fue más abominable: aproveché la belleza para el poder... Y me quedé sin lo uno y sin lo otro... (risas de loca). Quise meterme a monja... pero la fundadora de la orden, la que se hace llamar Teresa de Jesús... me rechazó por orgullosa... ¡Claro que era orgullosa! Pero, anda que ella, ¡mucho más! Yo con razón... ella... (risas de loca). Luego encapriché a Antonio Pérez... el que tenía poder sobre el hombre más poderoso... Este amor tan falso como mío irritó a Felipe... Le desquició... Y Antonio Pérez era el hombre más falso... más falso que mi amor... más falso que el suyo... traicionó a su rey y yo le seguí... Quise gobernar el mundo... y estuve a punto de conseguirlo... Tres veces... Con mi esposo, con el rey y con su poderoso secretario... Pero ahora gobierna esa pobre mujer que atiende a la mujer pau-

pérrima que soy… Solo una mujer tan sucia podría resistir mi suciedad… ¿quién de las dos es más fea? Decidme, Diego.
Sus palabras no tenían ni tino ni destino. Su ojo rojo se enrojecía más y más como si toda su poca sangre se agolpara en aquel simple ojo, otrora el ojo que hiciera enloquecer a tantos hombres, entre ellos al gran Felipe II, aunque el rey pronto se diera cuenta de la avaricia que escondía aquella blanca y hermosa piel. Sus uñas convertidas en negruzcas garras arañaban el aire del que parecían salir chirridos espeluznantes. Sus risas de loca como graznidos de pajarracos asustados no encontraban su lugar y se repetían en ecos sin fin entre las paredes descuidadas. Pávido y pasible, Diego reculaba, pero se le hacía pequeña aquella espaciosa sala:
—Doña Ana…
—Apead el «doña» y sustituidlo por «Marr» (risas de loca). Trocad el «vuestra merced» por el «vuestra mierdez» y habréis encontrado el tratamiento cabal que me corresponde…
Diego, de pronto, vio arrumbado aquel magnífico cuadro de la princesa semidesnuda. Las arañas habían tapado con sus geométricas cortinas sus menudos e inquietantes senos y la blancura de aquel cuerpo sublime estaba ennegrecida por la pátina del tiempo y de la grasa nauseabunda.
—¿Dónde está aquel cuadro… que os pintó doña Himilce?
Doña Ana pasó rápidamente por diferentes reacciones: interrogación, concentración, asombro, vergüenza, recato, ira, desconsuelo, pasividad, despreocupación…
—Con ese cuadro quise retener y prolongar el amor de Felipe… Felipe, el mendocino.
—¿Por qué llamáis al rey mendocino?
—Tenéis razón. Yo soy la mendocina. La Mendoza… mendocina.
Estalló en una risa atroz que parecía provenir de una docena de mujeres escapadas del infierno.
—Aquel retrato no sirvió para nada… —dejó caer los brazos la bella convertida en bestia desconsolada.
—Quisiera comprarlo…
—Lleváoslo gratis. El dinero no me sirve para nada.
—¿Y si Antonio Pérez se escapara?
—Antonio Pérez se escapará… O le dejarán escapar; le temen porque sabe demasiado… Sabrá incluso hablar después de muerto… Pero nunca vendrá a por mí… Tampoco mis hijos vendrán a por mí… Tengo nueve… no estoy segura… Llevaos el cuadro…

—¿Puedo hacer algo por vos?

—Sí... Idos... Idos con Dios que aquí me quedo yo con el Diablo. Aquí me quedo con mi pobreza, mi soledad, mis agrios recuerdos, mi fealdad y mis dolores...

Y sin reparo alguno hizo una inesperada confesión:

—Estuve a punto de amaros... pero no me servíais... erais humilde... eso debí hacer... eso es lo que debí hacer: amaros... Ahora... idos.

—Adiós doña Ana.

—Decid más bien roña Ana.

—Adiós princesa de Éboli.

—Decid más bien pringosa de Éboli.

Una manta vieja tapó la insolente desnudez de aquel vestigio de la mujer más hermosa del mundo. Mal tapó a destiempo lo que antaño estuvo tan bien destapado. Diego se fue con el cuadro envuelto en la manta vieja. Descendió por la grandiosa escalera, musitando entre dientes:

—Yo también estuve a punto de amaros...

De Pastrana se fue Diego a Salamanca. En mitad del camino estaba Madrid. Allí haría una parada obligada, aunque solo fuera por depositar el voluminoso cuadro que, si bien su volumen no era mucho sí lo era su superficie de dos varas de largo y una de alto. Era incómodo viajar con el cuadro, no solo por sus dimensiones sino, especialmente, por lo embarazoso de su contenido. El mejor sitio para depositarlo, donde el cuadro podría permanecer sin llamar la atención, era precisamente la casa de Uchur y Obis.

A Madrid le llamaba el amor, pero el amor le llamaba al temor. Allí estaba su querida hermanastra, demasiado querida, pocas veces amada, aunque estos actos habían estado sospechosamente demonizados por la posible sacrílega pasión incestuosa. No solo mediaba un incompleto arrepentimiento sino la amenaza del olfato de la Santa Inquisición. Una vez más se decía que había que poner fin a esa relación que no habría de conducir más que al dolor y al escarnio. Se temía a sí mismo pues la atracción sexual hacia su hermanastra era tan encendida que no sabía si podría ponerle freno. Pero había que encontrar ese freno, fuera como fuera, había que evitar que Uchur, salida de su espantosa enfermedad, volviera a encontrarse con el sufrimiento acosada por el escándalo y la recusación. Se decía esto para sí, pero por un oído le entraba y por otro le salía.

Habían yacido juntos pocas veces, pero tan intensas que llenaban sus vidas. Pero era la hora de rechazarlo y ocultarlo. Ocultar aquellos encuentros de placer en que ambos habían encontrado el placer de lo oculto. Diego tiraba de las riendas de la mula, pero la mula iba cada vez más deprisa. Recordó aquel refrán que tenía toda la clarividencia de los refranes: «Puta me ha de hacer esta mula que me lleva a los pastores; y guiábala ella».

Pero no. Había que enderezar la dirección malsana. Seguramente, Uchur estaría también adoptando esa misma resolución y ella tenía miles de toneles más de voluntad que la suya, liviana y quebradiza. Ni ella ni él eran creyentes encogidos, pero la ley y la difamación podrían acabar con ellos. ¡No y no! Nunca más pasaría. Ambos lo tenían absolutamente claro. Nunca más volverían a aquellos encuentros de pasión sublime. Volverían a los abrazos de hermanos, aunque ¿se habían abrazado como hermanos alguna vez? ¿Incluso cuando eran niños? La pasión carnal tenía que cesar y volver al buen camino. Había que apaciguar aquel deseo violento. Había que descarnalizar aquel amor. El matrimonio entre parientes estaba prohibido hasta el cuarto grado. Había que ser rey para que el Papa dispensara un matrimonio así. Y ocultarlo sería tan inútil como ocultar el fuego. Les acabarían pillando y encerrando. ¡No y no! La sensatez impondría su ley. Aunque, por otra parte, su posible parentesco no era sino una sospecha, basada en las declaraciones de un farsante.

JERÓNIMO MUÑOZ

Pero quien impuso la ley no fue la sensatez sino la naturaleza, pues el primer abrazo entre hermanastros activó el volcán de los besos amantes y ambos acabaron juntos, desnudos, abrazados, acariciándose con ternura apasionada. Y la ternura llevó a la entrega total sin límite y sin sosiego. La naturaleza impuso su ley; pero si la naturaleza es sabia el hombre es modrego y en lo más murcilaginoso de la carne, Diego murmuró al oído cercano de Uchur:

—Te amo... Zujenia...

Uchur se desasió con violencia y se incorporó ofendida y asombrada.

—¿Zujenia? ¿Otra vez? ¡Yo no soy Zujenia!

El mancebo aturdido y ofuscado buscaba torpemente una disculpa. Pero no había nada que hacer ni que decir.

—¿Zujenia? ¿Mi madre? ¿Te imaginabas que estabas en brazos de mi madre? ¡Otra vez! ¡Esto es insufrible, canalla!

—Algo en mi cerebro ha errado...

—¡Apártate de mí! —su voz enronquecía.

—No es para tanto...

—¿Que no es para tanto? —gimió Uchur mientras se vestía atropelladamente—. Me confundes con mi madre, recorres leguas y leguas para encontrarte con Himilce, recorres leguas y leguas para encontrarte con la princesa de Éboli... Fui lea, pero no lela. Tienes que marcharte de esta casa.

—Pero ¿cómo puedes estar celosa? Si nosotros, en realidad, somos...

—Dilo tú, ¿qué somos?

Diego midió la herida honda en el alma de Uchurgañí y cabizbajo, arrepentido, imbele y triste se vistió y salió.

Al salir, casualmente, se tropezó con Obis que entraba. El matemático le abrazó y él se dejó abrazar. El viejo pronto se percató de que allí había habido una alta tensión, un devorador incendio y se fue a preguntar y consolar a su hija.

Diego se marchó por las calles con rumbo indeciso. Solo pensaba que, después de todo, esta era una forma de acabar aquella relación pecaminosa. Su torpeza había sido diestra.

Pero tenía que seguir siendo torpe; forzosamente torpe. ¿Qué hacía con el cuadro de la princesa? Tenía que dejarlo en casa de Uchur. ¿Qué podía hacer con él si no? Volvió a casa.

Se atrevió a meter el cuadro en la sala y ante la atónita mirada de un Obis boquiabierto y una Uchur confundida, Diego descorrió los atadijos, levantó la manta vieja y la Mendoza desnuda se incorporó a la habitación, como una habitante más.

Al palpar su propia torpeza, volvió a tapar con la manta vieja la osadía de la princesa y se atrevió a preguntar:

—Me voy a Salamanca. ¿Me podéis guardar este cuadro hasta que vuelva?

Uchur calló. Obis se acercó al cuadro, levantó parcialmente la manta y exclamó:

—Esto vale un carro de escudos de oro...

Y Uchur añadió:

—Cena, duerme aquí y mañana te vas. Te guardaremos el cuadro... Freiremos unos huevos... ¿Te apetece un arroz con leche?

¡Ay! ¡Los huevos fritos! ¿Qué alma fiera no molificarán? ¿Qué congojas no se ahogarán en sus delicadas y caprichosas puntillas? ¿Qué imposibles pueden expresar los ojos de sus yemas amarillentas, perfectamente convexas, orondas, brillantes, comprensivas?

A Diego, aquellos huevos fritos le produjeron unos jugos gástricos que afloraron por sus arrepentidos y pasibles ojos.

Fray Luis de León y Diego se abrazaron con tal efusión que más que expresar el contento de volverse a encontrar, parecían enzarzados en lucha greco-romana.

—¡Tú! ¿Qué haces en Salamanca? En esta universidad viste la luz del pensamiento y vuelves a tu madre de tanto en tanto. No puedes pasarte sin tu madre universitaria ¿verdad, bribón?

—En ese regazo estás siempre tú. No abandonaste a esta madre universidad y sigues mamándola todavía. El claustro fue nuestra placenta. Yo nací aquí pero el mundo entero ha sido mi casa. Tú te quedaste. Tu nido es tu cátedra. Tu aula es tu mundo. Desde ella haces que esta institución siga pariendo. Eres una partera de la sabiduría. Como la de aquel filósofo, la mayéutica es tu didáctica. Incluso te pareces físicamente algo a él.

—Eso es a la vez una lisonja y un vituperio.

Empezaron a retirarse uno del otro frente a frente, cada vez más alejados y con los brazos extendidos hacia el otro mientras repetían:

—¡Diego!

—¡Fray Luis!

Aquella separación progresiva era como el estiramiento de un muelle que, cuanto mayor es, más violenta acaba siendo su contracción. Y así, después del muelle estirado de su saludo, volvieron los amigos a chocarse y abrazarse con gran algarabía.

Diego le contó su extensa vida en brevísima frase y le dijo que venía a conocer al doctor Jerónimo Muñoz para completar su lista de científicos en la era de Felipe II, confiando en que este buen señor seguía vivo y en tal caso que no chocheara excesivamente.

—Sigue vivo y lúcido. Está muy viejo, pero conserva una mente privilegiada y su discurso es ingenioso y amable. ¡Lástima que esta universidad quiera desentenderse de los viejos! Pero aún no le han puesto la cachava en la puerta invitándole a que se vaya. Sus alumnos le adoran y su aula está siempre llena.

Comieron juntos, en el convento, una pierna de cordero asado y unos pastelitos de perdiz. Probaron también unos tasajos de venado y todo lo inundaron con recio vino de Toro. Le tocaba a fray Luis contar su vida parca en acontecimientos, pero llena de intensidad:

—Mi vida se puede resumir en una palabra: envejecimiento. No sé por qué el tiempo tiene su preferencia por el color blanco para los cabellos, la curva para el espinazo y el azar para la memoria. Ya casi no me acuerdo de que estuve preso de la Inquisición durante cinco años. Me apartaron de mi cátedra y de mis estudiantes y me encerraron en una mazmorra. Me apresaron en el año 1572.

—¡Preso tú! ¿Por qué?

—¿Que por qué? Todavía lo ignoro. O, mejor dicho, lo sé perfectamente. No fue por cuestiones teológicas ni por ideas heréticas o contrarias a las buenas costumbres ni nada parecido, por más que algo así dijera la sentencia. Fue por la inquina que me tenía un fraile, agustino como yo. No solo me delató sino que se presentó en el juicio como testigo voluntario.

—¿Cómo se llama este miserable?

—Se hace llamar fray Diego de Zúñiga. En realidad, se llama Diego Rodríguez. Rodríguez se llamaba su padre, a no ser que sea bastardo de algún varón de la ilustre casa de los Zúñiga. El caso es que le parece más noble apellidarse Zúñiga que Rodríguez. Mejor bastardo de noble que no legítimo de villano. Pero ¡ojo! Que quizás le debas incluir en tu famosa lista porque defiende la teoría de Copérnico y defiende que esta teoría no ofende las Sagradas Escrituras y, más bien, que la interpretación de la Biblia es más clara cuando se adopta la concepción heliocéntrica. De esto entiendo poco, pero tú lo comprenderás mejor. Cosas así dice en un libro que se llama «In Job Commentaria».

—Sí… algo oí hablar de este libro en Roma… o en Praga… Pero dime, ¿por qué te tenía inquina?

—Nos conocemos desde que éramos estudiantes y desde entonces le tengo por persona vengativa, capaz de guardar mucho rencor durante mucho tiempo por ofensas minúsculas. El caso es que este mal fraile también tuvo algo que ver con la detención de Arias Montano.

—¡De fray Benito!

—Sí. Benito sigue siempre en su peña de Alájar, creo. El caso es que Benito me prestó un libro de un italiano y yo se lo enseñé a Diego. Él dudó de la honestidad y ortodoxia del libro, me preguntó si había en él herejía y, al parecer, dice él que dije yo, que en el tema de la confesión me parecía algo herético. Sintió escrúpulos y acabó denunciándolo a la Inquisición. Lo cual era como denunciarnos a Benito y a mí. Estuve preocupado porque, como sabes, en España hay mucha libertad para poner al rey a caer de un burro, pero en materia de religión hay que ponerse plomo en los pies. Este asunto ocurrió hace mucho tiempo, cuando éramos jóvenes en todos los sentidos, pero salió a colación en el juicio a que me sometieron como prueba de mi herejía.

»Pero hay en él algo peor que el rencor. No fui yo el único condenado. Hubo otro, agustino también, fray Alonso Gudiel, también acusado por Diego. Alonso era catedrático en la universidad de Osuna y, al poco tiempo de ser encarcelado, Diego de Zúñiga fue curiosamente llamado a ocupar esa cátedra.

»Para mayor complicación, Benito es sospechoso de descender de judíos y yo no puedo ocultar mi origen. Además, en el juicio, Diego me acusaba de varias de mis ideas supuestamente heréticas. Yo me defendí, claro está. Mi defensa consistía en que todas las ideas de que se me acusaba las había defendido el mismo Diego, como pude demostrar, porque las había escrito. Pero de nada me sirvió. Me llevaron a los calabozos de la Inquisición.

»Este mal agustino es también halagador hasta la postración y la servidumbre. Escribe continuamente al Papa, a Pío V, y al rey, a Felipe II, para ganar fama, honor y protección, revelándoles lo sabio que es, porque además tiene una desmesurada opinión de sí mismo.

»Pero amigo Diego, él tiene mucho de astrónomo y si quieres que tu lista sea completa tendrás que hablar con él y enterarte bien de sus teorías. Así que es mejor que me calle y deje de acusarle de todos los vicios para que no acudas a él con prejuicios. Ponle en tu lista como mejor lo veas objetivamente, sin tener en cuenta mi opinión, retorcida y atormentada en las paredes de aquel calabozo, entre las que estuve sin otro entretcnimiento que mis pensamientos cargados de rencor. Debí olvidarlo cuando después de esos cinco años volví a sentarme en mi cátedra aplaudido por los estudiantes. ¡Vergüenza que pasé por el llanto inconsolable que me produjo el contento sincero y el aplauso inacabable de mis estudiantes!

—Así que Diego vaya a Diego; vete a verle sin hacer caso a mis perversas maldiciones.

—De todas formas, no me apetece hacer un viaje a Osuna.

—Ya no está en Osuna. Dejó la Universidad ursaonense. Las últimas noticias que tengo de él, le hacían en Toledo.

—Pero, por lo que dices, es copernicano por motivos más teológicos que por científicos.

—No lo creas. Diego es malo, pero no tonto. Por mucho que sea mi desprecio a quien tanto se precia, he leído su libro «In Job commentaria» y es sumamente técnico, tan técnico que yo no lo entiendo. Así, por ejemplo, habla de que la precesión de los equinoccios se explica mejor con la teoría heliocéntrica. Se ve que conoce muy bien el libro de Copérnico. No le desprecies porque yo le desprecie. Una persona fea puede tener hermosas ideas.

—Tu actitud te honra.

Terminaron de comer, por fin, aquellos jigotes suculentos pero interminables y se fueron a pasear a la orilla del Tormes. Hablaron de Arias Montano, que había conseguido la mejor biblioteca imaginable, la Biblioteca de El Escorial. Tenía esta biblioteca libre acceso para cualquier estudioso fuere cual fuere su ideología o su religión. Estaban todos los libros, tanto los que le gustaban como los que no, tanto los que gustaban a Felipe II como los que no. Una biblioteca tan enorme, tan exhaustiva, tan libre y tan bien ubicada en el sacro Monasterio no se había erigido en la historia. Arias Montano había coleccionado toda esta cantidad ingente de libros, tanto modernos como antiguos, entre los que no podía faltar su propia Biblia Políglota. Y no solo había conseguido tantos libros, sino que había hecho un enorme esfuerzo para ordenarlos y catalogarlos. Pero ¡ay! le apasionaba conseguir libros, pero no ordenarlos. Los ordenó perfectamente, claro está, pero ese era un trabajo poco de su agrado y en cuanto terminó se fue a Alájar.

—Tú, fray Luis, encarcelado, fray Benito encarcelado. No es este país para pensadores. Además de las razones que me das no puedo dejar de pensar que ambos tenéis un pasado sospechoso de judeoconversos. ¿Por qué en este reino se sigue persiguiendo a los descendientes de los judíos? ¿No puede haber una libertad de religión como quiso Lutero para Alemania?

—No sabes lo que dices, Diego. En Alemania solo hay libertad de religión si se acata la que impuso Lutero. ¿Acaso se puede ser católico en Alemania? Ni católico ni de ninguna otra confesión. Y la religión hebraica ¿está permitida? Te diré lo que pensaba Lutero de los hebreos. «Debemos primeramente prender fuego a sus sinagogas y escuelas, sepultar y cubrir con basura a lo que no prendamos fuego, para que ningún hombre vuelva a ver de ellos piedra o ceniza.» Para Lutero los hebreos solo merecían el exterminio total.

—Sí... Debes tener razón: los insultos de Lutero a Copérnico no son más piadosos. Y al doctor Mästlin le amenazan con quitarle la cátedra y la vida si defiende sus teorías.

—La Reforma defiende la libertad... ¡Qué hipocresía! Lo que defiende es el latrocinio de los bienes del Sacro Imperio. Y para ello ¿a cuántos campesinos alemanes católicos tuvo que matar? Dicen que tantos como habitantes tiene Sevilla. ¿Cien mil? ¿Aún más? La conversión a su Reforma, esa sí que fue impuesta violentamente. Me hierve la sangre... un agustino como yo... Cálmame, Diego. Porque, además, vende como propias las bellas ideas de San Agustín.

Fray Luis acompañó a Diego hasta la casa de Jerónimo Muñoz pero, una vez hechas las presentaciones, se retiró y se volvió Tormes abajo recitando sus propias inolvidables liras: «El aire se serena, y viste de hermosura y luz no usada...»

Diego quería conocer personalmente a Jerónimo Muñoz, el que realizó el estudio de la nueva estrella que todos empezaban a llamar estrella de Tycho Brahe, excepto el propio Tycho que se lo atribuía a Muñoz. Brahe tenía gran admiración por Jerónimo Muñoz, un sabio valenciano que desde 1578 vivía en Salamanca, siendo catedrático de su universidad. Era mucho más viejo que Diego; tenía casi ochenta años y conservaba su acento levantino y muchas expresiones en valenciano, a pesar de llevar ya por entonces un par de lustros en Salamanca. Tenía barba blanca no muy tupida y sus ojos parecían tristes y tímidos. Estaba encorvado, pero sus movimientos eran ágiles. Se comprende que Domingo Soto no le hubiera hablado de él pues ya había muerto cuando Muñoz se incorporó a la cátedra salmantina.

—Por poco no me encontráis aquí —rió el docto Muñoz— Por dos razones: una, porque soy viejo y los viejos duramos menos. La otra es también porque soy viejo y a los viejos no nos quieren y dicen que estorbamos. Esta razón no la entiendo. Los estudiantes me quieren. Mis lecciones son buenas. El ardor de juventud me falta, pero lo suplo con creces con la experiencia. Desde mis primeras lecciones hasta las de hoy he aprendido a recalcar lo importante y a relegar lo superfluo. Esto es un gran arte que solo los viejos poseemos. Cada vez sé mejor lo que hay que decir y cómo decirlo. El Rector no me quiere, pero los estudiantes sí. Cuando los años me arrebaten el entendimiento, entonces que se acabe mi magisterio. Antes ¿por qué? Un colega me decía: «¿Cuándo tenías más brío para enseñar, cuando tenías veinte años o ahora?» Y le respondí: «Entonces tenía más brío, pero mis lecciones son mejores ahora».

»Quieren prescindir de mí y poner en mi lugar a uno más joven y digo yo que por qué los viejos y los jóvenes no podemos convivir. El estudio del Cosmos requiere que el joven y el viejo convivan un tiempo para que el joven pueda llegar siempre más lejos que su maestro. En fin, joven don Diego; sí, sí, no protestéis: desde mi lugar de observación, sois un jovenzuelo. Todo es relativo. Desde mi edad todo el mundo es joven. En fin, decía, que no quiero cansaros con mis protestas chochas. Conozco bien la cosmografía, las matemáticas, la geografía… y sigo enseñando estas materias; y conozco el hebreo. Hablo el hebreo tan bien como el valenciano, el castellano o el latín. Lo hablo bien; algunos dicen que «demasiado» bien… Curiosas estas universidades donde se quiere que existan cátedras de hebreo, pero no que haya hebreos.

»De joven recorrí varias universidades por Europa y fueron mis maestros nada menos que Gemma Frisius y Oronce Finé… Por allí valoran mejor la sabiduría de los viejos…

—Doctor Muñoz —interrumpió Diego—, he sabido de vuestra existencia en mis viajes por el extranjero. Me llamó mucho la atención que allende los Pirineos se os considera el descubridor de la estrella que hoy se llama estrella de Tycho.

—Descubrir una estrella nueva no es difícil. Cualquier pastor lo hace. Lo más difícil es estudiarla y lo primero que hay que hacer es medir su paralaje. ¿Cuál fue su paralaje? Tan pequeño que era inapreciable. Por tanto, tendría que estar muy lejos, tan lejos como las estrellas fijas. Pero esto no solo lo hice yo. También lo haría Brahe. Me parece bien que la estrella tenga el nombre de Brahe.

—Sois más famoso en el extranjero que en España…

—Estudié la estrella. La llamé cometa, como nombre más aséptico para un astro nuevo. Pero estaba claro que aquello no era un cometa. Pero ¿qué nombre darle? Si la llamaba estrella los escolásticos me hubieran ladrado. Era una estrella que antes no existía y luego dejó de existir. Este estudio me causó muchos problemas, muchísimos, con los teólogos educados en la palabra de Aristóteles. La estrella nueva no pertenecía al mundo sublunar sino al lejano mundo de la ochava esfera. Por tanto, en esta porción remota del Universo había cambio, nacimiento y corrupción. Este aserto era un sacrilegio. Y quise ocultar mis cálculos, los cálculos que me había pedido Felipe II. Pero era tarde. Aunque no los publiqué, corrían copias de mis libros. Me insultaron, me persiguieron, me quisieron expulsar de la universidad de Valencia. Mis resultados quedaron reducidos para la formación de mis estudiantes.

—Pero en Europa corren copias de los apuntes de vuestras lecciones que son la referencia básica para los estudios de astronomía…

—Por favor, don Diego, no me martiricéis con vuestros elogios —decía con toda sinceridad el humilde anciano—. Queréis saber si soy copernicano, me decís. Mis antecesores en la cátedra de Astronomía de Salamanca, los hermanos

Aguilera, establecieron que los estudiantes podían ser enseñados según el sistema de Ptolomeo o según el de Copérnico. Y, por tanto, he tenido que explicar tanto el uno como el otro. Entonces conozco bien las nuevas ideas de Copérnico. Las ideas no son tan nuevas, pero los cálculos que las sustentan sí que lo son. El sistema de Copérnico es brillante, aunque no sé por cuál inclinarme. Tampoco en los cálculos con la hipótesis de Copérnico los resultados son óptimos. Parece como si le faltaran algunas ideas, algunas llaves en el arcón de la verdad. En todo caso, lo mejor es que se enseñen los dos.

—¿No puede ser peligroso? ¿No habéis tenido que soportar las recriminaciones de la Iglesia, de la Inquisición?

—No, nunca. ¿Por qué habían de recriminarme?

—En Europa, no se puede ni mencionar la teoría de Copérnico. Lutero y Calvino califican a Copérnico con palabras soeces y crudelísimas. Tampoco en Roma se puede hablar sobre el heliocentrismo sin ser sospechoso de herejías.

—Pues nadie me ha dicho nunca nada... —dijo el sabio sin preocupación alguna, encogiéndose de hombros—. Si estás en contra de Aristóteles, puedes tener problemas. Si estás en contra de Ptolomeo, no tienes por qué tenerlos.

Siguieron hablando de muchas otras cosas. Muñoz no solo era un gran astrónomo sino también cartógrafo, ingeniero hidráulico, etc. Su palabra era lenta y precisa y Diego le tuvo por uno de los más grandes científicos de todos los tiempos. Al final le preguntó por el físico Juan de Celaya, también valenciano. ¿Le había conocido Muñoz?

—¿Que si conocí a Juan de Celaya? No mucho. Cuando yo era un estudiante él era ya el rector de la Universidad de Valencia. Murió por entonces, en 1558 o algo así. Él se había formado en París, donde también enseñó. Era de una escuela de matemáticas semioculta a la que ellos mismos llamaban de los «Calculadores». No, no le conocí, pero bien que he leído su gran libro «Expositio in libris physicorum» —dijo Muñoz mientras buscaba el libro en sus estantes.

El libro estaba ajado por la repetida lectura.

—Parece un libro más con comentarios sobre Aristóteles, pero es mucho más. Celaya llevó la idea del «impetus» del francés Buridan hasta sus últimas consecuencias. Ved aquí.

Y le mostró una página especialmente desgastada no ya por lo manoseada, sino podría decirse que por tanto haber sido leída. Los mismos ojos con su penetrante mirada habían envejecido el papel.

—Decía Celaya que un cuerpo en movimiento no sometido a fuerza alguna no se pararía nunca, que seguiría en línea recta y que su velocidad sería siempre la misma. En realidad, no es esto lo que vemos, pero es porque la fuerza de fricción ejercida por la masa o el aire va destruyendo el «impetus».

Diego lanzó una moneda al aire y su trayectoria no fue una línea recta, claro está, sino una curva con la ecuación de una parábola, como habían demostrado Andrés García de Céspedes y el joven Galileo. Había lanzado la moneda conociendo previamente la respuesta tal como lo hubiera expresado el mismo Celaya.

—En este caso, ha actuado otra fuerza que es la atracción de la Tierra. Para que pudiéramos observar la trayectoria rectilínea recorrida con velocidad uniforme, deberíamos irnos muy lejos de la Tierra, lejos del Sol y lejos de todos los planetas y lejos de todo para que nada, ninguna fuerza perturbara el movimiento. Todo parece un disparate: una verdad que pretende emanar del movimiento visible y, sin embargo, nunca la podremos comprobar, porque nunca lo podremos ver. Parece un disparate, pero, no obstante, lo tengo por una gran verdad; una gran verdad que nos permite entender otras cosas.

Diego estaba admirado. En realidad, todo coincidía con lo que le había dicho el joven pisano Galileo Galilei, pero Juan de Celaya lo había dicho mucho antes. Su libro había sido imprimido en 1517, mucho antes de que Galileo naciera.

—Esto lo explico en mis clases —seguía el doctor Jerónimo Muñoz— y mis estudiantes entienden esta verdad que no vemos pero que surge de lo que vemos, como cuando del aro surge el concepto de circunferencia o como de la serie de los números nos remontamos a la concepción del infinito. Y veo que vuestros ojos chispean porque también ven lo que no ven. Je, je, je... Como veis, aún no soy un muérgano, je, je, je...

—Por cierto, la curva que describe un móvil en el espacio es una curva matemática, una parábola. ¿No os parece asombroso?

—¿Asombroso? No me parece nada de asombroso puesto que yo ya lo sabía. Y lo sé no porque fuera yo quien llegó a esa conclusión, sino que ese honor le corresponde a mi admirado García de Céspedes.

Se despidieron y Diego se marchó meditabundo. ¿Quién era el tal García de Céspedes? ¿Cómo había llegado a esta interesante conclusión de que los móviles describían una trayectoria parabólica?

DIEGO DE ZÚÑIGA

Al llegar a Toledo, lo primero que hizo Diego fue visitar el famoso artificio de Juanelo.

Era este colosal artificio una enorme máquina hidráulica que elevaba el agua desde el Tajo hasta el Alcázar y la ciudad, salvando un desnivel de unas cien varas. Si no fuera porque se hizo tan famoso y tanta gente lo vio nadie podría creer que se hubiera podido ingeniar y construir nada semejante. Enormes costillas móviles, terminadas en cazos, que oscilaban coordinadamente, hacían que el agua fluyera de unos cazos a otros, cada vez más altos hasta llegar a la altura de la ciudad. La apariencia total era la de un gigante de cien varas de alto que se movía sin cesar con unos increíbles movimientos. A mucha gente se le antojaba ver a un hombre descomunal que estuviera pisando uvas en un lagar o que estuviera bailando una jota con gigantescas pisadas y estruendoso compás.

El espectáculo era colosal, inaudito, inefable. El gigante bailaba chapoteando de forma continua y atronadora. Junto a Diego, había muchas otras personas cautivadas por los desplazamientos arriba y abajo de las costillas ciclópeas de aquella maquinaria imposible. Parecía de madera, aunque los conductos, las costillas y los cazos tenían latón. Diego estuvo larguísimo rato contemplando aquel prodigio de la imaginación, de la grandiosidad y de la eficiencia. Y podría estar mucho más tiempo extasiado ante tan insigne monumento y de sus labios salían gemidos de admiración:

—¡Juanelo! ¡Juanelo!

¡Cómo sería el baile de aquel descomunal artificio que llamaba más la atención a los visitantes de Toledo que la mismísima insigne catedral gótica y que el mismísimo Alcázar! Y aún pensó que El Escorial era menos admirable que la gran obra de Juanelo. Esto sí era la octava maravilla del mundo.

Y cuando se examinaba el mecanismo, la estupefacción era mayor. ¿De dónde salía la energía para mover aquel gigantesco esqueleto? De la corriente del propio río. Era el mismo Tajo que se aupaba a la ciudad para saciar su sed. El mecanismo era doble, como si fueran dos hermanos gigantones gemelos, pero el retardo de un hermano con respecto al otro era tal que el agua fluía arriba de forma continua. Cuando uno de los cazos superiores acudía lleno y vertía su caudal en su canal el de su hermano descendía vacío para ser llenado con el cazo inmediatamente inferior. Una descomunal biela generaba el vaivén de los gigantes en su danza olímpica.

—¡Juanelo! ¡Juanelo!

Su amigo Juanelo, el grandón, casi tan grande como su artificio, con voz casi tan atronadora como aquello, había construido el gran autómata hidráulico en solo tres años. Solo Juanelo, al que había conocido más de veinticinco años antes, hubiera imaginado tal gigante y hubiera sido osado de materializarlo. Toledo le debía el agua. El mundo entero admiraba su genio.

¡Más de mil cántaras al día! Y sus engranajes se podían cambiar con facilidad aumentando el ritmo de aquel baile monstruoso y el caudal podía así ajustarse a voluntad.

—¡Juanelo! ¡Juanelo!

Tenía que verle. Tenía que verle... si era posible, porque echó la cuenta y reparó que, si acaso seguía vivo, debería tener ochenta y ocho años o así.

—¿Es esta la casa de don Giovanni Turriano?

—Yo soy Giovanni Turriano, aunque todos me llaman Juanelo.

Quien esto respondía era un buen mocetón con movimientos torpes y voz cavernosa, como la del Juanelo que recordaba, pero era más joven de lo estimado. Imposible que fuera su Juanelo a no ser que también hubiera hallado el elixir de la juventud. Él esperaba, en el mejor de los casos, un anciano achacoso. Este tenía poco más de veinte años.

—Yo soy Giovanni Turriano, Juanelo, pero el Juanelo por el que preguntáis es seguramente mi abuelo. Mi abuelo ya murió. ¿Qué se os ofrece?

—Lo siento. Siento la muerte de tu abuelo. Yo era amigo de tu abuelo... de tu abuelo Juanelo, el del artificio admirable que fertiliza los jardines de Toledo y sacia la sed de los toledanos.

—Pasad, pues. Aquí vivimos su hija Juana, que es mi madre, y yo, que soy su nieto, para serviros.

El interior de la casa contrastaba con la soberbia fachada exterior. Si uno se viera obligado a definir el estado de aquel zaguán con una sola palabra, esa palabra sería miseria. Juana y Juanelo vivían en la más miserable de las miserias.

—No os digo que os sentéis —se presentó Juana— porque hemos tenido que quemar las sillas para calentarnos y no morir de frío con esta humedad y estas goteras...

—¿Hace mucho que murió Juanelo?

—No hace mucho. Tres años. Pero mejor que no le hayáis visto. Hubierais encontrado a un mendigo en la indigencia... No hacía más que mugir por su mala suerte y por su escaso arte de vivir. Al final, maldecía de todo. Maldecía de todo y de todos. Maldecía de los artistas, de los ingenieros, de los filósofos, de los cortesanos, de los frailes, de los reyes... maldecía de sus amigos...

—¿Cómo es posible que un inventor de la fama de vuestro padre no tuviera una casa digna y que sus herederos tengan que vivir dejados de la mano de Dios...?

—De Dios... y del rey— añadió Juan.

—El rey le prometió ocho mil ducados —dijo Juana— y una renta de mil novecientos ducados... pero no le pagó más que una pequeña parte. Decía que en el pago tenía también que contribuir el Corregidor, pero el Corregidor decía que toda el agua iba para el Alcázar y poca para la ciudad. Mi padre hizo otro ingenio, pero con ello perdió más dinero. Además, los movimientos del ingenio son muy violentos y hay que aderezarlo constantemente. Y eso lo hacía mi padre con su propio dinero. Así que, como herederos nos deben muchos ducados, pero no tenemos un maravedí. Juan trabaja en una taberna, pero todo se nos va en pleitos.

—Esto no puede ser. Hablaré personalmente con el rey.

—Yo pedí al Corregidor que todos aquellos que quisieran ver el ingenio de mi abuelo que pagaran un maravedí. Pero es tan grande que se ve desde todas partes y no pudo ser.

—¡Tan grande relojero! Me impresionó su «Cristalino», un reloj cuyo mecanismo se podía ver desde el exterior, que no solo daba la hora sino la posición de todos los planetas, del Sol y de la Luna.

—En Toledo se recuerdan otros inventos —decía Juana—, entre ellos «el hombre de palo», un autómata que andaba. Desde aquí partía hasta el Arzobispado, andando por la calle como una persona. Al llegar allí, extendía los brazos para que le dieran comida. Luego hacía una reverencia y se volvía a casa, para entregar la comida a su creador.

—Pero eso, madre, es difícil de creer…

—Pues hijo, también es difícil de creer lo del artificio hidráulico del Tajo y ¡mira si funciona!

—Yo recuerdo —intervino Diego— un huevo que se agitaba y se agitaba y, al final, el huevo se partía y salía un polluelo corriendo y piando.

—Y vi —seguía Juana— una dama que danzaba y tocaba ella misma el tambor. Y un pájaro que batía las alas y piaba como si estuviera vivo. Y volaba…

—Bueno, yo no me creo eso de que volara —dudó Juan.

—Pues ¿no lo vi yo?

España: de la gloria a la miseria y de la miseria a la gloria.

En el convento de los agustinos de Toledo, Diego preguntó por fray Diego de Zúñiga. Le llevaron por un largo corredor hasta un taller y allí le abandonaron. En este taller se veían cuadros por doquier, unos pintados y otros por acabar, recordándole este desorden, en cierto modo, el taller de Himilce, aunque estos cuadros no tenían, ni mucho menos, la perfección de los de la pintora italiana. Pero Diego buscaba a un pensador, a un teólogo o a un astrónomo; no a un pintor.

—Perdón, señor pintor, estoy buscando a fray Diego de Zúñiga.

—Yo soy Diego de Zúñiga.

—¡Oh, perdón! Debe haber otro fraile agustino con este nombre. Quizá, a quien busco, ya no esté en Toledo.

—No hay otro Diego de Zúñiga.

—A quien busco es a un fraile astrónomo y teólogo que fue catedrático de la Universidad Ursaonense.

—Ese soy yo —el fraile abandonó los pinceles y se limpió las manos con un trapo viejo lleno de óleo—. Pero he cambiado de oficio. Ahora pinto. También taño algún instrumento musical. De la ciencia pasé al arte, lo que no me fue difícil pues tengo una cabeza que me permite hacer bien todo lo que hago.

En el cuadro que estaba pintando había un efecto de perspectiva impecablemente trazado. Las líneas paralelas convergían justo al centro del cuadro. Era el cuadro de un geómetra con más habilidad para la perspectiva que para la figura humana, pues unos santos que discutían en la escena eran todos algo achaparrados.

—No me lo podía imaginar. Un hombre cuyas ideas como filósofo se discuten en todo el mundo, convertido en pintor. Vuestro libro «In Job Commentaria» es el objeto de apasionadas diatribas.

El filósofo pintor tardó en contestar:

—Yo he decidido no estudiar más. Ya he demostrado lo que puedo hacer y he dejado rastro de mi sabiduría. Esto lo pueden atestiguar los más eximios doctores. Hablo las lenguas clásicas: latín, griego, arameo, iranio, hebreo, lenguas moribundas, pero bien vivas en mi cabeza; y hablo las modernas: italiano, francés y alemán. Conozco de memoria las Sagradas Escrituras en todas sus versiones, excepto esa birria presuntuosa de Biblia Políglota, obra de un falso filósofo: el simplón de Arias Montano. Domino todas las artes que se explican en las mejores universidades: Bolonia, Salamanca, Alcalá, París, Cambridge, Lima, México... como son la aritmética, la geometría, la astronomía, la filosofía natural, etc. Llegó un momento en que ya no necesitaba demostrar mi sabiduría. Mis trabajos eran definitivos, más allá de los cuales no se podía dar un paso más. Además, imprimir mis hallazgos empezó a serme demasiado caro, a pesar de que contaba con el apoyo y el ánimo de Felipe II, de Pío V y de Clemente VIII. Finalmente, decidí abandonar la pluma por el pincel.

Pensó Diego que, en comparación con Zúñiga, su padre, Obis, era un hombre extraordinariamente humilde.

—Empecé entonces a cultivar la música y la pintura. Con tanto acierto que los más ilustres artistas han juzgado imposible que en tan poco tiempo haya conseguido tal maestría. En pintura, el mismo *Griego* ha alabado, e incluso envidiado, mi dominio del pincel.

—¿Os referís al Greco, a Domenikos Theotocopulos?

—¿A quién si no?

Diego prefirió volver al tema de la hipótesis heliocéntrica, sabiendo que era Zúñiga uno de sus más esclarecidos defensores:

—He sabido que sois copernicano —abordó directamente.

Sin embargo, esta pregunta, contra lo que se esperaba en alguien que había sesuda y ardientemente defendido la hipótesis, incluso ante el Papa, pareció contrariarle y se retractó en una postura de desconfianza y defensa.

—¿Quién sois vos? ¿En nombre de quién venís? ¿Tenéis escrúpulos en alguna de las tesis que he defendido? En una palabra, ¿sois nuncio de la Inquisición?

—Nada de eso. Me llamo Diego de Granada. Vengo libremente para conocer directamente vuestras averiguaciones en torno a la verdad del heliocentrismo que vos habéis sabiamente expuesto en vuestro libro «In Job Commentaria». No temáis; la Inquisición castellana no persigue las ideas de Copérnico, como lo hacen Calvino y Lutero o incluso el Pontífice. Estas ideas circulan libremente en toda España tanto como en el Nuevo Mundo y en Filipinas. Yo lo he discutido abiertamente con sabios tan ilustres como Francisco Vallés, Sebastián Fox Morcillo, Pedro Simón Abril, Francisco Vicente de Torremira, Diego Pérez de Mesa, Rodrigo Zamorano, Juan Cedillo Díaz, Juan de Herrera…

—Basta, basta, no sigáis con ese chorro de hombres que parecen ilustres, aunque de esa lista de nombres yo tacharía con gusto a casi todos.

—Quiero decir que ni hemos sido inspeccionados, ni interrogados, ni sometidos a tormento. En España se puede hablar de Astronomía.

—Debéis ser un poco más precavido. Las cosas están cambiando. No seáis ingenuo. Hay nuevas directrices en la Inquisición. Por ejemplo, Juan Pineda, dice que mis opiniones sobre Copérnico son «falsas, delirantes, temerarias y peligrosas para la fe», «que vienen del Infierno». También en España hay que elegir: la prudencia o el calabozo.

—Pero vos habéis defendido abiertamente el modelo de Copérnico con valentía y razón. Y no como una mera hipótesis, sino como cierta y preñada de verdad y sin contradicción alguna con las enseñanzas bíblicas.

—Dice el libro de Job: «Qui commovet terra de loco suo, et columnae eius concatiuntur», es decir, «Conmueve la Tierra de su lugar y hace temblar sus columnas». Esta frase del libro de Job ha desatado las más ásperas discusiones y ha hecho fluir mares de tinta. Yo había defendido que las ideas de Copérnico estaban respaldadas por las Sagradas Escrituras…

—Y no solo lo habéis defendido desde la exégesis. Habéis demostrado que las posiciones de los planetas se explican mucho mejor con la estructura de Copérnico que con la «Magna Compositio» de Ptolomeo. Este venerable autor de la antigüedad no podía explicar bien el movimiento de los puntos equinocciales y muchas otras cuestiones astronómicas. Y también habéis desenterrado ideas precursoras del copernicanismo: Filolao, Heráclides, Platón incluso, Aristarco, Averroes...

—Ya no soy copernicano.

Esta aseveración sorprendió completamente a Diego que vio cómo el gran defensor español de que el Sol está en el centro del Universo, dudaba de lo que tan brillantemente había defendido.

—No puede ser. Vos sois copernicano. He leído vuestro libro. ¿Cómo decís que no creéis en vos mismo?

—Sí... Mantengo lo que dije, pero...

—Pero ¿qué? —se indignó Diego.

—Pero... «mutatis mutandis»...

—¿No será que el cambio en el rigor de la Inquisición que teméis, induce un hábil cambio en vuestra interpretación cosmográfica?

—Veréis, estoy componiendo un gran compendio de filosofía. Mejor dicho, estaba, porque ahora solo me dedico a tañer y a pintar. Pero el libro «Philosophiae Prima Pars» ya está muy avanzado. En él demuestro que algunas ideas contrarias a mi primer libro son consecuentes y armonizables.

—No os entiendo...

—Considerad la pesantez de la Tierra. Es tan grande que no puede ser movida por ninguna fuerza natural. Y decir que se mueve por la acción directa y prodigiosa de Dios es algo que no casa con el planteamiento copernicano. Oídme lo que he escrito y aún no publicado: «Las cosas pesadas que son arrojadas hacia lo alto con fuerza, aunque el tiro sea repetido mil veces, caen de nuevo en el mismo lugar. Pero si la Tierra se moviera con tanto ímpetu, este movimiento alejaría aquellas cosas del lugar desde que se lanzaron».

—Pero ¿qué decís? Vos mismo, citando a Copérnico, habéis rebatido este argumento. Cuando el proyectil sale de nuestra mano, ya sale con la velocidad de la Tierra y el aire mismo gira con la velocidad de la Tierra. No puedo entender que alguien tan destacado en la defensa del heliocentrismo, se vuelva contra sí mismo. Para rebatiros os cito a vos mismo.

El agustino iba desempolvando oscuras objeciones al heliocentrismo y Diego no hacía más que invalidarlas con los lúcidos argumentos que él mismo había antaño usado, no hacía demasiado tiempo. Para mostrar su falsedad no había más que abrir su propio libro. Era evidente que el fraile tenía miedo, miedo de sí mismo, miedo a la Inquisición, miedo del arzobispo y miedo a permanecer en su cátedra defendiendo la verdad. Y por eso había cambiado la pluma por el pincel y la flauta. Su discurso no era coherente, él se daba cuenta e iba encendiendo su rostro en rojo iracundo ante el acoso lógico de Diego, del que había creído al principio escapar con facilidad.

—Vos, más que el mismísimo Copérnico, me habíais convencido de la verdad de Copérnico. Vuestro primer libro estaba iluminado por la verdad; vuestro próximo libro estará confuso por la cobardía.

—¡Al diablo! —gritó fray Diego—. Queréis enredarme... ¡Queréis comprometerme! Os lo digo con voz recia: «La Tierra no se mueve». Nunca he dicho lo contrario. Y si lo he dicho, se me ha interpretado mal.

—¡Al diablo con vos! Habéis encharcado vuestro propio pensamiento. Sois vuestro peor enemigo.

—Si no os envía ni la Inquisición ni el Diablo, seréis un amigo de mis enemigos. ¿Quién os envía? ¿Acaso os envía el judío Fray Luis de León, el poeta de los ripios? ¿Os envía fray Alonso Gudiel, a quien tuve que echar de la cátedra de Osuna que él utilizaba como letrina? ¿Os envía fray Benito Arias cuya única labor loable ha sido poner los libros de El Escorial en fila? Tengo muchos enemigos, ¿de cuál de ellos sois vos amigo?

—Tenéis muchos enemigos porque habéis hecho mucho mal. Pero no me envía nadie ni nada. He venido en busca de la verdad y la valentía.

—¡Fuera de aquí! ¡Id con el Demonio!

—El Demonio se queda aquí. Me voy huyendo de él.

Diego salió furioso a la calle de la noche toledana. Iba airado, cavilando que uno de los grandes pensadores de la ciencia española emparedaba su propia obra por una amenaza que no existía. Tenía pavura del aire. Iba también ofuscado porque este hombre de magno cerebro y párvulo corazón había hecho daño a sus amigos, a un gran filósofo y a un gran poeta, y aún seguía hiriendo con giratoria pica su honradez y valía y le dolía como si barrenase su propia testuz. Zúñiga, buen pensador, si no fuera por... Zúñiga.

Tan enervado iba y tan intrincada era la red de callejuelas y manzanas de Toledo que no daba con su pensión. La que sí encontró fue la casa señorial de Juanelo, donde Juana y Juan le proporcionaron un comodísimo y húmedo rincón donde reblandecer sus huesos y humillar sus carnes.

JERÓNIMO DE AYANZ

De nuevo en Madrid y de nuevo frente a frente con sus sentimientos. Buscó una pensión. No podía volver a la casa de Uchur. Ella le había echado, primero con ira, luego con dulzura, pero le había echado. Él, con su torpe manojo de sentimientos, había emborronado una página que ya de por sí tenía que haber arrancado del libro de su vida y del de la de Uchur. Amor prohibido, amor torpe, amor dañino: esa era su forma de amor. Iría a pedir perdón, pero malo si no le perdonaba, y si le perdonaba, todavía peor.

Al día siguiente viajó al Monasterio. Juan de Herrera le había proporcionado un rincón donde descansar sus libros, sus artilugios y sus pensamientos. Y allí se puso a querer pensar, pero no podía apartar de su cabeza ni a la hermosa y comprensiva de Uchur ni a la enorme y jactanciosa de Obis. Una hermana que no era hermana y un padre que no era un padre. Salió al jardín a ver aquellas plantas medicinales que solo con el olor ya curaban.

Se encontró con un hombre de unos treinta y cinco años, que interceptó con alegría su lento y azaroso camino:

—¡Don Diego de Granada! ¡Don Diego! Pero... ¿No me reconocéis? Claro... ¿Cómo vais a reconocerme? Yo era un niño... hace ya mucho tiempo; aunque él, el tiempo, con vos no ha hecho bien su trabajo... ¡Don Diego! Soy Jerónimo de Ayanz.

El abrazo fue recio, pecho contra pecho y batanazos en la espalda. De no ser por la fuerte constitución de ambos, alguna costilla hubiera quedado quebrada en mil pedazos.

—¡Jerónimo! ¿Cómo he podido ser tan torpe para no reconocerte? ¡Con todo lo que te debo! ¿Sabes? El sinolas que inventaste cuando niño no se ha separado de mí en mi viaje alrededor del mundo. Con él, mi brújula medía en el océano sin problemas, con mar arbolada como si fuera calma chicha. Pero además he de recordarte con el corazón porque me salvaste la vida.

Volvieron a abrazarse mezclando la alegría y el llanto en una amalgama difícil de definir, por muy frecuente que sea en las relaciones humanas.

—Y yo os debo que me enseñasteis el movimiento de las estrellas y de los planetas...

—Pero si solo pude hablar muy pocas veces contigo sobre el firmamento...

—Pero yo tenía el gusanillo metido en el cuerpo y vos lo alimentasteis convirtiéndolo en un dragón. Venid a mi casa. Tengo muchas cosas que deciros y muchas cosas que enseñaros. Soy inventor. Y tanto os debo el serlo que cuando diseño y fabrico un invento pienso: ¡Cómo me alegraría que don Diego viera esto! Tenéis que venir por fuerza. No puedo permitirme dejaros escapar.

Le asió alegre e impetuosamente del brazo con tanta fuerza que parecía que se lo iba a arrancar de cuajo y lanzar por los aires. Amarrados se fueron a la casa del eximio Jerónimo de Ayanz.

Hacía un calor insoportable como los viejos del lugar no recordaban en España. Se había pasado del más gélido atroz invierno al más dantesco atroz verano. Tan vivos andares de los dos amigos en el sofoco tórrido de aquel infierno llamaban la atención de los transeúntes.

La casa de Jerónimo de Ayanz era fascinante, toda llena de trastos. Era imposible entender cómo Luisa, su joven esposa, podía recorrerla pues estaban todas las habitaciones atestadas de variopintos ingenios. Se veían balanzas, hornos de todo tipo, maquinarias de sifón, grandes estructuras de más de cinco metros de alto, en las que maniobraban engranajes, canjilones, palancas, bombas de desagüe, vejigas, fuelles, cinturones, flejes, artilugios que recordaban tráqueas, barcas, bolas de fuego, campanas de bucear...

Con tan atormentado mobiliario, no se percató Diego de que la casa era señorial, de buenas dimensiones y buenas proporciones que indicaban que el antiguo paje de Felipe II no solo tenía la mente para la física y los ingenios, sino también para buscarse el modo de vivir más que holgadamente. De anchos muros, el aire era allí agradable, a pesar de la desplomada canícula que en el exterior hacía freír la sartén de San Lorenzo.

Diego saludó a Luisa, su mujer, procurando evitar pisotear alguno de aquellos sofisticados cachivaches. Ella y Diego seguían a Jerónimo que iba describiendo sus inventos deteniéndose en los que creía más importantes.

—El desorden es aparente. Está cada cosa en su sitio... pero cada cosa elige su sitio y alguna quiere estar en el sitio de otra.

—Entre tanto invento veo que falta el sinolas...

—Nada de eso. En esta sala tengo una buena colección de sinolas. Le puse ese nombre con palabras de niño. Ahora se le llama «suspensión Cardan». El sabio Cardano lo inventó también, sin que yo me copiara de él ni él de mí. Pero él se ha llevado el honor del nombre y no voy a ponerme ahora a dar voces reclamando que yo lo inventé primero. Tengo muchos otros inventos. Ahora en cuanto se me ocurre uno se lo presento al aposentador, que registra la fecha de la ocurrencia y la realización. He presentado al aposentador, primero Lastanosa, luego Herrera, más de quinientos inventos... Ellos dan fe de que yo soy el primer inventor.

—¿Quinientos...?

—Quinientos —repitió Luisa, orgullosa de la creatividad prolija de su esposo.

—Muchas veces el Aposentador recomienda que la Corona financie la invención. En mi caso pocas veces lo ha hecho, pero no me importa. Me sobra el dinero gracias a las encomiendas que me aportan rentas más que suficientes. Ya me iré encargando de presentar públicamente mis ingenios, pagándolos de mi propio bolsillo. Ahora creo, imagino y construyo. Tiempo habrá de mostrar. Herrera conoce mis pasos y alaba mis ocurrencias y parece volcar toda su atención en ellas, pero luego arrincona las ideas y las olvida.

—Pero Herrera es famoso inventor y arquitecto. Al estilo arquitectónico de El Escorial ya se le empieza a llamar «estilo herreriano». Es una obra majestuosa. A él se lo debemos.

—¿Sabéis quién es el creador de ese estilo arquitectónico? Pues fue, en mi opinión, el mismo Felipe II, por lo que deberíamos hablar de «estilo filipino». Él tenía en mente la idea muy definida. Esta idea la llevó al papel e hizo los cálculos Toledo.

—Pero las grúas son invento de Herrera.

—Son más bien de Villacastín. Además, El Escorial no es muy alto. Más altas son las catedrales góticas. En fin: podría quejarme de Herrera, pero no me quejo. Como se dice, el

Duero lleva la fama y el Pisuerga el agua. Pero el Duero tiene también agua y el Pisuerga también fama. Hay gloria para todos.

»Ahora he sido nombrado Regidor Perpetuo de la ciudad de Murcia y allí vivimos Luisa y yo. Estamos más allí que aquí. Dedico todo mi afán al puerto de Cartagena. Es necesario que este puerto vuelva a adquirir la importancia marítima que tuvo en la antigüedad, en los tiempos de cartagineses y romanos. Así que ahora estoy más metido en asuntos de la *Rex Publica* que en los inventos. Pero de vez en cuando vengo a Madrid o a El Escorial y hago sufrir a mi esposa con esta casona llena de trastos.

Luisa protestó. Le encantaba la casona y le encantaban todos los trastos de su marido. Ella se consideraba un trasto más de su marido, según decía con buen humor y buena humildad.

Contó Jerónimo su trayectoria vital desde que Diego se fue por esos mares de Dios. Había sido militar en Lombardía, en Flandes y en Portugal, pero se dio cuenta que la guerra no era lo suyo.

—A pesar de que Dios me dio mucha fuerza …

—Ya de pequeño la poseías y gracias a ella me libraste de la muerte…

—…Mucha fuerza y la fuerza me dio fama. Mis enemigos me temían y se dispersaban solo con oír mi nombre, pues se contaban prodigios imposibles de mis músculos. No hubieran debido temerme porque a pesar de mis hercúleos prodigios yo era incapaz de matar un mosquito. No me avergüenzo de ello. A pesar de haber militado en tantas batallas puedo presumir de que jamás he matado a ningún enemigo. Me conformaba con detenerlos, incluso si venían a caballo. Si contra mí venían varios, les arrebataba las picas, las partía en dos y eso bastaba para que huyeran de mí.

»Aquellas guerras eran guerras raras. En Flandes, se consideraba que los españoles éramos los invasores y los flamencos los invadidos. Pero había muchos más flamencos invasores que españoles, de forma que no se sabía quién invadía a quién. Al menos, en tiempos de Alejandro Farnesio, cuando yo estuve allí a su servicio, invasores e invadidos hablaban el mismo idioma y no era el nuestro. Aquello era una guerra civil.

»En Lombardía pude beneficiarme de su gran explosión de ciencia y arte. Allí me forjé como artista y como ingeniero y matemático…

—¿Es que también te dedicas al arte?
Luisa contestó por él:
—Algunos le conocen más que por su fuerza o su ingenio, por su pintura y por su música. Otros le conocen por sus lances como torero...
—En realidad soy aprendiz de todo y maestro de nada —añadió orgullosa pero candorosamente Ayanz.
—Recuerdo que de niño cantabas muy bien.
—Ahora mi voz ha cambiado. Tengo voz de bajo, muy distinta.

Y sin previa preparación cantó una canción vasca que él mismo había compuesto y que entonó con una preciosa voz de bajo que parecía no tener límite en las notas graves. Luego rieron los tres. Luisa describió con pasión y atropelladamente cómo todas sus habilidades artísticas eran admiradas en El Escorial, en Madrid, en Sevilla, en Murcia... a donde venían visitantes de todo el mundo, especialmente de Italia. Sus composiciones musicales podían ser atribuidas a Tomás Luis de Victoria, incluso por músicos famosos. En esto hay que decir que el propio Jerónimo emitió una tosecilla reprobando la evidente exageración.

—Soy torero, en efecto, aunque, en realidad, es mi caballo el héroe de mis más celebradas proezas. Es él el que me guía; no yo a él.

Luisa se encargó de nuevo de encomiar su valor y su arte tanto como rejoneador como a pie.

Pasó entonces Ayanz a explicar a Diego más cosas de sus inventos, pero estos eran tantos que, para no cansarle, se concentró en algunos de ellos, en los que él tenía como más estimables. Mucho llamó la atención del cosmógrafo una campana para un «buzo» que se conectaba con el exterior con unos cables huecos y elásticos por los que se transmitía tanto la voz como el aire para respirar. El aire de la campana se renovaba con un fuelle. Ayanz disipó las dudas y el escepticismo de Diego diciéndole que ya lo había probado con completo éxito en el mar de Ontígola. Podía usarse, por ejemplo, para recuperar tesoros hundidos o para la recolección de perlas. Ya le había dicho a Herrera que quería hacer una demostración ante Felipe II y los cortesanos que quisieran presenciarlo.

Otro invento aprovechaba la energía del vapor de agua para actuar como bomba y pensaba utilizarlo para la extracción de agua de las minas, que muchas veces quedaban inutilizadas cuando se inundaban. Y lo había experimentado en sus propias minas. Había llamado a tal invento «máquina de vapor». Además de su uso en minería, la máquina de vapor podría tener muchas otras aplicaciones.

—¿Eres también minero?

—Estoy interesado en la minería y estoy estudiando procedimientos químicos para separar la plata, que pienso podría ser muy útil especialmente en las minas americanas... Este otro invento se podría llamar «enfriador de habitaciones».

—¡Falta nos haría en este verano tan caliente, que parece que va a quemarse el propio aire!

—Con este invento se conseguiría acondicionar el aire de una habitación refrescándolo y haciendo el ambiente acogedor y saludable. También utiliza la fuerza del vapor de agua. Cuando este pasa por un estrechamiento abierto, se produce una caída de presión. Este estrangulamiento ya enfría mucho, pero se acompañaría, además, de una corriente por una cañería que procedería de una habitación con nieve situada en el piso inferior.

—Y esto, ¿lo sabe el rey?

—Herrera no se lo transmite bien y, por otra parte, el rey bastante tiene con soportar la gota y las malas noticias.

—Esta sería una buena noticia... ¿Podemos montar este invento en alguna sala de El Escorial? ¿En cuánto tiempo? Sería espectacular si el rey pudiera presenciarlo, más ahora con este calor nunca visto. El aire arde. Ahora sería el momento de hacer la demostración con esta tórrida temperatura que padecemos.

—Sería posible... quizá... en tres días... si nos ponemos los tres a ello y nos ayuda algún sirviente...

Y se pusieron a trabajar denodadamente, allí mismo y en el mismo instante. El mismo Diego se encargaría de conseguir nieve de Navacerrada y de hacer que el rey se desplazase a la habitación con el aire acondicionado.

MISTER WISEREALM

El calor de aquel día era insoportable. Pero tras la puesta de sol, al jardín llegaba una cierta brisa algo más fresca que alentaba a la meditación y el descanso. Se sentó Diego solitario en un banco cerca de una fuente en la cual el rumor y la frescura del agua acentuaban la sensación de alivio del horno del despiadado estío. El propio sudor era agua que se desvanecía en el aire liberando al cuerpo de su calentura, como ocurría en los patios regados de la Granada de su niñez. Era una noche caliente, sin llegar a ser tórrida, ideal para dejar al pensamiento a su libre divagación y a su despreocupado capricho, sin rumbo fijo. Diego cerró los ojos y se dejó vivir, adormilado por el olor de los jazmines y el son del goteo titubeante de la fuente. Solo, vivo, enamorado... el poder mágico de una noche de verano...

Pero su místico abandono no duró mucho. Una sombra se acercó y pidió permiso para compartir el banco.

—Señor don Diego de Granada...

—Sentaos, por favor. Pero ¿quién sois? ¡Oh! ¿Venís embozado? ¿Con este calor?

—Me llamo Eliot Wiserealm.

—No os conozco.

—Sí. Nos conocimos antes de vuestro largo viaje, por lo que es disculpable que no me reconozcáis.

—¿Sois inglés? No recuerdo vuestro nombre. Pero, decidme, ¿por qué vais embozado? Aunque con la noche el calor se alivia, no sé cómo podéis ir tan tapado. Me gustaría veros la cara. Tal vez así pudiera recordaros.

—Don Diego, mi rostro está completamente desfigurado por las quemaduras que en su día bien pudieran haberme llevado a la muerte. Si os mostrara mi rostro no sería posible que me reconocierais y, por otra parte, quedaríais horrorizado. Mi aspecto infunde terror y repugnancia.

El desconocido hablaba muy bien castellano, pero se apreciaba una dicción torpe probablemente debido a la deformación de la boca por las quemaduras. Recordó al quasi cosmógrafo iracundo Domingo Laredo y pudiera haber sentido miedo al hablar con un desconocido embozado, lejos de la gente de Palacio. Pero no sintió miedo. El desconocido era cortés. Y, por otra parte, le llegó a apetecer hablar con un fantasma en una noche fantasma.

—Decidme algo que me haga recordaros.

—Vos sois un cosmógrafo. Yo aspiro a serlo. Vos sois un reconocido maestro en el arte de la brújula y su aplicación a la cartografía. Desde que os conocí, el magnetismo me apasiona y, al volver a Inglaterra, quise seguir la senda que vos abristeis. Pero con mi desagradable aspecto estaba condenado, no a recorrer el mundo, sino el exiguo recinto de mi alcoba. Sin embargo, mis oídos estaban atentos a lo que se descubría tanto en España como en Inglaterra y en otros reinos. En cierto modo, vengo a daros una mala noticia.

—¿Una mala noticia...?

—¿Preferís que me calle?

—Por supuesto que no. Al toro por los cuernos.

—Para mí, al menos fue una mala noticia. Los físicos ingleses han empezado a desdeñar los métodos de determinación de longitud basados en la brújula, porque... el polo norte magnético «anda», no está fijo. No es como el polo geográfico que solo es perturbado por el movimiento de precesión.

Este comentario hizo reflexionar a Diego. El tal Míster Wiserealm no era un ignorante; parecía que sabía lo que decía... ¿los físicos ingleses? ¿es que había muchos? Y ¿todos pensaban lo mismo? ¿Era él mismo uno de esos físicos?... Pero, claro está, lo que más ahondó su silencio fue que, en efecto, ese «paseo» del polo norte magnético podía afectar a la validez de sus cálculos... Al cabo de un tiempo a la vez breve y eterno, Diego se levantó meditabundo, dejando la prudencia sentada en el banco:

—Lo que decís no es un problema baladí, es cierto. Y creo que tendré que meditarlo un poco más con calma. Pero no creo que la objeción sea insuperable. Por una parte, ese desplazamiento del norte magnético no puede haber sido muy grande. Había oído hablar de él, pero las noticias no eran muy concordantes y no presté atención. Pero mis fórmulas son válidas y solo hay que cambiar en ellas las coordenadas del polo norte magnético. Al cambiarlas, los resultados, darán valores diferentes de las coordenadas magnéticas pero las longitudes geográficas serán las mismas.

—Habría que situar dos enclaves en América del norte para conocer bien la posición del polo norte magnético...

—En efecto... en efecto... Pero ¡súcubos del Averno! ¿Quién diantre sois vos? Bien se ve que conocéis el oficio. No he oído el nombre de Eliot Wiserealm en mi vida.

—Dejadme continuar, os lo ruego. Con mi aspecto cubierto nadie quería estar conmigo en Londres, pero con mi aspecto descubierto, mucho menos. Pero yo ya tenía el gusano del magnetismo en mis entrañas, ese gusano que vos pusisteis en ellas y quise seguir buscando la verdad del imán. Me enteré de que había un médico, muy reconocido como maestro de la medicina, como hombre serio e ilustre, metódico y trabajador en su oficio, admirado por los reyes, especialmente por nuestra Isabel I, y que ese hombre hacía experimentos de física en el sótano de su casa. Tenía ideas y entusiasmo como vos. Jugaba con imanes, observaba su comportamiento... Todo lo apuntaba meticulosamente. A él fui a buscar, a él imploré; yo quería ayudarle en sus experimentos y quería convertirme en un científico. Y él, que era filántropo, me acogió en su casa a pesar de mi quemada faz.

Diego empezó a estar cautivado por esta inesperada historia cuyo final no era fácil prever. El fantasma continuó:

—Este buen médico y buen físico se llama Guillermo Gilberd. Nació en Colchester. Estudió en Cambridge, en el colegio de San Juan.

—Nunca oí hablar de él.

—Pero oiréis. Pronto oiréis hablar de él, cuando publique su libro que yo os regalaré. Aún no lo ha terminado pero las ideas las tiene en la cabeza bien ordenadas. Y también yo, porque me las ha transmitido y he sido testigo de su gestación.

—Don Eliot... ¿Sois un espía?...

—¿Como voy a ser un espía si solo yo os estoy dando información? No debéis ver en este médico inglés a un rival. Es muy parecido a vos. Él fabrica ideas para la humanidad, no solo para Inglaterra, para todos, como vos habéis defendido, al menos al principio. Es un filántropo y un cosmopolita. Si pudierais conoceros yo sería el hombre más feliz del mundo. Si trabajarais juntos llegaríais a conocer los secretos de la naturaleza.

—¿Podríais decirme alguna de las tesis que en su libro defenderá?

—Este libro ya tiene un título provisional. Se llamará «De magnete, magneticisque corporibus et de magno magnete tellure».

—¿Cómo habéis dicho? ¡Magno magnete tellure! ¡Magno magnete tellure! Tellure es la Tierra, ¡el gran imán de la Tierra! ¡Esa es mi teoría del gran imán de la Tierra...! ¿Le habrá llegado por medio de algún espía mi teoría a este buen médico?

—Os puedo asegurar que no. Yo ya sabía que vos habíais concebido que la Tierra entera era un enorme imán...

—¿Cómo que vos sabíais que yo...?

—Lo cierto es que ambos habíais llegado a la misma conclusión. La Tierra entera es un enorme imán. Sin embargo, la fábrica de esta gran aguja telúrica no era la misma. Vos supusisteis que el interior de la Tierra contenía grandes cantidades de magnetita...

—¿Cómo sabíais vos...?

—Él, en cambio, suponía que ese interior era hierro...

—¿Hierro...? Sí... ¿Por qué no? Aunque al hierro habrá que cebarlo...

—Decía que también era posible que solo una parte de la Tierra, al norte de América, estuviera imantada.

—Uhm... Eso ya no lo creo... Habrá que pensarlo...

—Lo cierto es que mi mentor, el señor Gilbert, que así le llaman otros, no estaba preocupado por la determinación de la longitud. Quería desentrañar las propiedades más elementales de la materia de la que el Universo está hecho. Y no solo se preocupó por el magnetismo, también por las propiedades del «electricus».

—Elektron, en griego, es ámbar.

—Hacía, y sigue haciendo, experimentos para ver un «effluvium» que sale de algunos cuerpos al ser frotados, como si el frotamiento hiciera que se desprendiera este efluvio. Dos cuerpos sin su effluvium pueden o bien atraerse o bien repelerse. Don Guillermo también se preocupaba de las propiedades de la Tierra. «El aire —sostiene— es el effluvium de la Tierra».

—Entonces... el Sol y la Tierra, según el Señor Gilbert, ¿se atraen porque ambos tienen aire y son cuerpos eléctricus?

—No, él más bien cree que la fuerza de atracción del Sol y los planetas es magnética.

»Tiene muchas otras ideas pero no os las puedo contar

todas a la vez, en la primera vez que nos volvemos a ver después de veintisiete años.

Callaron los dos. Míster Wiserealm simplemente respetaba el silencio de Diego. Diego estaba abrumado y confundido. Abrumado, porque había un sabio en Londres que estaba desvelando los misterios del Mundo siguiendo la misma senda que él, llevara esta senda a la sabiduría o al precipicio. Confundido porque Wiserealm sabía casi más de sus propias teorías que él mismo. Un señor cuyo nombre no recordaba y no sabía si recordaba su rostro porque iba embozado hasta las cejas.

—Sois un espía.
—No. Lo fui. Pero ahora no lo soy.
—Habéis llevado mis ideas a Inglaterra...
—Muy pocas. Al señor Gilbert ninguna.
—Ahora me estáis haciendo llegar ideas desde Inglaterra. Tarde o temprano, me diréis que os pague.
—Jamás.
—Solo podéis ser don Domingo Laredo. Quitaos la capa, os lo ruego.
—No me pidáis eso.
—No os lo pido. ¡Os lo exijo!
—Mirad don Diego que mi rostro causa espanto. Yo os revelaré mi identidad sin necesidad de mostraros mi rostro.

Entonces, simulando una voz infantil, melindrosa para ser la voz de un caballero inglés, dijo:

—¡Oh, oh! Diego, Dieguito, mi mentor... ¿Crees que voy muy atrevida con este escote? ¡Oh! ¿Dónde está Sevilla?... Dieguito, no te enfades conmigo... ¡Oh!

La sorpresa de Diego le hizo levantarse y gritar en voz baja:
—¡Susana!

Susana se envolvió más en su capa hasta convertirse en un informe bulto negro.

—Quiero veros la cara.

Entonces, él, Eliot Wiserealm o, mejor dicho, ella, Susana, se levantó y se despidió:

—¿Aquí mañana a esta hora?

Y, sin esperar respuesta, se fue como un fantasma negro.

LA «COUNTER ARMADA»

Diego esperaba angustiado a que el rey le recibiera de nuevo. Juan de Herrera le consolaba diciéndole que todos los días se lo recordaba al rey y que este se mostraba muy interesado y que, por tanto, muy pronto habría de recibirle. Felipe II estaba viejo y torpe, pero ni mucho menos se desentendía del gobierno de cada rincón de su imperio. Su carácter seguía entero, terco, decidido. Debido a su enfermedad ni las piernas ni los brazos le obedecían, pero su corazón latía inflexiblemente y sus ojos brillaban más incluso que cuando era joven. Él siempre había escrito todo. Decidía escribiendo más que hablando y exigía a sus cortesanos y servidores que escribieran.

Ahora, su mano ya no le respondía. Había perdido una gran facultad imprescindible para él. Pero para solucionar ese defecto tenía otras dos manos derechas, que utilizaba según el asunto de que se tratara. Una era su fiel secretario, don Mateo Vázquez, que además de su mano era su sombra. La otra mano derecha era su querida hija, la gentil Isabel Clara Eugenia. Esta princesa era tan discreta, tan humilde, tan lista y tan graciosa que a todos contentaba, a todos entendía y de todos se hacía entender. Tanta confianza tenía en ella su padre que le confiaba los secretos de la gobernación y atendía sus consejos.

Y como las piernas tampoco le funcionaban, disponía de aquella silla mecanizada con mil palancas. ¡Ay! Jerónimo de Ayanz, que se había hecho amigo inseparable de Diego, a pesar de la diferencia de edad, le decía: «¡Si yo hubiera tenido que hacer la silla de Felipe II... se movería por sí sola, sin necesidad de que nadie tuviera que empujarla!». Ahora la empujaban los monteros de Espinosa que también cogían en volandas el liviano cuerpo del monarca cuando era necesario. Decía Herrera que no podía entender cómo un viejo esqueleto impedido, cuyo color blanquecino recordaba la muerte, pudiera tener tanta energía. Ni la gota ni la derrota de la Invencible le doblegaban; al contrario, las dificultades inyectaban un poderoso fuego en su voluntad.

Estaba completamente identificado con su casa, el Monasterio. Él había concebido el Monasterio a su imagen y semejanza y era el Monasterio lo que hacía a aquel hombre indestructible como sus paredes. Y eso a pesar de que el Monasterio había sido no solo concebido como su casa, sino como su tumba.

Estaban Diego y Jerónimo en lo que llamaban su común cuarto de pensar cuando apareció Herrera alborozado y saludando a ambos con excepcional contento y hanzo, propinándoles palmadas recias y amistosas como expresión de alegría nada habitual en hombre tan serio. Pensaron nuestros sabios que había llegado el momento en que Diego sería recibido por el rey, aunque esto no justificaba tanta alegría y alboroto. Pero además se oían risas y voces procedentes de las crujías, que anunciaban que algún acontecimiento más importante se había producido. Se palpaba una agitada excitación en El Escorial, y hasta el mismísimo Monasterio parecía reír con carcajada pétrea sugiriendo que aquel día sería señalado por la historia como trascendental.

—Las nuevas vienen de Lisboa —informó Herrera—. La reina Isabel había enviado lo que los ingleses llamaban la «Counter Armada». Supuso que España, tras la derrota de nuestra Armada Invencible, tendría el ánimo abatido, nuestros barcos destrozados, nuestro rey desolado y humillado, su unión con Portugal resquebrajada, deseoso este reino vecino de liberarse de la opresión de un rey medio muerto. Y decidió invadir España confiando la «Counter Armada» al temido pirata Drake. Esta armada tenía ciento ochenta barcos, muchos más que la Invencible.

»Pero Drake sabe piratear, pero no combatir. No es lo mismo. No se aprovisionó con víveres y los marineros llegaron a Lisboa medio muertos de hambre. Además, contra lo que esperaba el «caballero» Drake, los portugueses no se han unido a los ingleses, sino que se han defendido uniendo sus fuerzas con las nuestras. Los ingleses ni han podido atracar en Lisboa, ni avituallarse, ni beber. Han tenido que huir perseguidos por los barcos españoles en Lisboa, no más de treinta. El almirante soriano Martín de Padilla los ha perseguido e impedido alcanzar las Azores. Ha deshecho la «Counter Armada», con unos barcos hundidos, otros capturados y otros dispersos por el mar, seguramente víctimas del hambre, de los motines y de la incapacidad de su «almirante».

»Alegraos, don Diego, porque ahora el rey os recibirá enseguida. Estos días estaba muy pendiente de esta batalla. Sabía las intenciones de Isabel I de Inglaterra y sabía también cómo acabaría todo. ¡Vaya cómo lo controla todo! Estad atento porque seguramente el rey os recibirá mañana.

Se fueron los tres a unirse a la celebración general por los patios y jardines del Monasterio. A esa victoria habían contribuido mucho Martín de Padilla, la armada española, la alianza y la armonía entre España y Portugal y, sobre todo, la torpeza de «Sir» Francis Drake.

Algo vino a perturbar la celebración. Obis estaba dando últimamente pruebas de debilidad que él negaba presumiendo de tener la mayor salud y fortaleza de todo San Lorenzo. Pero aquel día mandaron llamar a Diego, porque Obis había perdido el conocimiento. Cuando llegaron, él ya lo había recuperado, pero permanecía tumbado y estaba siendo atendido por Uchur, que estaba junto a él de rodillas. También había otros cortesanos con intención de ayudar, rodeando a Obis y Uchur. El viejo se quería levantar tenazmente y pudo incorporarse apoyándose en su hija, pero estaba completamente pálido. Quiso desprenderse de su apoyo, pero Uchur no se lo permitía. Trajeron una silla donde le hicieron sentarse.

Se acercaron al grupo el secretario, don Mateo Vázquez, y el médico del rey, don Francisco Vallés. Este ordenó que llevaran a Obis a su laboratorio donde ejercía su consulta y tenía una adecuada instalación para atender a los enfermos. El rey, que tanto apreciaba a su Catalina, había dispuesto que su médico atendiera en persona a su padre. Obis llegó allí por su propio paso, pero Uchur no le soltaba por si acaso. Ella entró con Obis, y Vallés comenzó un minucioso reconocimiento.

—Decidme, ¿qué os pasa?

—A mí no me pasa nada. Un mareíllo sin importancia. Este calor horrible... Ya se pasó...

—Decid que no, don Francisco. De un tiempo a esta parte mi padre está muy decaído, tiene fiebre, suda mucho por las noches en las que apenas duerme, le salen heridas sin que haya recibido golpes, sangra mucho por las encías y...

—Pero ¿qué cosas te inventas? ¡Estoy como un roble! —bramó Obis—. No haga caso a esta mujer... ¡Andróminas!

—¿Esta herida? —preguntó el ilustre doctor.

—Seguramente me la habré hecho al caer.

—Sabes que no. Sangras mucho sin causa.

—Es que me sobra... ¡Me sobra la sangre! ¡Qué va a pensar este doctor! Que soy un debilucho quejica... No me agarres que no me caigo... ¡Suéltame, mujer! Estoy hecho un toro (pero él mismo se asía al brazo de su hija).

Vallés recogió con una cucharita parte de la sangre de la herida. No era sangre normal. Más bien tenía el aspecto de una papilla de avena. El color y la consistencia de la sangre no eran los habituales. Era más blanquecina y densa que la roja viva y líquida de los hombres sanos.

Tras examinar la sangre, observar las heridas, palpar la piel y medir la fiebre, el divino Vallés, que así se le llamaba, ordenó que había que llevar a Obis a la enfermería del Monasterio, donde podría atendérsele mejor y administrarle los fármacos que habían de consistir en pequeñas dosis de arsénico. Obis se opuso violentamente.

—¡Yo a la enfermería! ¡Como si fuera un tullido, o un leproso, o tuviera el cornezuelo, el fuego de San Antonio bendito! Y todo por un insignificante mareo causado por este insano calor que me derrite. En todo caso me voy a mi pueblo, a Burgos, que allí seguro que hace frío... y allí me curo como los jamones. ¡Yo, el más fuerte y sano de los hombres he de verme entre los malatos!

Pero el divino Vallés fue intransigente y ordenó su descanso en la enfermería.

—Si veo que mejoráis os devolveré a vuestra casa.

Vinieron unos monjes y se lo llevaron al hospital del Monasterio, unas instalaciones admirables salidas en su día del magín del rey.

A pesar de su reacción anterior, Obis ahora se dejó llevar mansamente; se daba cuenta de que Vallés había reconocido la gravedad de una enfermedad que él mismo sabía que le estaba llevando a la muerte. Y se quedaron Vallés y Uchur solos.

—Vuestro padre tiene la sangre corrompida y en un estado tan avanzado de corrupción que me temo que tiene pocos días de vida. La descomposición de la sangre ha afectado ya a los ganglios. El arsénico es veneno, pero a pequeñas dosis le aliviará. Ya no se puede detener la enfermedad. No podemos hacer nada por vuestro padre.

Salió Uchur del laboratorio de Vallés con la mirada perdida, avanzando como un autómata, hasta llegar a los brazos de Diego que la estaba esperando fuera. Entonces, en esos brazos y en ese hombro, lloró mansamente.

GILBERT Y EL MAGNETISMO

Un jardín fresco, una noche caliente, un bulto informe reposando en un banco. Un misterio sin fondo.
—Hermosa noche, doña Susana.
—Todo silencio, don Diego.
—Veréis, Susana. La última vez que os vi fue la última vez que me engañasteis. Entonces erais una espía que actuabais en connivencia con el odioso Domingo Laredo. La espía y el impío. Imagino que también con su hermana, Sol Laredo. Mi cuaderno negro estuvo en vuestras manos, lo que significa que estuvo en vuestra cabeza, lo que significa que estuvo en las manos de los matemáticos ingleses. Ahora, me habláis de descubrimientos científicos, me imagino que con la idea de seducirme al principio y venderme lo importante después. ¿Sois una espía de ida y vuelta?
—Hace mucho tiempo que dejé de ser espía. Ahora solo quiero que la ciencia vuele sin fronteras. Le dije a don Guillermo Gilbert, mi mentor, que debería conoceros. Ahora os digo a vos que deberíais conocerle. Sois muy parecidos, los dos muy corteses, los dos entregados al trabajo, los dos sabios, los dos humildes y, para colmo, él también anota todo lo que piensa en un cuaderno negro. La ciencia pura, la ciencia profunda, no debe tener patria. Todos los científicos del mundo tenéis que entenderos, sin ataduras, sin pertenencia a tal o cual pequeño reino.
—Eso que decís es hermoso, doña Susana. Supongo que también sabéis que es irrealizable. España e Inglaterra están en guerra. Si hay dos monarcas diferentes, esos son vuestra Isabel I, Elisabeth que decís, y nuestro Felipe II. La iglesia inglesa se ha separado de Roma e Isabel I ha sido excomulgada. Felipe II es inflexible en materia de religión. Hace poco que perdimos nuestra armada llamada «La Invencible» y, por si no lo sabéis, la llamada «Counter Armada» inglesa, que venía con la intención de devastar a España, ha sido

aniquilada, sus barcos hundidos o capturados, o dispersos sin posibilidad de salvarse. Acaban de llegar hoy las nuevas, precisamente.

»Si yo ahora me fuera a Inglaterra para trabajar con el doctor Gilbert, viajaría poniéndome ya la soga al cuello para no hacer trabajar a los verdugos ingleses. Y si el Doctor Gilbert viniera aquí, no sería mejor recibido.

—Yo serviría de enlace. Estaría viajando yo de El Escorial a Londres y de Londres a El Escorial, continuamente. Yo sería una correveidile de la ciencia. Y eso solo sería el principio: luego haríamos una red de sabios; sabios creando hermosas verdades en sus cabezas, al margen de los intereses de los reyes, de sus secretarios, de sus confidentes, al margen de los intereses de los obispos. Londres, El Escorial, Salamanca, Bruselas, Roma, Bolonia, Praga, México, Lima, Buenos Aires... Unidos todos en la secta de la ciencia. La ciencia es cosmopolita, pertenece al mundo.

—En mi vida he oído nada tan candorosamente ingenuo.

—Sin embargo, son palabras que oí de vos. Después de todo, ¿no era algo así la familia Charitatis a la que aún pertenecéis?

—Escuchadme, doña Susana. No acierto a comprender este encuentro. Hace mucho tiempo erais una mujer melindrosa, infantil, falta de seso, ignorante... Ahora sois todo lo contrario. Sois una mujer discreta, conocedora de grandes secretos de la esencia del mundo, experta en magnetismo, habláis con seguridad, comprendéis lo que decís, os veo sumamente inteligente y bien informada. Erais una espía conspirando contra España y ahora vuestros enemigos son todos los reyes del mundo. ¿Podéis aclararme esta transformación?

—Tengo que contaros mi vida, aunque sea sucintamente. Desde pequeña tuve una preparación como espía inglesa. Aprendí pronto a hablar castellano y aprendí todos los rudimentos de la ciencia que a mi corta edad se me pudo enseñar. Sobre todo, me enseñaron a amar a Inglaterra y a ser fría con cualquier otro tipo de amores, especialmente hacia los hombres. Como espía yo tenía un arma singular: la belleza. Mi estrategia era fácil. Mostrando parte de mí, haciéndome la tonta y siendo absolutamente fría, tenía que conseguir la información. La misma reina Isabel y el mismo almirante pirata Drake quedaron satisfechos con mi preparada capacidad.

»Mi primera misión fue un éxito. Fui a la costa norte de España, sobre todo a Laredo y, aprovechando mi atolondramiento fingido y mi hermosura real, supe cómo se estaban construyendo los nuevos navíos: más pequeños, muy maniobrables, bien dotados de cañones. Nada de procurar el abordaje sino batalla auténticamente naval. Fui a Londres con la información. El final lo conocéis bien: la invasión de Cádiz por Drake.

»Mi segundo objetivo fuisteis vos. Os estudié a fondo. Conocía vuestros amoríos, vuestro rápido ascenso en la confianza del rey Felipe. Parecía que estabais destinado a algo importante que yo tenía que averiguar. Pero era imposible penetrar en vuestra recelosa persona. Ni parecía importaros mis artes seductoras ni erais sensible a mi infantil modo de ser. Erais impasible, seguramente porque teníais entonces un barullo de sentimientos imposibles con otras dos mujeres, vuestra pariente Uchurgañí y la pintora Solferino. Para colmo, en la ardiente hoguera de vuestro corazón vino a caer otro leño: la serbia que, por supuesto, yo sabía que no era serbia, sino gitana.

»Entonces conocí a los hermanos Laredo y urdí el plan final. No podía volver con las manos vacías ante la reina Elisabeth. Mientras yo me despedía llorosa de vos, arrepentida, falsamente arrepentida, Domingo Laredo entraría en vuestro cuarto y cogería vuestro cuaderno negro. Él me lo entregaría después pues él no estaba interesado en su contenido porque os despreciaba como cosmógrafo. Ni tuve que pagarle por sus servicios pues él, con tal de fastidiaros se daba por pagado. Pero el plan me salió mal. Este Domingo Laredo estaba enfermo de odio, demasiado enfermo. Y quiso para sí el momento mayor de gloria tal como el tonto la entendía. Por odio, quería mostraros el cuaderno negro y, a continuación, mataros: en este orden. Ibais acompañado de un niño, nada menos que por don Jerónimo de Ayanz, pero eso no le impedía mataros. Dijo que era un buen espadachín; y lo era, pero dice que se tropezó y que aprovechasteis para quitarle la espada y el cuaderno negro. El tonto se quedó sin espada y yo sin cuaderno negro.

»Pero yo llegué a ver antes el cuaderno negro y me di cuenta de su valor. Lo hojeé rápidamente y supe que podía reproducir las ideas generales e incluso repetir vuestras fórmulas. Aquel cuaderno negro estaba escrito con letra minuciosa, impecable el péndulo, las fórmulas no tenían tachaduras ni enmiendas ni remiendos. Quedé cautivada con vuestra escritura, aunque ya anteriormente la había admirado en algún descuido vuestro.

»Tenía que volver a Inglaterra pronto. Vos me habíais descubierto, más bien yo me había delatado. Pero entonces ocurrió un hecho que vino a echar por tierra mi ya muy enterrada capacidad como espía: perdí la frialdad. La perdí bruscamente, de súbito, completamente. ¿Qué es lo que ocurrió? Vi deambular a la gitana, sin rumbo ni destino. La seguí un día y otro día. Yo sabía que su derrotero errático por las calles era culpa mía. Me di cuenta que había destrozado yo a aquella mujer. Yo había sido educada para ser frígida con los hombres a quienes espiaba.

»Pero no había sido preparada para ser insensible al tormento de aquella mujer. Esa gitana me fascinaba. Andaba triste pero no alocada. Su figura me deslumbraba. Su rostro me fascinaba. Todo en ella me fascinaba. Era como observar a un ser de otra raza, llena de dignidad, de sabiduría, de humanidad, de fatalidad y aceptación de su suerte. Me fascinaba cuando miraba al cielo. Me fascinaba cuando miraba a la tierra. La seguí varios días. Dormía donde podía sin puente fijo y comía mediante mínimos hurtos sin pedir limosna.

»Por fin la abordé. Me miró con paz; cómo os diría, con paz augusta, paz de bondad, sin rencor alguno. Le ofrecí dinero, lo que rechazó con una sonrisa que no supe interpretar. Le propuse que se viniera conmigo a Inglaterra pues, al fin y al cabo, allí había nacido. Me volvió a sonreír inescrutablemente. Su mansedumbre, su dignidad, me rajó el alma. Me sentí empequeñecida. Debí de llorar, pero llorar de verdad, no como yo con vos. Ella me abrazó y me besó y... se fue. Yo estaba arrepentidísima y me juré no volver nunca más al espionaje. Toda mi escuela como espía se limitaba a espiar los pasos de la gitana. Tenía que aliviar su pena y era ella la que aliviaba la mía. Con toda mi preparación maquiavélica yo no era más que una niña sensible. Es imposible que os transmita lo que aquella mujer me hacía sentir. Era soberbia y era humilde, al mismo tiempo. ¿Cómo puede ser esto?

»Pero al día siguiente, por la noche, no estaba sola. Estaba con dos gitanos, a uno de ellos le llamaban el «conde», o el «marqués», o el «duque», no recuerdo, aunque no era más que un apodo; no era un verdadero noble. En las afueras de la villa habían preparado una hoguera y, ante la presencia de los otros dos gitanos, yo preferí permanecer algo lejos y oculta tras una mata.

»Entonces, el Conde, que no parecía de sangre azul precisamente, sacó una cítara o qué sé yo qué instrumento era aquel, el otro daba palmadas rítmicamente y ella se puso a cantar. Era un canto hondísimo, con letra gitana que no podía entender. Recuerdo que la piel se me puso como la de una gallina desplumada. Nunca oí música así. Al rato, era el otro quien cantaba y ella bailaba en torno a la hoguera. Eran bailes ancestrales o eran bailes sagrados. La gitana parecía fuera de este mundo. Nunca vi baile así...

»Y de pronto...

»...se echó al fuego. ¡Empezó a arder! La gitana empezó a arder. Y yo con mi corazón joven y entregado me lancé a socorrerla. Pero fue tarde. Lo único que conseguí fue quemarme yo también.

Diego quedó horrorizado.

—¡Zujenia! ¿Se... se... suicidó?

—No se suicidó. Yo no diría que fue un suicidio. Yo diría que se inmoló.

—¿Se inmoló...?

Diego metió la cabeza entre las piernas, sujetando su nuca aturdida con las manos crispadas. Clavó sus uñas en el cráneo y aparecieron luego con sangre y pelos:

—¡Zujenia!

El ateo rezó.

Cuando volvió en sí, Susana, el bulto negro informe, el fantasma imposible... se había ido. Le había dejado un billete con su dirección, que no era otra que la dirección de Gilbert, y había escrito: «Recordad lo que os propuse: la secta de los sabios».

DIEGO Y EL REY

Llegó el gran día, como había previsto Herrera. El rey, el magno Felipe II, iba a escuchar, sin límite de tiempo, al modesto cosmógrafo. Y allí se reunieron en la sala real de recepciones, el rey, Herrera y Diego. También había dos monteros que atendían a los movimientos del monarca en su ingeniosa silla dotada de palancas, cables, muelles y demás indescriptibles mecanismos.

Felipe II habló con voz extremadamente apagada pero firme y hasta diríase que alegre:

—Perdonad, don Diego. Hace mucho que esperaba esta entrevista. Hace unos veinte años que la estoy esperando. Os habéis retrasado. Pero mi enfado por vuestra tardanza se suple con el interés de vuestra investigación. Don Juan me ha hablado de vuestros inventos, vuestras dificultades y vuestros logros. Estos días pasados no podía recibiros pues estaba preocupado con la invasión inglesa. Esta invasión ha sido un simple estornudo, como preveía y, en buena parte, he conseguido la victoria desde esta silla de hierros y desde este rincón del mundo, gracias al favor Divino, que está luchando a nuestro lado. He movido los hilos desde aquí, no he dejado dormir a mis espías, cartas iban para acá y para allá, y cartas venían. Han sido días de actividad febril.

»La reina Elisabeth había tratado con dureza y tacañería a sus marineros militares y así no puede prosperar una invasión. No España, sino Iberia, ha ganado esta batalla. ¡Ay, cómo estoy agradecido y obligado a este gran reino de Portugal, por la admiración que le tengo mamada en los pechos de mi madre, doña Isabel, que Dios tenga en su gloria!

Después de estas palabras, el rey se interesó por el estado de salud de don Obis y se mostró dispuesto a oír a Diego. Este tenía todos sus cachivaches preparados para hacer una presentación impactante, incluso teatral. Sacó sus brújulas, los soportes y la vasija de agua. Mostró cómo medir la inclinación magnética y la intensidad magnética, todo con materiales fáciles de transportar o fáciles de reconstruir dada la gran cantidad de años y leguas que aquellos artilugios estuvieron en sus espaldas. Enseñó las fórmulas de las previsiones teóricas basadas en la teoría del gran imán terrestre. Mostró las fórmulas con las que se obtenía la longitud de un lugar. Luego sacó los mapas parciales y, finalmente, como el gran resultado de tan largo viaje y tantos pensamientos, desplegó el gran mapamundi magnético, donde se representaba la mayor parte de la Tierra, resultado de las nuevas medidas y de la cartografía anterior.

Felipe II, como gran experto que era en cartografía y habiendo pasado media vida contemplando mapas, quedó absorto, complacido, parecía que su observación del nuevo mapamundi no terminaría nunca. Parecía que lo quería retener todo él en su memoria. Al fin, levantó sus ojos y buscó los de Diego. Los cuatro ojos, los dos del uno y los dos del otro, manifestaban su complacencia y acuerdo con unas lagrimejas. El rey lloraba. Para él, era uno de los grandes momentos de su reinado. Aquel momento, con el mapamundi magnético desplegado, observado por Herrera, Vázquez y el emperador, era tan importante que bien merecía las lágrimas del rey que nunca lloraba. Esa distinción lacrimosa a la obra de Diego solo era compartida por la sagrada música de Tomás Luis de Victoria. El mapa además estaba bellamente coloreado, como fruto de la acción colaboradora de Obis y Uchur, por lo que no solo era una pieza de gran valor científico, sino que era muy agradable a la vista.

—Gracias —dijo finalmente el rey con voz baja y débil pero resuelta y alegre, mientras acariciaba suavemente un borde del mapa—. Gracias en nombre del imperio luso-español. Tengo que haceros muchas preguntas, pero me voy a limitar a dos...

—Decidme majestad...

—No me llaméis majestad.

—Disculpad, señor, lo había olvidado.

—La primera es: Estas fórmulas que me habéis mostrado son largas y complicadas. Los marinos no podrán utilizarlas...

—Señor: Los marinos del futuro tendrán que saber matemáticas.

—En realidad —intervino Herrera—, eso es lo que se está haciendo en la Academia de Matemáticas.

—Mi segunda pregunta se refiere a la estabilidad de estos

instrumentos en alta mar cuando haya olas que zarandeen el barco. Ya me lo habéis contado, pero querría conocer más detalles.

Orgulloso sacó de su bolsa el sinolas de Jerónimo de Ayanz. Colocó la brújula sobre él y lo agitó remedando el oleaje. La superficie del sinolas permanecía siempre horizontal. El rey quedó nuevamente maravillado.

Ante el asombro del secretario Mateo Vázquez se produjo un hecho, inefable a su entender: el gran Monarca, solo huesos y corazón, se levantó de su silla y se fundió en un abrazo interminable con Diego. Cuando cesó el abrazo y, ayudado por los monteros, volvió a su silla. Diego se retorció para poder liberarse de un nudo en la garganta que le oprimía y que, si no se deshacía de él, no solo lloraría sin contención, sino que su llanto se haría ostensible con hipidos orales sin significado alguno, pero bien expresivos de veintisiete años de esfuerzos y entrega, violentamente sacados del fondo del alma por el abrazo excepcional del hombre más poderoso del mundo. Y así pasó: Diego no solo lloró, sino que de su garganta salieron quejidos del dolor más deseado del mundo. Lloró sin vergüenza alguna.

—¿Sois vos el inventor de este aparato?

—No, señor. El inventor de este aparato fue don Jerónimo de Ayanz —respondió avergonzado, esparciendo las lágrimas por todo se rostro con un manotazo con la mano invertida, pretendiendo inútilmente hacerlas desaparecer. El nudo de la garganta era un nudo marinero imposible de desatar, pero desatados quedaron sus más hondos sentimientos, en los que al agradecimiento al emperador se sumaba ahora el amor y la admiración por su compañero niño Jerónimo.

—¿Jerónimo de Ayanz, mi antiguo paje? —preguntó el rey.

—¿El de las fuerzas de Sansón? —preguntó Herrera.

—¿El gobernador de Murcia? —preguntó Vázquez.

—¿El músico? ¿El pintor? —preguntó el rey.

—¿El torero? —preguntó Herrera.

—¡Jerónimo de Ayanz! Siempre le tuve por hombre de mil habilidades, pero nunca creí que también fuera inventor.

—Don Juan —dijo el rey—. No os acerquéis tanto al mapa que con este calor de los infiernos todos sudamos en demasía y podéis lastimar el mapa con vuestras gotas.

—¿Tenéis calor, señor? —dijo teatralmente Diego.

—Pues ¡claro que tengo calor!

—Entonces sugiero que nos vayamos a otra habitación donde estemos más frescos.
—Me temo que este calor no respeta muros y, como el diablo, se mete en todos los rincones del Monasterio.
—Os sugiero que nos traslademos a otro lugar.
—Vayamos a ese lugar. Con tal que la temperatura sea ligeramente inferior me conformaré. Este calor es insoportable.

El rey sentado en su silla de ruedas maniobrada por los dos monteros, Vázquez, Herrera y Granada, se dirigieron a la habitación presuntamente fresca donde poder seguir discutiendo. Por el camino iban quejándose del fuego inmisericorde del aire y bromeando el monarca preguntando si para llegar a la habitación fresca había que pasar por Burgos. Herrera se preguntaba si se estaría generando una catástrofe del clima de todo el planeta, una hecatombe. No podía explicarse tanto calor tras un invierno tan frío. Vázquez renegaba de la mortificante moda de las dichosas lechuguillas.

Llegaron a la habitación preparada por Ayanz y Diego. Entraron y Diego cerró la puerta tras de sí.
—Para que no se escape el gato.
—¡Más fresco que Espinosa! —exclamó uno de los monteros.

El silencio fue la mejor muestra de admiración por aquel milagro. La habitación estaba perfectamente fresca, casi se diría que había «rasquilla». Además de fresca la sala estaba perfumada, siendo sumamente agradable estar allí, tras el insufrible calor que agostaba la vida en El Escorial. Todos permanecían callados y con la boca semiabierta, huelga decir que también la del rey estaba de esta guisa, como siempre, puesto que tenía el labio inferior sobresaliente como Austria que era. Se tuvieron que poner cuera y coleto y frotarse las manos como en invierno.

En el centro había una mesa y sobre ella unas flores de agradable perfume. El silencio era solo roto por un silbidito a trompicones como si alguien estuviera absorbiendo agua mediante una pajita.
—Que llamen a mi hija. Quiero que vea esto —pidió el rey a un montero.
—¿Sois vos el inventor del ingenio que permite rebajar tanto la temperatura de forma tan inaudita?
—No señor. No soy yo. Os voy a presentar al inventor.

Se dirigió a la puerta, la abrió, dio dos palmadas. Pronto apareció Jerónimo que, sonriente y humilde, puso una rodilla en tierra y la cabeza no le quedó lejos de ella. El rey le levantó:

—¿Tú? ¿Jerónimo? ¿Eres tú el que ha ideado este notable invento?

—Así es, señor.

—Tu invento para estabilizar una superficie zarandeada por las olas me pareció admirable, pero este de la frescura álgida de toda una habitación me parece inaudito.

—Gracias, señor.

—Dime, ¿cómo diablos funciona? ¿En qué se basa?

En esto apareció la princesa, Isabel Clara Eugenia. Venía sofocada y al entrar en la habitación también quedó maravillada, incrédula. Incluso tuvo que frotarse los brazos pues sintió frío y se le erizó el bello. También quedó muda y con la boca algo abierta. Su asombro no hacía más que acrecentar su belleza y aquella simpatía que enamoraba a todos los cortesanos y a todas las cortesanas.

Jerónimo sacó las flores del búcaro y apareció una tubería doblada. El ingeniero empezó su explicación.

—Se trata de una corriente de agua impulsada por una máquina de vapor que se estrangula produciendo una bajada de presión. Además, la corriente de agua, que sube por la pata de la mesa, viene ya fría porque se le hace pasar por unas tuberías enterradas en nieve... Todo está en la habitación de abajo. Aquí solo está la tubería con el estrangulamiento oculta por las flores.

Iba a poner las flores en su sitio, pero cambió de idea y se las entregó con cortesía a la princesa que lo agradeció con una luminosa sonrisa. Quería Ayanz que visitaran la habitación de abajo pero el rey prefirió permanecer en la sala fresquita para seguir discutiendo y dejar la explicación técnica del ingenio para después. Ayanz se retiró discretamente hasta ser llamado de nuevo. También la princesa se retiró tras besar a su padre y despedirse de los otros. El frío perfumado le había alegrado al entrar, pero empezaba a parecerle excesivo. El calor que la aguardaba fuera fue para ella como una bendición, tan friolera era.

—Don Diego, me dijo Juan de Herrera que me habíais elaborado la lista de científicos aprovechables para la navegación, la minería, el ejército, la hidráulica y demás artes para la mejora del imperio.

Diego sacó la lista y se la entregó al rey. Felipe II puso su atención completa en aquellos pliegos con nombres, fechas y hazañas científicas de los laureados con su mención. El rey pasó de unos pliegos a otros que formaban casi toda una resma. Volvía al primero, volvía a encontrar el pliego señalado por su índice, iba y volvía por todos los pliegos, examinaba la lista como si le complaciera y, al mismo tiempo, como si le molestara. Tras este minucioso examen, con suma concentración como era habitual en él, el monarca empezó a hablar, aunque con voz tan menguada que no se sabía si era su voz o era el silbido del agua estrangulada.

—Esta lista contiene científicos tanto útiles como inútiles...

—Solo, si sabios, los inútiles están incluidos. No desdeñéis a estos sabios inútiles. Lo que hogaño son ideas, mañana serán ingenios. Los ingenios de hoy son hijos de las ideas de antaño. Sin semilla no hay árbol. Disfrutad también de la lista de los sabios inútiles porque sus cabezas decidirán el futuro, mucho más que las armadas. Si os preocupa el imperio en vuestra vida, llamad a los científicos experimentales; si queréis que el imperio perviva tras vuestra muerte, llamad a los científicos teóricos.

—Me suena muy bien lo que decís... pero... veo en la lista algún nombre raro... El que más se sorprende y os insto a que lo eliminéis de la lista es este: Felipe II de Austria. No es un científico.

—Señor, no puse ese nombre por someterme a la necia lisonja. No solo sois el gran impulsor de la ciencia; sois además un buen científico. Solo así podéis tener esta gran colección de mapas, astrolabios, azafeas, sextantes, brújulas, redomas, alambiques, relojes...

—Basta. No sigáis. Eliminadme de la lista. No soy digno de figurar en ella. Si, por puro juguete, se apareciera, en esta sala fresca, aquí, el viejo Pitágoras, quedaría abochornado con mi nula capacidad matemática.

—Señor: no os eliminaré. Me atrevo a desafiar vuestra autoridad. No puedo tacharos. Vos no hacéis ciencia: hacéis científicos.

—Está bien, está bien... Borradme, he dicho. Veo que conozco a casi todos...

—Seguramente... vos hubierais acabado la lista en mucho menos tiempo que yo. Conocéis con pelos y señales a cada siervo del imperio... Bien, en esto sí he exagerado un poco...

—Pero aquí veo un extraño nombre: Uchurgañí Zujemó Beró... ¿Quién es este buen señor?

—Señor, no es un señor, es mi hermanastra, Catalina... Este es su verdadero nombre completo...

—¿Catalina? ¿Catalina es vuestra hermanastra? Creí que

era vuestra prima, pero... ¿Qué diablos hace Catalina en esta lista de científicos? ¿Qué pinta aquí... Uchurgañí... Zujemó... Beró...? ¿Qué extraños nombres son estos? Y, sobre todo, ¿qué ha hecho Catalina de ingenioso para figurar en la lista?

—Señor... ella es la que descubrió el tercer dato del magnetismo terrestre: la intensidad magnética. Y pensó cómo se podía medir. Ella fue la que metió la brújula en el agua, lo que se dice pronto... Es cierto que los datos de intensidad magnética no se pudieron medir con tanta precisión como los de declinación e inclinación, pero se podrá en el futuro con mejores relojes. Los sabios del futuro reconocerán su importancia. Para caracterizar el magnetismo hay que dar tres valores...

—Bien, bien... dejadme seguir.

»Aquí está mi paje... Don Jerónimo de Ayanz. Bien merecido se lo tiene, aunque hoy me ha dejado un poco frío —solo Vázquez rio la broma del rey, pero rio de buena gana—. Ha inventado ese artilugio tan interesante que cuando niño le llamó el sinolas. Ahora resulta que ha inventado algo increíble: una habitación con acondicionamiento de la temperatura por medio del aire. Son ciertamente dos inventos notables.

—Pero ha inventado muchas más cosas.

—¡Ah! ¿sí?

—Ha inventado una campana en la que un hombre puede estar bajo el agua indefinidamente. Lo ha probado ya en el pantano de Ontígola que diseñó Herrera. Con gusto sería yo el hombre sumergido. Ha inventado una máquina de vapor para desecar las minas, hace experimentos químicos con cobre para depurar la plata de las minas, una barca submarina, una máquina que achica el agua de un barco y muchos otros usos... No diré más, que sea él quien os lo cuente y que sea él quien os enseñe su casa maravillosa donde las ideas cobran vida.

—Este es el tipo de hombres que necesita el imperio. Un hombre que hace tantos inventos como Leonardo da Vinci...

—...Y que además funcionan— dijo Herrera, sarcástico en su seriedad.

—Sigamos con la lista. Don Diego, aquí hay gente muerta...

—Las ideas de estos muertos no están muertas.

—Está muy bien la lista. Ya que colecciono relojes, mapas, libros y reliquias, ¿por qué no voy a coleccionar científicos?

DESENLACE Y ENLACE

No duró mucho tiempo Obis en la enfermería del Monasterio. Molestaba a los frailes alardeando de salud. Los frailes le aguantaban porque sabían la predicción fatal del médico real, el doctor más sabio del mundo, digno sucesor de Vesalio. Sabían que, con aquella sangre pastosa, que ellos debían de limpiar en las cada vez más frecuentes heridas, no se podía vivir mucho. Y tan cercana ya preveía su muerte que el divino Vallés le permitió irse a su casa. Pensaba Vallés que los hospitales estaban para que en ellos se curara la gente, no para que se muriera allí. La muerte es más digna y más humana en casa.

Y por su propio pie, torpe pero tozudo, quiso volver a su casa, él que nunca la había tenido. La despedida de la enfermería no estuvo exenta de ceremonia. Allí estaban Herrera, que reconocía la capacidad de Obis para las matemáticas y tenía afecto por él. Allí estaba Vázquez, supliendo al rey que estaba cada vez más estático. Allí estaba Vallés, autorizando la salida del enfermo y dando últimos consejos al paciente, impasible como médico que era. Los médicos pasibles no podrían vivir. Era pues de agradecer que se esforzara en parecerlo. Y allí estaban Uchur y Diego para acompañarle a casa.

Iban los tres por la calle, Uchur y Diego cogían cada uno de un brazo a Obis, quien quería zafarse de aquel cuidado, pero no podían soltarle porque su debilitamiento le haría caer.

—¡Dejadme en paz! Yo me basto. ¡Déjame, pollo!

Pero él reconocía que no podía con su alma y se aferraba al brazo de sus hijos. Los transeúntes se quedaban mirando al trío y uno hubo que ofreció su carro para llevar más compasivamente al viejo, pero este, el andante moribundo, soltó tan procaces disparates a tan misericordioso boyero que les dejó a los más jóvenes que siguieran medio arrastrando a tan orgulloso viejo impedido.

El calor era horrible. Dentro de las llamas no se sentiría uno mejor.

Obis sabía que su cuerpo estaba podrido y que sus fanfarronadas eran ridículas.

—Uchur, Diego... Me estoy muriendo... No puedo más... Dejadme morir.... No creo que llegue a casa... Dejadme aquí tirado en esta esquina. Y no se os ocurra llamar a un cura...

—¡Qué te vas a morir...! No te queda energía a ti todavía. Nos enterrarás a todos —mentía por compasión Diego.

—No te hagas el flojo que, en cuanto lleguemos a casa, te frío un par de huevos —animaba Uchur, ocultando su pena.

Y a trancas y barrancas llegaron a la casa de Uchur y pudieron llevar a la masa cada vez más inerte de Obis hasta la cama. Cuando se vio en ella, su debilidad era tal que no se sabía si aquello era agonía todavía o muerte ya. Pero los latidos seguían atronando el ancho pecho y le dejaron reposar con cierta esperanza, que es, dicen, lo último que se pierde. Es lo penúltimo.

En el zaguán de la casa, se miraron Uchur y Diego. Este desvió la mirada al suelo. La última vez que había estado allí, Uchur le había echado. Y, cumplida su misión de llevar a Obis hasta su última cama, tenía que irse.

—Adiós, Uchur. Llámame si me necesitas.

Esta le retuvo con su mano amable, cogiendo su brazo.

—Perdona Diego. No es justo lo que te dije. Quiero pedirte que vuelvas a casa. En realidad, no tengo motivos ni es justo que esté celosa... Celosa de mi madre... Bueno, un poco... pero no soy quién para estar celosa, pues soy tu hermana... bueno tu hermanastra... y, además, soy una vieja llena de mataduras... y te debo la vida...

Se echó a llorar como una magdalena ocultando su rostro con insuficientes manos.

—Perdóname tú, Uchur, que he herido tus sentimientos como un bruto torpe. Soy una acémila a tu lado. Me perdí en ensoñaciones amorosas con fantasmas del pasado... Yo también soy viejo... pero un viejo que no ha aprendido nada de lo que tenía que aprender. No tengo, como tú, mataduras en el cuerpo, pero el corazón tiene forma de patata de tantas como ha ido acumulando. Amo tus mataduras. Te embellecen. Eres una pantera negra.

—Y yo, de ahora en adelante, ya no seré tu amante sino tu hermanastra.

Tan serios y formales parecían al decir esto que se diría que se estaban casando.

De pronto interrumpió la tierna escena el impetuoso Obis con más energía y alboroto que nunca.

—¡Oehp!
—¡Padre!
—¡Don Obis!
—¡Lo que tenéis que hacer es casaros de una carcavera y lumia vez!

Siguió el silencio. No sabían los hermanastros si estaban asombrados más por la proposición sacrílega o por la inesperada resurrección de Obis, que no solo volvía a la vida sino que volvía con ímpetu furibundo.

—¡Voto a bríos! ¡Pardiez! ¡Por las reliquias de San Policarpo! ¡Miren estos remilgados!
—Padre...
—¡Calla ya, hija mojigata! Escúchame lo que os voy a decir a los dos: Creéis que sois hermanastros. Creéis que soy el padre de los dos... Tú, pollo, crees que yo soy tu padre y que Sara, la bella esclava catedrática, fue tu madre... Pues no. Cuando esto dije y así lo creísteis… fue un farol. Nunca toqué un pelo a Sara. La amaba... pero ella a mí no... Fue solo un farol. Me cuesta terriblemente hacer esta confesión, pero no tengo más remedio que hacerla. Ella me rechazó. Y no supe enterrar mi orgullo. Sí; soy un chisgarabís, un bambarria, un voceras, un pavitonto... No; pollo, no eres hijo mío. Tu madre fue Sara. Tu padre... ni lo sé, ni lo quiero saber. solo tengo sospechas, pero con sospechas, como bien podéis imaginar, no se mancha un buen nombre... Fue un farol. Pollo: no eres hijo mío. Mi orgullo no me ha permitido confesar la verdad. ¿Por qué la esclava catedrática me rechazó, si todas las mozas caían en mis brazos como fruta madura? Pero es el momento de que me trague el orgullo.

»No sois hermanastros. Así que casaros de una carcavera vez. Nunca pensé que fuera capaz de hacer esta confesión tan angustiosa. Pero a este pollo le he cogido cariño y a la gitana, claro está, en este caso por ser mi sangre la que circula por sus venas... ¡Ya lo sabéis!

A esta confesión, tan inesperada en una persona tan narcisista y embustera como Obis, que seguro le habría costado la sangre espesa y descolorida que se apelotonaba por sus venas, los amantes, liberados de su condición de tener un mismo padre, se unieron en un beso en los labios interminable mientras sus cuerpos parecían querer ocupar el mismo espacio. ¡Tan poco espacio para tan eterno beso!

Obis murió.

Fue al cabo de tres días tras su angustiosa confesión de que Diego no era hijo suyo (otro tipo de confesión no cabía esperar en personaje tan descreído). Se muere como se es.

Durante estos tres días su debilitamiento iba y venía, jugando con San Pedro y con Lucifer; que si paso, que si no paso, alternando la quietud más preocupante con la fanfarronería más ruidosa. Al final, la primera ganó esta batalla, que no era otra que la batalla entre la vida y la muerte.

Obis murió consciente. Sin el don del habla ya, hizo unos gestos a sus hijos. Primero, de adiós. Segundo, con la boca y una mano les tiró un beso. Y, por último, haciendo con sus manos un par de eslabones unidos, les pidió que se casaran.

El tránsito entre la vida y la muerte no puede ser más inexplicablemente instantáneo: se está vivo o se está muerto, definitivamente, sin marcha atrás ni medias tintas. El tránsito es brevísimo, como si esta brevedad fuera alguna propiedad intrínseca de la vida. En este tránsito, un mero punto sin extensión alguna en la carrera del tiempo, estuvieron presentes solo Uchur y Diego, cogidos de la mano, como verdaderos esposos, como hija y como yerno, recién nominado este como tal, observando extáticos el milagro de la muerte.

Al cabo de un rato de sobrecogedor y religioso silencio, habló Diego:

—Una vez dijo que yo era su hijo. Otra vez dijo que yo no era su hijo. Alguna de las dos veces mintió. Alguna de las dos veces dijo la verdad.

Habló Uchur:

—Al menos sabemos que una vez en su vida dijo la verdad.

ULTÍLOGO

Relación de matemáticos, físicos, cosmógrafos, ingenieros y cartógrafos en el reinado de su Majestad Don Felipe, el segundo de su nombre.

Según la recopilación de Diego de Granada, Cosmógrafo y Criado Real, El Escorial, 1590, con comentarios añadidos en el año de 1700 por Eduardo Navío Berasategui.

Impreso en los talleres de Sergio Barriola Rojano, Nápoles, 1701.[1]

José de Acosta (Medina del Campo, 1540, sigue vivo). *Murió en Salamanca en 1600.* No debería incluir el nombre de este jesuita pues más bien este insigne aventurero era misionero, antropólogo y naturalista. Le incluyo por sus observaciones del brillante cometa de 1577 en el lago Titicaca. Desde su cátedra en la Universidad de San Marcos en Lima influyó en la opinión de algunos físicos, al ser de los primeros en creer que no hay que seguir las Divinas Escrituras al pie de la letra en tratándose de cuestiones científicas. Creo acertada su opinión de que los indios de América llegaron a este continente por el norte desde Siberia. Es uno de los humanistas formados en la Universidad de Alcalá. Hablaba aymara y quechua y publicó un catecismo y breviario trilingüe, amén de otras obras de su especialidad.

Felipe de Austria* (Valladolid, 1527–San Lorenzo de El Escorial, 1598). El autor de la relación le incluyó, pero Felipe II le ordenó suprimirle en esta lista de sabios. Yo le vuelvo a incluir por

---

[1] A continuación del nombre se pone un asterisco si son personajes de la novela que se acompaña sobre las aventuras del cosmógrafo Diego de Granada. Se han incluido en cursivas los comentarios escritos a mano en época posterior.

mi cuenta, pues Felipe II no fue científico, pero hizo científicos, que es una buena forma de hacer ciencia.

Hernando y Juan de Aguilera. Fueron dos los hermanos Aguilera: Hernando y Juan, ambos nacidos en Salamanca, no he podido saber cuándo; debió ser por el año de 1500. Juan murió en 1560, dejando libre la cátedra de Matemáticas y Astrología que ocupó su hermano Hernando hasta 1576. Juan escribió «Canones Astrolabii Universalis» y fue médico de los papas Paulo III y Julio III, volviendo a Salamanca en 1550. Los dos hermanos, astrónomos, consiguieron que en la Universidad de Salamanca se impartiera la teoría de Copérnico, siendo optativo para el estudiante ser enseñado por los sistemas de Ptolomeo o de Copérnico, «al voto de los oyentes», hecho singular en Europa.

Juan Arias de Loyola. No he sabido dónde ni cuándo nació y vivió. *Murió en 1596.* Quizá vuestra Majestad lo sepa mejor porque trabajó en la Academia de Matemáticas de Madrid. Escribió dos libros que fueron muy usados en toda Europa: «Compendio de Cosmografía y de Esfera» y «Uso de los globos». Fue quien introdujo el concepto de meridiano.

Benito Arias Montano* (Fregenal de la Sierra, 1527–Vive. Apuesto que morirá en Alájar) *Murió en Sevilla en 1598.* Ermitaño, labrantín, poeta, hebraísta, latino, hombre cultísimo y buen amigo mío y de Vuestra Majestad. Su Biblia Políglota y la biblioteca de El Escorial son sus dos obras magníficas. También, aunque en menor medida, tiene algunas reflexiones sobre Física, en su «De circulo aquarum et fluminum» de su «Naturae Historia». Habla de la elevación de las aguas, para lo que el aire es un impedimento. *Parece que se aproxima al concepto de la pesantez del aire, que hoy llamaríamos presión atmosférica.*

Jerónimo de Ayanz* (Guendulain, Navarra, 1553, vive todavía). *Murió en El Escorial en 1613.* La vida de este ilustre inventor es inefable, pero vos le conocéis bien por haber sido paje de vuestra Majestad. Es autor de más de cincuenta inventos presentados cabalmente ante el Aposentador Real. Destaco solo los que me parecen más importantes: Un «buzo» con el que un hombre puede estar sumergido cuanto tiempo quiera bajo el agua, recibiendo el aire por un tubo elástico que además le permite comunicarse con el exterior. *Fue experimentado con gran éxito en el Pisuerga ante Felipe III y muchos curiosos.* También una barca entera. Varios tipos de hornos. Balanzas de increíble precisión con las que es posible medir el peso de la pata de una mosca. Vuestra Majestad fue testigo de cómo acondicionó el aire de una habitación de El Escorial que se mantuvo fresca en un día de calor nunca visto. El «sinolas», inventado en su niñez, que hace que una superficie se mantenga horizontal a pesar de estar sometida a oleaje. *A este invento hoy se le llama «Suspensión Cardan» por atribuírselo a Cardano. Otros lo han atribuido a Juan de Herrera. Ayanz fue el primer inventor.* El invento que más aprecio es el de la «Máquina de Vapor» que tiene muchos usos. Él lo aplicó con éxito a la desecación de una mina de su propiedad, pues es minero. Un método con cobre para extraer la plata de la amalgama. *Aplicado con gran éxito en las minas de plata de América.* Ideó métodos para determinar la longitud.

Además de sus muchos y notables inventos, es conocido por su fuerza descomunal. *Se le llamó «Hércules hispano» y «el caballero de las prodigiosas fuerzas».* Ha participado en numerosas batallas. Es admirado como cantor, compositor de música, pintor, torero y jinete. *Fue caballero de la Orden de Calatrava, Regidor Perpetuo de Murcia y modernizó el puerto de Cartagena, recuperando su antigua importancia de los tiempos clásicos. Por mandato de Felipe II visitó 550 minas y vino con una colección de minerales de 508 piezas. Pero su hijo Felipe III no mostró interés en esta colección.*

Mariano Azaro*. Ingeniero hidráulico italiano afincado en España. Se le denominaba el «ingeniero ermitaño» y acabó haciéndose carmelita. No tengo datos de su nacimiento y muerte.

Luiz Jorge Barbuda (1564–vive). *Murió en 1613.* Cartógrafo portugués pero que sirvió a las órdenes de Vuestra Majestad como «Maestro de cartas de navegación y mapas del mundo». Esto fue en 1582. Elaboró un conocido mapa de China que Ortelius en 1584 incluyó en su obra «Theatrum Orbis Terrarum».

Cristóbal de Barros. *Murió en 1596.* Vuestra Majestad le encargó un informe sobre la disminución de la fabricación de navíos en la Cornisa Cantábrica, lo que hizo en 1569. Llevó el peso de la organización de navíos en Lepanto y en la Invencible. En 1573 propuso la creación de seminarios itinerantes para la renovación de la fábrica de navíos en Guipúzcoa, Vizcaya y Cantabria.

Obis de Burgos * (Burgos, ¿?–El Escorial, 1589) Matemático de talante natural ayudante de Diego de Siloé y de Juan de Herrera. *Para mí que este personaje es invento del novelista.*

Juan Cedillo Díaz. *Murió en 1625. A partir de 1611 fue Cosmógrafo Mayor y catedrático de Matemáticas de la Academia Real de Matemáticas sucediendo a García de Céspedes. Escribió «La calamita, brújula y del noroestear y nordestear de las agujas». Apoyó el sistema de Copérnico del que era buen conocedor como lo expuso en su obra «Ydea astronómica de la fábrica del mundo y movimiento de los cuerpos celestiales». En 1615 tradujo el libro de «De revolutionibus», aunque no lo pudo concluir por condena.*

Juan de Celaya* (Valencia, 1490–Valencia 1558) Uno de los grandes físicos españoles. Era también matemático, teólogo y cosmógrafo. Perteneció a la escuela de los llamados «calculatores», muy influido por Juan de Buridán y su teoría del «impetus». Estudió y enseñó en París donde pasó gran parte de su vida. Volvió a Valencia incorporándose a su universidad hasta su muerte. Fue profesor de Domingo Soto. Estableció el principio de que un cuerpo no sometido a ninguna fuerza sigue una trayectoria rectilínea recorrida con velocidad uniforme. *A este principio se le llama hoy Principio de Galileo y fue adoptado por Isaac Newton como Primer Principio de la Mecánica.*

Jerónimo de Chaves* (Sevilla, 1490–Sevilla, 1574). Hijo del Piloto Mayor Alonso de Chaves. Primer catedrático de Cosmografía de la Casa de Contratación de Sevilla desde 1522. Piloto Mayor sucediendo a Sebastián Caboto. Su obra «Chronographia o reportorio de tiempos» ha tenido mucha repercusión en toda Europa y de la que se han hecho 15 ediciones. Elaboró muchos mapas entre los que destaco el de Florida. Tradujo el libro de la «Sphera» de Sacrobosco.

Pedro Cieza de León (Llerena, Badajoz, 1520–Sevilla, 1554). Más conocido como gran conquistador y, sobre todo gran cronista, con su «Crónica de Perú» dedicado a vuestra Majestad. Le incluyo aquí por ser también buen cartógrafo, con su mapa de las Américas de 1554.

Pedro Ciruelo (Daroca, 1470–Salamanca, 1548). Clérigo, gran matemático. Estudió en Salamanca y estuvo en La Sorbona unos 10 años, doctorándose en teología y enseñando matemáticas. De allí pasó a Sigüenza. Cisneros le procuró una cátedra de Teología en Alcalá. Fue Magistral de la catedral de Segovia y acabó en Salamanca, pero como eclesiástico. Son de destacar sus obras «Tractatus aritmeticae practice» con numerosísimas reimpresiones y «Reprobación de supersticiones y hechicerías». Le conocéis bien pues fue preceptor de vuestra Majestad. Su saber fue tan vasto que de ahí viene el dicho «saber más que Ciruelo». Una mancha en su biografía: Consideró heréticas las obras de Erasmo.

Jerónimo Cortés (Valencia, 1560–vive). *Murió en Valencia en 1615.* Divulgador y astrólogo, «maestro de contar». Ha escrito un tratado de aritmética práctica. Escribe pronósticos. *Hoy se siguen sus pronósticos entrando en el siglo XVIII. No debió don Diego incluir su nombre, pero lo he respetado.*

Martín Cortés de Albácar (Bujaraloz, Zaragoza, 1510–Cádiz, 1582). No confundir con el hijo de Hernán Cortés, también llamado Martín. Este Martín Cortés de Bujaraloz es uno de los grandes matemáticos que ha dado este siglo, y su libro «Breve compendio de la Sphera y del arte de navegar con nuevos instrumentos y reglas ejemplarizado con muy sutiles demostraciones» es el que más me ha enseñado y que más ha enseñado a todos los geógrafos europeos. Fue publicado en 1550, dedicado a vuestro padre, y se ha reeditado muchas veces. Los ingleses lo han reeditado en inglés hasta 9 veces. Descubrió la declinación magnética y los meridianos magnéticos. Situó el polo norte magnético en la isla de Groenlandia. Fue autor de una proyección cilíndrica en los mapas en la que las trayectorias de rumbo constante son rectas. Otros atribuyen esta proyección a Santa Cruz. Pero es menester decir que la matemática de esta proyección hay que atribuírsela a Gerardo Kremer (Mercator*) con quien coincidí en Amberes.

Francisco Domínguez. Cosmógrafo portugués que por vuestra orden viajó en la expedición del doctor Francisco Hernández para hacer el inventario completo de las plantas con propiedades curativas de Nueva España. Su misión como cosmógrafo era hacer una supervisión geográfica exhaustiva de aquellas tierras. *Fue aquella la primera expedición científica de la historia.*

Juan Escalante de Mendoza (Ribadeneira, Oviedo, 1529–vive). *Murió en Nombre de Dios, Panamá, en 1596.* Bravo marino con experiencia y valor enfrentándose con éxito a los piratas franceses. Se destaca aquí porque también es astrónomo y cartógrafo, escribiendo en 1575 el libro «Itinerario de navegación de los mares y tierras occidentales», ameno y dialogado, dedicado a vuestra Majestad. Sin embargo, este libro no vio la luz de la imprenta al no recibir el «nihil obstat» del Consejo de Indias para que no pudiera ser aprovechado por extranjeros, especialmente por piratas. *En 1595 fue nombrado Capitán General de la Armada y Flota de la Nueva España.*

Pedro de Esquivel (Alcalá de Henares, no sé la fecha; murió no sé dónde en 1570). Sacerdote matemático catedrático de Matemáticas en Alcalá de Henares. Vos le encomendasteis la gran empresa de la «Descripción y Corografía de España», empleando técnicas de triangulación trigonométrica junto con Pedro Juan de Lastanosa.

Giulano Ferrofino. Milanés. Trabajó para Vuestra Majestad desde 1569 como experto en artillería naval. *En 1595 fue nombrado Catedrático de Matemáticas de Palacio.*

Diego García de Palacio (1540–vive). *Murió en Santander en 1595; arruinado.* Marino, científico, ingeniero, explorador en Nueva España. Es más bien jurista, Oidor de la Real Audiencia de Guatemala. Escribió «Instrucción náutica para el buen uso y requerimiento de las naos, su traça y gobierno conforme a la altura de México», impreso en México en 1587. Es el primer libro del mundo sobre la construcción de navíos.

Andrés García de Céspedes (Valle de Tobalina, Burgos, 1560–vive). *Murió en Madrid en 1611.* Es uno de nuestros más distinguidos cartógrafos y físicos. Sería aconsejable que Vuestra Majestad le nombrara Cosmógrafo Mayor del Consejo de Indias cuando Ondériz fallezca. *Así ocurrió en 1596. Felipe II aceptó el consejo de Diego de Granada y le dotó con un sueldo de 800 ducados.* Estudió en Salamanca y Valladolid y fue profesor de Artillería en la Academia de Burgos (1575). Actualmente vive en Portugal (*volvió en 1593*) donde trabaja con los más afamados cartógrafos portugueses. Está escribiendo un libro sobre los nuevos instrumentos de geometría y sobre el regimiento de navegación (*lo publicó en 1606*) que será un trabajo de gran trascendencia. Su trabajo en la física me parece realmente interesante y novedoso. Como fue alumno de Domingo Soto y de Juan de Celaya, supo combinar la ley de la caída de los cuerpos del primero y la ley de velocidad constante de un cuerpo no sometido a fuerzas del segundo para concluir que la trayectoria de un proyectil es una parábola, al menos en su rama descendente, siendo esto un gran resultado de la física y sus aplicaciones artilleras. *Añadamos que fue el primero en publicar este resultado, mucho antes que Galileo, que hoy es bien aceptado como cierto*. Para valorar el resultado comparémoslo con la idea anterior debida a Tartaglia, según la cual, la trayectoria del proyectil tiene tres tramos: ascenso rectilíneo, circular y descenso rectilíneo. *Desde 1593 se hizo cargo de la gran colección de relojes de Palacio*. Es autor de muchos otros libros y de un *Mapa del Universo (1606) que ya contiene Alaska y el golfo de California*.

Esteban de Garibay y Zamalloa (Mondragón, 1533–vive). *Murió en 1599*. Cronista real. Hizo un informe en 1569 al Consejo Real, según orden del doctor Hernán Suárez de Toledo, para solucionar la disminución de fabricación de navíos en el mar Cantábrico. Ahora se fabrican allí navíos de menor tonelaje y mayor movilidad y que viajan a Terranova, las Indias y otros lugares.

Juan Bautista Gesio. Era napolitano, pero fue cosmógrafo de Vuestra Majestad colaborando para un atlas de España. Se declaraba antillulliano a pesar de que trabajaba a las órdenes de Herrera. Actuó como espía en Portugal desde 1570 a 1573, volviendo a España con valiosa documentación sobre cartas y mapas portugueses.

Jerónimo Girava (Tarragona, creo que en 1499–Herculano, 1556). Realizó un mapamundi en 1556 para Carlos I, que es un extraordinario monumento cartográfico donde aparece ya el continente Austral, descubierto en 1549. Escribió dos libros de Cosmografía. El libro «Los veintiún libros de los ingenios y de las máquinas» no es de Juanelo, como este mismo me corroboró. Creo que fue de Girava o quizá de su discípulo y compañero Lastanosa.

Antonio de Guevara (Treceño, Cantabria, 1480–Mondoñedo, Lugo, 1545). Fiel a vuestro padre, enfrentándose a los comuneros, fue nombrado Predicador Real y actuó como cronista oficial. Fue obispo de Guadix y Mondoñedo. Su actividad principal, por tanto, no fue científica. Sin embargo, escribió un «Arte de marear y de los inventos de ella» que ha tenido gran difusión, con 25 impresiones en francés, 4 en italiano, 2 en castellano y una en inglés. Quizá han sido más.

Antonio Herrera. Está preparando el libro «Descripción de las Indias Occidentales» para lo cual ha realizado mapas de la península Ibérica, África, América, China, Indochina, Japón, Filipinas,

Molucas, Nueva Guinea, varias islas de Polinesia. *Se publicó en 1601. No contiene Australia ni Nueva Zelanda.*

Juan de Herrera* (Maliaño, Mobellán, Cantabria, 1533–vive). *Murió en Madrid en 1597.* Es uno de los más cercanos científicos y bien le conocéis. Huelga decir que os conocisteis en vuestro viaje por Italia, Alemania y Flandes, donde él era uno de los soldados de la guardia. Comenzó su trabajo como ayudante de Juan Bautista de Toledo. Es Arquitecto de Vuestra Majestad y Aposentador Mayor de Palacio. Fundador y responsable de la Academia Real de Matemáticas, idea vuestra desarrollada por Labaña. Su obra más grandiosa ha sido la del Monasterio del Escorial, aunque no estuvo solo en esta gran obra, como bien sabéis. Para ello instaló grúas de su invención. También dispuso de la instalación de las necesarias *(hoy llamaríamos letrinas)*. Algunas obras importantes: Puente de Ariza *(quizá fue obra de Vandelvira)*, la Puente Segoviana de Madrid, ingenio para cortar chapa en Berna (Vizcaya), abastecimiento de agua en Valladolid (Arcas Reales), instrumentos de su invención para determinar la situación geográfica, reforma y mejora de instrumentos y cartas *(más bien impulsó y controló)*, catedral de Valladolid, Mar de Ontígola, anteriormente diseñado por Juan Bautista de Toledo. Es seguidor de las ideas de Llull y de libros herméticos.

Juan Honorato. Profesor de Matemáticas y Arquitectura de Vuestra Majestad.

Jaime Juan. Valenciano. En 1582 Herrera le envió a Nueva España y a Filipinas para hacer observaciones de eclipses y mareas con la aguja de marear, pero murió antes de llegar a Filipinas. Tenía la misión de encontrarse con Francisco Hernández y traer el material botánico que hubiera ya recopilado. También debería recoger los papeles del genial fray Martín de Rada. Hombre valioso, aunque la muerte le sorprendió no pudiendo demostrar su valía.

Pedro Juan de Lastanosa* (Monzón, Huesca, 1527–1576). Estudió en las universidades de Huesca, Alcalá, Salamanca, París y Lovaina. Trabajó en Flandes desde 1553 a 1556, a las órdenes de su maestro Girava. Con él viajó a Nápoles para estudiar el abastecimiento de aguas, pero murió Girava y él tuvo que hacer solo el estudio. Recomendé a Vuestra Majestad el nombramiento de Criado Ordinario y se ve que atendisteis mi consejo pues fue nombrado para ocuparse como «Maquinario y Maestre Mayor de Fortificaciones». Buscó el agua subterránea para El Escorial, rechazando la intervención de los zahoríes. Continuó la obra cartográfica de Pedro Esquivel, ocupándose de Aragón en el primer mapa general de España. Se encargó de la revisión de libros científicos y, gracias a él, se publicó el «Libro de las longitudes» de Santa Cruz. Diseñó un molino de reloj, aunque Ruy López de Luna le disputó la invención. Su gran obra fue «Los veintiún libros de los ingenios», que algunos atribuyen absurdamente a Juanelo. Es una recopilación de todo tipo de ingenios con muy singulares y precisos dibujos explicativos. Herrera no le favoreció, seguramente por su ascendencia judía y por ser seguidor de Erasmo. Como erasmista que era, murió sin dejar ninguna imagen religiosa, ni libros de astrología ni herméticos ni religiosos. Fue buen amigo mío.

Juan Bautista de Labaña * (Lisboa, 1550 – Vive). *Murió en Madrid en 1624.* En portugués su nombre es Joao Baptista de Lavanha. Es uno de los grandes cosmógrafos, geógrafos y topógrafos de todos los tiempos. Fue tutor del Príncipe Don Sebastián y regentó la Academia de Matemáticas de Lisboa, llamada también Academia de Cosmografía Lisboeta, publicando excelentes tratados de cartografía, instrumentos y cartas náuticas. A partir de 1582 trabajó para Vuestra Majestad como primer profesor de Matemáticas en la Academia de Matemáticas de Madrid. *Aplicó sus conocimientos en la elaboración del mapa de Aragón.*

Alfonso López de Corella (Corella, 1510 – Tarazona, 1584). Médico naturalista. Estudió la relación entre la astronomía y las enfermedades. Su labor fue popular, pero de escaso interés científico.

Juan López de Velasco (Vinuesa, 1530–Vive). *Murió en Vinuesa en 1598.* Heredó los papeles de Santa Cruz y sucedió a fray Antonio de Guevara como cronista, con lo cual es Cronista Oficial en el Consejo de Indias y Cosmógrafo Mayor. Son de grandísimo interés sus datos de latitud y longitud geográfica de varias ciudades obtenidas por el método de los eclipses, habiendo utilizado los eclipses de Luna de 1577, 1578, 1581, 1582 y 1584. Pero su obra gigantesca fue la encomendada por Vuestra Majestad, llamada de las «Relaciones Topográficas», más propiamente tituladas «Instrucción y Memoria de las relaciones que se han de hacer para la descripción de Indias para el buen gobierno y ennoblecimiento de ellas», que su Majestad mandó hacer. Con ellas, se preguntó a gobernadores, alcaldes mayores y corregidores o gente en los que ellos tuvieren confianza, para que respondieran a cincuenta y una preguntas sobre datos de todo tipo de ciudades y regiones de Indias. Las preguntas del cuestionario se referían a mapas y planos, carreteras, recursos naturales, agua, minas, salud, remedios botánicos de los indios, mareas, profundidad en puertos, etc. Solicitud de un Monarca sin precedentes en la historia que pretende realmente gobernar bien, lo que no puede hacerse sin información precisa.

Francisco López de Villalobos (Villalobos, Zamora, 1473– Valderas, León, 1549). Estudió en Salamanca. En realidad, fue médico de la Casa de Alba, de Fernando el Católico y de Vuestro Padre. También fue brillantísimo escritor, en verso y prosa. Era judeoconverso por lo que se vio acusado de nigromante y encarcelado durante 80 días. Colocamos su nombre en estas relaciones porque defendió la independencia de la filosofía natural y la teología, adelantándose a los tiempos. Pedro de Lyermo. Mançebo en la Academia de Matemáticas. Gran idea de esta Academia con estudiantes mantenidos solo para aprender.

Pedro de Molina. Creo que nació en 1493. Elaboró un famoso mapa del Nuevo Mundo en 1549 en su «Libro de grandezas y cosas memorables de España». Sus libros tuvieron gran difusión en toda Europa. Su «Tratado de Náutica» se tradujo a seis lenguas y su «Regimiento de Navegación» fue editado en Francia (seis veces), Países Bajos (cuatro veces) e Inglaterra (dos veces). En castellano solo una.

Francisco de Mora. Mançebo en la Academia de Matemáticas como Pedro de Lyermo.

Cecilia de Morillas (Salamanca, 1530–Valladolid, 1581). Por desgracia no he llegado a conocer a tan ilustre cosmógrafa. Pensé en ir a visitarla a Valladolid, pero murió tempranamente. Es difícil que una mujer se dedique a este arte porque el cuidado de los hijos se lo dificulta. Pero esta mujer tuvo pocos hijos, solo tuvo… ¡nueve! Se dedicó además a ellos en cuerpo y alma. Su marido era portugués afincado en Valladolid. Cecilia dominaba el griego, el latín y el portugués, era brillante poetisa y tocaba numerosos instrumentos, especialmente el clavicémbalo. Vuestra majestad quiso que fuera preceptora de vuestro hijo, aunque ella prefirió le educación de los suyos. En la Facultad de Artes de Valladolid había estudiado filosofía natural, astronomía, matemáticas y cosmografía. Lo más destacable es que en su propia casa organizó una especie de academia donde enseñaba a estudiantes jóvenes. Uno de estos jóvenes fue el gran Andrés García de Céspedes que decía que más le había enseñado doña Cecilia que la Universidad y que los cartógrafos portugueses.

Jerónimo Muñoz.* (Valencia, 1520 – Vive). *Murió en 1591, creo que en Valladolid.* Estudió en Italia y enseñó hebreo en Ancona. Siempre dominó el hebreo porque probablemente era judeoconverso. Volvió a Valencia y acabó siendo catedrático de Hebreo y Matemáticas hasta que en 1578 se incorporó a la universidad de Salamanca donde fue catedrático de Astronomía y Matemáticas. Es copernicano, aunque con ciertas reservas. Piensa que en torno a la Tierra hay un aire cósmico que se va diluyendo. No cree en esferas de fuego ni que exista una región sublunar y otra celeste, como dijo Aristóteles. No hay esferas que arrastren a los planetas. Su trabajo más importante fue relacionado con una estrella nova brillantísima que apareció en 1572. Por encargo de Vuestra Majestad escribió un libro con sus observaciones. No encontró paralaje por lo que el dogma aristotélico de la inmutabilidad de la región celeste incorruptible se desmoronó. Fue su trabajo muy elogiado por Tycho Brahe. *De hecho, hoy a esta estrella se le llama de Tycho Brahe cuando él mismo atribuyó el trabajo a Muñoz.* También hizo valiosas observaciones del cometa de 1577, demostrando igualmente que su distancia era superior a la de la Luna, refutando una vez más la teoría de Aristóteles. No era amigo de publicar sus libros para no verse metido en trifulcas con los teólogos. Elaboró mediante trigonometría el primer mapa de Valencia. Estudió el suministro de agua para Murcia, Lorca y Cartagena. Es una de las lumbreras científicas de Vuestro Reino.

Pedro Nuñez (Alcácer do Sal, Portugal–Coímbra, 1578). Realmente, no tendría que figurar en esta relación pues era portugués y no español y su muerte acaeció dos años antes de que Vuestra Majestad fuera erigido como rey de Portugal. Tuvo gran prestigio como matemático, astrónomo y cartógrafo. Nos ha parecido justo incluir su nombre en esta relación porque estudió en Salamanca, donde fue licenciado en 1527, por tener esposa española (Guiomar Áreas) y por su influencia posterior en la cartografía española con su enseñanza y sus estupendos libros. Fue Cosmógrafo Real portugués y catedrático en Lisboa y Coímbra. Su nombre en portugués era Pedro Nunes y latinizado como Petrus Nonius Salaciensis. Hablo de esta latinización porque Nuñez fue el inventor del «nonius» que permite leer en una escala hasta la décima parte de su división. Descubrió la curva «loxodrómica» de tanta importancia en navegación y cartografía.

Antonio Nuñez de Salamanca (Salamanca, 1565–vive). *Murió en 1640 también en Salamanca.* Médico y astrónomo. Fue alumno de Jerónimo Muñoz con la cátedra de «partido» *(hoy podría llamarse adjuntía)* y catedrático de Matemáticas y Astrología. *Fue médico del Duque de Lerma. Estudió el cometa de 1604. Conocía muy bien la obra de Copérnico.*

Pedro Ambrosio Ondériz. No sé ni dónde ni cuándo nació. Vive. *Murió en Madrid en 1597.* Ayudó a Labaña y luego le sucedió en la enseñanza de matemáticas en la Academia Real de Matemáticas de Madrid. A él le sucedió García de Céspedes. *En 1591 fue nombrado Cosmógrafo Mayor de Indias y tuvo a su cargo los «relojes de Juanelo».* Tradujo a Euclides y publicó varios libros. *En 1593 presentó a Herrera una «reforma de instrumentos y cartas». Dijo que la declinación magnética tenía algún «engaño» por ser montada y cebada en Sevilla, por lo que había un «resguardo» (declinación magnética de Sevilla).* Tiene grandes conocimientos no solo científicos sino también históricos.

Abraham Ortelius (Amberes, 1527, vive) Le incluyo en esta lista porque a partir de 1575 trabajó para vuestra Majestad. Es uno de los mejores cartógrafos de todos los tiempos. Escribió «Theatrum Orbis Terrarum» en 1570. Este libro contiene más de setenta mapas y ha sido reimpreso en alemán, francés, español, inglés e italiano. Escribió un valioso documento «Hispania Veteris Descriptio» en 1586, dedicado a Arias Montano. Para ello tuvo en cuenta versiones hoy perdidas del antiquísimo documento de Marsella «Ora Maritima», para elaborar un mapa en que se dan detalles para la localización de Tartessos. [Escrito a mano al margen, se lee: «Ver el libro de Alberto Porlan»].

Benito Perea. Vive. Célebre por sus comentarios a Aristóteles de los que se han hecho unas reimpresiones en latín, ninguna en castellano. *Se siguen haciendo.* Combatió la superstición en la ciencia y en la vida.

Diego Pérez de Mesa (Ronda, 1563- Vive). *Murió en 1632, creo que en Sevilla.* Matemático, astrónomo, geómetra y náutico. Estudió en Salamanca siendo Muñoz uno de sus profesores. Ahora es catedrático de Matemáticas de la Universidad de Alcalá. *Lo siguió siendo hasta 1595, cuando se trasladó a la Universidad de Mareantes de Sevilla por deseo de Felipe II. También obtuvo la cátedra de Matemáticas y Astrología de Salamanca en 1591, pero no tomó posesión.* Está completando la obra de Pedro de Medina «Libro de las grandezas y cosas memorables de España». *Tuvo tres ediciones en 1590, 1595 y 1605. Escribió dos grandes libros: «Tratado del arte de navegar» y «Comentarios de Sphera» que no vio publicados pero que he visto y consultado. Estuvo al servicio del Cardenal Gaspar Borja y Velasco, Virrey de Nápoles.*

Juan Pérez de Moya (Santisteban del Puerto, Jaén 1513 – Vive). *Murió en Granada en 1597.* Clérigo y matemático licenciado por la Universidad de Salamanca. Ha escrito un gran libro palaciano: «Diálogos de aritmética práctica y especulativa», en 1562. *De este libro se están haciendo muchísimas ediciones sin parar, cada vez más, no sé por cuántas van, quizá más de 50.* Además de esta obra de paladinización, escribió otras con gran éxito como el «Arte de navegar» donde comenta las proezas científicas de Martín Cortés, Pedro de Medina y Pedro Nuñez, así como la obra de Copérnico, aunque se inclina por el geocentrismo. *Fue Canónigo de la Catedral de Granada desde 1590 por orden expresa de Felipe II.*

Bernardo Pérez de Vargas (Madrid, 1510–1569). Algunos dicen que era de Coín, pero parece que allí se crió, pero no fue donde nació. Astrónomo, astrólogo, alquímico y metalúrgico. Su obra más celebrada fue «De re metallica», *aunque se posiciona entre la química actual y la alquimia. Se sigue reeditando.*

Andrés de Poza (Parece que nació en Amberes, pero él se considera oriundo de Orduña, 1535 – Vive). *Murió en Madrid en 1595.* Su padre era judeoconverso. Vivió en Flandes luchando contra el Príncipe Guillermo de Orange. Ya en España, se licenció en la Universidad de Salamanca en 1570. Hablaba siete idiomas. Ejerció de abogado en Vizcaya. Fue defensor del vasco-iberismo, teoría según la cual el vasco sería un reducto del ibero, teoría de la que yo estoy también convencido. Es catedrático en la Escuela Náutica de San Sebastián donde enseña Cosmografía. También en Bilbao. Ha escrito un libro de náutica llamado «Hidrografía» y ha dado numerosos cursos de pilotaje y navegación por el norte de España, allá por los años setenta.

Fray Martín de Rada* (Pamplona, 1533–Filipinas, 1578). Misionero de los llamados agustinos filipinos, que participó destacadamente en la evangelización de Filipinas, donde fue un gran defensor de los indígenas, deteniendo los abusos de las encomiendas. Fue uno de los primeros en llegar a China. ¿Por qué incluir a un misionero en esta relación? Había estudiado en Salamanca y París. Y era un buen cosmógrafo y matemático. Cuando los portugueses llegaron a Filipinas reclamando el archipiélago como suyo según la posición del contrameridiano convenido en Tordesillas, fray Martín sacó el libro «De revolutionibus» de Copérnico para demostrar que las islas Filipinas eran españolas. ¡Sorprende que un misionero en su escueto equipaje incluyera el libro de Copérnico! Sus papeles, conteniendo valiosos datos históricos y científicos, se perdieron.

Andrés de Río Riaño. No sé de él más que en 1585 estaba en Sevilla, donde escribió «Tratado de un instrumento por el cual se conocerá la nordesteación o noroesteación de la aguja de marear». Este instrumento no funciona bien. Criticó el método de los eclipses.

Ginés Rocamora y Torrano (Murcia, 1545–Vive). *Murió en Madrid en 1612.* Astrónomo y cortesano, Regidor de Murcia. Hombre culto, pero se limita a paladinar. Escribió «Sphera del Universo».

Juan Roget (Angulema, Francia – Aveyron, 1624) No estaba en la lista, pero le incluyo yo porque probablemente es el inventor del telescopio. Normalmente se atribuye este honor al alemán Hans Lippershey en 1608, pero este gerundés de origen francés, constructor de lentes, aseguraba que él venía haciendo telescopios desde 1580. Es posible que en Cataluña se conocieran los telescopios como «ojeras» para ver cerca lo que está lejos y en un testamento se lega a una esposa unos «largos anteojos decorados con latón». Es evidente que es uno de los grandes inventos de la humanidad, tan esencial para la astronomía, como demostró el sabio Galileo.

Juan de Rojas Sarmiento (Monzón de Campos, Palencia, 1510 – ¿Murió en un viaje a Tracia?). Perteneciente a la nobleza, estudió en Valladolid. Era matemático y astrónomo y estuvo con Carlos I y con vos en Flandes. Allí aprovechó para estudiar en Lovaina de la mano de Gemma Frisius. Escribió un libro sobre un astrolabio de su invención (el astrolabio de Rojas) que se publicó en París. Pero era humilde y decía que él paladinizaba y no era propiamente un inventor.

Alonso de Santa Cruz* (Sevilla, 1505–Madrid, 1567). Sin duda, uno de los hombres más admirables de la historia universal, que me inició en esto de la cosmografía y confió, como Vuestra Majestad, en mí. Se inició navegando y explorando a las órdenes de Sebastián Caboto, pasando hambres y peligros. En 1535 empezó a trabajar en la Casa de Contratación donde pronto fue considerado por Carlos I como «Nuestro Cosmógrafo». Más tarde vivió en Valladolid, Toledo, Lisboa, siguiendo los movimientos de la Corte. Fue nombrado Cosmógrafo Mayor de la Casa de Contratación y en ocasiones firmó como «Archicosmographum». Su obra más venerada por mí y a la que he procurado dar continuidad fue «Libro de las longitudes y manera que hasta ahora se ha tenido de navegar», donde da cuenta de todos los métodos propuestos para determinar la longitud desde los tiempos de los griegos, incluyendo los suyos propios, donde destaca aquellos basados en la brújula. Está dedicado a Vuestra Majestad. Su obra es extensísima. Muy destacable es su «Islario general», de todas las islas del mundo, incluyendo noventa y siete mapas de islas. Escribió «Instrucciones para descubridores», «Astronómico Real» y muchas otras obras de cartografía. Comparte con Núñez y Mercator las soluciones de proyección conforme; realizó un magnífico mapamundi y un atlas de la península ibérica que hoy se llama «Atlas de El Escorial». En contraste con su obra cosmográfica escribió una «Crónica del Emperador Carlos I».

Gabriel Serrano (Nació en Castalla. Vive). *Murió en 1598.* Profesor en Salamanca enseñando Navegación y Cosmografía. Catedrático de partido y catedrático desde 1592. Discípulo de Muñoz.

Hernando de Solís. No tengo datos salvo que está preparando un gran mapa de las Américas. *Publicado en 1598.*

Domingo Soto* (Segovia, 1495–Salamanca, 1560). Ha sido quizá el científico más destacado de este vuestro reinado. Como dominico realizó numerosas tareas admirables al margen de la ciencia. Fue catedrático de Vísperas de Teología de la Universidad de Salamanca (1532–1549), Catedrático de Prima de Teología en la misma universidad (1552–1555). Confesor de vuestro padre, teólogo en el Concilio de Trento, realizó trabajos sobre economía y justicia, Calificador del Santo Oficio, defensor de los derechos de los indios equiparables a los de los españoles, junto con fray Francisco de Vitoria, etc. Pero sus Comentarios a la física de Aristóteles son brillantísimos. Soto fue quien encontró la ley de la caída de los graves, velocidad proporcional al tiempo, y quien estableció que esta velocidad no depende de la masa del cuerpo. *Este hecho fue muy considerado y discutido por Galileo y es una de las bases de la física moderna.* Dice que encontró estos resultados cuando meditaba en el Colegio de San Pablo de Burgos.

Francisco Suárez de Argüello (Madrid, 1550. Vive) *Murió en Madrid (creo) en 1618.* Letrado y matemático. Realizó unas efemérides para las que usó las tablas de Copérnico para los planetas exteriores, Marte, Júpiter y Saturno. Conservo un ejemplar que pone «Véndese en casa del autor á la portería de San Felipe».

Francisco de Toledo. Estaba en Venecia entre 1573 y 1575. Escribió comentarios a Aristóteles sobre física y cosmología, con tanto éxito que ya se ha publicado por los menos en veinte ocasiones; tres en Alcalá. *Y aún creo que fueron veintinueve las ediciones. No confundir con el Virrey del Perú.*

Juan Bautista de Toledo (Madrid, 1515–Madrid, 1567). Experto en urbanismo, hidráulica, escultura, filosofía y matemáticas, pero sobre todo en arquitectura, pues la gran obra del Monasterio de El Escorial es suya si bien la muerte le impidió concluirla. En la primera piedra del Monasterio se lee su nombre como «Architectus Major». Tuvo una buena preparación en Italia pues fue designado arquitecto adjunto por el Papa Pablo III, siendo el principal el mismísimo Miguel Ángel. Más adelante fue Arquitecto Real en Nápoles, nombrado por Carlos I por 200 ducados. En 1559 fue llamado por Vuestra Majestad para erigir El Escorial, adaptando su traza y planificación a vuestros deseos. Participó en muchas otras obras para Vuestra Majestad: Palacio Real de Aranjuez, Casa de Campo, La Fresneda, el Alcázar de Toledo, el Alcázar de Madrid, la traza de la fachada del Convento de las Descalzas Reales, etc. Diseñó muchos de vuestros jardines y el abastecimiento de sus aguas.

Simón de Tovar (Sevilla, 1530. Vive). *Murió en Sevilla en 1596.* Médico, astrónomo y naturalista. Ayudó a Ondériz y a García de Céspedes, quien le sugirió que escribiera sobre el uso de la ballestilla.

Juanelo Turriano* (Cremona, 1500–Toledo, 1585). Su nombre vivirá eternamente. Su verdadero nombre era Giovanni della Torre. En Bolonia conoció a Carlos I y de él no se separaría hasta su muerte. Era Relojero Real. Llevó a cabo el «Astrarium Cristalino». El llamado Reloj Grande de Juanelo tenía 1.500 piezas. Hizo miles de inventos, como grúas, autómatas, juguetes inverosímiles... Pero su gran obra fue la de proporcionar agua a la ciudad de Toledo, salvando una altura de más de 100 varas y proporcionando mil cántaros de agua al día, mediante un increíble y colosal ingenio hidráulico. Murió en la indigencia debido a que no se le pagaba el dinero que se le debía. Vuestra Majestad bien pudiera dar ese dinero a su hija y nieto. Fue buen amigo mío.

Andrés de Urdaneta (Ordicia, 1508–México, 1568). Estuvo con Pedro de Alvarado en Nueva España y allí ocupó varios cargos. A los cuarenta y cinco años su vida cambió: se hizo fraile agustino y se fue a evangelizar las Filipinas, con otros tres frailes más. Era cosmógrafo y sobre todo mítico marino. Encontró la ruta favorable para el «tornaviaje» de Manila a Acapulco, buscando una latitud de vientos favorables (unos 45°). Esta ruta descubierta por él sirvió para establecer un comercio estable con Filipinas y China, mediante el llamado «Galeón de Manila». *Esta ruta del galeón de Manila del tornaviaje de Urdaneta se sigue utilizando y se seguirá utilizando por mucho tiempo, pues favorece el comercio y el trasiego de gentes.*

Baltasar Vallerino de Villalobos. (Sevilla). Precioso libro: «Luz de navegantes. Donde se hallarán las derrotas y señas de las partes marítimas de las Indias, islas y tierra firme del mar océano». Publicado en 1592.

Diego de Zúñiga* (Salamanca, 1536–Vive). *Murió en Toledo en 1600.* Su verdadero nombre era Diego Rodríguez de Arévalo. Estudió en Salamanca, aunque no obtuvo los grados. Hombre culto pero conflictivo. Escribió un excelente libro: «In Job commentaria», en el que, con buen conocimiento de astronomía, de Copérnico y de la Biblia, se mostró partidario del sistema heliocéntrico. Además, con gran erudición, estudió esta cuestión en los griegos clásicos: Pitágoras, Filolao, Heráclides, Platón... Pero más adelante, en el libro «Philosophia prima pars» se desdijo y justificó el geocentrismo. Desde 1573 a 1580 fue catedrático de Sagradas Escrituras en la universidad de Osuna. Tuvo que ver en las detenciones de Benito Arias Montano y de Luis de León por parte del Santo Oficio. Ahora vive en Toledo dedicado a la pintura. *Este autor tiene el inmenso honor de que, en 1616, un decreto eclesiástico de la Inquisición Romana prohibió y expurgó juntamente (hasta su corrección) dos libros: «De Revolutionibus» de Copérnico, e «In Job commentaria» de Diego de Zúñiga.*

Francisco Vallés (Covarrubias, Burgos, 1524 – Vive). *Murió en Burgos en 1592.* Médico de Felipe II y Protomédico General de los Reinos y Señoríos de Castilla, no debería figurar aquí, pero discutió como hombre culto las contradicciones entre el heliocentrismo y la Biblia, siendo partidario de que las Sagradas Escrituras deberían dejarse al margen de la filosofía natural.

Rodrigo Zamorano (Medina de Rioseco, Valladolid, 1542. Vive). *Murió en Sevilla en 1620.* En la Casa de Contratación de Sevilla fue Piloto Mayor, Astrólogo y Matemático y Cosmógrafo de vuestra Majestad Católica y catedrático de Cosmografía. En sus obras «Compendio de la arte de navegar» y «Cronología y repertorio de la razón y de los tiempos» demuestra conocer perfectamente el sistema de Copérnico. Constructor de astrolabios, ballestillas, agujas, por recomendación de Herrera. Tradujo a Euclides al castellano. Tuvo jardín botánico en Sevilla con plantas de las Indias. Ayudó a Ondériz y a García de Céspedes.

Uchurgañí Zujemó Beró* (Granada, 1527 – Vive). Es mi hermanastra. *Parece ser que no lo era. Murió creo que en 1600 en El Escorial.* Merece su puesto en esta lista por haber ideado la medida de la intensidad magnética. *Creo que esta persona fue invención del novelista.* [Aquí se lee al margen en letra manuscrita de un lector muy posterior: «Para mí que esto fue Gauss quien lo hizo»].

Yo, el infrascripto, lo compuse.
El Escorial, 1589.
Diego de Granada.

AGRADECIMIENTOS

He contado con cuatro supervisores de prestigio. Todos han revisado todo y, además, cada uno con su punto de vista específico.

José Alberto Rubiño, del Instituto de Astrofísica de Canarias, con su especialidad de científico y astrónomo, ha revisado los aspectos más técnicos.

Héctor Eliel Márquez, compositor y director de orquesta y coros, con su exquisita sensibilidad artística y rigor literario, ha enriquecido el texto con sugerencias muy precisas.

Estrella Florido, de la Universidad de Granada siempre aviva en mí el rescoldo del arte. Con su minuciosidad y buen criterio ha dulcificado lo escabroso, animado lo tedioso y puesto cada letra y cada coma en su sitio.

Tratándose de una novela de divulgación de la ciencia y de la historia, siendo yo astrónomo, pero no historiador, era muy importante contar con el beneplácito de un gran historiador especializado en la ciencia en la época de los Austrias. Mariano Esteban Piñeiro, Profesor Honorífico de la Universidad de Valladolid, realizó hasta tres lecturas de la novela. También me mostró su acuerdo en cuanto al retrato de la personalidad de los personajes históricos que aparecen, especialmente la de Felipe II, el más controvertido; y me proporcionó abundante material de su extensa obra de investigación. Se incluyen sus palabras en forma de epílogo.

Además, Manuel Lozano Leyva, de la Universidad de Sevilla, con su gran experiencia como buen escritor, procuró guiarme por el camino que lleva a la mejor edición. José Cobos, de la Universidad de Extremadura, me suministró abundante información sobre la figura de su paisano Arias Montano. Marco Azzaro, del Observatorio de Calar Alto Hispano en Andalucía, dio voz a su compatriota Juanelo Turriano.

Un cosmógrafo en la corte de Felipe II se terminó de imprimir en su primera edición, por encargo de la editorial Almuzara el 14 de febrero de 2020. Tal día del 1503, en Sevilla (España), se crea de la Casa de Contratación de Indias, destinada a depósito de mercancías importadas y exportadas de América